FEDERICA DE CESCO

Tochter des Windes

Buch

Um nach seiner Scheidung auf andere Gedanken zu kommen, reist der verschrobene Hamburger Dozent Rainer W. Steckborn nach Prag, wo er in der Oper einer Aufführung der Rusalka beiwohnt. Als in der Pause die japanische Architektin Mia Koga ein Glas Wein über seine Hose schüttet, ahnt er noch nicht, dass diese Begegnung sein Leben für immer verändern wird. Während Mia sich wortreich für ihre legendäre Ungeschicklichkeit entschuldigt, kann er seine Augen nicht mehr von ihr lassen und verliebt sich Hals über Kopf in die schusselige Japanerin. Sie kommen ins Gespräch, und Mia, die fließend Deutsch spricht, erzählt ihm, dass sie sich für den Prager Architekten Jan Letzel interessiert, der ein Freund ihrer Familie und der Erbauer des weltweit berühmten Genbaku-Doms, Symbol des Friedens und Wahrzeichen von Hiroshima, war.

Als Mia ein paar Tage später abreist, gibt er sein bisheriges Dasein auf und folgt ihr nach Tokyo. In der japanischen Hauptstadt gerät Rainer in eine völlig fremde Welt, die ihn sowohl verwirrt als auch fasziniert. Als die Familie Koga ihm ein altes Haus als Unterkunft anbietet, ist er begeistert. Das extravagante Gebäude, aus dem ein Museum werden soll, verzückt ihn umso mehr, als Mia aus einer Familie von hochbegabten Architekten stammt – bis eine bildschöne Frau ihm im Traum erscheint und ein Geheimnis anvertraut …

Autorin

Federica de Cesco, geboren in der Nähe von Venedig, verbrachte ihre Kindheit in Italien, Eritrea, Deutschland und Belgien. Bereits mit sechzehn Jahren schrieb sie ihr erstes Jugendbuch, das sofort ein großer Erfolg wurde. Seitdem hat sie Millionen von Leserinnen begeistert. Wie keine Zweite versteht sie es, starke, selbstbewusste Figuren zu schaffen und großartige Panoramen fremder Kulturen zu entwerfen. Heute lebt sie mit ihrem Mann, einem japanischen Fotografen, in der Schweiz.

Von Federica de Cesco ebenfalls lieferbar:

Die goldene Kriegerin (37426) · Das Haus der Tibeterin (37627) · Mondtänzerin (37258)

FEDERICA DE CESCO

Tochter des Windes

Roman

blanvalet

Besuchen Sie uns auch auf www.facebook.com/blanvalet und www.twitter.com/BlanvaletVerlag.

MIX
Papier aus verantwortungsvollen Quellen
FSC® C014496

Verlagsgruppe Random House FSC® N001967
Das FSC®-zertifizierte Papier *Holmen Book Cream*
für dieses Buch liefert Holmen Paper, Hallstavik, Schweden

3. Auflage
Taschenbuchausgabe Juni 2014 bei Blanvalet, einem Unternehmen
der Verlagsgruppe Random House GmbH, München.

Umschlaggestaltung: www.buerosued.de
Umschlagmotive: Corbis/Image Plan und www.buerosued.de
Redaktion: Rainer Schöttle
ED · Herstellung: sam
Druck und Einband: GGP Media GmbH, Pößneck
Printed in Germany
ISBN: 978-3-442-37257-7

www.blanvalet.de

Für Chanel, Ninja
und wie immer für Kazuyuki

1. Kapitel

Ich werde oft gefragt, warum ich denn eigentlich in Japan lebe. Was soll ich antworten? Die Wahrheit sagen? Dass meine Frau mich verlassen und eine andere mir Wein über die Hose geschüttet hatte? »Ein Trankopfer für die Götter« lässt sich dann noch in galantem Ton hinzufügen, was bei jedem Small Talk Amüsement auslöst. Ich vereinfache natürlich. Was wirklich geschah, kann ich leider nicht in ein paar Worten zusammenfassen, und ich bin auch heute noch nicht imstande, die Ereignisse in ihrer ganzen Tragweite zu erfassen. Der Brocken war einfach zu hart für mich. Eigentlich fing alles ganz harmlos an, und der erste Anblick Japans war mir freundlich erschienen. Diesem Land hatte ich mich sogleich nahe gefühlt. Ich glitt sozusagen wie auf Flügeln in mein neues Leben. Nicht in meinen kühnsten Träumen hätte ich mir jemals vorstellen können, in eine derart verrückte Geschichte zu geraten. Eine Geschichte mit einem Spukhaus, einem Gespenst, das sich in mich verguckte, und Katastrophen jeglicher Art, bei denen die Erdachse geradezu ins Wackeln geriet. Und das meine ich nicht nur als rhetorische Floskel.

Aber zunächst stand ich, Rainer Wilhelm Steckborn, Kunsthistoriker (oder -hysteriker?), Dozent an der Universität Hamburg, Spezialist für italienische Renaissance, wie ein begossener Pudel da und schwelgte in Selbstmitleid. Den großen Crash hatte ich nicht kommen sehen. SOS, Bauchlandung. Amalia – meine Mutter hatte mich vorgewarnt; ich aber hatte Stöpsel in den Ohren und hörte Mozart. Mutter hat ziemlich viel Lebenserfahrung. Sie hatte im Laufe der Jahre genug Munition für ihre Misanthropie gesammelt. Meinem Vater – um ihn kurz zu erwähnen – war die Welt wurscht gewesen, für ihn zählte nur die Musik. Er war freundlich, unpünktlich, total geistesabwesend. »Macht, was ihr wollt, aber lasst mich in Frieden« – so ungefähr lautete sein Motto. Die Familie nannte er sein emotionales Umfeld, was auch immer er darunter verstand. Als er starb – Herzinfarkt –, war ich vierzehn. Worauf Mutter sich ihre längst fällige Depression mit Schlafmitteln und Alkohol leistete – auf meinen Vater, den sie sehr liebte, war ja nie Verlass gewesen –, und ich prompt durchs Examen fiel. Daraufhin färbte ich mir die Haare grün, soff, rauchte und schluckte alles Mögliche und Unmögliche. *No future* – weder für mich noch für Amalia, und für die Schule schon gar nicht. Die ganze Welt war eine Mülldeponie, und ich hockte obendrauf, in bewährter Fötusposition, wobei mir kotzübel war.

Tja, und dann fuhren Mutter und ich nach Italien, sie mit ihren Schlaftabletten, ich mit Sicherheitsnadeln in den Ohren. Eine trug ich sogar im Nasenloch, was sich als reichlich unpraktisch erwies, als ich Schnupfen bekam. Ich zog die Nadel unter Schmerzen heraus und konnte mir endlich die Nase putzen. Danach fühlte ich mich besser.

Der Grund dafür, dass wir, um es mal hochtrabend auszudrücken, in Goethes Fußstapfen wanderten, hieß Liselotte, die Amalia Lilo nannte, eine ihrer zahlreichen glücklich geschiedenen Freundinnen. Lilo hatte ein Haus in der Toskana und fuhr für zwei Wochen nach Amalfi, mit jemandem, den sie eben nur als »jemand« bezeichnete. Wir sollten ihre Katzen und ihre Salate hüten. Mich bat sie freundlich, nichts kaputt zu schlagen. Sie sah ja ein, dass wir vor dem dritten Weltkrieg standen, dass im Golf von Mexiko gerade vierhunderttausend Tonnen Öl ins Meer gelaufen waren – höchst bedauerlich das Ganze, aber ob ich inzwischen wohl so nett wäre, ihren Kräutergarten zu begießen? Am besten frühmorgens oder abends, wenn die Hitze nachließ. Sie zeigte mir, wo der Gartenschlauch war und wo die Gießkannen standen. Und weg war sie, tschüss. Es war August, der Garten duftete nach Jasmin und Myrte. Ich hatte nicht viel Erfahrung mit dem Sommer. Der italienische Sommer war eben anders. Mutter kochte Tagliatelle und Rigatoni, ich pflückte die reifen Tomaten, und sie schmeckten sonnenwarm. Die drei schwarz-weißen Katzen sahen wir nicht oft. Sie kamen nur, wenn sie gefüttert werden wollten, starrten uns gebieterisch an und ließen sich bedienen. Gelegentlich strichen sie uns distanziert um die Beine. Das war alles.

Lilo kam zurück, quietschvergnügt und mit prachtvollem Sonnenbrand. Sie sah aus, als hätte sie Honig geschleckt. Und kaum war sie da, lagen plötzlich die Katzen auf dem Sofa, nahmen mir den Platz vor dem Fernseher weg und schnurrten verzückt. Ihren »jemand« hatte Lilo vorläufig zurückgelassen, er würde aber bald nachkommen. Mutter verstand den Wink mit dem Zaunpfahl. Ja, ja, sie hatte sowieso mal im Sinn, mit Rainer einige Kulturstätten zu besichtigen. Ich hatte null Bock auf Kulturstätten – was hieß das überhaupt? Obendrein war ich beleidigt. Ich mochte Katzen, die drei da mochten Lilo lieber als mich, ich kam mir wie ein abgewiesener Liebhaber vor. In mieser Laune warf ich meinen Rucksack in den Toyota, knallte den Kofferraum zu, und Amalia drehte den Zündschlüssel. Wir fuhren unter Schirmakazien die staubige Straße hinauf, Lilo stand vor dem Gartentor, trug weiße Shorts und ein Tuch um die Brust geknotet und winkte munter mit rot gekochten Armen. Als sie unserer Sicht entschwand, begann ich das zu erleben, was ich später in meiner komplizierten Art meine »wunderbar verstrickte« Lebensphase nennen würde. Was ich eigentlich damit sagen will: Ich hatte plötzlich eine Energie in mir, die im Unterbewusstsein arbeitete und das psychische Räderwerk antrieb. Und somit begann ich, aus den Sackgassen, Winkeln und Abzweigungen meines inneren Labyrinths, aus den Gängen und Fallen, die da Kindheit, Schule, Familie, Religion und Weltanschauung hießen, zu entkommen und erwachsen zu werden.

Ende August ließen die Touristenströme nach. Schulanfang in ganz Europa. Wir nahmen uns noch ein paar Tage. Am Anfang also Florenz. Spaziergänge zunächst. Ist diese Stadt nicht schön?, fragte Mutter. Ich zog die Schultern hoch. Na ja … Auf ganz besondere Weise, das musste ich schon zugeben. Zu jeder Stunde wechselte das Licht, die Stimmung gefiel mir. Auf den Piazzas, unter Kastanienbäumen, kamen und gingen die Mädchen. Ihr Haar funkelte, ihre Busen hüpften, ihre Hüften schwangen. Ich glotzte mir die Augen nach ihnen aus. Leider zeigten mir ihre Seitenblicke unmissverständlich, dass ich nicht genug Bart hatte. Und grüne Haare? Anzügliches Kichern in jeder Gelateria. Ich nahm kummervoll wahr, dass man mich unsexy fand. Das war bitter für meine junge Männlichkeit.

Mutter forderte mich auf, sie ins Museum zu begleiten. Ich sträubte mich vergeblich. Einmal in deinem Leben, ja? Wenn wir schon mal hier sind! Ich trabte hinter ihr her, ohne mir die geringste Mühe zu geben, mich in Schwung zu halten. Zu viele *Ragazze* auf der Piazza Duomo, aber keine, die mich beachtete. Ich sah ihnen kummervoll nach und knallte gegen Marmorsäulen. Amalia drehte sich von Zeit zu Zeit zu mir um, um zu sehen, ob ich ihr immer noch folgte. Dabei redete sie wie eine Lehrerin, erklärte mir die Statuen, die anatomisch perfekt alles zeigten, was man sonst verbarg, setzte sich auf kalte Steinbänke, um mit mir die Bilder zu betrachten, die da hingen. Ich gab dann und wann einen Grunzlaut von mir, aber erstaunlicherweise sah ich mir die Bilder an und hörte auch zu. Ein starkes Interesse fesselte mich, aber ich wollte nicht, dass sie es merkte. So redete Mutter unbefangen mit jemandem, der finster Kaugummi fletschte und nie Antwort gab, was ihr offenbar nichts ausmachte. Auf diese Weise erfuhr ich, dass Filippo Brunelleschi (1377–1446) nicht nur Goldschmied war, sondern gleichzeitig auch Bildhauer und Architekt, und – so ganz nebenbei – auch noch die Perspektive in der Malerei erfand. Ein Multitalent, würde man heute sagen. Dass Michelangelo sich nicht wie ein Engel benahm, obwohl er so hieß und ständig welche malte, und dass Caravaggio einer meiner punkigen Vorläufer war, sozusagen ein Prototyp. Mit der Bemerkung, er habe in meinem Alter schon im Knast gesessen, vermittelte mir Mutter wichtiges Bildungsmaterial.

»Was würdest du dazu sagen«, geruhte ich zu fragen, »wenn ich auch mal verhaftet würde, he?«

Mutter nahm keinen Anstoß daran.

»Ich würde dich nicht bedauern. Könnte dir sogar guttun, unbedingt.«

Das fand ich nicht nett von Amalia, aber ich fragte mich bereits, ob solcherlei Know-how überhaupt noch Sinn für mich hatte. Nur ein Genie macht sich gut im Knast, und mit meiner Malerei war es nicht so weit her.

Ich sah die italienische Renaissance mit den Augen eines Halbwüchsigen, dem allmählich klar wurde, dass schon andere vor ihm Zähneknirschen, Wut und Frust erlebt und trotzdem irgendwas Großartiges zustande gebracht hatten. Dabei beschränkte ich den Erkenntnisbegriff von vornherein auf den Bereich der seelischen Innerlichkeit, auch wenn Mutter wenig Sinn für neurologische Störungen bei Teenagern hatte und mir bei Gelegenheit gerne lustvoll eine geklebt hätte. Sie nahm sich zusammen. Man war antiautoritär.

Egal. Das Unbewusste ist nicht nur Abfallkübel für verdrängte Probleme, sondern bietet auch wertvollen Energien Platz. Die Kirchen und Museen, die wir besichtigten, waren Räume für alle guten und vielfältigen menschlichen Möglichkeiten. So schien es mir zumindest. Und danach wusste ich, was ich studieren wollte. Heute bin ich Dozent, und bisher gab es noch immer, trotz privater und allgemeiner Katastrophen, ein *Future*. So leicht geht die Welt nicht unter.

Allerdings gab es Nachwirkungen. Ich kam in meine Wohnung, und niemand war da. Tanja hatte ihre Koffer gepackt, die Katze Mafalda mit einer Scheibe Salami in ihren Korb gelockt, den Deckel drauf, und ab und davon. Ein paar Abende saß ich auf dem Sofa (weiß, niedrig und aus Büffelleder), starrte in die Glotze und blies Trübsal. Schuld? Wer hatte eigentlich Schuld? Tanja natürlich, Mafalda auch, diese dreimal verwünschte treulose Katze, und ich selbst, Rainer, nicht minder. Ach ja, ach ja! Und so weiter, stundenlang. Ich spürte allmählich, wie ich zum Griesgram verkam, zum ekelerregenden Jammerlappen. Als mir das klar wurde, rief ich Mutter an. An diesem Abend erschien mir das als die einzige Alternative.

»Wo bist du?«, fragte ich.

»Ich sitze auf meinem Stuhl, vor dem Bildschirm.«

Neuerdings verdiente sie etwas Geld, indem sie mit dem Computer Muster für eine Stofffabrik entwarf: Vorhänge und Bettwäsche. Sie war schon in Rente, aber es machte ihr Spaß; ihre schönen, leuchtenden Farben zeigten das Vitale, das in ihr war. Kürzlich sagte mein Freund Christian von ihr: »Herrgott, deine Mutter mag Männer! Ich habe immer das Gefühl, dass sie mich anmacht.«

Ich fand das schmeichelhaft. Mutter war längst über siebzig, hatte aber immer noch dieses gewisse Funkeln in den Augen. Das erlischt nie.

»Kann ich dich besuchen?«

»Heute Abend noch?«

»Wenn ich dir nicht zur Last falle.«

»Du fällst mir ständig zur Last. Aber das ist wohl mein Los auf Erden. Hast du schon gegessen?«

Ich hatte nicht.

»Soll ich dir ›Himmel und Erde‹ machen?«, fragte sie.

Das altbewährte »Himmel und Erde« aus der Zeit, in der die Leute noch eine Kartoffelkiste im Keller hatten, war besser als Valium, auf alle Fälle. Ich hätte vor Rührung fast geheult.

»Ja, gerne, wenn du Zeit hast.«

»Mein Design wird nicht fertig werden. Aber ich muss wohl in meinem Herzen noch ein Krümelchen Mitleid für dich aufbewahren.«

Ich fuhr den Wagen aus der Garage. Ich hatte jetzt viel Platz, weil Tanjas Wagen nicht mehr dastand. Ein paar Ölflecken waren alles, was noch da war. Und ein Frostschutzmittel für die Scheibenwaschanlage. Heute Abend goss es in Strömen, das Sauwetter war ganz meiner Stimmung angepasst. Aber sobald ich Mutters erleuchtete Erkerfenster sah, fühlte ich mich schon wohler. Ach ja, ach ja.

Das Haus meiner Eltern stand im Nobelviertel Harvestehude. Sie hatten es vor vierzig Jahren erworben, lange bevor die Immobilienpreise senkrecht in Richtung Stratosphäre zu steigen begannen. Ein kleiner Garten gehörte dazu. Mutter pflanzte Biogemüse, Himbeeren und Stachelbeeren an; sie kochte Holundermarmelade, und ihr Apfelkompott schmeckte himmlisch.

»Ich habe auch rote Grütze da«, sagte Mutter, während

ich meinen nassen Parka in der Diele auszog. »Magst du die noch?«

Ich schnappte fast nach Luft.

»Selbst gemacht? Wie früher?«

Sie sah mich ungehalten an.

»Ich mache nur ganz natürliche rote Grütze. Ohne E-320 und das ganze Pharmazeug. Ich lebe gesundheitsbewusst. Das solltest du auch.«

»Und wo ist der Schnuller?«, stöhnte ich.

»In der Drogerie, gleich um die Ecke. Sie schließen erst um acht.«

Sie ging in die Küche, wo es nach Kartoffelkrapfen duftete. Sie lagen schon bereit, auf einem weißem Küchenpapier, das Fett aufsaugte. Das Wasser lief mir im Mund zusammen.

»Ob es mir wohl schmeckt?«, murmelte ich.

»Herrgott!«, zischte sie. »Wie oft muss ich mir noch diesen blöden Spruch von dir anhören?«

»Ich wollte nur wissen, wie weit du belastbar bist.«

»Wie alt bist du eigentlich?«

»Zweiundvierzig, das solltest du eigentlich wissen.«

»Ich habe ein schlechtes Gedächtnis für Zahlen. Ich weiß nur noch, dass Tobias gekotzt hat.«

»Ach, welch schöne Erinnerung!«

Sie holte zwei Teller aus dem Schrank.

»Hör bitte mit diesem sarkastischen Ton auf. Wir essen in der Küche, wenn es dir nichts ausmacht.«

Ich gab ihr einen kleinen Klaps auf den Hintern.

»Ja, Mutter.«

Sie kicherte.

»Deine Geste ist deplatziert, mein Sohn. Tanja wäre entsetzt.«

»Sie hatte wenig Sinn für Humor.«

»Vermisst du sie?«

»Ich vermisse meine Katze.«

»Sie war nicht deine Katze. Tanja hat Mafalda in die Ehe mitgebracht. Würdest du deine Katze dalassen, wenn du gehst?«

»Auf keinen Fall!«

Mutter holte Besteck aus der Anrichte.

»Na bitte. Worüber beklagst du dich?«

»Mein Zuhause ist kein Zuhause mehr. Das stört meine Konzentration und meine Leistungsfähigkeit im Beruf.«

»Das Problem ist, dass du immer nur an dich denkst.«

»An wen sollte ich denn sonst denken?«

»An Tanja zum Beispiel.«

»Sie ist weg.«

»Ihr wart ein schönes Paar. Aber kein Zusammenpassendes. Das sah man auf den ersten Blick.«

»Ich habe das nie gesehen.«

»Liebe macht blind.«

Amalia, die Hände in den Hüften, sah sich in der Küche um.

»Was trinken wir dazu? Rotwein?«

»Aber nur ein Glas. Nach dem zweiten kriege ich Nesselfieber.«

Sie starrte mich an.

»Seit wann?«

»Seit unserem letzten Urlaub in der Provence. Eine Allergie, meint der Hautarzt.«

Sie schüttelte ungehalten den Kopf.

»Bei euch muss es ja drunter und drüber gegangen sein. In unserer Familie hat keiner Allergien.«

»Doch, ich.«

»Geh zum Ernährungsberater.«

»Das bringt nichts.«

»Dann zum Analytiker! Mach Akupunktur, lass dich hypnotisieren! Aber jammere mir nicht ständig die Ohren voll.«

Ich öffnete kleinlaut die Flasche, die sie mir reichte, füllte unsere Gläser.

»Ich benehme mich erbärmlich, zweifellos eine Frage der Veranlagung.«

»Man kann sich an alles gewöhnen. Ich sage das für mich, wohlgemerkt.«

Sie legte mir vier Krapfen auf den Teller, einen nach dem anderen. Das Apfelkompott duftete herrlich nach Zimt und Zitronenschale. Schweigend verspeiste ich einen Krapfen nach dem anderen. Soweit ich schielend erkennen konnte, hatte Mutter ein kleines Lächeln in den Mundwinkeln.

»Du bist dünn geworden. Du musst ein bisschen zulegen.«

»Das kann ich nur bei dir.«

»Warum sollte ich dich mästen?«

»Weil du meine Mutter bist.«

»Ich sehe noch immer nicht den Grund.«

»Trostsuche«, sagte ich kauend. »Zutiefst regressiv.«

»Womöglich auch noch inzestuös?«

»Ja, zurück in die Mutterlauge.«

»Nein, danke. Ich will dich nicht haben.«

Sie schob mir noch zwei Krapfen auf den Teller.

»Iss! Es sind noch genug da.«

Ich verschlang auch noch diese beiden Krapfen, bevor ich den Teller zurückschob. Ich überlegte, ob ich mir nicht doch ein zweites Glas einschenken sollte. Ich ließ es bleiben, die Pickel juckten wie verrückt. Und sorgten obendrein noch für ein ungepflegtes Äußeres.

»Sie will sich scheiden lassen«, sagte ich weinerlich. »Ich glaube, den Gedanken hatte sie schon seit Monaten.«

»Dann hat sie auch bereits einen Anwalt.«

»Damit muss ich rechnen. Ob ich ihr auch Alimente zahlen muss?«

»Die Erwartung, dass sie nichts von dir verlangen wird, ist utopisch. Zum Glück habt ihr keine Kinder.«

»Tanja wollte keine. Später, sagte sie. Zuerst die Karriere.«

»Dann kommst du mit einem blauen Auge davon.«

»Ich sei unzuverlässig, meint sie.«

»Das mag wohl sein. Aber du kannst nichts dafür.«

»Nein? Man kann doch was tun, damit sich das ändert. Ich habe es ehrlich versucht.«

»Das bezweifle ich nicht. Aber Männer sind eben so. Das ist eine Frage der Genetik.«

Das gab mir doch zu denken.

»Mein Vater auch?«

»Tobias?«

Sie nippte an ihrem Glas und lachte. Sie hatte ein schmales Gesicht, das im Alter etwas pferdehaft auszusehen begann, aber noch immer sehr klare, verschmitzte Augen. Eine Mischung zwischen Troll und Fee, so kam sie mir vor.

»Tobias war ein Künstler. Die haben Narrenfreiheit. Eine Frau, die sich in einen Künstler verliebt, weiß im Prinzip, was ihr blüht.«

»Ich finde das deprimierend.«

»Hör mal«, sagte sie, »ich habe die männliche Gattung nicht programmiert. Mit diesem stupiden Hormon, du weißt schon …«

Sie schnippte suchend mit den Fingern.

»Du meinst Testosteron?«

»Richtig. Vielleicht hast du zu wenig davon.«

»Da widersprichst du dir aber.«

Ich fand Mutter nicht immer lustig.

»Tja«, sagte sie, »Männer sind komplizierter als Frauen, haben zu viel oder zu wenig von dem Zeug. Tanja hat allmählich dein ganzes Leben beherrscht. Und wenn es einmal so war, brauchst du Zeit, um dich davon zu erholen.«

Ich dachte über die Bemerkung nach. Sie hatte mal wieder den Nagel auf den Kopf getroffen. In letzter Zeit hatte sich Tanja mit ihrem eigenen Mysterium umgeben; jetzt wurde ich mündig, es war allmählich an der Zeit. Klar war am Anfang alles anders gewesen. Tanja war – immer noch – eine sehr schöne, sehr feminine Frau; ich war sehr verliebt gewesen. Verliebt in ihr blondes Kinderhaar, in die Biegung ihres Halses, in die aufrechte Haltung ihrer Schultern – sie hatte ein paar Jahre Ballett gemacht. Und auch in ihre schönen Zähne, in die Art, wie sie lachte, mit zurückgeworfenem Kopf. Nichts an ihr entging mir, ihre einfachsten Bewegungen entzückten mich.

»Sie hat etwas so Elegisches an sich.«

»Wie bitte?«, brummte Amalia. »Hör endlich mit deinen Fremdwörtern auf!«

»Sie war einfach wunderschön anzusehen. Und wenn sie zu mir sagte: ›Bitte reiche mir doch die Mayonnaise‹, dann war ich vor Entzücken geblendet.«

»Armer Kerl!«, sagte Mutter schulterzuckend.

Tanja arbeitete als Assistentin in der Redaktion einer Hochglanzzeitschrift. Mode und Lifestyle, Glamour und Hype. Allerdings nur drei Tage in der Woche, sodass ihr viel Zeit blieb, auch anderswo hip sein zu wollen und es nicht ausleben zu können. Ihr Job war schlecht bezahlt und nicht zeitintensiv genug. Sie ging gerne auf Partys, wollte ihre Freunde einladen und hinreißend gekleidet sein. Mein Geld – und das ihre – reichten einfach nicht.

Ich sei nur gut im Bett, sagte sie, nur darum halte sie es mit mir aus. Aber – so leid es mir tat – wir lagen eben nicht die ganze Zeit im Bett, und ich hatte auch andere wesentliche Körperteile, die sie offenbar nur beachtete, um an mir herumzunörgeln. Es störte sie, wenn ich schlecht rasiert war, sie störte sich an den Tränensäcken unter meinen Augen. »Tu was dagegen, Schatz!« Sie störte sich an meinen abgenagten Fingernägeln, an den verbeulten Cordhosen, die ich so gerne trug, an den Knötchen in meinen Pullovern.

»Heutzutage schlafe ich manchmal ganz angezogen«, sagte ich zu Amalia. »Und manchmal wasche ich mich nicht einmal. Ich vergesse es ganz einfach, wenn ich zu Bett gehe.«

Mutter quittierte es mit einem Achselzucken.

»Solange deine Unterhose sauber bleibt und deine Socken nicht riechen, ist das doch in Ordnung.«

»Socken trage ich nur, wenn es kalt ist. Und ich rasiere mich nicht täglich, weil ich empfindliche Haut habe und es mir unter der Nase wehtut. Soll ich denn ständig mit einem Pflaster herumlaufen?«

»Nein, nur wenn es blutet«, sagte Mutter.

Kurzum, Tanja wollte, dass ich Gesichtscreme auftrug und mich bei Boss mit Klamotten eindeckte, die für jüngere, ambitiöse Manager gemacht waren und nicht für Dozenten mit knappem Gehalt. Sie wollte mit mir shoppen, ich wollte nicht und konnte auch nicht und kam mir vor wie ein bockiger Esel.

Amalia schob mir eine Schale rote Grütze unter die Nase. Ich tauchte kummervoll den Löffel hinein.

»Im Kühlschrank steht noch eine ganze Schüssel voll.« Amalia gab mir einen dicken Klecks Sahne obendrauf. »Die Wahrheit ist, dass Tanja einfach zu jung für dich war. Ich habe es ja gleich gesagt, du kommst nach Tobias, der ein Eigenbrötler war. Und Tobias konnte ich nur ertragen, weil ich meinen eigenen Kram machte. Und wenn wir uns dann trafen – am Tisch oder im Bett –, hatten wir unseren Spaß. Und schließlich hatte ich die Welt bereist, als sie noch ungefährlich war. Ich war in Karachi und Kabul, und keiner hat mir ein Haar gekrümmt. Was hat Tanja – abgesehen von Europa – bisher von der Welt gesehen?«

»Wir waren zwei Wochen auf den Malediven.«

»Die werden jetzt auch islamisiert, und – warte nur ab – bald gehen dort die Bomben hoch. Nein, die Welt ist nicht mehr schön, ganz und gar nicht, du kannst jetzt getrost viele Teile davon ignorieren. Tanja – das ist ihr Problem – wurde einfach eine Generation zu spät geboren.«

»Sie ist einfach gegangen«, sagte ich, »ohne Ankündigung, ohne Erklärung, wir hatten nicht einmal Streit. Einfach so.«

»Sie hatte dich satt, und ich für meinen Teil glaube, dass sie einen anderen hat. Einen, der besser zu ihr passt. Mach nicht so ein Gesicht, Rainer, da kriegst du Falten.«

Mutter nahm nie ein Blatt vor den Mund. Ich erinnere mich, dass ich mich in der letzten Zeit des Öfteren gefragt hatte, ob Tanja sich wohl mit einem anderen traf. In ihrem Handy herumzuspionieren fand ich unter meiner Würde. Mir Tanja mit einem anderen Kerl im Bett vorzustellen erforderte Heroismus, und ich spielte lieber Vogel Strauß. Dafür sah ich – im Traum – oft ein anderes Bild: Tanja und ich standen im Meer auf zwei Eisschollen, die sich unwiderruflich voneinander entfernten. Tanja winkte mit ihrem Tuch von Hermès, ich sah sie immer kleiner werden und dann verschwinden. Ich litt gewaltig, aber ohne Wut, das war nicht normal. Wut wäre besser gewesen, da hätte ich dem Nebenbuhler ein blaues Auge schlagen können. Das Dumme war nur, dass ich nicht einmal wusste, ob es ihn wirklich gab oder ob Tanja zu ihrer Mutter oder zu einer Schulfreundin gezogen war. Jedenfalls ging alles in die Brüche, und ich konnte mich nicht einmal stilvoll betrinken.

Unversehens wurde mir klar, dass ich mein Leben so hingekriegt hatte, dass ich nun niemanden mehr hatte, keinen Spielkameraden aus der Kindheit – die waren in alle Winde zerstreut – und nicht einmal eine Katze, die merkte, was mit mir los war, und sich teilnahmsvoll zu mir ins Bett kuschelte.

Ich hatte nur Amalia, die mich mit »Himmel und Erde« und roter Grütze fütterte; ihre besserwisserischen Sprüche führten dazu, dass ich mich noch erbärmlicher fühlte.

»Im Grunde hast du Tanja nie gemocht«, sagte ich.

Sie zog die Schultern hoch.

»Ach, wieso nicht? Aber es stimmt schon, für Weibchen habe ich nie viel übriggehabt.«

»Du redest nicht von einer Katze, du redest von meiner Frau«, sagte ich etwas eingeschnappt.

»Von deiner Exfrau.« Sie stand auf. »Soll ich uns einen Tee machen?«

»Ich hätte lieber einen Kaffee.«

»Abends trinke ich nur Tee«, sagte sie und setzte Wasser auf. Ich ergab mich ins Unvermeidliche. Mutters Vorlieben hatten stets Priorität.

»Wenn eine Frau sich zu wichtig fühlt...«, begann sie, aber das hätte sie nicht sagen sollen. Ich schnitt ihr das Wort ab.

»Wie du?«

Sie parierte souverän.

»Ich bin sechsundsiebzig, und wenn ich jetzt nicht meine Wünsche anmelde, trampeln später im Altersheim alle auf mir herum. Wie alt war deine Tanja? Neunundzwanzig, glaube ich, oder? Was hast du eigentlich mit ihr gemacht? Aber das geht mich ja eigentlich gar nichts an«, setzte sie hinzu, eine Floskel, mit der sie sich elegant aus der Affäre zog. (Das ist deine Sache, mein Sohn, sieh zu, wie du zurechtkommst).

»Sie gab meinem Leben Glamour«, sagte ich kläglich.

Sie hängte einen Teebeutel in eine froschgrüne Tasse.

»Das war bestimmt teuer.«

»Gucci«, gab ich finster zu. »Gucci kam immer wieder, wie Migräne.«

»Zweimal im Jahr? Ach je.«

»Gucci stand ihr fantastisch, sie hatte die richtige Figur dafür. Und jetzt ist sie weg, und alle Schränke sind leer. Mir kommt es so vor, als hätte sie die ganze Welt mitgenommen.«

»Sie konnte dich ja nicht nackig verlassen, nur um dir eine Freude zu machen. Und Gucci-Kreationen stehen dir nur, wenn du einiges an dir herumschnippeln lässt.«

Ich schüttelte den Kopf.

»Ich finde das überhaupt nicht lustig.«

»Ich habe auch Marken getragen, die fast genauso teuer waren. Das geht vorbei.« Sie sprang elastisch auf. Noch nie hatte sie lange still sitzen können. »Du erlaubst, dass ich mir eine Zigarette genehmige?«

Ich nickte matt. Sie zündete sich eine an, setzte sich wieder und inhalierte mit Genuss.

»Und jetzt hör zu: Ich will keinen Hypochonder als Sohn. Und wenn du mit der Introspektion fertig bist und endlich wieder die Unterhose wechselst, wirst du sehen, wie viele gut aussehende, gescheite, liebesbedürftige Frauen auf dich warten. Sex ist für keinen verlassenen Mann ein Problem. Glaube mir, das dämpft den Schmerz über die eine, die dich sitzen gelassen hat, erheblich. Und dann kannst du dich rächen. Eine Frau, die du zappeln lässt, hängt später um so fester an der Angelschnur.«

Ich traute meinen Ohren nicht.

»Und das sagt mir meine Mutter?«

»Muss es denn gleich wieder Liebe sein?«

Ich war einigermaßen schockiert.

»Und was soll ich deiner Meinung nach tun? Mich bei einer Online-Partnerbörse anmelden?«

»Heutzutage scheint das ja üblich zu sein. Ich weiß nicht, ob das etwas bringt. Aber versuchen könntest du es ja mal …«

Sie rührte ihren Tee um, wobei sie die Zigarette im Mundwinkel hielt. Der Rauch zog an mir vorbei, weckte Assoziationen an meinen Vater. Ich grübelte weiter an mir herum.

»Ich habe es mir nicht ausgesucht, dass ich so bin. Dass ich kein Erfolgsmensch sein kann, will ich sagen. Wer weiß, woher ich das habe?«

Sie verstand sofort, was ich meinte.

»Von Tobias, von wem denn sonst?«

»Es ist einfach hoffnungslos.«

»Soll ich dir mal was sagen? Als Punk hast du mir besser gefallen. *No future*, mit grünem Hahnenkamm, das hatte zumindest Stil. Wenn ich dich auch nicht ganz verstand.«

»Wie sähe das heute aus?«

»Entsetzlich. Du hast nicht mehr genug Haar, tut mir leid.«

Schlimmer konnte es nicht werden. Mir blieb noch ein Schluck Wein. Ich trank ihn aus, und prompt juckte es mir im Nacken, als ob ich gleich sechs Flohstiche gehabt hätte, alle auf einmal und drei auf jeder Seite. Ich unterdrückte das heftige Bedürfnis, mich zu kratzen, und fragte grimmig:

»Was würdest du an meiner Stelle tun?«

»Eine Dusche nehmen. Dir neue Wäsche kaufen. Charmant zu Frauen sein und gut im Bett. Das kann ich dir ja wohl noch zutrauen, oder? Und wenn der Brief vom Anwalt kommt, dir sagen, dass alles zwischen euch zu Ende ist. Aber dass es noch lange nicht das Ende der Welt ist. Finanziell wirst du die Sache schon verkraften. Nur vier Jahre Ehe, keine Kinder – so dramatisch kann es nicht sein. Du wirst dich schon erholen von der Schmach. Wann hast du Urlaub?«

»Mir steht noch eine Woche zu. Im September.«

»Dann buche ein Hotel, irgendwo. Gehe ins Konzert oder ins Bordell. Du kannst dich auch besaufen, wenn dir danach ist. Hör auf, immer so entsetzlich vernünftig zu sein! Du musst wieder Lust empfinden.«

»Lust auf was?«

»Meinetwegen auf Fesselspiele. Oder auf ein Drei-Sterne-Menü. Ich kann dir nicht täglich ›Himmel und Erde‹ vorsetzen. Sei geduldig. Warte auf bessere Zeiten. Man weiß ja doch nie, was auf Reisen alles passieren kann.«

»Was redest du mir nicht alles ein?«, sagte ich. »Ich werde mich überall langweilen, das weiß ich. Auch im Bordell.«

»Hör mal«, sagte sie, »wenn du so weit kommst, dass du dich in der eigenen Scheiße wohlfühlst …«

»Ich brauche Zeit. Du musst mehr Nachsicht mit mir haben.«

»Nachsicht liegt nicht in meiner Natur.«

Sie hatte mich mundtot geschlagen, ich gab es auf. Ich tastete nach der grünen Tasse, schlürfte den Kräutertee und verbrannte mir die Zunge.

»Zu heiß?«, fragte sie harmlos. »Dann lass ihn noch etwas stehen.«

Als ich mich auf den Weg nach Hause machte, wo mich nichts als deprimierende Stille erwartete, dachte ich, dass es nie wieder gut werden konnte. Immerhin war die Finsternis nicht mehr so dicht. Der Regen hatte nachgelassen, da und dort zeigten sich sogar einige Sterne. Ich war mit nichts von dem, was Amalia gesagt hatte, einverstanden, aber ihr Mutterhormon und mein Testosteron pulsierten mehr oder weniger auf einer einheitlichen Frequenz. (Waren wir alle nur Primaten?) Dass ich am Ende in Japan landen würde, konnte allerdings weder das eine noch das andere Hormon voraussehen.

2. Kapitel

Amalia hatte recht, es ging nicht so weiter, konnte nicht so weitergehen. Mir stand noch eine Woche Urlaub zu. Ich hielt mich an meine beruflichen Verpflichtungen, zog meine Kurse durch, bis der Freitag kam. Ich fand meine Studenten samt und sonders doof. Zwar waren alle ganz Ohr und Auge, machten sich emsig Notizen, aber ich wurde das Gefühl nicht los, dass sie sich ebenso wenig für die Darstellung des Welteneis und den Samen der Menschheitsgeschichte in den Bildern von Giotto di Bondone (1267–1337) interessierten wie ich. Abgesehen davon war diese Generation von Studenten, deren Geburtsdaten in den Neunzigerjahren lagen, zu selbstsicher für meinen Geschmack, zu cool, zu vernetzt, zu alles. Während ich mit Anfang zwanzig je nach Beleuchtung entweder wie zehn oder wie vierzig ausgesehen hatte, zeigten diese jungen Leute kaum einen Ausdruck auf den faltenlosen Gesichtern. Blickte ich in ihre arglosen Augen, sah ich mich im Geiste vor einem Teich stehen, Brot im Wasser zerkrümelnd, ein angesammeltes Fischknäuel mir zu Füßen. Mit dem Unterschied, dass die Fische zappelten und die Studenten brav in einer Reihe saßen. Eigentlich hätte es mir Genugtuung bereiten sollen, dass ich Jüngere belehren und sie von meiner Weisheit profitieren lassen konnte. Stattdessen verglich ich sie mit Forellen, was unfair war, befanden sich doch unter ihnen einige gescheite Köpfe. Gescheiter als ich allemal, der pausenlos damit beschäftigt war, mit dem eigenen

Ich zurechtzukommen. So wie ich veranlagt war, musste ich für Tanja wohl ein Mann gewesen sein, den sie leichter zum Narren halten konnte als andere. Aber wer war ich eigentlich? Ich erlebte einen Moment, in dem diese Frage plötzlich da war, die nach dem eigenen Ich, nach dem eigenen Wesen, nach dem, was mich unverwechselbar machte. Oder auch nicht, dachte ich grimmig. Auf die Dauer ist wahrscheinlich jeder Mann wie der andere.

Ich hatte eine Reise nach Prag gebucht, rein zufällig, wie man im Kiosk eine Zeitung kauft und ein Los gleich dazu, mit dem stets enttäuschten Hintergedanken, dass man eventuell doch in acht Tagen Millionär sein könnte. Wobei der Neider in mir sich schon lange fragte, wieso es mehrheitlich portugiesische Bauarbeiter waren, die beim Fußball-Toto gewannen und danach nicht wussten, wie sie das viele Geld ausgeben konnten! Aber ich schweife ab, was womöglich an meiner Erbmasse liegt.

Um ehrlich zu sein – ich wollte einfach nur weg von Hamburg. Wenn ich nichts unternehme, dachte ich, krepiere ich. Davon war ich überzeugt, ebenso wie ich davon überzeugt war, dass es mir morgen nicht besser gehen würde, sondern eher schlechter.

Inzwischen hatte ich zu Hause ein bisschen aufgeräumt. Alte Fotos und Briefe waren mir in die Hände gefallen. Postkarten und Liebesbriefe auch. Ach ja, ach ja! Gerade dann, wenn wir in der Tinte sitzen, beschäftigt uns die bange Frage, ob wir noch fähig sind, unsere eigene Geschichte zu schreiben. Oder ob es womöglich gesünder wäre, sich einfach treiben zu lassen. Immerhin verstand ich, woher Amalias leicht geringschätziger Ton kam, wenn von Tanja die Rede war. Tanja – dieses ach so reizvolle Wesen – war für sie nur ein Fliegengewicht. Amalias Eltern Irmela und Günther stammten aus Schlesien. Großgrundbesitzer, wohlhabend. Amalia und ihr Bruder Manfred wuchsen mit Kindermädchen und Hauslehrer auf, bis die Familie vor den anrückenden Russen fliehen musste. Manfred, kaum neunzehnjährig, starb in den Ardennen. Nicht unter feindlichem Gewehrfeuer, wohlgemerkt, sondern weil er, extrem kurzsichtig, in einen Graben stolperte und sich das Genick brach. Mein Großvater Günther verbrachte als Kriegsgefangener drei Jahre in einem Lager in der ägyptischen Wüste. Die Familie war enteignet worden, ihr Haus diente russischen Offizieren als Hauptquartier und wurde später zerbombt. Irmela zog zu ihrer Schwester Sophie nach Bremen. Sophie, eine resolute Frau, unverheiratet, die vor dem Krieg ein Medizinstudium begonnen hatte, brachte sich und die Verwandtschaft durch, indem sie Zimmer an Studenten vermietete und als Sprechstundenhilfe bei einem Zahnarzt arbeitete. Irmela, die Jüngere und Hübschere, hatte bisher kaum einen Finger gerührt. Jetzt machte sie den ganzen Haushalt, kochte und bügelte, putzte sogar die Zimmer der Studenten. Dann kehrte Günther aus der Gefangenschaft zurück, auch für ihn musste Platz geschaffen werden. Mein Großvater, vormals ein äußerst kluger Geschäftsmann, bezog jetzt Invalidenrente. Er lag nur noch im Bett oder saß am Küchentisch und las Westernromane, »Die Gefangene der Cheyenne« und Ähnliches. Im Lager hatte er sich an Tuberkulose angesteckt. Er galt als geheilt, aber er rauchte wie ein Schlot und starb zwei Jahre später an Lungenkrebs. Nach seinem Tod angelte sich Irmela jenen Zahnarzt, bei dem ihre Schwester eine Zeit lang gearbeitet hatte. Dieser hatte sich von seiner ersten Frau scheiden lassen und war zu haben. Sophie hatte inzwischen gekündigt, ihr Studium wieder aufgenommen. Später lernte sie einen Spanier kennen und zog mit ihm nach Benidorm, wo sie bis zum Rentenalter Kinderärztin war. Während Irmela, noch immer eine sehr schöne Frau, die Jahre des Wirtschaftswunders in

Sicherheit und zunehmendem Wohlstand genoss, pubertierte Amalia mit größter Intensität, provozierte einen Eklat nach dem anderen, flog aus verschiedenen Schulen. Sie war groß, ungelenkig, mit einem Sinn für schwarzen Humor, den viele nur mäßig oder überhaupt nicht komisch fanden. Sie eckte überall an, und Irmela zeigte viel Nachsicht. Der Stiefvater wäre gerne strenger mit ihr umgegangen, aber Irmela nahm sie stets in Schutz, und am Ende tat Amalia nur das, was sie wollte.

Zunächst war sie recht füllig, trug Brille und Zahnspange. Erst mit siebzehn wurde sie richtig hübsch. Es war das goldene Zeitalter der Hippies. Amalia machte alles mit. Auf der Insel Wright schlief sie schlammverkrustet in einem dünnen Schlafsack, wobei sie sich eine Bronchitis holte. Sie tanzte blumenbekränzt in Indien (*Hare Krishna, hare, hare!*), traf Buddha – oder jedenfalls jemanden, der ihm ähnlich sah – auf einer Blumenwiese in Nepal und trampte durch Afghanistan, lange bevor das Wort »Taliban« rund um den Erdball ging. Wieder sesshaft geworden, studierte sie Filmregie. Sie war begabt, realisierte einige Doku-Filme für das Fernsehen, gute Sachen, immer mit sozialer Aussage, die Beachtung fanden. Sie drehte einen Film über Rostropowitsch, inklusive der berühmten Szene, die zeigt, wie er nach dem Fall der Mauer spielte. Und lernte dabei Tobias Steckborn kennen, einen Hamburger Musiker, der wundervoll Oboe spielte, was im Allgemeinen als brotlose Kunst galt, die er sich aber leisten konnte, weil sein Vater nach dem Krieg in Immobilien investiert hatte. Als der und seine Frau gestorben waren, erbten Tobias – mein Vater – und seine beiden Schwestern das viele Geld. Die eine Schwester zog nach Argentinien, die andere nach Ibiza, und Tobias, der immer brav gewesen war, rührte sich nicht vom Fleck und spielte im Rundfunkorchester. Er sah Amalia und war von der ersten Sekunde an »hin und weg«. Sie war, wie er mal gestand, die Person, die seinem Seelenbild entsprach. »Ich sah mich in ihr, wie in einer Verkleidung«, hatte er mal gesagt. Ich konnte mir darunter nichts vorstellen, war jedoch gewaltig beeindruckt. Bei jener ersten Begegnung soll Amalia schwarze Shorts getragen haben, ein anliegendes Top, mit kleinen Spiegeln bestickt, und einen wallenden afghanischen Hirtenmantel. Mit ihrem rotblonden Haar und ihrer tiefen Stimme (sie rauchte damals ein Päckchen Camel pro Tag) hatte sie sich wie eine huldvolle Königin in Tobias' Leben niedergelassen. Ihr Hirtenmantel war ein Staubfänger und stank nach Ziegenfell, sie ging auch im Winter barfuß in Sandalen. Amalia hat heute noch Hornhaut unter der Fußsohle, wie eine Bäuerin, und ist sogar stolz darauf. »Bricht mitten in der Nacht ein Feuer aus, kann ich sofort losrennen, ohne zuerst die Pantoffeln zu suchen«, pflegt sie zu sagen. Tobias, der antiseptisch und nicht die Spur handfest war, liebte sie abgöttisch, zündete Kerzen an, wenn sie meditierte, und ernährte sich nur noch vegetarisch. Als ich geboren wurde, bestimmte Amalia, dass Tobias dabei zu sein hatte. Tobias war also Zeuge, wie ich, glitschig und rot und laut schreiend, das Licht dieser Welt erblickte. Er schnitt tapfer die Nabelschnur durch, wobei ihm das Abendessen hochkam und er aus dem Kreißsaal rennen musste, um sich zu übergeben. Ich erzähle das nur, weil die Fakten zeigen, dass Bravour in unserer Familie einfach keine Wurzeln schlagen kann. Immerhin wurden Amalias Filme bei Festivals gezeigt, sie gewann sogar verschiedene Preise. Später drehte sie nur noch sporadisch diesen oder jenen Film, wenn ihr, wie sie sagte, das »Thema keine Ruhe ließ«. Inzwischen spielte Tobias verzückt Oboe, und beide führten achtzehn Jahre lang eine etwas versponnene, aber glückliche Ehe.

Was mich betrifft, hatte mir meine Zeit bei der Bundeswehr kein Trauma hinterlassen, ja nicht einmal einen nachhaltigen Eindruck. Die Offiziere, die mich beruflich anbrüllten, waren privat recht umgänglich, und der heutzutage gesetzlich genehmigte Drill hatte aus keinem von uns Hackfleisch gemacht. Es war sozusagen eine Generationsfrage, dass ich ein recht bequemes Leben führen konnte. Mit dem Ergebnis, dass ich wenig zähen Ehrgeiz entwickelte und tendenziell wohl den »Softies« zuzuordnen war, einer Gattung, die angeblich bei Frauen gut ankommt. Auch als Erwachsener war ich eigentlich nicht viel anders als früher: Ich hatte einen Kopf, da war ziemlich viel drin, keine Haare auf der Brust, und ansonsten benahm ich mich weltfremd. Mit zwölf, da entsinne ich mich gut, war mir in der Schulbibliothek ein illustrierter Astronomieatlas für den Grundschulunterricht in die Hände gefallen. Ich hatte aufmerksam die Bilder studiert, die mir wunderbar rätselhaft vorkamen, hatte mit dem Zeigefinger jeden Planeten im Sonnensystem markiert. Das Buch – und alle anderen Astronomiebücher, die ich danach studierte – waren für mich eine Fundgrube unwiderlegbarer Offenbarungen. Ich las Bücher, die eigentlich nicht für mein Alter bestimmt waren: Isaac Newton und das Schwerkraftgesetz, die »Parallax-Methode« von A. Singer, der »Balanceprozess einer Sonnen-Eruption« von einen Astronomen, dessen Name mir entfallen ist, und auch der »Geist der Materie« von Jean Émile Charon, der, wie ich inzwischen erfahren habe, am Ende seine Affinität zu Gott entdeckte und in der Klapsmühle landete. Vielleicht sollte man nicht zu viel Schaum schlagen.

Natürlich verstand ich anfänglich nicht viel von dem, was ich in solchen Büchern las. Sie interessierten mich einfach, ich konnte selbst nicht sagen, warum. Dennoch waren diese Lektüren nicht vergeudet. Wenn mir in späteren Jahren eine Stelle, deren ich mich gut erinnere, durch den Kopf ging, blitzte ihr Sinn wie ein überraschender Sonnenstrahl vor mir auf.

Tatsache ist, dass weder Mathematik noch Theologie einem kleinen Jungen Kopfzerbrechen machen. Oft, wenn ich die Dummheit der Erwachsenen sehe (meine eigene inbegriffen), wundere ich mich, was aus diesen neugierigen Kindern später geworden ist. Die Freude am Experimentieren, und sei es nur in Gedanken, ist einfach weg. Damals kam mir jedenfalls die Idee, dass, wenn sich die Schwerkraft der Sternenhaufen nur geringfügig verändern würde, neue Organismen auf der Welt entstehen könnten. Das aufregendste Ergebnis dabei wäre der Embryo einer neuen Menschheit. Folglich bastelte ich ein Modell aus Papier, Klebstoff und Pappe und schickte die Konstellationen beherzt auf andere Bahnen. Natürlich landete das Embryo der neuen Menschheit schließlich im Papierkorb, dessen Inhalt unsere Putzhilfe entsorgte. Dann starb mein Vater, und ich färbte mein Haar grün. Dass ich es trotzdem bis zum Gymnasium schaffte, habe ich Amalia zu verdanken, die, nachdem wir schon Florenz und Siena besichtigt hatten, plötzlich beschloss, mit mir nach Rom zu fahren. Nein, sie wollte mit mir nicht zum Papst, sondern mir lediglich die Sixtinische Kapelle zeigen. Ich war einverstanden. Ich war mit allem einverstanden, seitdem ich meinen Seelentrost bei Caravaggio entdeckt hatte.

In der Kapelle standen wir, zwischen Touristen eingeklemmt, und starrten mit steifem Nacken nach oben. Das Schicksal wollte, dass ich die Erklärung einer Führerin aufschnappte, die mich so tief prägte wie kaum etwas in meinem bisherigen Leben. Hätte die Frau englisch gesprochen, wäre ich gelangweilt an ihr vorbeigeschlurft. Aber sie sprach deutsch, und so blieb ich stehen. Zunächst fiel mir auf, wie attraktiv diese Frau doch war, vollbusig, lebhaft, mit Haaren wie schwarze Schlangen. Sie warf dieses Haar hin und her, während sie einem aufmerksamen Halbkreis von Touristen erklärte, es gäbe unter Neurologen die Ansicht, Michelangelo habe der Wolke, aus der Gottes Finger ragte, die Form des menschlichen Gehirns gegeben. Wobei Gottes Finger den Geist darstellte, der Adam berührte und ihm aus dem kosmischen Gehirn den Funken der Intelligenz übertrug. Es sei natürlich eine Auffassung, betonte die Führerin, die nicht alle Neurologen teilten und die Anlass zu Kontroversen gab. Ich trank ihre Worte wie die Verkündigung der Sybille, die über meinem Kopf auf ihrem Dreifuß thronte. Mir war egal, wo, warum und wie lange die Neurologen debattierten; wenn es stimmte und ein Maler fähig war, eine neurologische Erkenntnis in der Kunst darzustellen, ohne gleich auf dem Scheiterhaufen zu verbrennen, dann war dieser Maler ein Genie. Auf irgendeine verdrehte Art sah ich eine Verbindung zwischen Michelangelos Visionen und meinem Embryo der neuen Menschheit. Von diesem magischen Augenblick an geriet alles in mir in Gärung. Amalia brauchte sich keine Sorgen mehr um mich zu machen. Ich hatte endlich etwas gefunden, das mich packte!

Daran dachte ich, während ich vor Tanjas leerem Kleiderschrank lamentierte und der Verdacht sich in mir aufdrängte, dass meine Frau mich – das verkannte Genie – einfach nicht zu schätzen gewusst hatte. Und nur ein Wimpernzucken später folgte die unmittelbare Frage: Wo ist der sofortige Trost? Sollte ich mir eine Studentin schnappen? Auf die Gefahr hin, dass ich sie, wie in einem amerikanischen Film, womöglich gleich schwängerte? Im Hörsaal war mir eine aufgefallen, die Jane hieß (ich Tarzan?) und überlange Beine hatte. Ihr kleiner Mund glich einer Knospe, der Madonnen von Fra Angelico ähnlich. Lachte sie, sah ich ihr hellrosa kindliches Zahnfleisch. Sie schaute mich an mit einer Wärme, die ich nicht für alltäglich hielt jemanden gegenüber, der hinter dem Rednerpult dozierte, sich dann und wann gewaltig räusperte und in langen Schlucken von dem Wasser trank, das dort stand.

Immerhin meldete sich mein Selbsterhaltungstrieb: Hatte Jane Beine wie eine Gazelle, wollte sie diese auch zur Geltung bringen. Und zwar in einer Mini-Jupe von Gucci, worauf ich vom Regen in die Traufe gekommen wäre. Abgesehen von dem Risiko einer ungewollten Schwangerschaft waren Studentinnen eine lebenslustige Sorte, anfällig für *carpe diem*, modische Bonbons, iPod und Technomusik.

Und weil ich keinen Frust mehr wollte und auch keine Lust hatte, mitten in der Nacht eine Nabelschnur zu durchtrennen, legte ich die langbeinige Jane nicht in mein Bett, sondern ad acta. Es mochte für uns beide gesünder sein.

Die Reise nach Prag also. Warum Prag? Weil ich Prag noch nicht kannte, wäre die naheliegende Antwort. Aber da war mehr. Die Sprache zunächst, völlig unverständlich, und trotzdem mit einer Wärme der Kehllaute, die mich an Italien erinnerte. Dann die Geschichte. Die katholische Gegenreformation im Böhmen des siebzehnten und achtzehnten Jahrhunderts hatte die Stadt mit Prunkbauten versehen. Kaiser Rudolf der Zweite, ein Habsburger aus Madrid, hatte am Königshof mit Giordano Bruno über Fragen der Philosophie debattiert und den Dänen Tycho Brahe als Hofastronomen zu sich geholt. Brahe hatte ein revolutionäres Modell des Sonnensystems entworfen, sein Schüler Johannes Kepler hatte – lange bevor das Teleskop erfunden wurde – die elliptischen Bahnen um die Sonne berechnet. Der kleine Junge, der damals ein Modell des Sonnensystems gebastelt hatte, freute sich, auf den Spuren Gleichgesinnter zu wandeln. Solche, die Kopf und Kragen riskiert hatten, weil ihre Ideen sich nicht mit den Ammenmärchen ihrer Zeit vertrugen. Nur aufgeklärte Fürsten konnten sich damals leisten, dem Klerus über den Mund zu fahren, während Opportunisten dem Papst den Ring küssten und die Astronomen in den Kerker warfen. Was ich in Prag fand, war ein lebendiges Nacherleben der Dinge, ein Bestehen vieler Zeitepochen. Gotik, Renaissance und Barock, aber auch Jugendstil, Kubismus und Funktionalismus. Es war schon so, dass sich in Prag etwas Falsches nicht hielt. Im chaotischen zwanzigsten Jahrhundert wurde hinter dem Eisernen Vorhang eine trostlose Baulandschaft errichtet, jedes Haus viereckig wie eine Kiste. Die samtene Revolution hatte das Hässliche, das am Beton haftete und an den Steinen hing, lächerlich gemacht, kreativ neu gestaltet oder verschmitzt zweckentfremdet. Dass der »Prager Frühling« die wunderlichsten Blüten trug, war einer Fantasie zu verdanken, widerspenstig und tiefgründig, die aus dem Mythos kam. Wer ein Gefühl dafür hat, spürt diese Dinge.

Mein Hotel befand sich in der Stadtmitte, nur wenige Minuten vom Wenzelsplatz und dem Prager Opernhaus entfernt. Der Bau war wuchtig, die Säle und Zimmerfluchten pompös, für Gäste eingerichtet, die vornehme Ruhe suchten. Heutzutage war die Vornehmheit – zumindest teilweise – flötengegangen. Das Hotel hatte Verträge mit Reisebüros geschlossen, die ihre Gruppen aus aller Welt in die gediegenen Räume schütteten. Schon morgens erlebte ich mit leichter Betroffenheit, wie sich die weiß gedeckten Frühstückstische unter den Lüstern in ein Stillleben von fettigen Tellern, gebrauchten Kaffeetassen, zerknüllten Servietten und Brotresten verwandelten; die Gruppenreisenden hatten frenetisch in sich hineingestopft, was zu haben war. Die überforderten Kellnerinnen rannten wie gehetzt hin und her, trugen Berge von schmutzigem Geschirr in die Küche. Das kommunistische Regime hatte den Dienstleistungssektor wenig gefördert. Weil ich ohne Frühstück denkunfähig bin, griff ich zur Selbsthilfe: Halb leere Kaffeekannen standen reihenweise herum, saubere Tassen fand ich auf der Anrichte, und aus verschiedenen Resten stellte ich mir ein Frühstück zusammen. Niemand nahm Anstoß daran, und es funktionierte allemal. Mir wurde gesagt, dass die meisten Touristen erst im Sommer kämen, was eh kein Trost war.

Das »Alfons-Mucha-Museum«, das ich gleich am ersten Morgen besichtigte, befand sich gegenüber vom Hotel. Mucha malte Frauen, die ich stets als herrlich sinnlich empfunden hatte; diese Figuren, von Symbolen umgeben, mit Ähren oder Klatschmohn gekrönt, waren allesamt epische Schönheiten, weder gefällig noch frivol, ungeachtet dessen, ob sie Sarah Bernhardt als »Gismonda« und »Kameliendame« darstellten oder auf Plakaten für Kakao und Zigarren warben.

Es war ein hochmütiges Frauenbild, das der Künstler entwarf, den Madonnen der Renaissance Lichtjahre fern. Der Engel erschien mit gebieterisch erhobener Hand, die Madonna beugte das Haupt: »Ich bin die Magd des Herrn.« Bei »Medea« hatte der Engel nichts zu suchen, Medea hätte ihn wütend abblitzen lassen, da waren eher die Furien am Werk. Gab es einen Engel irgendwo, dann in Gestalt eines Sterns, den die im Schnee verirrte Bäuerin mit meditativer Gleichmut betrachtete. Ein Stern ist ein Stern ist ein Stern …

Weibliche Allegorien mit schmachtendem Blick, entblößter Brust und Lilien im Arm gab es in Prag viele zu besichtigen. Oft am Rande des Kitsches, aber souverän weit weg vom schlechten Geschmack. Stets waren in den Farben der Glasfenster und der Mosaiken Elemente vorhanden, die dem Ganzen eine Art vergeistigte Harmonie verliehen und das Auge entzückten. In einer Zeit, in der alles wie aus der Retorte kommt, war Prag eine Stadt, die Geschichten erzählte. Prag erzählte von Märchen und Sagen, von Krieg und Befreiung, von der Religion und vom Kommunismus, von der Musik und der Kunst und von dem, was man daraus machen kann.

Das Problem eines Einzelreisenden ist, dass er niemanden

hat, mit dem er reden kann. Kein Gedankenaustausch findet statt, die Worte bleiben stecken wie ein Kloß in der Kehle. Stand ich in einer Traube von Besuchern vor der astronomischen Uhr am Rathausturm, bimmelte das Glockenspiel vergeblich für mich. Die zwölf Apostel erschienen, der Tod – in Gestalt eines Skeletts – schlug mit seiner Glocke, alle spendeten Applaus, nur ich machte ein brummiges Gesicht, weil hier alle froh waren und ich am Rande der Depression stand. Ging ich über die Karlsbrücke mit ihren berühmten Barockstatuen, während die Moldau langsam vorbeifloss, wehte ein lauer Wind, und der Himmel weit über Prag war freundlich. Die Moldau war ein mütterlicher, beständiger Fluss, der Zeitepochen mit sich führte wie Schwemmsand. Es musste schön sein, diese sanfte Stärke zu spüren, sich ihr zu überlassen. Aber weil die Menschen dem, was sie sehen, hören und fühlen, das Klima ihrer eigenen Seelen und ihre eigenen Widersprüche hinzufügen, fand ich das Wasser schmutzig und dachte an Giftmüll. Inzwischen blickten die heilige Ludmilla, der heilige Judas Thaddäus, der heilige Ivo, die heilige Barbara und wie sie sonst noch hießen, missbilligend auf mich herab. Dass ich etwas Schönes banal fand, gefiel ihnen nicht. Banal wurden die Dinge nur, weil sie ungeliebt waren. Ich war wie eine Figur auf einem Schachspiel, meiner Umwelt entnommen und versetzt. Und wer hatte mich versetzt? Meine unselige Tanja. Ich war Tanja zum Opfer gefallen, ach ja, ach ja! Besaß ich zu wenig Anziehungskraft? Stand mein Bankkonto in den roten Zahlen? Rochen meine Socken schlecht? Es heißt, verlieren zu können ist die Summe aller Weisheit. Ich aber fand es unerträglich, morgens alleine zu erwachen und mich zu rasieren, mich durch den Tag zu quälen, dabei matt und pausenlos nur mit mir selbst beschäftigt zu sein. Die Gabe, aus dem Vorhandenen zu schöpfen und zufrieden zu sein, offen für neue Eindrucke, verlangte mehr als Passivität. Meine Gefühle waren verletzt, somit war mein schlimmster Feind der Miesepeter. Besichtigte ich Kirchen, Museen und Paläste – wozu ich mich beflissen bemühte –, spazierte mein innerer Nörgler mit; es war aussichtslos, den Anschein aufkommen zu lassen, dass mich das alles ansprach. Null Impetus, es den Touristen gleichzutun, dafür ein gewaltiger Impetus zur Menschenverachtung. Herrgott, das Leben sollte doch Freundschaft sein, Gespräch, Wärme und Nähe. Ich aber stand immer noch da wie hinter dem Rednerpult, beleidigt und auf Distanz mit allem, sodass am Ende auch das Besondere zum Herkömmlichen wurde, das Schöne zwar vor meinen Augen existierte, aber mein Herz kalt ließ.

Nach drei Tagen hatte ich mich noch immer nicht erholt; ich stapfte von einer Sehenswürdigkeit zur anderen, speiste schmackhaft und figurungünstig (zu viel Kartoffeln, zu viel Speck, zu viel Soße, zu viel Sahne), ruhte meine geschwollenen Füße in Cafés aus, wo ich zur üblichen Zeit für Kaffee und Kuchen sorgte, und am Abend war ich nur noch müde und wollte ins Bett. Kurzum, ein Dozent in schlechtester Form.

3. Kapitel

Die Traviata, Aida und Madame Butterfly waren mir sattsam vertraut. Auf dem Spielplan der Prager Oper stand eine mir noch unbekannte »Rusalka« von Antonin Dvořák, meinem tschechischen Lieblingskomponisten. Bedrich Smetana genoss ich vorzugsweise bei sentimentalen Wallungen, was im Moment nicht der Fall war.

Die Aufführung sei leider ausverkauft, meinte der Concierge, der mir, gegen ein reichlich überzogenes Trinkgeld, noch eine Karte für den gleichen Abend besorgte.

In Vorfreude auf die »Rusalka« hatte ich am Nachmittag das Dvořák-Museum besucht und einmal mehr erstaunt festgestellt, wie banal doch Menschen gelebt hatten, deren Musik wir bewunderten. Werke großer Künstler haben eine gewaltige Täuschungskraft: Wir stellen uns Titanen vor und finden Kleinbürger in kleinen Wohnungen, mit kleinen Möbeln, kleinen runden Brillen, kleiner, unleserlicher Handschrift. Man gewinnt dabei das Gefühl, dass sie in zwei Welten gelebt hatten, in verschiedenen Wirklichkeitsstufen: die großartige Welt des Geistes und die beschränkte Welt der Kleinbürger, die fast immer zu viele Kinder hatten, zu wenig Geld und schlechte Zähne. Manchmal war es besser, die Menschen hinter ihren Werken verschwinden zu lassen, sich der Illusion hinzugeben, dass sie Könige waren, verschwenderisch mit Gaben ausgestattet, Träger von großen und erhabenen Visionen. Dass sie uns solches glauben machen, ist eben ihre Magie.

Die Rusalka also. Das volkstümliche Motiv der Undine, recht konservativ auf die Bühne gebracht. Nichts gegen Märchen, auch nicht, wenn sie bieder inszeniert sind. Ich war von deutschen Bühnen anderes gewohnt, hatte Lulu splitternackt, die Tosca im Unterrock und Carmen mit einem T-Shirt, auf dem *Fuck you* zu lesen war, gesehen. Auch Opern müssen sich der Zeit anpassen. In Prag herrschte noch eine Art proletarische Ehrfurcht vor der Kultur. Man rüttelte nur zaghaft am musikalischen Erbe. Und so tanzte die Rusalka in wehenden Schleiern über Seerosen, die herrschaftliche Jagd sprengte per Video herbei, und der Wassergeist zog ein grünes Gestrüpp hinter sich her. In einer modernen Inszenierung hätte man ihn – ich nehme es an – in einen Taucheranzug gesteckt. Mit Schwimmflossen obendrein. Immerhin war das Orchester hervorragend, und die dickliche Rusalka hatte eine wundervolle Stimme. Ihre »Ode an den Mond«, als ob musikalische Kristallfäden sich aus ihrem sinnlichen Mund lösten, verschaffte mir eine Erektion, was die »Adult Movies« im Hotelzimmer nur unbefriedigend zustande gebracht hatten. Die Opernerektion machte sich im unpassendsten Augenblick bemerkbar, aber Erektionen melden sich, wann sie wollen. Na gut, ich war angetörnt, ging in der Pause auf das WC und holte mir anschließend ein Glas Orangensaft an der Bar. Das elegante Foyer war voller Stimmen und Leute. Ich nahm die Frauen in Augenschein, von denen einige recht attraktiv und gut gekleidet waren, und dachte, dass ich zum ersten Mal – wenn auch nur für die Dauer der Erektion – meinen inneren Nörgler vergessen hatte. Mit diesem guten Gefühl schlenderte ich auf die Terrasse hinaus, sah zu, wie die Dämmerung die Stadt in malvenfarbiges Licht hüllte, als ich hinter mir ein verdächtiges Rieseln hörte. Mein linker Schenkel wurde sofort klatschnass. Ich zuckte zusammen, wandte mich um und sah eine schlanke Asiatin, die mich mit großen, entsetzten Kulleraugen anstarrte. Die junge Frau hielt zugleich eine Clutch, ein Weinglas und einen iPod in der Hand, und beim Jonglieren mit diesen drei Gegenständen war der Inhalt ihres Glases über mein Hosenbein geschwappt.

»Oh!«, sagte ich.

»Oh!«, antwortete die junge Frau in entsetztem Tonfall. »Oh, oh, oh!« Sie stieß diese Ausrufe hervor, wobei sie sich gleichzeitig umsah, einen kleinen Tisch fand, auf den sie ihr Glas stellen und den iPod legen konnte, bevor sie fahrig in ihrer Clutch wühlte und ein blütenweißes Taschentuch zum Vorschein brachte. »Oh, oh, oh!«, stammelte sie unentwegt, packte meinen Jackensaum, zerrte ihn hoch und begann mit dem Taschentuch mein Hosenbein abzutupfen. Ich drehte mich zwei- oder dreimal um die eigene Achse, um ihrem Griff zu entkommen, der unerwartet fest war, sodass ich sie einfach hinter mir herzog.

»Ach, lassen Sie das nur … es macht doch nichts …«

»*I am sorry*«, keuchte sie. »Es ist mir ja so peinlich«, setzte sie auf Deutsch hinzu, wobei sie sich weiterhin mit meinem Hosenbein befasste.

Die Sache war unerwartet pikant. Ich begann mich zu amüsieren.

»Wirklich, machen Sie sich keine Sorgen«, sagte ich.

Sie blickte erschrocken zu mir empor.

»Ist es Ihnen nicht … unangenehm?«

»Es klebt ein bisschen.«

Sie schlug die Hand vor den Mund.

»Wie entsetzlich!«

Ich blinzelte ihr zu.

»Es könnte schlimmer sein.«

Sie wedelte hektisch mit dem Taschentuch, das inzwischen unschöne rote Flecken aufwies.

»Bitte, entschuldigen Sie … Ich … ich könnte im Erdboden versinken!«

»Dazu besteht kein Anlass«, erwiderte ich. »Zum Glück ist der Anzug ja schwarz.«

»Anthrazit«, murmelte sie.

»Wie bitte?«

»Die Farbe, meine ich.«

»Da haben Sie aber gute Augen. Bei dieser Beleuchtung!«

»Oh!«

Sie wich einen Schritt zurück. Wir starrten einander an, bevor wir, von der Komik der Situation gepackt, in unwiderstehliches Gelächter ausbrachen.

»Ich sollte eigentlich nicht lachen«, sagte die junge Frau, als sie wieder zu Atem kam. »Ich bin so ungeschickt, ich war es schon immer …«

Ich tröstete sie.

»Sie sehen aber gar nicht so aus.«

»Oh, doch!«, seufzte sie.

Das Klingelzeichen ertönte. Schon zum zweiten Mal, fiel mir plötzlich auf. Die Leute verließen das Foyer, um ihre Plätze wieder einzunehmen. Unwillkürlich folgten wir dem Strom. Seit einigen Augenblicken beschäftigte mich die Frage, ob die junge Asiatin wohl in Begleitung war. Unvermeidlich hatten hübsche Frauen ein männliches Wesen im Schlepptau, das ungeduldig auf sie wartete. (Wo warst du denn die ganze Zeit?) Doch nein – offenbar war sie allein. Ich nahm meine Chance aber erst wahr, als ich merkte, dass sie nach rechts ging und ich nach links. Dabei warf sie mir einen zerknirschten Blick zu, zog eine komische kleine Grimasse, als ob sie sich ein Lächeln verbiss. Buchstäblich in letzter Sekunde brachte ich es fertig, sie zu fragen, ob ich sie nach der Vorstellung zu einem Drink würde einladen dürfen. Worauf sie ruckartig stehen blieb.

»Oh! Ich wusste einfach nicht, wie ich es Ihnen sagen könnte… Ich möchte selbstverständlich für den Schaden aufkommen.«

»Für welchen Schaden?«

»Für die Hose, meine ich. Ich möchte gerne die Reinigung bezahlen. Ist es immer noch sehr unangenehm?«

»Noch etwas nass«, sagte ich. »Aber es trocknet schon.«

Ihre Hand fuhr an den Mund.

»Oh!«

Und weil die Lichter im Saal langsam ausgingen, fügte ich schnell hinzu: »Also, sehen wir uns nachher im Foyer?« Sie deutete eine Verbeugung an. »Doch, sehr gerne.« Sie wandte sich hastig ab, der Tür entgegen, stolperte über die Schwelle und prallte gegen eine Säule. Sie taumelte zurück, und dann war sie weg. Mir blieb gerade noch Zeit, in fliegender Eile meinen Platz zu erreichen, gerade als aus dem Orchestergraben die ersten Noten ertönten und der rote Vorhang sich hob.

Nachträglich wäre es falsch von mir zu behaupten, dass ich ganz bei der Sache gewesen sei. Gewiss genoss ich die Aufführung, wartete aber vergeblich darauf, dass Rusalkas rührende Klage erneut ihre Wirkung tat. Sie tat es nicht. Ich ertappte mich sogar dabei, dass ich in aller Diskretion einen Blick auf die Uhr warf. Die junge Asiatin gefiel mir, diese drollige Mischung aus Eleganz, Tollpatschigkeit und Selbstbewusstsein. War sie Chinesin, Koreanerin? Ich nahm an, dass sie Japanerin war, ihre Stimme hatte nicht das Helle, etwas Kindliche, das man oft bei Asiatinnen hört. Ihre Stimme hatte einen tieferen Klang mit einem leichten Vibrieren, wie ein ganz ferner, dunkler Glockenton. Sie schien auch Humor zu haben, der Humor war immer da, unterschwellig und unwiderstehlich. Selbst wenn sie sich entschuldigte, war das Lachen stets in ihren Augen, entsprach unsere Situation doch in etwa dem, was die Franzosen einst unter *pantalonnade* – Hosenspiel – verstanden, wobei der Mann in der nächsten Sequenz in Unterhose und Sockenhalter zu erscheinen hatte. Zum Glück trug ich keine Sockenhalter, ja nicht einmal Socken zu meinen schwarzen Loafers, was die Italiener wiederum als *molto elegante* bezeichnen würden, ja, ja, auch in der Oper. In der Scheißhitze draußen waren Socken für mich einfach unerträglich. Während ich so sinnierte, verlor die Rusalka auf der Bühne ihre Stimme – die Handlung verlangte, dass sie aus Liebesgram verstummte. Zuletzt entstieg der Magier mit seinem Grünzeug dem Wasser und zerrte das arme Wesen ins Reich der ewig stummen Fische. Ich aber hatte jetzt anderes im Kopf. Die Musik war nur noch narkotisch betäubend in ihrer Schönheit, die alle im Saal in Unbeweglichkeit hielt, derweil ich die Beute nervöser Ungeduld wurde, am Ende mit solcher Heftigkeit, dass ich kaum noch still sitzen konnte. Endlich verstummte die Musik; den Raum erfüllten stürmisches Beifallklatschen und Bravorufe. Ich schloss mich rückhaltlos dem Applaus an, mit der schnöden Überlegung, dass es jetzt endlich vorbei war. Gewiss tat ich Dvořák und der Rusalka unrecht, aber jeder schleppt seine Neurosen mit sich herum, auch in die Oper, wenn es gerade so kommt. Immerhin schien es mir seit vierzig Minuten (ungefähr), dass es vielleicht möglich sei, meine Probleme zu vergessen oder vielmehr, dass ich eventuell mit einer Frau darüber reden konnte, die nicht Amalia hieß.

4. Kapitel

Sie hieß Mia. Mia Koga, wie auf ihrer zierlichen Visitenkarte stand, die sie mir mit einer charmanten Verbeugung im Foyer überreichte. Sie war – wie ich vermutet hatte – Japanerin. Meine Visitenkarte suchte ich vergeblich, in Brief-und Hosentasche. Ich hatte keine zur Hand, nannte meinen Namen und kam mir vor wie einer, der, wie Amalia es pedantisch formulieren würde, »von Zuhause aus keine gute Kinderstube hatte«.

Ich stellte mich vor, wobei ich gleich eine billige Entschuldigung für mein Fehlverhalten auf diplomatischem Parkett hinzufügte: »Wissen Sie, ich mache nur ein paar Tage Urlaub …«

Ich hatte ihr Sinn für Humor zugeschrieben, und sie bestätigte dies, indem sie mit einem kleinen Lächeln erwiderte: »Ja, da reist man besser mit leichtem Gepäck.«

Ich räusperte mich und wechselte das Thema mit der Bemerkung, dass ich eine kleine, stimmungsvolle Lounge im Tyn-Hof ausgemacht hatte.

»Wollen wir dort noch etwas trinken?«

»Ja, gerne«, sagte Mia Koga.

Das Publikum strömte zu den Ausgängen. Im Gedränge gelangten wir nach draußen. Die Nacht war lauwarm und der Weg bis zum Tyn-Hof nicht weit. Wir gingen zu Fuß. Eines der Missverständnisse zwischen den Geschlechtern besteht darin, dass die Modeindustrie die Frauen in dem Glauben bestärkt, Männer fänden sie nur in High Heels begehrenswert. Die Wahrheit ist, dass Männer nervös werden, wenn sie gezwungen sind, neben einer Frau zu gehen, die in High Heels daherstakst. Männer ertragen es nur am Anfang ihres Verliebtseins. Danach lautet die Parole: »Los, Mensch, beeil dich doch!«, worauf die genervte Frau bald zu Adidas greift. High Heels sehen schick aus, törnen Fetischisten an, deformieren den Hallux und sind lediglich für Catwalk, Party oder Dinner tauglich, wo sie ohnehin unter dem Tisch verschwinden, derweil die Frau ihre wehen Füße auf dem Fußboden kühlt. Tanja machte es nicht anders, deswegen bin ich im Bilde, obwohl ihre High Heels den noblen Namen »Roger Vivier« spazieren führten. Mia Koga hingegen trug schwarze Ballerinen mit einer kleinen Samtschleife, was überaus reizvoll aussah. Ihr Gang war schnell und leicht. Mir kam dabei das Wort »beflügelt« in den Sinn. Dazu kommt, dass man bei vielen Frauen ein Geräusch hört, als wäre ein Garderegiment im Anmarsch, während die junge Japanerin völlig lautlos ging. Sie drehte dabei ihre Zehen leicht einwärts, was Amalia zu der Bemerkung veranlasst hätte, dass sie »über den großen Zeh latschte.« Ja, aber nur minimal, ganz minimal, ihre Erscheinung nahm dadurch keinen Schaden. Der Weg stieg etwas an, Mia aber kam keine Sekunde aus der Puste, während mir die Hitze unter den Kragen stieg.

Die Lounge, mit roten Wänden, weichen Ledersesseln und sanfter Musik, war der ideale Ort für einen ausklingenden Abend. Mia hatte noch Lust auf Wein, und auch in mir war plötzlich der Wunsch nach einer guten, kühlen Sorte. Ein oder zwei Gläser konnte ich ja wohl trinken, ohne mich gleich kratzen zu müssen. Der Ober beriet uns gut; ich wählte einen feinen lokalen Rotwein, der nach Brombeeren duftete.

Mia hob graziös das Glas, zog zunächst den Duft ein, wobei sich ihre feinen Nasenflügel leicht zusammenzogen.

»Oh, der ist wundervoll«, meinte sie. Wir stießen an. Mia machte auf mich einen tiefen Eindruck. Ihre Erscheinung war einfach und elegant, wirklich schön, weil sie Maß und Form hatte. Sie trug einen dunklen, gut geschnittenen Hosenanzug, den sie auch im Büro hätte tragen können. Ihr nachtblaues, halsfernes Top, mit Pailletten bestickt, gab ihm eine festliche Note. Außer einem Armband aus schwarzer Emaille und einem feinen Ring mit einem winzigen Brillanten trug sie keinen Schmuck. Das weiche, kastanienbraune Haar fiel glatt und voll zu beiden Seiten des Kopfs herab und betonte ihre feinen Züge und den schlanken Hals. Die dunklen Augen waren diskret geschminkt, die Nase leicht gebogen, die Lippen voll und weich, während das feste Kinn ihrem Gesicht etwas Energisches gab. Sie sprach Deutsch auf eine besondere Art, mit einer schnellen, etwas gedehnten Sprechweise, als ob sie vor sich hinsang.

»Ich bin wirklich sehr ungeschickt«, gestand sie mit einem Ausdruck von Selbstironie. »Ich kann nichts dafür, ich bin so geboren worden. Schon als Kind schmiss ich alles um, machte alles kaputt. Ein neues Spielzeug wollte ich immer sofort untersuchen. Was bedeutete, dass ich das Spielzeug auseinandernahm und die Teile dann nicht mehr zusammensetzen konnte.«

Ich nickte. Ich hatte diese Phase auch gehabt.

»Für gewöhnlich machen das die Jungen.«

»Das sagte meine Mutter auch: ›An dir ist ein Junge verloren gegangen.‹ Japanische Mädchen sind sehr geschickt, müssen Sie wissen. Man erwartet von ihnen, dass sie alles sorgfältig und perfekt machen. Mutter konnte mir eine Sache zehn- oder zwanzigmal zeigen oder erklären, ich machte alles falsch. Aber Mutter hatte viel Nachsicht mit mir, weil sie früher eigentlich nicht viel anders gewesen war. Sie hatte nur mehr Disziplin als ich. Heutzutage habe ich sogar Mühe, mich zu frisieren oder Nagellack aufzutragen. Ich kann nicht einmal kochen. Stehe ich in der Küche, brennt mir alles an, fülle ich Reis in eine Schale, fällt gleich die Hälfte daneben. Stellen Sie sich vor, ich habe es sogar fertiggebracht, mit zwei linken Schuhen nach Prag zu kommen!«

»Schuhgeschäfte gibt es hier an jeder Straßenecke«, meinte ich. »Dafür sind die Tschechen ja bekannt.«

Sie lachte.

»Ich habe mir natürlich ein Paar kaufen müssen. Solche Dinge passieren mir immer wieder«, setzte sie hinzu. »Das kommt daher, weil ich nie bei der Sache bin.«

»Vielleicht haben Sie zu viele andere Dinge im Kopf.«

»Oh ja«, sagte sie, »eine Menge anderer Dinge.«

Sie lehnte sich zurück, belustigt und keineswegs verlegen. Eine zarte, elegante Erscheinung, und dabei von einem gewissen maskulinen Selbstbewusstsein. Dieser Zwiespalt, selten bei einer Frau, übte auf mich einen unwiderstehlichen Reiz aus. Sie weckte den männlichen Beschützerinstinkt und ließ gleichzeitig spüren, dass sie sehr gut alleine im Leben zurechtkam. Viel besser als ich, wie mir schien.

Ich hatte Durst und trank schnell hintereinander zwei Schluck, als sie sagte: »Ich möchte wirklich Ihre Hose übernehmen.«

Ich senkte das Glas.

»Wie bitte?«

Sie bewegte die Hand vor ihrem Gesicht hin und her.

»Die Reinigung«, sagte sie. »Ich möchte gerne die Rechnung bezahlen. Ich meine es ernst.«

Ich hob mein Glas und hielt es schräg.

»Wenn Sie weiterhin darauf bestehen, verschütte ich den Wein und kümmere mich dann selbst um meine Hose. Was sagen Sie dazu?«

Sie kniff schelmisch die Augen zusammen.

»Dass es schade um den Wein wäre. Er ist wirklich gut.«

Ich nickte feierlich.

»Ich mag ihn auch. Dann lassen wir die Hose also fallen?«

Die Zote entschlüpfte mir, bevor ich sie zurückhalten konnte. Männer haben Schneckenhäuser im Gehirn, mit eigenartigen Gedankenwindungen. Doch Mia, nicht im Geringsten aus der Fassung gebracht, hob nur die flaumigen Brauen.

»Hier? Jetzt?«, konterte sie gelassen.

Ich starrte sie an, bevor ich in Lachen ausbrach. Sie lachte mit mir. Ihr Lachen war herzlich und entspannt. Ich musste an Tanja denken. Hatte Tanja Humor? Doch ja, in gewisser Weise. Aber es war nicht der gleiche Humor. Ihr Ego war sakrosankt. Tangierte ich ihr Ego, auch nur mit einem harmlosen Witz, musste ich ein schlechtes Gewissen haben. Immer. Und im Laufe der Jahre war dieses schlechte Gewissen zu einer Art Pawlow-Reflex angewachsen. Stopp. Benimm dich anständig, verscherze dir nicht deine Chancen. Und so sprach ich die Worte nicht aus, die mir auf der Zunge lagen – nämlich: »Es wäre ein wenig zu früh« –, drehte mein gedankliches Schiff und nahm Kurs auf weniger felsige Gesprächslandstriche.

»Was führt Sie nach Prag?«

Sie antworte lebhaft.

»Die Architektur. Die Geschichte. Und natürlich auch Jan.«

Schachmatt für mich. Ich hatte es ja geahnt, ach ja, ach ja! Irgendwo in Prag saß Jan, ein Kerl, den sie besuchen wollte. Jan. Ich hasste plötzlich diesen Namen. Ich wollte kein Spielball für Frauen mehr sein, auch wenn sie entzückend exotisch waren. Die Begegnung lohnte sich nicht, geschweige denn die Mühe, noch irgendwelche Konversation zu machen. Frauen haben ein perverses Vergnügen daran anzudeuten, wie gefragt sie sind. Ich war mal wieder in die Falle gestolpert. Bisher hatte mir die Neugier – und auch das langsam anwachsende Begehren – Energie verliehen. Mit der Enttäuschung überfiel mich schlagartig die Müdigkeit. Immerhin war es schon elf. Noch zehn Minuten, und ich würde die Rechnung verlangen, mit der Begründung, dass ich frühzeitig schlafen gehen wollte. Zu viel beruflicher Stress, der sich angestaut hatte. Zuvor würde ich sie noch höflich zu ihrem Hotel begleiten (doch, doch: Amalia hatte mich gut erzogen!). Nein, mir kam plötzlich eine bessere Idee: Ich würde sie in ein Taxi verfrachten, Paket eingeschnürt, fertig, aus. Schneller und schmerzloser ging es nicht. Und für die zehn Minuten, die ich ihr noch genehmigte, würde ich wohl gute Miene zum bösen Spiel machen können.

»Kennen Sie ihn schon lange?«, fragte ich wie beiläufig.

Sie sah mich überrascht an. Auf einmal schien etwas in ihr zu dämmern, und sie lächelte verschmitzt.

»Jan Letzel? Haben Sie noch nie von ihm gehört?«

Ich konnte nur einfältig den Kopf schütteln.

»Nein. Wer ist das?«

»Ein berühmter Architekt«, sagte sie. »Zumindest war er in Japan berühmt. Er starb 1925.«

Uff! Sofortige Entwarnung. Ich lehnte mich innerlich zurück. Vor Erleichterung bekam ich einen roten Kopf, sodass ich mich genötigt fühlte, etwas zu meiner Rechtfertigung zu sagen.

»Ich dachte… weil Sie ihn doch beim Vornamen nannten…«

Jetzt lachte sie fröhlich auf.

»Das hat mit unserer Sprache zu tun. Japanern kommt das L schwer über die Zunge. Wenn meine Mutter von ihm sprach, sagte sie immer ›Jan Retzer‹. Das hörte sich wirklich komisch an. Und am Ende hatte sie es satt und nannte ihn nur noch Jan. Einfachheitshalber.«

»Dann hat Ihre Mutter ihn also gekannt?«

»Auch nicht. Sie war noch nicht auf der Welt, als er in Japan lebte. Eine Tante soll ihn gekannt haben. Deren Vater war Arzt, und Jan Letzel kam zu ihm in die Sprechstunde. Dazu muss ich noch sagen, dass wir Verwandte in Hiroshima hatten, sodass Letzel auf ziemlich unklare Art zu unserer Familiengeschichte gehört.«

»Hat Letzel in Hiroshima gearbeitet?«, fragte ich mit zunehmendem Interesse.

»Ja, in Hiroshima auch. Und in anderen Städten. Er hat in Japan eine Anzahl bedeutender Bauwerke entworfen. Im Ganzen müssen es wohl über vierzig sein: Universitäten, Hotels, Banken, die deutsche Botschaft, die japanische Handelskammer. Aber fast alles wurde zerstört, durch Erdbeben oder durch den Krieg. Nur ein Bauwerk steht noch, als Ruine: der *Genbaku*-Dom, eigentlich das Stadthaus von Hiroshima.«

»Ich habe nicht gewusst«, sagte ich, »dass ein Prager Architekt es gebaut hat. Da müssen die Tschechen ja mächtig stolz auf ihn sein!«

Tschechen sind charmant und warmherzig, aber glühende Nationalisten und nahezu anmaßend, wenn es um ihre Kultur geht. Der *Genbaku*-Dom, das Wahrzeichen Hiroshimas, war als Friedensdenkmal auf der ganzen Welt bekannt und gehörte zum Kulturerbe der Menschheit.

Sie schüttelte bekümmert den Kopf.

»Hierzulande kennt ihn fast niemand mehr.«

»Das kann doch nicht sein!«

»Leider ist es so. Das hat mich sehr, sehr enttäuscht. Ich bin Architektin, müssen Sie wissen. Mein Bruder und ich haben zusammen eine Firma in Tokio. Wir beschäftigen ein Dutzend Leute. Als Studentin verbrachte ich vier Semester in München. Mein Spezialfach war der Jugendstil als Reformbewegung des späten neunzehnten Jahrhunderts.«

Ich unterbrach sie.

»Deswegen sprechen Sie so gut Deutsch! Ich dachte mir ja schon, dass Sie das nicht im Ausland gelernt haben können.«

Sie bewegte die feingliedrige Hand vor ihrem Gesicht hin und her. Ihre Finger ließen mich an einen kleinen Fächer denken. Geisha-Fantasien. Sie war Architektin.

»Sagen Sie das nicht, Sie machen mich sehr verlegen. Nein, mein Deutsch ist sehr mangelhaft, und ich vergesse vieles.«

»Aber nicht so viel, dass wir uns nicht unterhalten könnten«, sagte ich, vorsichtig ein fremdes Ego tangierend, das womöglich raubkatzenartig zurückschlagen würde. Aber nein, sie lächelte.

»Doch nur, weil Sie nachsichtig sind und langsam mit mir sprechen. Und zum Glück gibt es Wörterbücher. Deutsch und Englisch – ich habe meistens zwei dabei.«

»Heute Abend auch?«

Sie lachte vergnügt auf. Sie hatte das unwiderstehliche Lachen eines Schulmädchens.

»Sie hätten nicht in die Clutch gepasst! Außerdem redet man nicht in der Oper, da hört man zu!«

»Da haben Sie allerdings recht«, sagte ich.

Sie sprach weiter. Ich musste immer wieder auf ihre Hände schauen, die sie in einem anmutigen Spiel bog, ganz unbewusst. Von München aus hatte sie verschiedene Städte abgeklopft, immer auf der Suche nach Jugendstilbauten, die noch erhalten waren: Hagen, Darmstadt, Nürnberg, Dresden und Leipzig. Und – ja, Hamburg kannte sie auch. Danach war sie in Brüssel gewesen, in Paris und in Barcelona. Nicht nur die Bauten interessierten sie, sondern auch die Möbel, die Dekorationselemente, das Kunsthandwerk, die Bilder, der Schmuck.

»Was damals entworfen wurde, war absolut neu, wagemutig, großartig. Eine Kunst, die abbrechen musste im Moment höchster Entfaltung: Die beiden Weltkriege hatten ihr jede Zukunft genommen. Und so viel Schönes ist ganz oder fast ganz zerstört worden! Es ist ein Jammer …«

»Ja«, sagte ich, »wir sind ständig konfrontiert mit dem Vernunftwidrigen, Absurden der Zerstörung. Mörder werden vor Gericht gestellt, aber für das Vernichten von Kunstwerken gibt es kein Tribunal. Es ist, als ob die Menschheit sich ewig selbst zerstören wollte. Es sollte eine weltweite Verantwortung geben. Aber wo ist sie?«

Sie trank einen Schluck Wein, bestätigte meine Worte mit einem kleinen Kopfzeichen.

»Kunstwerke sind so schutzlos, ne?«

Damals hörte ich es zum ersten Mal, dieses kurze japanische Zwischenwort, das eigentlich »nicht wahr?« bedeutet. Japaner begleiten dieses Wort mit einem Kopfnicken, das den Sinn noch verdeutlicht. Kunstwerke sind schutzlos, hatte Mia gesagt. Sie verriet mit diesen Worten eine Weltanschauung, die mir vertraut war. Aber für gewöhnlich behielt ich solche Gedanken für mich. Die Überzeugung, dass auch das Unbeseelte eine Seele hatte, würde in akademischen Gesprächsrunden sofort als meschugge taxiert werden.

»Hier sind noch viele Bauten intakt«, sagte ich, »weil Prag im Zweiten Weltkrieg nicht schwer bombardiert wurde. Hitler soll Befehl gegeben haben, die Stadt zu verschonen. Vielleicht, weil der SS-Sturmbannführer Reinhard Heydrich, der berüchtigte ›Henker von Prag‹, im Schloss Panenské Břežany residierte, bis er 1941 von Widerstandskämpfern ermordet wurde.«

»Ich habe in Prag einige wundervolle Sachen gesehen«, sagte Mia. »Renaissance, Barock, Jugendstil. Vernachlässigt zwar, aber noch voller Leben. Fast alles ist noch da, wie selbstverständlich. Mir kommt es wie ein Geschenk vor. Etwas Ähnliches ist es doch wohl?«

Dabei sah sie mich an mit Blicken, die etwas Neues, Tiefes in mir wachriefen: eine Art Verträumtheit war darin, zugleich aber auch etwas Weises, das mich in Erstaunen versetzte. Mit Tanja hätte ich ein solches Gespräch nie führen können, ein Ding der Unmöglichkeit. Unter Mias lockerer Unbefangenheit zeigten sich ganz andere Gedanken, eine neue Gefühlsdimension. Als ob sie viel länger gelebt hätte als ich, was natürlich nicht sein konnte. Der Gedanke fiel mir plötzlich aufs Herz, dass sogar ich ihr vielleicht nicht gewachsen war. Was für eine Frau ist das?, dachte ich mit zunehmender Verwunderung.

5. Kapitel

Wir sprachen über Jan Letzel. Bisher hatte ich nichts von ihm gewusst, nicht einmal seinen Namen gekannt. Wie seltsam! Es kann vorkommen, dass Erinnerungen an gewisse Menschen so sind, wie wenn man sie durch ein umgedrehtes Fernrohr betrachtet, klar, aber ganz weit entfernt. Sie hatten ihre eigenen Träume gehabt, ihre eigenen Ziele verwirklicht. Der eingeschlagene Weg hatte sie weit weg gebracht, in Länder jenseits der Meere. Letzel hatte seine Träume fern der Heimat ausgelebt, und die Heimat war ihm nicht dankbar dafür. Seine Erinnerung war durch sein Fortgehen ausgelöscht worden. Mia hatte in Bibliotheken gestöbert, nur Summarisches über ihn gefunden. »Wir haben hierzulande viele Architekten«, hatte ihr eine junge, arrogante Buchhändlerin gesagt. »Letzel muss nicht sehr berühmt gewesen sein, sonst stünde etwas über ihn in den Büchern.«

Und da die Japaner – wie Mia mir erklärte – in ihrer eigenen Sphäre und in dem stetigen Glauben lebten, dass das, was für sie bedeutend war, auch für alle anderen von Bedeutung sein musste, war es weiterhin nicht erstaunlich, dass sie das Andenken an Namen und Ereignisse bewahrten, die dem Rest der Welt gleichgültig geworden waren.

»In Japan wird Letzel verehrt«, sagte Mia mit leichtem Vorwurf in der Stimme. »Warum entsinnt sich hier niemand an ihn?«

Der *Genbaku*-Dom, erklärte sie mir, war eine Mischung

aus Neobarock und Jugendstil und äußerst solide gebaut. Die Kuppel im völlig europäischen Stil war mit Kupfer eingefasst. Das Gebäude wurde 1916 errichtet, als fast noch alle Häuser in Hiroshima aus Holz gewesen waren. Es war – für die damalige Zeit – ein revolutionäres Bauwerk. Und ausgerechnet dieses Bauwerk benutzten die Amerikaner als Zielscheibe, als sie ihre erste Atombombe abwarfen. Aber der *Genbaku*-Dom überstand das Desaster.

»Heute kommen Menschen aus aller Welt nach Hiroshima«, sagte Mia. »Viele stehen vor der Ruine und weinen. Man sieht auch junge oder ältere Leute, die das Gebäude ehrfürchtig abzeichnen.«

»Dann ist es ziemlich unglaublich«, sagte ich »dass man Letzel hierzulande vergessen hat.«

Sie schüttelte leicht den Kopf.

»Wissen Sie, ich habe nachgedacht. Die Tschechen haben eine eigene, schwere Geschichte. Ich glaube, niemand wollte mehr etwas annehmen von der Geschichte anderer Völker. Wir Japaner sind auf einem Gebiet dieser Erde ansässig, das für sie irgendwie ohne Gestalt ist, weit in der Ferne. Das Leben zieht vorüber, aber es ist nicht das gleiche Leben. So in etwa verstehe ich es.«

Ich starrte sie fasziniert an. Sie sprach mit Klarheit und Kühle und zugleich mit großer Abgeklärtheit. Dem Aussehen nach war sie ungefähr in Tanjas Alter, aber Mia hatte diesen ganz anderen Blick, für die Ferne gemacht, für die räumliche und die geistige Ferne. Es war kein Wegschauen in diesem Blick, sondern ein ständiges Beobachten.

Ich fragte: »Was konnten Sie über Letzel in Erfahrung bringen?«

Sie seufzte kurz auf.

»Nicht viel, leider. Radio Prag brachte kürzlich eine Sendung über ihn, legte allerdings das Gewicht auf den Abwurf der Atombombe. Und seine Geburtsstadt Nachod – das ist in der Nähe von Prag – veranstaltete 2000 ein Letzel-Jahr, mit Kammermusik und Vorlesungen. Man gedenkt ihm also, aber fast nur auf lokaler Ebene. Ich war in Nachod, eine hübsche, verschlafene Kleinstadt. Sein Elternhaus steht noch. Die Familie soll Briefe von ihm besitzen, die sie nicht an die Öffentlichkeit bringen will. Ich kann das verstehen.«

Letzel war Hotelierssohn gewesen, hatte zuerst in einer Kunstschule in Prag studiert, immerhin bei Jan Kotera, der die moderne Kunst in der Tschechoslowakei verbreitete. Letzel war sehr vom Jugendstil geprägt, wobei seine Faszination für Japan bereits vorhanden war, bevor er die Reise antrat. Im Kunsthandwerk und in der Malerei war Japan damals sehr in Mode. *Le style japonisant* nannten es die Franzosen.

»Ich habe Bilder von Letzel in japanischer Kleidung gesehen«, sagte Mia. »Er trug sie übrigens recht gut. Und als er in Japan lebte, wurde er im Gesichtsausdruck und in der Haltung immer japanischer.«

»Wie macht man das?«, fragte ich perplex.

Sie blinzelte amüsiert.

»Ach, wer längere Zeit in Japan lebt, passt sich an. Das Chamäleon-Syndrom nenne ich das.«

Ich fuhr unwillkürlich mit der Hand über meine blonden Haarstoppeln.

Sie lachte.

»Nein, es hat nichts mit der Haarfarbe zu tun, wirklich nicht.«

»Womit denn sonst?«

»Mit der Gesinnung«, sagte sie. »Mit dem Gefühl, ob man sich bei uns wohlfühlt oder nicht. Das ist bei jedem Menschen anders, ne?«

»Und Letzel mochte Japan also sehr?«

Sie nickte.

»Er ging zunächst nach Ägypten, und von dort aus nach Japan, wo er zehn Jahre verbrachte. Eine lange Zeit, wenn man bedenkt, dass sein Leben so kurz war. 1923, nach dem großen Erdbeben, kehrte er in die Heimat zurück. Tokio lag in Ruinen, die Zerstörungen waren enorm, und Letzel, an Tuberkulose erkrankt, fehlte es an der nötigen Pflege. Er starb mit fünfundvierzig Jahren, in Prag.«

Beim Sprechen fuhr sie fort, mich nachdenklich und genau zu betrachten. Ich nahm schweigend einen Schluck Wein und dachte – einmal mehr – an Tanja. Es war kein Problem gewesen, ihre leichtfertige Seele zu fangen. Aber solche Gespräche hätte ich mit ihr nie führen können. Wurde es ihr langweilig, gähnte sie ohne Rücksicht. »Ich bin müde«, sagte sie dann, stand auf und beendete das Gespräch, das – ich merkte es im Nachhinein – eigentlich nur ein Selbstgespräch gewesen war. Ich sprach zu mir selbst, und sie hörte nicht zu.

»Sind Sie müde?«, fragte ich Mia.

Sie sah mich an mit diesem Blick, der ihr eigen war, gleichsam rätselhaft und offen, amüsiert und etwas abschätzend.

»Und wie steht es mit Ihnen?«

»Ich weiß nicht«, sagte ich.

»Doch«, sagte sie, »Sie sehen müde aus.«

Ich rieb mir die Augen.

»Wieso, ist das so offensichtlich?«

»Ich sehe es eigentlich nicht«, sagte sie. »Ich spüre es nur. Und wir sind schon mehr als zwei Stunden hier.«

»Nein«, sagte ich, »noch nicht ganz zwei Stunden.«

Wir sahen uns an und lächelten beide gleichzeitig.

»Ich bin froh, Ihnen begegnet zu sein«, sagte ich. »Prag ist eine wundervolle Stadt.«

»Oh ja, wundervoll. Aber es gibt vieles, das ich noch nicht gesehen habe.«

»Wollen wir uns Prag zusammen ansehen?«

Ich spürte, wie sie kurz zögerte.

»Sind Sie ganz sicher, dass Sie das möchten?«, fragte sie.

Sie wollte sich nicht aufdrängen. Und gab mir gleichzeitig zu verstehen, dass sie sehr gut ohne mich auskam. Ich schüttelte schnell den Kopf.

»Nichts gefiele mir besser!«

Sie nickte.

»Also gut. Morgen nach dem Frühstück?«

»Ich werde die ganze Nacht an Sie denken«, sagte ich.

Sie errötete jetzt, ganz schwach, sodass nur ich es gewahrte.

»Nein. Sie werden gut schlafen«, sagte sie.

Ich brachte Mia mit einem Taxi zu ihrem Hotel. Sie wohnte in einem neuen, sehr eleganten Hotel am Kleinseitner Ring, unweit der Nikolauskirche. Ich war ein Mann, der, falls sich die Gelegenheit bot, nichts gegen One-Night-Stands hatte. Und der auch, wenn es darauf ankam, schöne Reden halten konnte. Ich hatte das Gefühl, dass es hier nicht notwendig war. Und morgen – wer weiß? – würde ich vielleicht noch besser reden können, und sie würde verstehen, was ich meinte.

Das Taxi hielt. Ich stieg mit Mia aus, brachte sie bis an den Eingang. Die Glastüren teilten sich, und wir standen da, etwas befangen, und lächelten uns an.

»Gute Nacht, Mia.«

Ich beugte mich zu ihr nieder – ich bin immerhin fast zwei Meter groß – und küsste sie auf den Mund. Ihre Lippen öffneten sich leicht, erwiderten meinen Kuss.

»Gute Nacht, Rainer«, sagte sie.

Sie wandte sich um, wobei sie leicht mit der Hand winkte. Sie bewegte sie auf eigentümliche, reizvolle Weise, von links nach rechts, die Finger gestreckt. Dann schlossen sich die Glastüren, ich sah sie schnell und leichtfüßig durch das Atrium gehen. Als sie meinen Augen entschwand, fühlte ich einen schmerzhaften Stich im Herzen. Was, wenn sie in ein paar Tagen abreiste und mich allein, wie einen Trottel, in Prag zurückließ? Ich schob den unangenehmen Gedanken weit von mir. Und was Mia gesagt hatte, stimmte auch: Ich schlief gut in dieser Nacht. Der Wein war wirklich gut gewesen, ich hatte zwei Gläser getrunken, und kein Nesselfieber verdarb mir die Ruhe. Erst im Morgengrauen, als mein natürlicher Wecker sich regte, kam mir augenblicklich Mia in den Sinn, und ich fantasierte eine Weile, bevor ich entspannt wieder einschlief und erst aufwachte, als die Sonne durch die dunklen Vorhänge schien und das Flügelschlagen der Tauben mich vollständig weckte.

6. Kapitel

Nichts macht einen rechtschaffenen Mann, der sich rasiert und dann frühstücken geht, zufriedener, als das Wissen, dass auf eine Frau Verlass ist. Vertrauen ist eine seltsame Sache; bei Frauen war ich oft argwöhnisch gewesen. Ich hatte ein paar Mal erlebt, wie Frauen alles daransetzten, um sich einen Mann als Versorger zu angeln. Es war nicht so, dass ich mich vor der Verantwortung drückte; ich wollte sie nur nicht alleine tragen. Ich hatte viel für Freundschaft übrig. Mit einer Frau zu schlafen war eine tolle Sache. Aber warum konnte man so schlecht mit einer Frau befreundet sein? Ich hatte noch nicht herausgefunden, woran das lag, dass es so schwierig war. Vielleicht stellten Männer und Frauen gegensätzliche Erwartungen an das Leben, an die Partnerschaft? Das Wort »Ehemann« ist grotesk, für Tanja wollte ich nie ein Ehemann sein, hatte aber das dumpfe Gefühl, dass sie genau einen solchen suchte. Mia schien auf eine ganz besondere Art unabhängig. Mir fiel ihre besondere Art ein, mich zu betrachten. Ihr offener, direkter Blick zeigte viel Freundschaft. Es hätte durchaus der Blick eines Mannes sein können.

Wir hatten um 9.30 Uhr vor ihrem Hotel abgemacht. Ich legte die Strecke zu Fuß zurück. Das Frühlicht, durchsichtig wie eine Seifenblase, legte aus der fernen, zerfließenden Grenze des Himmels einen Zauberschleier über die Stadt. An diesem Morgen hatte ich nur vereinzelte Touristen gesehen, sodass man denken konnte, Prag sei eine Stadt wie jede andere auch, nur von Einheimischen bevölkert, die ihrer gewohnten Tätigkeit nachgingen. Auf der Karlsbrücke waren die Souvenirstände mit ihrem Billig-Kunsthandwerk aus China noch nicht aufgestellt. Der Altstädter Brückenturm zeigte im Gegenlicht seine elegante Silhouette, und auf den Ecktürmen funkelten die Weltkugeln wie goldene Spiegel.

Ich hatte überlegt, dass sie sich vielleicht verspäten würde. Frauen verspäten sich oft. Doch nein, sie war da. Sie war da und sah entzückend ausgeschlafen aus. Sie trug ein schwarzes T-Shirt, eine Chino und bequeme Baskets. Dazu, über die Schulter gehängt, eine kleine bequeme Tasche. Nichts, das ihr lästig werden konnte. Ihr bloßer Anblick erfüllte alle meine Erwartungen, machte mich froh. Ihr Haar hatte eine so bezaubernde kastanienbraune Farbe. Und als ich ihr Lächeln sah, fiel es mir plötzlich leicht, sie zu duzen.

»Du siehst prachtvoll aus«, sagte ich.

Sie deutete lachend eine Verbeugung an.

»Danke, ich habe gut gefrühstückt. Und wie steht es mit dir?«

»Ich bin voller Tatendrang«, sagte ich. »Wohin wollen wir gehen?«

Der ganze Tag lag vor uns, und es war wundervoll. Wir besprachen unsere Besichtigungsroute. Mia hatte die Altstadt bereits besichtigt. Ich schlug den Aufstieg zur Prager Burg und zu den Königsgärten vor. Das Palais Lobkowitz mit seinen Kollektionen sei auch sehenswert.

Sie war einverstanden, überließ mir gerne die Führung. Sie ging so schnell wie ich, ja schneller, die Hitze schien ihr nichts auszumachen. Die sei sie von Japan gewohnt, meinte sie. Andere Touristen keuchten und waren rot im Gesicht. Mia schwitzte nicht einmal. Ich entdeckte, dass ihr Interesse an den Orten und an den Dingen, die wir sahen, wirklich echt war. Sie war in Prag, um zu verstehen, um genau hinzusehen. Es interessierte sie nicht nur, weil sie beschlossen hatte, es interessant zu finden, sondern weil es Teil ihres Wesens war, das Warum der Dinge zu begreifen. Und daneben war sie immer gleichbleibend heiter. Fragte ich Mia, ob sie müde oder durstig sei, antwortete sie immer: »Und du?«, sodass es mir nicht immer leichtfiel, ihr zu antworten. Sagte ich: »Ja, ich bin müde«, oder: »Ich bin durstig«, kam ich mir wie ein Waschlappen vor, weil sie selbst so genügsam war. Weil ihr immer nur mein Befinden wichtig zu sein schien, war ich gezwungen, auf das ihre zu achten, und hätte ich es nicht getan, wäre ich mir wie ein Grobian vorgekommen. Es mochte – überlegte ich, da ich immer viel überlegte – eine sehr subtile, taktvolle Art sein, einen Mann zu manipulieren. Und es war schon so, dass ich mich gerne auf diese Weise manipulieren ließ. Frauen dieser Art waren nicht für Dummköpfe gemacht. Dabei schien mir Mia absolut in der Lage, auch aus einem Idioten einen zivilisierten Menschen zu machen.

Zu zweit erlangt man ein neues Auge zum Sehen, ein neues Ohr zum Hören und – als zusätzliches Geschenk – ein neues Herz zum Verstehen. Prag ist als »die goldene Stadt« bekannt, aber bisher hatte ich wenig davon bemerkt. Ich war im eigenen Kopf gefangen gewesen, durch Versagen und Schuldgefühle gehemmt, durch Bedauern und zerbrochene Sehnsüchte zum Jammerlappen degradiert. Und jetzt begriff ich nach und nach, dass ich für mein Abgleiten ins Selbstmitleid nur das bekommen hatte, was ich verdiente: nichts. Mit Mia an meiner Seite erfasste ich die Verwicklungen und Paradoxien der Geschichte, die diese Stadt bewegten. In gemeinsamer Entdeckerfreude bewunderten wir das Prunkvolle und Verspielte und ahnten hinter dem Schmutzigen und Vernachlässigten die schlecht verheilten Wunden der Kriege. Prag erzählte von Aufständen und Pogromen, von

Fanatikern und Weisen, von Dichtern und Freigeistern und Bürgerschrecks. Die mysteriöse Welt der Märchen und Sagen war unsichtbar gegenwärtig. Feen und Magier, Kobolde und Riesen halfen den Menschen, wenn diese den Mut fanden, den Widrigkeiten der Geschichte zu trotzen. Dann erhob sich der Golem aus dem Lehm der Jahrhunderte, und das Volk zeigte seine zielstrebige, gewaltlose Macht, bekämpfte mit bloßen Händen die Panzer des Warschauer Paktes. An vielen Stellen zeigen die Mauern noch Spuren von Kugeleinschlägen. Die Russen hatten Maschinengewehre, und die haben sie auch eingesetzt. Man verputzt die Löcher nicht, alle sollen sie sehen. Sie sind gleichsam Narben, Mahnmale und Siegerorden.

Im Innenhof des Palais Lobkowitz befand sich ein hübsches Café. Wir setzten uns in den Schatten und merkten erst jetzt, dass wir Hunger hatten. Ich hörte eine Uhr zwei schlagen. Wir waren seit vielen Stunden unterwegs, aber bisher war uns nicht in den Sinn gekommen, essen zu gehen. Wir bestellten Hühnersandwich und einen hübsch zubereiteten Salat.

»Ach, Gott«, seufzte ich zufrieden. »Was für ein schöner Tag!«

Sie nickte.

»Ja. Mir prägt sich alles, was ich sehe, tief ein. Ich bin seit fünf Tagen hier und entdecke immer wieder Neues.«

»Prag ist voller Überraschungen«, sagte ich und sah sie bedeutungsvoll an.

Sie verstand sofort, was ich meinte, und lachte hell auf.

»Was hast du mit deiner Hose gemacht?«

»In den Wäschesack gestopft.«

Der Kellner kam und brachte das Mineralwasser. Als er gegangen war, fragte sie:

»Und du? Warum bist du in Prag?«

»Meine Frau hat mich sitzen lassen«, sagte ich.

Sie hatte ihre Sonnenbrille aufgesetzt, trank Wasser in kleinen Schlucken, wobei sie die Hand unter das Glas hielt, damit nichts auf ihre Kleidung tropfte. Ich sah die anmutige Geste zum ersten Mal.

»Und jetzt?«, fragte sie.

Ich zog die Schultern hoch.

»Sie hat die Scheidung eingereicht. Irgendwann haben wir einen Termin beim Richter.«

Sie nahm einen Schluck Wasser.

»Ich habe meinen Mann sitzen lassen«, sagte sie.

»Und jetzt?«, fragte ich und fühlte mein Herz klopfen.

»Ich habe die Scheidung eingereicht. Wir haben schon einen Termin beim Richter.«

»Ist es in Japan leicht, sich scheiden zu lassen?«

Sie zog leicht die Schultern hoch.

»Ich würde sagen, es entspricht der Norm. Und wenn keine Kinder da sind, wo ist das Problem?«

»Hast du Kinder?«, fragte ich.

»Mein Mann hatte einen Sohn, aber der lebte bei seiner Mutter, und ich sah ihn nur selten.«

»Hast du dich gut mit ihm verstanden?«

»Er war anstrengend«, sagte sie. »Und du, hast du Kinder?«

»Keine Kinder«, sagte ich. »Meine Frau war schon anstrengend genug. Zum Glück hatte ich eine Katze.«

»Wo ist sie jetzt?«

»Sie hat mich auch sitzen lassen. Tanja hat sie mit Salami verführt.«

»Oh je«, sagte Mia. »Das ist eben so. Bei Katzen geht die Liebe durch den Magen.«

Wir lachten ein wenig, bevor ich sagte: »Vielleicht bin ich nicht objektiv. Wir können den Partner nicht für alle Misserfolge und Fehlentscheidungen verantwortlich machen. Auch die Katze nicht.«

Sie nickte.

»Ja, das ist wahr. Oft binden wir uns an Menschen, die schlecht zu uns passen. Dann ist es wirklich besser, einen sauberen Schlussstrich zu ziehen.«

»Und uns auch von der Katze zu trennen, wenn es anders nicht geht«, seufzte ich. »Aber wir leiden unter der Trennung und stellen allerhand Unsinn an, um wieder im Leben zurechtzukommen.«

»Ja«, erwiderte sie mit ernster Miene, »wir sollten uns vorsichtshalber einen Vorrat anlegen.«

Ich sah sie fragend an. Sie zeigte ein komisches kleines Lächeln.

»Einen Vorrat an Ersatzpartnern, meine ich. Und auch an Katzen.«

»Deswegen bin ich ja in Prag«, sagte ich. »Doch nur, weil ich es versäumt habe.«

Sie nickte wortlos.

»Hast du auch keinen Vorrat angelegt?«, fragte ich.

Sie zog die Schultern hoch.

»An Katzen? Leider nicht. Immer nur an Menschen, die schlecht zu mir passen.«

»Es gäbe also welche, die besser zu dir passen würden?«

»Wer weiß?«, sagte sie. Sie griff nach ihrem Mineralwasser, und als ihre Finger leicht an das Glas schlugen, kippte es um.

»Oh«, sagte sie, »oh, oh!«

Ich sprang auf, rollte die nasse Serviette auf die Seite. Der Kellner kam, wischte die Nässe mit gekonntem Griff auf und brachte im Nu neue Tellerunterlagen, bevor er, wie ein Taschenspieler im Zirkus, mit flinken Gesten Sandwich und Salat auf den Tisch stellte. »Enjoy your meal!«, sagte er fröhlich auf Englisch.

»Oh, oh! Mir tut es so leid!« Mia knetete zerknirscht die anmutigen Hände. »Jetzt weißt du, warum kein Mann es mit mir aushält.«

»Hast du keine anderen Fehler?«, fragte ich.

»Ich weiß nicht …«, sagte sie. »Aber bei uns in Japan ist das wirklich ein schlimmer Fehler.«

»Es gibt schlimmere.«

»Aber wenn es ständig passiert …«

»Dann hat man zumindest etwas zu lachen.«

»In meiner Familie ist das eher ungewöhnlich«, seufzte sie.

»Warum? Sind die alle so geschickt?«

Sie griff behutsam nach ihrer Gabel.

»Früher, da mussten sie es wohl sein. Ob sie geschickt waren oder nicht, entschied darüber, ob sie am Leben blieben.«

»Hätte man sie sonst geköpft?«

Sie blinzelte schelmisch.

»Ja, das mochte vorkommen. Aber in meiner Familie nur bei ganz wenigen.«

»Offenbar waren alle sehr geschickt.«

Sie kostete behutsam den Salat.

»Mich hätten sie auf der Stelle umgebracht.«

»Reizende Sitten!«, seufzte ich.

Sie lachte ebenso kindlich wie am Abend zuvor, als wir uns in der Weinstube unterhalten hatten.

»Oh, das lag an der Zeit. Man musste eben … geschickt sein, dann konnte man ganz gut leben.«

Wir aßen unsere Sandwiches.

»Und du?«, fragte sie.

»Willst du wissen, ob ich geschickt bin? Und was für Fehler ich sonst noch habe?«

Sie deutete blinzelnd eine Verneigung an.

»*Gomennasai!* Entschuldige die taktlose Frage …«

»Keine Ursache. Es ist besser, dass du es von vornherein weist. Ich bin eigentlich ganz geschickt. Hingegen bin ich ein Nörgler.«

»Oh, das ist keine so große Sache«, meinte sie. »Alle Männer beschweren sich dauernd, das liegt in ihrer Natur.«

Ich räusperte mich.

»Und was machen Japanerinnen mit solchen Männern?«

Sie schüttelte den Kopf.

»Nichts. Sie erledigen ihre Sachen und sagen ›Mmm‹ dazu.«

»Mmm?«, ahmte ich sie perplex nach.

»Ja, das kann bei uns alles Mögliche bedeuten. Interesse oder Desinteresse. Und wenn eine Frau auf diese Weise ›Mmm‹ sagt, zeigt sie, dass es ihr völlig wurscht ist, ob der Mann gerade nörgelt oder nicht. Und nach einer Weile, na ja, da hört er von selber auf.«

Ich lächelte schwach.

»So, so! Eine bewährte Methode, offenbar ...«

»Oh ja«, sagte sie fröhlich, »schon seit Jahrhunderten.«

Ich dachte an die vielen japanischen Männer, die auf diese Weise mundtot gemacht wurden. Es verdarb mir nicht den Appetit. Immerhin fühlte ich mich verpflichtet, die Dinge klarzustellen: »Das heißt, ich bin eigentlich kein geborener Nörgler. Nur in letzter Zeit, da habe ich oft gemeckert. Es hing mit meiner Frau zusammen.«

Sie legte behutsam ihr Besteck auf die Seite. Sie war ernst geworden.

»So was bereitet immer Kummer«, sagte sie.

Ob sie darauf brannte, mir Fragen zu stellen, und taktvoll wartete, dass ich sprach, konnte ich nicht ausmachen. Für gewöhnlich waren Frauen leidenschaftlich an solchen Geschichten interessiert.

»Sie war lieb«, gab ich Auskunft. »Und sie war sehr hübsch.

Ich kann ihr wirklich nicht ernsthaft etwas vorwerfen. Aber schon seit Langem war alles zwischen uns zu Ende. Wir waren eben nicht füreinander gemacht.«

Sie nickte ruhig.

»Diese Dinge habe ich auch erlebt. Dergleichen kommt alle Tage vor. Und wenn das Alleinsein besser als das Beieinandersein wird, sollten wir vorwärtssehen und nicht rückwärts. Das Leben ist wie ein Fluss, ne? Das Wasser trägt die Vergangenheit fort.«

Solche Worte hatte ich selten gehört, und doch: wie wahr! Diese junge Frau sagte Dinge, die ich wohl geahnt, aber nie ausformuliert hatte. Mein ewiger Frust ließ sich mit einem ganz leichten, aber ständigen Abnutzen der Persönlichkeit vergleichen und war gleichzeitig mit dem unbestimmten Gefühl verknüpft, dass ich noch die Möglichkeit hatte, anderswo wieder eine Persönlichkeit aufzubauen, die mir besser entsprach. Ich kannte mich zur Genüge, ich wusste, dass es nicht ging, nicht wenn ich in meinen alten Trott zurückfiel. Ich durfte nicht alleine bleiben, auf gar keinen Fall. Dann würde ich auch endlich aufhören zu nörgeln.

Aber da ich unfähig war oder – besser gesagt – nicht gewohnt, solche Gedanken zu formulieren, sagte ich lediglich: »Na ja, die Geschichte machte mir ein wenig zu schaffen.«

»Ich verstehe.«

»Aber jetzt will ich nicht mehr daran denken. Schwemmsand, ja?«

Sie nickte heiter.

»Den Sinn für Veränderungen, den sollten wir nie verlieren.«

Meine Kehle war trocken. Ich räusperte mich, trank einen Schluck Wasser.

»Wie lange bleibst du noch in Prag?«

Sie setzte mit langsamer Bewegung ihre Sonnenbrille auf.

»Übermorgen geht mein Flug.«

»Ich bin noch zwei Tage länger hier«, sagte ich. »Das deprimiert mich.«

Sie schien die Bemerkung zu überhören.

»In Wien habe ich zwei Stunden Aufenthalt. Und dann geht es nonstop nach Tokio.«

Ich sagte vorsichtig: »Kannst du nicht etwas länger bleiben? Ich hätte das sehr gerne.«

»Das geht nicht. Ich werde in Tokio erwartet.«

Das war nicht gut. Mir wurde leicht flau im Magen.

»Deine Familie?«

Sie setzte ihre Sonnenbrille auf, geistesabwesend.

»Ich habe kaum noch Familie. Mein Vater starb, als Isao und ich in die Highschool kamen. Ein Unfall auf einer Baustelle. Er war leichtsinnig und trug keinen Helm. Mutter lebt seit zwei Jahren nicht mehr. Sie war krank, eine Art von Leukämie. Es fing bei den Knien an, sie konnte plötzlich nicht mehr gehen und wurde immer schwächer. Dabei hielt sie sich kerzengerade, machte ein fröhliches Gesicht und tat so, als sei alles in Ordnung. Für sie war es eine ausgemachte Sache, dass sie diese Welt bald verlassen würde. Ihre Schwester war auch an Leukämie gestorben. »Es ist Schicksal«, sagte Mutter. »Ich will im Frühjahr sterben. Am ersten schönen Tag.« Sie war eine sehr mutige Frau. Ihre letzten Tage verbrachte sie im Krankenhaus. Mein Bruder und ich wechselten uns bei ihr ab. Sie wollte nicht, dass wir weinten. Wir sollten einfach nur bei ihr sein und ihr erzählen, was uns durch den Kopf ging. Nichts Trübseliges, das wollte sie nicht haben. Es war im März, die Tage waren kalt und grau, und es hatte viel geregnet. Und weißt du was, Rainer? An dem Tag, an dem sie starb, schien die Sonne, und sie konnte vom Fenster aus die ersten Pflaumenblüten sehen.«

Ich sagte schüchtern, denn ich war tief bewegt: »Es tut mir leid, ich hätte vielleicht nicht fragen sollen.«

Sie wandte mir langsam ihr durch die dunkle Brille verdecktes Gesicht zu.

»Nein, es macht mir nichts mehr aus. Wir hatten Mutter sehr gerne. Zum Schluss hat sie oft gesagt: Seht nicht zurück, Kinder, geht immer geradeaus. Ihr müsst das Leben lieben.«

Ich schluckte und sagte: »Es hört sich sehr schön an, was sie da gesagt hat. Es kommt mir so vor, als sollten wir uns alle ein wenig danach richten.«

Mia nahm ihre Sonnenbrille ab. Ihre Augen schienen leicht gerötet, doch ihre Stimme klang wieder ganz heiter.

»Man muss ein wenig darüber nachdenken. Und sich natürlich ein wenig anstrengen.«

Ich sagte zu ihr, meine Worte mit Bedacht abwägend: »Du hast mir immer noch nicht gesagt, wer dich in Tokio erwartet. Dein Bruder?«

Sie antwortete betont leichthin.

»Isao kommt perfekt ohne mich aus! Nein, es geht um etwas anderes. Ich habe eine Besprechung. Da gibt es eine Sache, die ich erledigen muss …«

Ich stellte vorsichtig die nächste Frage.

»Diese Sache, hängt sie mit … dem Schwemmsand zusammen?«

Jetzt war ein Schatten auf ihrer Wange; es war, als ob sie lächelte.

»Ja. Das sind Dinge, die man am besten schnell erledigt.«

Wieder Stille. Ich brach das Schweigen mit den nichtssagenden Worten: »Dieser Sommer ist wirklich sehr heiß, hier in Prag.«

Sie legte behutsam die Gabel hin.

»Du hast keinen Appetit«, stellte sie fest.

»Das ist wahr«, antwortete ich. »Es ist schon fast drei. Um diese Zeit habe ich keinen Hunger mehr.«

Sie verzog leicht das Gesicht.

»Ich eigentlich auch nicht.«

»Bist du müde?« fragte ich. »Wir sind heute schon viel herumgelaufen. Möchtest du dich etwas ausruhen?«

Wir lächelten, behielten einander im Auge. Ich hatte große Lust, mit Mia zu schlafen. Ich fragte mich, ob sie wohl in meinem Gesichtsausdruck lesen konnte, denn sie sagte mit sanfter Stimme: »Ich habe darüber nachgedacht. Ich bliebe gerne mit dir einige Stunden irgendwo. Bei mir oder bei dir.«

»Bei dir, wenn es geht«, erwiderte ich. »Dein Hotel liegt ja ganz in der Nähe.«

»Gut«, sagte sie, trank ihr Wasser aus und erhob sich. Ihr Handrücken stieß an die Gabel, die leise klirrend auf den Boden fiel. »Oh«, rief Mia, »oh, oh!«

Ich wollte die Gabel aufheben. Doch Mia war ebenso schnell, ging gelenkig in die Knie. Und weil wir gemeinsam nach dem gleichen Gegenstand griffen, knallten unsere Köpfe aneinander.

»Oh!«, stöhnte Mia. »Oh! *Gomennasai* – entschuldige! Sag, tut es weh?«

Sie hatte einen harten Schädel. Ich rieb mir die schmerzende Stirn.

»Nicht im Geringsten!«

7. Kapitel

Wir gingen also zu Mias Hotel. Auf dem Weg dahin sprachen wir wenig, doch mir fiel auf, dass wir schneller gingen. An der Rezeption nahm man keinerlei Notiz von uns, dergleichen war man wohl gewöhnt. Die Tschechen sind nicht prüde. Schweigend nahmen wir den Lift, vermieden es, einander anzusehen. Das Verlangen war jetzt ins Spiel gekommen. Dann waren wir in Mias Zimmer; es war groß, sehr gut eingerichtet, schönes Design. Das Hotel war neu. Ein paar Sekunden lang standen wir uns stumm gegenüber. Dann ging Mia zum Fenster, zog die Vorhänge zu, sodass die Nachmittagssonne gedämpft ins Zimmer fiel. Während sie im Gegenlicht stand – ein schmaler, nahezu konturloser Schatten –, nahm ich die Verdunkelung ihrer Augen wahr. Das fahle Dämmerlicht überfloss die klar geschnittenen Linien ihres Körpers, verwischte seine Ränder im Helldunkel. Seltsamerweise traten die Konturen ihres Gesichts hervor, die kleine Nase, die glatte Stirn, der kindliche Mund, die scharf gezogenen Wangen und Kinnkonturen. Wir gingen mit einer so einfachen Bewegung aufeinander zu, dass es schien, diese hinge gar nicht von unserem Willen oder unserem Bewusstsein ab. Ich hatte noch nie mit einer Asiatin geschlafen und fragte mich, wie sie reagieren würde und was sie wohl von mir verlangen würde? Irgendwelche komplizierte Verrenkungen? *Kama Sutra?* Ob sie wohl sinnlich war oder schüchtern, zurückhaltend oder entfesselt und erregt?

Welchen Geschmack mochte ihre Haut wohl haben? Welchen Geschmack ihre Lippen? Ohne dass es mir bewusst war, machte auch ich einen Schritt auf sie zu, legte ihr die Hand auf die Schulter. Sie sah zu mir empor, warf beide Arme um meinen Hals. Ich war überrascht, wie viel Vertrauen diese Geste zeigte. Bei einer Liebesbegegnung entsteht für zwei ganz verschiedene Menschen die Schwierigkeit, noch unerforschte Seelenbezirke zu erkennen, in Gesten und in Sprache zu fassen. Und wenn Mia mit verschlungenen Händen meinen Nacken zu sich herunterdrückte, ihre Lippen zu den meinen führte, war es bereits die erste schöpferische Fantasie, die sie in mein Bewusstsein projizierte. Intuitives Verstehen kann auf keine andere Weise besser formuliert werden als durch die Körpersprache. Mia hielt sich noch ein wenig steif, ich presste sie an mich, bis ihre schmale Gestalt nachgab. Ihr Körper war mit einem Schlag gelockert, leicht nach innen gebogen, als wollte er sich mit diesem anderen Körper, der nach ihr rief, verbinden und mit ihm verschmelzen. Mein Knie drang zwischen ihre Schenkel, und ihre Wärme kroch an meinem Bein empor. Sie ließ sich gehen, fiel aufs Bett und zog mich mit sich. Ich half ihr mit ungeschickten Händen, das T-Shirt über den Kopf zu streifen, die Gürtelschnalle zu öffnen. Ich hörte ganz leise, wie der Stoff riss. Sie entzog sich meinen Lippen, glitt unter mir hervor.

»Warte!«

Sie entkleidete sich mit schnellen Bewegungen, löste ihren Gürtel, schob die Hose geschickt über ihre mattgolden leuchtenden Beine. Auch ich zog mich inzwischen aus, ohne ihren Körper aus dem Blick zu lassen. Er war glatt, lang gestreckt und in seiner Zierlichkeit vollkommen. Aus jeder ihrer Bewegungen, auch wenn sie etwas ungelenk waren, sprach eine duftende, kindliche Grazie, die mich bis ins Herz rührte. Ich beugte mich zu ihr hin, ließ meine Lippen über ihre Haut wandern. Meine Lippen fanden ihr Ohr, ihr Haar strich über mein Gesicht, es duftete ganz leicht nach Zitrone. Langsam kamen wir uns entgegen, kosteten unser Verlangen aus, das wir füreinander empfanden. Ich bewegte den Mund über ihre Stirn, über ihre Augenlider, über ihre schmalen Nasenflügel. Ich erforschte mit den Fingern und den Lippen ihre Gesichtszüge, meine Lippen berührten ihren Mund, der sich öffnete. Dieser Augenblick war für mich immer der entscheidende: wenn ich eine Frau zum ersten Mal küsste, ihr lebendes warmes Fleisch mit der Zunge erforschte. Das war für mich ebenso bedeutend wie die Entdeckung ihres Schoßes. Mias Mund innen und ihre Zunge waren ganz rosa, die Zähne etwas spitz, aber weiß und vollkommen, wie die Zähne einer jungen Katze. Ihre schmalen Finger glitten über mein Haar, über die Schläfen. Die Geste hatte, trotz einer fast kindlichen Spontaneität, etwas Mütterliches, Beschützendes an sich, und dieser Gegensatz drückte das im männlichen Unbewussten schlummernde Bild des Fraulichen aus und berührte mich eigenartig. Meine Hände verfolgten ihren Rücken, die kleinen Brüste mit den rosa Brustwarzen, während sie mich mit ihren geschmeidigen Armen fest umarmt hielt. Unter der bald streifenden, bald verharrenden Liebkosung meiner Lippen wölbte sie das Becken und öffnete ihre Schenkel. Sie stöhnte leise dabei, mit der zarten, sehr reinen Stimme eines kleinen Mädchens. Ich fühlte ihre sanften Finger auf meinen Schultern, auf den gespannten Rückenmuskeln bis hinab zu den Lenden. Sie war feucht und bereit, mich zu empfangen, und zog mich mit den Lockrufen ihrer Kinderstimme an sich. Ihr flacher Bauch spannte und entspannte sich in starken, wellenartigen Bewegungen. Ich fühlte, wie ihre Zähne sich in meine Schulter bohrten, ihre Nägel sich in meine Arme krallten. Der zarte Schmerz, den ich dabei empfand, brachte meine Erregung auf den Höhepunkt. Ihr Bauch unter dem meinem war ständig in Bewegung; es war ein langsamer, schlängelnder Tanz, der sich bei jedem Pulsieren beschleunigte und ihren Körper straffte und emporhob. Plötzlich, als ich den Höhepunkt erreichte, senkte sich ihr Leib unter mir, und Stille fiel in den Raum, senkte sich über unserer beider vermengten Atem, unser fiebriges Fleisch, das im Rhythmus dieser keuchenden Atemzüge lebte, während Mias Lippen auf meiner Wange leicht zitterten.

Danach lag sie an meiner Seite, hielt eines meiner Beine zwischen ihren Schenkeln fest. Ihre Hand auf dem Betttuch bewegte sich leicht, wie eine sich öffnende Blüte. Das Stück Himmel, das ich durch einen Spalt der Vorhänge sah, war jetzt rosa. Daran merkte ich, dass ziemlich viel Zeit vergangen war. Ich richtete mich ein wenig auf, legte meine Hand auf Mias warme, etwas klebrige Hüfte und liebkoste sie mit den Fingerspitzen. Sie bewegte ihr Gesicht leicht hin und her, streichelte mich mit ihren Haaren. Wieder verging Zeit. Vielleicht schliefen wir eine Weile, denn als ich plötzlich die Augen aufschlug, war der Himmel golden. Ich hob den Kopf, und sie tat es im gleichen Atemzug, sodass wir uns ansahen und lächelten. Ich liebkoste ihren Bauch, ihre Brüste. Sie hatte Brüste wie ein ganz junges Mädchen. Während ich sie streichelte, legte sie ihre Hand auf die meine und führte mich. Mir kam in den Sinn, dass ich mich seit Monaten nie mehr so wohlgefühlt hatte. Amalia hatte schon recht: Was ich gebraucht hatte, war eine neue Frau. Und diese hier, die wollte ich nicht so schnell wieder gehen lassen.

»Rainer …«

Wir hatten so lange geschwiegen, dass mich ihre Stimme überraschte. Die Art, wie sie meinen Namen aussprach, dieser sanfte fremde Klang, wühlte mich auf. Ich wandte den Kopf gegen ihre halb geschlossenen Augen, unter denen die

Wimpern wie ein schwarzer Pinselstrich lagen. Mandelförmige Augen, mit dem Schimmer von kostbarem Porzellan, die ihr Gesicht vergrößerten, wenn sie sie, wie jetzt eben, halb geschlossen hielt.

»Rainer …«

»Ja, Mia?«

Ich hielt ihre Brust in meiner Hand gefangen, hörte ihr Herz wie einen kleinen gefangenen Vogel zwischen meinen Fingern pulsieren.

»Hast du gedacht, dass es so sein würde … ich meine, zwischen dir und mir?«

Ich starrte zur Decke, setzte mühsam mein Hirn in Bewegung. Leider hörte sich das, was dabei herauskam, ziemlich verschroben an.

»Ich muss wohl daran gedacht haben … aber ohne daran zu denken, verstehst du?«

Sie lachte mich nicht aus, sondern nickte ernst.

»Ja, ich auch, genauso …«

»Darin sind wir uns also einig.«

Ich beugte mich vor, um sie auf die Schläfe zu küssen. Sie seufzte.

»Du siehst ja selbst, wie schwierig es ist …«

Mir wurde plötzlich klar, worüber sie sprach.

»Weil du abreisen musst?«

Sie nickte wortlos.

»Bleibt es bei übermorgen?«

»Es bleibt dabei.«

»Unbedingt?«

In ihre Stimme trat plötzlich eine gewisse Heftigkeit.

»Ja, ich will den Termin nicht verschieben. Ich will ihn loswerden.«

»Wen willst du loswerden?«

»Meinen Mann natürlich.«

Sie lag auf der Seite, um ihre Mitte bildeten sich kleine Falten, von Schatten erfüllt.

»Es ist wirklich dringend geworden«, sagte sie.

Ihre Gefühle waren zweifellos echt, aber sie dachte praktisch. Mir gefiel das.

»Und er?«, fragte ich. »Wird er einverstanden sein?«

»Er wird schnell eine andere finden. Er sieht gut aus, weißt du?«

Ich zögerte einen Augenblick.

»Warum hast du dich von ihm getrennt? Hat er dich schlecht behandelt?«

Sie wirkte überrascht.

»Nein, überhaupt nicht. Wie kommst du darauf? Er ist nur ein bisschen dumm.«

»Ist das alles?« fragte ich perplex.

Sie verzog leicht das Gesicht.

»Ach, es ist auf die Dauer ermüdend. Eine Frau möchte sich mit ihrem Mann unterhalten können. Beim Frühstück oder beim Abendessen, das ist doch wichtig, ne? Sie bemüht sich sehr, ihm das verständlich zu machen. Aber wenn sie schneller denkt als er und ihm immer alles genau erklären muss …«

»Ist das ein Scheidungsgrund?«, fragte ich.

Sie zuckte leicht mit den Schultern.

»Auch das ist ein Grund, oder?«

»Meinetwegen ja«, sagte ich.

Jetzt hätte ich fast gelacht. Mancher Mann, dachte ich, würde es ebenso machen, oder die Frau nur behalten, weil er ein Kind von ihr wollte oder jemanden suchte, der ihm den Haushalt schmiss, das wusste ich zur Genüge. Mia dachte und handelte sachlich wie ein Mann. Ja, dann streng dich mal an, und sieh zu, dass du ihr gewachsen bist, überlegte ich, wobei ich innerlich seufzte. Es würde meinem Ego schlecht bekommen, wenn sie mich einen Dummkopf nannte. Aber dann hätte ich es vermutlich verdient. Ich sagte: »Es kann vorkommen, dass diese Dinge am Anfang nicht sichtbar werden und erst zum Vorschein kommen, wenn man verheiratet ist.«

Sie hatte wieder diesen kindlichen Blick, der viele täuschen würde.

»Ja, solche Dinge sind nicht immer im Voraus zu erkennen.«

Mit zunehmender Deutlichkeit wurde mir klar, dass sie bald nicht mehr da sein und ich die Trennung schlecht verkraften würde. Mit Depression, Nesselfieber, Analytiker, Valium und *tutti quanti*. Das bevorstehende Desaster jagte mir eine gehörige Portion Schrecken ein. Ich überlegte, wie ich die Katastrophe vermeiden könnte, und tastete mich behutsam einem noch unbestimmten Ziel entgegen.

»Und du glaubst, dass ich dir beim Frühstück etwas zu sagen hätte?«

»Aber wir haben noch gar nicht zusammen gefrühstückt«, erwiderte sie, worauf wir beide in Lachen ausbrachen.

»Wir könnten das ja morgen nachholen«, sagte ich.

»Gut«, sagte Mia. »Sozusagen als Generalprobe.«

»Und dann?«, fragte ich.

»Dann wird uns schon etwas einfallen«, meinte Mia.

8. Kapitel

Eine Schilderung der ersten vierzig Jahre meines Lebens ersparte ich Mia, lieferte nur ein dünnes Maß an Informationen. Die Vergangenheit war bei mir ein alter Hut; Höhepunkte gab es nur wenig. Und nichts war eigentlich so gelaufen, wie ich mir das vorgestellt hatte.

»Man hält mich oft für langweilig«, gestand ich. »Irgendwie hängt das mit meinem Beruf zusammen. Kunsthistoriker gehen der Geschichte von Malern und Bildhauern nach, die zwar berühmt, aber längst gestorben sind. Sie befassen sich mit Fragmenten von Basreliefs, mit Keramikscherben. Sie liefern Datumsangaben, gründlich geprüfte Fakten. Sie haben eine Art hohe und einsame Stellung im Berufsleben, gelten als abgehoben, verstaubt und witzlos. Tanja meinte, dass sie es selten einen ganzen Tag mit mir aushalten konnte.«

»Seid ihr nie zusammen in die Ferien gefahren?«, fragte Mia, doch etwas erstaunt.

Ich seufzte.

»Tanja bestand immer auf einem Wellness-Resort. Und weißt du was? Das ist eine Sache, die *ich* langweilig finde.«

Mia sah in uns beiden ein amüsantes Kontrastprogramm.

»Von mir wird eigentlich Bescheidenheit erwartet. Bescheidenheit ist eine japanische Tugend, musst du wissen.«

»Auch bei uns. Man sagt: Bescheidenheit ist eine Zier.«

»Ja, aber in unserer Familie funktioniert das nicht«, sagte Mia. »Wir sind herrisch, tyrannisch, dominant. Wir waren –

und sind noch heute Außenseiter – schwarze Schafe, die mit den Hörnern stoßen, in einer großen Herde, in der alle nur blöken, mäh, mäh!«

»Hm«, murmelte ich. »Bist du sehr tyrannisch oder nur ein wenig?«

»Halb und halb, es kommt darauf an. Man sieht es nicht auf den ersten Blick, weil ich gut erzogen wurde. Mir wurde früh beigebracht, freundlich zu sein und Emotionen in Schranken zu halten. Dass wir größenwahnsinnig sind, geht ja keinen Menschen etwas an. Vielleicht sieht man es nur an meiner Nase.«

»Oh«, sagte ich, »was ist denn mit deiner Nase?«

»Ich habe eine grausame Nase«, sagte Mia.

Ich fand diese Nase recht hübsch. Sie war gerade, wohlgeformt, mit scharfen Nüstern.

»Alle meine Vorfahren hatten diese Nase. Ich habe Fotos aus dem neunzehnten Jahrhundert gesehen. Schon damals ließen sich Japaner gerne porträtieren. Du bemerkst es sofort, wenn du die Fotos ansiehst. Alle haben die gleiche Nase und sehen recht bösartig aus.«

»Zeigst du mir mal ihre Porträts?«

»Mmm«, murmelte Mia schläfrig.

Zwei Tage später sollte mein Flug nach Hamburg gehen. Diese zwei Tage waren es, die mir Angst machten.

»Wie wär's, wenn wir zusammenblieben?« fragte ich. Ich kaute schon eine Zeit lang an dieser Idee herum, verbissen wie ein Ochse, der zähes Gras rupft. Aber es war das erste Mal, dass ich die Frage offen aussprach. Als Versuchsballon sozusagen. Und vielleicht war jetzt der richtige Augenblick. Wir lagen in Mias Bett, das ziemlich zerwühlt war, und fühlten uns angenehm müde und ermattet.

»Wie meinst du das?«, fragte sie.

»Ich möchte mit dir zusammenleben«, sagte ich. »Auch

wenn du morgen nach Tokio gehst, viel zu tun hast und zuerst deinen dummen Mann loswerden musst.«

Mias Nacken verließ meine Schulter. Als sie sich über mich beugte, fühlte ich ihren warmen Atem auf meinem Gesicht.

»Und deine Frau?«, fragte sie stirnrunzelnd.

»Oh, das wird schnell erledigt sein«, sagte ich. »Ich habe jetzt keinen Grund mehr, die Sache hinauszuzögern.«

»Ja, und was dann?«

»Was dann? Ja, aber …« Ich begann zu stottern. Klare Formulierungen fielen mir angesichts meines Grauens vor Mias Abreise nicht ein. »Entschuldige, aber ich bin etwas langsam von Begriff. Was willst du damit sagen?«

»Hör zu, Rainer«, erwiderte sie ernst. »Du wohnst in Hamburg, ich in Japan. Und damit du es weißt: Ich gehe nicht weg. Ich habe eine Arbeit, die mir gefällt. Mein Bruder und ich sind dabei, ein ziemlich aufwendiges Projekt zu entwickeln. Ich will nicht meine Pläne über den Haufen werfen …«

»… wegen eines Mannes«, beendete ich im Geist ihren Satz. Ach je, wie bekannt mir das vorkam! Nur in umgekehrter Richtung: Es waren zumeist die Frauen, die sich anklammerten, während die Männer noch in Scheidung standen, viel vorhatten und sich nicht, Schreck lass nach, gleich wieder binden wollten. Was noch hinzukam, war, dass Mia schonungslos aussprach, was die Männer in ihrer feigen Art den Frauen mit Koitus und Küssen verheimlichten. Jetzt sauste der Bumerang geradewegs auf mich zu. Duckte ich mich rechtzeitig, kam ich mit einem blauen Auge davon. Oder hatte ich noch eine Chance? Ich musste jetzt ganz schnell denken. Schneller als Mias dummer Mann auf alle Fälle. Ich erwog in einem Atemzug das Für und das Wider. Also, wie standen die Dinge für mich? Ich dozierte gelangweilt vor gelangweilten Studenten, das *feu sacré*, das heilige Feuer, war erloschen. Ein Sabbatjahr würde mir guttun. Dank genialer Rechenkünste hatte ich es zu etwas Geld auf der Bank gebracht. Dazu hatte Amalia mich wissen lassen, dass ich bei Bedarf einen Vorschuss auf mein – immerhin nicht geringes – Erbe beanspruchen konnte. Das Ergebnis dieser Blitzüberlegung war, dass ich sagte: »Vielleicht können wir trotzdem zusammenbleiben.«

Sie sah mich zweifelnd, zögernd an.

»Wovon hängt das ab?«

»Von meiner Arbeit«, sagte ich. »Meine gefällt mir überhaupt nicht mehr.«

»Nein?«

»Nein. Ich habe meinen Lehrstuhl seit elf Jahren.«

»Ist das nicht lustig?«

»Nein, überhaupt nicht! Die Studenten wechseln jedes Jahr, aber mir kommt es vor, als ob ich immer die gleichen sähe. Nur die Art, wie sie angezogen sind, ändert sich. Und zwangsläufig auch die Frisuren. Und nach einer gewissen Zeit ist mir vollkommen egal, wie sie aussehen und was ich ihnen erzähle.«

»Und trotzdem machst du weiter?«

»Man kann sich an alles gewöhnen, auch an die Arbeit.«

»Die Arbeit ist wichtig«, sagte Mia. »Du musst Freude daran haben. Sonst arbeitest du schlecht.«

»Ich wollte schon lange mal eine Pause einlegen, aber mit Tanja, da ging es nicht. Sie pochte auf ein festes Gehalt und sagte, wer einen sicheren Job an der Uni hat, der soll ihn sich warmhalten. Heutzutage sind ja so viele arbeitslos. Und inzwischen bin ich zweiundvierzig. Es ist mein Leben, das da vorbeigeht, und ich habe nicht gemacht, was ich eigentlich machen will.«

»Und was willst du machen?«, fragte Mia mit leiser Ironie.

»Ich will ein Buch schreiben.« Es schien mir plötzlich ganz

natürlich, Mia davon zu erzählen. »Ich habe sogar schon einen Verlag, der sich dafür interessieren würde. Ich müsste mir nur einen Ruck geben …«

Mia lag auf der Seite, die rechte Hand unter ihrem Nacken. Ihre zarte Brust lag, etwas seitwärts, auf ihrem Arm. Ich streichelte sie mit der Fingerspitze.

»Worüber würdest du schreiben?«, fragte sie.

Ich trug eine große Ladung von Träumen mit mir herum. Und es gab eben doch ein paar Höhepunkte in meinem Leben. Mir schien, dass für mich der Augenblick gekommen war, es jemandem zu sagen. Und vielleicht konnte Mia über das, was ich tun wollte, besser urteilen als zum Beispiel ich selbst. Ich erzählte also, dass ich nach dem Gymnasium zwei Semester lang Medizin studiert hatte. Neurologie, um genau zu sein. Ich hatte das Studium abgebrochen, hatte mir irgendwann eingeredet, dass ich für die Sache nicht taugte. Das war wohl eine Frage der Geduld gewesen, und Geduld hatte ich nicht gehabt, damals. Kenntnisse waren nicht so einfach zu erhalten, wie ich es bisher geglaubt hatte. Sie fielen jedenfalls nicht vom Himmel. Aber da ich mich zwangsläufig mit dem Gehirn befasst hatte, war in mir eine bisher ungelöste Kernfrage aufgetaucht. Eine sehr simple Frage übrigens: »Wie entsteht ein Genie?«

Ich sprach jetzt diese Frage laut aus, machte danach eine dramatische Pause. Mia hielt die Augen weit offen.

»Ja, und wie entsteht es?«

Das Gefühl, dass sie zuhörte, war unbezahlbar. Ich blühte regelrecht auf.

»Siehst du, an Größe und Umfang des Gehirns kann es nicht liegen, auch nicht an dem erlernten Wissen. Geniale Menschen haben etwas von Geburt an, was die anderen nicht haben. Etwas Unbegreifliches. Aber was genau?«

»Dann lass uns mal darüber nachdenken«, sagte Mia.

Worauf ich ihr von Michelangelo Buonarotti erzählte und in eruptive Redseligkeit verfiel, angesichts einer nackten Frau im Bett ein absolutes No-Go.

»Selbst mit der subtilsten Methode kann man nicht den geringsten Unterschied zwischen der Hirnstruktur eines Stephen Hawking und beispielsweise der eines Bauern aus Anatolien feststellen. Die Kurven einer Enzephalografie, wenn man die Hirnwellen eines Schachspielers, eines Mathematikers oder eines Lyrikers bei der geistigen Tätigkeit aufzeichnet, sind so gut wie identisch ...«

Das Problem war, dass ich die Maschine aufgedreht hatte und nicht aufhören konnte. Ich dozierte wie im Hörsaal, im Hochgefühl, dass Mia ganz Ohr war. Sie wirkte leicht verwirrt, und plötzlich kam ich mir unausstehlich vor. Doch sie sagte nicht: »Halt den Mund, lass uns vögeln.« Sie starrte mich an und wartete, dass ich weitersprach. Und da war noch eine Sache, die ich nicht jedem Beliebigen sagen konnte, sie war nämlich politisch nicht korrekt.

»Für eine Genie-Entstehung muss es biologisch-genetische Hintergründe geben. Eine Erbanlage. Und ich denke, man sollte die Ahnenforschung mit einbeziehen. Es könnte eine Fähigkeit geben, die sich von einer Generation zur nächsten verfeinert, bis sie plötzlich zum Ausbruch kommt. Als ob das Gehirn Funken fängt. Aber woran liegt das?«

Mia nickte mir abwartend zu.

»Ja, woran liegt es?«

»Wie bitte?«, stammelte ich, leicht überrumpelt.

»Woran liegt es?«, wiederholte Mia, leicht ungeduldig. »Erklär mir das mal!«

Ich ließ mich vor Verblüffung ins Kissen zurückfallen.

»Findest du das nicht absurd?«

»Keineswegs. Du solltest darüber schreiben. Ich finde das interessant.«

Auf einmal fühlte ich mich überfordert.

»Aber…«, stammelte ich, »ob es auch die Leser interessiert?«

»Das ist eine andere Frage«, meinte sie.

»Vielleicht habe ich einen Knacks, und es wird ein schlechtes Buch«, lamentierte ich.

Mia lag da, die Hand in den Nacken gestützt, und zwischen ihren flaumigen Brauen zeigte sich eine kleine Falte.

»Wie kommst du darauf, dass es ein schlechtes Buch sein könnte?«

Sie wusste gar nicht, was sie mit diesen Worten bei mir anrichtete.

»Das ist es ja gerade! Es soll kein didaktisches Buch werden, nicht verklärt, nicht abgehoben und nicht verstaubt. Ich will, dass die Leute es wie einen Krimi lesen.«

Sie nickte.

»Das werden sie auch.«

Ich sah sie perplex an.

»Alle?«

»Vielleicht nicht alle. Einige vielleicht nicht.«

»Und was werden diese da glauben?«

»Nichts. Sie werden das Buch ja nicht lesen.«

Ich wusste nicht, woran ich mit ihr war. Ich hatte das unbestimmte Gefühl, dass sie mich neckte. Doch ich täuschte mich. Sie war dabei zu überlegen.

»Das geschieht doch sehr häufig«, meinte sie, »dass man sich Gedanken über die Ahnen macht. Mir kam es schon immer spannend vor, wenn Tante Azai mir Erlebnisse von früher erzählte, die alle ziemlich haarsträubend waren.«

»Inwiefern haarsträubend?«, fragte ich.

Sie lachte ein wenig.

»Vielleicht erzähle ich sie dir mal. Sie würden dich interessieren.«

»Im Rahmen meiner Forschungsarbeiten?«

Sie blinzelte mir zu.

»Tatsächlich wäre Tante Azai ein gutes Studienobjekt.«

»Wieso?«

»Weil sie im Januar hundertacht Jahre alt wurde.«

Mir fiel fast die Kinnlade herunter. »Hundertacht Jahre! Ist sie noch ... äh ... bei Verstand?«

»Oh ja, das ist ja gerade das Schreckliche an ihr! Sie sitzt den ganzen Tag nur da, schläft oder schimpft. Natürlich wurde ihr Geburtstag gebührend gefeiert, die Stadtverwaltung schickte Glückwünsche. Ja, sogar Presse und Fernsehen waren anwesend. Hundertacht ist eine heilige Zahl, die für die Buddhisten die Vollendung eines Zyklus bedeutet. Tante Azai hatte zum Glück Sake getrunken ...«

»Zum Glück?«

»Ja, das hat sie milde gestimmt. Ich würde eher sagen, beduselt gemacht. Sonst hätte sie alle in die Flucht geschlagen.«

»Du liebe Zeit!«

»Sie ist absolut unmöglich«, sagte Mia kopfschüttelnd.

»Das wäre ja für mich ein Grund, nach Japan zu kommen«, meinte ich, halb im Spaß, halb im Ernst. »Solange deine Tante noch da ist.«

»Mach dir keine Gedanken, sie ist unsterblich. Sie sagt, das käme nur daher, dass sie so viel Schokolade isst.«

»Himmel! Wie viel denn?«

»Zwei Pfund in der Woche, hat mir die Pflegerin gesagt.«

Ich fing an zu lachen, und Mia lachte auch. Dann wurde sie wieder nachdenklich.

»Übrigens ist es diese Tante Azai, die Jan Letzel gekannt hat. Mich interessierte die Geschichte schon immer. Aber sie will nicht darüber reden. Sobald ich auf das Thema komme, auch nur andeutungsweise, fährt sie mir über den Mund.«

»Aber, meine Güte, warum denn bloß?«

Mia zog die Schultern hoch.

»Kein Mensch wird schlau aus ihr. Sag mal, warum hast du dein Buch nicht früher geschrieben?«

Ja, warum eigentlich nicht? Ich konnte nicht sehr stolz auf mich sein.

»Was mich interessierte, interessierte niemanden. Außerdem hatte ich mein tägliches Pensum. Darüber hinaus wollte ich meinen Kopf nicht gebrauchen. Ich ging lieber joggen.«

»Das ist sehr schade«, meinte Mia. Und setzte gleich hinzu: »Weil du dabei unglücklich warst.«

Da hatte sie den Nagel auf den Kopf getroffen. Und wem konnte ich die Schuld geben? Doch nur mir selbst.

»Mir fehlte es an Ehrgeiz«, gestand ich.

Sie zeigte ein kleines Lächeln.

»Bist du deswegen zum Nörgler geworden?«

Ich seufzte.

»Das kann ich wohl bestätigen.«

»Wenn du glaubst, dass du ein Nörgler bist«, sagte Mia, »dann kannst du beruhigt sein. Du bist es nämlich nur ein ganz klein wenig …«

Ich sah sie schuldbewusst an.

»Lässt sich das noch ändern?«

»Im Handumdrehen.«

Sie lächelte mit dieser umwerfenden Mischung aus Zärtlichkeit und Spott. Etwas sehr Kluges, sehr Sachliches lag in ihrem Blick. Eine Sachlichkeit, die in starkem Gegensatz zu der verspielten Geste stand, mit der sie über mein Gesicht strich. Ich kam noch immer nicht über das Wunder unserer Begegnung hinweg. Diese Frau war dabei, mich zu retten. Irgendwann stießen wir alle an die Grenze unserer Unfähigkeit (das Peter-Prinzip?), aber vielleicht gab es doch eine Chance, noch ein paar Schritte darüber hinaus ins Wagemutige zu tun. Das wollte ich jetzt mal versuchen. Ein radikaler Abmarsch ohne Garantie auf eine Rückkehr.

Ich streichelte Mias Wimpern mit der Fingerkuppe.

»Bücher kann man überall auf der Welt schreiben, meinetwegen auch in Japan. Ja, vielleicht wäre Japan sogar der richtige Ort für so ein Buch. – Wenn ich dir nicht zur Last falle«, setzte ich hinzu.

Sie schwieg. Das Schweigen stand zwischen uns, und ich hörte es nahezu vibrieren, bevor sie langsam erwiderte: »Ich habe genug zu tun, sodass du mir nicht zur Last fallen wirst.«

Für mich hörte es sich wie eine Liebeserklärung an. Ich legte den Arm um sie, zog sie fest an mich.

»Ich werde dich in Ruhe lassen und zunächst im Hotel wohnen. Und mir dann so schnell wie möglich ein Zimmer suchen. Aber da musst du mir behilflich sein. In Japan kann ich keine Inserate lesen. Zumindest nicht am Anfang.«

Sie rieb ihre Wange an meine Schulter.

»Mir kommt gerade in den Sinn, dass ich vielleicht eine Unterkunft für dich habe.«

Ich dachte, womöglich bei ihr zu Hause, und blickte erwartungsvoll in ihre glitzernden Augen. Doch sie sagte: »Tante Azai kann ihr Haus nicht verkaufen, weil es unter Denkmalschutz steht. Eines Tages soll ein Museum daraus werden. Aber im Augenblick wohnt dort niemand. Tante Azai wird vermutlich nichts dagegen haben, es dir zu vermieten. Sie bezieht nur eine geringe Rente, lebt in einem Altersheim und gibt viel Geld für Schokolade aus. Aber sie ist nicht mit jedem Mieter einverstanden, das kannst du dir ja wohl vorstellen.«

Allerdings konnte ich es mir vorstellen.

»Was meinst du? Habe ich eine Chance?«

Sie hob weich die Schultern.

»Keine Ahnung. Könnte sein.«

»Hilft es, wenn ich ihr Schokolade mitbringe?«

»Es könnte nützlich sein.«

»Und Printen?«

»Oh ja, noch besser! Die kennt sie nämlich nicht.«

»Gut. Dann also auch Aachener Printen.«

»Darüber hinaus«, sagte Mia, »darfst du nicht zu hohe Ansprüche stellen. Das Haus ist ziemlich unmodern, da muss ich dich warnen.«

»Für einen Schriftsteller ist es doch genau der richtige Ort!«

Sie sah mich an, herzlich zweifelnd.

»Ach, glaubst du das wirklich?«

»Sicher«, sagte ich. »Ich habe Lust auf ein Haus, das so richtig unmodern ist.«

Mia wirkte nach wie vor skeptisch.

»Na gut, dann lass dich mal überraschen.«

Sie müsse, führte ich aus, die Sache auch einmal mit den Augen eines – zukünftigen – Schriftstellers ansehen. Ach, wie reizvoll, wie abwegig, ein Buch in einem alten japanischen Haus zu schreiben! Als bedürfe es dieses Rahmens, um das Luftgebilde der Gedanken in Worte zu kleiden. Denn das Buch musste geschrieben werden, es war einfach nicht mehr zu umgehen. Irgendwo führte ein Weg dahin zurück, wo aus der Fuge zwischen Instinkt und Vernunft die Erscheinungen entstanden, die Vorformen der Schatten, die uns und unsere Nachkommen prägten.

Ich versuchte das Mia verständlich zu machen, drückte mich dabei recht schwülstig aus. Ich war nie in der Lage gewesen, komplizierte Dinge einfach zu erklären. Und wenn ich von eine Sache keine Ahnung hatte, tat ich, als ob. Das imponierte den Studenten. Aber imponierte es auch Mia? Sie schenkte mir wie stets ihre volle Aufmerksamkeit. Ihre dunklen Augen, in denen das Abendlicht wie kleine Funken flackerte, waren unverwandt auf mich gerichtet. Auf einmal hatte ich das peinliche Gefühl, dass sie mich durchschaute und nicht ganz ernst nahm.

»Und bisher hast du das alles für dich behalten?«

»Ich habe das irgendwo in mich reingestopft«, sagte ich.

»Und jetzt?«

»Jetzt muss es irgendwie raus!«

»Und was genau wirst du tun?«

»Mein Leben neu ordnen. Was denn sonst?«

Schalk leuchtete in ihrem Blick auf.

»Also, wenn es so ist… Vielleicht war es ja gut, dass ich Wein verschüttet habe.«

Ich antwortete dozierend, da ich über verschiedene Epochen perfekt Bescheid wusste und es ihr auch zeigen wollte. Männer haben diesen albernen Zug.

»Die Römer gossen einige Tropfen auf den Hausaltar. Sie nannten das Libation. Ein Trankopfer für die Götter.«

Mias Zunge strich über meine Schulter. Sie liebkoste mich wie ein Kätzchen.

»Oh, das haben wir in Japan doch auch. Nur machen wir es ein bisschen anders.«

»Anders? Inwiefern?«

»Wir schütten Sake auf einen heiligen Stein.«

»Also nicht auf eine Hose!«

Sie neigte ihren Mund gegen mein Ohr.

»Nein. Eigentlich eher auf das, was drinnen ist.«

»Wie soll ich das verstehen?«

»Wörtlich.« Mia lachte los. »Der Stein ist nämlich ein Phallus!«

Worauf ich vor Lachen weinte und mir die Augen wischte und wir uns lachend umarmten, in der wiederkehrenden Unrast des Verlangens. Wir sahen den Abend heraufziehen und liebten uns mit ebensolcher Leidenschaft wie zuvor, aber ohne den früheren Schmerz. Das Gespenst der Trennung entfernte sich. Wir verscheuchten es endgültig, indem wir – na ja – im Laufe der Nacht einige weitere Trankopfer brachten.

9. Kapitel

Eigentlich habe ich Angst vorm Fliegen«, sagte ich zu Mia. »Du musst also nicht glauben, dass ich mich Hals über Kopf entschlossen habe, einen Flug nach Tokio zu buchen. Um ehrlich zu sein, ich habe viel darüber nachgedacht. Und je länger ich darüber nachdachte, desto klarer wurde mir, dass es so mit mir nicht weitergeht. Ich war an einem toten Punkt angelangt, wollte nie wieder eine Frau lieben. Es kam mir zu kompliziert vor.«

Sie antwortete sanfter, als eine Frau mir je geantwortet hatte.

»Das habe ich gespürt. Du hast dir viel Mühe gegeben, aber etwas Unsicheres war in dir.«

»Ich war unglücklich, ohne zu wissen, dass ich es war. Ich nehme an, meine Eitelkeit war verletzt.«

Sie nickte.

»Ja, du hattest dein Gesicht verloren. Vor dir selbst. Das ist sehr unangenehm.«

»Ich konnte mich nicht mehr im Spiegel sehen. Und jetzt lasse ich mich scheiden, packe meine Siebensachen zusammen – und tschüss. Ich will dich nicht mehr aus den Augen lassen.«

Sie blickte auf ihren Teller und befasste sich mit ihrem gegrillten Fisch. Sie wirkte ein bisschen verlegen, ein bisschen übermütig und ein bisschen trotzig. Als ob sie dem männlichen Liebesüberschwang nicht ganz traute. Worte sind nur

Worte und nicht immer die Wirklichkeit. Vielleicht war ich belämmert, und Mia war weiser als ich.

Es war unser letzter Abend in Prag. Wir saßen im »Restaurant der Architekten«, wo es stockfinster war, mit Ausnahme der Lampen, die den Tisch beleuchteten und nur unsere Teller und unsere Gesichter erkennen ließen. Wie sich die Kellner zurechtfanden, ohne auf die Nase zu fliegen, war mir schleierhaft. Das Essen war reichhaltig und gut, deftig, wie es die Prager bevorzugen. Mia aß mit Appetit. Tanja hatte immer Angst um ihre Figur gehabt, doch Mia mit ihrem zarten Knochenbau schien sich nicht im Geringsten darum zu scheren, ob ihre Konfektionsgröße nach einem kompletten Prager Menü von vierunddreißig auf sechsunddreißig anstieg.

»Ist es dir unangenehm«, fragte ich, »wenn ich ohne dich nicht mehr sein kann?« Noch während ich das fragte, überkam mich das Gefühl, dass ich kitschig wurde, in Pathos verfiel, vor Selbstmitleid zerfloss.

Sie schob den Fischkopf akkurat auf den Tellerrand, bevor sie sachlich Antwort gab.

»Wir werden ja bald merken, ob das wirklich stimmt. Wir kennen uns erst seit fünf Tagen. Im Augenblick funktioniert es zwischen dir und mir. Vielleicht verstehen wir uns auch später noch, vielleicht auch nicht.«

Ich empfand einen kleinen Stich im Herzen.

»Ach, wieso denn nicht?«

»Na ja, wir könnten uns zum Beispiel zanken.«

»Muss das sein?«

Sie zuckte mit den Schultern.

»Womöglich findest du das Essen abscheulich.«

»Ich mag Sushi sehr«, sagte ich.

Sie lehnte sich zurück, herzlich lachend.

»Das wirst du kaum erleben, dass eine japanische Frau mit

Sushi experimentiert! Sushi lässt man sich frisch ins Haus liefern. Und damit du es gleich weißt, ich kann überhaupt nicht kochen. Meine Mutter hat es mir beigebracht, klar, das machen japanische Mütter, aber das ist lange her, und inzwischen habe ich alles verlernt. Und außerdem werfe ich alles um, wie du weißt.«

»Auch in der Küche?«

»In der Küche nicht. Da rühre ich nämlich keinen Finger.«

»Macht nichts«, sagte ich fröhlich. »Ich selbst bin ein guter Koch.«

»Mmm …«

Sie bewegte leicht den Kopf hin und her. Ihr Ausdruck war gleichermaßen versonnen und spöttisch. »Wir wollen noch von mir reden«, fuhr sie fort. »Es mag ja sein, dass du wirklich der richtige Mann für mich bist. Die anderen haben es nie lange mit mir ausgehalten.«

»Weil du nicht kochen kannst?«

»Weil ich nicht die Frau bin, die ein Mann sich wünscht. Ich treffe alle Entscheidungen selbst, hasse Unordnung und Unpünktlichkeit, trage keine High Heels und keine Abendkleider.«

»Weiter.«

»Ich bin ungeduldig, überheblich, unsentimental.«

»Was sonst noch?«

»Kinder«, sagte sie. »Kinder mag ich sehr, die sind so richtig zum Knuddeln! Und ich hüte auch gerne die Kinder von Freunden, weil ich sie abends wieder loswerde.«

»Mach dir keine Gedanken«, sagte ich, stoßweise lachend. »Es wird nicht so sein, dass die Menschheit deinetwegen aussterben muss.«

Sie lachte auch.

»Die einzige Möglichkeit, mit mir zu leben, ist, mich zu nehmen, wie ich bin.«

»Das sieht man doch sofort, dass es nicht anders geht«, sagte ich.

Sie lachte wieder, wobei sie eine kleine Grimasse zog.

»Nein, das ist es ja eben. Man sieht es nicht! Im Grunde bin ich wie Tante Azai. Vielleicht sogar schlimmer.« Sie setzte hinzu: »Die Vorstellung, dass ich hundertacht Jahre alt werden könnte, finde ich allerdings abscheulich.«

»Sag mal«, fragte ich, »wird sie mich mögen?«

Sie bewegte zweifelnd den Kopf hin und her, wie sie es oft zu tun pflegte.

»Lass es mal darauf ankommen. Schließlich bist du ein *Gaijin.*«

»Ein was?«

»Ein Ausländer. Es könnte sein, dass sie Nachsicht mit dir hat. Oder dich zumindest interessant findet.«

»Vielleicht gibt es einen Fall von mysteriöser elektrischer Anziehung zwischen deiner Tante und mir.«

»Zwischen Tante Azai und dir?«

Sie lachte so, dass sie ihre Serviette fallen ließ. Sie tauchte unter den Tisch, tastete über dunklen Boden und über meine Fußknöchel. Ich kroch ihr nicht nach, sie war schneller als ich und auch nicht eins neunzig lang. Und es machte ihr auch nichts aus, in Restaurants unter die Tische zu krabbeln.

»*Gomennasai!*«, murmelte sie etwas atemlos, als sie in entzückender Haltung wieder vor mir saß. »Glaub mir, eine wie Tante Azai gibt es nicht zweimal.«

»Und eine wie dich erst recht nicht!«, sagte ich kopfschüttelnd.

Sie zeigte wieder ihr kleines, schiefes und sehr ambivalentes Lächeln; dieses Lächeln gab mir einen Stoß, weil mir plötzlich bewusst war, dass ich mein Leben in ihre zarten, ungeschickten Hände gab. Sie hielt es behutsam, mit unbeschreiblichem Charme. Sie brachte mir gegenüber viel Takt und Geduld auf, hielt aber die Zügel straff – und war ehrlich genug, mich zu warnen. Ich überließ mich – treudoof, würde Amalia sagen – dieser Führung. Schließlich hatte ich nicht die geringste Ahnung, was mich in Japan erwartete. Der siebte Himmel oder der dritte Kreis der Hölle?

Als ich Mia zu ihrem Hotel zurückbrachte, war es zwei Uhr nachts. Ich ging mit auf ihr Zimmer, und danach schliefen wir nicht mehr viel. Um sechs wurden wir geweckt. Mia packte ihren kleinen Koffer. Um sieben war Frühstück, Mia warf die Kaffeekanne um und musste schnell in der Toilette das T-Shirt wechseln. Dann kam das Taxi, das sie zum Flughafen brachte. Im Wagen lehnte Mia den Kopf an meine Schulter. Meine Hand suchte nach ihrer. Sie nahm die suchende und drückte sie einen Augenblick lang an ihre Brust. Ich fühlte die atmende Wärme durch das dünne T-Shirt hindurch.

»Rainer?« flüsterte sie.

»Ja?«

»Du fehlst mir schon jetzt«, sagte sie mit leiser Stimme. Und das war für mich die wunderbarste Liebeserklärung, die mir je eine Frau geschenkt hatte.

»Ich war wahnsinnig glücklich mit dir«, sagte ich, ebenso leise. »Ich lasse dich nicht so leicht wieder los.«

»Das ist ja das Schöne«, antwortete sie. »Dass ich mich auf dich freuen kann.«

Sie hob das Gesicht. Ich küsste sie. Sie trug keinen Lippenstift. Ihr Mund hatte einen frischen Hauch nach Zahnpasta. Als wir – nach einer ganzen Weile – unsere Lippen endlich voneinander lösten, sagte ich matt: »Jetzt bleibt mir nur mehr, die Zeit totzuschlagen. Mein Flug geht erst morgen um vierzehn Uhr.«

»Es gibt noch viele Dinge, die wir nicht gesehen haben«,

murmelte sie ohne Überzeugung. »Du kannst das jetzt nachholen.«

Ich drückte sie enger an mich.

»Mich interessiert nichts mehr.«

Wir fuhren durch die Randbezirke, die viel Beton, ungeputzte Fenster und alte Gärten zeigten und kaum bevölkert schienen. Der graue Hinterhof der goldenen Stadt, in dem nur noch jene lebten, die nicht wegkonnten. Um diese Zeit waren noch wenig Pendler unterwegs, der Verkehr war flüssig. Nach einer Viertelstunde hielt das Taxi vor dem Flughafen. Ich begleitete Mia in die Halle, die bereits übervoll von Touristen war. Alle schoben ihr Gepäck, standen Schlange, füllten Papiere aus. Wir stellten fest, dass Mias Flug bereits aufgerufen war.

»Es ist besser, ich gehe schon jetzt«, sagte sie. »Da, sieh mal die vielen Leute!«

Ich konnte ihr nicht sagen: »Bleib noch ein paar Minuten.« – Wozu?

»Gib schön auf dich Acht«, sagte ich. »Denk immer daran, dass ich ein Nörgler bin.«

Mia hob sich auf die Zehenspitzen, ihre Lippen streiften meine Wange. »Und du, denke immer daran, dass ich ein schwieriger Mensch bin.«

»Ich werde es nicht vergessen«, sagte ich.

Einige Atemzüge lang standen wir fest umschlungen. Dann trennten wir uns. Sie schenkte mir ein trauriges kleines Lächeln und sah plötzlich in ihrem grauen Jogginganzug wie ein verlassenes Schulmädchen aus. Danach drehte sie sich um und ging, schob sich in einer Traube von Leuten der Passkontrolle entgegen. Wir winkten uns ein letztes Mal zu, bevor ich sie endgültig aus den Augen verlor. Ein paar Minuten lang stand ich da, mit hängenden Armen und vorgerecktem Kinn, in der törichten Hoffnung, sie noch einmal zu sehen. Doch vergeblich. Nach einer Weile drehte ich mich seufzend um, ging zu den Taxis und fuhr zurück nach Prag. Ein einsamer, langer Tag lag vor mir. Womit sollte ich ihn füllen? In mieser Stimmung ging ich zum jüdischen Friedhof. Dort verweilte ich lange, zwischen ehrfürchtigen Literatur-Freaks eingeklemmt, vor Kafkas viel besuchtem Grab, wo ich grimmig über die *Verwandlung* meditierte.

10. Kapitel

Nach dem lebenslustigen Prag kam mir Hamburg kühl, geordnet und versnobt vor. Meine Wohnung, oberflächlich aufgeräumt, roch nach eingeschlossener Luft, aber – zum Glück – nicht mehr nach Tanjas Parfüm. Ich holte beim Hauswart meine Post ab und fand unter zahlreichen Rechnungen eine Vorladung bei der Richterin Frau Dr. Irgendwas. Der Termin war auf in zehn Tagen angesetzt. Ich hätte ihn am liebsten schon am nächsten Morgen gehabt. Ansonsten war wenig passiert. Ich wappnete mich mit Geduld. Alles systematisch der Reihe nach. Mein Kühlschrank war leer. Ich ging zum Supermarkt, schob gelangweilt meinen Einkaufswagen vor mir her. Wieder zu Hause schob ich ein Fertiggericht in den Mikrowellenherd, schaufelte die Makkaroni mit Spinat in mich hinein und las die Zeitung. Ein starker Kaffee, schwarz und süß, brachte mir die Lebensgeister zurück. Ich sah auf die Uhr. Bald zehn. Ich rief bei Amalia an.

»So spät?«, sagte sie vorwurfsvoll. Sie war schon im Bett. Nein, geweckt hatte ich sie nicht, sie las immer eine Stunde, bevor sie das Licht löschte.

»Ich bin wieder da«, sagte ich töricht.

»Herzlich willkommen!«, erwiderte sie gähnend. »Wie war's denn in Prag?«

»Ich habe eine Frau kennengelernt.«

»Das ging aber schnell.« Mutters Stimme klang eine Spur interessierter. »Eine Tschechin?«

»Nein, eine Japanerin.«

»Ach, wie nett!«, sagte Mutter mit dem üblichen Ton der Belustigung gegenüber ihrem Sohn, der so unberechenbar war. »Sie sieht gewiss reizend aus.«

»Entzückend.«

»Eine echte Geisha?«

»Das kann man wohl nicht sagen.«

»Dann hat sie also keinen Kuschelkomplex?«

»Nein, den habe ich. Sie treibt ihn mir gerade aus.«

Ich hörte, wie sie seufzte.

»Die Richtung, in die du gehst, gibt mir zu denken.«

»Kann ich dich morgen besuchen?«

»Ich treffe mich mit einer Freundin zum Mittagessen. Aber komm um vier, ich backe uns eine Torte. Und erzähl mir von deiner Geisha.«

»Sie ist Architektin«, sagte ich, womit ich, einmal und wenn auch spätabends, das letzte Wort behielt.

Mias Flugzeug war nicht abgestürzt und auch nicht entführt worden. Ich hatte von ihr eine SMS bekommen. »Bin wieder in Tokio. Gn8.« Echt blöd, wenn ich jetzt nur Bahnhof verstand. Früher wurden Kurzwörter, sogenannte Akronyme, fast nur in der IT-Branche zur internen Kommunikation benutzt. Ich musste schleunigst dazulernen. Jedenfalls schlief ich traumlos und gut, verbrachte den halben Sonntag mit Papierkram und schrieb meinen Kündigungsbrief. Je eher dabei, je eher davon. Um zwei machte ich mich auf den Weg zu Amalia, joggte dabei die Alster entlang und fühlte mich leichter bei jedem Schritt. Und als ich bei Amalia eintraf, war ich in bester Stimmung.

Weil es kühl war, trug Mutter lange Schlabberhosen und einen dreimal gewickelten Schal aus Rohseide um den Hals. Natürlich war sie barfuß.

»Du siehst aber nicht schlecht aus«, stellte sie fest.

»Das macht die Liebe.«

»Ein bisschen außer Atem, oder?«

»Ich habe gejoggt.«

Sie schnupperte.

»Immerhin riechst du nicht nach Schweiß.«

»Mutter!«, rief ich empört.

Ihre blauen Augen glitzerten fröhlich. Sie führte mich in das Erkerzimmer, mit Blick auf den Garten. Auf dem Tisch stand eine große Aprikosentorte, frisch aus dem Ofen und goldgelb gebacken. Daneben eine Schüssel mit Schlagsahne.

»Mmm!«, murmelte ich anerkennend. »Ob mir die wohl schmeckt?«

»Noch einmal«, sagte sie, »und ich klatsche dir ein Stück auf die Nase! Tee oder Kaffee?«

»Kaffee, gerne.«

Während ich mir die Hände waschen ging und mir Wasser ins Gesicht spritzte, war Mutter schon bei der Kaffeemaschine. Für sich hatte sie Tee aufgegossen, den sie mit Kandiszucker und Zitrone trank. Ich kam zurück und setzte mich, sah zu, wie sie geschickt den Kuchen anschnitt, und dachte amüsiert an Mia.

»Sie kann keinen Kuchen anschneiden«, sagte ich. »Und sie wirft alles um. Sie sagt, dass sie zwei linke Hände hat.«

Mutter wusste sofort, von wem die Rede war.

»Höchst ungewöhnlich für eine Japanerin, ja.«

»Ja. Und sie heißt Mia.«

»Hübscher Name«, Mutter schnitt elegant die Torte an, ließ ein Stück auf den Blümchenteller gleiten und gab einen dicken Klecks Sahne dazu. »Und wie stellst du dir vor, dass es weitergeht?«

Mein leichter Jogging-Rucksack stand neben dem Stuhl. Ich klaubte mein Kündigungsschreiben hervor und reichte ihn Mutter über den Tisch. Sie zog ihn behutsam aus dem

Umschlag. Ich sah, wie Wolken am Himmel, Überraschung, Bestürzung und Fassungslosigkeit über ihr Gesicht ziehen.

»Das meinst du doch wohl nicht im Ernst«, sagte sie.

Ich stopfte fröhlich Torte in mich hinein.

»Doch. Wenn ich jetzt nicht kündige, verliere ich drei Monate.«

»So einen guten Job«, sagte sie kopfschüttelnd. »Bist du verrückt geworden?«

»Nein. Im Gegenteil, klarsichtiger denn je.«

»Uff!«, stieß sie hervor, was auch immer das bedeutete.

Worauf ich es allerdings für erforderlich hielt, ihr zu erklären, dass sich ein Mann irgendwann dem Dilemma stellen musste, sich zwischen dem Leben innerhalb der üblichen Langeweile und dem Leben außerhalb zu entscheiden, was sich entweder als Glücksfall oder als totales Fiasko entpuppen konnte.

Mutter schüttelte nur den Kopf dazu. Sie faltete den Brief wieder zusammen und gab ihn mir mit den Worten zurück: »Du bist wirklich unverbesserlich. Und das wegen einer Frau! Aber wenn ich's recht bedenke, dein Vater war nicht anders.«

»Der Apfel fällt nicht weit vom Stamm«, bemerkte ich heiter.

Sie nahm einen Schluck Tee, teilte ihr Gebäck mit einer Kuchengabel, kaute, schluckte.

»Erzähl mir von ihr«, sagte sie dann.

»Von Mia?«

»Ja, von Mia.«

Ich holte mein Handy aus der Tasche und zeigte ihr zuerst ein paar Bilder.

»Hübsch!« sagte Amalia. »Eine Miniatur!«

Ich erzählte ein wenig und bekam dabei rote Ohren. Sie stützte ihren Kopf in beide Hände, musterte mich argwöhnisch und sehr genau.

»Wenn du über deinen Job redest, hört es sich an, als ob du Jahre im Gulag verbracht hättest. Und sobald es um Mia geht, wirst du lyrisch.«

»Woran merkst du das?«

»An deiner Stimme natürlich. Du erinnerst mich an Dietrich Fischer-Dieskau, wenn er die ›Schöne Müllerin‹ singt.«

Ich war geschmeichelt.

»Wirklich?«

»Mit dem Unterschied, dass du nicht Bariton bist. Du bist Tenor, und ein schlechter noch dazu.«

»Dass du immer kaltes Wasser auf meine Begeisterung schütten musst...«

Sie parierte ungerührt.

»Ach Gott, ich bin halt blasiert. Bei Tanja war es am Anfang doch auch so. Himmelhoch jauchzend, zu Tode betrübt. Und dass du schreiben willst, ist auch nichts Neues. Aber dass es ausgerechnet in Japan sein muss...«

»Warum nicht in Japan?«, konterte ich.

Mutter war zu großer Objektivität fähig, ein Charakterzug, der ihr half, unsentimental zu urteilen. Auf ihre Frage, ob ich denn glaubte, ein guter Autor zu werden, erwiderte ich, dass ich ja noch nichts geschrieben hatte, womit ich angeben konnte.

»Nur ein paar Beiträge in Zeitschriften, hast du das schon vergessen?«

Sie quittierte es mit einem Achselzucken. Nein, sie entsann sich nicht mehr, ein Grund noch dazu, um mir nichts darauf einzubilden. Auf Mutters zweite Frage, ob ich meine Wohnung aufgeben wollte, sagte ich, dass ich darüber nachgedacht hatte. Sie hob die Brauen.

»Und?«

Ich schüttelte den Kopf.

»Die Miete ist günstig. Und ich habe ja noch ein paar Möbel von dir.«

»Echt Biedermeier«, sagte sie vorwurfsvoll. »Und denk daran, dass dein Vater an dem Schreibtisch gesessen hat. Und sein Notenpult hast du auch noch.«

Ich beruhigte sie mit der Erklärung, dass ich, bevor ich den Anker auf Nimmerwiedersehen löste, den sprichwörtlichen Hafen noch nicht ganz verlassen wollte. Ich nannte es meinen schnöden Selbsterhaltungstrieb. Mutter fand das klug.

»Liebesimpulse erodieren mit der Zeit. Und wer weiß, ob du das japanische Essen verträgst.«

»Ich mag Sushi«, erwiderte ich einfältig.

»An Sushi isst man sich leid. An Aprikosentorte nicht.«

Mutter schob mir zweites Stück auf den Teller. Danach war die Sache erledigt, und wir sprachen von Tanja und der bevorstehenden Scheidung.

In den nächsten Tagen brachte ich meine Sachen in Ordnung. Da ich es gewohnt war, in der Wohnung alles gut übersichtlich zu halten, ging es schnell. Ich ordnete Dokumente, sah Briefe und Fotos durch. Viel Kram lag nicht herum, und das Aufkommen des digitalen Fotozeitalters sowie des Internets machten vieles leichter. Am Schluss blieb von Tanja nur wenig übrig. Inzwischen bekam ich auch Antwort vom Rektorat: Man bedauerte mein Fortgehen sehr. Mein Gehalt wurde mir bis Oktober gezahlt, und meine Stelle war bereits neu ausgeschrieben. Ich sah mich wie in einem Film. Der Film hieß: »Der fröhliche Abschied.« Es kostete Mühe, ihn zu verstehen, wenn man den Anfang verpasst hatte.

Mia. Ich gab die Aufnahmen von ihr in den Computer ein, betrachtete sie immer wieder mit Entzücken. Auf den Bildern schien sie sehr zierlich, ihr dunkles Haar wehte im Wind, die helle Haut war leicht gebräunt. Sie lächelte fast immer. Es war wie eine Verheißung, obwohl das Lächeln vielleicht nur ihrer guten japanischen Erziehung entsprach. Der kitschige Ausdruck »Das Land des Lächelns« kam mir in den Sinn, Franz Lehár, die Operette, bis mir einfiel, dass damit eigentlich China gemeint war. Mit Mia hatte das alles nichts zu tun. Vergrößerte ich die Aufnahmen auf dem Bildschirm, zoomte ich Mias Gesicht heran, sah ich deutlich die gerade Nase, den großzügigen Mund, das etwas maskuline Kinn. Sie strahlte Ruhe und Selbstbewusstsein aus, obwohl sie – zur gleichen Zeit wie ich – in Scheidung stand. War es schlimm für sie? Davon hatte sie nichts gesagt, aber ich hatte so meine Vermutungen. In der Nacht verfolgte ich meine Gedankenbahnen, hörte Mias glockenklare Stimme, fühlte ihren Körper in fiebrigen Fantasien, und erwachte jedes Mal mit einer unpassenden Erektion. Mia deprimierte mich, einfach weil sie nicht da war. Natürlich tauschten wir Mails. Jeden Morgen fand ich ein paar Sätze von ihr vor, die mir stets recht unverbindlich vorkamen. Ich versuchte, sie in ihrer Sparsamkeit des Mail-Verkehrs nachzuahmen. Sie brachte mich in Verwirrung, so undurchsichtig war sie, gewährte mir nur einen spröden Zugang zu ihren Gedanken. In Prag hatte ich sie niemals als fremd empfunden, doch nun überlegte ich mir: Würde ich sie, wenn ich zu ihr nach Tokio kam, endlich durchschauen können, würde ich den ganzen Umriss ihrer Seele erkennen? So weit dachte ich, bis mir auffiel, dass meine eigenen E-Mails ebenso unverbindlich und unterkühlt sein mochten. Ich war – bildlich gesprochen – zum Eisschrank geworden: äußerlich glatt und ebenmäßig, innen eine Überfülle von Wunschträumen und bohrend lebendigen Sehnsüchten. Meine Gefühle zu Mia gehörten einer zarten Realität an, zerbrechlich und schwer zu fassen, und gerade in ihrer Zartheit stark. Ich war immerhin dabei, mein Leben über den Haufen zu werfen, mich einer Art von Re-Vision zu stellen, einer nachträglichen Umsetzung eines längst geschriebenen Textes, der mir inzwischen fade und langweilig vorkam. Giotto. Fra Angelico, ja sogar Caravaggio, ach Gott, wie satt ich sie alle hatte! Ich war ein Mensch, der sich sein Leben bequem eingerichtet hatte und der eigentlich noch viel zu jung dazu war. Meine Bequemlichkeit hatte sich mit Tanja davongemacht – ich hätte ihr eigentlich dankbar sein müssen. Idealistische Impulse verblassen mit der Zeit. Ich war zum Egoisten verkümmert. Meine Wohnung, mein Wagen, meine Katze (ach, Mafalda!), meine Frau, mein Sex. Es ließ sich beliebig fortsetzen. Jemand hatte mal gesagt, die glücklichste Zeit im Leben eines Menschen sei die Zeit, in der er sich bemüht, das zu erreichen, was im Rahmen seiner Fähigkeiten liegt. Ich nahm sehr ernstlich an, dass ich welche besaß, die noch nicht zum Ausdruck gekommen waren.

Inzwischen informierte ich mich über Japan. Das Informieren war wie ein Vorgeschmack – ein Vorspiel? Doch leider kam nicht viel dabei heraus. Ich stellte fest, dass es den meisten Sachverständigen offenbar schwerfiel, unparteiisch über das Land und seine Bevölkerung zu schreiben; dabei waren alle in gleicher Weise überzeugt, dass sie Japan kulturell und geistig nahegekommen waren. Aufmerksam und kritisch, wie ich veranlagt war, wunderte ich mich über die vielen Diskrepanzen, die bei der Beschreibung der gleichen kulturellen Vorgänge zum Vorschein kamen. Unglaublich, wie viele Menschen zwar das Gleiche sahen, es jedoch anders deuteten. Diese Unvereinbarkeit der Blicke und der Empfindungen fand ich eigenartig. Es war, als ob Japan nicht nur in einer anderen Sprache, sondern auch in unvertrauten Bildern zu dem Betrachter sprach. Dabei hatte ich das eigenartige Gefühl, dass die Stimmen und die Herzen aus den alten Sagen und versunkenen Welten zu mir herüberklangen, ein Gleichsein, das ein Verschiedensein war, als ob unsere Kulturen sich asymmetrisch entwickelt hätten. Es war eine Art von Gleich- und Verschiedensein wie bei einem Bild, das wir in einem Zerrspiegel betrachteten. Die Einzelheiten, die wir erkannten, kamen uns in ihrer Aussage unbegreiflich vor. Am Ende gab ich es auf, stellte alle Reiseführer schön ordentlich in ein Bücherregal und konsultierte auch nicht mehr das Internet. Basta mit dem Zeug! Was blieb und was ich zuließ, war dieses Bedürfnis nach einer Erneuerung, nach etwas, das mir unter die Haut ging. Ich war auf der Suche nach dem eigenen Selbst. Es mochte ja sein, dass ich mich in Japan endlich finden würde. Dass ich mich bei dieser Suche auch verlieren konnte, nahm ich in Kauf. Gewinn und Verlust hielten sich im fairen Gleichgewicht.

Die Scheidung also. Sie verlief wider Erwarten freundlich. Tanja war nicht alleine gekommen, sie hatte schon wieder einen Fisch an der Angelschnur. Ein guter Fang, wie mir schien: groß, mit einem markanten Gesicht und dem kühlen Blick jener, die es geschafft haben. Der Händedruck war fest, das Lächeln entgegenkommend, die ausgeprägte Kinnlade allerdings ließ ahnen, dass Tanjas Begleiter schon härtere Nüsse als meine Wenigkeit geknackt hatte. Er strotzte vor animalischer Energie, erklärte bereitwillig, dass er Unternehmer sei. Man kann alles Mögliche unternehmen, ich forschte nicht weiter. Tanja hing an seinem Arm, reizend anzusehen, Gucci sei gepriesen, strahlte zu ihm hoch wie eine verzückte Heilige zu Gott dem Allmächtigen. Ihr Lächeln ging vergleichend zwischen uns hin und her, und nur die Erinnerung an Mia rettete mich vor der einsamen Verdammnis, in der ich jetzt – ginge es nach Tanja Wunsch – reuegeplagt schmoren sollte. Ich hatte gedacht, dass ich Wehmut empfinden würde, womöglich Eifersucht. Doch nein, nichts von alldem. Ich schwebte in gelöstem, nahezu euphorischem Zustand über all diesen schnöden Dingen.

»Wie geht es Mafalda?«, fragte ich heiter.

»Oh, ganz prächtig!«, flötete Tanja. »Sie wird sehr von uns verwöhnt, nicht wahr, Henrik?«

»Ja, sie ist eine schnurrige Mieze«, meinte Henrik vergnügt, wobei mir auf Anhieb nicht ganz deutlich war, von wem er denn eigentlich sprach.

Die Richterin hatte schon so viele Scheidungen und Vergleiche vollzogen, dass sie ihre Rolle aus dem Effeff spielte, es kurz und schmerzlos machte, sich mit Bravour auf das Wesentliche konzentrierte. Es war halb zwölf, der Mittagstisch wurde schon gedeckt. Wir alle hatten Hunger. Bei mir knurrte schon der Magen, ich rutschte unruhig auf meinem Stuhl herum. Endlich las uns die Richterin das Protokoll vor: Tanja erhielt eine monatliche Abfindungssumme (für das Katzenfutter?), allerdings nur, solange sie nicht wieder eine Ehe einging. Ob Gott der Vater Heiratspläne im Herzen hegte, war seinem Blick – der dann und wann zu seiner teuren Markenuhr zuckte – nicht zu entnehmen. Tanja lächelte süß, mit geschlossenen Lippen, sie war zufrieden. Wir unterschrieben beide, Frau Dr. Irgendwas beglaubigte das Dokument, und wir verließen als glücklich Geschiedene die heiligen Hallen. Da wir nicht allzu viel seelisches Porzellan zerschlagen hatten, konnten wir uns ohne Hintergedanken gegenseitig alles Gute wünschen. Ein letztes Mal hauchte mir Tanja ein Küsschen auf die Wange, doch, doch, versprochen, wir würden uns nicht aus den Augen verlieren, und Seine Wichtigkeit schüttelte mir kräftig die Hand. Ein Mercedes brachte sie in ihr neues Leben, und ich nahm die U-Bahn. Zu Hause steckte ich eine Pizza Margherita in den Mikrowellenherd und schickte eine kurze Mail nach Japan.

»Ich bin frei. Und wie steht es mit dir?«

Die Antwort kam acht Stunden später. Zeitverschiebung.

»Gr8! Ich werde es am nächsten Mittwoch sein.«

Ich fand heraus, dass »gr8« nicht ein zustimmender Grunzton war, sondern ganz einfach *great* bedeutete. Immerhin hatte ich mich schlaugemacht, und als ich in der Nacht von

Mittwoch auf Donnerstag eine Nachricht von Mia vorfand, dass auch sie alles überstanden hatte, schickte ich ihr eine Glückwunschmail und setzte ein verschämtes »ly« hinzu, was so viel wie *love you* hieß.

Mias Antwort, drei höchst sibyllinische Akronyme, kam pünktlich acht Stunden später.

»Gn8, cul8r, asap.«

Nicht ohne Kopfschmerzen übersetzte ich das, was sie da schrieb. »Wunderbar, ich sehe dich so bald wie möglich.« Und mit dem Gedanken, dass diese Frau mich noch verrückt machen würde, bestellte ich, asap, mein Flugticket nach Tokio.

11. Kapitel

Ich bestieg das Flugzeug nach Tokio-Narita ohne irgendeine vorgefasste Meinung. Von meiner jüngsten Vergangenheit hatte ich mich mühelos getrennt. Auch Mutter hatte sich in ihrer leicht belustigten Art von mir verabschiedet. Sie freute sich, dass ich meine Entdeckungsfreude endlich auslebte. »Besser spät als nie!«, meinte sie. Sie fragte auch nicht, wie lange ich zu bleiben gedachte. Am Ende war ich fast beleidigt.

»Sag mal, wirst du mich eigentlich überhaupt nicht vermissen?«

Sie schüttelte freundlich ihren grauen Wuschelkopf.

»Wieso? Seit zweiundvierzig Jahren habe ich dich am Rockzipfel. Du hast immer perfekt gemacht, was du eigentlich nicht hättest machen sollen. Jetzt mach mal das, wozu du Lust hast!«

Ich kaute eine Weile an dem Satz herum, bis ich ihn als mütterlichen Segen verstand.

Und jetzt saß ich in einer Maschine der Lufthansa, ungemütlich in die Touristenklasse eingepfercht, und wusste nicht, was mich in Japan erwartete. Mia hatte mir erklärt, dass ich vom Flughafen aus mit dem Zug, der jede halbe Stunde ging, bis zum Hauptbahnhof von Tokio fahren konnte. Dort würde sie mich abholen. Kein Umsteigen, alles war ganz einfach. Und wenn ich den Zug verpasste? Kein Problem, dann würde sie da bleiben, wo sie war, und auf den nächsten warten. Irgendwann würde ich ja mal eintreffen.

Mein Gepäck bestand aus einem großen Koffer, in den ich meine Bücher gepackt hatte. Ein bildungsgeladener Koffer auf Rädern. Die Bücher waren eine Art Verlängerung meiner Person, ohne Bücher konnte ich nicht leben. Aber musste es denn gleich eine solche Menge sein? Dafür hatte ich kaum Kleider eingepackt, konnte ich doch an Ort und Stelle alles kaufen, was mir fehlte. Shopping-Paradies Tokio, zum Glück ohne Tanja. Und so fuhr ich nach Japan mit zerfledderten Büchern, harter schwarzer Schokolade für Mia und weicher Milchschokolade für die Tante, von der ich nicht wusste, ob sie überhaupt noch Zähne hatte (besser also keine Nüsse), und – was mich betraf – sehr unklaren Erwartungen.

Das anfänglich freudige Gefühl verwandelte sich im Laufe der Stunden und unter dem Einfluss der Müdigkeit in eine Art permanentes Beduseltsein. Das Summen der Triebwerke machte mich schläfrig, ich kam mir vor wie in einem surrealen Traum und entwickelte allmählich eine fixe Idee bis zur Besessenheit: mich in meinem Bett langzulegen und die Beine auszustrecken.

Landung in Tokio, lokale Uhrzeit halb neun. Das Morgenlicht schien grell und kalkig. Ich hatte immer noch diesen Druck in den Ohren, hinter den Augen. Die Leute, die mit mir die Maschine verließen, sahen alle gleich aus: wie Zombies. Ich begriff kaum, in welcher Sprache sie redeten, sie tauschten ohnehin nur ein paar Bemerkungen. Wie üblich gab es eine endlose Passkontrolle, die unser trauriger Haufen in einer Art resigniertem Dämmerzustand über sich ergehen ließ. Ich befühlte meine Bartstoppeln, fühlte mich schmutzig, klamm und mit Mundgeruch.

Hier war alles fremd, ich verstand kein Wort, konnte keinen Buchstaben lesen. Lost in translation, total. Vor dem Fließband musste ich lange auf meinen Koffer warten. Als er endlich kam, fand ich ihn in seinem Ausmaß erschreckend.

Japaner, mit Taschen behangen, überholten mich, schnell, geschäftig, schoben zielstrebig ihr Gepäck. Ich schlurfte trübsinnig hinterher.

Eine Stunde später saß ich erschöpft in der Bahn. Ich hatte mühsam den richtigen Schalter gefunden, mühsam eine Fahrkarte gekauft, mühsam den richtigen Aufzug erwischt, der mich zu den richtigen Gleisen beförderte.

Der Zug war blitzsauber, es roch nach parfümiertem Putzmittel, nirgends eine Zigarettenkippe, die Klimaanlage war exakt eingestellt. Ich streckte die Beine aus, sah aus dem Fenster. Zuerst kam nichts außer den üblichen Airport-Hotels, dann eine graublaue Bergkette, dunkelgrün bewaldete Hügel, Reisfelder. Holzhäuser mit geschwungenen Giebeldächern, grüngekachelt, standen unter schönen Baumprofilen oder inmitten von Obstgärten. Das sah hübsch aus, frei nach Hiroshige (oder war es Hokusai?). Diese Landschaft war friedlich, ein wenig fremdartig, akkurat wie ein Bühnenbild. Die Ortschaften wurden, wie in Europa, von Wohnblöcken beherrscht. Viele Neubauten, Werbetafeln mit riesigen Schriftzeichen, knallgelb oder froschgrün. Auf den Balkonen schaukelte Wäsche im Wind, an runden Bügeln aufgehängt. Bettzeug, bunt gemustert, war zum Lüften ausgebreitet. Der Anblick war irgendwie südländisch. Und doch wieder nicht. Es mochte leichter sein, eine Welt zu verlassen, als eine zu entdecken. Wo war ich hier? In Italien? Ich hielt angestrengt den Blick durch die Scheibe gerichtet, erkannte alles und nichts.

Bald erschienen, ringsum, weithin, immer näher und aufdringlicher, die Randbezirke Tokios, graue Wohnlandschaften mit Außentreppen und Feuerwehrleitern, dann die ersten Hochhäuser, die ersten Straßenschluchten, durch die sich ruckweise der Autostrom schob. Aus Seitenstraßen drangen andere Ströme vorwärts, verkeilten und vernetzten sich auf unbegreifliche Weise. Und noch mehr Verkehrsampeln, noch mehr Menschen, riesige Gruppen, und alle in Bewegung. In Tausenden von getönten Glasscheiben spiegelte sich der Morgenhimmel. Die Stadt drängte sich auf, umfasste mich von allen Seiten, sprang mir ins Gesicht. Das dauerte, dauerte endlos, bis der Zug in Tokio Station einfuhr und ich aufschreckte, weil ich fast eingedöst war. Ich riss die Stirn vom Fensterglas weg, zwängte mich im Gedränge nach vorn, fand meinen Koffer, zerrte ihn aus dem Zug. Und stand auf dem Bahnsteig, völlig mir selbst überlassen. Ich hatte noch nie so viele Menschen gesehen. Hunderte und Aberhunderte kamen mir entgegen, strömten vorbei, und ich hatte ab sofort einer von ihnen zu sein. Wie eine Maschine setzte auch ich mich in Bewegung, schob meinen Koffer in eine Halle voller Stimmen und Echos, ruderte gegen den Menschenstrom an oder ließ mich mitzerren, während durch die Lautsprecher freundliche Stimmen – die mich an Mias Stimme erinnerten – Anweisungen durchgaben. Ich verstand kein Wort – auch wenn die Stimme das Ganze auf Englisch wiederholte. Alle Geräusche flossen zusammen, jeder Mensch war eine flüchtige Figur, die in einer Beschleunigung der Zeitgeschichte an mir vorbeiflog. Wie sollte ich, um Himmels willen, in diesen Tausenden, die alle kreuz und quer rannten, einander auswichen, Mia wiederfinden?

Es war natürlich Mia, die mich fand, knapp zwei Minuten und fünfzig Sekunden nachdem der Zug eingetroffen war. Ich sah sie in der Menge, wie plötzlich ein Strahlen über ihr etwas verkniffenes Gesicht huschte, wie sie mir entgegenlief. Und dann hielt ich sie fest in den Armen, und alles war gut. Wer hatte gesagt (oder geschrieben), die Zurschaustellung der Gefühle sei in der japanischen Öffentlichkeit verpönt? Vor hundert Jahren vielleicht! Jedenfalls drückte ich Mia an meinen Pullover, spürte ihre erhitzten Wangen, ihre hastig atmende Brust, und der Boden glitt unter mir weg. Ich dachte: Gleich wird mir schlecht, und ich krache der Länge nach hin. Sie schien es zu merken, hielt mich fest, mit erstaunlicher Kraft. Ich starrte sie an, überwältigt von ihrer Schönheit: die flügelgleichen Brauen, die schmale Nase, das vollkommene Oval ihres Gesichts unter dem wippenden dunklen Haar. Und dieser besorgte Blick!

»War es nicht zu anstrengend, Rainer? Wie fühlst du dich?«

Ich drückte mein Gesicht an ihren Hals.

»Beschwipst!«

Sie machte große Augen.

»Oh, hast du viel im Flugzeug getrunken?«

»Ja, aber nur stilles Wasser.«

»Davon wird man nicht beschwipst.«

»Doch, sobald ich dich sehe!«

Sie lachte. Wir lachten beide. Sie half mir den Koffer zu schieben, mit der Menge ebenso vertraut wie ein Fisch mit den Meerestiefen. Sie trug hellblaue Bermudashorts, dazu ein weißes T-Shirt mit der Aufschrift »Happy«. Ihre bloße Gegenwart verwandelte alle Dinge auf magische Weise. Die Menschenmenge, die ewigen Durchsagen, das Musikgeriesel, sämtliche Geräusche rückten plötzlich in die Ferne. Mia zog eine Dauerkarte vor, ich zeigte meinen Fahrschein, und wir passierten ungehindert die elektronische Schranke. Irgendwie hatte ich das Gefühl, dass die Männer und Frauen, die mit eiligen, zielstrebigen Schritten vorbeiströmten, ihr Verhalten irgendwelchen unbekannten Richtlinien anpassten. So auch Mia, die jetzt die Führung übernommen hatte, nicht im Geringsten unsicher, sondern überaus entspannt und zufrieden.

»Ich habe dir ein Zimmer im Okura reserviert.«

»Ich dachte, ich würde bei deiner Tante wohnen.«

Sie schüttelte den Kopf, wobei sie gleichzeitig mit beiden Augen zwinkerte.

»Nein, nein, so schnell geht das nicht! Wir müssen zuerst mit ihr reden.«

»Ich habe Schokolade mitgebracht. Und Printen.«

»Oh, die wird sie mögen!«

»Sag, wie steht es mit ihrem Gebiss?«

Mia prustete vor Lachen.

»Wann war sie das letzte Mal beim Zahnarzt? Das muss gewesen sein, bevor ich auf die Welt kam.«

»Du lieber Himmel!«, stöhnte ich. »Und ich dachte, Nussschokolade sei zu hart für sie.«

»Sie mag auch Erdnüsse«, sagte Mia.

Und wir bogen uns vor Lachen. Wir standen in einer Schlange vor den im Sekundentakt abfahrenden Taxis. Alle standen dicht nebeneinander, wischten sich mit blütenweißen Taschentüchern die Stirn und warteten. Kein Drängen, kein Schubsen, kein Gestikulieren, sodass es erstaunlich schnell ging. In kürzester Zeit waren wir an der Reihe. Ich half dem Fahrer, der weiße Handschuhe trug und mit resignierter Grimasse meinen Koffer im Wagen verstaute. Wir stiegen ein, die Tür öffnete und schloss sich automatisch. Mia gab die Adresse an, und los ging's. Der Fahrer passte sich dem Verkehr an, der erstaunlich langsam und flüssig war. Die Sonne stand bereits hoch, ihre Strahlen ließen den Asphalt glitzern. Unter dem Wechselspiel von Licht und Schatten, dem Flirren der Blätter an den vielen Bäumen, sah ich eine Stadt, die mich in ihrer großzügigen Weite an Hamburg erinnerte, mich aber verwirrte, weil sie mir gleichzeitig total unbekannt vorkam, mit Menschen, die alle eilig gingen, aber auf besondere Art entspannt wirkten, mit Radfahrern, die wie Schwärme von Vögeln auf den breiten Trottoirs fuhren. Alle Autos sahen gepflegt aus, alle Karosserien glänzten, der

Himmel leuchtete, und die ganze Stadt saugte die Helle auf, warf sie prismatisch zurück. Alles war neu, ich hatte neue Augen, ein neues Gehör und ein müdes Gehirn, das nichts von dem assimilierte, was es wahrnahm. Eine geistige Blockade. Ich wandte die Augen ab, sah in Mias glückliches Gesicht und deutete auf ihr T-Shirt.

»Happy?«

»Erst seitdem du da bist«, sagte sie. »Und du?«

»Ja, sehr.«

Sie war die einzige Vertraute in dieser fremden Welt, meine »Bezugsperson«. Doch es genügte, wenn sie ihre Schulter an meinen Arm lehnte, meine Hand hielt – eine zärtliche Geste des Schutzes, und ich fühlte mich wohl. Ich fuhr durch ein unbekanntes Land mit eigenen Rhythmen und Lebensgewohnheiten, und sie führte mich, lächelte ohne Spott über mein benebeltes Staunen, ging mit mir, mit meinen Gedanken, kannte alles und deutete es neu, für mich.

»Tut mir leid«, murmelte ich. »Ich glaube, ich bin müde.«

Sie blinzelte heiter.

»Heute Nacht wirst du nicht viel zum Schlafen kommen.«

Eine Anspielung? Ich blieb ihr die Antwort schuldig, drückte nur ihre Hand. Körpersprache. Zu anderem war ich nicht fähig.

Das Hotel. Außen kühler Beton, innen goldgetäfelte Wände, glänzender Marmorboden und Blumen in überdimensionalen Vasen und Schalen. Die erlesenen Blumenkompositionen waren es, die alles verwandelten, das Ambiente vor dem Kitsch retteten, ihm Noblesse verliehen. Vor der Rezeption staute sich eine Reisegesellschaft von Asiaten mit Überseekoffern und Bergen von Taschen. Alle wurden abgefertigt wie an einem Fließband, ohne dass die Angestellten die Ruhe oder das berufsmäßige Lächeln einbüßten. Mia wich nicht von meiner Seite – sie hatte für drei Nächte reserviert –, alles verlief glatt, freundlich, ohne Stress. Ein großer Aufzug brachte uns in einer Traube von Chinesen, die alle merkwürdig strammstanden, in mein Stockwerk, wo ich mich ohne Mia in den Korridoren verlaufen hätte wie in einem Labyrinth, berieselt von sanfter Musik. Endlich das Zimmer: klein, aber elegant und so formvollkommen, dass es größer wirkte. Wieder vermittelten die Möbel, die Farben, diesen Eindruck einer anderen Sichtweise, einer anderen Perspektive. Während wir auf den Koffer warteten, zog mich Mia ans Fenster. Zwanzig Etagen tiefer lag Tokio, ausgebreitet wie ein überdimensionales Bilderbuch. Schon klopfte es leise an die Tür. Eine drahtige junge Frau in grauer Uniform stellte mit müheloser Grazie den Koffer auf den Spannteppich. Wenn das tagtäglich ihr Job war, konnte sie sich die Schwitzkur im Fitness-Center sparen. Sie ging mit diskreter Verneigung, und ich schloss Mia in die Arme.

»Endlich!«, hörte ich sie leise sagen.

Ich küsste sie und küsste sie noch einmal, wir konnten nicht aufhören, bis ich wieder zu Verstand kam.

»Mia, ich rieche schlecht!«

»Oh ja, oh ja!«, kicherte sie, packte mich am Ellbogen und zerrte mich ins Bad. Der Waschtisch war aus falschem Marmor, der Spiegel rosa getönt. Eine zweite Tür aus opakem Glas führte zu der Badewanne, die groß und tief war. Mia ging barfuß hinein, drehte alle Wasserhähne auf.

»Achtung!«, warnte sie mich. »Verbrenne dich nicht! Wir baden immer sehr heiß.«

Das Wasser floss schnell ein, mit heftig gurgelnden Geräuschen. Ich zog mein Rasierzeug aus der Tasche und Mia verzog sich taktvoll, während ich mir die Zähne putzte, mein verschwitztes Zeug auszog. Der Dampf zog von allen Seiten auf, wie Nebelschwaden. Zuerst setzte ich einen Fuß in die Wanne, der Rest folgte, ein Körperteil nach dem anderen.

Das heiße Wasser stieg, und es stieg schnell. Die Badewanne war tiefer als bei uns, und bald hatte ich das Wasser fast am Kinn. Ich nutzte ausgiebig Shampoo und Seife. Dann lehnte ich mich mit angezogenen Knien in der Wanne zurück. Zunächst machte ich mir Sorgen um meinen Kreislauf. Musste ich denn wie ein Hummer gekocht werden? Erst nach einer Weile begann ich die Hitze zu genießen. Alle Muskeln wurden wohltuend gelockert. Herrlich. Ich lehnte den Kopf an den Wannenrand, schloss die Augen. Gerade war ich am Eindösen, als ich eine Bewegung spürte, einen kleinen Luftzug. Ein weißer Umriss löste sich aus dem Dunst.

»Besser?«, fragte Mia.

Ich richtete mich leicht auf, rutschte wieder ab.

»Mmm!«, gurgelte ich. Viel besser.

Der weiße Umriss verschwand. Dafür stand ein rosa Umriss da, der sich plötzlich verdichtete. Mit leichtem Plätschern glitt eine nackte Gestalt zu mir in die Badewanne. Das Wasser schwappte fast über. Ich blinzelte, sah in Mias lächelndes Gesicht. Ihr Körper war kirschblütenrosa, völlig glatt, mit Ausnahme der Schamhaare, die auf der hellen Haut ein dunkles Dreieck bildeten. Sie hielt einen langen Waschlappen in der Hand, den sie ins Wasser tauchte.

»Abrubbeln!«, sagte sie. »Komm, ich mache das! Du wirst sehen, wie gut das tut.«

Der Waschlappen fühlte sich an, als ob sie eine Bürste hielt. Sie rubbelte mir die Brust, die Beine und den Bauch, übersah mit gespieltem Ernst, was sie noch nicht sehen wollte.

»Dreh dich um!«

Um uns herum quollen die Wolken der Gewässer, der Berge und des Himmels. Mia rubbelte mir die Schultern ab, den Rücken, den Po. Sie arbeitete in festen, runden Bewegungen, schien genau zu wissen, an welchen Stellen ich die Massage als besonders wohltuend empfand. Sie gluckste dann leise und zufrieden, und ich spürte dann dieses Lachen, das in ihrem Bauch begann, während sie ihren Körper an meinen presste. So lag ich dann in der Wanne, schnurrend wie ein Kater, bis ich ihre Zunge in meinem Ohr fühlte und mich umdrehte. Ihr Gesicht tropfte vor Nässe, ihre feuchten Haare kringelten sich und klebten auf ihren Schultern.

»Jetzt gefällst du mir wieder gut«, flüsterte sie.

Ich stieß sie leicht zurück, doch nur, um Halt am Rand der Badewanne zu suchen. Als ich stand, sah sie an mir empor und brach in Gelächter aus. Ich tastete nach dem Badetuch, das enorm groß war, wickelte es um uns beide und schleifte Mia, immer noch triefend nass und von Lachen geschüttelt, zum Bett. Sie klammerte sich an meinen Hüften fest wie eine Blumenranke an einem Baum. Als wir gemeinsam aufs Bett fielen, drehte sie sich mühelos um, schlüpfte unter meinem Körper weg und wandte sich mir entgegen, während sie ihre Schenkel weit auseinanderbog. Ich blickte in ihr Gesicht, sie schloss die Augen nicht, die Mundwinkel waren immer noch in einem Lächeln verzogen. Ich stützte meine Hände rechts und links von ihrem Kopf ab, ich war noch nie, meinte ich, so beglückt und heftig in eine Frau eingedrungen. Ich war froh, dass ich mich kontrollieren konnte, so lange es ihr und mir gefiel. Sie grub ihre Zähne in meine Schulter, biss mich spielerisch. Ihre Haut war wie rosa Seide, ihre noch immer feuchten Schamhaare klebten an meinem Bauch. Sie schloss nicht die Augen, wie viele Frauen es tun, sondern sah mir unentwegt und glücklich ins Gesicht. Und später, als ich auf ihrem flach atmenden Bauch lag, meine Wange in ihrer Schulterkuhle, während ich mit einer Hand ihre zarten Brüste umfasste, spürte ich, wie das Pochen unserer Herzen langsam und gemeinsam nachließ. Schließlich brach Mia mit einem wohligen Seufzer das Schweigen.

»Ach, wie ich das vermisst habe!«

»Mmm, ja, wunderbar!«, murmelte ich. »Die Reise hat sich gelohnt.«

Ich ruhte halb auf ihr, wie auf einem Kissen, und wahrscheinlich tat ich ihr ein wenig weh, denn sie rollte leicht von mir weg und lag nun auf der Seite, ihr Gesicht mir zugewandt. Es war schön, so entspannt zu sein, einfach die Haut zu spüren, Arme und Beine, die ruhige, verlässliche Körperwärme.

»Ich glaube«, sagte ich, »dass ich mich hier wohlfühlen werde.«

Sie sah mich an; ihre leuchtenden Augen drückten viel Zuneigung aus, ihr Blick wirkte unbefangen, etwas melancholisch.

»Das kannst du im Voraus nicht sagen. Du brauchst mehr Zeit.«

»Zeit, wozu?«, murmelte ich träge.

»Zeit, um die Dinge zu begreifen«, sagte sie. »Sonst wäre es voreilig, siehst du?«

Sie streichelte mein Haar mit sanften Bewegungen. Unter der entspannten Liebkosung schloss ich die Augen, verlor für eine Weile das Zeitgefühl. Ich fuhr leicht zusammen, als ich in weiter Ferne Mias Stimme hörte, die etwas sagte, das ich nicht verstand. Schon stand sie neben dem Bett, beugte sich über mich und rüttelte mich sanft.

»Rainer! Wach auf! Du darfst nicht mehr schlafen.«

Ich stützte mich auf den Ellbogen.

»Geschlafen? Nein! Ich habe nur kurz die Augen zugemacht!«

»Du hast eine Stunde lang geschlafen.«

»Das kann doch nicht sein!«

»Aber sicher.«

Mia stand vor mir, angezogen, frisiert, und steckte ihr Smartphone in die Tasche.

»Wenn ich dich jetzt weiterschlafen lasse, tust du heute Nacht kein Auge zu und bist morgen den ganzen Tag beduselt. Du musst dich an die Uhrzeit gewöhnen. Komm, wir gehen aus! Ich habe gerade meinen Bruder angerufen. Wir treffen uns zum Essen.«

Ich rührte mich im Zeitlupentempo, die Augen fielen mir immer wieder zu. Wie spät war es in Hamburg? Zwei oder drei Uhr nachts? Meine biologische Uhr tickte falsch. Ich blinzelte, setzte mich mühsam auf.

»Muss das sein?«

»Es muss sein«, sagte sie und warf ihre Handtasche über die Schulter, was bedeutete, dass sie wirklich ausgehen und nicht mehr vögeln wollte. Ich nahm es resigniert zur Kenntnis.

»Fünf Minuten«, bettelte ich.

»Ich warte unten auf dich«, sagte sie gnadenlos, drehte sich um und verließ das Zimmer. Als sie weg war, schob ich seufzend meine Beine aus dem Bett. Das fing ja gut an.

12. Kapitel

Es wurden sieben Minuten, bevor ich frisch angezogen und in bester Stimmung aus dem Aufzug kam. Meine Kleider rochen noch nach Jet, aber ich fühlte mich in absoluter Topform. Die lokale Uhrzeit war neunzehn Uhr dreißig.

Mia saß in einem beigen Ledersessel, neben einer umwerfenden Ikebana-Kreation: rote Päonien und blaue Hortensien, ein inspiriertes Zauberwerk, total gesponnen und absolut fantastisch. Als sie mich sah, erhob sich Mia graziös, schwebte mir entgegen wie auf kleinen Wolken getragen. Selten hatte ich eine Frau gesehen, die sich so elegant und leichtfüßig bewegte.

»Noch müde?«, fragte sie.

»Ich fühle mich wie neugeboren«, sagte ich und meinte es ernst.

Sie blinzelte amüsiert.

»Hunger?«

Die Frage war berechtigt: Vor lauter Sex hatte ich kaum ans Essen gedacht.

»Etwas könnte ich schon vertragen.«

Sie nickte mit gespieltem Ernst.

»Ja, der Mann braucht Proteine.«

Ich starrte sie einfältig an.

»Welcher Mann?«

»Du bist wirklich noch nicht ganz angekommen«, sagte sie kopfschüttelnd und sah dabei auf ihre Armbanduhr, die praktisch, elegant und so schlicht war, wie es nur eine Männeruhr sein konnte.

»Mein Bruder kommt in einer Stunde«, sagte sie. »Lass uns die U-Bahn nehmen.«

Der Eingang zur U-Bahn befand sich gleich neben dem Hotel. Gelb gekachelte Stufen führten nach unten. Zielstrebig staksten Menschen die Treppen hinauf und hinunter, alle schön brav rechts oder links, damit kein Gedränge entstand. Die Leute verteilten sich in den vielen Gängen, liefen agil an uns vorbei oder hasteten uns entgegen, sodass ich oft nicht wusste, auf welche Seite ich ausweichen konnte. Die Geräusche der vielen tausend eiligen Schritte hallten in meinen Ohren wider. Die unterirdischen Hallen und Korridore waren von Boutiquen, Cafeterien, Bars, Imbissstuben und Restaurants gesäumt, dazu jede Menge Modeboutiquen. Stimmen kamen durch Lautsprecher, und die Züge auf den Gleisen oder unter den Tunneln erzeugten ein unentwegtes Dröhnen und Brummen. Mia zeigte mir, wie man die Fahrkarten am Automaten löste. Die Automaten piepsten und rasselten unentwegt, aber es war weniger schlimm, als es den Anschein erweckte. Nach einigen Augenblicken hatte ich die Sache kapiert. Mia reichte mir die kleine Fahrkarte, ging voraus, und ich folgte ihr durch die elektronische Sperre. Auf dem Bahnsteig waren Linien aufgemalt, die uns zeigten, wo wir stehen bleiben mussten. Die Türen der ankommenden Bahn öffneten sich genau an dieser Stelle. Drinnen standen oder saßen alle dicht nebeneinander, lasen Zeitungen, Illustrierte, Comic-Hefte. Viele hörten Musik; das fadendünne Kabel lief aus ihren Ohren in die Schultertasche. Andere studierten ihre SMS; kein Blick – weder nach rechts noch nach links. Der pure Autismus der Moderne. Es gab nur wenige Leute, die sich unterhielten. Es schien mir, als sei ich in eine Gesellschaft geraten, in der jeder nur in einem traumähnlichen Zustand existierte, von den anderen zurückgezogen, stur und pausenlos damit beschäftigt, jedem Kontakt auszuweichen. Sobald der Zug in eine Station einfuhr, kam hektische Bewegung in das stille Gedränge. Die Aussteigenden kämpften sich ihren Weg zum Ausgang frei, und die Einsteigenden drängten ebenso verbissen in den Zug. Und keiner, der schon irgendwo stand oder sich irgendwo festhielt, rührte sich vom Fleck, wenn es nicht unbedingt sein musste. Mia und ich, eingeklemmt in der stickigen Wagenluft, schaukelten mit der Menschenwoge langsam vor und zurück. Mit meinen fast zwei Metern überragte ich beinahe alle auf peinliche Weise. Nicht dass die Japaner besonders kleinwüchsig gewesen wären, nein, es war meine eigene Körpergröße, die buchstäblich aus dem Rahmen fiel. Mein Gesicht schien schutzlos über allen Köpfen zu schweben, ich zog die Schultern ein, duckte mich, suchte Augenkontakt mit Mia.

»Stoßzeit«, sagte sie. »Man gewöhnt sich daran.«

»Bei uns ist das ja nicht anders«, meinte ich. »Aber bei uns wird geredet.«

Weil wir Deutsch sprachen, warfen uns die Fahrgäste in unmittelbarer Nähe flüchtige, wenn auch interessierte Blicke zu. Dabei sahen sie uns nur von der Seite an, wandten den Blick aber gleich weg, wenn ich ihn erwiderte. Offenbar herrschte hier eine einzige Verhaltensweise: Diskretion!

Mia erklärte mir – leise, wie es sich gehörte –, dass man in der U-Bahn die Nachbarn nicht belästigen wollte und sich auch nicht dafür interessierte, was fremde Leute sich zu erzählen hatten.

»Früher, als ich Kind war, war das noch viel steifer. Jeder Wagen bumsvoll, und kein Wort fiel.«

»Irgendeine Vorschrift?«

»Nein, aber man passte sich an. Man stand dicht aneinandergequetscht, und keiner wollte, dass der andere in seiner privaten Sphäre wühlte. Heute gibt es natürlich Leute, die sich recht zwangslos unterhalten. Aber der älteren Generation ist das immer noch ein bisschen peinlich.«

Ich zwinkerte ihr zu.

»Gab es keine Anmache?«

Sie kicherte verhalten.

»Oh ja, natürlich! Aber nur mit den Augen.«

»Keine Sexmolche?«

»Doch, doch, die gab es schon immer! Für die Frauen war das sehr unangenehm.«

»Italienerinnen würden den Typen eine knallen.«

Sie lachte fröhlich.

»Japanerinnen auch. Aber was, wenn sie sich nicht rühren können? Tragen sie spitze Absätze, machen sie davon Gebrauch. Das tut sehr weh. Das Problem ist, dass sie im Gedränge womöglich den Falschen erwischen. Und der ist dann sehr beleidigt.«

Eine Rolltreppe brachte uns an die frische Luft. Ich war überrascht, wie kurz die Dämmerung war, hierzulande wechselten Tag und Nacht fast ohne Übergang ab. Wir kamen an Restaurants, Cafés, eleganten oder ausgeflippt-kitschigen Schaufenstern, an Sex-Shops und Pornokinos wie auf der Reeperbahn vorbei. Und alles durcheinander und sehr grellfarbig, laut und irgendwie unwirklich, aber das lag an mir, dass ich es so empfand. Unter hektischem Neongeflimmer schlenderte eine bunt gekleidete Fußgängermenge durch die Straßen. Warum musste ich immer wieder an Italien denken? Tatsächlich hatten die Japaner in ihrer Art, sich zu kleiden, sich zu bewegen, etwas verspielt Südländisches an sich. In Deutschland gab man sich seriös, und wenn im Berufsleben kein Krawattenzwang herrschte, trug man »Casual wear« für alle Zwecke, wie es die Amerikaner, diese Klugscheißer, nannten. Wir Deutschen fanden »casual« so bequem, dass wir sie sogar abends im Konzert trugen, was meinen Vater (Jahrgang 1946) früher zur Weißglut gebracht hatte: »Ich werfe mich in meinen Frack, um vor Ungehobelten im Unterhemd zu spielen!«, pflegte er zu schimpfen. Ein T-Shirt war und blieb für ihn zeitlebens ein Unterhemd. Nun, hier hielt sich Onkel Sams kultureller Export in Grenzen: Die Japaner kleideten sich geschmackvoll, zeigten entspannte Eleganz. Das vermittelte mir, statt der ennuyanten Ideologie der Jeans-Gleichmacherei, ein poetisches Grundgefühl eigener Stilsicherheit, das ich als wohltuend empfand.

Nun aber wurde es ausgesprochen spannend: Wir stiegen in einem schummrigen, ziemlich ungepflegten Treppenhaus, in dem es stark nach Essen roch, nach oben. Durch eine Schiebetür traten wir in einen mit Bambus und Zwergkiefern dekorierten Vorraum. Vor uns lag ein langer Gang mit vielen seitlichen Schiebetüren, und hinter jeder Schiebetür stieg die wildeste Party: hemmungsloses Gepolter und Gelächter, lautes Stimmengewirr, und dazwischen immer wieder Befehle, die sich wie eine Trillerpfeife anhörten, als ob hier eine ganze Fußballmannschaft trainierte. Inzwischen deutete Mia auf meine Schuhe. Ich zog sie aus und freute mich einmal mehr, dass ich keine Socken trug, kein Loch also, das die Japaner hätte schockieren können, und saubere Fußnägel hatte ich auch. Da schlurfte, sich bei jedem Schritt verneigend, eine hübsche Frau herbei, die jung aussah, aber nicht mehr jung war. Feierlich, aber gleichzeitig sehr ungezwungen, kniete sie vor uns nieder und holte irgendwoher zwei Paar Filzpantoffel, die sie uns schwungvoll vor die Füße setzte. Bitte schön! Mia schien die Frau zu kennen, die beiden begrüßten einander herzlich. Mia deutete auf mich, sagte ein paar Worte. Die Frau riss die Augen auf, als sähe sie das achte Weltwunder, und stieß ein entzücktes »Oooh!« aus, wobei ihr Mund einen rot geschminkten Bogen bildete. Sie verneigte sich dazu, tief und immer tiefer, sodass ich unwillkürlich die Bewegung nachahmte, während mir gleichzeitig bewusst wurde, dass ich wohl recht einfältig dazu grinste. Inzwischen machte die Frau eine raffinierte Kehrtwendung (sie drehte uns nicht ganz den Rücken zu), stieß mit zwei Fingern eine Schiebetür auf und führte uns, gebückt und flink wie ein Wiesel, zu einer Art hölzerner Plattform, die mit Matten aus Reisstroh ausgelegt war. Das Lokal war in Nischen unterteilt, sodass die Gäste einander nicht sehen konnten – nur hören, und der Lärmpegel war gewaltig. Weder Mia noch die Gastgeberin schienen sich daran zu stören. Beide luden mich durch Gesten ein, Platz zu nehmen. Ich setzte mich unter Verrenkungen vor einen niedrigen, schön polierten Holztisch. Flache Kissen lagen da, auf denen ich meinen Allerwertesten umständlich platzieren konnte. Noch während ich mich fragte, wie ich das durchhalten würde, ohne Muskelkater zu bekommen, entdeckte ich zu meiner Erleichterung, dass sich unter dem Tisch eine Öffnung befand, in der ich die Beine herabhängen lassen konnte. So war es sehr viel besser! Mia erklärte mir, dass im Winter dort ein kleiner Heizofen angezündet wurde. Und wie machte man es, dass man sich nicht die Füße verbrannte? Ein japanisches Geheimnis mehr! Inzwischen kam eine Kellnerin und stellte unter Verneigungen zwei Gläser Eiswasser und heiße Frotteetücher in einem Bambuskörbchen auf den Tisch. Die Dinger hießen *O Shibori*. Ich kannte sie inzwischen, hatte sie während des Flugs erlebt und als angenehm empfunden. Ich riss das Zellophan auf – das heiße Frottiertuch, das ich auf Stirn und Wangen drückte, hatte genau die richtige Temperatur. Ein kleiner Hitzeschock, der in zwei Sekunden jede Müdigkeit wegwischte. Die Kellnerin wartete.

»Was möchtest du trinken?« fragte Mia. »Bier oder Sake?«

Ich gab zu, dass ich noch nie Sake getrunken hatte.

»Willst du mal?«, fragte Mia. »Der Sake hier ist gut. Sie haben ihre eigene Brauerei.«

Doch, warum nicht Sake? Wenn schon, denn schon! Ich fühlte mich experimentierfreudig. Die Kellnerin brachte ein Kännchen und zwei winzige Keramikbecher. Sie fühlte mit den Händen, ob der Reiswein die richtige Temperatur hatte, und füllte geschickt beide Becher.

»Was sagt man hier, bevor man trinkt?«, erkundigte ich mich.

»*Kampai!*«

Ich hob den Becher.

»Dann also: *Kampai!*«

Wir prosteten uns zu und tranken. Der Reiswein war etwas lau, schmeckte süßlich und wirklich harmlos. Und dazu diese Miniportionen! Davon bekam ich ganz bestimmt kein Nesselfieber.

»Gut?«, fragte Mia.

»Ja, ausgezeichnet.«

»Du kannst beim Sake bleiben, wenn du willst«, sagte Mia, »du musst ihn in Schlückchen trinken. Und nicht zu viel auf einmal. Wir werden aber auch Wasser bestellen.«

»Wollen wir nicht auf deinen Bruder warten?«

»Nein, nein, wir fangen schon an. Er kommt gleich.«

»Dein Bruder«, fragte ich, »was macht er eigentlich, wenn er gerade kein Haus baut?«

»Spielt Tennis und steuert einen Hubschrauber.«

»Im Ernst?«

»Ja, er war sechs Monate bei der Armee.«

»Ich dachte, Japan hätte keine.«

»Offiziell lässt es unsere Verfassung nicht zu. In Wirklichkeit haben wir trotzdem eine. Wir nennen sie ›Streitkräfte zur Selbstverteidigung‹. Sie besteht natürlich aus Freiwilligen. Aber sie ist sehr modern und nimmt in der Weltstellung den siebten Rang ein. Du solltest mal mit Isao fliegen.«

»Nein danke, lieber nicht!«

»Er ist ein guter Pilot, weißt du?«

»Nein, ich habe Angst vorm Fliegen!«

Die Kellnerin, auf den Fersen sitzend, hatte offenbar gewartet, ob mir der Sake schmeckte oder nicht. Er schmeckte mir sehr. Nun zog Mia sie in ein reges Gespräch. Es hörte sich an, als würden beide Frauen über alles Mögliche reden, nur dass die Kellnerin einen kleinen Computer in der Hand hielt und dann und wann etwas eingab. So ging es eine Zeit lang, während mir der Sake durch die Kehle rieselte und ich mich immer wohler fühlte. Gelockert, in vergnügter Stimmung und keine Spur müde.

»Worüber habt ihr so lange gesprochen?«, fragte ich, als die Kellnerin auf den Knien zur Schiebetür rutschte, sich mit eleganter Hüftdrehung erhob und – schlurf, schlurf – entfernte. Die Schiebetür hatte sie zugezogen.

»Über das Menü.«

»So lange?«

»Wenn es ums Essen geht, sind wir wählerisch«, erklärte Mia. »Wir wollen ganz genau wissen, ob der Fisch von heute oder von gestern ist, der von vorgestern steht überhaupt nicht zur Debatte. Und natürlich auch, auf welchem Markt er eingekauft wurde. Wir müssen wissen, welches Gemüse heute besonders *shun* – frisch – ist, welches Wasser sie für die Suppe verwenden. Solche Dinge eben, die wichtig sind.«

»Übertreibt ihr nicht ein bisschen?«

»Ja. Wir sind Pedanten, auch in der Küche, tut mir leid. Alles muss stimmen.«

»Könnte ich in Tokio zum Beispiel auch ein Wiener Schnitzel bestellen?«

»Das könntest du. Die besten gibt es bei Lohmeyer. Die Firma wurde von einem Deutschen gegründet.«

»Und wie wäre das Wiener Schnitzel ›made in Tokio‹?«

»Es wäre perfekt. Und bei Lohmeyer kannst du auch ’ne Schweinshaxe kriegen.«

Mich wunderte gar nichts mehr. Ich trank einen Schluck Sake, und schon war der Fingerhutbecher leer.

»Noch mehr?«, fragte Mia.

Sie lächelte mit den Augen, hob das Kännchen. Ich hielt Mia den Becher hin. Mia füllte ihn, wobei sie einige Tropfen danebengoss.

»Oh, *gomennasai*«, jammerte sie konsterniert.

Ich trank.

»Du, ich mag Sake sehr. Man wird überhaupt nicht beschwipst davon.«

»Sag das nicht zu voreilig.«

»Ein bisschen Alkohol vertrage ich schon«, erwiderte ich aufgeräumt.

Plötzlich schien sie zu lauschen; ein Lächeln flog über ihr Gesicht.

»Oh, da kommt Isao!«

Ich vernahm Stimmen, das typische Schleifen eiliger Schritte; die Schiebetür öffnete sich mit leisem Surren, ein Mann erschien im Gegenlicht, bückte sich, glitt elegant in die Nische. Ich starrte ihn an. Der Mann war hochgewachsen, feingliedrig. Sein Haar war völlig weiß, mit einem silbrigen Schimmer, und fiel ihm auf die Schultern. – Echt? Nachgeholfen? Ich konnte es nicht ausmachen. Ich war von seinem Gesicht fasziniert, länglich, asketisch, wie ein Jesusgesicht von Leonardo da Vinci. Doch da hörte die Ähnlichkeit auf: Der Mann trug einen schwarzen Designeranzug, ein ebenfalls schwarzes Hemd und dazu eine schwarze Krawatte mit einem Muster von gelben Küken. Die Socken, die ich flüchtig sah, trugen das gleiche Muster. Gelbe Küken. Er zeigte ein freundliches Lächeln, schaffte es mühelos, sich beim Niederknien zu verbeugen und mir gleichzeitig die Hand zu schütteln.

»Guten Abend«, sagte er in bestem Deutsch. »Herzlich willkommen in Tokio! Ich bin Isao Koga.«

Mit der Geschicklichkeit eines Taschenspielers zog er ein kleines schwarzes Etui aus der Tasche, reichte mir mit beiden Händen seine Visitenkarte. Ich bekam einen roten Kopf. Visitenkarten hatte ich extra für Japan machen lassen, wusste ich doch, dass ich sie hierzulande brauchen würde. Ja, aber ausgerechnet schon heute? Ich betastete vergeblich sämtliche Taschen, entschuldigte mich umständlich, morgen würde ich sie dabei haben. Ja, und – ich hieß Rainer. Rainer Wilhelm Steckborn, aus Hamburg.

»Angenehm!«, sagte Isao, während ich seine Karte studierte, was mir schwerfiel, weil ich, aus welchem Grund auch immer, beide Augen nicht richtig fokussieren konnte. Und was war genau *Senmu Torishimariyaku*? Und was *Kikaku shitsu*? Ich musste die Frage laut gestellt haben, denn Isao grinste.

»Geschäftsführer. Unternehmensplanung. Wir machen alles selbst. Mia ist *Shacho* und *Fuku-Kaicho*.«

»Oooh«, murmelte ich. »Was ist sie?«

»Präsidentin und stellvertretende Vorsitzende«, sagte Isao.

»Oooh!«, wiederholte ich, wobei ich Mia bewundernd ansah. Sie mimte lachend Bescheidenheit.

»Nein, nein, das ist eine sehr willkürliche Übersetzung! Ich bin überhaupt nicht wichtig.«

Isao zwinkerte.

»Das sagt sie nur so.«

»Wo haben Sie so gut Deutsch gelernt?«, fragte ich.

»In Heidelberg«, sagte er. »Und dann war ich noch drei Jahre in Berlin.«

»Wir haben zusammen studiert«, erklärte Mia, »mit dem Unterschied, dass sich Isao dann auf Stahlbeton spezialisiert hat.«

Inzwischen war auch die Kellnerin wieder da, kniete nieder, brachte *O Shibori* und Eiswasser.

»Rainer mag Sake«, sagte Mia zu ihrem Bruder.

»Ja, ja, der Sake ist hervorragend«, sagte ich und wunderte mich, dass es mir so schwerfiel, Deutsch zu sprechen. Deutsch war doch eigentlich meine Muttersprache.

»Oh, da mache ich mit«, sagte Isao. »Was habt ihr bestellt?«

Mia erklärte es ihm lang und breit. Isao lächelte mit prachtvollen Zähnen. Bleaching? Wie kam ich nur auf so blöde Gedanken?

»Vielversprechend! Mit Ausnahme von *Ika no sugibayaki*, den mag ich nicht so gerne.«

»Was ist *Ika* … und so weiter?«, stieß ich mühsam hervor.

»Tintenfisch«, sagte Mia. »Ich habe ihn bestellt, weil er wirklich ganz frisch ist.«

Die Kellnerin brachte neuen Sake, füllte die Becher, verneigte sich, verschwand. Inzwischen entschuldigte sich Isao für sein Zuspätkommen. Er war im Büro aufgehalten worden.

»Ist es in Japan üblich«, fragte ich, »dass Geschwister in der gleichen Firma arbeiten?«

Isao nickte.

»Bei uns gibt es viele kleine oder größere Familienbetriebe. Man kann sehr erfolgreich sein, wenn man sich innerhalb der Familie die Verantwortung teilt. Kompliziert wird es erst, wenn die Eltern zu lange aktiv sind und erwarten, dass der Nachwuchs auf ihre Meinung hört.«

»Die nicht immer zeitgemäß ist«, ergänzte Mia.

»Ja, das nervt«, gab ich zu und dachte an Amalia. »Ich würde Mutter auch nicht gerne im Büro haben.«

Die Kellnerin kam zurück, kniete nieder, wobei sie mit müheloser Leichtigkeit ein riesiges Tablett in den Händen balancierte. Die Speisen in ihrem Keramik-, Porzellan- und Lackgeschirr sahen alle wie kleine, farbenfrohe Kunstwerke aus und stellten mich vor die verwirrende Frage: Was war hier zum Essen gedacht und was nur Dekoration?

»Ob mir das wohl schmeckt?«, murmelte ich.

Mia war nicht Amalia und nahm es wörtlich.

»Wenn es dir nicht schmeckt, kannst du was anderes haben.«

Ich starrte auf einige weiße Scheibchen, die, bestreut mit geraspeltem Ingwer und umgeben von Gurkenstreifen, in einer kleinen Schüssel lagen. Mir war, als ob sich ein Scheibchen bewegt hätte. Das konnte nicht sein. Womöglich war ich doch schon ein wenig beschwipst.

»Da hat sich was bewegt«, sagte ich perplex.

»Oh ja!« Mia antwortete mit fröhlicher Stimme. »Ich sagte dir ja, der Tintenfisch ist ganz frisch. Probier mal!«

Ich räusperte mich.

»Ähm …«

»Wenn du willst, darfst du dich bei ihm entschuldigen«, sagte Mia. Sie deutete eine Verbeugung in Richtung Tintenfisch an. »*Gomennasai*«, setzte sie hinzu, wobei sie nach ihren Stäbchen griff.

Ich starrte auf den Tintenfisch, bevor ich mannhaft verkündete: »Ich bin ein Hamburger. Ich esse Tintenfisch, auch wenn er noch lebt!«

Isao brach in herzhaftes Gelächter aus.

»Zum Glück hat dir Mia keinen *Fugu* bestellt.«

»Heute Abend noch nicht«, sagte Mia. »Vielleicht morgen.«

»Was ist *Fugu*?«, wollte ich wissen.

»Ein Fisch. Manche Teile von ihm sind giftig. Irrt sich der *Itamaesan* – der Koch –, wenn er den *Fugu* zerlegt, wird dir gleich in der Notfallstation der Magen ausgepumpt.«

Ich genehmigte mir einen kräftigen Schluck Sake und dachte, dass ich so oder so an diesem Abend dort landen würde. Leicht angeekelt entschuldigte ich mich bei dem Tintenfisch, der nicht zappelte, als ich ihn in den Mund schob und zerkaute. Er schmeckte wie eisgekühltes Kaugummi mit einer Prise Zitrone. Ich spülte das Ganze mit noch mehr Sake herunter.

Es kamen immer mehr Gerichte auf den Tisch. Makrelen mit Rettich. Garnelen in Eigelb. Algensuppe mit Muscheln. Hackfleisch mit Shiitakepilzen. Schweinefleisch, das nach Ingwer duftete, Lachsroggen, grüner Meerrettich, gebratene Chrysanthemenblätter. Alles in kleinen Portionen, in Streifen geschnitten, mosaikartig zusammengelegt, in Farben und Schnitten aufeinander abgestimmt, zu Blüten und winzigen Landschaften geformt. Viel zu schade eigentlich, um gegessen zu werden, man sollte das Ganze in Vitrinen aufbewahren. Das Verflixte dabei war, dass alles so höllisch gut schmeckte und man überhaupt nicht satt davon wurde. Man konnte stundenlang weiteressen.

Eine braune Kugel schwamm in einer Brühe. Endlich etwas Vertrautes. Ich teilte die Kugel mit den Stäbchen entzwei.

»Mmm … eine Süßkartoffel!«

Mia schüttelte den Kopf.

»Keine Süßkartoffel. Das ist die Wurzelknolle einer Irisblüte.«

Sie war weich gekocht, innen etwas cremig, und schien sich zu bewegen. Ich entschuldigte mich feierlich bei der Wurzelknolle. Womöglich war sie noch ein bisschen frisch und nahm es mir übel, dass ich sie verspeisen wollte. Immer wieder prosteten wir uns zu: »*Kampai, Kampai*«, und Isao erklärte mir, dass man in Japan nicht nur aß, um den Hunger zu stillen oder bis zum Umfallen satt zu werden, sondern um sich zu freuen, die Natur zu genießen, von ihr zu lernen, um mit dankbarem Gefühl weiterexistieren zu können. Das waren noble und philosophische Gedanken! Wir priesen die Natur und die menschliche Kunst, die alle Zutaten veredelte. Das ließ mich an meinen Vater denken, wenn er über die Musik sprach. Ich wurde dabei sentimental. Vor mir stand, als Abschluss der Mahlzeit, ein Grüntee-Eis, mit einem winzigen Papierschirm verziert. Ich ließ den Schirm in meinen Fingern kreisen, erzählte von meinem Vater, von seiner Haltung zur Kunst. Vor Rührung kamen mir fast die Tränen.

»Die Oboe war seine Stimme, das sagte mein Vater immer wieder. Als Kind hatte er gestottert. Er wurde in der Schule ausgelacht, hatte Komplexe. Er konnte nicht einmal singen. Aber Musik machen, das konnte er. Zuerst Blockflöte, dann Oboe. Er sagte, Oboe spielen war zum ersten Mal in seinem Leben etwas, das er besser konnte als alle anderen. Oboe ist nicht sexy, sagte Mutter, der Musiker bekommt einen roten Kopf, wie auf dem Klo – er sitzt da und presst. Man muss die Augen schließen, dann aber singen die Engel …«

»Oooh!«, riefen Mia und Isao unisono. Ich wischte mir die Augen, und Isao erzählte: »Als Kind wollte ich immer *Shakuhachi* spielen, Bambusflöte. Und alle sagten, das Kind ist eine Nervensäge. Ich wollte immer auffallen. In der Musik, in der Mode, in allem. Heute spiele ich nicht viel besser, aber immerhin bin ich gut gestylt.«

Ich fand das großartig, dass wir uns persönliche Sachen erzählten, so ganz ohne Hemmungen, und uns auf diese Weise näherkamen.

»Ich liebe deine Krawatte«, sagte ich zu Isao. »Und deine Socken finde ich echt toll.«

»Ich mag Küken«, sagte Isao. »Und Gelb auf Schwarz sieht richtig schön aus. Es gibt auch Muster mit Hasen oder Pinguine. Die Socken sind aus Merinowolle, sehr angenehm. Man findet sie in einer Boutique, in Shibuya. Soll ich dir die Adresse geben?«

»Ich – ich trage keine Socken«, sagte ich. »Da sind immer sofort Löcher drin. Meine Mutter sagt, dass ich zu harte Fußnägel hab. Wie Hundekrallen, verstehst du? Die wachsen sofort nach, wenn ich sie schneide.«

»Mmm, ja, unangenehm, ich sehe schon«, sagte Isao.

Ich beugte mich über den Tisch.

»Isao, kannst du singen?«

»Nein, nein!« Mia bog sich vor Lachen. »Er kann nicht singen. Bring ihn bloß nicht dazu, tu mir den Gefallen!«

»Ich, ich habe eigentlich eine schöne Stimme«, sagte ich. »Ich hätte Tenor werden können. Mia, soll ich dir mal was vorsingen?« Sie sah mich skeptisch an. Ich trank einen Schluck Sake und begann: »Ich weiß nicht, was soll es bedeuten …«

… dass ich so traurig bin.

Ein Märchen aus alten Zeiten.

»Das geht mir nicht aus dem Sinn.«

»Oooh!«, rief Mia bewundernd.

Auch Isao sagte, die Melodie sei sehr schön – deutsche Romantik, nicht wahr?, – und ich solle weitersingen. Ich setzte an, aber da kam die Kellnerin, räumte den Tisch ab, und als ich weitersingen wollte, hatte ich schon ein anderes Lied im Kopf, das lustiger war.

»Komm Isao, setz dich zu mir! Das ist so richtig zum Schunkeln! Weißt du, was das ist, schunkeln?«

Er wusste, was das war, rückte an meine Seite, und ich schob meinen Arm unter den seinen.

»Es gibt kein Bier auf Hawaii …«, sang ich, und es hörte sich richtig viril an. Isao war begeistert.

»Oh, das kenne ich!«

Eng umschlungen schaukelten wir hin und her und erklärten rhythmisch und in voller Lautstärke, dass von dem Hula, Hula, na ja, der Durst eben doch nicht wegging. Und dann kam die Kellnerin mit zwei anderen Mädchen. Alle guckten neugierig und beeindruckt, klatschten Beifall und riefen unentwegt »Oooh!« Daraufhin wollte Isao noch mehr Sake bestellen, aber da bemerkten wir, dass Mia sich bereits erhoben hatte und in ihre Schuhe schlüpfte. Sie wollte offenbar schon gehen. Spielverderberin! Isao und ich fanden das schade, die Stimmung war gerade so gut, aber wir kamen trotzdem auf die Beine, stolperten und hielten uns gegenseitig fest, während Mia an der Kasse stand und die Rechnung beglich. Dann gingen Isao und ich pinkeln – es wurde für uns beide wirklich dringend –, und auf der Herrentoilette zeigte ich Isao meine spitzen Fußnägel, damit er sich ein Bild davon machen konnte. Und Isao zeigte mir, dass er eine Unterhose aus roter Seide trug, die wunderbar anschmiegsam auf der Haut lag. Er gab sie direkt bei einer Firma in Auftrag; ob ich die Adresse haben wollte? Danach kamen wir zufrieden aus dem WC. Mia wartete auf uns und machte – keine Ahnung warum – ein komisches Gesicht. Sie stützte mich auf der steilen Treppe, und Isao klammerte sich an ihrem Rücken fest. So schleppte sie uns beide die Stufen hinunter. Und dann standen wir draußen, es war dunkel und feucht, und ich sagte, ich sei wohl ein bisschen beschwipst, aber mein Gleichgewicht sei noch gut, und ich wollte Mia das jetzt beweisen. Ich versuchte also einen Handstand gegen eine Wand, versuchte es ein paarmal, aber es gelang mir nicht, weil jemand mich immer wieder festhielt. Etwas später hielt ein Taxi dicht neben uns, die Tür sprang auf, und ich bedankte mich bei der Tür, das sei sehr nett von ihr, sich ungefragt zu öffnen. Dann fuhren wir durch das flimmernde Tokio, und ich sang:

»Es dunkelt schon auf der Heide,
Nach Hause lass uns gehen,
Wir haben das Korn geschnitten …«

Ich tremolierte im wunderschönen Tenor, der Sake machte die Stimme geschmeidig, aber Isao plapperte immer wieder »Deutsche Romantik« dazwischen und wollte auch singen, sang aber falsch. Und dann hörte ich den Taxichauffeur etwas sagen, das sich wie *yopparatta* anhörte. Ich fragte Mia, was das bedeutete, und Mia antwortete höflich, der Chauffeur meinte, dass wir wohl einen Rausch hätten. Ich fragte Isao, ob er auch fand, das wir beide yuppi, yuppi waren, aber Isao antwortete nicht, denn er hatte den Kopf auf meine Schulter gelegt und schlief mit offenem Mund. Sein Kopf wog eine ganze Tonne, und ich schob ihn auf die Seite, aber Isao grunzte nur und fiel immer auf meine Schulter zurück. Und das war ungefähr das Letzte, woran ich mich später erinnerte. Danach kam nichts als Dunkelheit, und ich hörte mich schnarchen.

13. Kapitel

Das Schrillen des Telefons riss mich aus dem Schlaf. Ich grunzte, warf mich schwerfällig auf die andere Seite. Ich fühlte mich, als ob ich mit Klebstreifen an der Matratze befestigt war. Das Schrillen hörte nicht auf, vibrierte schmerzhaft in meinem Kopf. Ich musste dem Getöse ein Ende bereiten, bevor ich toll wurde. Ich tastete mit dem freien Arm über den Nachttisch, erwischte den Hörer und ließ ihn fallen. Er baumelte vor meinem Gesicht an der Schnur hin und her. Endlich gelang es mir, ihn festzuhalten und an mein Ohr zu drücken.

»Hmm?«, krächzte ich.

»Rainer, wach auf!«

Es war eine Stimme, die ich kannte.

»Mia!« Ich zog mich mühsam hoch, mein Kopf tat mir zum Verrücktwerden weh.

»Tut mir leid«, lallte ich. »Ich … glaube, dass ich verschlafen habe …«

Eine Spur von Gelächter schwang in ihrer Stimme.

»Raus aus dem Bett, Rainer!«

»Wo … wo bin ich?«, stotterte ich.

»In Tokio! Du musst dich an die hiesige Zeit anpassen. Ich komme gleich, ja? Wir treffen uns im Frühstücksraum.«

Sie ließ mir keine Zeit, eine Widerrede zu formulieren, und brach das Gespräch ab. Brummelnd schob ich beide Beine aus dem Bett. Meine Schlaf-*Yukata* hing schief, war zerknittert und roch schlecht. Ich bewegte mich wie in Zeitlupentempo, tat jeden Schritt, als ob ich auf Eiern lief. Steif und gemessen wankte ich ins Bad, sah mein verquollenes Gesicht im Spiegel und fragte mich, was Mia wohl an diesem Typen, der so unsexy wirkte, wie er lang war, überhaupt finden konnte. Irgendwie war gestern Abend vieles schiefgelaufen. Ich hatte Dinge gesagt und getan, die ich in normalem Zustand nie gesagt oder getan hätte, aber es mochte ja sein, dass ich das alles nur geträumt hatte. Ich stieg in die Wanne, regulierte das strömende Wasser, bis es zuerst kochend heiß, dann eiskalt war und meine Poren sich beim Anhauch des kühlen Wassers schon im Voraus kräuselten. Mir war, als ob jedes Stückchen Haut sich vor Schreck zusammenzog – Schauderkaskaden von oben bis unten, ja, auch auf dem Kopf. Das tat gut. Frisches Blut sprudelte unter meiner Haut, spülte den Druck in den Schläfen weg, linderte die Kopfschmerzen. Ich drehte das Wasser ab, schüttelte mich wie ein Hund, trocknete mich ab. Dann rasierte ich mich mit pedantischer Sorgfalt, kämmte mich, putzte mir die Zähne. Hübsch sah ich nicht aus, aber immerhin besser. Rückblickend dachte ich voller Schreck, dass ich seit meiner Studienzeit nie mehr so besoffen gewesen war. Aber kein Nesselfieber, keine Spur von einem Pickel. Da hatte ich ja mal Glück gehabt. Ich zog frisches Zeug an, gab die verschwitzte Wäsche in den *Laundry*-Sack und machte mich auf den Weg zum Frühstücksraum. Es war schon spät, nur wenige Gäste waren noch anwesend. Ich warf einen lustlosen Blick auf das Frühstücksangebot und holte mir einen doppelten Espresso. Den brauchte ich jetzt dringend, um zu Verstand zu kommen. Himmel, was hatte ich angerichtet! Ich trank meinen Kaffee, ausgesprochen verkatert und entsetzt über mich selbst, als eine fröhliche Stimme meinen Namen rief.

»Rainer! Na, wie geht es dir?«

Mia, etwas atemlos und frisch duftend wie der junge Morgen, ließ sich vor mir auf den Stuhl fallen. Sie sah wunderschön aus, ihr Gesicht war rosig, ihre Augen leuchtend, das Haar frisch gewaschen. Sie trug ein weißes Baumwolltop, darüber einen dunkelblauen Hosenanzug. Einfach umwerfend. Ich sah sie gequält an.

»Ich fühle mich scheußlich.«

Sie warf amüsiert ihr Haar aus der Stirn.

»Warte, das kriegen wir gleich wieder hin.«

»Ich glaube«, sagte ich deprimiert, »ich habe mich schwer danebenbenommen.«

Sie brach in fröhliches Gelächter aus.

»Aber nein, aber nein. Im Gegenteil, es war herrlich!«

»Herrlich?«

»Ja, ja, mach dir keine Sorgen!«

»Was soll bloß dein Bruder von mir denken?«

»Isao? Der war entzückt. Komm, Rainer, mach nicht so ein Gesicht! Du musst jetzt frühstücken, dann geht es dir besser.«

Allein schon die Vorstellung eines stinknormalen Toasts ließ mich schaudern.

»Nein, danke, Mia, mir wird schlecht …«

Sie schob ihren Stuhl zurück.

»Bleib sitzen, trinke deinen Kaffee, ich hole dir jetzt das Frühstück.«

Schlimmer kann es nicht werden, dachte ich trübsinnig und lehnte mich zurück. Im Großen und Ganzen glaubte ich doch, bei meinen Freunden und Vertrauten einen guten Ruf zu haben, und jetzt hatte ich die Vision, dass mir besagter guter Ruf wie ein Haufen zerschmetterter Sakebecher zu Füßen lag. Schockiert über mich selbst sah ich, wie Mia ein Tablett auf mich zu balancierte, auf dem sich zwei Teller, ein großer und ein kleiner, befanden. Den kleinen stellte sie vor sich hin, darauf lagen ein Toast, drei Salatblätter und zwei Radieschen. Der große Teller war für mich. Wahrscheinlich hatte ich jetzt glasige Augen, wollte nicht glauben, was ich sah: Vor mir lagen Salm mit Rettich, eine halbe Seezunge, gekochte Garnelen, ein Stück roher Thunfisch, eingelegtes Gemüse mit Bohnen, Gurken, Apfel-Sellerie-Salat mit gehacktem Ingwer und eine Portion Rührei mit Schinken. Dazu, in einer kleinen Holzschale, eine Suppe mit Pilzen, in der ein paar Muscheln schwammen.

»Mia, bist du wahnsinnig?«, stöhnte ich.

»Iss!«, sagte sie in einem Ton, der keine Widerrede zuließ. »Iss alles auf!«

Während ich lustlos einen Bissen Rührei in den Mund schob, nahm Mia ein winziges Schälchen aus Plastik, zog eine dünne Haut aus Zellophan ab, mischte einige Zutaten und rührte das Ganze kräftig um. Das Zeug zog zähe gelbe Fäden, die an den Stäbchen klebten. Ich schüttelte mich.

»Igitt!«

»*Natto!*« Mia nannte mir den Namen der grausigen Sache. »Du musst jetzt *Natto* essen, das tut dir gut!« Ich fischte ein paar Fäden aus dem Schälchen.

»Was ist das?«

»*Natto* wird aus Sojabohnen hergestellt und ist genau das Richtige für müde Männer.«

»Ich bin nicht müde, ich bin …«

»Doch, du bist müde. Los!«

»Igitt!«

Das Zeug war mit scharfem grünem Senf vermischt und schmeckte penetrant nach Salmiakgeist. Das Wasser stieg mir in die Augen. Meine Nase kribbelte, ich musste niesen, tastete blindlings nach der Papierserviette. Mir blieben die Fäden am Kinn hängen.

»Muss ich das wirklich essen?«

»Alles«, sagte sie streng.

»Und was ist mit dir?«, sabberte ich.

»Ich habe schon zu Hause gefrühstückt. Ich esse nur, um dir Gesellschaft zu leisten.«

Sie beobachtete jeden Bissen, den ich in den Mund schob, als sei es das interessanteste Ereignis Japans, und runzelte tadelnd die Brauen, wenn ich mal zögerte. »Katerfrühstück!« Mia lächelte liebreizend. »Gleich geht es dir besser.«

Unglaublich war, dass es stimmte. Je mehr ich mir den Bauch vollschlug, je wacher wurde ich. Meine Kopfschmerzen verschwanden. Mia indessen knabberte an ihrem Toast, ließ Krümel fallen und trank Schwarztee dazu.

»Nun, wie fühlst du dich?«, fragte sie, als mein Teller leer war.

»Gut«, sagte ich, relativ verblüfft. Das Zeug war tatsächlich effizient.

»Noch ein Espresso?«

Ich gab ihr ein Zeichen sitzen zu bleiben und stand auf, weil ich aufs Klo musste. Der Gang zum Klo verlief einer unsichtbaren geraden Linie entlang, und ich legte ihn ohne zu schwanken zurück. Drinnen blieb ich auch nicht lang sitzen. Alles funktionierte bestens. Tatsächlich hängt das Wohlwollen des Menschen von seiner guten Verdauung ab. Ich ging in bester Laune zur Kaffeemaschine, kam mit festen Schritten und zwei Espressi zurück. Mia sah belustigt zu mir empor. Ich nickte ihr zu.

»Wie neugeboren!«

»Sake sieht wie Wasser aus und schmeckt überhaupt nicht aufdringlich«, sagte Mia. »Und dann hast du die Bescherung.«

»Ein teuflisches Zeug!«, rief ich. »Tückisch, niederträchtig und gemein!«

»Jetzt weißt du Bescheid.«

Ich war immer noch nicht beruhigt.

»Was soll dein Bruder von mir denken?«

»Oh, der findet dich großartig! Das hat ihm gefallen gestern Abend, das hatte Niveau. Wer betrunken ist, zeigt sein wahres Wesen.«

Ich rührte Zucker in meinen Espresso, der hier besser schmeckte als in Italien.

»Ich dachte, ich hätte mich in Grund und Boden blamiert.«

Sie wedelte verneinend mit der Hand.

»Im Gegenteil! Für uns ist der Rausch ein heiliger Zustand. Wir glauben, dass die wahre Persönlichkeit eines Menschen sich erst in der Trunkenheit zeigt. Stell dir mal vor, du hättest herumgepöbelt und alles kaputtgeschmissen. Aber nein! Du hast nur, ach, so wunderschön gesungen!«

»Ich habe überhaupt nicht, ach, so wunderschön gesungen, ich habe …«

Ich stockte, sah Mia ungläubig an.

»Sag bloß, du hast mich getestet!«

»Oh«, konterte sie vergnügt, »du hast die Prüfung glänzend bestanden. Ich bin sehr froh darüber.«

Ich lehnte mich erschlagen gegen das Polster zurück und sagte mit matter Simme: »Na, dann bin ich aber wirklich beruhigt.«

»Doch, doch! Denke mal nach, Rainer, das ist doch ganz logisch!«

»Na ja«, gab ich resigniert zu, »wenn man hierzulande äh … yuppi, yuppi sein muss, um sich Freunde zu machen …«

Mia zwinkerte mit beiden Augen gleichzeitig.

»Da siehst du nur, wie wichtig das ist. Und du brauchst dich wirklich nicht bei Isao zu entschuldigen.«

»Was soll ich ihm denn sagen?«

»Bedanke dich einfach für den schönen Abend.«

»Noch etwas«, sagte ich fragend. »Wer hat denn eigentlich unser Abendessen bezahlt?«

Jetzt lachte sie fröhlich auf.

»Die Firma natürlich. Wir setzen es von der Steuer ab.«

14. Kapitel

Mia wollte mir zuerst die Firma zeigen. Am Nachmittag stand dann ein Besuch bei der Tante auf dem Programm. Die alte Dame würde dann entscheiden, ob ich in ihrem Haus wohnen durfte oder nicht. Ich bezweifelte, dass ich sie mit einem Hüftschwung, yuppi, yuppi oder der Loreley verführen konnte. Mit Aachener Printen hatte ich vielleicht die besseren Chancen.

Wir fuhren also wieder mit der – diesmal fast leeren – U-Bahn. Man hätte auf dem spiegelblanken Boden essen können, und die blau bezogenen Polsterbänke wiesen nicht den geringsten Flecken auf. Die Abertausende von Allerwertesten, die sich tagtäglich hier niederließen, hatten sie lediglich ausgebeult.

Mia erklärte, dass wir zum Viertel Marunouchi fuhren, nur ein paar Stationen weiter. Marunouchi war ein attraktives, modernes Viertel, mit gepflegten Blumenbeeten und hohen Bäumen. Die breiten Straßen vermittelten mir erneut diesen seltsamen Eindruck von *Déjà-vu*. Bekannt und doch anders. Tatsächlich lag eine hanseatische Eleganz und Großzügigkeit in der Luft. Der Hafen war nicht weit, der Wind schmeckte nach Meer. Tokio war überhaupt nicht der Ort, den ich mir vorgestellt hatte. Aber was wusste ich von dem wirklichen Leben dieser Stadt? Man weiß eben nichts, dachte ich, bevor man nicht da war und es selbst gesehen hat.

Wir gingen über eine Kreuzung, betraten ein größeres Geschäftshaus. Die Empfangshalle war ganz mit Marmor ausgelegt, durch das ferne Glasdach fiel Tageslicht. In der Mitte befand sich ein Wasserbassin mit Seerosen. Ein lautloser, silbrig funkelnder Aufzug brachte uns in die achte Etage. Das Büro war ein Loft mit großer Fensterfront. Viel Platz, viel Licht, Designermöbel, weiße Orchideen und Wände in verschiedenen Weißnuancen, aufgelockert durch Fotos und Maquetten von Gebäuden. Die Räume zeigten Stilbewusstsein, wobei der Eindruck von Leichtigkeit und Improvisation überwog. Einige Mitarbeiter, Frauen und Männer, alle elegant und dunkel gekleidet, saßen vor Computern und grüßten höflich. Der Raum, in dem Isao und Mia arbeiteten, war durch eine Glaswand getrennt, sodass jeder sein eigenes Büro hatte. Als ich Mia durch die Schiebetür folgte, kam, hinter einer großen Bücherwand, Isao hervor, die Arme vollbepackt mit Bildbänden. Bei Tageslicht wirkte er älter, sein Gesicht ein wenig blass. Zu viel Sake? Doch er lächelte herzlich, schüttelte mir die Hand, klopfte mir vertraulich auf die Schulter.

»Gut geschlafen, Rainer-San?«

Ich räusperte mich.

»Ja, danke, nicht schlecht. Und Mia stellte mir das richtige Frühstück zusammen.«

»Oh«, sagte er munter. »Ein gutes Frühstück weckt die Lebensgeister.«

Ich überreichte ihm meine Visitenkarte, die ich vorsorglich bei mir trug.

»Danke für den schönen Abend, Isao-San.«

Er deutete eine Verbeugung an.

»Es war mir ein Vergnügen.«

Ich registrierte, dass seine Krawatte ein Muster mit Foxterriern aufwies. Wahrscheinlich hatte er die passenden Socken dazu an. Ich wandte die Augen ab, wies auf die Bücherwand, die, wie ich jetzt bemerkte, nur die Außenseite einer richtigen Bibliothek bildete.

»Weißt du eigentlich, wie viele Bücher du besitzt?«

Die Antwort kam von Mia.

»Er weiß es nicht, aber ich habe mal eine Liste gemacht. Ungefähr dreitausend. Unsere Sammlung ist vorwiegend auf Architektur ausgerichtet.«

»Und alles nur auf Japanisch!«, seufzte ich.

»Nein. Wir haben auch Bücher in der Originalsprache, deutsch oder englisch. Und sogar italienisch.«

»Bei uns stehen die Bücher im Mittelpunkt«, sagte Isao. »Im Sinne der Idee, meine ich. Architektur, Philosophie und Naturwissenschaft ergänzen sich, ne?«

Wir wanderten um die Bücherwand herum. Auf den Regalen aus edlem Holz entdeckte ich Mario Botta, Renzo Piano und Le Corbusier. Aber auch Dante Alighieri, Meister Eckehard von Huysburg, Averroes und Hildegard von Bingen. Und eine Ausgabe der *Carceri d'Invenzione* von Piranesi, die dem Aussehen nach antik und sehr teuer war. Ich pfiff beeindruckt durch die Zähne.

»Donnerwetter! Hier möchte ich mal einen Tag verbringen.«

»Jederzeit!«, sagte Isao.

Er führte mich zu einem Diwan, lachsrot und schwungvoll elegant, vor dem ein niedriger Tisch aus Naturholz stand. Wir setzten uns, und ein smart gekleideter junger Mitarbeiter brachte Tee in dunkelvioletten Keramikschälchen, verneigte sich lächelnd und verschwand wie ein liebenswürdiger Geist.

»Wie ruhig es hier ist«, sagte ich.

Isao nickte.

»Wir brauchten ein ruhiges Arbeitsumfeld. Kurz vor Abgabetermin bei einem Wettbewerb oder in den Endphasen eines Auftrags ist bei uns eine Achtzehn-Stunden-Hirnarbeit völlig normal. Und am nächsten Tag alles wieder von vorn. Da bleiben uns kaum sechs Stunden zum Schlafen!«

»Wie überlebt ihr das?«

»Na ja, wir sind ein gutes Team«, sagte Mia. »Wir diskutieren und planen unsere Arbeit im Voraus. Alles wird intensiver, weil wir die Dinge zusammenmachen. Architektur, das ist unser Leben.«

»Und manchmal auch das Ende von Freizeit und Privatsphäre«, sagte Isao. »Aber wir ergänzen uns perfekt. Bevor es ans Entwerfen geht, haben wir bereits geklärt, wie wir bauen wollen und mit welchen Materialien.«

»Na ja«, meinte Mia, »man könnte sagen, dass wir im Gleichklang von geteiltem Leid und doppeltem Spaß leben. Unsere Aufgaben sind klar umrissen. Urlaub nehmen wir uns, wenn es geht. Ich war in Prag, weil ich meinen Teil der Vorarbeit geleistet hatte. Wenn Isao mit seinen Entwürfen fertig ist, geht er in Urlaub. So funktioniert das bei uns.«

Klar, dachte ich, dass sie das alles nicht aufgeben wollte, um zu mir nach Hamburg zu ziehen. Ich verstand sie jetzt besser. Ich hätte das womöglich auch nicht getan.

Inzwischen erklärte mir Mia, dass der kreative Kopf Isao sei, während sie selbst für das Geschäftliche und Administrative verantwortlich war.

»Mit anderen Worten, sie meckert nur herum!«, sagte Isao, gespielt beleidigt. Sie lachte, gab ihm einen Klaps auf das Knie. Zu mir sagte sie: »Ich muss Isao zügeln. Sonst fallen ihm die verrücktesten Sachen ein. Jetzt gerade hat er ein Gebäude mit acht Stockwerken in Form des Kokons einer Seidenraupe entwickelt. Hirnverbrannter geht es nicht mehr!«

»In Form eines Kokons?«, fragte ich, ohne mir darunter etwas vorstellen zu können.

»Wieso hirnverbrannt?«, sagte Isao. »Die Idee war naheliegend. Der Auftrag kam ja von einem Seidenhersteller. Die

Firma webt Stoffe für Kimonos und für die Haute Couture. Seit Kurzem wird die Seide auch in der Kosmetikbranche verwendet.«

»Folglich«, sagte Mia, »wollte Isao mit Schichten von Glas an der Fassade und besonderen Riffelungen die Struktur des Kokons darstellen.«

Isao lehnte sich grinsend zurück.

»Na gut, ich weiß schon, es war gewagt.«

»Alle sagten, das geht doch nicht«, erzählte Mia. »Ich habe das Projekt auf seine Machbarkeit untersucht, habe Simulationen eingeleitet, statische Berechnungen geprüft. Gemeinsam fanden wir dann eine Lösung.«

»Zugeständnisse muss man schon machen«, warf Isao ein. »Ich reduzierte Details, und jetzt steht mein ›Kokon‹ in Omote Sando und macht Furore. Willst du Fotos sehen?«

Er brachte mir den Ordner. Das Hochhaus war verblüffend. Der geheimnisvolle, transparente Eindruck entstand durch die gerippte Glasoberfläche, die eine undurchsichtige helle Form zu umgeben schien.

»Keine Sorge«, sagte Mia, »das Gebäude ist absolut robust und erdbebensicher, da sind die Vorschriften strikt.«

Isao betrachtete die Fotos und lachte vor sich hin, als staunte er selbst über das, was er geschaffen hatte. Er hatte große Pupillen, tiefschwarz, und der Augapfel schimmerte bläulich. Sein Blick zeugte von intensiver Konzentrationsfähigkeit. Dennoch war etwas von Wegschauen darin. Mia hatte auch diese Augen, die alles ganz genau wahrnahmen und zugleich doch in die Weite schweiften.

Wir unterhielten uns eine Weile. Was beide über ihre Arbeit sagten, fesselte mich ungemein. Sie sahen die Häuser als eine Art Verlängerung des menschlichen Körpers. Da war nicht nur das Verlangen nach Bequemlichkeit; für jeden Menschen sollte der Wohnbereich ein Hort der Ruhe sein, an dem er seine Lebenskräfte erneuerte. Ihre Überlegungen klangen dabei nicht im Geringsten abgehoben, sondern konzeptuell durchdacht. Beide waren kreative Freigeister, wirklichkeitsnahe Träumer. Das imponierte mir, war ich doch selbst nur zögernd und zagend in der Lage, mein Leben in den Griff zu bekommen. Das würde sich vielleicht hier ändern. Ich spürte ein zunehmendes Begeistertsein, ein freudiges Fantasieren, wie es ein Kind spüren mochte. Ja, hier war nichts Kleinkariertes. Hier waren Talent und Visionen. Vielleicht war ich doch in das richtige Land gekommen.

Zum Lunch blieb kaum noch Zeit, weil wir ja den Termin bei der Tante hatten. Mia hatte alles organisiert: Ein Mitarbeiter deckte akkurat den Tisch, brachte Sandwiches aus dem Restaurant um die Ecke. Die luftigen Weißbrotschnitten mit Hühnerfleisch, Mayonnaise und Salat dufteten nach Zitrone und zergingen im Mund. Dazu tranken wir Kaffee aus der Kaffeemaschine. Danach machten Mia und ich uns auf den Weg. Diesmal saßen wir eine gute halbe Stunde in der U-Bahn und sprachen von Tante Azai.

»Sie schläft fast den ganzen Tag«, sagte Mia. »Ich denke, dass sie sich auf diese Weise regeneriert. Alte Leute schlafen viel, ne? Und Tante Azai ist eben uralt.«

»Ist sie bei guter Gesundheit?«, fragte ich.

»Der Arzt sagt, sie sei ein Phänomen. Außer ihren Gleichgewichtsstörungen hat sie nichts. Ein Wehwehchen hier, ein Wehwehchen da, das war's schon. Ich kann mich nicht entsinnen, dass sie jemals ernstlich krank gewesen wäre.«

»Hast du ihr von mir erzählt?«

»Doch. Sie hat es nicht durchblicken lassen, aber sie ist sehr neugierig auf dich. Wir dürfen sie nur nicht brüskieren.«

»Was tut sie denn die ganze Zeit, außer schlafen?«

»Wahrscheinlich denkt sie über ihr Leben nach.«

»Hatte sie ein interessantes Leben?«

»Ach, darüber weiß ich wenig. Früher, im neunzehnten Jahrhundert, führte die Familie schon eine Apotheke westlicher Prägung. Ihr Vater Yoshiaki Koga war Arzt, ihr jüngerer Bruder Matsuo ebenfalls. Der zog später nach Sendai. Heute ist er längst über achtzig, soll aber noch Sprechstunden halten.«

»In diesem Alter?«

»Das ist in Japan keineswegs unüblich. Wir haben eine sehr hohe Lebenserwartung. Wer mit sechzig in Rente geht, sucht sich einen anderen Job, belegt Kurse, gründet eine neue Firma.«

»Eine Geldfrage?«

»Nein, durchaus nicht. Unsere Altersversorgung ist gut. Aber die Leute wollen noch etwas tun, was ihnen Spaß macht. Das betrifft vor allem die *Salariman*, die Büromitarbeiter, die jahrelang in einen festen Trott eingespannt waren. Sie wollen nicht zum *Sodai Gomi* verkommen.«

»Was ist ein *Sodai Gomi*?«

»Ein ›Abfall-Ehemann‹, den die Hausfrau am liebsten in die Mülltonne stecken würde!«

»Gnadenlos!«, seufzte ich.

Sie lachte.

»Oh ja, hier ist vieles anders als in Deutschland.«

»Und Tante Azai?«

»Sie hatte die Höhere Schule besucht, als es für ein Mädchen noch unüblich war. Wahrscheinlich machten sich die Eltern Gedanken, weil sie nicht besonders attraktiv war. Ihre ältere Schwester Tomoko – meine Großmutter – war sehr schön. Bei ihr legte man mehr auf die üblichen weiblichen Fähigkeiten Wert. Sie fand dann auch schnell einen Mann, allerdings gegen den Willen der Familie. Sanshiro Ohno, mein späterer Großvater, war ein Bourgeois, sein Vater war Beamter im Kulturministerium. Und ich weiß, dass auch Sanshiros Eltern die Verbindung nicht passte. Aber Tomoko war stur. Sie ließ Sanshiro einfach kommen und platzierte ihn mitten im Wohnzimmer. Mit sechzehn, stell dir das mal vor! Das muss ein Spektakel gewesen sein: die Vorhaltungen, der Zorn – und kein Wort lauter als das andere! Es gehörte damals zum guten Ton, dass man sich kontrollierte. Alle saßen da wie die Ölgötzen, zeigten zuckersüß ihre Zähne und hassten einander. Ich wäre gerne dabei gewesen, ich hätte mich totgelacht.«

»Was hatten die Eltern denn gegen den jungen Mann?«

»Gegen ihn persönlich? Nichts! Nur dass er nicht aus unseren Kreisen war.«

»Aber er war doch aus guter Familie, hast du gesagt.«

Sie lachte in sich hinein.

»Er schon. Das Problem waren *wir*. Unsere Familie, meine ich. Wir waren nicht sehr … *comme il faut*.«

»Wenn Tomokos Vater doch Arzt war …«

»… gehörten wir trotzdem nicht zum Bürgertum! Und Beamte haben einen sensiblen Standesdünkel. Jedenfalls, Sanshiro und Tomoko drohten, nach Amerika auszuwandern, wenn man ihnen nicht ihren Willen ließ.«

»Drohten sie nicht mit Harakiri?«

»Rainer, du hast zu viele Filme gesehen. Nein, Harakiri war nicht mehr zeitgemäß. Und am Ende gaben beide Elternteile nach. Aber damit Sanshiros Familie nicht völlig das Gesicht verlor, entsagte er dem Namen Ohno und nannte sich fortan Sanshiro Koga.«

»Was soll das heißen?«

»Dass er sich offiziell von seiner Familie trennte und von Tomokos Eltern adoptiert wurde.«

»Ich versteh überhaupt nichts mehr!«

Sie winkte ab.

»Ach, das war vor achtzig Jahren. Es gab Vorurteile …«

Ich stand immer noch vor der Geschichte wie der sprichwörtliche Ochse vor dem Berg, doch Mia schien zu wissen, worüber sie sprach, und im Augenblick keine Lust zu haben, weitere Erklärungen abzugeben.

»Kurzum, es war eine elegante Lösung, und man feierte eine schöne, wenn auch diskrete Hochzeit. Tomoko und Sanshiro führten viele Jahre lang eine sehr glückliche Ehe. Inzwischen war Azai mit der Schule fertig und begann ein Medizinstudium. Aber dann brach der Zweite Weltkrieg aus. Es dauerte Jahre, bis Azai ihr Studium wieder aufnehmen konnte. Nach dem Abschluss arbeitete sie dann in einem Krankenhaus.«

»War sie verheiratet?«

»Sie heiratete einen Kollegen, aber zu spät, um noch eine Familie zu gründen. Als ihr Mann starb, war sie neunzig.«

»Und die Verbindung mit Letzel?«

»Die kam durch ihren Vater zustande. Letzel hatte Tuberkulose. Als er von Ägypten kam, hatte er sich auf dem Schiff angesteckt. Tuberkulose war damals eine recht verbreitete Krankheit. Dr. Koga war ein hervorragender Lungenspezialist. Und solange Letzel bei ihm in Behandlung war, ging es ihm besser. Im Laufe der Zeit müssen sich Arzt und Patient nähergekommen sein. Tante Azai hat mir erzählt, dass Letzel oft bei ihnen zu Gast war.«

»Erinnert sie sich gut an ihn?«

Mia verzog das Gesicht.

»Das hängt von ihrer Stimmung ab. Ich sagte dir ja, sie ist unberechenbar.«

»Nach mehr als hundert Jahren steht es ihr wohl zu«, meinte ich heiter. Irgendwie war das Ganze ein bisschen versponnen und vielleicht deshalb überhaupt so spannend.

15. Kapitel

Das Heim, in dem die alte Dame nun wohnte, befand sich etwas abseits der Straße, in einem Park. Ein unschöner Flachbau, mit großer Fensterfront und hellen Vorhängen, die alle unordentlich zur Seite gezogen waren. Am Eingang mussten wir unsere Schuhe ausziehen und in bereitgestellte Stoffpantoffeln schlüpfen. Drinnen sah es aus wie in einem Krankenhaus, mit langen, unpersönlichen Gängen und glänzendem Fußbodenbelag. In den Aufenthaltsräumen, die mich mit ihren Pflanzen und bunten Bildern an einen Kindergarten erinnerten, saßen zusammengesunken alte Leute, die meisten im Rollstuhl. Manche schoben ihren Rollator langsam und konzentriert vor sich her. Alle trugen eine *Yukata*, das bequeme japanische Hauskleid. Und alle Kleider waren weiß, mit einem geometrischen Muster in einem indiskutablen Babyblau. Wie selten man solche alten Leute sah. Das heißt, dachte ich, man wollte es natürlich vergessen, dass es sie gab und dass man eines Tages – falls nichts dazwischen kam – dazugehören würde. Alle Betagten hatten etwas Geschlechtsloses, liebenswert Verschlafenes an sich. Sie sahen aus wie Menschen, die still Abschied nehmen und den Rest der Welt nicht stören wollten. Einige lasen Zeitung, andere vertieften sich in kleine Geschicklichkeitsspiele. Ein Fernseher lief. Das Pflegepersonal, junge, energische Frauen und Männer, erkannte man von Weitem an ihrem aufrechten Gang, an ihrem dunklen Haar.

»Die Betagten hier sind fast alle über neunzig«, erklärte mir Mia. »Sie ziehen es vor, so lange wie möglich zu Hause zu bleiben. Außerdem muss man immer sehr lange warten, bis ein Platz frei wird. Es gibt Aufnahmestufen von eins bis vier, und die beiden höchsten Stufen haben immer Vortritt. Tante Azai wartete sechs Jahre, bis sie einen Pflegeplatz fand. Sie war ganz einfach nicht krank genug.«

Mia ging voraus. Die alte Dame hatte sie wissen lassen, dass sie in einem der Besuchszimmer auf uns warten würde. Durch die offenen Schiebetüren sah ich die paar Zimmer, in denen kleine Gruppen saßen. Die Zimmer waren schlicht eingerichtet, aber hell und freundlich; die eine Hälfte, etwas erhöht, war mit Tatamimatten ausgelegt, daneben, auf dem Linoleumboden, standen ein kleiner Tisch und vier kleine Stühle. An den Wänden hingen ein paar Blumenbilder – das war alles.

In einem dieser Zimmerchen kniete in kerzengerader Haltung eine uralte Dame. Sie trug die hellblau und weiß gemusterte Haus-*Yukata* und sah nach draußen in den Garten, wo einige Azaleen blühten. Als Mia leise die Tür aufschob und mit einer leichten »Entschuldigen-Sie-mich«-Verbeugung das Zimmer betrat, wandte uns die alte Dame das Gesicht zu. Ich betrachtete sie überrascht. Sie war klein gewachsen, aber in den Proportionen erstaunlich vollkommen. Alles, der kleine Kopf, die dünnen Gliedmaßen, passte zusammen. Das kurz geschnittene Haar war weiß und eigentlich noch recht füllig. Die Haut, gelblich wie Wachs, war nahezu faltenlos. Dazu trug sie roten Lippenstift, was sehr befremdend aussah. Ihr Hauskleid war sehr gepflegt, offenbar frisch gebügelt, jede Falte saß tadellos. Ich musste an ein Kind denken, das sich zum Spaß als Hundertjährige verkleidet hatte. Doch die schwarzen, stechenden Augen waren keineswegs die Augen eines Kindes. Sie waren nicht einmal trübe, wie die Augen alter Menschen es oft sind. Ich überreichte ihr meine

Visitenkarte – mit beiden Händen, wie es sich gehörte. Sie nahm die Karte langsam und sehr feierlich, deutete mit dem Kopf ein Dankeschön an und legte die Visitenkarte dicht vor ihre Knie, bevor sie wieder die Hände verschränkte. Mia gab mir ein Zeichen: Ich sollte ihr doch mein Geschenk überreichen. Im Zeitlupentempo nahm die alte Dame die Printen in Empfang, die in Geschenkpapier eingewickelt und mit einem golddurchwirkten Faden verschnürt waren. Wieder ein huldvolles Nicken mit dem Kopf. Mir war, als ob ich einer Gottheit eine Opfergabe überreichte auf die Gefahr hin, dass mich in nächster Sekunde ein Blitz zerschmetterte. Dann stellte die alte Dame das Geschenk neben sich auf die Tatamimatte. Ich konnte aus ihren Zügen nichts entnehmen, außer vielleicht, dass der Ausdruck nicht unfreundlich war. Inzwischen ließ Mia ihre Pantoffeln von den Füssen gleiten und kniete vertraulich neben der alten Dame. Tante Azai sah Mia von der Seite an, als ob sie sagen wollte: Rück mir bloß nicht auf die Pelle! Währenddessen stand ich stocksteif und unschlüssig da. Musste ich jetzt auch knien? Das war höchst unangenehm, ich hatte noch nicht geübt. Aber Mia bedeutete mit einer kleinen Geste, dass ich mich setzen konnte. Umständlich ließ ich mich auf einen der kleinen Stühle nieder. Wie ein großer Vogel musste ich aussehen, mit dem Kopf, der hinter meinen Knien aufragte. Absolut unbequem und ohne die geringste Würde. Mia nickte mir zu, begann zu reden. Nach wie vor saß Tante Azai, die Hände im Schoß verschränkt, vollkommen still. Hörte sie eigentlich zu? Alte Menschen sind oft schwerhörig. Ich hatte das dumpfe Gefühl, dass Mia sozusagen ins Leere sprach. Dann und wann warf mir die Tante einen Blick zu; sie betrachtete mich zwar interessiert und abschätzend, gleichzeitig aber auch ganz neutral. Ob sie mich überhaupt richtig wahrnahm? Inzwischen kam eine junge Pflegerin, verneigte sich und brachte grünen Tee, bevor sie sich in stiller Freundlichkeit wieder verzog. Mia sprach weiter, und ich spürte allmählich, wie mich der Monolog einlullte. Ich stand ja noch unter Jetlag. Die Augen fielen mir zu, ich zwinkerte ein paarmal kräftig, weil ich um Himmels willen nicht einschlafen wollte. Doch mein Kopf wurde schwer und schwerer, das helle Licht blendete mich, und es war wirklich eine Wohltat, für ein paar Sekunden die Augen zu schließen.

Ein gewaltiges Krachen ließ mich zusammenfahren. Ich schreckte auf und fand mich auf dem Boden sitzend vor. Ich war eingeschlafen und seitwärts vom Stuhl gekippt.

»Oooh!«, hörte ich Mia leise ausrufen.

Mit brennendem Gesicht und schmerzendem Hüftknochen stotterte ich eine Entschuldigung, zog mich umständlich an meinem Kindergartenstuhl wieder hoch. Die Tante rührte sich keinen Finger breit, sah mich unverhohlen an. Oh Gott, dachte ich schreckerfüllt, als ganz unvermittelt eine Art von vergnügtem Grinsen über ihr Gesicht flog. Sie ließ ein seltsames Glucksen hören. Ich traute meinen Ohren nicht. Hatte die alte Dame gelacht? Ihre Hand, die sie bislang im Schoß gehalten hatte, bewegte sich jetzt. Sie hob die Teeschale und setzte sie an die Lippen. Aus lauter Verlegenheit tat ich das Gleiche. Die Schale schlug mit klirrendem Geräusch an meine Zähne. Ich wusste nicht, wo ich mich verkriechen konnte. Inzwischen stellte Tante Azai die Schale wieder hin, hob meine Visitenkarte auf und hielt sie mit gestreckten Armen vor sich. Sie war natürlich weitsichtig, brauchte offenbar eine Brille zum Lesen, denn sie kniff die Augen zusammen und studierte lange die Schrift, bevor sie unvermittelt zu sprechen begann. Zum ersten Mal hörte ich ihre Stimme, und die überraschte mich fast noch mehr als alles andere. Alte Leute haben eine raue Stimme; diese Stimme aber war eine Mischung aus Flüstern und Krächzen, die mir unter die Haut ging. Und dazu begann sie jetzt, mich auszufragen, Fragen über Fragen, mit dieser Stimme, die in der Stille rasselte, als ob sie mir jedes Mal eine Handvoll Kiesel vor die Füße warf.

»Wie spricht man Ihren Namen genau aus, bitte?«

Mia übersetzte die Frage. Ich gab Antwort, wobei ich jede Silbe betonte.

»Ah so«, brummelte die Tante. »Lainer Steckboln…«

»Nein, nein!«, widersprach ich beherzt. »Rainer Steckborn.«

Sie hielt es nicht für notwendig, den Namen ein zweites Mal auszusprechen.

»Und was bedeutet dieser Name, bitte?«

Mia übersetzte, ich antwortete. Und wurde bei jeder Antwort lediglich mit einem Knurren bedacht.

»*So desu*. Knurr! Wie alt sind Sie?«

Ich sagte es Mia (die es längst wusste), und Mia sagte es der alten Dame.

»*So desu*. Wo haben Sie studiert, bitte?«

Ich breitete meinen ganzen Pedigree vor ihr aus: Schule, Hochschule, Studienaufenthalte, akademische Titel. Und was noch? Kragenweite? Schuhgröße?

»Knurr!«, schnaubte die alte Dame. »Und warum haben Sie Ihren Beruf aufgegeben, bitte?«

Mir wurde es heiß unter dem Hemdkragen. Ich ließ Mia die Antwort diplomatisch formulieren. Tante Azai nahm es ungerührt zur Kenntnis.

»Warum sind Sie nach Japan gekommen, bitte? Haben Sie vor, Japanisch zu lernen?« (Diesmal fügte sie kein »bitte« hinzu.)

»Ich werde Kurse belegen«, sagte ich.

Die Tante nickte und ließ ein paar frostige Worte von den rot geschminkten Lippen fallen. Ich sah Mia hilflos an.

»Was hat sie gesagt?«

»Sie hat gesagt, das wäre auch nötig. Übersetzungen störten den Gesprächsverlauf.«

»*So desu*, ne?«, knurrte Tante Azai.

Sie starrte mich an. Ich brauchte ein paar Sekunden, um zu reagieren. Ist es nicht so, hatte die alte Dame gefragt.

»*So desu*«, erwiderte ich demütig.

»Das ist ärgerlich, ne?«

»Ja, sehr ärgerlich«, gab ich zu.

»Meine Nichte sagt, dass Sie ein Buch schreiben wollen. Habe ich das richtig verstanden?«

»Ja, das haben Sie.«

»*So desu*. Worüber wollen Sie schreiben, bitte?«

»Über das Gehirn«, stammelte ich, hilflos im Strom ihrer Fragerei zappelnd.

Sie parierte messerscharf.

»Wie kommen Sie darauf, bitte? Sie sind kein Arzt!«

»*Gomennasai*, dass sie das fragt!«, murmelte Mia kleinlaut.

»*Touché!*«, seufzte ich innerlich auf.

»Nein, das bin ich nicht. Aber ich mache mir Gedanken über den Zusammenhang zwischen Kunst und Neurologie.«

»Würden Sie mir das genauer erklären, bitte?«

Mir brach der Schweiß aus. Ich kam mir wie vor Gericht vor: Warum haben Sie Ihre Großmutter zerstückelt, bitte?

»Wie soll ich ihr das erklären, Mia? Kannst du übersetzen, oder wirst du verrückt?«

»Nein, ich werde nicht verrückt«, sagte Mia.

Ich zog mein Taschentuch hervor und tupfte mir die Stirn ab.

»Es begann mit Michelangelo«, sagte ich.

»Knurr! Michelangelo, *so desuka*?«

»Sie fragt, ob sie das richtig verstanden hat.«

Ich schnappte nach Luft.

»Ja, ja, Michelangelo!«

»Möchtest du, dass ich ihr die Geschichte erzähle?«, fragte Mia.

»Ja«, stöhnte ich. »Tu mir den Gefallen.« Ich setzte erschöpft hinzu: »Es ist wahrscheinlich etwas kompliziert für sie.«

Mia machte ein verneinendes Zeichen und begann zu sprechen. Die alte Dame hörte zu, kein Muskel regte sich in ihrem Gesicht. Nach einer Weile wirkte sie ein wenig beduselt. Ich wagte nicht, sie allzu oft anzusehen. Sie schien, während Mia erzählte, eigenen Gedanken nachzuhängen. Hundertacht Jahre, ist man da noch am Ball? Doch urplötzlich zuckten ihre Lider. Wie ein Reptil, das eine Beute erspäht, schoss ein scharfer, schwarzer Blickstrahl zu mir hinüber.

»*Omoshiroi*«, knurrte sie.

»Wie bitte?«, fragte ich. An Mias halbem Lächeln sah ich, dass sie es hinter sich hatte und alles glücklich überstanden war.

»Tante Azai findet das interessant.«

Ich zeigte, wie es sich ziemte, Bescheidenheit.

»Ich bin erst ganz am Anfang.«

»*So desu*«, kam die kalte Tantenantwort.

Ich schluckte und bestätigte es.

»*Hai-wakarimasu* – ja, ich verstehe.«

Sie sah mich an, als ob sie sagen wollte: Du wärst ja blöde, junger Mann, wenn du das nicht kapieren würdest. Danach schwieg sie eine Weile. Wahrscheinlich dachte sie nach, und da sie hundertacht war, brauchte sie Zeit, um das alles innerlich zu verarbeiten. Ich wurde allmählich kribbelig, als die alte Dame erneut das Wort ergriff.

Sie fände es gar nicht so schlecht, ließ sie mir durch Mia sagen, dass ich in Japan leben wollte. Ich würde hier auf viele neue Dinge und ganz neue Ansichten treffen. Und am Anfang würde ich jede Begebenheit genau so betrachten, als sei sie eine Sache für sich, ganz speziell und ganz anders. Und erst später begreifen, dass alles zusammenhing.

Hoppla!, dachte ich und unterdrückte ein vorlautes »Wie soll ich das verstehen?« Ich biss mir gerade noch rechtzeitig auf die Zunge.

»*So desu*«, sagte ich finster.

Sie nickte. Affirmativ.

»*So desu.* Auch wir machen uns viele Gedanken über das Gehirn«, setzte sie in freundlichem Tonfall hinzu. Auf wen bezog sich dieses »wir«? *Pluralis majestatis?*

Immerhin fand sie mein Vorhaben nicht völlig spleenig. Ich verneigte mich gebührend, was höchst komisch aussehen musste, weil mir zu spät in den Sinn kam, dass ich ja aufzustehen hatte, und mit dem Kinn auf die Knie stieß. Inzwischen saß Mia auf den Fersen, einer graziösen Bildsäule gleich, und die Tante redete auf sie ein. Es war wieder einer ihrer einschläfernden Monologe, bei dem sie viel knurrte und kaum die Lippen bewegte und Mia nichts weiter tat, als zustimmend zu nicken. Gerade fühlte ich, wie ich erneut ins Dösen kam, als Mia sich endlich bewegte und mich ansprach.

»Sie lässt dir sagen, dass ihr Haus unter Denkmalschutz steht und später ein Museum werden soll.«

Das war mir bereits bekannt. Vielleicht gab mir die alte Dame zu verstehen, dass ich mir die Sache aus dem Kopf schlagen sollte. Ich verbarg meine Enttäuschung unter einem unverbindlichen: »Oooh!«

Wahrscheinlich war der Ausruf genau der Richtige gewesen. Die Tante nickte wohlwollend, und Mia sprach weiter: »Die Denkmalpflege zahlt ihr einen Betrag, damit sie hier leben kann. Aber es ist schlecht für das Haus, dass es seit drei Jahren unbewohnt ist. Nur der Gärtner kommt und hält den Garten instand. Sie bittet mich, dir zu sagen, dass du dort wohnen kannst.«

Ich fiel vor Überraschung fast vom Stuhl.

»Im Ernst? Ich kann es nicht glauben.«

»Du musst dich bei ihr bedanken«, sagte Mia. »Nicht verbal, wenn du kannst. Aber unterwürfig, bitte!«

Ich glitt mit Getöse von meinem Stuhl, legte die Hände in Abstand von fünfzehn Zentimeter neben die Knie und senkte den Kopf so tief, dass meine Nase den Boden berührte, der nach Desinfektionsmittel roch. Danach richtete ich mich auf, rot im Gesicht und sah, wie die alte Dame huldvoll nickte.

»*Yoroshii* – so ist es gut!«, knurrte sie.

Daraufhin setzte ich mich wieder. Ich war mir noch nie so albern vorgekommen. Inzwischen zog die Tante in wortloser Beiläufigkeit einen großen, seltsam gearbeiteten Schlüssel aus irgendeiner Ärmeltasche und überreichte ihn Mia, die ihn mit allen Anzeichen von größter Ehrfurcht an sich nahm. Ich hielt es für angebracht, mich erneut zu verbeugen, und konnte endlich die Frage anbringen: »Ähm … würdest du sie vielleicht fragen, wie viel Miete ich bezahlen muss, bitte?«

»Oh ja«, sagte Mia, »das ist natürlich wichtig.«

Sie fragte. Die alte Dame antwortete, ohne im Geringsten die Miene zu verändern. Mia sah mich an und nannte den Betrag. Ich rechnete kurz nach und rechnete noch mal, zur Sicherheit. Himmel, dachte ich, in Hamburg würde ich die gleiche Summe für eine mickrige Zweizimmerwohnung ausgeben müssen, die nicht einmal im Zentrum läge!

»Bist du sicher, dass sie sich nicht verrechnet hat?«

Mia schüttelte den Kopf.

»Nein, nein. Sie weiß genau, was sie sagt.«

»Wie soll ich mich jetzt bedanken?« fragte ich. »Unterwürfig?«

»Diesmal nicht«, sagte Mia. »Nur höflich, das sollte genügen.«

Ich verneigte mich also, wobei ich feierlich *Arigato gozaimasu* sagte. Die Tante schürzte die Lippen.

»*Do itashimashite* – gern geschehen«, knurrte sie. Ob es nun der Wahrheit entsprach oder nicht.

Das Gespräch war beendet. Sie zeigte es, indem sie Mia ein Zeichen gab, sie solle ihr beim Aufstehen helfen. Mia griff ihr unter die Arme und zog sie hoch. Tante Azai, die sehr kleine Füße in weißen Stulpen sehen ließ, kam nicht ohne Mühe, aber sehr würdevoll auf die Beine. Ich stand da, wusste nicht, ob ich helfen sollte, und öffnete schließlich die Tür. Mia räumte noch schnell die Teeschalen zusammen. Dabei stieß sie eine Schale um, und ein Rest Tee tropfte auf das Tablett.

»Oh, oh, ah!«, stöhnte Mia.

Die Tante sah sie missbilligend an, zischte irgendetwas, bevor sie, den Kopf hoch erhoben, an uns vorbeischlurfte. Sie reichte mir ungefähr bis zum Ellbogen. Eine Pflegerin, die draußen auf einer Bank saß und auf sie zu warten schien, brachte sofort einen Rollator. Wir verabschiedeten uns mit Verbeugungen, während sich die Tante bereits in Richtung Aufzug bewegte. Wir gingen in entgegengesetzter Richtung. Mia zeigte eine komische Grimasse, ein Gemisch zwischen Befangenheit und ersticktem Gelächter.

»Was hat die Tante dir zum Abschied gesagt?«, fragte ich.

»Oh!«

Mia, etwas rot im Gesicht, bewegte die Hand, als würde sie sich Luft zufächeln.

»Sie hat gesagt, dass ich ein ungeschicktes Frauenzimmer bin!«

16. Kapitel

Es gab eine Zeit, in der ich mich oft fragte, wo sich Schriftsteller physisch aufhielten, wenn sie schrieben. Ob sie in ihrem Büro, in ihrem Bett oder im Garten arbeiteten, neben der Katze oder neben dem Hund. Mit Mozart, Leonard Cohen oder doch lieber in einer Umgebung, in der alles mucksmäuschenstill war. Mit Computer oder Hermes Baby. Bei Lesungen hatte ich sogar Snobs angetroffen, die – Hand aufs Herz – versicherten, dass sie ihre erlauchte Prosa nur dem Füllfederhalter Marke Montblanc anvertrauten. Ihre Verleger hatte ich dann jeweils sehr bedauert.

Abgesehen davon, dass die meisten flunkerten, war ich allmählich zu der Überzeugung gekommen, dass Umfeld und Aufenthaltsort eine untergeordnete Rolle spielten. Schriftsteller konnten meinetwegen in der Sahara leben. Was sie schrieben, vollzog sich in ihrem Kopf, den sie hoffentlich auf den Schultern hatten, und wurde von Eindrücken und Gefühlen gesteuert. Das jedenfalls hatte ich bisher gedacht. Dass es auch ganz anders sein konnte – dass es Orte gab, die dem Schriftsteller sozusagen ihre Gegenwart aufzwangen, war mir noch nicht in den Sinn gekommen.

In der Nacht, so gegen drei, wachte ich auf, lag zwei gute Stunden wach, und mein Gehirn befasste sich unentwegt mit meinem zukünftigen Domizil. Ein Haus unter Denkmalschutz? Ich stellte mir ein imposantes Gebäude nach Prager Art vor. Trotzdem, es stimmte einiges nicht. In Tokio hatte ich kaum Häuser gesehen, die dieser Vorstellung entsprachen. Tokio schien eine Stadt zu sein, die sich pausenlos neu erfand. Mit der Bemerkung, sie wollte mir die Überraschung nicht verderben, hatte Mia meine Fantasie auf höchste Touren gebracht und dabei nicht bedacht, dass sie mir unter Umständen den Schlaf raubte. Ich stand noch unter Jetlag, mein Gehirn war aus dem Rhythmus gekommen, mimosenhaft empfindlich, und rächte sich mit einem Karussell von Gedanken. Rundherum, immer im Kreis. Es nützte nichts, dass ich mich von einer Seite auf die andere wälzte, Schafe zählte und mir immer wieder sagte, Mensch, schlaf jetzt endlich! Baldrian? Genauso gut hätte ich Daumen lutschen können. Mein Gehirn lief stur und beharrlich Amok. Als ich dann endlich einschlief, war es halb sechs und bald Zeit zum Aufstehen.

»Hoffentlich finde ich den Weg«, sagte Mia, als sie mich nach dem Frühstück abholte. »Ich bin schon lange nicht mehr dort gewesen.«

Die Fahrt mit der U-Bahn dauerte etwa zwanzig Minuten. Hinter den Fenstern zogen dicht gedrängte Mietskasernen vorbei, Parkhäuser, Autoschlangen, Brücken auf Betonpfeilern. Dann erreichte die U-Bahn das Stadtviertel Kanda, ein Name, den man sich gut merken konnte. Wir stiegen aus. Der Bahnhof war klein, dringend renovierungsbedürftig, vorwiegend von älteren Leuten bevölkert. Wir gingen durch eine Einkaufspassage, stiegen – zu Fuß – eine hohe Treppe hinauf, bogen um eine Ecke, dann um eine andere und erreichten in ein paar Minuten eine andere Welt. Von Tokios Verkehrschaos, von der Autobahn, von den Geschäftsvierteln mit ihrem Gedränge trennten uns – Luftlinie – nur einige Minuten, aber hier war ein Ort außerhalb der Hektik, wo die Zeit irgendwann mal zum Stillstand gekommen war. Puppenhäuser aus Holz, Eisenblech und Ziegeln säumten die engen Straßen ohne Gehsteige. Sanft klingelnde Fahrradfahrer – Rentner, Hausfrauen und Schulkinder – kamen uns entgegen oder überholten uns. Die wenigen Autos fuhren im Schneckentempo vorbei, als ob sie hier nur geduldet wären. Gerüche von gegrilltem Fisch, Sojasoße oder Ingwer erfüllten die gewundenen Straßen, die sich unter einem altmodischen Netz von Strom- und Telefonleitungen dahinzogen und den Eindruck einer skurrilen, veralteten Unordnung noch verstärkten. Wir kamen an düsteren Boutiquen vorbei, die Arbeitskleidung und Strickmode aus der Mottenkiste im Schaufenster hatten, an Trödlerläden voller Gerümpel. In Werkstätten waren ältere Männer, ein weißes Schweißtuch um die Stirn, damit beschäftigt, etwas zu zimmern, zu hämmern oder zu nähen. Und Buchhandlungen gab es! Buchhandlungen in Hülle und Fülle, alle klein, antiquiert, vollgestopft bis an die Decke, in denen Studenten in schwarzer Schuluniform, Kaderleute und modische junge Frauen stöberten. Andächtige Stille herrschte. Die Leser standen stumm in einer Reihe, die Nase in irgendeinem Buch versunken. Das Ganze passte überhaupt nicht zu dem, was ich bisher von Tokio gesehen hatte.

Inzwischen ging Mia zielstrebig weiter. Sie wirkte sehr konzentriert, zögerte jedoch nie eine Sekunde. Ihre Augen waren ständig in Bewegung. Bald kamen üppige hohe Baumkronen in Sicht. Das Gelände bildete eine Art grüne Insel inmitten der Stadt. Ein steinerner Torbogen, alt und moosbewachsen, führte zu einem Heiligtum, dessen überlagerte Ziegeldächer kühl und köstlich leuchteten.

»Der *Inari*-Schrein«, sagte Mia. »Wir sind gleich da.«

Ein kleiner Weg, mit Kies bestreut, folgte nach der Tempelanlage. Wir kamen an zwei, drei Häusern vorbei, zweistöckig mit Garagen, die fast das ganze Erdgeschoss einnahmen. Ein Dutzend alter Fahrräder, alle mit Metallkörben, lehnten an den Hauswänden. Ich trabte gehorsam hinter Mia her. Ein Haus im Prager Stil war weit und breit nicht zu sehen; nur diese altertümlichen Bauten, die wie Holzschuppen aussahen, und in denen offenbar Familien wohnten. Wo, um Himmels willen, war ich hier angekommen?

Und tatsächlich gingen wir jetzt auf einen dieser Holzschuppen zu. Ich sah Mia den Schlüssel ihrer Tante hervorkramen und dachte: Das darf doch nicht wahr sein: der Holzschuppen, nur ein Stockwerk hoch, hatte verwitterte Ziegel und war von Büschen umgeben. Ein paar Steinstufen führten zum Hauseingang. Mia steckte den Schlüssel in das Schloss, drehte ihn hin und her. Die Tür blieb hartnäckig zu.

Ich trat neben Mia.

»Kann ich dir helfen?«

»Danke, es geht schon«, sagte sie etwas atemlos. »Das Schloss ist lange nicht mehr geöffnet worden.«

Sie drückte noch einmal, und endlich ging die Tür auf, wobei sie knarrend über den Boden schleifte. Das Erste, was ich sah, war ein kleiner Vorraum. Der Boden war aus altem Gestein, und auf beiden Seiten befand sich ein Holzgestell für die Schuhe. Ein Dutzend graue Filzpantoffel standen auf einem Regal. Mia stieg aus ihren Ballerinen, drehte sie mit der Spitze akkurat zum Eingang. Sie schlüpfte in die Pantoffeln und reichte mir ein zweites Paar, bevor sie in ihrer Handtasche wühlte und eine Taschenlampe zum Vorschein brachte.

»Woher hast du diese Taschenlampe?«, fragte ich überrascht.

»Wir sollten immer eine dabeihaben«, sagte sie. »Du auch, Rainer. Der Strom könnte ja mal ausfallen.«

»Warum?«, fragte ich entgeistert.

»Ein Erdbeben«, sagte Mia. »Stell dir mal vor, wir sind in der U-Bahn, und alles wird dunkel.«

Musste man in diesem Land immer mit solchen Gedanken leben? Ich schob die Horrorvision weit von mir. Inzwischen sagte Mia: »Bleib, wo du bist. Ich muss zuerst Licht machen.«

Ich wartete, während Mia, dem Strahl der Taschenlampe folgend, sich im Inneren des Hauses orientierte. Drinnen war alles stockdunkel, und es roch tatsächlich nach alter Scheune. Ein Gemisch aus Stroh und eingeschlossener Luft. Der Geruch war nicht unangenehm. Offenbar war das Haus mit Tatamimatten ausgelegt. In den Räumen herrschte eine sonderbare Art von Dunkelheit. Ich kam mir vor wie in einem Film. Gleich würde mir jemand an die Gurgel springen oder mich mit dem Messer bedrohen. Und hier sollte ich wohnen? Im selben Augenblick hörte ich ein klackendes Geräusch, und auf einmal ging Licht an. Es kam aus zwei Lampenschirmen an der Decke, viereckig und mit dunklen Holzstäbchen versehen. Solche Lampenschirme hatte ich bereits in schwedischen Möbelhäusern gesehen, wo sie als besonders trendy galten. Mein Geschmack war es nicht, aber diese hier waren offenbar echt. Inzwischen vernahm ich Mias Schritte, die auf den Reismatten federten.

»Es tut mir leid, ich wusste nicht mehr, wo die Sicherungen sind. Das Gas funktioniert auch, jetzt kannst du heißes Wasser haben und die Herdplatte heizen. Ich habe auch gleich die Lüftung angestellt.«

Tatsächlich hörte ich ein leises Summen, das allmählich deutlicher wurde. Ich schaute mich um. Das Erdgeschoss bestand aus einem großen, offenen Raum, der durch Schiebewände aus Holz und Reispapier in einzelne Zimmer abgeteilt werden konnte. Die Wände waren mit einer Art faseriger Seidentapete überzogen, die an einigen Stellen zerschlissen war. Gegenüber der Tür hing ein verblasstes Rollbild, vermutlich im gleichen Alter wie die Frau, die hier gewohnt hatte. Rings an den Wänden standen Kommoden aus dunklem Holz, mit vielen Schubladen und Eisenbeschlägen versehen. Ein altes Klavier, ein Yamaha aus dem Jahr 1952, war ebenfalls vorhanden. Ich hob den Deckel, schlug eine Taste an, dann eine andere. Ein seltsamer Klang – eine leichte Gänsehaut überzog meine Arme. Es war, als ob das Haus aus seinem Dornröschenschlaf erwachte.

»Spielst du Klavier?«, fragte Mia.

Ich nickte, schlug wieder eine Taste an.

»Ja, mein Vater hat es mir beigebracht. Aber ich war überhaupt nicht begabt, und er hatte es bald satt.«

»In japanischen Häusern findest du oft ein Klavier«, sagte Mia. »Klaviere gehören sozusagen zur Standardeinrichtung.«

Ich schloss behutsam den Deckel.

»Es müsste gestimmt werden.«

Es gab auch zwei tiefe Bücherbretter, auf dem einige alte Schmöker aufgestellt waren. Dazu ein niedriger Esstisch mit der offenbar üblichen Wärmekiste. Sie war innen mit winzigen Schubladen versehen, die alle leer waren.

»Was tut man da rein?«

»Ach, Extra-Essbesteck, wenn Gäste kommen, und das Teegeschirr. Im Winter wird da geheizt. Früher mit Holzkohle, aber Tante Azai benutzte einen kleinen elektrischen Heizlüfter.«

Ich war perplex.

»Im Restaurant hatten sie die gleiche Einrichtung. Verbrennt man sich nicht die Füße dabei?«

Mia stemmte die Hände in die Hüften und schüttelte bekümmert den Kopf.

»Mein lieber Rainer, Japaner knien vor dem Tisch und stecken ihre Beine nicht wie unwissende *Gaijin* in die Wärmekiste!«

Der unwissende *Gaijin* entschuldigte sich. Hier war alles sonderbar. Gab es denn keine Fenster? Doch, die Schiebetüren! Es waren übrigens Doppeltüren: innen aus Reispapier, außen aus massivem Holz, zum Schutz gegen stürmisches Wetter und zur Sicherung während der Nacht. Mia war gerade dabei, sie zu öffnen. Die Papierwand glitt mühelos zur Seite. Aber die Schiebetür dahinter klemmte. Ich trat neben Mia, um ihr behilflich zu sein, fand aber nichts, woran ich ziehen konnte.

»Wie macht man die auf?«

»Man muss irgendwo drücken.«

Mia bückte sich und fand die richtige Stelle, etwa zehn Zentimeter über dem Boden.

»Was soll das?«, fragte ich perplex.

Sie sah amüsiert zu mir empor.

»Ein Finger genügt.«

Ich legte den Finger an die Stelle, die sie mir zeigte. Kaum hatte ich gedrückt, als die Schiebetüren sich in Bewegung setzten. Es gab ein lautes Knarren, und Tageslicht fiel in den Raum. Ich war baff.

»Nie gesehen!«, murmelte ich kopfschüttelnd.

»Ein kleiner Trick«, sagte Mia. »Ich werde dir die Stelle markieren.«

»Hier kommt garantiert kein Einbrecher rein«, meinte ich.

Sie nickte.

»Darauf kannst du Gift nehmen!«

Sonderbar war es trotzdem. Immerhin blickte ich jetzt in einen kleinen Garten. Knapp drei Meter dahinter war das Nebenhaus. An den Wänden lehnten Mülltonnen, zersprungene Blumentöpfe und verschiedener Krimskrams. Es gab nur eine Tür und ein einziges Fenster mit blinder Scheibe. Auf Tuchfühlung mit den Nachbarn, dachte ich. Aber rechts und links war die Sicht frei, und ich konnte den Garten mit seinen sauber verschnittenen Sträuchern überblicken. Tante Azais Schreibtisch aus Kastanienholz war so gestellt, dass sie, wenn sich die papierne Schiebetür zur Seite bewegte, dieses Stück Garten übersehen konnte. Hübsch, dachte ich.

»Und wie schließt man?«

Mia legte den Finger an die gleiche Stelle. Die dicken Holztüren hopsten sozusagen zurück. Mia stoppte den Vorgang.

»Tagsüber kann man sie auflassen.«

»Und wenn ich aus dem Haus gehe?«

»Dann schließt du sie. Du hast ja gesehen, es geht ganz leicht.«

»Wer hat das erfunden?«, fragte ich mit zunehmender Verwunderung. Sie lachte.

»Ach, irgendein kluger Kopf!«

In einem Nebenzimmer befand sich ein Hausaltar, eine wuchtige Konstruktion, die fast bis zur Decke reichte. Die schwarze Lackschicht war spiegelblank. Der kunstvoll geschnitzte Innenraum stand leer, die kleinen vergoldeten Türen waren mit weißen Papierstreifen verklebt.

Ich sah Mia fragend an. Sie erklärte mir, dass Verstorbene einen buddhistischen Totennamen erhalten. Der Priester, der die Bestattung leitet, bestimmt den Namen, wobei er die Wesenszüge des Toten so gut es geht in Betracht zieht, und schreibt ihn auf ein besonders kostbares Papier. Das Papier wird dann im Altarschrein aufbewahrt. Während neunundvierzig Tagen zündet die Trauerfamilie täglich kleine Weihrauchstäbchen an und hält eine kurze Andacht. Dann ist die Trauerzeit vorbei.

»Wenn Betagte ihr Haus aufgeben, lassen sie die Totennamen der Familie nie zurück. Im Heim ist in jedem Zimmer ein kleiner Tragaltar dafür vorgesehen.«

»Und warum wurde der Schrein mit Papier verklebt?«

»Um ihn vor der Entweihung zu schützen.«

Ich war nie besonders religiös gewesen, aber solche Dinge leuchteten mir wohl ein. Hermann Hesse hat in einem Gedicht geschrieben, dass kein Mensch den anderen kennt und jeder allein ist. Das stimmte im Prinzip. Aber keiner ist aus der Luft geboren. Man hat ja schließlich Eltern, die sich – in der Regel – Mühe gegeben haben, aus dem brüllenden Windelpaket einen halbwegs brauchbaren Erwachsenen zu machen. Ein bisschen Dankbarkeit *post mortem* konnte nicht schaden.

Mia wies auf zwei alte Fotografien, die in geschnitzten Rahmen an der Wand gegenüber hingen. Die Vergrößerungen zeigten einen Mann und eine Frau im dunklen Zeremonie-Kimono.

»Chimako und Yoshiaki, meine Urgroßeltern. Sie sehen ziemlich steif aus, ne? Aber das verlangte die Konvention.«

Ich hatte Fotos von meinen Großeltern gesehen aus derselben Zeit, Anfang des zwanzigsten Jahrhunderts. Sie hatten fast das gleiche Gesicht, als würden sie an einer Zitrone lutschen.

»Porträtsitzungen waren eine Prozedur!«, sagte ich.

Ich trat näher an die Bilder heran. Chimako war eine klassische Schönheit. Die hohe Stirn, die länglichen Wangen gaben ihrem hell gepuderten Antlitz die Form einer Mandel. Yoshiaki hatte sanfte, nachdenkliche Züge, in einstudierter Strenge erstarrt. Anweisungen des Fotografen: Er sollte sich – bitte schön – als Patriarch in Szene setzten. Das Ergebnis war nur, dass es entnervt wirkte.

»War er der Arzt, der Jan Letzel behandelte?«, fragte ich.

»Ja, ja! Er war ein Idealist. Arme hat er umsonst gepflegt. Dafür nahm er viel Geld von gut betuchten Leuten.«

»Cool!«, meinte ich.

»Soviel ich mich entsinne«, fuhr Mia fort, »sind beide in den Sechzigerjahren gestorben.«

»Wie alt ist eigentlich dieses Haus?«

»Oh, meine Urgroßmutter ist hier zur Welt gekommen!

Man schätzt, dass der Bau aus der ersten Hälfte des achtzehnten Jahrhunderts stammt. Das ist sehr ungewöhnlich, weil Holzhäuser selten so alt werden.«

Gratuliere, dachte ich, und sah mich schon im Geiste meine Notdurft in einem Plumpsklo im Garten verrichten. Das, was an diesem Ort vielleicht das Unwichtigste war, war für mich besonders wichtig und ein solides Argument gegen kunsthistorischen Denkmalschutz.

»Gibt es eigentlich ein Badezimmer? Und eine Küche?«

Mia nickte mir fröhlich zu. Das reine Gewissen stand ihr ins Gesicht geschrieben.

»Tante Azai hat alles neu machen lassen!«

Über die Küche war nichts zu sagen, abgesehen davon, dass die Einrichtung nicht neu, sondern mindestens schon vierzig Jahre alt war. Na ja, Kühlschrank und Gasherd funktionierten. An der Wand war ein billiger Schrank für Vorräte und Geschirr angebracht. Eine Küchenschabe hielt Mittagsschlaf auf einem Regal. Ich erschlug sie kurzerhand, bevor sie richtig wach wurde. Prädestination.

»Oh, ah!«, rief Mia angeekelt.

Ich lächelte sie munter an.

»Und das Badezimmer?«

»Hier!«

Mia zog eine Schiebetür auf. Wie hierzulande üblich, war es zweigeteilt: ein winziges Waschbecken, ein Spiegelschrank und hinter einer trüben Glaswand die Wanne, klein und tief, mit einer Abdeckung aus blauem Plastik, die Schimmel angesetzt hatte. In den abgenutzten Bodenfliesen steckte ein Abflussrohr. Der Wasserhahn ragte direkt aus der Wand. Das Wasser wurde mit einem Boiler geheizt. Nicht viel anders als bei uns in der Nachkriegszeit. Es gab sogar eine Waschmaschine, altmodisch wie alles andere, aber brauchbar. Die Tante dachte praktisch. Die Toilette war ein schlauchförmiger, düsterer Raum hinter einer Tür mit Haken. Vor der Tür standen – ebenfalls verschimmelt – die üblichen Sandalen aus grünem Plastik. Mia warf einen Blick in das WC, rümpfte die Nase und zog an der Kette. Das stehende braune Wasser gurgelte und gluckste.

»Ich werde mir ein Mittel zum Entkalken besorgen«, sagte ich, zog die Tür an der wackeligen Klinke zu und stellte gleichzeitig fest, dass ich innerlich schon darauf vorbereitet war, mich hier einzurichten.

»Und wo ist das Schlafzimmer?«

Mit einer schnellen Bewegung ihres Unterarms strich Mia sich das Haar aus der Stirn.

»Oben.«

»Gehen wir mal rauf?«

Ich sah vor mir eine Tür, die ich öffnete. Dahinter war eine Holzwand, gegen die ich unsanft mit der Nase prallte.

»Au!«

Mia machte ein besorgtes Gesicht.

»Tut es weh?«

Ich schüttelte benommen den Kopf.

»Tut mir leid, ich dachte, das sei eine echte Tür.«

»Moment!« sagte Mia.

Sie tastete mit der Hand über die Holzwand, drückte irgendwo. Die Holzwand drehte sich, gab eine seitliche Öffnung frei. Ich sah eine Anzahl Stufen, die nach oben führten.

»Was um Himmels willen ist das?«

Mia lachte herzlich.

»Eine Geheimtreppe! Kommst du da hinauf?«

Ich steckte den Kopf durch die Öffnung. Der Treppenaufgang war dunkel, eng und steil, ein Zehnjähriger hätte das echt toll gefunden. Ich nicht.

»Warte, lass mich vorausgehen«, sagte Mia. Sie kletterte leichtfüßig die Stufen empor. Ich kroch hinterher mit dem

Gedanken: Was, wenn ich oben schlafe und der Briefträger klingelt? Würde ich ihm auf dem Allerwertesten entgegenschlittern müssen? Wie ich die Lage allmählich beurteilte, stand das Haus unter Denkmalschutz, weil es so verrückt konzipiert war. Immerhin erwartete mich oben eine angenehme Überraschung: Das Schlafzimmer war groß und hell, mit Matten ausgelegt, die nicht im Geringsten abgenutzt waren. Die Ränder aus Goldbrokat zeigten winzige eingewebte Kreise mit einem Blütenmuster. Hübsch!

Mia öffnete einen Einbauschrank, mit faseriger Seide bezogen, der bis an die Decke ging. Der Schrank war innen glänzend poliert und sehr tief, aber leer, bis auf zwei eingerollte Bettmatratzen. Ich schnupperte. Das Bettzeug roch nicht muffig, sondern duftete angenehm nach Heuwiese. Mia nickte mir zu.

»Die Futons waren lange nicht in Gebrauch, aber sie riechen noch gut. Du musst dir nur frisches Bettzeug kaufen und es täglich auslüften.«

Das Zimmer verfügte über ein Fenster, groß genug, damit man die Futons über die Brüstung hängen konnte.

»Wie in Italien«, stellte ich fest. »Du, sag mal, hat das Fenster auch einen Trick?«

Sie schüttelte den Kopf.

»Nein, Tante Azai hat Scheiben anbringen lassen. Aber was du noch wissen solltest …«

Sie sah sich aufmerksam um. Plötzlich ging sie auf eine Wand zu und lehnte sich graziös an die Täfelung. Das Holz knarrte ganz leise und glitt auseinander. Zum Vorschein kam eine enge Türöffnung. Ich dachte, in diesem Haus sind Hinweisschilder erforderlich. Mia blinzelte mir zu.

»Komm!«

Wir zwängten uns seitwärts hindurch. Mia fand einen Schalter, machte Licht.

Ich seufzte.

»War Tante Azais Leben modern?«

»Aber natürlich. Sie lebte nicht hinterm Mond.«

Lebte sie im Hier und Jetzt? Ich hatte da meine Zweifel. Aber vielleicht sollte ich die Absurdität dieses Hauses als jene Authentizität ansehen, von der ein biederer norddeutscher Akademiker nicht die blasseste Ahnung hatte. Sonderbar, dieses Haus! Es war mir nicht geheuer, zog mich aber an. Als ob es nur auf mich gewartet hätte. Was natürlich ein Irrsinn war. Wer, um Himmels willen, wollte in diesem Trickkasten wohnen?

Neugierig krabbelte ich aufwärts, zu zwei winzigen Zimmern, schön mit Tatami ausgelegt und mit schrägen Wänden. Die Deckenbalken hingen tief, aber immerhin konnte ich aufrecht stehen, ohne mir irgendwo den Kopf anzuknallen. Und gleichzeitig war ich irritiert, weil ich nicht ausmachen konnte, wo wir denn eigentlich jetzt waren, bis mir klar wurde, dass sich über dem Schlafzimmer ein ausgeklügelt verschachtelter Dachboden befand.

»Eigentlich hat das Haus ein Stockwerk mehr«, bemerkte ich.

»Richtig«, bestätigte Mia. »Es wurde aber so gebaut, dass man von draußen nichts sieht.«

»Clevere Sache«, murmelte ich, obwohl mir der Sinn noch nicht einleuchtete.

Licht empfing das bauwerkliche Puzzle durch ein Fenster, das mit Reispapier bezogen war, sodass man es kaum wahrnahm. Es sah wie ein Teil der Wand aus. Man musste schon genau hinschauen, um es zu entdecken. Mia ging darauf zu und gab mir ein Zeichen, dass ich es öffnen sollte. Aha, wieder ein Trick! Ich studierte die Sache. Das Papier war auf dünne Stäbchen gespannt. Eine kleine Schiebewand offenbar. Ich zog und drückte vergeblich. Das Fenster blieb zu.

»Hier«, sagte Mia. »Immer nur mit zwei Fingern, nie mit Kraft!«

Ich legte zwei Finger an den Fensterrahmen. Schwupp! Die Schiebewand sprang zur Seite. Mia deutete nach unten. Ich lehnte mich umständlich hinaus und erblickte einen alten Brunnentrog. Ich kalkulierte, dass er sich genau hinter der Küche befand, was ja logisch war. In der Ferne, tief unten, glänzte ein schwarzer Wasserspiegel.

»Siehst du das Loch an der Brunnenwand?«, fragte Mia.

»Wo? Innen oder außen?«

»Innen natürlich.«

Nach längerem Hinsehen entdeckte ich eine dunkle Vertiefung.

»Was ist das?«

»Ein Tunnel. Kannst du dir vorstellen, da hineinzukriechen?«

»Ich? Nie im Leben! Ich würde stecken bleiben.«

»Es sei denn, du lernst, deine Gelenke zu dehnen.«

»Wie im Zirkus?«

»Wenn du es fertigbringst ...«

Mia wies auf eine Art Eisenzange, die neben dem Fenster angebracht war.

»Früher ... ich meine, vor hundert Jahren, hing da ein Sprossenseil. Drohte Gefahr, konntest du an der Außenwand entlang in den Brunnen klettern und dich in Sicherheit bringen.«

»Aha. Aber was, wenn es regnete und das Wasser bis zum Rand stieg?«

»Geheimgänge waren eine Wissenschaft für sich und der Ortskunde angepasst. Dieser Tunnel ist so gegraben, dass er aufwärts führt und Wasser innen abfließen kann.«

»Dann würde ich einfach nur nass?«

»Und dreckig«, ergänzte Mia.

»Und Licht?«

»Gab es nicht. Einfach blindlings Kopf voran und los!«

»Überwindung gehörte wohl dazu«, meinte ich.

»Waren dir Feinde auf den Fersen…«

»Aber nur, wenn sie ganz furchtbar bedrohlich waren. Und wo wäre ich wieder zum Vorschein gekommen?«

»Im Garten vom *Inari*-Schrein. Mit siebzehn hat Tante Azai mal probiert, ob sie durchkam.«

»Hat sie das wirklich gemacht?«

»Es hätte ja sein können, dass der Tunnel verschüttet war.«

»Sportlich!«, murmelte ich.

»Tante Azai war eine Draufgängerin. Es sei allerdings eke-lig gewesen, hat sie gesagt, weil es nach Kanalisation stank. Sie musste sofort ein Bad nehmen.«

Ich traute meinen Ohren nicht.

»Mia, was ist das für ein Haus? Was für Leute wohnten hier?«

Sie lächelte auf besondere Art.

»Hier wohnten Windmenschen.«

»Was sind Windmenschen, Mia?«

»Gleich erkläre ich dir alles«, sagte sie. »Aber es gibt noch Dinge, die du nicht gesehen hast.«

Der Streifzug durch mein zukünftiges Domizil nahm also noch kein Ende. Ich machte mich auf weitere Überraschun-gen gefasst. Wir gingen den schiefen Gang wieder zurück und zwängten uns durch die Tür. Mia löschte das Licht, drückte mit zwei Fingern. Die Öffnung schnellte zurück, fügte sich perfekt in die Täfelung ein. Zu sehen war nichts.

»Gefällt es dir hier?«, fragte Mia heiter.

Ich atmete durch. Was sollte ich sagen? Ich fühlte mich plötzlich unsäglich erregt. Das Haus mit seinen Tricks und Geheimnissen übte eine steigende Faszination auf mich aus. Ich spürte einen starken Wunsch, hier zu wohnen, ja, ich war sogar bereit, auf dem Hintern zu rutschen, wenn ich nachts mal pinkeln musste. Und würde ich mit lautem Krachen eine Bruchlandung hinlegen, käme mir niemand zu Hilfe. Ich hoffte, dass ich es überlebte.

»Interessant«, antwortete ich stoisch.

Wir waren wieder im Wohnzimmer. Mia ging auf das Rollbild zu und hob es leicht zur Seite. Eine kastenartige Öffnung kam zum Vorschein. Dahinter waren wieder diese Stufen, für die sieben Zwerge gemacht. Und wo war Schneewittchen?

Mia hielt das Bild hoch.

»Willst du mal hinauf?«

Schneewittchen war vielleicht oben. Ich steckte den Kopf durch die Luke, die Schultern und der Rest folgten. Ich zog mich hoch und entdeckte einen Raum, mit Matten bezogen, aber so niedrig, dass ich nur krabbeln konnte.

»Du konntest dich hier oben verstecken«, sagte Mia, die hinter mir die Stufen hochgekommen war. »Und gleichzeitig alles mithören, was unten gesprochen wurde.«

»Saß ich nicht in der Falle?«

»Aber nein.« Mia rutschte auf Händen und Füßen zur Wand, klopfte mit den Fingerknöcheln, suchte eine Markierung.

»Hier!«

Schwupp! Wieder glitt eine Tür, dicht am Boden angebracht, zur Seite. Ich musste unwillkürlich an eine Katzenklappe denken und brach in Lachen aus.

»Hätte ich da durchgemusst? Und dann?«

»Dann wärst du wieder im Schlafzimmer gewesen. Im Bettschrank.«

»Wie bitte?«

»Da ist der Ausgang! Du hebst zwei Bretter und steigst aus dem Schrank. Die Geheimtür zum Dachboden kennst du ja. Du machst das Fenster auf und steigst die Leiter hinab.«

»In den Brunnen?«

»Du kannst auch aufs Dach klettern, wenn dir das besser gefällt. Von dort aus springst du auf das nächste Haus…«

»Wäre ich Tarzan, kein Problem!«

»Für dich auch nicht. Du hast ein Seil mit Greifhaken um deinen Gürtel gewickelt.«

»Ach so, ja, ja«, sagte ich. »Ein Seil mit Greifhaken sollte man immer dabei haben.«

»Du wirfst das Seil, schwingst dich aufs nächste Dach. Dann hakst du das Seil gut fest und kletterst die Wand entlang nach unten. Weg bist du!«

»Und alles ohne Lärm?«

»Mucksmäuschenstill. Du hast besondere Fußstutzen, die großen Zehen gesondert, wie die Daumen eines Fausthandschuhs. Fußstutzen gehören noch heute zu unserer traditionellen Kleidung. Sie sind meistens aus weißer oder dunkelblauer Baumwolle. Die für Handwerker und Zimmerleute sind aus ganz festem Stoff. So können sich die Arbeiter am Gebälk festkrallen. Sie benutzen den großen Zeh wie einen Daumen. Das gibt ihnen einen besseren Halt.«

Ich starrte Mia an, und das, was sie sagte, zog vor meinem inneren Auge wie ein Filmstreifen vorbei.

»Was du da erzählst – haben das die Hausbewohner früher alles gemacht?«

»Ich erfinde nichts.«

»Dann stammst du also aus einer Familie von ›Windmenschen‹?«

»›Windmenschen‹ ist der alte Ausdruck. Vielleicht ist dir ja der Name ›Ninja‹ besser bekannt.«

Mir fiel fast die Kinnlade herunter.

»Ich werd' verrückt!«, entfuhr es mir. »Mia, sag bloß, du bist eine Ninja?«

Sie lachte herzlich.

»Nein, überhaupt nicht! Und ich wäre eine katastrophale Ninja gewesen! Aber Tatsache ist, dass ich aus einem Geschlecht von Ninjas stamme und mir sogar etwas darauf einbilde. Und wie eine echte Ninja sich benehmen kann, hast du ja bei Tante Azai erlebt. Sie mag dich, zum Glück.«

»Sie mag mich? Woher weißt du das?«

»Hast du mal ein Krokodil gesehen?«

Ich seufzte.

»Sag mal, wie lange hat sie eigentlich hier gewohnt?«

»Nach dem Tod ihres Mannes noch sechzehn Jahre. Allerdings hat sie einiges geändert. Zum Bespiel hatte man am Eingang eine Falle angelegt. Kamen unerwünschte Besucher, klappten die Bodenbretter auseinander. Darunter war ein Kasten mit spitzen Eisenstangen angebracht. Du kannst dir vorstellen …«

»Echt brutal!«, seufzte ich.

»Die Stangen sind schon lange weg. Tante Azai hat den ganzen Mechanismus sichern lassen.«

»Da bin ich aber beruhigt«, sagte ich.

»Verstehst du, warum man hier ein Museum einrichten will? Solche Häuser gibt es nur noch ganz wenige in Japan. Fast alle wurden im Krieg zerstört. Die meisten, die man heute besichtigen kann, sind Nachbildungen. Sie dienen auch als Kulisse bei Filmaufnahmen. Aber Tante Azai will nicht, dass das Museum entsteht, solange sie noch am Leben ist. Sie sagt, das Haus gehöre der Familie. Sie hält stur daran fest.«

Irgendwie hatte ich Verständnis dafür. Es war ein fremdartiges Haus, voller Rätsel und Geschichten, die alle Impulse, die sie geben konnten, auf geheimnisvolle Art bewahrt hatten. Meine Erinnerung verlor sich bereits in einem Nebeldunst von Erinnerungen, die hundert Jahre alt waren, wanderte auf den Spuren verblichener Gespenster. Mir war inzwischen egal, ob ich hier gut schlafen konnte oder Kopf voran über die Stufen kollern würde. Aber ich wollte in diesem Haus wohnen. Unbedingt.

»Warum wohnst du nicht hier?«, fragte ich Mia. Ich überlegte, ob der Ort ihr wohl unheimlich war. Aber ihr Argument war ein ganz anderes und typisch für sie.

»Nein, für mich und Isao ist das Haus nicht praktisch. Wir müssten alles umbauen, und dann hätten wir die Denkmalpflege am Hals! Aber für Schriftsteller ist das Haus ideal.«

Sie hatte mich richtig eingeschätzt. Für mich war dieses Haus die schiere Wonne. Etwas Sonderbares und Erregendes hatte mich gepackt. Mia sagte die Wahrheit: Architektur ist eine verkünstelte Sprache der Wirklichkeit. Schriftsteller aber leben vom Imaginären. Dieses Haus hütete Geheimnisse, beherbergte Sehnsüchte, erzählte von früher, von unbekannten Menschen und Taten. Und vielleicht konnte ich, in der Stille des Alleinseins, ein Haus aus Worten bauen, in dem ich mein eigenes Geheimnis erkannte?

Ich sagte zu Mia: »Du hast für mich eine wundervolle Wahl getroffen!«

»Nicht wahr?«, rief sie erfreut. »Ich hatte von Anfang an das Gefühl, dass das Haus zu dir passt.«

»Ach, wie kommst du darauf?«

»Weil du ja auch Verstecke in dir trägst.«

Sie hatte leichthin gesprochen, aber es gab mir doch einen Stich. Ich lebte voller Unruhe, was immer Unreife verrät, war aber zynisch geworden und fühlte selber, was mir fehlte. Dabei war ich stets versucht, im Rückzug die Lösung zu suchen. Als Modell hehrer Männlichkeit konnte man mich wohl nicht empfehlen. Ich war eher eine Flasche. Zu meiner Verteidigung könnte ich sagen, dass Männer geübt darin sind zu entwischen. Aber Mia konnte ich nichts vormachen.

»Und Fluchtwege?«, fragte ich rau.

Ihr Lachen blieb wie ein Schatten an ihrer Wange.

»Ja, auch Fluchtwege.«

Warum war ich nach Japan gekommen? Was suchte ich eigentlich? Vielleicht nur die reale Widerspiegelung meiner unsichtbaren Gedanken, damit ich mich endlich lebendig und wertvoll fühlte? Mia konnte so was nicht passieren: Sie legte Markierungen auf ihren Weg, die Gebäude, die sie entwarf, trugen eindeutig ihren Stempel. Sie kannte nicht dieses Gefühl, umsonst zu leben.

Ich nickte langsam.

»Ich glaube, ich kenne mich noch nicht sehr gut.«

Ihre schönen blanken Augen ließen nicht von mir ab. Sie antwortete erstaunlich ernst.

»Du wirst schon aus dir schlau werden.«

Ja, und dann flogen wir aufeinander zu, ich kann es nicht anders ausdrücken. Ich begann sie zu küssen, sie lehnte an dem Tisch, der später mein Schreibtisch werden sollte. Ich streichelte sie unter ihrem Blazer, ließ die Ärmel über ihre schlanken Arme gleiten. Darunter hatte sie nur ein T-Shirt an. Ich spürte ihre Schultern, ihre zarten Brüste, ihre biegsame Taille. Ihr Gesicht war leicht gerötet, ihre Augen schienen dunkler, mit einem fast melancholischen Blick. Meine Wangen und mein Ohr prickelten, als sie zart mit der Hand darüberstrich und ich ihren feinen Duft nach Maiglöckchen spürte. Meine Hand wanderte zu ihrem Nacken unter dem Haar, tasteten über ihre Kopfhaut. Sie schlang ihre Arme um meinen Hals und brachte mich fast aus dem Gleichgewicht. Ich hielt sie fest, hakte den seitlichen Verschluss ihrer schwarzen Businesshose auf. Das Einzige, was sie darunter trug, war ein winziges Etwas aus schwarzer Spitze, das ich langsam hinabschob und über ihre Schenkel gleiten ließ. Sie öffnete mit beiden Händen den Reißverschluss meiner Cordhose. Ihre Finger fanden ihren Weg durch den Schlitz in meiner – zum Glück sauberen – Unterhose. Ich stieg hinaus, so gut es ging, zog meinen Pullover über den Kopf. Eine Sekunde später lagen unsere Kleidungsstücke auf der Tatamimatte. Ich drehte Mia um, packte ihr Gesäß, teilte die beiden Hälften so weit wie möglich. Ich fühlte mich hinreißend prall und fest, schob mich tiefer und tiefer in sie hinein. Sie beugte sich weit über den Tisch, stützte sich mit beiden Armen ab, und jede geschmeidige Bewegung ihrer schön gerundeten Hüften sandten genüssliche Schauer über meinen Unterleib. Ich spürte ihre lebendige Gegenwart so stark und nahe, unsere Bewegungen waren so perfekt aufeinander abgestimmt, dass sie nahezu Traumgestalt annahmen. Ineinanderverschlungen, drängten wir auf eine gemeinsame Ekstase zu. Ich wühlte mich tiefer und härter in sie hinein, bis sich ihr Becken ruckartig bewegte. Sie schrie leicht auf, schlug mit den Fäusten um sich, und mir ging die Luft aus, bevor ich entkräftet über sie fiel. Dann lagen wir da, schlaff und ausgelaugt und keuchend wie Ertrinkende, mit dem Oberkörper auf Tante Azais Schreibtisch. Ich rieb meinen Mund an ihrem Nacken und küsste ihn, bis sich unser Atem allmählich beruhigte. Dann wandte sie sich schwerfällig um, und ich half ihr, sich aufzurichten. Wir sahen einander an, rot im Gesicht und ein wenig betreten.

»Komisch, was das Haus mit dir macht«, brach Mia endlich das Schweigen.

Ich grinste, gespielt zerknirscht.

»Ich weiß selber nicht, was über mich gekommen ist.«

»Das sind die Windmenschen, die sich bemerkbar machen.«

»Auf diese Art?«

»Weißt du eine bessere?«, fragte sie.

»Nein, eindeutig nicht!«

Wir starrten einander an, bevor wir beide in Gelächter ausbrachen. Verrücktheit war etwas Neues für mich. Ich hatte mich noch nie so frei gefühlt. Mia streckte die Hand nach ihrer Beuteltasche aus, ich reichte sie ihr, und sie brachte ein dünnes Päckchen Papiertaschentücher zum Vorschein, mit dem wir uns abtupften, bevor wir uns auf den Weg ins Bad machten, uns nass spritzten und gegenseitig abtrockneten. Nachdem ich die Toilette benutzt hatte (die Spülung funktionierte einwandfrei), fand ich Mia, wie sie in ihrem schwarzen Höschen auf und ab spazierte und aufmerksam auf die Tatamimatten schaute.

»Was suchst du?«

»Sperma«, sagte sie. »Ich hoffe, wir haben keine Flecken gemacht.«

Ich bückte mich.

»Hier! Aber nur ein kleiner. Ist das schlimm?«

»Vielleicht freuen sich die Ahnen darüber.«

»So, so!«, sagte ich. »Und Tante Azai?«

»Wir wissen ja nicht«, sagte sie heiter, »was sie in ihrer Jugend so alles getrieben hat.«

Ich tupfte den Flecken behutsam ab, bevor ich nach meiner Unterhose griff.

Das war sozusagen unsere Hauseinweihung.

17. Kapitel

Mia und ich besorgten Geschirr, Bettzeug und verschiedene Dinge, die man im Haushalt so brauchte. Wir kauften nur wenige Möbelstücke; es war ja fast alles vorhanden. Ich erstand zwei Sessel, eine große Leselampe und eine Kommode für das Schlafzimmer (an Tante Azais wuchtigen Erbstücken wagte ich mich nicht zu vergreifen). Schon am nächsten Tag wurden die Möbel geliefert. Ich holte meinen Koffer, stellte alle Bücher akkurat in die Regale. Unter Tante Azais Rollbildern wählte Mia ein Motiv aus, das der Jahreszeit entsprach – rosa Päonien – und stellte ein paar Blütenzweige in die Vase. Alles sah jetzt total gestylt aus. Gegen Mittag traf auch Isao ein. Als er aus seinen Schuhen stieg, sah ich, dass er, offenbar in neckischer Stimmung, hellblaue Socken mit kleinen Hasen trug. Isao half mir, die neu erstandene Kommode auseinanderzunehmen und über die »Katzentreppe« nach oben zu befördern, was sich als schwierige Zentimeterarbeit erwies. Er wurde in seinen Bemühungen von einem jungen Menschen in weißen Jeans unterstützt, dessen rotes T-Shirt prachtvoll zu den dunklen Locken passte. Der junge Mann führte den klangvollen Namen Masahiro Oda spazieren, lächelte entzückend und sprach kaum ein Wort.

»Großartig!«, sagte ich zu Isao, als er mit Hilfe seines stummen Begleiters die Kommode wieder fachgerecht zusammengesetzt hatte. »Du machst wirklich alles gut und richtig.«

Isao wandte mir sein schönes Jesusgesicht zu.

»Danke. Aber nicht immer.«

»Warum bist du eigentlich Pilot geworden?«, fragte ich.

»Ach, mich interessierte das. Ich hatte schon als Kind diesen Wunsch, vielleicht vergleichbar mit dem Wunsch eines verwöhnten Jungen nach einem Kaschmir-Sweater. Ich wollte Kurse in Flugtechnik nehmen.«

»Und deswegen bist du zur Armee gegangen?«

Er nickte.

»Da fliegt man kostenlos und wird gut ausgebildet. Die Instruktoren sind nicht versnobt und machen auch nicht viel Wind um ihr Fachwissen.«

»Ist es schwierig, einen Hubschrauber zu steuern?«

Er lachte und schüttelte den Kopf.

»Will ich meine Kaffeemaschine zum Laufen bringen, habe ich mehr Mühe. Im Hubschrauber kann ich mich auf die Instrumente verlassen. Es ist eher unwahrscheinlich, dass ein bestimmtes Teilchen kaputtgeht. Aber die verfluchte Kaffeemaschine streikt, sobald ich sie mit bloßen Händen berühre.«

»Und wann sitzt du am Steuer?«

»Immer wenn wir ein Hochhaus bauen. Der Hubschrauber gehört dem Konzern. Eine Leasing-Maschine. Steht das Haus, kann ich auf dem Dach landen und brauche keine Treppen zu steigen. Und bin ich von Zeit zu Zeit in der Luft, kann ich vermeiden, ständig übel gelaunt dreinzuschauen.«

Die Männer waren mit einer Riesenportion Sushi gekommen, die wir nach getaner Arbeit in bester Laune verzehrten. Dabei machte sich Masahiro in der Küche zu schaffen, brühte grünen Tee auf und bediente uns sehr geschickt. Vor der englischen Sprache schien er einen heiligen Horror zu haben. Richtete ich das Wort an ihn, sah er regelrecht belämmert aus. Isao blinzelte mir zu.

»Mach dir nichts draus. Er bildet sich nur ein, dass sein Englisch ungenügend ist.«

»Das ist mir egal. Ich bin Deutscher.«

Ein kleiner Wortwechsel folgte. Dann sagte Isao zu mir:

»Masahiro meint, dass er wohl mit dir Deutsch sprechen kann.«

»Na, dann aber los!«

Ich sah Masahiro an, der sich einen gewaltigen inneren Ruck gab.

»Guten Tag, wie geht es Ihnen?«, fragte er feierlich und in perfekter Aussprache.

»Oh, das hört sich aber gut an!«, rief ich. »Waren Sie in einem Sprachlabor?«

Der junge Mann senkte höflich die Augen.

»Nein, ich habe es mir selbst beigebracht.«

»Mit einem Lernprogramm?«

»Nein, mit Grimms Märchen.«

»Wie bitte?«

»Sie wissen schon: Hänsel und Gretel gingen in den dunklen Wald. Ich habe alles auswendig gelernt …«

Als sich beide verabschiedet hatten, sagte ich zu Mia: »Ich finde deine Landsleute außergewöhnlich, so voller Überraschungen. Wer ist dieser Masahiro eigentlich? Ein Freund oder ein Verwandter?«

»Ach«, sagte sie heiter. »Isao lebt im Augenblick mit ihm zusammen. Ich weiß nicht, wo er ihn aufgegabelt hat. Ich frage ihn auch nicht, solange er nicht von selbst davon redet. Er hat eine gute Aussprache, ne?«

»Es hört sich an wie Rilke: ›Du bist die sanfte Abendstunde, die alle Dichter ähnlich macht …‹ Großer Gott! Wenn ich nur wüsste, ob er mich versteht. Sobald ich in normaler Sprache mit ihm rede, antwortet er immer daneben …«

Mia brach in Lachen aus.

»Ja, das kann ich dir auch nicht sagen. Aber mir gefällt er. Hoffentlich hält die Beziehung.«

»Ich dachte, dass Isao eine Frau hatte …«

»Ja, Keiko. Aber sie waren nicht verheiratet. Das ist so mit Isao. Er kann sich nicht entscheiden, was er lieber mag, Frauen oder Männer. Das wechselt ständig bei ihm. Masahiro ist viel netter als Keiko, die eine Tussi war.«

»So so«, sagte ich amüsiert.

»Bei uns stört sich niemand daran. Das ist Privatsache. Und in Deutschland?«

»Tja«, meinte ich. »Heutzutage eigentlich auch nicht mehr. Das ist Privatsache.«

»Früher galt die Ehe bei uns als gesellschaftliche Verbindung«, sagte Mia. »Und in Deutschland?«

»Auch. Protestanten, Katholiken und Juden heirateten unter sich, sonst ging die Welt unter. Dazu kamen Standesdünkel und Vermögensunterschiede. Man nahm am besten einen Bankkredit auf und wanderte nach Kanada aus. Da war man fortschrittlicher.«

Mia verzog das Gesicht.

»Bei uns mischte sich der ganze Familienrat ein. Großeltern, Onkel und Tanten, Neffen und Nichten, alle! Was unbedingt stimmen musste, war das gesellschaftliche Umfeld. Deswegen gab es ja die *O Miai,* die sogenannten ehrenwerten Begegnungen.«

»Was ist das?«

»Eine altmodische Form der Partnervermittlung. Die Kandidaten wurden auf Herz und Nieren geprüft. Elternhaus, Studium, Vorlieben, Abneigungen, Kleider- und Schuhgröße.«

»Auch, ob die Braut noch Jungfrau war?«

»Aber nein. Das war Privatsache.«

»Sieh mal an, da war man großzügiger als bei uns.«

»Wir legen den größten Wert auf unser Privatleben«, sagte Mia. »Die heutige Form von *O Miai* kostet Nerven und Geld, ist aber der letzte Rettungsring für Herzen in Not.«

»Oh je, gibt es die noch?«

»Mehr als du denkst. Die jungen Leute leben ja noch oft bei den Eltern, auch wenn sie längst im Berufsleben sind. Sie finden nach Büroschluss das fertige Essen vor, und Mama kümmert sich um die Wäsche. Das erzieht sie nicht gerade zur Selbstständigkeit.«

»Gehört Beischlaf auch zum Privatleben?«

»Aber sicher. Man will doch keine Katze im Sack. Dafür gibt es Love Hotels. Das sind Stundenhotels für höhere Ansprüche. Die Kandidaten sagen den Eltern, dass sie für das Wochenende einen Ausflug planen. Und alle wissen Bescheid.«

»Drum prüfe, wer sich ewig bindet…«

»Genau. Sind beide zufrieden, besuchen die *Nakôdo* – die Vermittler – abwechselnd jede Familie und leiten die nötigen Gespräche ein. Danach wird geheiratet. *O Miai* ist eben doch sehr praktisch«, schloss Mia ihre Ausführungen. »Für die Weihnachtskuchen, meine ich…«

»Wie bitte?«

»Bist du über dreißig und unverheiratet, wirst du Weihnachtskuchen genannt.«

Ich seufzte.

»Ein Stück, das übrig bleibt, also? Schon etwas angeknabbert?«

Sie verstand die Anspielung sofort, lachte und biss mir ins Ohrläppchen.

»Schmeckt aber noch lecker!«

Die Art und Weise, wie Mia mich in die – zugegeben – recht komplizierte japanische Denkungsweise einführte, fand ich grandios. Sie nahm den Dingen jede Strenge, was mir bemerkenswert erschien in Anbetracht dessen, was ich von Deutschland her gewöhnt war. Bei Mia war nichts ausgeschlossen. Ich musste stets auf Neues gefasst sein.

Sie hatte gesagt, dass sie die erste Nacht mit mir in meinem neuen Zuhause verbringen wollte. Für alle Fälle, meinte sie.

»Man kann nie wissen, was den Ahnen in den Sinn kommt. Du musst das verstehen. Ein *Gaijin* im Haus, das ist neu für sie.«

Sie hatte ihre Toilettensachen dabei, Zahnbürste, Föhn und alles, was sie brauchte.

»Keine Knoblauchzehe?«, fragte ich.

Sie lachte.

»Die Wahrscheinlichkeit, dass Knoblauch die Geister abschreckt, ist sehr gering.«

Die *Ninja* kannte ich nur aus amerikanischen Filmen, die ja nicht zum intellektuell höchststehenden Kulturgut gezählt werden konnten. Hierzulande waren sie unter dem Namen *Shinobi* – die »Sich-Einschleichenden« bekannt. Aber sie selbst, unter sich, bezeichneten sich als »Windmenschen«. Das war auch der Ausdruck, den Mia benutzte. Sie waren in Alt-Japan die Geheimagenten. Während die Kriegerkaste – die Samurai – an starre Verhaltensmuster von Kampf und Ehre gebunden war, richteten sich die »Windmenschen« stets nach dem Unvorhergesehenen. Ihre Blütezeit erlebten sie im fünfzehnten Jahrhundert, in der Zeit der *Sengoku*, der »kriegführenden Staaten«, in der sich die verschiedenen Feudalherren erbitterte Machtkämpfe lieferten. Mia meinte allerdings, dass es »Windmenschen« schon viel früher, im vierzehnten oder sogar schon im zwölften Jahrhundert, gegeben habe. Die berühmtesten kamen aus der Provinz Iga und der angrenzenden Gegend von Koga. Mias Familienname stammte von dort. Hier lebten die Sippen seit Menschengedenken, webten untereinander komplizierte Beziehungsnetze und stellten sich als Söldner in den Dienst der »Shogune«. Unter der Tokugawa-Regierung im siebzehnten Jahrhundert wurde ihr Handwerk eingeschränkt, doch gab es sie immer noch.

Dann – in den Zeiten der Meiji-Restauration (1868) – stiegen die »Windmenschen« zu neuem Ruhm empor, indem man sie als Helden zahlreicher Legenden, Theaterstücke und Literaturwerke einsetzte.

Mia sprach über ihre Ahnen in belustigtem, nachsichtigem Ton, doch nach meiner Begegnung mit Tante Azai glaubte ich zu verstehen, dass mit der Sorte nicht gut Kirschen essen war. Und es mochte ja sein, dass Mia mir nicht alles sagen wollte.

Ich war also im Wohnsitz eines alten Geheimbundes gelandet. Das war erregend genug, um mich am Schlafen zu hindern. Dazu wurde ich den Eindruck nicht los, dass es im Haus rumorte. Ich hatte mich nie zu den metaphysischen Menschen gezählt, und mein Draht zum Übersinnlichen war lose, aber Mias und Isaos Theorie, derzufolge ein Haus für seine Bewohner eine Art erweiterten Körper darstellt, war keineswegs nur eine Gedankenspielerei. Häuser vermitteln eine Erinnerung. Sind die Häuser alt, bewahren sie – in einem Anderswo, das ganz nahe ist – die Spuren ihrer Geschichte. Wenn man anfängt, so zu denken, kommt ein ganz schönes Narrentheater zusammen. Ich hatte das sonderbare Gefühl, mich mitten in einem Gehirn zu befinden, mit seinen Labyrinthen und Windungen. Das Gefühl war neu, aber nicht unangenehm. Auch die Stimmung dieses merkwürdigen Hauses konnte ich verstehen; mir war, als befände ich mich an einem Ort, den ich in meiner Kindheit gekannt und wieder vergessen hatte. Und später in der Nacht, zwischen Schlaf und Wachen, sah ich Mias helles Gesicht in der Dunkelheit, von schwarzem Haar umgeben. Ihre Worte kamen von weither, als hörte ich sie im Traum.

»Du kannst ganz beruhigt sein. Die Geister mögen dich.«

Ihre warme Hüfte war eng an meine gepresst. Ich streichelte sie in traumhaft gelöster Zärtlichkeit.

»Mmm … Wie kommst du darauf?«

Sie lachte leise an meiner Schulter.

»Oh, sie hätten dir längst zu verstehen gegeben, dass du hier unerwünscht bist, wenn es so gewesen wäre.«

»Wie?«, fragte ich.

»Auf verschiedene Arten. Durch besondere Geräusche, Worte oder Berührungen, etwas, das gesehen oder gehört werden kann.«

Offenbar liebten die Geister unverantwortliches Verhalten. Es sah so aus, als ob meine Verrücktheiten ihnen gut gefielen.

»Ich habe nichts gesehen, nichts gehört.«

»Nein.«

Ich umfasste sie mit beiden Armen.

»Und? Darf ich jetzt hier wohnen?«

»Das darfst du. Du hast ja schon die Miete für sechs Monate im Voraus bezahlt.«

Mit wachem Verstand hätte ich unser Gespräch als völlig unrealistisch taxiert. Aber ich war im Halbschlaf. Und wusste gleichzeitig, dass ihre Worte meine innere, unformulierte Frage beantworteten. Die Frage nämlich: Warum fühlte ich mich in diesem verrückten Haus so verdammt wohl? Alles mündete in einem zentralen Punkt in meinem Kopf, verloren zwischen tausend anderen Punkten. Im Inneren gab es dort einen Kern, den Mittelpunkt eines unbekannten Universums, dessen Anfang und Ende ich nicht kannte. Und trotzdem war ich glücklich. Sehr glücklich.

»Da kann ich ja ruhig schlafen«, sagte ich.

Mit diesen Worten zog ich entspannt die Beine an, drückte meine Knie eng in Mias gelockerte Kniekehlen und schlief sofort ein.

18. Kapitel

Mia hatte eine Sitzung im Büro und verließ mich gleich nach dem Frühstück. Ich breitete die Bettmatratzen zum Auslüften aus und brachte die Küche in Ordnung. Und beschloss gleichzeitig, Japanisch zu lernen. Dass es dringend wurde, merkte ich, als ich den Kopf aus der Schiebetür steckte (Mia hatte einen kleinen Klebstreifen angebracht, damit ich wusste, wo ich sie zu öffnen hatte) und ich im Abstand von etwa drei Metern die komplette Nachbarsfamilie erblickte. Alle standen in Reih und Glied, Vater, Mutter und drei Kinder in Schuluniform, und verneigten sich im Takt. Sie hatten gemerkt, dass sie einen neuen Nachbarn hatten, und wollten ihn offenbar willkommen heißen.

Ich erwiderte die Verneigungen, grinste einfältig dabei, weil ich nicht wusste, was ich sagen sollte. Eine Weile ging das so hin und her, bis die Kinder kicherten und die Mutter mit präzisen Gesten alle vorstellte. Aha. Ich hatte es also mit der Familie Yoshimura zu tun. Ich stellte mich ebenfalls vor:

»Rainer Stockborn.«

»Oooh! Lainer Steckboln!«, riefen meine Nachbarn unisono. Worauf Herr Yoshimura mir die Hand schüttelte und in sonorem Englisch »*Glad to meet you*!« ausrief.

Und das war alles. Wir standen uns eine Zeit lang hilflos grinsend gegenüber, bis die Yoshimuras Abschied nahmen, indem sie die Arme im Takt von einer Seite auf die andere bewegten und ich es ihnen gleichtat. Dann traten sie, immer noch winkend zurück, und ich wischte mir den Schweiß von der Stirn. Wer in dieses Land kam, war selber schuld. Ich musste unbedingt Japanisch lernen. Bald nämlich hörte ich eine freundliche Mädchenstimme, die vor der Schiebetür ein paar Worte rief, die ich später als »Verzeihung, darf ich stören?« identifizierte. Durch das Moskitogitter sah ich das älteste der Yoshimura Girls: Makiko, die mir schüchtern einen Teller mit zwei reifen Pfirsichen überreichte. Ich dankte gerührt. Und da ich keine Ahnung hatte, was von mir jetzt erwartet wurde, ging ich in die Küche, holte einige von meinen mitgebrachten Aachener Printen und legte sie als Gegengabe auf den Teller, was die rotwangige Makiko in Entzücken versetzte. Sie verneigte sich hektisch, bevor sie mit wippendem Matrosenkragen zurück in ihr Haus stürmte.

Als Mia später anrief, erzählte ich ihr die kleine Begebenheit.

»Das hast du richtig gemacht«, sagte sie. »Bei uns gibt man einen Teller niemals leer zurück. Aber hast du ihn vorher auch abgespült?«

In Japan lag der Teufel im Detail. Ich gestand beschämt meine Vernachlässigung.

»Die Printen waren ja in Zellophan eingewickelt.«

»Trotzdem!«

»Ich hoffe«, seufzte ich, »dass ich keinen entsetzlichen Fauxpas begangen habe.«

»Immerhin spüren die Yoshimuras deinen guten Willen.«

Ich erklärte Mia, dass ich unbedingt und sehr schnell Japanisch lernen wollte. Mia suchte mir die Adresse einer Sprachschule heraus. Ich schrieb mich ein, und zwei Tage später belegte ich schon meine ersten Kurse. Die Schule befand sich in einem Betonklotz im Viertel Shinjuku, der schon einige Jahrzehnte stand und nur funktional zu sein hatte. Der tägliche Unterricht dauerte sechs Stunden, mit einer kurzen

Mittagspause. Danach gab es Hausaufgaben. Das Lehrerpersonal – Männer und Frauen mittleren Alters – führten ein hartes Regime. Da sie nur zu ihren Stunden erschienen – pünktlich auf die Minute zwar –, sich aber gleich danach aus dem Staub machten, kam ein vertrauter Umgang gar nicht erst auf. Die Studenten, die meist aus Ländern stammten, in denen der Unterricht weniger streng war, vertraten die Meinung, hier herrsche ein unvernünftiges Maß an Strenge und konservativer Gesinnung. Mir machte das nichts aus – ich war ja schließlich hier, um zu lernen. Ich drückte also die Schulbank mit einigen Amerikanern – die recht clever und eigentlich sympathisch waren, obwohl ich mich an ihrem Mangel an guter Form störte. Sie waren zu direkt und ich zu hölzern. Meiner Ansicht nach mussten sie noch dringender als die japanische Sprache etwas von der japanischen Höflichkeit lernen. Die Lehrkräfte übersahen geflissentlich ihre Schnoddrigkeit, machten lediglich ein saures Gesicht. Die Koreaner und Chinesen lernten schnell und zielstrebig, waren humorvoll und freundlich, blieben aber unter sich. Wir hatten auch einen Südafrikaner und drei Krankenschwestern aus Malaysia. Diese hatten ihre Köpfe in weiße Baumwolle eingewickelt und sahen genau so aus – dachte ich politisch höchst unkorrekt –, als kämen sie selbst aus der Unfallstation (Gehirntrauma oder Schädelbruch). Und dann waren da noch zwei Argentinier aus der Automobilbranche, die heftig diskutierend lautstarke Gespräche führten, nicht über Reifen oder Motoren, sondern über einheimische Politik. Der eine war rechts-, der andere linksorientiert, sie stritten unentwegt, lernten aber trotzdem – so ganz nebenbei – Japanisch. Und sie waren es, die die beste Aussprache hatten.

Inzwischen schickte mir eine entzückende Mexikanerin mit Namen Beatriz de la Cruz, Auszubildende im Hotelmanagement, telepathische Botschaften durch den Schulraum.

Ihre Glutaugen waren voller Verheißung, ihre Amphorenhüften ein echtes Naturwunder, aber irgendetwas an ihr ließ mich an Tanja denken, und da war ich dauergeschädigt. Sie merkte recht bald, dass sie bei mir nicht landen konnte, und machte sich an den Südafrikaner heran, der sein erstes Jahr im diplomatischen Dienst absolvierte und die Morgenröte einer steilen Karriere vor sich sah.

Nach soundso vielen Tagen beherrschte ich ein Mindestvokabular und war in der Lage, ein paar Sätze zu stammeln – eine phonetische Akrobatik mit lächerlicher Bauchlandung, wenn man Vokale oder Konsonanten falsch betonte. Was die Schrift betraf, baute mein Gehirn Muskeln auf. Neben den Buchstabenzeichen *Kanji* bestanden die zwei Alphabete *Katakana* und *Hiragana* aus jeweils sechsundvierzig phonetischen Symbolen. Man musste das alles mixen, bis man eine einigermaßen korrekte Formulierung zustande brachte, ein herrlicher Denksport für Tüftler, die den Kopf prall gefüllt mit mehr oder weniger nutzlosem Wissen hatten. Fing ich erst mal an zu üben, war ich stundenlang damit beschäftigt.

In Japan waren die Jahreszeiten ausgeprägter als bei uns. Ich genoss den späten November, der jeden Garten in einen Herbsttraum verwandelte. Unser europäisches Laub zeigte selten so viel Violett und Rot, so viel Karneol und Kupfer. Öffnete ich am Morgen meine Schiebetüren, wehte ein Goldregen hinab, überzog die lila Blüten der Herbstzeitlosen, blieb an den dunkelgrünen Nadeln der Zwergkiefern hängen. Am tiefblauen Himmel drehten die Krähen ihre schreienden Runden. Und täglich frühmorgens erschien Herr Yoshimura, schlurfte mit einem Gartenschlauch oder einer gelben Gießkanne in der Hand von einem Strauch zum anderen. Wir begrüßten einander, wechselten ein paar Worte über das Wetter. Herr Yoshimura meinte, dass ich Fortschritte in Japanisch machte. Bemerkenswert, sagte er. Ich bedankte mich, wie es sich gehört. Wir verneigten uns höflich voreinander, bevor jeder zufrieden seinem Alltag nachging.

Seit zwei Wochen hatte Mia in wirklicher Eile und offensichtlicher Wut eine neue Wohnung gesucht. Es widerstrebte ihr, in den gleichen vier Wänden zu bleiben, die sie mit ihrem Ex geteilt hatte. Diese Wände waren ihr zuwider. Jetzt war ein Apartment im gleichen Hochhaus frei geworden, in dem auch Isao wohnte und das er selbst konzipiert hatte.

»Der Besitzer wollte die Wohnung verkaufen, er fand sie zu klein. Für mich sind fünfzig Quadratmeter gerade richtig. Isao hat alles in die Wege geleitet. Ein Glücksfall, ne?«

Eins–zwei–drei, ein sauberer Schlussstrich, das passte zu Mia, während ich nach wie vor mit einem Zipfel gefühlsduseliger Nostalgie an meiner Wohnung in Hamburg hing. Das war nur noch feige, und feige Typen konnte ich im Prinzip nicht ausstehen. Wahrscheinlich war ich schizophren.

Das neue Wohnviertel hieß Chiba, direkt am Meer. Ich erfuhr, dass man schon vor Jahren den Meeresboden aufgeschüttet hatte, um neues Land zu gewinnen. Jetzt waren autofreie Straßen angelegt worden, mit eleganten Baumbeständen und kleinen Felsengärten mitten im Stadtteil, kunstvolle Kreationen von Linien und Farben. Das Viertel lieferte großzügigen Raum für eine experimentierfreudige Architektur, wobei ich zugeben musste, dass sich die Gebäude, groß oder klein, harmonisch ihrer Umgebung anpassten. Das Hochhaus, das Mias Wohnung beherbergte, war ein überdimensionaler Glaskasten, der auf wuchtigen Stützpfeilern etwas isoliert stand und einer diagonalen Skulptur glich, die von Weitem gesehen schief in der blauen Luft hing, ein gleichzeitiges Verankertsein und Schweben. Das ganze Gebäude erstrahlte nobel im silbernen Licht, eine ultramoderne, zweifellos bemerkenswerte Wohnmaschine. Doch als

Mia beiläufig wissen wollte, was ich von der Schöpfung ihres Bruders hielt, fiel mir eine schlaue Antwort auf Anhieb nicht ein. Im Grunde hatte ich etwas gegen schräge Gebäude.

»Typisch Isao«, meinte ich. »Er hat sich ganz schön ausgetobt.«

Sie lachte.

»Die Wohnungen waren im Nu verkauft. Es gab eine Warteliste. Alle, die es sich leisten können, wollen an der *Waterfront* leben. Die Lage ist einfach die beste.«

Worauf ich mir kleinkariert und banausisch vorkam, weil ich ihre Begeisterung nur bedingt teilte und immer wieder an ein riesenhaftes Motorboot erinnert wurde, das hochgeschleudert und schief in der Luft gestrandet war und mir irgendwann mal auf den Kopf krachen würde. Vermutlich hatte ich da ein Problem.

Lautlos öffneten sich die Glastüren der Eingangshalle. Wir gingen über gletschergrünen Granit. An der Wand hing eine monumentale Skulptur aus versilbertem Stahl. Ein Kranich, sagte Mia. Ich nickte brav. Auf den ersten Blick war das nicht ersichtlich. Hinter einer Theke thronte ein Concierge in marineblauer Uniform, der beflissen grüßte. Der Lift öffnete sich in der Eingangshalle, und der warme Duft von synthetisch hergestelltem Zedernholz strömte uns entgegen. In ein paar lautlosen Sekunden brachte uns der Fahrstuhl ins achtundzwanzigste Stockwerk. Ein dichter blauer Spannteppich federte angenehm unter unseren Füßen. Mias Wohnung bestand aus zwei kleineren Räumen, perfekt durchdacht, formvollendet und wirklich schön, mit erlesenen Materialen, Parkett und Tatamimatten im Schlafbereich. Die Kochnische war blitzblank und aufgeräumt, nichts fehlte. Auch die Nasszelle, wie üblich durch eine Glaswand in zwei geteilt, war perfekt durchdacht: eine tiefe Sitzbadewanne, ein elegantes Lavabo-Ensemble aus rosa Marmor, ein raumhoher Spiegel.

»Welche Frau will schon ihre Falten sehen?«, meinte Mia. »Rosa ist eine sehr schmeichelhafte Farbe.«

Ich betrachtete mein Gesicht in der Spiegelwand, rosa angehaucht und zehn Jahre jünger.

»Gefällst du dir?«, fragte Mia.

Ich grinste mir einfältig zu.

»Es reißt mich aus meiner Vorstellung heraus, die ich von mir selbst habe.«

»Und wie findest du die Wohnung?«

»Puristisch und radikal«, sagte ich. »Und wie gemacht für Leute, die Angst vor Botox haben.«

Sie lachte.

»Etwas protzig, ne?«

Ich fragte sie, wozu sie denn bitte so viel arbeitete und Überstunden machte, wenn sie sich nicht einmal eine schicke Wohnung gönnen sollte.

Sie zog eine kleine Grimasse.

»Bescheiden, bescheiden, nichts zu machen. So war das bei uns in der Familie. Man wollte nicht auffallen, das war genetisch bedingt.«

»Wieso genetisch?«

»Eine Sache der Tarnung«, meinte sie. »Aber Isao und ich schlagen aus der Reihe. Dazu kommt mein Ordnungsfimmel. Ich will die Dinge permanent unter Kontrolle haben. Darum koche ich auch nicht. Rühre ich eine Soße an, wird die Pfanne schmutzig. Und sie glänzt doch so schön, solange sie neu ist.«

»Wir haben alle unsere Neurosen.«

Ein gläserner Balkon verlief rund um die Wohnung. Mia öffnete die Schiebetür. Wir traten nach draußen. Das Motorboot hing in gewaltiger Höhe über dem Meer, das ganz nahe war, eine dunkelblaue Fläche, mit leichten Schaumkronen. Größere und kleinere Schiffe glitten vorbei wie Spielzeuge.

Die Luft war scharf und schmeckte nach Salz. Ich spürte eine leichte Gänsehaut und verschränkte fröstelnd die Arme.

»Abends wird es schnell kühl«, sagte Mia, die auch nur ein dünnes T-Shirt anhatte.

Wir traten wieder nach innen.

»Kaffee?«, fragte Mia.

»Ja, gerne.«

Die Gänsehaut war mir geblieben, ein klammer Hauch auf beiden Armen. Mia stellte die Kaffeemaschine an, ein Knopfdruck nur, setzte Baumkuchen auf den niedrigen Tisch. Baumkuchen gibt es nur in Deutschland, hatte ich bisher gedacht. Ich irrte mich, es gab ihn auch in Japan. Ich blickte konzentriert umher. Viel Harmonie sah ich in dieser Wohnung, und auch eine Art gut gehütete Einsamkeit. Und die nächste Frage, die ich stellte, war sehr spontan und gar nicht so absurd, wie ich sie eigentlich empfand.

»Du hast was hinter dir. Ich auch. Aber könntest du dir vorstellen, mal mit mir zusammenzuleben?«

Sie sah mich überrascht an.

»In dieser Wohnung?«

»Es muss nicht unbedingt sein«, sagte ich leichthin.

Sie brachte die gefüllten Tassen, Zucker, Milch, setzte sich neben mich und antwortete mit großer Offenheit und Wärme.

»Ich weiß es nicht, Rainer. Wie könnte ich es wissen? Es ist noch zu früh. Ich habe vier Jahre lang mit einem Mann gelebt, und am Ende war es nur noch ein Horrortrip. Ein Mann, der mir von morgens bis abends auf die Füße trampelt – sorry, das ertrage ich einfach nicht. Als Teenager hat mich das gestört, sehr sogar. Ich fühlte mich so anders. Am Ende aber habe ich mich damit abgefunden. Vielleicht bin ich gefühlskalt?«

Was sie gesagt hatte, klang wenig ermutigend. Trotzdem

erwiderte ich: »Deine Diagnose ist falsch. Du bist sehr sachlich und willst nicht, dass jemand dein Leben durcheinander bringt. Was du brauchst, ist ein Rückzugsgebiet. Hier oben fühlst du dich sicher. Aber das könnte eine Illusion sein. Es ist schon seltsam, dass du es nicht merkst.«

Sie versteifte sich ein wenig.

»Wie meinst du das?«

»Na ja, bei deinen Erbanlagen ...«

Sie rieb ihren schlanken Nacken an meiner Hand.

»Ach, was ist mit meinen Erbanlagen?«

Ich redete vorsichtig um den heißen Brei herum. Um Himmels willen sollte mein Ton nicht dozentenhaft klingen.

»Die sind von Spuren geprägt, über die es sich nachzudenken lohnt. Wäre ich Psychoanalytiker und nicht Kunsthistoriker, könnte ich dir eine fertige Antwort liefern. Aber so ...«

»Da deine Spezialisierung nicht klar umrissen ist, solltest du es zumindest versuchen.«

Ich schüttelte den Kopf mit düsterer Bestimmtheit.

»Ich bin eine verkrachte Existenz.«

»Nun komm schon«, sagte sie heiter, »kaum jemand merkt eine Ungenauigkeit.«

»Doch, du merkst sie.«

»Los, sprich weiter.«

»Iss deinen Baumkuchen, während ich rede.«

»Mach weiter!«, sagte sie mit vollem Mund.

»Also gut, ich bin vielleicht auf eine dumme Art ehrgeizig, aber ich versuche es auf die andere Tour, achte auf nichtverbale Zeichen und Verhaltensformen. Das kann unter Umständen sehr aufschlussreich sein. Das Haus zum Beispiel, in dem ich wohne ...«

Sie wirkte leicht überrumpelt.

»Tante Azais Haus?«

Ich musste meine Gedanken loswerden, aber nicht alles auf eine blöde Art mischen. Obwohl ich ziemlich nervös war, nahm ich bedächtig einen Schluck Kaffee.

»Ja. Das Haus wurde von Leuten konzipiert, die ständig in einer Defensive lebten. Es ist ein Haus voller Verstecke und Fluchtwege.«

Sie nickte höflich und hielt die Bemerkung, dass sie es ja war, die mir alles gezeigt und erklärt hatte, taktvoll zurück. Es war ihr ein bisschen peinlich. Mir auch. Ich gab mir einen Ruck.

»In dieser Wohnung hier hast du nur wenige. Oder überhaupt keine.«

Sie machte ein erstauntes Gesicht.

»Was willst du damit sagen?«

»Nur, dass du bei Gefahr hier nicht so schnell rauskommen würdest, wie du reingekommen bist. Was, wenn der Fahrstuhl stecken bleibt? Stell dir mal vor, achtundzwanzig Etagen zu Fuß! Und irgendwo brennt es oder es ist stockdunkel.«

Sie fand mein Argument etwas seltsam, aber nicht weiter schlimm.

»Warum sollte der Fahrstuhl stecken bleiben?«, fragte sie sachlich.

»Wegen eines Stromausfalls.«

»Und warum sollte Feuer ausbrechen?«

Ich kam mir zunehmend idiotischer vor.

»Ein Kurzschluss oder Ähnliches.«

Sie schüttelte den Kopf.

»Wir haben einen Generator. Das ganze Gebäude wird elektronisch gesteuert. Unser Computer wurde programmiert, die kleinste Störung wahrzunehmen und in Gedankenschnelle auf jede Veränderung zu reagieren. Du solltest dich mal im Computercenter im fünften Stock umsehen.

Wenn du willst, zeige ich es dir mal. Ich habe einen Schlüssel. Du würdest fasziniert sein und dir überhaupt keine Sorgen mehr machen.«

»Je komplexer ein System ist, desto näher steht es dem Chaos«, dozierte ich, um meine Scharte auszuwetzen.

Sie lachte und nahm es als Witz.

»Du, das klingt sehr nach Aldous Huxley! Mach dir keine Gedanken. Der elektronische Standard ist so hoch, dass eigentlich nichts passieren kann. Darum reden wir ja auch von ›intelligenten Gebäuden‹. Ich glaube, mittlerweile sind sie sogar intelligenter als wir.«

»Das mag schon sein«, erwiderte ich kleinlaut.

Ihr Glaube an die Errungenschaften unserer neuen, schönen Welt war durch nichts zu erschüttern. Weil ich ihr nicht als wurmstichiger Kleinbürger auf die Nerven gehen wollte, schuldete ich ihr eine Erklärung.

»Hör mal, ich habe kein Elfter-September-Syndrom. Es ist nur wegen dem, was du mir über die ›Windmenschen‹ erzählt hast.«

»Ach so.«

Sie sah mich perplex an; der Zusammenhang war ihr nicht klar. Hier kam sie mit ihrer pragmatischen Vernunft nicht weiter.

»Sie waren immer auf dem Quivive, hast du gesagt. Aber die Zeiten ändern sich. Die Menschen werden plötzlich unachtsam. Gegner könnten das ausnutzen.«

Jetzt verstand sie mich überhaupt nicht mehr.

»Von welchen Gegnern redest du?«

Ich erwiderte schnell, dass ich das alles nur symbolisch meinte. Weil man doch tendenziell dazu neigte, die Erfahrungen der Alten nicht mehr zu beachten. Und weil das ja auch irgendwie normal war. Die Jungen wollten ihre eigenen Vorstellungen verwirklichen, und die Alten waren gekränkt, weil die Jungen ganz radikal das Gegenteil des Überkommenen machten.

»Redest du jetzt von Tante Azai?«, fragte Mia.

Ein kleines Lächeln stand in ihrem Gesicht. Zum Glück glaubte sie nicht, dass ich eine Meise hatte. Aber ich war noch nicht fertig und sagte mit Nachdruck: »Ganz besonders von Tante Azai.«

In mir entwickelten sich verschiedene Gedankenstränge, in denen die unverwüstliche Tante ihre Rätsel vernagelt hielt. Das war das Großartige an ihr, dass sie einfach nur im Raum saß und die Zeit an sich vorbeiziehen ließ.

»Ich sehe schon«, sagte Mia.

Ich seufzte innerlich auf. Nein, sie sah gar nichts. Trotz ihrem Scharfsinn deutete sie das, was ich ihr zu sagen versuchte, permanent falsch. Kein Wunder, war ich ja selbst kaum in der Lage, das, was ich empfand, in Worte zu fassen. Das Haus war doch wirklich schick und völlig in Ordnung. Wie formuliert man ein Gefühl jenseits eines Gefühls? Lieber Rainer, das wird gar nicht so einfach sein, würde es Mutter überspitzt formulieren.

Ich blickte Mia zärtlich an. Das sinkende Licht beleuchtete ihr Gesicht, zeigte die edel geformten Knochen, die hohe Stirn. Ein energisches Gesicht, sehr erotisch und von scharfer Intelligenz geprägt. Und trotzdem gab es diese Dinge, die sie übersah. Das wusste ich so sicher wie sonst nichts. Aber welche Dinge? Hätte sie mich jetzt danach gefragt, wäre ich nicht imstande gewesen, ihr eine klare Antwort zu geben. Ich kam mir sehr hohlköpfig vor. Sie war eine vernünftige Frau, ich redete dummes Zeug, und sie hatte wahrhaftig viel Geduld mit mir.

»Über die Tante würde ich wirklich gerne mehr wissen«, sagte ich, scheinbar beziehungslos, und weil ich es auch so empfand. »Kannst du sie nicht mal zum Reden bringen?«

»Man bringt Tante Azai nicht zum Reden.«

»Ist sie wirklich so stur?«

»Ich glaube, es ist eher eine Gewohnheit von ihr. In alten Zeiten war es wichtig, seine Gedanken für sich zu behalten.«

»Und was noch?«

»Was noch?«

»Mich würde interessieren, wie es früher war.«

»Vor hundert Jahren, meinst du?«

»Nein, noch früher!«

Sie lachte ein wenig, entspannte sich.

»Ach, das kann ich dir sagen. Also, vor dreihundert Jahren, da konnte man im feudalen Japan nicht kommen und gehen, wie man wollte. Wir hatten eine dualistische Regierungsform. Der Kaiser galt als zu heilig, um sich mit schmutzigen Kriegsgeschäften zu befassen. Er verwaltete auch nichts mehr. Er war ein Symbol, und fertig. Symbole haben nichts zu sagen, sie haben nur zu sein. Es war der militärische Lehnsadel, der im Namen des Kaisers regierte und dabei trivial an den eigenen Profit dachte.«

»Wie überall auf der Welt, ach ja, ach ja.«

Sie nickte und sprach weiter.

»Jeder Fürst hatte sein Heer und natürlich auch seine Geheimagenten. Weil alle Provinzen ihre Grenzen abgeriegelt hielten, gab es nur wenige Berufsstände, die sich frei bewegen durften: Ärzte, Apotheker, Hebammen und Masseure, die meistens blind waren. Diese waren entweder blind geboren, oder man hatte ihnen als Kriegsgefangenen die Augen ausgestochen.«

»Warum mussten Masseure blind sein?«

»Weil sie schöne Frauen und attraktive Männer berührten. Sie sollten nicht in Versuchung geraten.«

»Logisch!«, seufzte ich.

»Auch Musiker, Schauspieler, Puppenspieler, Wanderpriesterinnen und Bettelmönche zogen frei umher. Und, siehst du?, viele dieser Leute, die man nicht zu den Bürgerlichen und auch nicht zu der Kriegerkaste zählen konnte, waren ›Windmenschen‹. Wir entzogen uns der landesüblichen Rechtsprechung, immer geschickt an der Illegalität vorbei. Wir waren auch nicht durch strenge Sitten- und Ehrenkodexe gefesselt. Jeder Clan hatte seine eigenen Losungsworte, seine besondere Zeichensprache. Wir standen im Dienst der Fürsten. Bezahlten sie uns gut, war auf uns Verlass. Säbel durften wir nicht tragen, das war das Vorrecht der Kriegerkaste. Wir hatten andere Waffen, die unauffällig und wirksam waren. Und die Apotheker und Heiler wussten, welche Pflanzen dem Leben und welche dem Tod dienten.«

Auch die Borgia trugen Ringe mit Gift, das sie ihren Feinden in den Weinkelch träufelten. *Che vino é generoso* … und der Feind verschied unter furchtbaren Verrenkungen! In diesen vermeintlich wilden Zeiten agierte man noch fantasievoll, auch wenn unlängst der bulgarische Geheimdienst mit vergifteten Schirmspitzen gefuchtelt hatte. Heute war ja alles scheinheiliger. Herr Nobel kam in den Himmel, weil er zuerst den Sprengstoff erfand und gleich danach den Friedenspreis stiftete. Der mit Vorliebe jenen Politikern verliehen wurde, die sich Herrn Nobels Erfindung einst ausgiebig zunutze gemacht hatten.

»Morden ist keine Kunst mehr«, monierte ich düster. »Nur noch Industrie und Showbusiness. Ach ja, ach ja!«

Dass Mia sich nicht ablenken ließ, hatte etwas Behagliches an sich. Ihre Stimme klang nach wie vor ungerührt.

»Innerhalb der ›Windmenschen‹ gab es Hierarchien. Die niedrigste Rangstufe bekleideten die Schauspieler, die höchste die Ärzte. Aber da waren noch andere Rangfolgen. Ganz oben stand die Priesterkaste, korrupt bis in die Knochen, aber unantastbar. Und fast gleichrangig waren die

Zimmerleute. Früher kannte man in Japan keine Architekten. Alle traditionellen Wohnhäuser waren aus Holz. Die Zimmerleute bauten jedes Gebäude mit eigenen Händen. Der Meister war zugleich der Architekt. Und so ist es auch nicht weiter verwunderlich, wenn mein Vater stolz auf seine Ahnenreihe blickte. Er sah sich nicht als einziger Mensch, sondern als Teil der langen Kette von Vorfahren. Sie waren die richtigen Künstler, sein Großvater und sein Vater waren es auch noch. Und das, was er selbst machte, war vergleichsweise unzureichend.«

»Urteilte er da nicht zu hart?«

»Er wählte die Ahnen als Vorbild und war von sich selbst enttäuscht. Er sagte, er sei nur ein Schatten, ohne feste Form.«

»Wie meinte er das?«

»Er hatte ein Problem mit seinem Image. Nach abgeschlossenem Ingenieurstudium hatte er sich vom Innenministerium ködern lassen. Straßenplanung und Parkanlagen, solche Sachen. Er bezog ein gutes Gehalt, aber es wurmte ihn noch im Nachhinein. Bis die Entwürfe zum Einsatz kamen, vergingen unter Umständen Jahre. Dazu musste er sich an das Konkordat halten. Vater war permanent frustriert. Er nannte die Beamten ›Fossile‹ und gehörte selbst dazu. Er hatte eine starke Seele: Sogar in seinem Humor klang immer eine Spur von Selbstverachtung, wusste er doch nur zu gut, dass es kein Zurück gab. Die Kette war zerbrochen.«

»Seit wann?«, fragte ich.

»Um ganz genau zu sein, seit 1868, als Kaiser Mutsuhito ins Wespennetz griff und die Umwandlung Japans in ein modernes Industrieland einleitete. Wir nennen diese Periode ›Schlossuntergang‹. Die Shogune wurden abgesetzt. Die Aristokraten verloren ihre Privilegien und ihr Vermögen. Sie mussten ihre Dienerschaft entlassen. Aber die Dienstboten gehörten zur Familie und weigerten sich zu gehen. Und so lebten alle in Armut, litten mit trockenen Augen und lachten diskret, auch wenn sie am Verhungern waren.«

»Warum ergriffen sie keinen Beruf?«

»Dazu waren sie nicht fortschrittlich genug. Sie hatten ja nicht einmal die Schule besucht. Dutzende von Privatlehrern hatten sie in Schönschrift, in Dichtkunst, in den feierlichen Gebräuchen der Teezeremonie oder in anderen geistbildenden Beschäftigungen unterrichtet. Was sollten sie damit anfangen? Sie waren auch viel zu versnobt, um zu ertragen, dass Leute aus niedrigerem Stand – aber mit Universitätsabschluss – sie herumkommandierten. Es gab Aristokraten, die ihre Schlösser in Brand steckten, damit sie nicht Spekulanten in die Hände fielen – die ihnen viel Geld dafür gezahlt hätten! Andere verübten Selbstmord, um den Geist der Vorfahren nicht zu blamieren. Sie waren ganz einfach in die falsche Zeit geraten. Der Qualm der Fabriken verpestete die Luft, die Hässlichkeit der Industrie griff um sich. Die Aristokraten waren Träger einer höchst verfeinerten, aber nicht mehr erwünschten Kultur. Sie hatten ausgedient. Die ›Windmenschen‹ auch. Ihre Erfahrungen waren nutzlos geworden. Aber sie sind nicht vergessen. Immer wieder kommen sie in der Literatur vor, in den Filmen und im volkstümlichen Theater. Oder als Comic-Figuren in den Mangas, die jeder in der U-Bahn liest. Dazu kam noch, dass nach dem Zweiten Weltkrieg die Amerikaner etwas aus Japan mitnehmen wollten. Sie fanden die ›Ninja‹ recht lustig und machten aus ihnen amerikanische Actionhelden. Es gab sogar die ›Ninja-Schildkröten‹! Tante Azai fühlte sich sehr beleidigt. ›Was fällt diesen Leuten alles ein!‹ Ihr waren solche Persiflagen zuwider. Es lag ihr viel daran, die Fabel zu bewahren.«

Es kann ja sein, dachte ich, dass die Fabel nicht abgeschlossen ist. Noch hatte ich den Inhalt nicht begriffen, nichts sah ich vor mir, nur lose geheftete Bruchstücke. Tante Azai hütete ein Geheimnis. Aber ich wusste nichts von den Gestalten, die das Geheimnis ins Leben gerufen hatten. Es war in Tante Azai verborgen, und sie lebte durch diese inwendige Kraft.

Inzwischen war es dunkel geworden. Durch die gläserne Haut der Fenster funkelten Lichter wie ferne Sternenhaufen, und die Scheinwerfer der Schiffe zogen phosphoreszierende Pinselstriche durch die Finsternis. Mia hatte zu viel geredet, sie war müde und erstickte ein Gähnen. Ich küsste sie, und sie schlang beide Arme um meinen Hals, dann um meine Hüften. Liebe ist etwas sehr Einfaches, fast Banales. Aber kann ein Geheimnis angesichts der Liebe noch irgendeinen Wert besitzen? Und so sprachen wir nicht weiter darüber, nicht an diesem Abend und auch nicht in dieser Nacht.

19. Kapitel

Mutter hatte bisher nur spärliche Lebenszeichen von mir erhalten. Es wurde Zeit, dass ich mich mal wieder vor den Computer setzte.

Du willst wissen, wie es mir geht und wie ich mich in Japan zurechtfinde. Ich will dir zunächst von Mia erzählen – das interessiert dich gewiss am meisten.
Du weißt, dass ich mich schon lange nach einer selbstständigen Frau sehnte. In dieser Hinsicht lässt Mia keinen meiner Wünsche offen. Sie ist so unabhängig, dass ich mich gelegentlich frage, ob ich nur die Perlenbrosche an ihrem Designerblazer bin. Ich finde das nicht hart, sondern erholsam. Wir machen beide unseren Kram, und wenn es geht, sind wir zusammen. Sie hat im Augenblick viel zu tun, weil sie an einem aufwendigen Bauprojekt arbeitet. Aber wir telefonieren täglich, schreiben uns SMS und sehen uns abwechselnd in meinem Spukhaus oder in ihrer Glaswohnung im achtundzwanzigsten Stockwerk, die mir aus undefinierbaren Gründen ein wenig unheimlich ist. Aber wahrscheinlich habe ich Vorurteile, und es tut hier auch nichts zur Sache. Ich glaube, es ist der französische Dichter und Kriegspilot Saint-Exupéry, der geschrieben hat: »Verliebe dich nur in eine Frau, die dein bester Freund sein könnte, wenn sie ein Mann wäre.«
Nun, Mia könnte durchaus mein bester Freund sein. Sie

jammert mir nichts von zehrender Liebe vor, aber noch im Schlaf versucht sie immer wieder, einen Teil der Decke über mich zu ziehen, damit ich nicht friere. Einfach rührend. Nach der zu kurzen Nacht und nach allem, was dazugehört, wache ich auf, komme mir schäbig und unrasiert vor, gedankenlos, primitiv und verschlafen. Sie jedoch, duftend, mit frisch gewaschenem Haar, hält mir liebevoll eine heiße Tasse Kaffee unter die Nase, küsst mich, sagt Tschüs und Bis bald, schlüpft in ihre Ballerinas und schwebt davon. Woher nimmt sie die Nonchalance, so unbekümmert in den Alltag zu verschwinden, meine Anwesenheit zu ignorieren, als ob ich überhaupt nicht wichtig sei? Als ich sie einmal darauf ansprach, gab sie mir folgende – entzückend romantische – Erklärung: Zur Heian-Zeit, ungefähr vor tausend Jahren, gab es besondere Verhaltensregeln für Männer, die nachts eine Dame besuchten: Sie hatten bei Tagesanbruch zu verschwinden, aber auf so diskrete und elegante Art, dass sie in der kommenden Nacht mit Sehnsucht wieder erwartet wurden. Dabei vertritt Mia die Meinung, dass die Methode heutzutage durchaus auch für Frauen gilt. Tatsächlich kommt mir oft in den Sinn, wäre es nicht so absurd, ihr Verhalten als »ritterlich« zu bezeichnen. Mias kleine Aufmerksamkeiten gehen ihr locker von der Hand, sind bei ihr lediglich eine Frage des Taktes und fordern als Gegengabe die gleiche Höflichkeit. Und so erzieht sie mich. Ich lerne fortwährend dazu.

Ich denke, dass der Wunsch, einen vollkommenen Partner zu finden, nicht narzisstisch im üblichen freudianischen Sinne ist. Ist die Grundlage jeder Liebe und jedes Verlangen nicht ein Streben nach dem Ganzen? An dieser Stelle höre ich dich geradezu lachen. Du würdest mir jetzt sagen, dass jeder er selbst und der andere ein anderer ist. Meinetwegen. Aber gewähre mir immerhin diese Suche nach dem

Ähnlichen. Und in Mia finde ich zumindest die Andeutung einer Ergänzung. Aber vielleicht bilde ich mir das nur ein. Jetzt etwas anderes. Ich habe dir schon von der Drachentante erzählt, die hundertacht ist, noch kein Gebiss trägt, und vor der ich auf den Knien rutschen musste, bevor ich in ihr Haus einziehen durfte. Merkwürdig, dass ich mich in diesem Haus so wohlfühle. Hier riecht es geradezu nach Verschwörung und Hinterhalt, aber in der allgegenwärtigen Feuchtigkeit Tokios riecht sogar die Vergangenheit muffig. Die Gespenster sind mottenzerfressen. Sie jagen mich jedenfalls nicht aus den Fenstertüren, die ich sowieso nur öffnen kann, wenn ich zwei Finger an die richtige Stelle lege. Und wie bringst du das fertig, wenn ein Gespenst hinter dir geifert? Nein, nein, zu mir ist das Haus ausgesprochen freundlich. Was nun die Frage betrifft, ob ich meine Arbeit hier vertiefen kann … Ich fühle mich dazu noch nicht in der Lage. Es ist nicht eine Frage von soll ich oder soll ich nicht? Mein Computer blickt mich erwartungsvoll an. Ich sage zu ihm auf Japanisch: »Chotto matte kudasai« (Warte bitte noch ein wenig!). In mir ist etwas am Gären, aber ich muss noch Geduld haben. Japan ist bizarr. Auf der einen Seite total fremd, auf der anderen vertraut. Ich spaziere durch Tokio wie durch ein exotisches Hamburg. Exotisch nur dadurch, dass die Bewohner anders aussehen, eleganter, gepflegter. Hier ziehen sich die Leute gerne gut an; geben auch viel Geld für Klamotten aus. Am Wochenende nehmen sie es lockerer, aber nach wie vor mit Stil. Die Straßen sind sauber, in den Parkanlagen wuseln permanent irgendwelche älteren Leute mit weißen Handschuhen und Schirmmütze, die unentwegt fegen und harken. Jedes Papierchen wird sorgfältig aufgespießt. Mia sagte, das seien Rentner, die ein paarmal in der Woche eine sinnvolle Beschäftigung in frischer Luft suchen. Tokio ist eine Stadt, die vor Sauber-

keit glänzt. Chaoten werden streng an ihre Bürgerpflicht erinnert. Wer sprayt, muss die Wand sauber machen oder den Anstreicher aus eigener Tasche bezahlen. In der schönen Jahreszeit übernachten die Penner draußen, verstauen bei Sonnenaufgang ihr Zeug in Einkaufstaschen, legen ihre Kartons in akkurate Schichten, falten ihre Decken akribisch zusammen. Jetzt im Winter sind die Nächte kalt. Die Polizei bringt die Penner in Sammelstellen, damit sie nicht erfrieren. Sehen sie zu dreckig aus, stellt man sie »manu militari« unter die Dusche, untersucht sie nach Läusen und schrubbt sie ab. Dann gibt man ihnen neue Kleider, ein paar Mandarinen noch dazu und setzt sie wieder in freier Wildbahn aus. Hygiene muss sein. Und so läuft alles wie am Schnürchen. Das Nachtleben ist schwer pornografisch, aber, wie Hans Albers es zu Großmutters Zeiten sang: »Das kann doch einen Seemann nicht erschüttern.« An der Reeperbahn tut sich schließlich auch was. Nichts Neues also unter dem Neonhimmel. Die Politik, fragst du. Das übliche demokratische Wischiwaschi, mit dem gravierenden Unterschied, dass sich die Abgeordneten für jeden Fauxpas mit zutiefst zerknirschter Miene entschuldigen ... bevor alles wieder von vorne losgeht! Sind Wahlen, fahren die Abgeordneten in zumeist gelben Wagen durch die Straßen, machen durch Lautsprecher und mit viel Musikgeschmetter Versprechen, die sie nicht halten werden. Der Bürger, der genau im Bilde ist, hört eine Weile gelangweilt zu, bevor er unbeteiligt davongeht. Japan hat, wie du weißt, eine Kaiserdynastie, die ihre Abstammung direkt von der Sonnengöttin ableitet. Früher waren diese Herrscher – Männer oder Frauen – Hohepriester und politische Machthaber in einem. Die Funktion änderte sich im Laufe der Jahrhunderte. Die Militärmacht drängte den kaiserlichen Hof buchstäblich hinter die Wolken mit der respektvollen Bitte, diejenigen,

die das Land regierten, nicht zu stören. Sie haben trotzdem mitgemischt, der verstorbene Kaiser überstand tief beleidigt die Niederlage im 2. Weltkrieg, worin er, wie inzwischen bekannt, seine Hand im Spiel hatte. Heutzutage gehört das unentwegt sanft lächelnde Kaiserpaar zur hiesigen Landschaft. Beide sind klein gewachsen, bescheiden, wie silbrig überpudert, ihre Schritte und Bewegungen scheinen wie im Zeitlupentempo aufeinander abgestimmt. Sie haben eine sehr herzliche Art zu sprechen, zeigen echtes Interesse und echte Teilnahme. Man mag beide gut leiden.
Du willst ferner wissen, ob Tokio ein gefährliches Pflaster ist. Ich kann dich beruhigen: Das Risiko, auf offener Straße überfallen und ausgeraubt zu werden, ist geringer als vergleichsweise in Hamburg. Taschendiebe gab es bis vor Kurzem so gut wie keine. Dafür hat jede japanische Großstadt ihre Mafia, die sie in Filmen und Krimis sattsam verherrlicht. Die Yakuza erkennst du von Weitem: Wet-Frisuren, schwarze Anzüge, rote Polopullover oder eng anliegende Hemden. Dazu mehr Goldschmuck als die Sizilianer. Sie blicken grimmig in die Welt und sind vom Scheitel bis zur Sohle tätowiert, was aussieht, als wären sie mit Blaubeermarmelade verschmiert. Das organisierte Verbrechen kontrolliert Spielhöllen, Kasinos und Pachinko-Hallen, Pferderennen, Bordelle, gewisse Imbissstuben und Autowerkstätten. Sie mischen sich auch – mit hohen Schmiergeldern – in die Politik ein. Was ihnen nicht in den Kram passt, ist, dass sie neuerdings von allen Seiten Konkurrenz haben: die koreanische Mafia, die chinesischen Triaden, alle illegal eingeschleust. Sie kommen auch mit einem Touristenvisum, machen regelrechte Razzien in Kaufhäusern und verlassen das Land, beladen mit reicher Beute. Die Yakuza sind schockiert, weil die Neuankömmlinge auch bei alten Leuten einbrechen, sie misshandeln und ausrau-

ben. Oder die Eisendeckel der Kanalisationen bei Nacht und Nebel losschrauben und stibitzen. Eisen ist im Ausland eine schöne Stange Geld wert. Und so kommt es, dass spät heimwärts eilende Salarimänner oder Schulkinder in die klaffenden Löcher fallen. Die Yakuza finden das fies. Sie werfen den Eindringlingen einen akuten Mangel an Moral vor und ballern sie aus ihrem Revier. Tokios Nächte sind voller zuckender Blaulichter und grausig heulender Sirenen. Die Polizei erscheint am Tatort, sobald alles vorbei ist, und markiert den Asphalt mit Kreidestrichen, insgeheim froh darüber, dass die Yakuza mit Menschenrechten nichts am Hut haben und die dreckige Arbeit für sie erledigen. Die durchlöcherten Leichen sieht man dann zur Abschreckung in der Tagesschau. Das alles nimmt der Bürger zumeist unbeteiligt wahr. Wer nicht zum Milieu gehört, spaziert – außer, wenn er großes Pech hat – unversehrt durch den Kugelhagel. Die Yakuza fühlen sich als Beschützer der Armen und Schwachen. Deswegen sieht man sie an Feier- und Markttagen, wie sie, immer noch mit Gold behangen, Garküchen aufstellen und Nudelsuppe verteilen. Du brauchst dir also keine Sorgen zu machen. Japan gilt noch heute als eines der sichersten Länder der Welt.

Was sonst noch? Das Essen ist köstlich, immer frisch zubereitet. Wer nie in Japan war, hat keine Ahnung von Sushi, tut mir leid. Kulturell gibt es alles hier, was man sich wünschen kann: das neueste Filmangebot, die besten Konzerte, eine sehr lebendige, schrille Tanz- und Theaterszene, tolle Jazzcafés, Kunstausstellungen, die erst Monate später nach Europa kommen. Ein herrlicher, kaum zu bewältigender Überfluss. »Paris ist ein Fest«, schrieb Hemingway in den frühen Dreißigerjahren. Nun, ich könnte heute, im Jahr 2010, »Tokio ist ein Fest« schreiben. Alles ist überdimensional, vielfältig, einfach unwiderstehlich.

Und was sonst noch? Ach ja, die Sprache! Die japanische Sprache ist eigentlich gar nicht so schwer, wobei der Akzent eher südeuropäisch klingt, sodass ich permanent das Gefühl habe, unter Leuten zu leben, die ein Italienisch sprechen, das ich nicht verstehe. Ein Merkmal, das sich noch verstärkt, wenn ich die vielen regionalen Dialekte einbeziehe, die sogar für Mia – wie sie sagt – gelegentlich unverständlich klingen. Dazu gibt es eine Männer- und eine Frauensprache – die Sprache wird einfach anders verwendet und – wen wundert's – die Frauensprache hört sich eleganter an. Die japanische Sprache kennt auch keine Fürwörter; diese werden durch Adjektive ersetzt. Und die japanische Schrift ist auch ein Kapitel für sich, eines der bedeutendsten und faszinierendsten Schriftsysteme, die je entwickelt wurden. Bedenken wir, dass bei uns das Alphabet aus sechsundzwanzig Buchstaben besteht, das die Erstklässler mühsam lernen, müssen wir zwangsläufig zugeben, dass jedes japanische Schulkind als Genie gelten kann! Obwohl nach dem Krieg die japanische Schrift einer umfassenden Reform unterzogen und vereinfacht wurde, erwartet man hierzulande von Jugendlichen, dass sie nach der Oberschule rund zweitausend Schriftzeichen beherrschen. Akademisch Gebildete kennen wohl einige tausend Zeichen mehr sowie das Fachvokabular ihrer Studienrichtung. Und inzwischen beherrscht dein lieber Sohn nicht mehr als eine formelle Liste von etwa achtzig Schriftzeichen – er befindet sich also ungefähr auf dem Niveau eines einheimischen Zweitklässlers.
Das rückt die Sache ins richtige Licht. Bescheidenheit ist eine japanische Tugend. Ich muss noch üben.

20. Kapitel

Im Dezember erlebte ich ein paar neue Überraschungen, hatte ich doch an Weihnachten überhaupt nicht gedacht. Hierzulande war Weihnachten amerikanisch-kitschig: Santa Claus überall, dickwanstig und im Coca-Cola-Ornat oder im Schlitten, von unjapanischen Rentieren gezogen. »Jingle Bells« und »White Christmas« an jeder Straßenecke, in der U-Bahn und in jedem Warenhaus. Bing Crosby und Frank Sinatra lieferten sich, über die Jahrzehnte hinweg, ihren unsterblichen Schmalzlieder-Contest. Ich bevorzugte Sinatra, mit dieser leichten Ironie in der Stimme. Crosby nahm seine Sache allzu ernst. Weihnachten, da gab es nichts zu lachen. Ach Gott! Ich hörte auch »O du fröhliche« und »Stille Nacht«, von ätherischen Kinderchören gesungen, was die Sache kaum besser machte, waren ja die hiesigen Weihnachtsbäume zumeist aus Plastik.

Das eigentliche Winterfest Japans war Neujahr. Wie im Westen begann das neue Jahr am ersten Januar. Zwar war das authentische Datum der fünfzehnte Februar und hing mit dem Mondkalender und dem Zyklus der Feldarbeit zusammen, aber der erste Januar war eine Konzession an den 1872 eingeführten Sonnenkalender. Wie dem auch sei, ich mochte das japanische Neujahr sehr, nicht zuletzt, weil ich zum ersten Mal Mia im Kimono bewundern konnte. Jede Japanerin, die etwas auf sich hielt, zeigte sich zu Neujahr im Kimono. Eine Augenweide! Mia erklärte mir, dass der Kimono, heute wie einst, aus echter Seide und Brokat zu sein hat. Er wurde mit der Hand genäht, was die Unsumme erklärte, die man dafür zu bezahlen hatte. Abends wollten wir essen gehen und dann um Mitternacht einen der großen Tempel aufsuchen, wo das Neue Jahr eingeleitet wurde. Mia hatte mir eine Überraschung angekündigt, und als sie ihrem Taxi entstieg, verschlug es mir fast den Atem. Unglaublich schön sah sie aus, in ihrem Kimono mit dem blau-goldenen Wellenmuster, den eleganten Glückskranichen. Der schwere Saum war mit einem Muster aus Fichtennadeln und Bambus verziert. Der grüne Damast der *Obi*-Schärpe hatte ein mit Goldfäden geschmücktes geometrisches Muster. Dazu hatte Mia die traditionelle Handtasche bei sich, einen Seidenbeutel, der mit einem buntbestickten Zugband verschlossen wurde. Weil nachts die Temperatur unter null sank, trug Mia, wie viele Japanerinnen, einen Kurzmantel aus schwerer Seide, *Haori* genannt, und eine Kollerette aus weißem Fuchsfell. Ihr Gesicht war hell gepudert, ihre Lippen dunkelrot nachgezogen. Ihr Haar trug sie aufgesteckt, mit zwei silbernen Flügeln als Schmuckspangen. Sie blinzelte mir schelmisch zu.

»Du sagst ja nichts. Wie findest du mich?«

Ich schluckte.

»Wie wär's, wenn du das jeden Tag tragen würdest?«

Sie lachte, bewegte lebhaft verneinend beide Hände.

»Das wäre ganz schrecklich! Du ahnst nicht, welche Prozedur ich hinter mir habe! Ich bin zwei Stunden früher aufgestanden, und Isao musste mir helfen, den *Obi* richtig zu schlingen, sonst hätte ich Mutters Erbstück entehrt!«

Ich war sehr erstaunt.

»Aber der Kimono sieht doch wie neu aus.«

»Dieser? Der ist längst über siebzig. Der Schnitt verändert sich ja nie. Jeder Stich ist Handarbeit. Der Kimono wird in einer Schublade aufbewahrt und so zusammengelegt, dass jede Falte stimmt. Japanerinnen wissen, dass Kimonos ein paarmal im Jahr ausgeschüttelt und gelüftet werden sollen. Waschen kann man sie nur in fließendem Wasser. Es gibt Spezialisten dafür. Die Kimonos werden vollständig aufgetrennt und danach wieder zusammengenäht.«

»Dann musst du aber aufpassen, dass du keine Flecken machst.«

Mia verzog das Gesicht.

»Ja, ich weiß. Ich muss heute Abend sehr vorsichtig sein. Was man problemlos waschen kann, ist das weiße Untergewand. Der Kragen muss immer absolut sauber sein, darf keine Make-up-Spuren zeigen oder so.«

Ich wurde nicht leid, die bezaubernde Erscheinung in allen Einzelheiten zu betrachten.

»Der Kimono passt dir, als wäre er für dich gemacht!«

Sie nickte.

»Meine Mutter war kleiner als ich, aber das ist kein Problem, die Länge wird durch eine Falte unter der Schärpe bestimmt.

»Und wenn du zunimmst?«

Sie blinzelte schelmisch.

Auch kein Problem. Ein Faltenwurf im Vorderteil verändert die Weite. Aber die Farben müssen mit der Jahreszeit harmonieren. Grün, Eisblau und Gold sind die richtigen Farben für den Winter.

Ich war voller aufrichtiger Bewunderung. Kimonos hatte ich schon im fünften oder sechsten Stockwerk der vornehmen Warenhäuser gesehen. Sie hingen auf Lackstangen ausgebreitet wie wertvolle Gemälde. Aber Mias sachkundige Erklärungen brachten mir eine Welt der Eleganz und Raffinesse näher, von der ich bisher keine Ahnung gehabt hatte. Und obgleich sie in belustigtem Ton darüber sprach, spürte ich doch in ihren Worten die Ehrfurcht vor dem Schönen und Kostbaren.

»Hast du noch mehr Kimonos?«, fragte ich.

»Oh, etwa fünfzehn! Aber ich kann sie nicht alle tragen. Farben und Ärmel stimmen nicht mehr.«

»Wieso? Sind sie aus der Mode gekommen?«

Sie schüttelte den Kopf.

»Kimono kommen nie aus der Mode. Aber ich bin nicht mehr jung …«

»Wie bitte? Nicht mehr jung?«

»Nicht mehr jung genug für gewisse Muster. Frühlingsblüten, Puppen, Federbälle oder Glöckchen sind Mädchen vorbehalten. Und ebenso die Länge der Ärmel, die bei Mädchen bis zu den Waden fallen dürfen. Bei verheirateten Frauen reichen die Ärmel nur bis zur Armmitte. Und dann die Farben! Ich bin über dreißig; rosa oder himmelblau sähe an mir lächerlich aus. Ich darf üppige Muster tragen, aber die Farben sollen gedämpft sein. Ab fünfzig tragen die Frauen dann schlichte Muster, beige, violett oder lindgrün. Und wenn sie noch älter sind, meistens lila oder silbergrau.«

»Kein Schwarz?«

»Schwarz kann jede Frau tragen, zu festlichen Anlassen ist es sogar Pflicht. Auf diesen Zeremonie-Kimonos ist das eingewobene Familienwappen an fünf Stellen zu sehen: je eines auf den Ärmeln, zwei auf der Brust und eines zwischen den Schulterblättern. Der Kimono selbst ist aus schlichter Seide, nur Gürtelschärpe und Saum zeigen ein Muster.«

»Dann besitzt du also Kimonos von deiner Mutter, die du nicht tragen kannst?«

Sie nickte.

»Ich hebe sie für eine Tochter auf, die ich nicht habe …«

»Ach so, und wenn du nur einen Sohn hast?«

Sie machte ein belustigtes Gesicht.

»Dann muss ich warten, bis ich Großmutter bin und meine Enkeltochter sie tragen kann.«

»Aber wenn du nur Enkelsöhne hast?«

»Puh!«, rief sie lachend, »dann vergeht wieder eine Generation!«

»Und die Kimonos sind immer noch da.«

»In bestem Zustand!«

»Kompliziert!«, seufzte ich.

»Ja, aber das sind alte Gepflogenheiten. Heute ist man weniger konventionell. In Vintage-Boutiquen stapeln sich alte Kimonos, die von Erben verkauft werden, die keine Verwertung mehr dafür haben. Sie werden von jungen Frauen respektlos gekürzt und ohne Gürtelschärpe über Jeans getragen. Das sieht gut aus. Und heutzutage entwerfen Designer ganz neue Muster, sehr puristisch, sehr extravagant…«

»Ich habe schon lange davon geträumt«, sagte ich, »eine junge Frau im Kimono auszuführen.«

Sie nahm zärtlich meinen Arm.

»Eben darum wollte ich dir eine Freude machen. Aber nur zu Neujahr!«

Sie hatte mir ein Geschenk mitgebracht, ein paar *Kadomatsu*, in einem Strohgeflecht steckende Bambus- und Kiefernzweige, mit einer Orange verziert. Alle Hauseingänge, auch jene der Hochhäuser, waren mit diesem Glück bringenden Symbol geschmückt.

Inzwischen war es fast elf Uhr geworden, die beste Zeit, um zum Tempel zu gehen. Da hatte ich also – völlig nach Wunschdenken – eine entzückend trippelnde Kimono-Lady am Arm, die allerdings keine fünf Schritte tun konnte, ohne lautstark zu schimpfen, war sie doch den vornehmen Einwärtsgang, zu dem sie der eng geschlungene Kimono zwang, nicht gewöhnt. Dazu kamen weiße *Tabi*-Socken, bei denen der große Zeh frei war wie der Daumen bei einem Fausthandschuh, sodass der Fuß die traditionelle Sandale gut halten konnte. Diese Sandale war aus Brokat, völlig untauglich für den winterlichen Schneematsch. Mia klammerte sich an meinen Arm, um nicht in ihrem wundervollen Outfit auf dem Boden zu landen.

»Du lieber Himmel!«, stöhnte ich. »Was trugen denn deine Ahnfrauen, wenn sie mal rennen mussten? Das kam doch vor, oder?«

Mia lachte.

»Dann trugen sie kniekurze Kimonos. Oder auch den Hosenrock der Männer, *Hakama* genannt. Und dazu Stoffschuhe mit rutschfesten Sohlen. Sie trugen sogar Shorts.«

»Shorts? Damals?«

»Klar doch! Sie waren aus leichter Baumwolle und wurden in der warmen Jahreszeit getragen.«

Ich traute meinen Ohren nicht.

»Im siebzehnten Jahrhundert?«

»Auch schon früher, im Mittelalter.«

Mia hing an meinem Arm, sodass wir nur langsam vorwärtskamen. Sämtliche Bewohner der umliegenden Quartiere hatten sich ebenfalls auf den Weg gemacht, sodass wir uns bald inmitten einer großen Menschenmasse befanden. Aber schließlich waren wir auf einem etwas erhöhten Platz angekommen und blickten auf das wuchtige Heiligtum, das von Fackeln beleuchtet war. Die geschweiften Türen standen weit offen, man sah die Priester in prächtigen Gewändern, die sich vor dem großen, golden und schwarz lackierten buddhistischen Altar verneigten und beteten. Das Gebäude war angefüllt mit Pyramiden von Früchten und Geschenken aller Art. Der Duft von Weihrauch erfüllte die Luft, und vereinzelte Schneeflocken fielen lautlos herab, wie aus dem Nichts. Feierliches Flötenspiel wurde durch langsame Gongschläge untermalt. Das Pochen der Tempeltrommeln mischte sich in das Scharren unzähliger Füße, in das unentwegte Summen menschlicher Stimmen. Es war eiskalt: Jung und Alt stand der Atem wie kleine weiße Wölkchen vor dem Gesicht. Alle machten glückliche, erwartungsfrohe Gesichter. Inmitten der fröhlichen Menschenmenge fühlte ich mich heiter und geborgen, obwohl ich eine innere Unruhe empfand, ein seltsames Flattern des Herzens. Ich nahm wahr, dass diese Augenblicke vergänglich waren, wie alle schönen Augenblicke es sind, wenn wir anfangen, darüber nachzudenken. Ich spürte um mich herum und tief unter meinen Füßen eine andere Kraft, dunkel, weit weg von allem menschlichen Tun. Solche Empfindungen hatte ich selten, mir fehlte es an Fantasie. Es war, als würde ich gleichzeitig von zwei getrennten Sinneswahrnehmungen gelenkt. Die eine umhüllte mich mit bezaubernden Bildern und feierlich schwingender Musik, die andere drang mit irgendwelchen tieferen Schallwellen in mich ein, versetzte mich in Alarmzustand, als ob irgendein Computer eine sporadisch aufflackernde Störungsmeldung aufzeichnete. Inzwischen war es bald Mitternacht, und ganz plötzlich schlug der fröhliche Überschwang in Stille um. Und in dem Augenblick, als der erste gewaltige Glockenschlag im Hof des Tempels widerhallte und das neue Jahr einläutete, überkam mich ein Frösteln. Ich spürte in mir voll geheimnisvoller Tiefsinnigkeit das Motiv der schwindenden Zeit, die sich in Dunkelheit auflöst, während das neue Jahr im rot glühenden Licht der Fackeln geboren wird…

Nach der Feier kehrten wir in eine Imbissstube ein, kauerten im fröhlichen Gedränge auf kleinen Holzstühlen, vor uns einen Teller mit *Toshi-Koshi-Soba* – Glücksnudeln, die gleich nach dem Tempelbesuch verzehrt werden mussten. Alle Leute saugten unter Gelächter und Schlürflauten die Nudeln ein, und ich schlürfte mit allen anderen um die Wette, während Mia ihre Stäbchen im Zeitlupentempo zum Mund führte und kaum etwas zu sich nahm.

»Was ist los?«

Wir mussten laut sprechen, um uns im Lärmpegel Gehör zu verschaffen. »Hast du keinen Hunger?«

»Doch, und wie!«, stöhnte sie. »Aber ich kann nichts essen. Ich habe Angst.«

Ich starrte sie an.

»Angst?«

»Ja, dass ich Flecken mache!«

Wir sahen einander an und fingen in unwiderstehlicher Heiterkeit an zu lachen. Doch nach einer Weile veränderte sich Mias bewegliches Gesicht. Ihr Ausdruck wurde ernst.

»Rainer … ich muss dich etwas fragen. Bist du eigentlich glücklich hier in Japan?«

Ich dachte über die Frage nach. Es war seit einer halben Stunde Neujahr. Zeit, um Bilanz zu ziehen. Es wurde auch ruhiger im Lokal. Viele Gäste waren schon gegangen. Ich bestellte ein Kännchen Sake. Inzwischen hatte ich gelernt, Sake richtig zu trinken, nämlich in kleinen Schlucken, genüsslich und in Maßen. Ich mochte Sake sehr. Und meine Allergie hatte ich definitiv in Prag gelassen.

Während Mia elegant an ihrem Schälchen nippte, sagte ich:

»Es war nicht vorherzusehen. Japan hätte der Flop meines Lebens werden können. Aber je länger ich hier bin, desto mehr gefällt es mir …«

Mia schwieg, warf mir einen aufmunternden Blick zu. Ihre silbernen Schmuckspangen glitzerten. Sie sah ein wenig fremdartig und wunderschön aus. Ich sprach weiter: »Um ehrlich zu sein, am Anfang war es gar nicht so einfach für mich. Das Leben hierzulande verlangt doch viel soziale Kompetenz …«

Mia lächelte mit kirschroten Lippen.

»Mmm … hast du die nicht?«

»Nicht immer, tut mir leid. Aber als Ausländer darf man

sich nicht einigeln, sondern muss auf die Leute zugehen. Wenn man wartet, dass die Leute von selbst kommen, kann man ganz Japan in tiefer Verzweiflung rufen, und niemand meldet sich. Für einen *Gaijin* mit Seelenzuständen interessiert sich kein Mensch. Reichen die Sprachkenntnisse nicht aus, sollte man nichtverbal kommunizieren. Ein freundliches Lächeln hilft immer. Frische Socken auch, damit man komplexlos aus den Schuhen steigen kann. Und wer ein grimmiges Gesicht macht, ist bald überzeugt, dass er es mit Eisblöcken zu tun hat, und wird Misanthrop. Zum Glück bleibt mir das erspart.«

Mia trank Sake und schien amüsiert.

»Du bist meistens gut gelaunt. Die Leute mögen das.«

»Doch, doch. Mein Snobismus hält sich in Grenzen. Ich stelle lieber dumme Fragen als überhaupt keine.«

»Und dein Buch? Wie kommst du voran?«

Ich nahm einen Schluck und glotzte in den winzigen Becher, als enthielte dieser den tiefen Kern der Wahrheit.

»Ich weiß es nicht. Ich weiß es wirklich nicht.«

»Recherchierst du?«

»Jedenfalls nicht so, wie andere recherchieren würden. Und jedenfalls nicht ernsthaft. Ich lebe, ich schaue mir Japan an.«

»Das kann sehr anregend und unterhaltsam sein«, sagte sie sarkastisch. »Aber ist das alles?«

»Nein. Nachher denke ich nach.«

»Worüber?«

»Über das, was ich beobachtet habe. Und auch über das, was sich früher in meinem Haus abgespielt haben könnte.«

Sie lächelte.

»Du willst auch über das Haus schreiben?«

»Ja, deinetwegen!«

Mias stilles Lachen wurde lebhafter.

»Und was hast du bei mir entdeckt?«

»Oh, so manches!«

»Zum Beispiel?«

»Zum Beispiel, dass ein Teil meiner Beobachtungen zu Dingen führt, die ich zunächst für widersinnig gehalten habe.«

»Du meinst, dass wir ein stressiges Leben führen können und uns trotzdem viel amüsieren?«

»Stressbewältigung«, sagte ich beherzt, »ist nicht unbedingt ein Verdienst der Person, sondern ein Ergebnis überlieferter Disziplin.«

»Die Disziplin«, sagte Mia spöttisch, »lässt sich kunstvoll verbergen!«

»Genau das meine ich ja!«, rief ich, entzückt darüber, dass sie mich auf Anhieb verstanden hatte. »Und eins kann ich dir sagen – ein Thema ragt immer wieder heraus: Was, wenn eine Kultur ganze Generationen intelligenter Leute hervorbringt? Ohne religiöse Vorschriften, ohne Aberglauben, ohne zu große materielle Armut? Die gelernt haben, ihr Wissen immer wieder neu zu ordnen und abzuwägen?«

»Du meinst, eine Dynastie von Klugscheißern?«

Ich starrte sie an.

»Hör mal, ich würde mir nie erlauben …«

Sie lachte laut. Es klang, als ob sie kleine Glöckchen schüttelte.

»Windtöchter sind einfach eine coole Gattung.«

Es war inzwischen zwei Uhr nachts, mir fehlte der Schlaf, aber ich war nicht im Geringsten müde. Ich streichelte Mias Hand.

»Und sehen im Kimono überaus sexy aus.«

Sie sah zufrieden an sich herunter.

»Kein Flecken! Das ist mein Neujahrsgeschenk an Mutter.«

»Du hast ja auch kaum etwas gegessen.«

»Ist heute unwichtig.« Sie sah mich an, schelmisch, mit seidenheller Haut und Glanzlichtern in den Augen. Ich mochte Frauen mit Lippenstift, der nicht abfärbte, was der Quadratur des Kreises gleichkam. Aber, oh Wunder der japanischen Kosmetik, Mias Lippen leuchteten nach wie vor frisch, wie karminrot lackiert.

»Soll ich dir sagen, was das Praktische am Kimono ist?«

»Oh«, sagte ich zweifelnd. »Gibt es auch etwas Praktisches daran?«

»Ja. Man braucht viel Zeit, um ihn anzuziehen. Und nur ganz wenig Zeit, um ihn wieder auszuziehen.«

Der Sake war mir zu Kopf gestiegen. Gleich würde ich wieder deutsche Schnulzen trällern. Ich nahm mich zusammen.

»Oh? Wie macht man denn das?«

»Einfach die Schärpe lösen … und alles rutscht weg. Liegt einfach da, auf dem Boden. Soll ich es dir mal zeigen?«

Ihre Hände tasteten hinter ihrem Rücken, machten sich an der Schleife zu schaffen. Diesmal war sie offenbar noch betrunkener als ich. Ich drückte ihren Arm ziemlich fest. Sie schnitt eine leichte Grimasse, ließ aber von ihrer Schärpe ab. Ich sagte: »Ich glaube dir aufs Wort! Komm, wir gehen!«

Mia nestelte unsicher an den Bändern ihrer Handtasche, brachte ein blütenweißes Taschentuch zum Vorschein und tupfte sich elegant die Stirn ab.

»Warum willst du gehen? Ich habe noch Hunger. Ich hätte noch gerne eine Nudelsuppe.«

Das würde dem Kimono schlecht bekommen. Mia war etwas durcheinander, sie schwankte und hielt sich am Tisch fest. Ich packte sie an der Hand, zerrte sie hoch. Sie ließ es mit sich geschehen, und ich schob sie durch den Raum, wobei ich mit dem Kassenzettel wedelte und hysterisch nach einem Taxi rief.

21. Kapitel

In den Städten war das offizielle Neujahr vorbei. Das Leben ging wie gewohnt weiter. Doch in den kleineren Ortschaften und auf dem Land wurde am fünfzehnten Februar das mit dem Mondkalender verbundene »kleine Neujahr« gefeiert. Japanische Feste, die mit der Feldarbeit und dem Agrarkalender zusammenhingen, waren laut, bunt und ausgelassen. Mich berührte das sehr. Die Japaner waren sehr unbefangen, scheuten das Abenteuer nicht, das Sichverlieren, und noch weniger die Übertreibungen des eigenen Ich. Sie genossen sich selbst sehr stark, schöpften ihre Vitalität und Leistungskraft aus den Zeichen und Symbolen der Natur. Der Gewinn, der aus solch einer Lebenshaltung entsprang, war eine sonst kaum erreichte Unbeschwertheit. Kinderlieder erzählten von Insekten, Fischen, Tieren, Blumen, von Bäumen und Wasserfällen, von Flüssen und Wolken. Die Zugvögel – Schwalben, Enten, Kraniche, Wildgänse – kündigten den Wechsel der Jahreszeiten an. Die Sonne war eine Göttin, die Ahnfrau der Kaiserfamilie. Frau Mond und Frau Regen bestimmten das Wetter. Die Naturverbundenheit war die Grundlage der Sprache, der Literatur und Malerei. Sie war eine Harmonie, die man mit dem Körper wahrnahm. Für mich, der stets die Vernunft vor das Gefühl setzen wollte, war das eine Offenbarung. Denn für mich war die Zurschaustellung der Gefühle ungefähr so, als hätte ich mich in Unterhosen in der Hamburger Fußgängerzone verirrt. Wollte ich meine Hemmungen vergessen, war ich genau ins richtige Land gekommen. In Japan wurden Worte und Handlungen zu sinnlicher Wahrnehmung, sozusagen dreidimensional. Als bedurfte es nur einer vorgehaltenen Form, um das Luftgebilde atavistischer Erinnerungen zu wecken, die in mir unter den Schlacken germanischer Sachlichkeit begraben waren. Meine blond zerzausten Urahnen, grimmige Waldbewohner, blickten mir über die Schulter: Aha, dich kennen wir doch! Und die Engel und Madonnen der italienischen Renaissance trieben nebenher, auf irgendeine magische Weise mit den Figuren der japanischen Geisteswelt verwoben. Aber dies war schon nicht mehr ganz klar.

Zu Träumen hatte ich stets ein nüchternes Verhältnis gehabt. Wir sind nicht verantwortlich für das, was das Gehirn mit uns anstellt, wenn es unsere Erlebnisse und Gedanken durch die Zellen rieseln lässt, während der Körper ruht. Aber Ende Februar geschah es wahrhaftig, dass ich von einem Gespenst träumte. An Gespenster und dergleichen hatte ich nie geglaubt, und ich war eigentlich froh, dass ich endlich eins sah, wenn auch nur im Traum. Aber Erscheinungen kommen stets von dort, wo man sie heimlich vermutet. In meinem Traum jedenfalls stieg das Gespenst aus dem Brunnenloch. Sein Anblick überraschte mich wie die Erfüllung einer Erwartung, von der ich nicht mehr gewusst hatte, dass ich sie hegte. Jedenfalls sah ich zunächst eine Gestalt, die sich in einem schwach beleuchteten Tunnel regte. Während ich nach unten starrte, begann die Gestalt sich an der Wand emporzuziehen, und zwar nur mit einer Hand; ich wusste nicht, wie sie es machte. Ich musste an eine Spinne denken, die an einem Faden hing und leicht hin und her schwang. Die Gestalt – eine Frau – trug ein weißes Gewand, ihr schwarzes Haar hob sich und wehte wie in einem kräftigen Luftzug. Als sie sich geräuschlos über den Rand schwang, sah ich, dass sie eine Schriftrolle in der Hand hatte, eine von der Sorte, wie man sie oft in japanischen Museen sieht. Eine solche Schriftrolle kann, je nach Umfang, entweder nur ein Brief sein oder aber auch ein ganzer Roman mit wundervollen Kalligrafien und handgemalten Illustrationen. Die Schriftrolle in der Hand meines Gespenstes ließ eher auf einen Brief oder eine Urkunde schließen. Die Frau, die nun vor meinen Augen auf dem Brunnenrand balancierte, so leicht, als ob sie schwebte, hatte das wunderschöne Antlitz einer italienischen Madonna. Ihre Lippen aber waren rot, und als sie mich freundlich anlächelte, sah ich eine Besonderheit an ihr, die gewiss keiner Madonna zu eigen war: Sie hatte schwarze Zähne! Ich will damit nicht sagen, dass sie dringend eine Zahnbehandlung nötig hatte, nein, ihre Zähne waren ebenmäßig und eindeutig gesund… aber na ja, schwarz gefärbt. Während ich sie verwirrt anstarrte, schwebte mir die Frau entgegen und überreichte mir die Schriftrolle. Die Geste war überaus höflich, aber zugleich auch gebieterisch, sodass ich die Hände ausstreckte, um die Schriftrolle zu nehmen. Doch als ich danach griff, fuhren ihre Hände durch mich hindurch, als ob auch ich nur ein Traum war – der Traum, den diese Frau gerade träumte. Unwillkürlich wandte ich mich um und erblickte Mia, die dicht hinter mir stand und die Schriftrolle schon an sich genommen hatte. Woraufhin ich mich etwas beschämt wieder der Frau zuwandte, weil die Schriftrolle ja nicht für mich, sondern für Mia bestimmt war. Doch die Frau war nicht mehr da. Sie hatte sich buchstäblich in Luft aufgelöst. Und als ich wieder hinsah, war auch Mia verschwunden.

Danach wachte ich auf, sah die Sonne durch die Ritzen des Fensters leuchten. Es war wirklich das erste Mal gewesen, dass ich in diesem Haus einen Traum hatte, in dem etwas annähernd Spukhaftes vorkam. Es war langsam an der Zeit, fand ich. Das Gespenst war nur kurz da gewesen, hatte mir aber – bis auf die schwarzen Zähne – eigentlich gut gefallen. Und etwas später, als ich meinen Joghurt löffelte, fiel mir ein, dass ich kürzlich solche Zähne – und die dazugehörigen Damen – auf alten Rollbildern in einer Ausstellung gesehen hatte. *Relation de cause à effet*, wie die Franzosen sagen. Bei der Gelegenheit hatte ich von Mia erfahren, dass japanische Adelige früher ihre Zähne mit einem Pulver schwärzten, das aus der Walnuss gewonnen wurde. Der Kaiserhof bewahrte diese Sitte bis zur Restauration. Ihr eigentlicher Ursprung war die geschichtliche Tatsache, dass die ersten japanischen Kaiser von den Küsten Zentralasiens kamen und im Süden von Japan Betel anpflanzten. Und Betelkauer bekommen schwarze Zähne.

Ich hatte gemeint, das sei nur ein Trick gewesen, um Parodontitis zu vertuschen. Doch nein – es war einfach Mode gewesen.

»Man war der Meinung«, hatte Mia erklärt, »dass weiße Zähne etwas Tierisches an sich hatten. Man wollte mit der wilden Natur nichts zu tun haben. Die Zähne der Damen und Herren wurden jeden Morgen geschwärzt.«

»Wie sah das denn aus?«, hatte ich zweifelnd gefragt.

Mia hatte mit Zähnen gelacht, die zum Glück perlweiß waren.

»Du glaubst es nicht, aber es sah gut aus! Die polierten Zähne glänzten wie Ebenholz. Die Lippen wurden purpurn geschminkt, was das lackschwarze Haar und die helle Gesichtsfarbe zur Geltung brachte. Aber schwarze Zähne waren der Aristokratie vorbehalten. Die Samurai, die keinen Wert auf Luxus und Eitelkeit legten, färbten ihre Zähne nie.«

»Wollten sie damit zeigen, dass sie den Raubtieren näher als ihrer eigenen Gattung standen?«

»Es ging in diese Richtung«, gab Mia zu. »Bleckende weiße Zähne haben etwas Aggressives an sich, ne?«

»Und der Haifisch, der hat Zähne…«, zitierte ich Bertolt Brecht, und wir lachten beide. Daraufhin hatte ich Mia von der Rokokozeit erzählt, als die elegante Welt ihre Läuse und unreine Haut unter Puderschichten vertuschte. Mia hatte mit leicht angeekelter Miene dazu bemerkt, dass schwarze Zähne ihr doch lieber seien, ganz abgesehen davon, dass das tägliche Bad für japanische Damen und Herren seit Menschengedenken ein Muss war. Nicht einmal die Bauern waren dreckig. Reis anzupflanzen war eine heilige Handlung; es gehörte sich, mit sauberen Füßen im Schlamm zu waten, der die Saatkeime zum Reifen brachte. Reis war der Stab des Lebens, und die Erde, die ihn hervorbrachte, musste mit Respekt behandelt werden.

Mein erster Gedanke war, Mia das alles brühwarm zu erzählen. Mein Verstand zog aber sofort die Bremse. Ich sah deutlich die Worte »Deutscher Dozent sieht Gespenst« wie absurde Schlagzeilen vor meinem inneren Auge gedruckt, während Mia sich vielsagend an die Stirn tippte. Kurzum, der Traum wirkte nachhaltig, solange ich frühstückte, bis der dritte Kaffee das Gespenst aus meinem Kopf spülte. Und als ich zum Unterricht fuhr und in der U-Bahn Vokabeln büffelte, hatte sich mein Gedächtnis mit anderen Dingen zu befassen, die allemal realer waren. Ich vergaß die Frau mit den schwarzen Zähnen.

Ein paar Tage vergingen. Der Samstag kam. Mia hatte ihren Besuch angekündigt, und ich stellte fest, dass mein Schlafzimmer recht unordentlich aussah. Folglich häufte ich alle Bücher zu einem akkuraten Stapel, zog die Bettwäsche ab und stopfte sie mit der schmutzigen Wäsche in die Waschmaschine. Dann überzog ich die Futons frisch und rollte die weichen Daunendecken zusammen. Ich verstaute sie im Wandschrank, als ich eine ungeschickte Bewegung machte. Um das Gleichgewicht zu halten, stützte ich mich mit dem Ellbogen auf den Schrankboden aus weißem Holz. Ich vernahm ein leichtes Knarren, der Boden glitt zur Seite, und zu meiner Überraschung kam eine Öffnung zum Vorschein. Offenbar hatte ich einen diskret angebrachten Mechanismus ausgelöst. Die Öffnung, unter einem schmalen Brett verborgen, war gerade groß genug, dass ich den Arm hineinstecken konnte. Ein Geruch nach Kampfer stieg empor: Ich zögerte, bevor ich neugierig in das Loch tastete. Meine suchenden Finger berührten irgendwelche Gegenstände. Es war ein Leichtes, sie mit der Hand zu erreichen und behutsam herauszuholen. Zum Vorschein kamen eine Anzahl schmaler Schreibhefte, alle mit diesem pergamentartigen Papier, das man noch in traditionellen japanischen Schreibwarenhandlungen findet. Ich zählte acht solcher Hefte. Jede der dünnen Seiten war mit Schriftzeichen bedeckt. Diese Schrift war die wundervolle, aber für jeden Laien fast völlig unleserliche Schrift der älteren Generation. Es sah aus, als ob tintenfeine Blütenranken sich über jede Seite zogen. Ich ging in die Küche, goss mir einen Tee auf und setzte mich vor meinen Schreibtisch. Behutsam blätterte ich die Seiten um; dann und wann glaubte ich ein Wort zu verstehen, war jedoch nicht imstande, mir eine klare Aussage zusammenzureimen. Was mir auffiel, war ein oft wiederkehrender roter Siegelabdruck, ein seltsames Zeichen, das gleichzeitig an einen Flügel und an eine Muschel denken ließ. Die Schriftzeichen zogen sich von einer Seite auf die andere, es schien, als würden sie gar nicht mehr unterbrochen, selbst die Zwischenräume schienen harmonisch eingefügt. Nach einer Weile fielen mir einige *Katakana*-Schriftzeichen auf, die für ausländische Namen oder Begriffe verwendet werden. In einem der Hefte kamen diese Schriftzeichen in kurzem Abstand immer wieder vor. Nur drei Silben, wie ich bemerkte. Ich sprach sie phonetisch nach und erlebte meine zweite Überraschung, als ich den Namen

Jan Letzel heraushörte! Um ganz sicher zu sein, sprach ich das Ganze noch einmal nach, diesmal langsamer, wechselte die Betonung. Doch nein! Ein Irrtum war ausgeschlossen! In diesen Heften war tatsächlich von Jan Letzel die Rede. Ich erinnerte mich an das, was ich von Mia wusste, nämlich, dass Tante Azai Jan Letzel gekannt hatte. Jetzt konnte ich es kaum erwarten, dass Mia eintraf. Sie kam dann auch, ein wenig verspätet, das braune Haar vom Wind leicht zerzaust. Sie trug eine wattierte Lederjacke, enge braune Hosen und warme Stiefeletten, aus denen sie an der Türschwelle elegant herausschlüpfte. Sie kam nie ohne ein Geschenk: Diesmal hatte sie mir kleine Kuchen mit Maronifüllung mitgebracht, die ich besonders mochte.

»Mmm!« sagte ich. »Ob mir das wohl schmeckt?«

Sie lachte. Sie war die einzige Frau, die sich nicht an meinem blöden Spruch störte.

»Keine Angst! Es wird dir schon schmecken.«

»Dir aber hoffentlich auch«, sagte ich.

»Mir schmeckt alles«, erwiderte sie heiter. Das stimmte: Sie nörgelte selten am Essen herum.

Ich nahm ihr das Kuchenpaket ab, und als ich sie in die Arme schloss, spürte ich den Hauch ihres feinen Parfüms. Wir küssten uns; ihr Mund war kühl und weich, und sie trug keinen Lippenstift.

»Seit wann haben wir uns nicht mehr gesehen?«, fragte ich. »Seit drei Monaten?«

Sie lachte wieder.

»Aber nein, erst seit drei Tagen.«

»Wenn du nicht da bist, kommt mir die Zeit so lang vor.«

Sie sah mich mit zärtlicher Nachsicht an, antwortete aber nicht, sondern löste sich von mir und zog ihre Jacke aus. Darunter trug sie einen beigen Rolli, der ihrer Haut eine honigfarbene Tönung gab.

»Wie lange bleibst du?«, fragte ich.

»Übers Wochenende, wenn es dir Freude macht.«

»Ich glaube an mein Glück!«

Sie strich mit beiden Händen ihr Haar aus der Stirn, eine zierliche, sehr weibliche Geste, die mich stets aufs Neue entzückte.

»Du wirst glücklich werden. Aber am Montag um neun muss ich wieder auf dem Bau sein …«

»In Gummistiefeln?«

»Ja, und mit einem Helm auf dem Kopf.«

»Bis es so weit kommt«, sagte ich, »habe ich dir einiges zu erzählen. Und ich muss dir zunächst etwas zeigen.«

Ich deutete auf die Hefte, die ich auf dem Schreibtisch ausgebreitet hatte, und rückte für sie einen Stuhl zurecht.

»Was ist denn das?«, murmelte Mia.

Sie sah sich die Hefte an, überflog neugierig einige Seiten.

»Kannst du die Schrift lesen?«, fragte ich.

Sie nickte. Ihr Gesicht zeigte einen verwunderten Ausdruck.

»Wo hast du diese Hefte gefunden?«

»Oben im Schlafzimmer. Im Wandschrank.«

Ich erklärte ihr, wie ich das Geheimfach durch Zufall entdeckt hatte. Sie blätterte in den Heften mit zunehmender Aufmerksamkeit.

»Das hat Tante Azai geschrieben. Das ist ihre Schrift.«

»Jan Letzel«, sagte ich. »Den Namen zumindest konnte ich lesen …«

Ich deutete auf die *Katakana*-Schriftzeichen. Ich hatte im Gedächtnis behalten, wo sie vorkamen. Mia nickte mehrmals, ohne aufzusehen. Ihre Erregung war ganz offensichtlich.

»Was schreibt sie denn über Letzel?«, wollte ich wissen.

»Warte«, sagte Mia. »Es geht nicht so schnell.«

»Lass dir Zeit.«

Sie nickte, stützte den Kopf in beide Hände und las. Ich sah auf die Uhr, gleich Mittag. Ich ging in die Küche und schälte Kartoffeln. Mia mochte Bratkartoffeln mit Speck, urdeutscher ging es nicht. Und Bratkartoffeln lagen ganz in meinen beschränkten Kompetenzen. Ich schnitt die Kartoffeln in die Bratpfanne, öffnete eine Flasche Rotwein, brachte zwei Gläser an den Tisch und ging wieder in die Küche. Ich wusch Salat, schnitt einige Tomaten und Radieschen in Scheiben, damit das Ganze hübsch aussah. In Japan konnte auch ein Banause, wie ich es war, nicht einfach ein Mittagessen ohne Schnickschnack auf den Tisch bringen. Das gehörte sich einfach nicht.

Als die Bratkartoffeln brutzelten, deckte ich den Tisch. Mia saß immer noch an der gleichen Stelle. Ich sah ihr geneigtes Profil, diese anmutige, sanft geschwungene Linie, die doch so viel Energie ausstrahlte. Was ist es, dachte ich, das mich so an ihr fesselt? Kommt es daher, dass sich in diesem Profil Sanftheit und Energie so vollkommen vereinen? Ich stellte die Schüssel mit den Bratkartoffeln auf den Tisch, ohne dass Mia reagierte. Sie schien völlig vertieft in das, was sie las. Schließlich räusperte ich mich.

»Mia, das Essen ist fertig!«

Sie fuhr leicht zusammen, hob den Kopf und schnupperte.

»Oh, Bratkartoffeln!«

»Ja, mit Spiegeleiern. Tut mir leid, dass ich kein besserer Koch bin.«

»Nein, nein, es duftet wundervoll.«

Ich deutete auf die Hefte.

»Bist du inzwischen weitergekommen?«

Mia schüttelte leicht den Kopf. Sie hatte nicht richtig zugehört. Ich blickte sie fragend an. Sie erwiderte meinen Blick, als ob sie soeben vom Mond gefallen sei.

»Ich habe noch nicht alles gelesen, tut mir leid. Das, was sie schreibt, ist so außergewöhnlich …«

»Ein Tagebuch?«

»Ja … nein, ich weiß nicht.«

Mia wirkte immer noch benommen. Doch sie kam an den Esstisch, und wir setzten uns. Unsere Beine baumelten im *Kotatsu*. Ich bediente sie mit Bratkartoffeln. Mia griff verwirrt nach der Gabel.

»Spannend?«, fragte ich, als sie immer noch schwieg.

Mia schob ihren Ellbogen mit einem jähen Ruck zur Seite, und es gelang meiner vorschnellenden Hand, ihren Teller noch gerade rechtzeitig vor dem Herunterfallen zu bewahren. Das brachte sie in die Wirklichkeit zurück.

»Oh!«, stöhnte sie, »oh, oh! Ich bin etwas konfus.«

»Es dürfte schwerfallen, das zu übersehen«, meinte ich leicht sarkastisch. »Lass es dir trotzdem schmecken.«

Sie nahm gedankenlos ihre Gabel auf, legte sie wieder hin.

»Oh, Rainer … nimm es mir nicht übel. Ich glaube, ich kann im Augenblick nichts essen …«

»Und was steht in diesen Heften«, fragte ich, »dass es dir so den Appetit verdirbt?«

Sie tastete zerstreut nach ihrem Weinglas.

»Tante Azai ist wirklich … eine erstaunliche Person. Memoiren beruhen doch auf der Erinnerung an das eigene Leben, ne?«

»Ich weiß es nicht«, sagte ich. »Ich würde nie meine Memoiren schreiben, weil ich für mich kein Thema bin.«

Mia wurde allmählich lebhaft.

»Das ist es ja eben. Tante Azai schreibt keine Autobiografie.«

»Was denn sonst? Eine Familienchronik?«

Mia schüttelte den Kopf.

»Eine merkwürdige Mischung. Weder Buch noch Tagebuch. Ich bin nicht einmal sicher, ob das, was sie schreibt, wahr ist oder nicht. Es gibt auch keine chronologische Folge. Und sie hatte offenbar vor, ihre Memoiren – wenn man sie so nennen kann – zu vernichten. Sie sollten nicht in fremde Hände geraten.«

»Es tut mir leid«, sagte ich, »ich wollte wirklich nicht indiskret sein …«

Mia bewegte lebhaft die Hand hin und her.

»Mach dir keine Gedanken. Sie hätte die Hefte ja mitnehmen können.«

»Sie hat vielleicht einfach nicht mehr daran gedacht?«

»Nein, nein! Sie ist nicht vergesslich. Ich nehme an, sie war sicher, dass niemand die Hefte finden würde.«

»Worüber schreibt sie denn?«

»Über Leute, die ich dem Namen nach kenne, weil meine Eltern auch von ihnen sprachen. Aber Tante Azai beschreibt sie aus einem ganz anderen Gesichtspunkt.«

»Und Jan Letzel?«

Sie sah mich mit großen runden Augen an, spießte eine Bratkartoffel auf und verfehlte ihren Mund. Die Bratkartoffel fiel zurück auf den Teller.

»Oh … oh … entschuldige!«

»Soviel ich mich entsinne«, sagte ich, »bist du seinetwegen nach Prag gefahren …«

»Ja, aber die Reise war unbefriedigend.«

Es gab mir einen leichten Stich. Ich streichelte ihre Hand.

»Aber in Prag haben wir uns doch kennengelernt. War das nicht eine Entschädigung?«

»Oh ja, natürlich!«, rief sie schuldbewusst.

»Sprich weiter«, sagte ich.

Sie lächelte etwas krampfhaft.

»Entschuldige, Rainer, ich … ich muss nachdenken! Tante

Azai war … ist immer noch eine sachliche Frau. Aber diese Geschichte ist einfach unglaublich!«

»Hat die Geschichte mit Letzel zu tun?«

»Was ich gelesen habe, ist so hirnverbrannt!«

»Du machst es spannend«, sagte ich.

Sie lehnte sich zurück, mit beiden Händen auf das Sitzkissen gestützt.

»Also, hör zu! Bevor Jan Letzel nach Kairo ging, hatte er eine Studienreise durch die Balkanländer gemacht: Bosnien, Dalmatien, Montenegro. Anschließend besichtigte er Florenz, Siena und Assisi. 1907 schiffte er sich nach Japan ein, wo er für ein französisches Architekturbüro Pläne entwarf. Später gründete er dann sein eigenes Büro in Tokio. 1921, ein Jahr vor dem großen Kanto-Erdbeben, das Tokio zerstörte, war er Handelsattaché an der tschechischen Botschaft. Ehrenamtlich, versteht sich. Er hatte Tuberkulose, wie du weißt, und kam zufällig in die Praxis meines Urgroßvaters Yoshiaki, um sich behandeln zu lassen.«

Ich hörte zu, war aber mit meinen Gedanken weit weg.

»Das war kein Zufall.«

Sie runzelte die Stirn.

»Was denn sonst?«

Ich blieb ihr die Antwort schuldig. Mia spießte eine Bratkartoffel auf die Gabel. Es sah aus, als schmecke es ihr vorzüglich. In Wirklichkeit wusste sie kaum, was sie aß, und legte ihre Gabel wieder hin.

»Um es kurz zu machen: Letzel und mein Urgroßvater freundeten sich an. Tante Azai schreibt, dass Chimako, ihre Mutter, sich wunderte, denn Yoshiaki schenkte seine Freundschaft keineswegs jedem. Doch er hatte einen feinen Instinkt für Menschen, und nach einigen Monaten war es, als ob Letzel zur Familie gehörte. Azai nannte ihn Onkel Jan.«

»Moment!«, unterbrach ich sie. »Wie alt war sie denn?«

»Sie wurde dreizehn. Ihre Schwester Tomoko – meine Großmutter, wie du weißt – hatte ja mit sechzehn geheiratet. Und ihr Bruder Matsuo, der kleine Nachzügler, wurde noch von einem Kindermädchen betreut. Azai erinnert sich an alles. Bilde dir nicht ein, dass ihr Gehirn verkalkt wäre.«

»Ich bilde mir überhaupt nichts ein.«

»Und später wollte sie nicht, dass das Dokument irgendwelchen Historikern in die Hände fiel und auf Nimmerwiedersehen in einem Ministerium verschwand. Weil dieses Dokument ganz wesentliche geschichtliche Fakten durcheinanderbringen würde, verstehst du?«

Ich starrte sie an.

»Kein einziges Wort, tut mir leid. Von welchem Dokument redest du?«

»Von der Schriftrolle!«

Ich dachte an meinen Traum. Mich überlief es kalt.

»Welche Schriftrolle?«, fragte ich.

»Letzel zeigte Azais Eltern eine alte japanische Schriftrolle, die er in Montenegro gefunden hatte. In einem orthodoxen Kloster. Die Schriftrolle wurde mit anderen Dokumenten in der Sakristei aufbewahrt. Es handelte sich um einen Bauplan, mit Fußnoten in lateinischer Schrift. Der Plan zeigte den Grundriss einer Burg mit Mauern und Wallgraben, aber mit einer eindeutig europäischen Kuppel. Das Ganze sah aus wie eine Kirche und widersprach allem, was Letzel über japanische Architektur zu wissen glaubte. Er hatte sich eingehend mit unserer Bauweise befasst, und zwar in Hinblick auf die Gefahr der Erdbeben, die ja auch Italien und Südeuropa nicht verschonten. Gebäude aus Stein und Mörtel wurden dabei zerstört. Unsere alten Bauwerke nicht. Sie waren ja aus Holz.«

»Wieso ist Holz so widerstandsfähig?«, wollte ich wissen.

»Weil Holz elastisch ist und sich jeder Erschütterung anpasst.«

Letzel machte sich Sorgen, sagte Mia, weil Japan, ganz im Trend, zunehmend auch eine westliche Bauweise einführte.

»Warum?«, fragte ich.

Mia zog die Schultern hoch.

»Alles, was neu und modern war, fanden wir toll.«

»Das ist schon so«, meinte ich. »Modische Denkschwächen verleugnen die Empirie.«

Das räumte Mia ein.

»Wir dachten nicht mehr an den Katzenfisch.«

»Wie bitte?«

Sie lachte ein wenig.

»Ach, ein Märchen erzählt, dass unter den japanischen Inseln ein riesiger Katzenfisch lebt. Bewegt er den Schwanz und schüttelt er die Flossen, kommt ein Erdbeben.«

»Und was war mit der Schriftrolle?«, fragte ich.

Diese Schriftrolle ging auch ihr nicht aus dem Kopf.

»Letzel sah sich den Bauplan an und erkannte mit einem Blick die Machbarkeit des Gebäudes. Der Abt erzählte dazu eine lange Geschichte. Offenbar hatten Jesuiten die Schriftrolle aus Japan mitgebracht.«

Im sechzehnten Jahrhundert war es Spaniern und Portugiesen voller missionarischem Eifer und wirtschaftlichen Hintergedanken gelungen, Südamerika zu erobern. Aber an Japan, einige Jahre später, hatten sie sich die Zähne ausgebissen.

»Du musst den Rahmen im Kopf haben«, sagte Mia. »In dieser Zeit regierte bei uns die mächtige Tokugawa-Dynastie, die den jeweiligen Befehlshaber, den ›Shogun‹ stellte. Die Tokugawa hatten ihren Sitz in Edo, dem späteren Tokio. Der Kaiser selbst residierte in der alten Hauptstadt Kyoto und hatte machtpolitisch nichts zu sagen. Die Tokugawa-Fürsten fanden die Missionare recht nützlich und unterhaltsam. Bis ihnen die christliche Lehre zu erfolgreich wurde und sie den

Aktivitäten der *Nanbanjin* und der *Keto* einen Riegel vorschoben.«

Über die japanische Geschichte hatte ich mich informiert, sah aber längst nicht klar. Ich war nicht einmal in der Lage, gewisse Namen zu behalten. Das musste erst geübt werden.

»Was sind *Nanbanjin*?«, fragte ich. »Und was sind *Keto?*«

Sie lachte.

»*Nanbanjin* sind ›südliche Barbaren‹. Und *Keto* ›behaarte Fremde‹.«

»Schade«, seufzte ich. »Schade, dass die Indianer sie als Götter verehrt haben!«

»Götter hatten wir bereits in Fülle, die saßen auf jedem Baum.« Mia amüsierte sich. »Natürlich hätten die *Nanbanjin* gerne ihr Know-how durchgesetzt, indem sie Einfluss auf die Fürsten nahmen. Aber das funktionierte nicht. Wir hatten ein ausgeklügeltes Herrschaftssystem, eine Mischform aus Zentralregierung und lokaler Verwaltung. Wir hatten Gesetze. Und Beamte, die pingelig die Gesetze befolgten. Dazu kamen an die 20 Feudalherren, die den Titel *Daimyo* führten und sich aufs Heftigste bekämpften. Die Tokugawa-Herrscher tolerierten das Spinnennetz, sorgten aber dafür, dass die *Daimyos* politisch kleingehalten wurden. Daneben war die Gesellschaft in vier verschiedene Stände aufgeteilt. Aber das solltest du wissen, Rainer. Hast du im Unterricht gut aufgepasst?«

Ich nickte mit gewichtigem Ernst. Doch, das hatte ich.

»Erstens«, sagte ich und zählte an den Fingern auf. »Die Kriegerkaste der Samurai. Zweitens: die Bauern. Die Bauern hatten den Reis zu ernten und die Feudalherren, denen das Land ja gehörte, reich zu machen. Sie selbst blieben arm. Drittens: die Handwerker. Für sie galt: Schuster, bleib bei deinen Leisten! Sie durften keinen Beruf außerhalb ihrer Kaste ausüben. Viertens: Die Händler, zugleich verachtet und gefürchtet, weil sie Reichtümer anhäuften und an Einfluss gewannen, während die Samurai verarmten.«

»Oh ja«, sagte Mia. »Sie verhungerten mit Stil.«

»Stil hat man, oder hat man ihn nicht!«

Die Samurai imponierten mir. Tolle Typen, eigentlich! Auch ihre Art, sich mit Eleganz zu entleiben, sobald man ihre Ehre empfindlich kitzelte, fand ich – wenn auch nicht nachahmenswert – immerhin bemerkenswert.

»Es waren unruhige Zeiten«, fügte Mia erklärend hinzu. »Es gab Hungersnöte und Bürgerkriege, alles ging drunter und drüber. Und plötzlich kamen die Missionare und predigten: Liebe deinen Nächsten!«

»Wenn nicht hier auf Erden, dann im Himmel«, seufzte ich. »Das immerhin war garantiert.«

»Sie fanden Anhänger«, sagte Mia. »Die Regierung wurde argwöhnisch. ›Liebe deinen Nächsten‹ war nicht ihr Ding. Den frischgebackenen Christen wurde das Leben schwer gemacht. Sie revoltierten. Es gab ein Gemetzel und viele Hinrichtungen, und 1622 wurden alle Ausländer vertrieben. Ab und hinaus!«

Eine notwendige Radikalkur sei das gewesen, meinte Mia. Die Tolteken, Azteken oder wie auch immer sie hießen, hatten ihre Fremden zu respektvoll empfangen. Es machte schon einen Unterschied, ob man einen weißen Gott oder einen *Keto* vor sich hatte. Ballerten die Musketen, fielen die Indianer wehklagend auf die Knie. Die Japaner sahen sich die Sache an und fragten cool: »Wie funktioniert das, bitte?«

Mia erzählte mir, was sie selbst über die Vorgeschichte von Letzels Entdeckung wusste. Als entscheidend sollte sich erweisen, dass die Missionstätigkeit der Europäer in Japan unterbunden wurde. Hierzulande war man pragmatisch. Der Seehandel war wichtig, der musste erhalten bleiben. Aber die *Nanbanjin* sollten nicht wieder mit ihrer unpassenden religiösen Botschaft umherziehen. Folglich wurde Nagasaki die einzige Stadt, die fremde Schiffe anlaufen durften. Hier wurden alle Geschäfte abgewickelt, der Tauschhandel blühte. Eine Insel nahe dem Festland wurde den Ausländern als Aufenthaltsort zugewiesen. Hier bleibt ihr und rührt euch nicht vom Fleck! Zugegeben, die Japaner hatten das clever gemacht. Und zweihundert Jahre lang herrschte missionarische Ruhe.

Inzwischen segelten die so rüde hinauskomplimentierten Jesuiten nach Europa zurück. So kam es, dass der Bauplan, den Letzel später in dem montenegrinischen Kloster entdecken sollte, mit anderen Gegenständen zunächst nach Lissabon, dann nach Rom gelangte, wo er in den Archiven des Vatikans verstaubte. Irgendwann wurde er gestohlen oder verkauft, war viele Jahre lang verschollen und tauchte plötzlich bei Privatleuten auf. Hier wechselte er mehrmals den Besitzer. Der Abt, der Letzel die Odyssee erzählte, wusste nicht mehr, auf welchen Wegen die Schriftrolle letztlich im Kloster gelandet war. Letzel gab ihm zu verstehen, dass er in seiner Eigenschaft als Architekt das Kuriosum gerne erwerben würde. Der Abt war erfreut und feilschte, wie es sich gehörte. Der ausgehandelte Betrag fiel nicht dem Opferstock zu, sondern verschwand in einer schmuddeligen Soutanentasche. Und ein paar Jahre später, als Letzel sich nach Japan einschiffte, hatte er die Schriftrolle im Gepäck. Er wollte der Sache auf den Grund gehen.

Mia hatte sich, wie man so schön sagt, den Mund fusselig geredet. Sie schnappte nach Luft, und ich goss ihr ein Glas Wasser ein.

»Oh, danke«, keuchte sie. »Tut mir leid, ich bin heiser geworden …«

»Kannst du noch weiterreden?«

»Oh ja, oh ja …«

Sie trank einen langen Schluck.

»Obwohl Letzel von dem Bauplan nach wie vor fasziniert war, hatte er sich oft gefragt, ob der Abt ihm nicht eine Fälschung untergejubelt hatte. Dass Jesuiten in Besitz eines japanischen Bauplans gekommen sein sollten, war höchst unwahrscheinlich. Letzel wollte sichergehen, alle Zweifel ausräumen. Dr. Koga war ein Mann von umfangreichem Wissen. Und als Arzt war ihm die lateinische Sprache selbstverständlich vertraut. Letzel zeigte ihm den Bauplan und bekam bestätigt, dass die Schriftrolle echt war. Doch seine nächste Frage, nämlich ob ein solches Gebäude jemals in Japan errichtet worden war, löste wie ein Blitz aus heiterem Himmel eine Kette unerwarteter Reaktionen aus. Denn kaum hatte Dr. Koga den Namen des Baumeisters entziffert, als ihn eine heftige, fast krampfartige Ergriffenheit packte. Es sei sein direkter Vorfahre, stammelte er, der dieses Bauwerk für einen *Daimyo* errichtet habe! In höchster Erregung rief er seine Frau. Die junge Azai kam auch und wurde Zeugin, wie beide weinten und wie auch ›Onkel Jan‹ seine Erschütterung nur mit Mühe verbergen konnte.«

Während Mia erzählte, kam mir wieder der Traum in den Sinn. Diese Frau, an die ich mich so deutlich erinnerte. Wie konnte sie mit schwarzen Zähnen so umwerfend schön sein? Verrückt!

»Ich sehe da beim besten Willen keinen Zufall«, sagte ich, ohne zu wissen, warum ich das eigentlich sagte.

Mia wirkte verunsichert.

»Oh, hast du ein besseres Wort dafür?«

»Schicksal?«, schlug ich vor. »Das hat doch was, in seiner Unlogik.«

Sie zögerte.

»In diesem ganz bestimmten Fall? Es könnte ja sein …«

»Und wer war der Bauherr?«, fragte ich. »Konnte Yoshiaki das herausfinden?«

Mia sah mich umflort an.

»Stell dir vor, es war Oda Nobunaga.«

»Ach du grüne Neune!«, entfuhr es mir.

Ausgerechnet Oda Nobunaga, der bedeutendste und eigenwilligste *Daimyo* seiner Zeit. Zweite Hälfte des sechzehnten Jahrhunderts. Ein Monument sozusagen.

»Das macht die Sache ja so verrückt«, sagte Mia.

Verrückt war die Sache allerdings. Über Nobunaga hatte ich einiges gelesen. Der Mann musste ziemlich schrill gewesen sein.

»Was für ein Mensch war er?«, fragte ich.

Mia runzelte die Stirn.

»Sehr eigenwillig, sehr widersprüchlich. Als Heranwachsender prügelte und betrank er sich mit Gleichaltrigen, ohne Rücksicht auf seinen hohen Rang in der Gesellschaft und am kaiserlichen Hof. Er glaubte an nichts, und nichts war ihm heilig. Er hasste alle Bräuche, ob sie überholt waren oder nicht. Er hasste jeden Gehorsam, ob das Gesetz gut war oder schlecht. Das Volk aber liebte ihn, weil er seine Kleider verschenkte und Gold in die Menge warf. Als er an die Macht kam, war ein Gegner für ihn tot, wenn er nicht bereit war, sein Verbündeter zu sein. Daneben duldete er kein Unrecht. Wer in Bedrängnis kam, konnte auf ihn zählen. Er war auch kein Verräter; drohte Gefahr, schlug er als Erster zu und siegte auf diese Weise fast immer. Er war unberechenbar, kaleidoskopisch, ein brutaler Rüpel und ein raffinierter Stratege. Und ein begabter Tänzer, Musiker und Dichter.«

»Ein explosiver Typ, wie mir scheint. Haben sich die Missionare an ihn herangetraut?«

»Oh, das war gar nicht so schwierig. Die Missionare brachten Sachen nach Japan, die er haben wollte. Zum Beispiel Musketen.«

»Ach, und was war mit der Menschenliebe?«

Mia rollte die Augen.

»Später, im Himmel!«

»O.k.«, sagte ich. »Wenn er seine Gegner massenhaft umbringen wollte, brauchte er natürlich Musketen …«

»Alles Technische faszinierte ihn. Er sammelte Spielzeugautomaten, zwitschernde Tabakdosen, Nüsse knackende Uhren.«

»Das Kind im Manne?«

»Ja, aber er ließ sich auch zeigen, wie man Reben anpflanzt …«

»Und wurde sein eigener Weinproduzent?«

»Du sagst es.« Mia lachte. »Er war einfach seiner Zeit voraus. Und steinreich, wie er war, leistete er sich jede Laune. Für ihn gab es nichts, das zu kostspielig war. Die Missionare erfüllten ihm jeden Wunsch.«

»Und dachten, noch etwas Geduld, bald ist er ein guter Christ! Wenn er doch schon seine Kleider verteilt …«

Mia lachte laut.

»Nobunaga ließ sie nach ihrer eigenen Musik tanzen.«

»Wie soll ich das verstehen?«

»Wörtlich. Er führte ihnen einen Fächertanz vor und ersuchte sie danach höflich, sie möchten ihm doch eine Pavane vortanzen, bitte.«

»Guter Gott im Himmel!«

»Das sagten die Missionare wahrscheinlich auch.«

»Und sein Schloss?«

»Das war auch ein Grund, warum er die Jesuiten freundlich empfing. Sie hatten ihm nämlich Bücher gezeigt, mit Bildern von der Sixtinischen Kapelle. Die gefiel ihm sehr. Und er ordnete an, dass sein neues Schloss auf dem Berg Azuchi die gleiche Kuppel tragen sollte.«

»War dieser Wunsch nicht ein wenig vermessen? Was sagten denn die Missionare dazu?«

»Ich glaube, ihnen blieb die Spucke weg.«

Die Arbeiten dauerten drei Jahre, erzählte Mia, und stellten den Baumeister vor etliche Schwierigkeiten. Es war nämlich nicht üblich, dass die Baumeister jener Zeit Pläne verfassten. Sie »visualisierten« das Gebäude und schufen ihre Werke sozusagen modellierend. Das war gar nicht so kompliziert, weil sie nur eine Regel zu beachten hatten, nämlich die Diktatur des rechten Winkels. Aber der rechte Winkel stand einer Kuppel im Weg. Eine Kuppel konnte nicht anders als quadratisch oder hexagonal sein. Nobunaga aber bestand auf einer echten Kuppel. Der Baumeister löste das Problem, indem er einen oktogonalen Grundriss entwarf. Das achteckige Gebäude wurde durch neun Säulen gestützt, die nicht wie Ecksäulen vom Tragbalken abgeschnitten waren, sondern bis unmittelbar unter den Firstbalken ragten.

»Nobunaga bekam also seine Kuppel?«

»Er bekam sie. Wenn auch nicht ganz nach vatikanischem Vorbild. Sie war eher spitz als rund, und auch nicht aus Stein. Nobunaga fand das billig. Es musste pures Gold sein. Das Bauwerk war – wie wir heute sagen würden – total glamourös und schockierend für seine Zeit. Es war der erste hölzerne Wolkenkratzer dieser Welt, die Turmpagode erreichte gute sechsundvierzig Meter! Und der portugiesische Jesuit Luis Frois, der dreißig Jahre in Japan lebte und fließend Japanisch sprach, schrieb, ziemlich erschlagen von dem ganzen Pomp, dass es in Europa kein vergleichbares Luxusbauwerk gäbe! Für die Weltausstellung in Sevilla wurde 1992 übrigens ein Modell im Maßstab eins zu zwanzig nachgebaut. Die Maquette soll die höchste Zahl der Besucher auf dem Ausstellungsareal erreicht haben. Daneben versuchte Luis Frois unverdrossen, Nobunaga zu bekehren. Er hatte Humor und berichtete von einem Gespräch mit dem *Daimyo,* in dem er diesen ermahnt, sich durch das heilige Wasser der Taufe vor den Qualen zu schützen, die der Teufel ihm zufügen würde. Nobunaga erwiderte, seine Samurai seien ihm Schutz genug. Daraufhin gibt Frois dem *Daimyo* zu bedenken, dass der Christengott seinetwegen am Kreuz gestorben sei. Worauf Nobunaga entgegnete, er habe ihn ja nie gebeten, das zu tun.«

Ich musste lachen.

»Da war nichts zu machen. Der arme Jesuit!«

Mia sprach weiter: »Leider sollte Nobunaga kaum Gelegenheit haben, sich an seinem Schloss zu erfreuen. Schon drei Jahre später, 1586, ging der Prunkbau in Flammen auf.«

»Wie kam das?«

»Man weiß es nicht. Es heißt, Nobunaga habe einem Vertrauten befohlen, das Schloss in Brand zu setzen, damit es nicht von Feinden eingenommen wurde.«

»Sic transit gloria mundi!«, kommentierte ich.

»Ja«, sagte Mia. »Er hatte sich allzu unbeliebt gemacht.«

»Und sein Baumeister war also ein Vorfahre von dir?«

Mia nickte lebhaft, ungläubig und ein wenig gereizt.

»Tante Azai scheint fest davon überzeugt zu sein.«

»Na ja«, meinte ich, »bei uns sagt man, der Apfel fällt nicht weit vom Stamm!«

»Du ahnst ja nicht«, rief Mia, »wie kompliziert das alles war! Kaum zu glauben, wie schwer sich die Leute das Leben machten.«

»Ich kann es mir ein wenig vorstellen.«

Sie schüttelte heftig den Kopf.

»Nein, das kannst du nicht! Warte, ich will versuchen, dir zu übersetzen, was sie schreibt. Nur einen Augenblick, ich muss mich erst wieder zurechtfinden.«

Sie sortierte eine Weile die Hefte, und ich räumte inzwischen den Tisch ab, goss grünen Tee auf, wobei mir bewusst wurde, wie sonderbar und erregend das alles war. Ich erlebte hier Dinge, die ich nicht wirklich bis auf den Grund verstehen konnte. Nach Japan war ich mit sehr unklaren Erwartungen gekommen. Nun fühlte ich ein inneres Flattern. Mir kam in den Sinn, dass es womöglich nur der Traum eines Schauspielers war, den ich gezwungen mitträumte. Das Gefühl aber, dass alles nur theaterhaft sein konnte und so ablief, wie die Darsteller es vorher unter sich abgemacht hatten, fand ich bemerkenswert spannend. Wollten die Darsteller mich unter sich haben, würde ich meine Rolle glaubhaft spielen, so als gehe es um wirkliches Leben und nicht um ein Spiel.

22. Kapitel

Du musst Geduld mit mir haben«, sagte Mia. »Die alte Frau pflegt einen Schreibstil, der Generationen lang gelehrt wurde. Sogar mir fällt es schwer, ihn richtig zu entziffern. Abschnittsweise verstehe ich nur Bahnhof! Seitenlang ist hier von Nobunagas Schloss die Rede. Tante Azai schreibt, dass Jan Letzel irgendwann den Wunsch äußerte, die Ruinen zu besichtigen. Yoshiaki konnte seiner Praxis nicht fernbleiben, aber Chimako sagte, doch, sie würde ihn gerne nach Azuchi begleiten. Sie hatte persönliche Gründe, den Ort zu besuchen. Aber davon redete sie nicht.«

»Warum?«

»Weil sich dahinter eine Geschichte verbarg, die Letzel eigentlich nichts anging.«

»O.k.«, sagte ich. »Und dann?«

»Den größten Teil der Strecke legten sie mit der Bahn zurück. Das japanische Schienennetz war bereits gut ausgebaut. Azai, die schulfrei hatte, durfte an dem Ausflug teilnehmen, unter der Bedingung allerdings, dass sie schön artig war und den Mund nur dann aufmachte, wenn sie gefragt wurde.«

»Es fällt mir schwer zu glauben, dass sie dazu fähig war.«

»Oh, von den Kindern wurde Gehorsam gefordert. Und keiner stellte die Notwendigkeit einer strengen Disziplin in Frage.«

»Haben sich die Zeiten geändert!«, kommentierte ich.

Mia nickte zustimmend und vertiefte sich wieder in die geheimnisvollen Texte.

Es war eine strapaziöse Reise gewesen. Azuchi war ein kleines Nest, es gab noch keinen Bahnhofanschluss und auch keine Busse. Mutter musste ein Wägelchen mieten, das von einem Pferd gezogen wurde. Im Juni regnete es viel. Der Kutscher trug, wie in alten Zeiten, einen Strohmantel, um die Nässe abzuhalten, für den Regen gemachte Holzschuhe und als Kopfbedeckung einen breiten Hut, ebenfalls aus Stroh, an dem das Wasser herabrieselte. Mutter hielt einen Regenschirm, und mein Reisemantel war zum Glück aus gutem Stoff. Auch Letzel hatte sich warm eingepackt, trug robustes Schuhwerk und einen Filzhut. Es regnete schon seit Tagen, die Luft war von Feuchtigkeit durchtränkt, und die Reisäcker standen unter Wasser. Die weite Ebene stieg langsam an. Als wir endlich die Anhöhe erreichten, war sogar das Pferd erschöpft. Doch der Regen ließ allmählich nach, Dunstschleier zogen auf, und eine blasse Sonne leuchtete. Mutter befahl dem Kutscher zu warten, während wir drei Reisenden den Hang emporstapften. Weil das Schloss auf einem Berg stand, war kein Wallgraben vorhanden.
An diesem hochgelegenen Punkt fühlten sich die Verteidiger sicher. Hatten sie genug Nahrungsmittel, konnten sie hier eine Ewigkeit durchhalten. Die Festung galt als uneinnehmbar. Der Hang war steil, der Wald zunächst dicht, lichtete sich aber allmählich, und die Luft wurde klarer. Die Sonne kam durch. Mein Herz bebte bei dem Gedanken, dass ich mich nun wirklich in der Nähe der ehrwürdigen Festung befand, die mein Ahne gebaut hatte. Und wenn ich mich umwandte und in die Richtung sah, aus der wir gekommen waren, erblickte ich in der Ferne, wie ein leuchtendes Auge, den Biwasee.

Während Mutter und ich uns auf einen Stein setzten, um uns auszuruhen, wanderte Onkel Jan über das Gelände, wobei er sich eifrig Notizen machte. Er sagte oft, dass er, bevor er zu bauen begann, den Ort befragte. Und er entwarf erst den Plan, nachdem ihm der Ort geantwortet hatte. Wir saßen schweigend da, störten ihn zwar nicht in seinen Gedanken, aber ich ließ ihn nicht aus den Augen. Ich wusste, dass er mit den Steinen sprach, und das erfüllte mich mit Ehrfurcht. Es erschien mir wie eine übermenschliche Gabe, und ich glaubte wirklich, dass vor Onkel Jans innerem Auge das goldglänzende Schloss in seinem ganzen Prunk am Entstehen war. Die Seele ernährt sich von Bildern, Zauberkraft wohnt nur in der Fantasie. Vielleicht war Onkel Jans Sinn, der die Vision schuf, nach derselben Ordnung gelenkt wie die Sternbilder. Und vielleicht kam er als Architekt der Unendlichkeit näher, weil er sie in Zahlen ausdrückte, die ja auch Symbole sind.

»Kann das eine Zwölfjährige verstehen?«, fragte ich verblüfft.

Mia schüttelte den Kopf.

»Nein, natürlich nicht. Das sind Überlegungen einer erwachsenen Frau. Aber Kinder haben Intuition. Azai wusste genau: Wie Letzel es machte, so musste man es machen, sich weit vom Gegebenen entfernen und sich unbefangen ins Herz der Dinge stürzen. Doch sie dachte auch praktisch und machte sich Sorgen, denn Letzel war von schlechter Gesundheit.

»Und das Schloss?«, fragte ich. »War davon noch etwas zu sehen?«

»Nicht viel«, sagte Mia. »Bis heute sind ja kaum Ausgrabungen durchgeführt worden. Erst 1989 wurden Mittel freigegeben, damit das Gelände neu erforscht wurde. Doch zu Letzels Zeiten lag die Anlage vernachlässigt und verwildert da, von Buschwerk überwuchert und völlig der Natur zurückgegeben.«

Die feuchten Nebel waren Gift für seine Lungen. Manchmal blieb er stehen, krümmte sich und hustete. Nach einer Weile schüttelte Mutter ihren nassen Regenschirm aus und trat zu ihm mit der Frage, ob er etwas Aufschlussreiches gefunden hatte. Onkel Jan erwiderte, er erkenne in dem Gewirr von Steinen das Werk der menschlichen Hand. Zur Rechten und zur Linken ragten Steinquader, von Unkraut überwuchert.

»Hier!«, sagte er und deutete nach oben. »Die Rampe zum Schlosseingang.« Mutter folgte seinem Blick und nickte. Sie wusste, dass keine Treppe zum Schloss geführt hatte, sondern eine hölzerne Rampe. Sie war auf tief in den Boden gerammten Pfeilern gebaut gewesen. Die Steinquader hatten dazu gedient, die gewaltigen Pfeiler zu stützen. Auf der Rampe hatten sieben Reiter Seite an Seite Platz! Sie glich einer Riesenbrücke, die sich über Höfe, Gassen, schwer befestigte Häuser schwang, über künstlich angelegte Gärten, Schreine, Teehäuser. Die Rampe stieg immer höher an, warf ihren Schatten über Dächer und Bäume. Und bei jedem Schritt traten dem Besucher die Ausmaße der Burg stärker vor Augen. Auf dem Hauptturm funkelte die goldene Kuppel, die spiegelgleich die Sonne zur Sonne zurückschickte und das ganze Schloss mit einem Licht überzog, das wie gelbes Kristall war, glänzend und klar.

Onkel Jan sah das alles vor sich, wie gemalt. Er sah auch die Stallungen und Kasernen für die Soldaten, das eisenbewehrte Riesentor, das in den ersten Innenhof führte. Vor seinem geistigen Auge schwangen die bronzenen Torflügel auf. Flankiert wurde das Tor auf jeder Seite von Gipsmauern, Mauern, in denen sich eine Reihe schmaler, mit

Holzstäben versehener Fenster befanden. Durch die Fenster konnten die Wachen die Besucher sehen und sie dem Schlossherrn melden. Es gab noch drei Tore, jedes prächtiger als das andere, mit vergoldeten Angeln, die zur Hälfte der Flügel reichten. Das letzte Tor führte in den Vorhof des Schlosses. Sein Anblick musste jeden Besucher wie ein Schlag in den Bauch treffen. Das Schloss war so groß wie drei Burgen auf einmal, nebeneinander und übereinander. Es krönte die Höhe, Terrasse über Terrasse, Reihe um Reihe von bemalten Säulen in dunkel glühendem Rot. Diesem einzigartigen Bauwerk hatte der Volksmund den Namen »Himmelsschloss« gegeben. Doch nichts blieb davon übrig. Die kahlen Steine, herb und nass, gemahnten an das rollende Rad der Welt, an die Zeit, die dahingeht und die unwiederholbaren Werke der Menschen rettungslos vernichtet. Mutter folgte Onkel Jan in einigen Schritten Abstand, ihre schmale Gestalt im schlichten Reisekimono schien mit den Bäumen verwachsen. Keiner von beiden nahm Notiz von mir. Ich fühlte mich plötzlich sehr müde, die Augen fielen mir zu. Ich schlief ein und hatte einen Traum – oder eine Vision. Es war das erste Mal, dass das geschah, und es verstörte mich sehr.

Noch heute entsinne ich mich an jede Einzelheit. Ich sah einen Reiter, der sich schnell und seltsam geräuschlos durch das Unterholz näherte. Das Pferd war von jener Art, die wir »Schilfdrachen« nannten: ein Schimmel mit scheckigem Muster, das sich wie kleine Wolken auf Brust und Flanken verteilte. Diese Reittiere wurden ihrer Kraft und Intelligenz wegen von den Adligen bevorzugt. Das Zaumzeug war von edelster Machart, mit bunten Schnüren und Troddeln versehen. Als der Reiter ganz nahe war, hörte ich, wie die lackierten Schuppen seiner Brustpanzerplatte mit dem goldenen Wappen klirrten. Unter der leichten Rüstung trug der

Reiter die seidene Hakama – den Hosenrock der Krieger –, war jedoch barhäuptig. Da erkannte ich, dass es eine junge Frau war. Ihr langes Haar war zu einem Zopf geflochten, ihre Lippen purpurn gefärbt. Sie kam auf mich zu, ritt haarscharf an mir vorbei, sodass ich den Atem ihres Pferdes wie einen warmen Luftzug spürte. Im Vorbeireiten lächelte sie mich an. Ihre Zähne waren schwarz gefärbt – das Merkmal der hochgestellten Damen – und leuchteten zwischen den roten Lippen, als sie leicht den Finger auf den halb geöffneten Mund legte. »Kein Wort!«, befahl die knapp angedeutete Geste. Sie tauchte in die Nebel ein, so schnell, wie sie gekommen war. Und dann war sie verschwunden, und ich fühlte eine Hand, die sich auf meine Schulter legte, schreckte hoch und hörte die Stimme meiner Mutter, die mich weckte.
»Azai-Chan, wach auf! Du erkältest dich ja. Es wird Zeit, dass wir gehen …«
Ich musste eine Weile geschlafen haben, denn meine Beine fühlten sich steif an, und ich war ganz durchgefroren. Es hatte auch wieder angefangen zu regnen. Ich richtete mich mühsam auf, stapfte hinter den beiden Erwachsenen den Hang hinab. Ich stand noch unter dem Eindruck meines Traumes. Doch Mutter verriet ich nichts davon. Wer diese Frau im Traum gewesen war, konnte ich nicht sagen. Sie hatte mir aber Schweigen geboten. Geisterfrauen sind sehr mächtig. Ich durfte ihr Verbot nicht missachten.

Mir wurde plötzlich klamm unter dem Kragen.

»Mia, hör zu … Es hört sich zwar lächerlich an … aber ich habe auch von dieser Frau geträumt …«

Sie traute ihren Ohren nicht.

»Du hast von ihr geträumt?«

»Ja, ich habe sie ganz deutlich gesehen. Sie hatte schwarze Zähne und sah wirklich sexy dabei aus. Unglaublich!«

»Warum hast du es mir nicht gesagt?«

»Ich wollte dich mit meinen Hirngespinsten verschonen.«

Sie schüttelte heftig den Kopf.

»Es war kein Hirngespinst.«

»Also, ich bin nicht ohne esoterische Einsicht, aber das geht mir doch zu weit. Wer ist diese Frau überhaupt? Lässt sich das herausfinden?«

Mia schüttelte den Kopf. »Tante Azai dürfte es wahrscheinlich wissen, aber den Namen wird sie kaum preisgeben.«

»Warum nicht?«

Sie zog die Schultern hoch.

»Weil die alte Generation auf idiotische Weise die Vergangenheit respektiert.«

»Hast du eine Ahnung, wer die Frau sein könnte?«

Sie runzelte die Stirn.

»Ich denke, dass sie – wer immer sie auch sein mochte – in unserer Familiengeschichte eine wichtige Rolle spielte.« Und setzte mit leichtem Sarkasmus hinzu: »Wenn du dir Gedanken über die Fähigkeiten des Gehirns machst, ist das doch interessant, ne?«

Ich blieb einen Augenblick stumm. Hatte Tante Azai Visionen, dann war das schon o.k. Letztlich stand ihr das in ihrem Alter zu. Hatte hingegen ich Visionen, dann war das bedenklich. Ich wehrte mich entschieden dagegen. Die Geschichte passte mir ganz und gar nicht in den Kram.

Mit seinen Erkundungen in der nebligen Feuchtigkeit hatte Onkel Jan sich übernommen. Eine Zeit lang fühlte er sich gar nicht gut. Aber Vaters sehr moderne Heilmethoden linderten seine Atembeschwerden, sodass es ihm bald wieder besser ging. Er war ein gefragter Architekt und arbeitete an verschiedenen Projekten. Das Stadthaus von Hiroshima wurde 1916 fertiggestellt. Die kühne Bauart, einzigartig für Japan, war seiner Zeit weit voraus. Kritiken, die dem Bauwerk vorwarfen, zu wenig der einheimischen Tradition zu entsprechen, gingen im Konzert der Lobreden unter. Unsere Familie war zur offiziellen Einweihungsfeier eingeladen. Das Stadthaus war ein europäisch anmutendes Gebäude, mit einer mächtigen Kuppel, die mit Kupfer überzogen war. Kupfer dunkelt mit der Zeit nach und verliert seinen Glanz, aber damals war die Kupferschicht neu und schimmerte golden. Bei diesem Anblick überkam mich ein seltsames Gefühl von Déjà-vu. Und als ich in der Menge der Ehrengäste das Atrium betrat und zur Kuppel emporblickte, hatte ich plötzlich den Eindruck, ein Teil meines Geistes sei an einen anderen Ort versetzt worden. Es war ein völlig fremder Ort, den ich aber trotzdem kannte. Ich sah alle Farben grell leuchten, aber verzerrt, wie aus größerer Entfernung. Die Vision störte kaum meine Wahrnehmung der offiziellen Ansprachen, die gerade gehalten wurden. Wohl nur einen Augenblick lang hatte ich den Kontakt zu dem, was »die Wirklichkeit« genannt wird, verloren. Und doch reihten sich in diesem »Anderswo« mehrere Szenen zu einem zeitlichen Ablauf aneinander, sodass mir am Ende der Vorgang recht lang vorkam. Ich könnte jetzt die Augen schließen, und alles stünde vor mir, als ob es vor einer Minute geschehen wäre. Dabei liegt das Ganze fast ein Jahrhundert zurück. Denn gesehen habe ich es zweifellos. Und mein Gedächtnis lässt mich noch nicht im Stich. Ich blickte also zur Kuppel empor und sah eine Überlagerung von Bildern. Im mattgoldenen Metallglanz kostbarer Schnitzereien bewegten sich prachtvoll gekleidete Gestalten. Man verbeugte sich vor einem Mann, der mit elastischen Schritten durch eine Tür trat. Er kam offenbar von einer Schlacht, denn er war noch in Rüstung gekleidet und trug seine Waffen, das Kurz- und das Langschwert. Als er durch die Tür kam, löste er die Kette seines Helmes mit dem Hirschgeweih und gab ihn in die Obhut seines Feldwebels. Zu beiden Seiten der Tür nahm die schwer bewaffnete Leibgarde Aufstellung, wobei sie niederkniete und ihrem Herrn – wie es der Anstand in einem fürstlichen Haus verlangte – den Rücken zukehrte. In diesem Augenblick erschien – mehrere Stockwerke höher – eine ganz junge Frau, beugte sich über das Geländer, lief leichtfüßig die Treppe hinab, dem Mann entgegen. Ihr grüngoldenes Gewand huschte an den Säulen vorbei, es war, als ob sich ein schillernder Vogel im Helldunkel zeigte und wieder verschwand. Vor dem letzten Treppenabsatz blieb die junge Frau stehen, verbeugte sich mit anmutigem Schalk. Ihr wunderbar schlichtes Haar, im Nacken von einer Spange in Libellenform gehalten, wippte auf ihren Schultern wie ein schönes Gefieder. Ihr Anblick zauberte ein Lächeln auf das strenge Antlitz des Mannes. Und als er ihren Gruß mit einer tiefen, scherzhaften Verbeugung erwiderte, erkannte ich, dass da etwas Tieferes hinter seinem Lächeln verborgen war als nur die Huldigung einer schönen jungen Frau. Ich hörte sogar, wie er ihren Namen aussprach. Seine Stimme war tief im Ton, männlich und schön. Die Stimme eines Sängers, dachte ich. Gerne hätte ich mir den Namen gemerkt, doch ganz in der Nähe waren irgendwelche Geräusche, die mein Gehör verwirrten, sodass ich den Namen nicht verstand. Doch dann konzentrierte ich mich, und es gelang mir, die fremden Geräusche zu ignorieren. Wer mochte diese junge Frau sein? Eine Gemahlin oder eine Konkubine hätten ihre Freude niemals so freimütig zur Schau gestellt. Eine verheiratete Frau jener Zeit durfte vor den Leuten keine Zuneigung zeigen, es wäre nicht vornehm gewesen. Seine Tochter vielleicht? Ich hätte nicht sagen können, warum, aber ich hatte das Gefühl, dass auch dies nicht zutraf. Zwischen beiden zeigte sich eine besondere Vertrautheit, ein Grad von Übereinstimmung, der zwischen Vater und Tochter undenkbar gewesen wäre und bei dem der Altersunterschied nicht zählte. Diese liebevolle Gemeinschaft erstaunte und begeisterte mich gleichermaßen. Nie hätte ich gewagt, einem Erwachsenen zu widersprechen, geschweige denn mit ihm zu scherzen! Ich fand es auch kaum noch sonderbar, dass ich unter dem Verlust jeglichen Zeitgefühls Zeuge dieser Szene war und alles so klar empfand. Und plötzlich zuckte es kurz und schmerzhaft in meinem Rückgrat, die Zeit schnellte zurück an ihren Platz. Ich war wieder im Stadthaus von Hiroshima, ein unbedeutendes junges Ding unter den vielen Ehrengästen, die nach den offiziellen Ansprachen jetzt eingeladen wurden, das Gebäude zu besichtigen. Und plötzlich, während ich stumm meinen Eltern folgte, begriff ich, was außer mir offenbar niemand hatte bemerken können: Onkel Jan hatte das Schloss von Azuchi niemals gesehen. Er hatte es erträumt und unter dem Eindruck dieser Träume ein Gebäude errichtet, das den Geist des »Himmelsschlosses« in sich barg. Das Stadthaus von Hiroshima, das unter der Bezeichnung Genbaku-Dom den Abwurf der Atombombe überstehen und Weltruhm erlangen sollte, war das ferne Leuchten eines Meisterwerks, das in der Erinnerung der Menschheit nicht zur Ruhe kommen wollte.

Tante Azais Aufzeichnungen enthielten eine Spur Hysterie und schilderten gleichzeitig eine Traumwelt, der mit Vernunft nicht beizukommen war. Sie halluzinierte in aller Harmlosigkeit. Komisch, sie hatte mir nicht diesen Eindruck gemacht. Doch ich wusste, dass wir uns zu leicht mit einer Routineerklärung zufriedengeben. Woran, an welchen Zeichen sollten wir erkennen, ob nicht unsere Sinne schon zu befangen sind, um Wahrheit und Erfundenes korrekt voneinander zu trennen? Es war, fiel mir ein, als ob meine kryptogene Erscheinung gewollt hatte, dass ich Tante Azais Hefte entdeckte. Als ob sie den Vorgang provoziert und eingeleitet hatte. Ein verrückter Gedanke? Ich erzählte Mia, dass meine Mutter im Sog der New-Age-Welle sich mit allen möglichen – und wackeligen – Spekulationen befasst hatte. Spukerscheinungen. Hexerei. Psychokinese. Hypnose. Sie war dann bei der Homöopathie gelandet und dabei geblieben. Immerhin etwas Handfestes.

»Jetzt fehlt nur noch«, sagte ich, »dass sich die Bilder an der Wand bewegen.«

Mia schmunzelte.

»Vielleicht kommt es noch so weit.«

»Nein. Nicht solange ich hier wohne.«

Sie legte die Stirn in Falten, was sie seltsamerweise jünger machte und nicht älter.

»Das ist es ja eben. Der Geist erscheint dir, weil du an Ort und Stelle bist.«

Ich schüttelte entschieden den Kopf.

»Ich konnte alles Mögliche sein, aber kein Medium. Ich habe einfach kein Talent dazu.«

»Woher willst du das wissen?«, fragte Mia.

»Tja, so genau weiß ich das auch nicht«, gab ich zu. »Hatte Tante Azai noch mehr solche … ähm … Visionen?«

Mia sah mich mit ernstem Gesichtsausdruck an.

»Sie hatte welche. Und ich könnte mir vorstellen, dass ihr dabei ziemlich unheimlich zumute gewesen ist.«

Einige Jahre lang geschah nichts, worüber ich berichten könnte. Ich besuchte ein Mädchengymnasium, das in dem Ruf stand, eine der fortschrittlichsten Schulen in ganz Japan zu sein. Dort hatte man uns verschiedene Fächer beigebracht, die eigentlich Knaben vorbehalten waren: Mathematik, Physik, Naturwissenschaft. Wir hatten sogar Gymnastikstunden. Am Ende meiner Schulzeit stellte Mutter fest, dass ich viel zu wenig Wissen über die weiblichen Fertigkeiten und die gesellschaftliche Etikette erworben hatte. Das Leben bei uns zu Hause war nicht sehr zeremoniell, und für mich waren diese Dinge unbedeutend. Doch Mutter war besorgt, fehlte es mir doch an mancher Unterweisung, die für mein Leben als zukünftige Ehefrau notwendig war. Und so verbrachte ich – rückblickend betrachtet – in einem konventionellen Mädcheninstitut eine recht nutzlose Zeit, die ich allerdings kompensierte, indem ich Vater in der Praxis half. Zunächst war ich nur Sprechstundenhilfe, dann zog mich Vater auch heran, wenn er Verletzungen pflegte oder Kranke untersuchte. Frauen, vor allem wenn sie älter waren, schätzten eine weibliche Präsenz im Sprechzimmer. Ich mochte diese Aufgabe von Anfang an gern und zeigte mich auch recht geschickt, wenn es galt, Verbandzeug zu wechseln oder eine Spritze zu geben. Vater lobte mich nicht – das war nicht seine Art –, doch er übergab mir nach und nach größere Verantwortung. Aber trotz meiner wachsenden Zufriedenheit gab es in diesem Sommer 1923 etwas, das mich in Unruhe versetzte. Es war eine außergewöhnlich heiße, stickige Jahreszeit. Ich wurde von solchen Kopfschmerzen geplagt, dass ich mich fragte, ob ich ernstlich erkrankt sei. Als die Schmerzen im August immer stärker wurden, bat ich Vater um ein Mittel. Er gab mir Tabletten, die ein wenig halfen, mich aber beduselt machten. Ich hatte ein ungewöhnlich starkes Schlafbedürfnis, ging zwar meinen Aufgaben nach, aber mein Geist war träge, und manchmal schien mir, als würden die Tage nicht enden. Wenn die Nacht kam, lag ich dennoch wach und zählte die Stunden. Doch kein Mensch kann lange ohne

Schlaf auskommen. Um Vater nicht noch mehr zu beunruhigen, griff ich eigenhändig zu den Tabletten. Wahrscheinlich nahm ich eine zu viel, denn kaum hatte ich mich zur Ruhe gelegt, fiel ich in den Schlaf wie in eine Ohnmacht. Und in diesem Zustand träumte ich wieder von der Frau. Sie hatte mich seit Jahren nicht mehr heimgesucht, ich hatte sie schon fast vergessen. Doch nun, in den frühen Stunden vor Morgengrauen, erschien sie mir. Sie schwebte vor dem Fenster, mir war, als ob ihre scharf umrissene Gestalt die Sterne verdunkelte. Sie hielt eine brennende Fackel in der Hand und bewegte sich auf seltsame Art, als ob sie tanzte. Aber es war kein Tanz. Sie drehte sich nur leicht von einer Seite zur anderen, wobei sie mit ihrer Fackel in die vier Himmelsrichtungen wies. Auf einmal warf sie die Fackel hoch über ihren Kopf. Da schien es mir, dass der Himmel selbst in Flammen aufging. Das Feuer verbarg auch die Frau, sie war bis zu den Augen hinauf in das grelle Leuchten getaucht. Ich sah, wie sich ihr schönes Gesicht auf unheimliche Art zusammenzog und dehnte. Es schmolz, als sei es aus Wachs, und am Ende blieben nur noch die Augen bestehen, die schwarz und leicht schwankend in der Luft hingen und mich anstarrten, bis ich schlagartig erwachte. Ich war am ganzen Körper klamm, und mir war übel. Der Traum erschreckte mich derart, dass ich nicht mehr einschlafen konnte. Der Tag brach an, wir hörten die Hähne krähen. Und uns fiel auf, dass sämtliche Hunde in der Nachbarschaft jaulten. Die Hitze machte alle, Menschen und Tiere, verrückt. Und die Frau mit ihrem unheimlichen Blick zeigte doch nur, wie überreizt mein Gehirn war. Meine Kopfschmerzen hatten sich nicht beruhigt, im Gegenteil. Beim Frühstück wurde mir schlecht. Ich musste mich übergeben. Mutter sagte, dass ich der Praxis lieber fernbleiben sollte. Ich kümmerte mich also um leichte

Hausarbeiten, mehr brachte ich nicht zustande. Das grausige Heulen der Hunde kreiste gespenstisch über der Stadt. Sogar Mutter war beunruhigt. Was hatten die Tiere nur? Was ging draußen vor?

Es war der erste September. Und kurz vor Mittag erschütterte jenes Erdbeben die Stadt, das als »Großes Erdbeben von Kanto« in die Geschichte eingehen sollte. Die Stöße erreichten eine Stärke von 7,9 auf der Richterskala. Es war, als ob die Erde sich verflüssigte. Unser Haus hielt stand, aber es schien nicht auf festen Boden gebaut, sondern auf Wellen, die auf und nieder schwankten. Mein Bruder und ich wurden zu Boden geschleudert, hielten uns fest in einer Welt, die überall zerbarst und zerstört wurde. Um diese Tageszeit waren viele Leute mit der Zubereitung des Essens beschäftigt. Nicht überall waren Gasleitungen gelegt, in vielen Häusern wurde noch mit Holzkohle gekocht. Weil die Öfen brannten, griff das Feuer schnell um sich, und bald standen ganze Stadtteile in Flammen. Damals bestand Tokio noch vorwiegend aus Holzhäusern. Flammengarben sprangen von einem Haus zum anderen, danach von einem Viertel zum nächsten. Und so gingen ganze Straßenzüge im Flammenmeer unter. Auch wir sahen uns vom Feuer bedroht und suchten wie Hunderte anderer Menschen Rettung im Park des Inari-Schreins, wo der Teich und die großen Steingärten den Flammen weniger Zugriff boten. Die Konfusion war unbeschreiblich. Unaufhaltsam drängte sich die Menge in die Umgebung des Schreins. Die hohen Granitpfeiler, die den Eingang bildeten, standen noch – ein Signal, dass hier noch Zuflucht war. Wir befanden uns wie auf einer Insel inmitten einer brennenden Stadt. Um uns herum schluchzten und schrien die verzweifelten Menschen, immer mehr drängten sich in den Park. Wir konnten uns nicht mehr von der Stelle bewegen. Gegen Abend kam

Wind auf, über uns wirbelten Funken, brennende Strohfetzen, Splitter. Der zehnjährige Matsuo schleppte einen Koffer mit sich, in den wir ein paar Habseligkeiten gestopft hatten. Mutter weinte in aller Stille vor sich hin. Keiner von uns wusste, ob Vater noch am Leben war. Ich drückte Mutter sanft auf den Koffer nieder, damit sie sich setzen und ausruhen konnte, und hielt sie mit beiden Armen umfasst. Da erst merkte ich zu meiner Verwunderung, dass mein Kopf klar war, wie reingewaschen. Ich musste, überlegte ich, so empfindsam wie die vielen entsetzten Tiere sein, die ja unfähig gewesen waren, das Schreckliche in Worte zu fassen, es aber im Voraus gespürt hatten. So vergingen viele Stunden: Die Nacht brach herein und zeigte am Horizont den rundlaufenden Feuersturm. Viele Tausend Menschen waren dabei, Schneisen zu graben, um die Flammen aufzuhalten, arbeiteten in der Gefahr der einstürzenden Gebäude, in dem Gestank von Gas und Benzin und in schwelendem Rauch. Dann und wann schloss ich für Sekunden die Augen, schlief im Stehen ein, doch immer wieder weckten mich die Nachbeben, und wenn ich die Augen wieder aufriss, war mir, als hätte ich viele Jahrhunderte geschlafen, so gespenstisch und furchtbar war das Brausen der Flammen, das Schreien und Schluchzen der Menschen. Und während ich so dastand und in die Nacht hinausblickte, hörte ich ein lautes Donnern durch alle anderen Geräusche hindurch, ein roter Flammenvorhang wehte empor. Am Hafen explodierten die großen Gasbehälter, die Feuersbrunst griff auf die Schiffe über, überzog den Himmel mit blutrotem Leuchten. Doch trotz des Getöses wachte meine Mutter nicht auf. Ich hielt sie an mich gedrückt und dachte an die Geisterfrau. Ich war rational, wie mein Vater, und suchte für das Phänomen eine vernünftige Erklärung: In der Atmosphäre mochte es Zusammenballungen von Energien geben, die besonders feinfühlige Menschen spürten. Vielleicht hatte sich eine elektrische Energie in den vierten Zustand der Materie – in Plasma – verwandelt, und mir war im Tiefschlaf gelungen, sie zu visualisieren. Konnte es sein, dass ich ein Erbgut in mir trug, das mich dazu befähigte? Doch die furchtbare Lage, in der wir uns befanden, erlaubte mir nicht, diesen Gedanken zu vertiefen. Meine Mutter wachte auf und stammelte verstört, Yoshiaki sei gewiss tot und unser Haus läge in Trümmern. Matsuo und ich trösteten sie so gut wir konnten, und es erwies sich, dass unsere verzweifelten Trostworte der Wirklichkeit entsprachen: Denn Vater lebte, und unser Haus war, wie der benachbarte Schrein und der große Felsengarten, wie durch ein Wunder unversehrt geblieben. Als die Nachbeben schwächer wurden und die Flammen sich beruhigten, kehrten wir schweigend und erfüllt von Trauer zurück in unser Heim. Und weil für Mutter und Matsuo keine unmittelbare Gefahr mehr bestand, ließ ich sie allein und machte mich durch das furchtbare Chaos auf den Weg zum Nothospital, in dem Vater – am Rand des Zusammenbruchs – Tag und Nacht Verletzte pflegte. Es fehlte an Verbandszeug, an Medikamenten, an allem. Schwerverletze mussten ohne Anästhesie operiert werden. Ich konnte einige von Vaters Aufgaben übernehmen und bat ihn, etwas zu ruhen. Er rauchte eine Zigarette, legte sich in seinem blutbefleckten Arztkittel auf eine Decke und schlief ein paar Stunden lang wie ein Stein. Später wurde bekannt, dass das Erdbeben allein in der Hauptstadt vierhunderttausend Tote gefordert hatte.

Die Zeit verging. Tag für Tag kehrte das Leben in die verbrannte Stadt zurück. Man räumte die Trümmer weg, organisierte sich. Bald fand Mutter auch wieder Lebensmittel, Fisch und Gemüse auf dem Markt. Vaters Praxis war zerstört worden, fortan arbeitete er im Krankenhaus. Matsuo bewunderte ihn sehr. Er war ein guter Schüler und wollte in seine Fußstapfen treten. Doch auch ich machte mir über die Zukunft Gedanken. Heiraten? Ich war spröde, wortkarg, ungeduldig, eben wie ein Mädchen bei uns in jener Zeit nicht sein sollte. Es war eigenartig, aber ich sann unentwegt über etwas sehr Wichtiges nach, das mir innerlich keine Ruhe ließ. Und eines Abends bat ich die Eltern um die Erlaubnis, Medizin studieren zu dürfen. Die Frage, wie meine Bitte aufgenommen werden würde, beunruhigte mich natürlich sehr. Es war nicht üblich, dass junge Mädchen sich mit einem derart ausgefallenen Wunsch an die Eltern wandten. Krankenschwester, warum nicht? Erst recht in dieser Zeit, da viele Menschen unter schlimmen Krankheiten litten. Und einer späteren Heirat würde dadurch nichts im Wege stehen. Aber Ärztin? Vater gab mir zu bedenken, wie lang und aufwendig das Studium sein würde. Und Mutter befürchtete, dass ich meinen Entschluss mit dem Verlust der Aussicht auf eine künftige Familie zu bezahlen hätte. Ich aber hielt an meinem Vorsatz fest. Die Tatsache, dass ich Vater tagelang zur Seite gestanden und sogar für ihn eingesprungen war, sprach schließlich zu meinen Gunsten. Meine Eltern gaben mir ihre Genehmigung, und ein paar Monate später begann ich mein Studium an der Medizinschule.

Mir bleibt noch von Onkel Jan zu berichten, der nach dem Erdbeben in der tschechischen Botschaft Obdach gefunden hatte. Sein Haus war zerstört wie fast alle Gebäude, die er in Tokio errichtet hatte; sie waren Opfer des Erdbebens und der Feuerbrunst geworden. Auch hatte er eine junge Frau, die ihm sehr nahestand, und manche seiner guten Freunde verloren. Als er nach der Katastrophe meinen Vater aufsuchte, war er in sehr schlechter Verfassung. Wochenlang hatte eine Rauchdecke, begünstigt durch die Sonnenein-

wirkung des Spätsommers, über der Stadt geschwelt. Onkel Jans Krankheit hatte sich stark verschlimmert. Die Hustenanfälle schwächten ihn derart, dass er sich kaum auf den Beinen halten konnte und an einem Stock gehen musste. Doch er wollte bleiben und mithelfen, Tokio wieder aufzubauen. Vater aber sagte zu ihm: »Mein Freund, deine Lungen würden die Belastung nicht aushalten. Willst du am Leben bleiben, musst du diese Stadt verlassen. Es wird Monate dauern, bis die Luft wieder klar ist. Komm zurück, wenn es dir besser geht und wir das Schlimmste hinter uns haben!«

Jan Letzel war so entmutigt und verzweifelt, dass er Vaters Ratschläge befolgte. Mit dem Versprechen, seine Krankheit auszukurieren und bald wieder zurückzukommen, schiffte er sich ein. Wir nahmen im Hafen von Yokohama Abschied. Wieder in der Tschechoslowakei, verbrachte er mehrere Monate in einem Sanatorium. Doch sein Wunsch, Japan wiederzusehen, ging nicht in Erfüllung. Er starb am 26. Dezember 1925 in seiner Heimatstadt Nachod. Er war fünfundvierzig Jahre alt.

23. Kapitel

Das alles hörte sich so fremd und seltsam an, schien so unwahrscheinlich, und manches konnte ich kaum glauben, aber – eigenartig – ich wollte mehr wissen. Tante Azai, diese undurchsichtige alte Frau, hatte in den dramatischsten Zeiten der neueren japanischen Geschichte ihre Persönlichkeit geformt, hatte begonnen, die anerzogenen Verhaltensregeln mit kritisch abwägenden Augen zu betrachten, und sie hatte die Kraft und den Mut gehabt, verschiedentlich aus den strengen Konventionen einer äußerst traditionsverhafteten Gesellschaft auszubrechen. Und sie hatte die geisterhafte Frau mit den schwarzen Zähnen gesehen, die auch mir erschienen war. Sollte es wirklich, wie Mia vermutete, nur mein Aufenthalt in diesem Haus gewesen sein, der diese Verbindung hergestellt hatte, oder sollte es noch einen tieferen Zusammenhang geben, der sich mir bisher noch nicht erschließen konnte? Mit diesen Überlegungen kam ich vorerst nicht weiter. Ich musste mehr erfahren.

Bevor wir uns wieder mit Tante Azais Eintragungen befassten, brühte ich frischen Tee auf. Dann las Mia weiter.

Unter den Studenten hatte ich viele Kameraden, aber wenig Vertraute. Ich suchte auch keine Bindung. Es gab nur wenig Mädchen, die den gleichen Weg wie ich einschlugen. Mit einigen konnte ich mich befreunden. Und die jungen Männer? Ich verstand mich gut mit ihnen, blieb jedoch auf

Distanz. Eine junge Frau legt viel Wert auf ihr Aussehen, ihre Frisur. Ich machte mich nur zurecht, damit ich nicht unangenehm auffiel. Ich war vielleicht übertrieben stolz, aber das lag eben in meiner Natur. Meine Eltern, die jede Hoffnung aufgegeben hatten, mich zu verheiraten, plagten mich nicht mehr mit dieser Frage. Ich war zufrieden. Und so vergingen die Jahre – in Windeseile, wie mir schien. Vater starb, als ich im achten Semester war, und ich trauerte sehr um ihn. Er war es ja gewesen, der meine Fähigkeiten entdeckt und gefördert hatte. Unser Heim war sehr einsam nach seinem Tod. In dieser Zeit kamen Mutter und ich einander näher. Sie vertraute mir manche Einzelheiten an, die unsere Vorfahren und den Ursprung unseres Haus betrafen. Und so fand ich auch eines Tages den Mut, ihr von meiner Traumvision zu berichten. Die Reaktion meiner Mutter werde ich nie vergessen. Mir schien, ich hatte plötzlich eine ganz andere Frau vor mir. Ihre übliche Sanftheit war einem Ausdruck von Stolz gewichen. Eine leichte Röte überzog ihr Gesicht, ihre Augen glänzten. Auch ihre Stimme hatte einen festeren Klang, als sie mir erzählte, wer diese Frau war. Sie nannte mir ihren Namen unter dem Siegel der absoluten Verschwiegenheit. Ich werde ihn also nicht preisgeben. Denn die Ereignisse, in die sie verwickelt war, widersprachen der offiziellen Version der Geschichte und sollten nicht bekannt werden. Ich erfuhr aber – und darüber kann ich berichten –, dass diese Frau einst versprochen hatte, ihre Nachkommen zu schützen. Mutter sagte, ihr Erscheinen sei eine Prophezeiung. Es ist ihr starker Geist, der ihr die Macht verleiht, dies zu bewirken. Ihre Traumgestalt weist stets auf etwas sehr Bedeutsames hin oder warnt dich vor einer Gefahr. Sei also wachsam!
Ich fragte Mutter, ob auch Tomoko von dieser Traumvision heimgesucht worden war. Mutter schüttelte den Kopf. Nein,

Tomoko nicht. Ihre Gedanken galten zu sehr ihrem Mann Sanshiro und den häuslichen Pflichten. Und Mutter selbst? Sie antwortete ein wenig traurig: »Es ist eine Belastung. Ich bin nicht stark genug.«
Das stimmte. Mutter, von Natur aus eigentlich sehr gesund und tatkräftig, war kein selbstständig denkender Mensch. Sie war eine Frau, die ehrlich glaubte, dass sie recht handelte, wenn sie sich an Althergebrachtes hielt. Tief in ihrem Herzen hatte sie auch nie in mein Studium eingewilligt, aber jetzt, im Alter, sah sie mich als Oberhaupt der Familie. Tomoko war ja nicht mehr da, und Matsuo ging noch zur Schule. Mutter traf nie eine Entscheidung, ohne mich vorher gefragt zu haben. Das missfiel mir, aber ich wusste, dass sie nicht anders konnte.
»Und mein Vater?«, fragte ich.
Da lachte sie ein wenig.
»Dein ehrenwerter Vater spekulierte ungern über Phantome!«
Ich verstand das gut. Vater war mit Leib und Seele Arzt gewesen, seine Gedanken waren auf das Naheliegende, das Praktische gerichtet. Doch Chimako erzählte, dass ihre eigene Mutter, die aus einem Samurai-Geschlecht stammte, die Erscheinung gesehen und von ihr berichtet hatte. Und zweifellos war es auch in der Vergangenheit zu Begegnungen mit ihr gekommen. Wer sie als Erste gesehen hatte, konnte Mutter nicht sagen, jedenfalls gingen die Berichte bis gegen Ende des achtzehnten Jahrhunderts zurück. Ich hörte zu, was Mutter erzählte, während in mir die brennende Neugier erwachte, mehr über dieses Traumwesen in Erfahrung zu bringen. Ich wollte sie nicht nur sehen, sondern auch mit ihr sprechen. Als sie mich das sagen hörte, machte Mutter ein entsetztes Gesicht. Das sei ein vorwitziger und ganz unmöglicher Gedanke!

Mutter sollte nicht mehr erleben, wie es mir trotzdem gelang.
Sie war längst bei jenen Ahnen zur Ruhe gebettet, deren Andenken sie mit so viel Ehrfurcht bewahrt hatte.
Ich jedoch beendete mein Studium. Danach drehte sich mein Leben um das Krankenhaus, in dem ich fortan arbeitete. So vergingen die Tage, während politische Wolken sich anhäuften. Man sprach von Krieg. Der Ausbruch des Zweiten Weltkriegs und der Überfall auf Pearl Harbour trafen Japan wie ein Hammerschlag. Überall im ganzen Land machten sich Misstrauen und Angst breit. Flammende Reden wurden gehalten, Hass wurde geschürt, das Militär zum Opfer aufgerufen. Die Bevölkerung wurde aggressiv und fanatisch gemacht. Viele erlagen unkritisch dem Opferrausch. Die patriotische Begeisterung schlug auch mich zunächst in ihren Bann. In meiner Kindheit hatte ich Schlachtgesänge auswendig gelernt, und viele Geschichten meiner Kinderjahre handelten von Helden im Krieg. Man verehrte diese Helden, und Opfer wurden gerne gebracht. Doch das hier war anders. Individuelle Tapferkeit galt kaum noch etwas. Jetzt sprach man von Menschenmaterial. Der Begriff war mir zuwider. China wurde von Bürgerkriegen zerrissen, Japan besetzte die Mandschurei. Die Presse wurde mit Siegesmeldungen gefüttert. Die Bevölkerung jubelte und ließ sich blenden. Doch unter dem Deckmantel nationalistischer Propaganda geschahen zu viele furchtbare Dinge, von denen nur wenige durchsickerten. Die Zensur war allgegenwärtig. Vieles, was wirklich geschah, erfuhren wir erst nach Kriegsende im Tokioter Kriegsverbrecherprozess. Tatsächlich mussten wir für den imperialistischen Wahn unserer Militärclique, für die Grausamkeiten und Massaker teuer bezahlen. Damals brach für viele Menschen eine Welt zusammen. Heute kann ich zugeben, dass ich es

schon lange geahnt hatte. Doch ich hatte mit niemandem darüber gesprochen. Kritik war nicht erlaubt. Ich hätte sie mit dem Leben bezahlt. Wenn ich gegen Kriegsende Verletzte behandelte, war ich entsetzt zu sehen, wie verlottert, hungrig und dürr sie waren. Immer weitere Opfer wurden gefordert. Die Bevölkerung war am Verhungern, doch alle noch vorhandene Nahrung war für die Soldaten an der Front vorbehalten. Selbst Matsuo, der ja kaum sein Medizinstudium begonnen hatte, musste Dienst in einem Lazarett leisten, wo er Schreckliches erlebte. Tokio lag bereits in Trümmern. Und in dem Feuersturm, den das amerikanische Flächenbombardement im März 1945 auslöste, verloren noch zusätzliche hunderttausend Menschen ihr Leben. Doch das alles ist sattsam bekannt. Ich komme zur – für mich – eigentlichen Sache.

Fast zwanzig Jahre lang hatte ich das Traumwesen nicht mehr gesehen. Meine Arbeit, dann der Krieg, die vielen notleidenden und unterernährten Menschen, hatten mich vollkommen in Anspruch genommen. Am 14. August 1945 kam ich früher als sonst von meiner Arbeit im Krankenhaus zurück. Unser Haus war nach wie vor unversehrt, obwohl es noch vorkam, dass Zeitbomben im Schutt hochgingen und ganz in der Nähe ein großer Krater die Straße versperrte. Ich war vierundzwanzig Stunden lang pausenlos im Einsatz gewesen. Mein Chefarzt hatte Mitleid mit mir und schickte mich nach Hause. Ich wusch mich mit Regenwasser – Leitungswasser gab es nicht mehr –, verzehrte die uns zugeteilte Ration (weißer Rettich, zwei Zwiebeln und eine Handvoll Reis) und schlief todmüde ein. Und im Traum erschien mir die Frau. Sie hielt einen langen Stab in der Hand; ich begriff, dass es eine Naginata war, ein Speer. Auf alten Bildern wurden mittelalterliche Kriegerinnen oft mit dieser Waffe dargestellt. Die Frau bewegte sich an einem seltsamen Ort, sozusagen zwischen der Sonne und mir, sodass ich sie nur im Gegenlicht sah. Außer den wehenden Haaren war nicht die geringste Farbe an ihr, und je näher sie kam – aber kam sie überhaupt näher? –, desto mehr schien sie in die Höhe zu wachsen. Nichts in der prallen Sonne schien feste Konturen zu haben, dadurch wirkte die sich langsam nähernde Gestalt merkwürdig abstrakt. Auf einmal hielt sie an, blieb reglos stehen. Ich hatte das Gefühl, dass sie auf einer Bühne stand. Das Bühnenbild war der weiße Himmel. Hinter ihr flackerte das Licht immer greller, ich spürte eine wachsende Bedrohung, die langsam Form annahm. Ich konnte die Gefahr spüren, die in der Luft hing; es war, als ob die Frau zwischen mir und dieser Gefahr stand. Plötzlich hob sie den Arm und mit ihm den wehenden Ärmel. Sie schwang ihren Speer und deutete auf etwas unbestimmt Dunkles. Ich versuchte vergeblich auszumachen, was dieses Dunkle war, denn der Gegenstand – ebenso wie die Gestalt der Frau – veränderte sich ständig. Mal erhob er sich riesenhaft hinter ihr, mal schien er auf der Bühne winzig klein, ein Requisit. Es mochte eine Kuppel sein, dachte ich, als ein Blitz vom Himmel fiel und die Kuppel zu bersten schien. Das Licht war ganz und gar unerträglich, sodass ich im Traum die Augen schloss. Und als ich sie wieder öffnete, entfernte sich das Licht und Wolken glitten herbei, eine Wolkenwelle nach der anderen. Sie formten einen Trichter, in dem die Frau zu kreisen begann. Es war eine Art Tanz, wie ihn die Schamaninnen in alten Tagen zur Sonnenwende aufführten. Zuerst schien es, als kostete jede Bewegung sie Mühe, doch dann wurde ihr Tanz fließender und schneller. Der Wolkentrichter, der sich nach unten verjüngte, kreiste mit ihr, und ich sah, dass er über der Kuppel schwebte, die unversehrt im Sonnenlicht funkelte. Ich dachte, diese Kuppel kenne ich doch! Da erwachte

ich und brauchte nicht lange nachzudenken: Was ich im Traum gesehen hatte, war das Stadthaus von Hiroshima, und mein Traumgeist – deren Namen ich verschweige – hatte mir eine Warnung gebracht.
Die Gefahr hing über uns, groß und über alle Maßen schrecklich, dessen war ich mir sicher wie sonst nichts.
Ich hatte Verwandte in Hiroshima. Yuki, die jüngere Schwester meiner Mutter, lebte dort mit ihrer Schwiegertochter und dem kleinen Enkelsohn. Yuki blickte auf eine düstere, unsichere Zukunft: Ihr Sohn kämpfte in Malaysia, und auch ihr Mann war als Reservist eingezogen worden. Nun, ich wollte lieber als verrückt gelten, als mir später mein Leben lang Vorwürfe zu machen, nichts unternommen zu haben. Hiroshima, Japans siebtgrößte Stadt, stand sonderbarerweise noch, wo doch alle anderen Städte längst in Trümmern lagen. In Tokio waren die Telefonleitungen zerstört, doch die Post funktionierte – schlecht zwar, aber man konnte telegrafieren. Ich gab ein Telegramm an Yuki auf, nur zwei Sätze: Ich hätte Schlimmes erfahren, und es sei besser, die Stadt zu verlassen. Somit beruhigte ich mein Gewissen. Eine Antwort erwartete ich nicht. Und am sechsten August, in fünfhundertachtzig Metern Höhe, direkt über dem Shima-Krankenhaus, zerriss die Explosion mit der Sprengkraft von zwölftausend Tonnen TNT die Luft. Es war nur ein einzelnes Flugzeug, das die Bombe abwarf. Fliegeralarm hatte es nicht gegeben.
Und dann – am neunten August, die zweite Bombe. Nagasaki. Die Amerikaner hatten zwei verschiedene Waffen entwickelt und wollten beide ausprobieren. Lange Zeit wussten wir nicht, was wirklich geschehen war. Nachrichten drangen nur spärlich durch und berichteten Furchtbares. Japan hatte kapituliert, aber jegliche Berichterstattung über Nagasaki und Hiroshima blieb bis 1952 verboten.

Doch nach und nach erfuhren auch wir Einzelheiten. Und es wurde bekannt, dass die Amerikaner Jan Letzels Kuppel als Zielscheibe gewählt hatten. Weil dies als einziges hochragendes Gebäude leicht zu erkennen war. Die Kuppel überstand den Druck, wie inzwischen jeder weiß. Und wurde zum Mahnmal des Friedens.
Ich habe im Nachhinein einen seltsamen Zugang zu meiner Geschichte. Aus beruflicher Sicht gebe ich mich nicht mit Erklärungen aus der Retorte zufrieden. Gewiss erleben wir Situationen, in denen die Vernunft überfahren wird. Unsere Fähigkeit, aus gewissen Schockvisionen eine Warnung zu ziehen, mag aus einem Instinkterbe kommen, das wir in uns tragen. Und dies wiederum mag dazu führen, dass wir aus der Einbildung heraus die Vorfahren zu sehen glauben, von denen ein Teil – ein winzig kleiner zwar – in unserer DNA noch besteht. Ich sehe es als ein in archaischen Schichten wurzelndes, genetisch verankertes Erbe. Ein Großteil unseres Gehirns ist zelluläres Brachland, welches noch der Erschließung harrt. Und so mögen affektgebundene Ereignisse in unserer Geschichte unser Verhalten steuern. Könnte es sein, dass diese Kräfte aus der Vergangenheit fähig sind, unmittelbar auf die Gegenwart einzuwirken, und zwar auf direktem Weg, indem sie auf das einzelne Individuum Druck ausüben? Über diese Frage zerbreche ich mir den Kopf. Vielleicht liegt es an mir, dass ich es nicht verstehe.
Was aus meinen Verwandten wurde? Nun, sie hatten die Stadt rechtzeitig verlassen. Denn warum hatte der Feind Hiroshima verschont, während andere Städte zerbombt worden waren? Doch nur, weil die Atombombe ihre Zerstörungskraft über einer intakten Stadt beweisen sollte. Yuki erzählte mir Jahre später, dass auch sie von bösen Traumen heimgesucht worden war und mein Telegramm ihre Unruhe nur bestätigt hatte. Yuki hatte Glück: Mann und Sohn

kamen unversehrt aus dem Krieg nach Hause. Doch die Familie zog aufs Land und kehrte nie wieder nach Hiroshima zurück.

Was mich betrifft: Auch ich hatte Glück. Meine Schwester und ihr Mann überlebten, und auch Matsuo konnte sein Studium wieder aufnehmen. 1953 lernte ich im Krankenhaus einen Orthopäden kennen, der die Kriegsjahre in einem Militärkrankenhaus in Manila verbracht hatte. Auch Takeo hatte seine Eltern verloren, und seine Frau war an Schwindsucht gestorben. Wir heirateten ein Jahr später, arbeiteten im gleichen Krankenhaus und verbrachten bis zu Takeos Tod im März 1982 viele glückliche Jahre. Auch als pensionierte Witwe sah ich keinen Grund, meine Arbeit aufzugeben. Doch ich hatte genug vom Krankenhaus und führte bis 1990 eine Privatpraxis. Als es mir zu viel wurde, übergab ich die Praxis meinem langjährigen Assistenten. Danach verbrachte ich einige ruhige Jahre. Ich widmete mich dem Teekult und der Kunst des Schönschreibens, wozu ich früher nie die Zeit gehabt hatte. Auch sann ich der Vergangenheit nach und schrieb meine Erinnerungen auf, die für mich immer gegenwärtiger wurden. Und meine Fantasie, die ich jahrelang nicht beachtet hatte, entwickelte sich auf besondere Art. Alle Dinge von früher standen vor mir, als wären sie gestern geschehen. Das Gestern war es, das ich vergaß. Auch machten mir meine Schwindelanfälle zu schaffen. Ich wusste, was mit mir los war. Nichts Erfreuliches allemal, aber so enden wir alle. Ich brauchte einen Pflegeplatz und hatte mich auf eine Liste setzen lassen. Man muss manchmal sehr lange warten, bis ein Platz frei wird, und als es kurz vor meinem neunundneunzigsten Geburtstag endlich so weit war, verließ ich mein Haus ohne Bedauern. Meine Sachen habe ich in Ordnung gebracht, das Testament liegt beim Notar. Und das ist alles.

24. Kapitel

Hier endeten Tante Azais Notizen. Mia und ich starrten uns an, einigermaßen erschlagen. Ich sah mich denken, wie ich noch nie gedacht hatte, und war doch unfähig, meine Skepsis zugunsten von irgendetwas Irrationalem aufzugeben. Banal war die Sache gewiss nicht. Aber alles Mystische fand ich fragwürdig.

»Unvorstellbar!«, brach ich das Schweigen.

Mia zuckte mit den Schultern.

»Ich habe dich ja gewarnt!«

Ich sagte: »Was sie erlebt hat, geht unter die Haut. Und das lässt sich auch gut nachvollziehen, es waren ja furchtbare Zeiten. Aber diese Verklärung ist nicht zu überbieten!«

Mia wollte antworten. Hustenreiz schnitt ihr das Wort ab. Ich holte ihr ein Glas Wasser. Sie trank gierig, bevor sie sich mit dem Handrücken über ihr nasses Kinn strich und sagte: »Komm, Rainer, spiel nicht den Coolen! Diese Geschichte stachelt unsere Fantasie zu sehr an. Wir werden in dieser Nacht kein Auge zutun.«

Ich nickte düster.

»Wir werden über Katastrophen nachdenken. Das haben wir jetzt davon. Und nur weil deine Tante ihre gruseligen Erlebnisse festhalten wollte und sich fünfzig Jahre später ans Schreiben gemacht hat.«

Was den wachen Verstand anging, war mir Mia zumindest ebenbürtig.

»Mich beschäftigt vielmehr die Frage, die sie sich auch stellt: ob ein Mensch, der offenbar vor Jahrhunderten lebte, in eine Epoche eingreifen kann, sodass die Geschichte ihrer Nachkommen eine ganz andere Dynamik entwickelt. Angenommen, es wäre möglich – dann würde das aber sogleich die nächsten Fragen aufwerfen: Wer könnte dieses Wesen sein? Woher kommt es? Was macht es? Wo existiert es?«

»In einer metahistorischen Zeit«, sagte ich feierlich.

»Ja, und wo genau befindet sich die?«, fragte Mia.

»Davon habe ich leider keine Ahnung!«

»Das ist intellektueller Schiffbruch«, sagte sie streng. Worauf wir gemeinsam in nervöses Gelächter ausbrachen, weil wir beide so aufgewühlt waren und dies zu verbergen versuchten, indem wir prätentiös daherredeten.

»Also, jetzt sage ich dir, was ich denke!« Mia wischte sich die Augen. »Ich denke, dass Tante Azais Träume eben nur Träume waren. Ein erträumter Realismus, wenn dir die Bezeichnung gefällt.«

»Willst du ein Gleichnis?«, fragte ich.

»Ich liebe Gleichnisse.«

»Das Gleichnis erzählt von dem blinden Gärtner und von der Rose ohne Duft. Dieser Gärtner erfindet in seinem Kopf die allerschönste Rose und züchtet sie auch. Theoretisch ist diese Rose tatsächlich die vollkommenste der Welt. Aber sie ist ohne Duft. Kann der Gärtner jemals wissen, ob er wirklich eine Rose gezüchtet hat?«

»Wenn das dein einziger Maßstab ist …«

»Du vergisst eine Einzelheit: Ich habe hier, in diesem Haus, etwas gesehen, das ich mir nicht erklären kann. Ich würde es nach Azais Notizen nicht mehr als etwas total Absurdes bezeichnen.«

»Warum nicht?«

»Weil das Undenkbare nicht unbedingt unmöglich ist, verstehst du? Weil ich nicht in das Schema passe. Ich bin keine Frau, habe mit dem Koga-Clan nicht das Geringste am Hut, und mein Geist ist nicht stark, sondern skeptisch. Die Frau mit den schwarzen Zähnen hat sich in der Person geirrt. Sie hätte dir erscheinen sollen, nicht mir.«

»Aber du bist es, der hier wohnt!«, protestierte Mia. »Ich komme nur zu Besuch. Du lebst hier, du atmest hier, du schläfst hier.«

»Und ich pinkele hier. Und anderes mehr …«

»Das gehört dazu. Was ich damit sagen will: Hier hat sich eine ganze Menge Erinnerungsmaterial angehäuft, in der Luft, in den Wänden und meinetwegen auch in der Kanalisation; die Latrinen waren ja früher am gleichen Ort. In diesem Haus besteht – ob du es zugibst oder nicht – die Manifestation einer Kraft. Und du hast diese Kraft – ohne es zu wollen – herbeigerufen und sichtbar gemacht. Du musst eine momentane Schwäche gefühlt haben, während es geschah. Tante Azai hat sie ja am eigenen Leib gespürt.«

»Falls diese Kraft existiert«, sagte ich, »solltest du auch ein bisschen davon haben …«

Ein Schatten glitt über Mias Gesicht.

»Diese … diese Zustände, wenn du so willst, die habe ich dann und wann auch gespürt. Aber ich habe sie immer unterdrückt. Mich mit Händen und Füßen dagegen gewehrt. Du nicht?«

»Nicht genug, offenbar. Ich war einfach zu verdutzt.«

»Aha. Und sag mir jetzt bitte, was ich von dir halten soll?«

»Dass ich absolut nicht bereit bin, vor jemandem aus dem Jenseits zu katzbuckeln.«

»Wir verstehen uns«, sagte Mia. »Aber du wirst trotzdem katzbuckeln müssen.«

»Ach, vor wem denn?«

»Vor Tante Azai. Sie soll ihre Notizen zurückhaben. Sie gehörten ja schließlich ihr. Was sie dann damit macht, ist ihre eigene Sache. Und da ist noch etwas anderes: Ich will unbedingt mit ihr über den Bauplan reden, den Jan Letzel meinem Urgroßvater gezeigt hat! Der interessiert mich viel mehr als dein Phantom!«

»Das Phantom gehört Tante Azai, ich erinnere dich daran. Ich habe es mir nur ausgeliehen …«

»Meinetwegen! Ich jedenfalls habe nichts gesehen, nichts gehört, nichts gerochen. Und ich werde alles tun, damit es so bleibt.«

»Wie ich sehe, bist du hin- und hergerissen.«

Sie schüttelte heftig den Kopf.

»Nein, überhaupt nicht! Ich will aber wissen, was aus dem Bauplan geworden ist. Ob er noch vorhanden ist, ob sie ihn irgendwo versteckt hat.«

»Das kann ich mir schlecht vorstellen. Ich nehme eher an, dass Letzel ihn bei der Abreise wieder mitgenommen hat.«

»Das soll mir Tante Azai sagen!«

»Weißt du«, sagte ich, »in ihren Memoiren macht sie den Eindruck einer angenehmen Frau. Sie hat Schweres durchgemacht, zeigt sich einsichtig und menschlich. Aber wie bringen wir sie zum Reden, wenn ihr nicht der Sinn danach steht?«

»Da wird uns schon etwas einfallen.«

»Sie gibt sich ja nicht einmal Mühe, höflich zu sein.«

»Hundertjährige haben Narrenfreiheit. Wir in Japan finden das entzückend.«

Ich hob die Augen zur Decke.

»Wirklich? Und ich habe Angst, vor ihr den Mund aufzumachen …«

»Dein Japanisch wird allmählich erträglich. Das wird sie schätzen.«

»Und freundlich zu uns sein?«

»Für ihre Aufgeschlossenheit gegenüber persönlichen Fragen kann ich nicht garantieren.« Mia klaubte ihr Handy hervor. »Um diese Zeit sollte sie noch ansprechbar sein …«

Ich seufzte abgrundtief.

»Muss ich wieder vor ihr auf dem Puppenstuhl sitzen?«

»Dir fehlt es an Respekt und Feingefühl! Die Einrichtung ist nach den Maßen der alten Leute gebaut«, sagte Mia und gab eine Nummer ein. Nach einer Weile ertönte ein Geräusch, als ob sich jemand den Hals klärte.

»*Moshi, moshi?*«, krächzte in der Ferne eine unwillige Stimme.

25. Kapitel

Wir machten uns also auf den Weg zum Altersheim. Es war Sonntag, gleich nach dem Mittagessen. Besuchszeit ab vierzehn Uhr. Mia hatte weiche Aprikosenkuchen gekauft, mit viel Sahne. Das Kuchenpaket balancierte ich, so gut es ging, im Gedränge der U-Bahn. Wir hatten beide Lampenfieber. Was war von dem Krokodil zu erwarten? Womöglich würde sie unseren Besuch als zudringlich empfinden. Und auch keine Erklärung abgeben, weil ihr Gedächtnis streikte.

»Wahrscheinlich weiß sie nicht mehr, ob sie acht oder hundertacht ist«, meinte Mia illusionslos. »Aber na ja, vielleicht hat sie einen Gedankenblitz, wenn sie ihre Notizen in der Hand hält.«

»Ich weiß immer noch nicht, ob es klug ist, mit ihr darüber zu reden…«

Mia gab zu, dass unser Verhalten in der Tat nicht sehr taktvoll war. Meinerseits hatte ich die gleichen Bedenken.

»Was, wenn wir ihr zu nahe treten?«

Mia schob resigniert die Schultern hoch.

»Dann wird sie nicht viel Umstände machen: Raus mit euch!«

»Und wie erfahren wir dann, was wir wissen wollen?«

Mia erwiderte, das Risiko müssten wir eingehen. Sie setzte hinzu: »Aber die Hefte bist du dann los.«

»Ja, und den Geist, den ich nicht gerufen habe, hoffentlich auch!«

Das Altersheim war genauso wie ein paar Monate zuvor. Mit dem einzigen Unterschied, dass der Garten, wo eingemummte kleine Gestalten ihren Rollator schoben oder auf Bänken dösten, jetzt winterlich kahl war. Wir grüßten, und sie grüßten gemessen zurück. Einige reagierten nicht, starrten durch uns hindurch, als seien wir Luft. Diese alten Leute sahen wie welke Blätter aus, die ein Windstoß davontragen konnte. Welke Blätter werden zu Staub, und mir kam Mutters Ausdruck »körperlicher Zerfall« in den Sinn. Die Religionen sagten es eleganter, aber meinten das Gleiche. Ich musste wohl in Japan etwas weiser geworden sein, denn mich überkam, während ich sie höflich mit den Blicken streifte, ein Gefühl erstaunlicher Gelassenheit. Wie viele Jahre blieben mir noch, bis ich auch so wurde? Mindestens vierzig, wenn alles planmäßig lief. *Carpe diem*, Rainer, du gehörst noch nicht zum Klub!

Die freundliche Empfangsdame führte uns in ein ähnliches Besuchszimmer wie beim ersten Mal und servierte uns zwei Schalen mit fast durchsichtigem grünem Tee, während wir eingeklappt auf den winzigen Stühlen saßen. Dann ertönte ein Schlurfen: Eine Pflegerin führte die alte Dame herein. Bei ihrem Anblick hatte ich das sonderbare Gefühl, dass sie mit Spinnweben umwickelt zu sein schien. Alles war weiß und verschleiert an ihr, die Haut, die Augen, das Haar, sogar ihre *Yukata*; die Schärpe allerdings war blau, und sie trug eine Kette mit schönen grauen Perlen um den Hals, der dünn war wie der eines Kindes. Wir sprangen auf, verneigten uns. Die Pflegerin zog der alten Dame die Filzpantoffeln von den Füßen und half ihr, sich auf der Tatamimatte niederzulassen. Fünf Monate waren vergangen, seitdem ich sie zum ersten Mal gesehen hatte. Sie saß nach wie vor kerzengerade, allerdings etwas schief, und der rechte Mundwinkel schien ein wenig zu hängen. Oder war es mir vorher nicht aufgefallen? Die Pflegerin brachte auch ihr eine Schale Tee, und Mia sagte, wir hätten Kuchen für sie dabei. Aprikosenkuchen. Ob sie jetzt schon etwas davon wollte? Tante Azai machte eine abfällige Handbewegung. Weg mit dem Zeug! Die Pflegerin zeigte ein verkrampftes Lächeln.

»Wir hatten gerade ›Lunchtime‹, und eigentlich sollten wir jetzt ein Nickerchen halten. Wahrscheinlich sind wir müde.«

Tante Azais Augen glitzerten böse.

»Unsinn!«, zischte sie. »Ich bin überhaupt nicht müde. Und Kuchen esse ich, wenn ich Lust dazu habe. Hören Sie gefälligst auf, über mich zu reden, als ob ich schwachsinnig sei!«

Die Pflegerin, dergleichen offenbar gewöhnt, steckte kleinlaut die Zurechtweisung ein, verneigte sich und ging. Als wir allein waren, brach Mia in fröhlichem Tonfall das Schweigen. Ich hätte Kurse belegt, würde jetzt fließend japanisch sprechen. »Fließend« war ein Euphemismus, den ich innerlich seufzend zur Kenntnis nahm.

Die alte Dame warf mir einen Krokodilblick zu.

»So? Wie hört sich das bei Ihnen an?«

Ich räusperte mich.

»Es ist natürlich keine leichte Sprache«, sagte ich auf Japanisch, »aber ich gebe mir Mühe und lerne jeden Tag dazu.«

»Sie sollten weniger stark artikulieren«, sagte sie frostig. »Und was tun Sie so in meinem Haus?«

»Japanisch lernen«, sagte ich, sodass es sich wie eine Entschuldigung anhörte. »Wir haben jeden Tag Hausaufgaben.«

»*So desu*«, grunzte sie, bevor sie sich an Mia wandte und sozusagen an mir vorbeiredete.

»Er hat Fortschritte gemacht. Und er hält auch seine Teeschale richtig. Und wie lange kann er am Boden knien?«

Mia gab höflich Antwort.

»Na ja, eine Stunde schafft er inzwischen. Dann schlafen ihm die Beine ein.«

»Dann muss er noch üben«, sagte sie streng.

Ich dachte: Schluss mit der Musterung!, und warf Mia einen flehenden Blick zu.

»Willst du es ihr nicht sagen?«, fragte ich auf Deutsch.

Sie antwortete salopp in der gleichen Sprache.

»Ich kann es ihr sagen oder nicht. Wie du willst. Aber ich hielte es wirklich für angebracht, wenn du es ihr erklären würdest.«

Ich bekam feuchte Handflächen. Fing ich nicht davon an, hielt sie mich für eine Flasche. Und schließlich war sie nicht dabei gewesen, als ich das Gespenst sah und die Notizen fand. Ich verzog den Mund. Es sollte wie ein Lächeln aussehen. Rein ins Gefecht also, du Feigling! Beweise dem Krokodil, wie gut du inzwischen Japanisch sprichst. Also setzte ich mein Gehirn in Bewegung, suchte die richtigen Worte und erzählte von der weiß gekleideten Frau mit den schwarzen Zähnen, die mir – im Traum – eine Schriftrolle überreicht hatte, die eigentlich für Mia bestimmt gewesen war. Und wie ich am Morgen danach meine Bettkissen im Wandschrank verstauen wollte und – *gomennasai, sumimasen* – zufällig auf ein Brett gedrückt und in einem Geheimfach alte Hefte gefunden hatte. Und dass ich Mia gebeten hatte – *sumimasen, gomennasai* –, mir den Text zu übersetzen.

»Es war ja von Jan Letzel, dem Prager Architekten, die Rede. Das hat uns beide sehr neugierig gemacht ...«

Die alte Dame saß unbeweglich da, verzog keine Miene und sagte kein Wort. Mir brach der Schweiß aus.

»Gewiss haben wir uns indiskret verhalten, weil es sich ja schnell herausgestellt hat, dass die Notizen von Ihnen stammten. *Gomennasai!* Vielleicht hätten wir nicht weiterlesen sollen. Aber wir dachten, dass wir mehr über Letzel erfahren könnten. Was ja auch zutraf…«

Ich stockte, sah sie flehend an. Sie erwiderte kalt meinen Blick und ließ mich zappeln. Sie war so erzogen oder strukturiert, dass sie nur dasaß, die Hände unter den Ärmeln verschränkt, und sich nicht um Haaresbreite rührte.

Ich rutschte hilflos hin und her. Ich fand einfach keinen Zugang zu ihr. Ob das an ihrem Alter lag?

»In den Aufzeichnungen… haben Sie die gleiche Frau erwähnt, die ich auch gesehen habe. Das ist äh… nicht normal, finden Sie nicht auch?«

Aus ihrem Ärmel schoss ein Finger, der sich ruckartig bewegte.

»Was verstehen Sie unter normal, bitte?«

Bei ihr hatte Genauigkeit offenbar Priorität. Aber das war immerhin erfreulicher, als hätte sie mir einen Rüffel erteilt, weil ich in ihrem geistigen Panoptikum wühlte.

»*Sumimasen*, unüblich wäre vielleicht das geeignetere Wort.«

»Yoshi!«, zischte sie, was eine Zustimmung war, eine überhebliche allerdings. Sie war wirklich nicht einfach, die alte Dame. Und gaga? Nicht einmal im Traum!

Ich grinste zerknirscht.

»Ja, und nachdem mir Mia alles übersetzt hat, höre ich nicht auf, mir Fragen zu stellen…«

»Ach, welche Fragen denn?«, entgegnete sie mit einer Spur von Neugier.

»Nun, mich würde zum Beispiel interessieren, was ich mit dieser Sache zu tun habe?«

»Schade«, entgegnete die Tante eisig, »schade, dass Sie es nicht verstehen. Sie können nichts dafür. Es wächst Ihnen vermutlich über den Kopf.«

Das war nicht sehr nett, was sie da sagte. Aber ich wollte

sie nicht herausfordern, zeigte Gleichmut. Sie wartete auf eine Antwort, die nicht kam, und zuckte mit einer Schulter, als wollte sie sagen: Da kann man nichts machen, der Mann ist beschränkt. Und fügte gleich hinzu: »Ich sage das offen. Von der Nichte und dem Neffen ist auch nicht viel zu erwarten. Andere Generation. Dekadent.«

Besonders delikat, dachte ich und sah Mia an, die sittsam die Lider senkte und nichts zur Aufbesserung der Stimmung beitrug.

»Klar doch. Hatte diese Generation nicht ein lustigeres Leben geführt als die vorherige, für die es nur Disziplin und Verzicht gab?«

»Bei Ihnen ist es nicht dasselbe«, fuhr die alte Dame, zu mir gewandt, fort. »Sie denken natürlich anders darüber.«

Worüber dachte ich anders? Ich verlor allmählich den Faden. Hielt sie mich für weniger degeneriert, weil ich Gespenster sah? Ich erwiderte, wobei ich mir die japanischen Wörter sorgfältig zurechtlegte, dass ich im allgemeinen Träume nicht mit Wirklichkeit verwechselte, und dass mir die Sache doch recht stressig vorkam.

Sie parierte.

»Stressig ist ein Wort, das solchen Ereignissen nicht gerecht werden kann.«

Da hatte sie auch wieder recht. Aber weil ich mich etwas behaupten musste und ihre Bemerkung nicht unwidersprochen stehen lassen wollte, griff ich zu einer bequemen japanischen Floskel.

»Ich will damit sagen, dass ich das alles *omoshiroi* finde.«

Sie ließ es gelten.

»*Omoshiroi. Hai, so desu!*«

»*Omoshiroi*« – interessant – kann man in Japan für alles Mögliche verwenden, für Kalbshaxe, für den »Ritt der Walküren« und für David Foster Wallace. Aber das Wort, so wie die alte Dame es aussprach, musste eine besondere Bedeutung haben. Na gut, immerhin hatte ich mir keinen Patzer geleistet. Mit *Omoshiroi* zog man sich immer aus der Affäre.

Inzwischen tastete die alte Dame nach ihrer Teeschale, trank einen Schluck und ließ ein schmatzendes Geräusch hören. Dann wandte sie sich Mia zu, streckte die Hand aus. Die Notizhefte, bitte! Mia überreichte sie ihr, mit beiden Händen und zeremoniellem Respekt. Die alte Dame brummte irgendetwas, offenbar etwas sehr wenig Respektvolles. Ihre spindeldürren Finger blätterten die Seiten um. Schweigen im Raum. Mia und ich rührten uns nicht. Ich sah es schon kommen, gleich würde sie uns an die Luft setzen. Doch sie sah auf, wobei die Falten in ihren Augenwinkeln zuckten. Ihre Augen hatten plötzlich einen trüben Schimmer, wahrscheinlich blendete sie das Licht.

Unvermittelt sagte sie: »Ich werde reden, und Sie werden mir zuhören. Und bevor Sie irgendwelche Fragen stellen, bedenken Sie, dass ich sehr alt bin und Erklärungen mich anstrengen. Ich werde nicht nur über Fakten berichten. Manche Dinge erfinde ich vielleicht, aber ich hatte Zeit genug, mir darüber Gedanken zu machen. Und sie könnten sich durchaus so zugetragen haben. Darüber hinaus spielt das heute keine Rolle mehr. Es geht lediglich darum, der Geschichte gerecht zu werden. Und ich will auch nicht unterbrochen werden. Ist das klar?«

Mia und ich brauchten nicht einmal einen Blick zu tauschen. Uns blieb buchstäblich die Luft weg. Wir verneigten uns im Takt und in gleicher Höhe und riefen unisono: »*Oneigai-shimasu!*« Was ungefähr bedeutet: »Wir nehmen es dankbar an.«

Sie bewegte sich ein wenig über ihre angewinkelten Knie, wie eine Frau, die bequemer sitzen will. Wir starrten sie atemlos an. Für eine kleine Weile war sie still, bevor sie mit der flachen Hand behutsam über die Notizhefte strich.

»Solches Papier gibt es heute nicht mehr. Es reißt sofort ein und saugt die Tinte auf. Aber damals hatten wir nichts anderes. Jedenfalls war es ganz brauchbar. Ich führte regelmäßig Tagebuch. Es war einfach eine Gewohnheit von mir. Nachdem mein Mann gegangen war« – Tante Azai benutzte die japanische Form für »gestorben« –, »habe ich vieles vernichtet. Irgendwann verlieren die Eintragungen an Bedeutung. Man soll sich auch nicht zu wichtig nehmen. Als ich jedoch bemerkte, dass mein Kopf hin und wieder verrückt spielte und ich mich mit Mühe erinnerte, musste ich vernünftig handeln. Es lohnte sich wohl, gewisse Aufzeichnungen zu bewahren. Welchen Wert haben Kenntnisse, wenn man sie nicht mit anderen teilt? Die Frage beschäftigte mich von vornherein, machte ich mir doch meine ersten Notizen vor … nun, ich kann nicht mehr rechnen … sagen wir mal, vor neunzig Jahren. Damals, als junges Ding, war ich sehr verwirrt. Heute bin ich fest dem Gedanken verhaftet, dass das Leben prinzipiell ein Wunder ist, und dass wir die verborgenen Dinge akzeptieren sollten. Sie gehören einfach dazu. Die Wissenschaft stürmt in Erkenntnissen voran, die Vernunft folgt, die Bildkraft bleibt auf der Strecke. Nun, wir haben ein mörderisches Jahrhundert hinter uns, das ist vielleicht der Preis. Unser Kopf wird eine Denkmaschine, wir hetzen durchs Leben, als ob wir nur Beine hätten, die herumlaufen, und Arme, die dieses und jenes tun, während das, was sich in unserem Herzen abspielt, rücksichtslos ignoriert wird. Wir strapazieren uns unnötig und werden erst im Alter ruhiger. Und merken dann plötzlich, dass wir von Bildern umgeben sind. Nichts ist verloren, alles ist da, gegenwärtig. Und ich muss feststellen, dass ich den Menschen immer weniger zu sagen habe und dass mir an dem Bild meiner Vorfahren mehr gelegen ist als an einem Bild von mir selbst. Unser Stamm ist der mächtige Koga-Klan, wir gehörten zur

Zunft der Zimmerleute. Wir waren die Geheimagenten der *Daimyo*, unser Beruf war ein sehr ehrenvoller. Gesellschaftliche Zwänge galten für uns nicht. Unsere hohen Auftraggeber begegneten uns mit Respekt, hielten wir doch ihren guten Ruf, ja, ihr Leben, in unseren Händen. Jede Familie achtete streng auf das Geheimhalten der eigenen Methoden. Die Koga wurden in der Methode der *Togakure*-Schule unterwiesen, die über tausend Jahre alt ist. Unlängst erfuhr ich, dass heutzutage Agenten der CIA und des Mossad nach dieser Methode geschult werden. Das finde ich ausgesprochen komisch. Aber im Grunde missfällt es mir, dass unsere Vergangenheit popularisiert oder verniedlicht wird. Die Ninja-Schildkröten … so ein Quatsch! Unsere Vorfahren – Männer und Frauen – waren starke, stolze Menschen. Ihr psychisches Niveau war höher als das ihrer Zeitgenossen. Es waren bereits Schritte auf das Moderne zu. Das mag sich vermessen anhören, aber Bescheidenheit wurde von uns nie gefordert. Tatsache ist, dass wir eine spezielle Begabung für Naturwissenschaft und intellektuelle Berufe zeigen. Und es ist durchaus kein Zufall, dass Mia und Isao Architekten wurden. Das liegt uns im Blut. Vormals glaubte das Volk, dass die Zimmerleute mit den Erd- und Waldgeistern in Verbindung standen. Die Baumeister waren wie Priester, Hüter eines uralten Mysteriums. Denn die Baukunst ist nicht nur eine exakte Wissenschaft, sondern eine Liebesgeschichte zwischen Menschen und Göttern, und einst wusste es jeder. Es begann damit, dass die Zimmerleute *Shoden* erstellten – Lagerhäuser für die heiligen Gegenstände. Im Laufe der Zeit wurden aus den *Shoden* selbst Heiligtümer, größere und kleinere. Und das wichtigste Heiligtum Japans war der Schrein von Ise, der jeweils in einem Zeitabschnitt von zwanzig Jahren erneuert wurde. Warum? Nun, es gab einen praktischen Grund: Das Dach war aus Schilfstroh und einem schnellen Verfall ausgesetzt. Aber es gab noch einen zweiten Grund: Wie eine schöne Frau, die ihre Schminke entfernt und frisch aufträgt, musste das Heiligtum stets sauber und strahlend sein, um den *Kami* – den Gottheiten – zu gefallen. Dazu bedeutete die Erneuerung des Schreins eine symbolische Herstellung der Ordnung. Man ging davon aus, dass die mittlere Dauer einer kaiserlichen Regierungszeit für gewöhnlich zwanzig Jahre betrug. Ein neuer Kaiser oder eine Kaiserin – ein neuer Schrein! Dadurch entstand die Vorstellung, die Zahl Zwanzig sei die ideale Bezugsgröße, um Zeitabschnitte zu messen. Die Baumeister waren an den magischen Riten der Priesterschaft beteiligt, denn das Erbauen eines Schreins gehörte zu den heiligsten Zeremonien im alten Japan. Und später hielten die Feudalherren an diesem Brauch fest, um das Volk mit guten Vorzeichen zu beglücken. Es waren böse Zeiten. Es gab Hungersnöte und blutige Kriege. Die Sieger bereicherten sich, die Verlierer verarmten. Das Sprichwort sagt: ›Der Wolf wechselt nie sein Fell.‹ Aber die *Daimyo* zerstritten oder verbündeten sich, je nach Neigung, Vorteil und Laune. Die wenigsten konnten einander vertrauen. Man lebte von Verrätern umgeben, und in jeder Freundschaft lag eine gewisse Angst.

Aber zunächst muss ich vom *Daimyo* Oda Nobunaga erzählen, dem mächtigsten Mann seiner Zeit. Prüfen wir sein Leben im heutigen Licht, so zeichnet sich eine schillernde Persönlichkeit ab. Er war voll und ganz ein Mensch seiner Zeit, hätte aber ebenso gut in unserem modernen Zeitalter als Staatsmann, Unternehmer oder genialer Erfinder die Welt aufhorchen lassen. Er war tapfer, risikofreudig, sinnlich, er liebte das Leben, umgab sich mit Philosophen, Wissenschaftlern und Künstlern, die er großzügig förderte. In einer Zeit der lockeren Sitten war er der Liebhaber schöner Frauen, doch selten der eines Mannes. Und obwohl er Reichtümer in Hülle und Fülle besaß, hatte er ein Gefühl für die Enterbten.

Diese Eigenschaft des Mitgefühls entstand in seiner frühen Jugend, als er noch den Kindernamen Kipposhi trug und in seiner Heimat Owari als Schelm und Vagabund bekannt war. Seine wohlgeborenen Eltern schämten sich sehr, aber Strafen und Ermahnungen halfen bei ihm nicht. Er scherte sich nicht um Konventionen, setzte sich für die Schwachen ein, entlarvte schonungslos jede Scheinheiligkeit. Doch er überschritt eine Grenze, als er bei der Bestattung seines ungeliebten Vaters Nobuhide betrunken erschien und sich derart rüpelhaft benahm, dass die entsetzten Anwesenden ihn als schwachsinnig bezeichneten. Sein älterer Bruder Masahide hatte den Unruhestifter stets in Schutz genommen; er war ein wertvoller und gütiger Mentor für ihn gewesen. Doch diese Schmach verletzte ihn zutiefst. Masahide, ein sanfter Mann, wählte den einzigen Weg, den er kannte, um das Unrecht wiedergutzumachen – das Opfer. Und so wurde Masahide nicht lange danach bei seinem Vater zur Ruhe gebettet, dessen Ehre zu wahren er gestorben war.

Das war ein schwerer Schlag für den heißblütigen, dreisten Halbwüchsigen. Masahide war der einzige Mensch gewesen, auf dessen Urteil er Wert legte. Kipposhi beweinte seinen Bruder, verwünschte bitter den eigenen Leichtsinn. Im Gedenken an Masahide änderte er seinen Lebenswandel. Und er opferte ihm jedes Jahr in dem Tempel, den er später dem Verstorbenen zu Ehren errichten ließ. Vorerst aber musste der junge Mann sein Geburtsrecht verteidigen. Obwohl Nobunaga der legitime Nachfolger war, zerstritt sich der Oda-Clan und wählte Nobunagas Widersacher Hashiba Yoshimune als Herrscher des Landes Owari. Doch Nobunaga hatte Verbündete, die an ihm hingen, weil er sie reich zu belohnen wusste. Er erwies sich als geschickter Ränkeschmiede, als Feldherr, der seine Krieger mit flammenden Reden begeisterte. In den ersten Jahren stand er nie hinter dem Kampfgewühl auf einem Hügel und beobachtete die Schlacht, wie so mancher Feldherr es zu tun pflegte. Hob er den eisernen Kriegsfächer und gab das Zeichen zum Angriff, ritt er zum Klang der Muschelhörner an der Spitze des Heeres. Die Krieger stürmten, jauchzten und sangen um ihn herum. Sie glaubten, er wusste von einem Omen, dass er nicht auf dem Schlachtfeld fallen könnte. So jedenfalls erzählten es die Krieger. Das gab ihnen großes Glücksgefühl und Mut. In jenen Zeiten schmückten sich die Fürsten zum Kampf wie zu einem Fest. Nobunaga war stets der Schönste. Über seinem schweren, seidenen Mantel trug er einen Harnisch aus vergoldeten Eisenplättchen, mit Seidenbändern verschnürt. Auf seinem Helm leuchteten die Kennzeichen der Macht: das Hirschgeweih und die goldene Sonnenscheibe. Sein Sattel war aus Birkenholz, mit Leder bezogen, und darüber hing das Fell eines Schneeleoparden aus dem Norden des Archipels. Auch sein Schlachtross verdiente Beachtung: Nobunaga ritt einen Schilfdrachen, einen Schimmel aus der Hochebene von Kiso, dessen Fell fast grünlich schimmerte. Diese Tiere waren so schnell und stark, dass man sich erzählte, zur Paarung kämen die Drachen zu den Stuten. Die überaus klugen Pferde waren dafür bekannt, dass sie auf dem Schlachtfeld nie ihren Herrn im Stich ließen. Fiel der Reiter im Kampf, stellten sie sich schützend über ihn, verteidigten ihn mit Zähnen und Hufen.

Und so focht Nobunaga manchen Krieg, auf dem Schlachtfeld oder auch zur See. Er kämpfte erfolgreich gegen das Chaos der verfeindeten Fürsten, ließ Abtrünnige hinrichten oder zwang sie zum Selbstmord. Er verwüstete, wenn es sein musste, ganze Städte, schreckte auch vor dem Tod von Frauen und Kindern nicht zurück. Durch eine bahnbrechende Kriegführung verfügte er über eine der modernsten Armeen seiner Epoche. Die zwölf mächtigsten Lehnsherren

Japans schloss er zu einer Koalition zusammen, die praktisch unbesiegbar war. Entgegen der Tradition wählte er seine Generale, Offiziere und Gefolgsleute nicht nach Namen, Rang, Familie oder Beziehung, sondern einzig nach ihrem militärischen Können. Traditionell wurde im Archipel mit Schwertern und Hellebarden gekämpft. Als eigentliche Fernwaffen gab es nur Pfeil und Bogen. Nobunaga aber hatte von den Portugiesen den Gebrauch von Feuerwaffen gelernt. Er ließ die Musketen in Japan herstellen. Der gezielte Einsatz von Schusswaffen verbreitete auf jedem Schlachtfeld große Angst und großen Schrecken. 1571 gelang es Nobunaga auf diese Weise, den heiligen Berg Hiei einzunehmen und Enryaku-ji, die Tempelburg der gefürchteten Kriegermönche, zu zerstören. Nobunaga übergab die Tempelanlage den Flammen und setzte auf diese Weise der jahrhundertealten Vormachtstellung der Kriegermönche ein Ende. Dass die Mönche Rache schworen, bekümmerte ihn nicht. Und wenn er auch später, bei der Belagerung von Nagashima, enorme Verluste erlitt und zwei seiner jüngeren Brüder verlor, konnte er die Stadt, die sich seit elf Jahren in offener Rebellion den Samurai-Herrschern gegenüber befand, einnehmen und besiegen. In einem beispiellosen, langjährigen und strategisch perfekt ausgeklügelten Feldzug war es Oda Nobunaga somit gelungen, nahezu ein Drittel des japanischen Territoriums seinem Gesetz zu unterwerfen.

Neben seiner militärischen Brillanz erwies sich Nobunaga als geschickter und weitblickender Verwalter. Die Landwirtschaft blühte, ein breites Straßennetz wurde gelegt, der internationale Handel gefördert, nicht nur mit Spanien und Portugal, mit China und der koreanischen Halbinsel, sondern auch mit Siam, den Philippinen und Indonesien. Man importierte Luxusgüter aus aller Welt, in den wohlhabenden Städten entwickelte sich ein üppiges Zunftleben. Der Wohlstand zog auch die Künstler an, die Dichter, die Maler, die Musiker, die Schmiede und die Schauspieler. Nobunaga zog jene an, die das Leben liebten, die Geschmack an der Fröhlichkeit und am Glanz hatten. Und es sprach sich bald herum, dass diese beim *Daimyo* willkommen waren. Viele unter den Besten gab es, die Platz an seinem Hof fanden. Nobunaga liebte schöne Dinge und geistreiche Menschen; er fühlte sich zu den Künstlern hingezogen, ließ sich gerne von ihren Gedanken und Begabungen faszinieren. Von Künstlern umgeben, legte er keinen Wert darauf, großzutun oder zu zeigen, welche Stellung er hatte. Der Schelm von einst trat wieder hervor, mit seiner Lust an üppigen Gelagen, an wilden Streichen. Die Musiker spielten gerne für ihn, er wetteiferte mit den Dichtern, tanzte mit den Tänzern. Diese Menschen waren mit jenen Gaben erfüllt, denen seine innere Sehnsucht galt. Er lernte von ihnen, ohne Neid oder Arroganz. Und jene, die das begriffen, wären ohne Weiteres für ihn gestorben. Sie achteten ihn aus vollen Herzen um dessentwillen, was Edles in ihm war. Es berührte sie nicht, noch dämpfte es ihre Verehrung, dass er Städte verwüstet und das Blut vieler Tausender vergossen hatte.

Seit langer Zeit hatte sich ein Zweig der Koga-Familie in der Stadt Kanazawa angesiedelt, die dem Gesetz des *Daimyo* Maeda Toshiie unterstand. Aus diesem Familienzweig kam der Baumeister Okabe Mataemon, der im Dienst des Fürsten zunehmend Ruhm und Ehre erlangte. Mit seinem Wissen und seiner verfeinerten Bautechnik konnte Mataemon auf eine Überlieferungslinie zurückblicken, die bis zur Regierungszeit der Kaiserin Jito im sechsten Jahrhundert zurückreichte. Mataemon verfügte über hundert gelernte Handwerker und Zimmerleute sowie über ungefähr die gleiche Zahl von Schülern. Er hatte den berühmten *Ninomaru*-Palast erbaut und war auch maßgebend an dem Bau des Kaiserpalastes in Kyoto beteiligt gewesen, der im großen Brand von 1631 zerstört wurde.

Es war im 4. Jahr Tensho (1574 nach moderner Zeitrechnung), als sich ein Gesandter mit seinem Gefolge bei Maeda Toshiie meldete und ihn wissen ließ, dass der *Daimyo* Oda Nobunaga nach seinem Baumeister schicke. Er bitte diesen, sich unverzüglich auf den Weg zu machen, und zwar noch in dieser Nacht. Der *Kago* – die Tragsänfte – warte bereits. Maeda Toshiie entbehrte Mataemon nicht gerne, aber Nobunagas Wunsch war ihm Befehl. Er ließ den Baumeister holen, der in aller Eile von seiner Familie Abschied nahm und in dem *Kago* Platz nahm. Die Träger waren in unauffälliges Schwarz gekleidet. Fackelträger liefen voraus. Der Weg von Kanazawa nach Azuchi, wo Nobunaga residierte, war weit. Doch in den Raststätten am Weg war ihr Kommen stets vorbereitet, ausgeruhte Träger warteten, um die Stangen der Sänfte zu schultern. In einem Gewaltmarsch von zwei Tagen und zwei Nächten erreichten die Reisenden ihr Ziel. Man ließ Mataemon kaum Zeit, ein Bad zu nehmen und seine Kleider zu wechseln. Schon geleitete ihn ein Kämmerer zu dem *Daimyo*, der ihn in seinen Privaträumen empfing. Mit tiefer Verbeugung sank der Baumeister auf die Knie. Seine Stirn berührte den Boden. Der *Daimyo* hatte vor einem kleinen Tisch aus erlesenem Birkenholz Platz genommen. Für ein paar Atemzüge betrachtete er den Baumeister, ohne dass sich ein Muskel in seinem Gesicht regte. Dann winkte er ihn mit leichter Bewegung näher an sich heran. Mataemon bewegte sich respektsvoll vorwärts. Er sah vor sich einen noch jugendlichen Mann mit scharfen Gesichtszügen und leichten, lauernden Bewegungen. Seine Augen waren groß, hellgolden; sie zeigten eine Nachdenklichkeit, über die Mataemon sich wunderte und die ihn rührte. Diese Schwermut passte nicht im Geringsten zu seiner Kleidung, die eine sonderbare Farbauswahl zeigte. Hätte er das kräftige Blumenmuster, das pfauenblaue und grüne Seidengewebe an einem Schauspieler auf der Bühne gesehen, wäre Mataemon in keiner Weise überrascht gewesen. Doch an Nobunaga war nichts Verweichlichtes, er trug diese grellen, farbenprächtigen Gewänder mit derartiger Selbstverständlichkeit, dass jeder, der ihn sah, auf Anhieb wusste: Hier kommt der Herrscher!

Nobunaga war nicht allein. Aus den Augenwinkeln nahm Mataemon einen jungen Pagen wahr, der etwas abseits kniete und offenbar zugegen sein durfte, denn der *Daimyo* befahl ihm nicht, den Raum zu verlassen. Erst beim zweiten Blick merkte der Baumeister, dass dieser liebreizende Junge eigentlich ein Mädchen war. Ihr Haar war lang und dick und so schwarz, dass es fast purpurn schimmerte, und auf eine Weise geschnitten, dass es wie ein Helm das feine Gesicht umrahmte, wobei sie nach Jungenart ihr Seitenhaar in elegant gedrehten Locken an den Wangen lose gebauscht trug. Sie hatte ein längliches Gesicht, die Wangenknochen waren hoch und ausgeprägt, der Mund voll und weich und sinnlich. Der Blick ihrer funkelnden Augen war neugierig und scharf – gebieterisch.

Mataemon fragte sich, wer diese junge Frau wohl sein konnte. Nobunaga lebte in einer Zeit, in der die Zentralregierung noch verlangte, dass Männer seiner Rangstufe zwei Nebenfrauen hatten. Das sollte die Möglichkeit verringern, ohne Nachkommen zu sterben, die den Namen des Geschlechts fortführen konnten. Und es war stets die erste Frau, die diese Nebenfrauen aus Familien ihres eigenen Ranges auszuwählen hatte. Die Stellung der Nebenfrauen war, obwohl weniger einflussreich, ebenso geehrt wie die Stellung der rechtmäßigen Gattin. Mataemon wusste, dass Nobunaga von seiner Gattin nur Söhne hatte. Diese Schönheit mochte die Tochter einer Nebenfrau sein oder die Nebenfrau selbst. Ihre Anwesenheit und ihre Verkleidung waren zwar ungewöhnlich, aber angesichts der hier herrschenden extravaganten Lebensweise nicht unbedingt verwunderlich. Sie mischte sich jedoch kein einziges Mal in das Gespräch, sondern hielt eine kleine Katze in den Armen, schwarz und mit wunderschönen goldenen Augen. Die junge Frau kniete im Zwielicht, spielte leise mit ihrer Katze, doch Mataemon gelang es nicht, ihre Gegenwart zu vergessen. Ihre scharfen Augen waren ständig in Bewegung, und von dem, was gesagt wurde, entging ihr kein Wort. Erst später erfuhr der Baumeister mehr über die junge Frau. Zu den Söhnen empfand Nobunaga zwar Zuneigung, aber immer folgte dieser Zuneigung der Schatten, dass die Söhne, einmal erwachsen, ihm zu Feinden werden konnten. Dieses Mädchen, das seine Nichte war, stand seinem Herzen am nächsten. Sie war die Tochter seiner jüngeren Schwester Oichi. Diese war mit Azai Wakamasa verheiratet worden, der über die Provinz Omi herrschte. Die Ehe war eine politische Notwendigkeit, um eine langjährige, unbequeme Fehde zu beenden. Nobunaga hatte die Verbindung nur widerwillig gutgeheißen, war doch die schöne Oichi seine Lieblingsschwester. Was Oichi selbst betraf, nun, sie war von Wakamasas provozierender Männlichkeit recht eingenommen. Nobunaga hatte das nie ganz geschluckt. Im Laufe der Jahre brachte Oichi drei Töchter zur Welt. Die Erstgeborene hatte die ganze Schönheit der Mutter und den Ungestüm und die Charakterstärke des Vaters, der gleichermaßen ein Verräter und ein großer Held war. Aber es ist nicht seine Geschichte, die hier erzählt werden soll. Jedenfalls verlegte diese Tochter, als sie dreizehn wurde und somit erwachsen, ihren Wohnsitz zurück in die Heimat ihrer Mutter. Nobunaga, der sie als Kind kaum zu Gesicht bekommen hatte, sah in ihr das Ebenbild seiner verlorenen Schwester. Die Zuneigung war gegenseitig, eine Beziehung, in der wohl auch Erotik mitspielte. Jedenfalls überhäufte Nobunaga sie mit Ehren, schenkte ihr ein Schloss und einen eigenen Hofstaat. Ja, er sprach sogar mit ihr über seine Staatsgeschäfte. Er gestattete sich, in ihrer Gegenwart einfach laut zu denken. Beschäftigte ihn eine Sache, erzählte er sie dem Schein nach ihr. Es war einfach seine Art, ein Problem darzulegen und eine Lösung zu finden. Nichts liebte sie mehr, als ihn in seinen Mußestunden auf die Jagd zu begleiten. Sie folgte ihm sogar auf dem Schlachtfeld. Sie hatte ihre eigene Leibgarde und war im Handhaben der Waffen gut unterwiesen, beherrschte perfekt das Schwingen der *Naginata*. Diese Lanze, mit einer messerscharfen Klinge versehen, wurde von den Kriegern verwendet, galt aber als die Waffe der Frau. Sie vermochte Seidenstoff zu zerschneiden wie auch eine Hand vom Körper zu trennen. Nobunaga, von Verrätern umgeben, misstraute sogar seinen eigenen Söhnen. Seine Nichte, eigenwillig und verschwiegen wie er selbst, war der einzige Mensch, auf den er sich völlig verlassen konnte. Und weil sie über Witz und Verstand verfügte, hatte sie Nobunaga schon Denkanstöße gegeben, die wertvoll für ihn waren.

Ihr offizieller Name lautete Yodo-dono. Doch nach wie vor nannte sie der *Daimyo* zärtlich bei ihrem Kindernamen: Chacha.

Mataemon wusste nicht, was ihm die Unterredung bringen würde: Er war auf vieles vorbereitet, doch nicht auf das, was ihn erwartete. Denn in dieser ersten Begegnung, bei der Mataemon vor dem *Daimyo* kniete und seine Befehle empfing, entstand bereits zwischen den beiden Männern jenes zarte, sichere Gefühl, das einer Freundschaft sehr nahe kommt. Und so sollte es bleiben, bis zum Schluss. Aber ich greife vor.«

26. Kapitel

Tante Azais Kopf schien immer noch blendend zu funktionieren. Sie setzte mit erstaunlich kräftiger Stimme ihre Erzählung fort, von der keiner von uns wusste, worauf sie hinauslaufen würde.

»Oda Nobunaga erklärte also dem Baumeister, dass er auf dem Berg Azuchi eine neue Residenz errichten wollte. Und es sollte ein Bauwerk werden, das einzigartig in der Welt war und alles übertraf, was die Menschen bisher gesehen hatten.

›Ich will über den Wolken wohnen‹, verkündete Nobunaga, ›und bis zum Biwasee blicken. Mein Schloss soll rein wie ein Tempel glänzen, pures Gold soll meine Feinde blenden und meine Macht unvergesslich zeigen.‹

Nobunaga sprach noch lange, und Mataemon hörte zu. Er wollte ruhig Blut bewahren, aber er fühlte, wie seine Erregung wuchs, sah er doch, dass Nobunaga ihm anbot, ein beispielloses Meisterwerk zu gestalten. Geld spielte keine Rolle, unbegrenzte Mittel standen ihm zur Verfügung. Er konnte so viele Handwerker kommen lassen, wie er brauchte. Dabei wurde Mataemon mit Staunen gewahr, dass Nobunaga das Bild dieses Schlosses bereits selbst entworfen hatte. Es hatte vor seinem inneren Auge längst Form und Gestalt angenommen. Mataemon war auserwählt worden, weil er das Geheimnis der alten Glück fördernden Bauweise beherrschte. Er kannte die Riten aus der Zeit der Entstehung des Landes, als die ersten Kaiserinnen zugleich Oberpriesterinnen waren. Mataemon entging nicht, dass Nobunaga sich auf diese Weise selber ›heilig sprach‹, was einem Frevel recht nahe kam. Mataemon behielt seine Gedanken für sich. Die Tatsache, dass Nobunaga auf jedem Schlachtfeld den Sieg errang, zeigte ja, dass die Sonnengöttin ihn in jeder Weise begünstigte.

Im Laufe der folgenden Stunden und Tage, während Nobunaga dem Baumeister sein zukünftiges Schloss beschrieb, wurde das Bild immer deutlicher und klarer. Schon war Mataemon in der Lage, den Grundriss in seinem Kopf zu berechnen. Jedes der fünf Stockwerke verjüngte sich nach oben zu dem Himmelsturm mit seiner Kuppel, und jedes davon sollte – seiner Symbolkraft entsprechend – in einer anderen Farbe leuchten. Das erste schwarz, das zweite weiß, das dritte und vierte blau und purpurrot. Und ganz oben war alles mit purem Gold überzogen. Doch entgegen dem Grundriss der üblichen japanischen Schlösser wollte Nobunaga, dass eine Halle erbaut wurde, von mächtigen Säulen rundum gestützt, die den Blick bis oben zu der Kuppel freigab. Dies war für Mataemon etwas Neues. Nobunaga erklärte ihm, es seien die Christen, die auf diese Weise ihre Heiligtümer bauten, wobei die Kuppel eine Darstellung der Himmelswölbung war, ein Lobgesang des Alls. Abermals wunderte sich Mataemon: Dies sollte ein Schloss werden, kein Heiligtum! Doch er befolgte jeden Wunsch des Fürsten und entwarf einen Plan, der dieser Vision gerecht wurde. Und je mehr er sich in seine Arbeit vertiefte, desto stärker wuchs seine Begeisterung. Er wusste, es würde ein Meisterwerk sein, etwas in seiner Pracht und Herrlichkeit nie Dagewesenes.

Die besten Handwerker Japans kamen nach Azuchi. Zunächst wurden in den Bergwäldern von Kiso Zypressen für die tragenden Säulen gefällt. Das Fällen der Bäume war mit zahlreichen Beschwörungsriten verbunden. Die Riesenstämme, die teilweise mehr als zweitausend Jahre alt waren, wurden auf Schiffen über den Biwasee herbeigeschafft und dann unter qualvollen Anstrengungen den Berg hinaufgezogen. Der *Daimyo* hatte den Portugiesen Pulver abgekauft, mit dem der Boden durch Explosionen ausgehöhlt wurde. Erst dann konnten die Tragsäulen tief genug in die Erde gerammt werden. Die Arbeiten waren äußerst gefährlich, unter den Tausenden von aufgebotenen Arbeitern wurden viele verletzt oder verloren sogar ihr Leben. Die Jahreszeiten gingen ins Land. Allmählich zeigte das Schloss seine Umrisse, wuchs unaufhörlich, wuchs in den Himmel. Nach drei Jahren endlich konnte der Innenausbau beginnen. Jede Zimmerflucht wurde mit erlesenen Materialien und exquisiten Kunstwerken ausgestattet. An den Wänden schimmerten das Gold und die Emaille der Schnitzereien, die Segen spendende Symbole darstellten, geflügelte Drachen und schwebende Fabelwesen. Die gewaltigen Deckenbalken waren mit den vergoldeten Wappen des Oda-Clans verziert. Wir können das Staunen der Besucher nur ahnen, wenn sie zu Pferd die Rampe hinaufstiegen, umgeben von steinernen Genien, buddhistischen Schutzheiligen und Glück bringenden oder furchterregenden Tier- und Geniegestalten. Es waren Formen, die in der Natur vorkamen, schön und majestätisch, die aber auf Fremde bedrohlich wirkten. Sie spürten, hier waren Schutzgeister einer anderen Art, die ihnen Eintritt in ein verbotenes Reich gewährten, aber ohne Garantie, dass sie den magischen Ort wieder würden verlassen können! Nobunaga bereitete diese Ambivalenz Vergnügen. Er genoss es sehr, gleichermaßen Bewunderung und Angst hervorzurufen. Waren die Zungen vor Staunen gelähmt, bekräftigte es ihn in seiner Macht. Er wusste im Voraus, dass alle, sobald sie das Schloss betraten – dieses Schloss voller Pracht und Herrlichkeit –, ihren Blick in die Höhe wandern ließen, noch höher hinauf, bis zur Kuppel hoch oben zwischen den schwach leuchtenden karminroten Lacksäulen. Die Kuppel war das gekrönte Haupt der Pagode, Symbol des Himmelsreiches und seiner Gestirne. Und je nach Tages- oder Nachtzeit pulsierte dort oben ein Gemisch aus Strahlen und Schatten, durchwoben von Traumfarben, perlmutt- oder goldkäferbraun, rot wie ein lebendiger Rosenbusch oder leuchtend wie ein saphirblauer See. Es waren Farben, die zwischen Schlaf und Wachsein beheimatet waren, die bei Sonnenschein oder Sternenlicht ihre Beschaffenheit änderten. In einem besonderem Raum waren die Geschenke der *Nanbanjin*, der Fremden, ausgestellt: Statuen, eine Sonnenuhr, ein Astrolab, ein Kompass, silberne Pfeifen, Schnapsflaschen, Stahlpanzer und Helme, Parfüms aus dem Orient, wildlederne Handschuhe, mit wohlriechenden Essenzen getränkt, Faustwaffen, Panzerhemden, Degen und Schwerter aus königlichen Werkstätten. Die Privatgemächer, den Besuchern nicht zugänglich, waren mit kostbaren Rollbildern aus China geschmückt, mit exquisit bemalten Wandschirmen und Ebenholzmöbeln ausgestattet, mit Truhen voller Gewänder von bisher ungeahnter Schönheit und Pracht.

Alle, die das Schloss betraten, waren hingerissen vor Bewunderung, wandelten wie durch einen berauschenden Traum. Ihre Worte waren zu schwach, um zu schildern, was sie gesehen hatten. Wirklich, es war nicht abzusehen, welche Kraft der Fantasie es dazu brauchte; Worte waren nicht imstande, das Wunder zu beschreiben!

Doch das Schloss barg Geheimnisse. Sie waren das Werk jener, die Vorsorge für alle Fälle getroffen hatten. Denn jeder Fürst, auch der Reichste und Mächtigste, wusste, dass seine Residenz als Erstes der Gier der Eroberer zur Beute werden würde. Und so wurden Fluchtwege angelegt, ausgeklügelte Verstecke, unterirdische Labyrinthe, die sogar Brunnen enthielten, damit für den Fall einer Belagerung der Zugang zum Grundwasser gesichert war. Jeder Baumeister verstand sein Gewerbe. Die Zugänge waren aufs Geschickteste getarnt, und die Ausgänge befanden sich weit draußen im Wald, unter einer Brücke oder einer Kaskade. Es war ein unterirdisches Spinnennetz von Gängen, durch die lebendige Erde geschlagen. Kleine Öffnungen nur, schnell zu zerbrechende Trennwände, Bretter, die man beiseiteschob, Korridore, die immer weiter führten, in die Sicherheit. Die Arbeiter, die diese Tunnel und Wege in den Unterbau angelegt hatten, waren einem mächtigen Eid verpflichtet. Mit ihrem Leben und den Leben ihrer Angehörigen bürgten sie für ihr Schweigen.

Nur der *Daimyo* und seine engsten Vertrauten kannten diese Fluchtwege, die – wie die Zukunft es zeigen sollte – nur einmal benutzt wurden.

Will eine Geschichte erzählt werden, kommt es vor, dass sie nur leise spricht. Die Geschichte, die sich hier abspielte, hätte auf der ganzen Welt geschehen können, denn jedes Herz ist ein einsamer Jäger. Während das Schloss gebaut wurde, war es oft vorgekommen, dass Staatsgeschäfte den *Daimyo* von Azuchi fernhielten. Nobunagas Gedanken waren auf Kriegsstrategien und die damit verbundenen finsteren Pflichten gerichtet. Es war dann seine Nichte Chacha, die die Arbeiten überwachte, und weil sie von Anfang an dabei gewesen war, kannte sie die Pläne so gut wie ihr Onkel – ja vielleicht sogar besser. Für die Zimmerleute war es ein vertrauter Anblick geworden, wenn die schöne Fürstin in Männerkleidern auf das Gerüst stieg, ebenso gelenkig wie die Handwerker selbst. Was Chacha nicht gefiel, waren die wiederholten Besuche der *Keto*, der Fremden eben, mit denen sich der *Daimyo* so gerne umgab. Chacha hatte diese schwarzgekleideten Fremden, die schlecht rochen, nie gemocht. Sie schnüffelten überall herum, schrieben und zeichneten auf, was sie sahen.

Chacha hatte den Wächtern befohlen, sie im Auge zu behalten. Sie hätte den Fremden am liebsten den Zutritt zu der Baustelle verwehrt, wagte es aber nicht, entgegen Nobunagas Vorlieben zu handeln. Kam er selbst auf die Baustelle, zeigte er den *Keto* stolz, wie das Schloss in die Höhe wuchs, und erfreute sich an ihrer Bewunderung und ihrem Staunen. Dabei entstand jedes Mal Unruhe. Die Zimmerleute konnten sich nicht an ihren Anblick gewöhnen. Sie arbeiteten nicht aus vollem Herzen, wenn die schwarzgekleideten Fremden unter dem Gerüst ihre Aufzeichnungen machten. Was mochten sie sein? Spione der fremden Fürsten auf der anderen Seite der Welt? Ja, gewiss, und der *Daimyo* sollte sie hinrichten lassen. Auch Mataemon waren die *Nanbanjin* nicht geheuer, hatte er doch Geheimnisse zu hüten, die nicht in falsche Hände geraten durften.

Mataemon war etwa vierzig Jahre alt, für seine Epoche bereits ein älterer Mann. Er war mehr als doppelt so alt wie die Fürstin, die zu diesem Zeitpunkt erst siebzehn Jahre zählte. Mataemon hatte Frau und Familie in Kanazawa gelassen und seit Jahren nicht mehr zu Gesicht bekommen. Die selbstbewusste und unabhängige Fürstin fand Gefallen an diesem Mann, dessen Weisheit und Wissen sie in Erstaunen setzte. Menschen aus jener Zeit kannten gewiss ihre Pflicht, doch es herrschten noch – bis in die hohen Gesellschaftsschichten hinein – die lockeren Sitten eines Agrarvolkes. Was zwischen Mann und Frau geschah, wurde ohne Vorwurf geduldet. Und es sollte noch über ein halbes Jahrhundert vergehen, bis strengere Moralauffassungen sich durchsetzen würden. Bedenkt man allerdings den Rangunterschied, war es klar, dass die Fürstin die Initiative ergreifen musste. Mataemon war ein stattlicher Mann. Sein Haar war noch nicht ergraut. Er hatte strenge, aber ebenmäßige Züge, die einen sanften, humorvollen Ausdruck annehmen konnten, wenn er sprach oder lachte. Und Chacha hatte einen starken Willen, seit ihrer Kindheit war ihr niemals etwas verwehrt worden. So geschah es dann, dass beide sich fanden. Und als Chacha merkte, dass sie schwanger war, stürzte es sie nicht übermäßig in Verwirrung. Es war schon einmal vorgekommen – sie hatte sich mit einem jungen Adligen bei Hofe vergnügt; doch sie hatte abgetrieben. Noble Damen suchten eine Frau auf, die aus verschiedenen Kräutern einen Trank mischte, der Leibschmerzen und starke Blutungen erzeugte. Nach einigen Stunden ließen die Blutungen nach. Die Frauen suchten dann ein Schwitzbad auf, und die Hitze des Dampfes ließ sie in einen wohltuenden Schlaf versinken. Sobald sie erwachten, war alles vorbei. Doch es gab eine Zeit, die eingehalten werden musste, sonst wurde der Eingriff schwierig und sehr schmerzhaft, und die Frau selbst war in Gefahr. Dies wusste Chacha aus eigener Erfahrung, doch sie konnte sich nicht entschließen, diesem Leben, das in ihr heranreifte, ein Ende zu setzen. Auch wurde sie von bösen Träumen und Vorahnungen heimgesucht, die ihr sehr zu denken gaben. Sie machte sich auf, die Priesterin eines kleinen Shinto-Schreins zu befragen, die eine heilige Frau war. Ob die Priesterin ihr raten würde, das Kind auszutragen? Die alte Frau erwiderte, die Fürstin könne natürlich nach Belieben handeln. Doch gäbe es Fähigkeiten, die vererbt werden sollten, und Namen, die es in Ehren zu halten galt. Chacha verstand den Rat. Sie dankte der alten Frau und machte eine reiche Stiftung für den Altar. Dann ließ sie Mataemon wissen, dass sie von ihm schwanger war. Mataemon war berührt und aufgewühlt, bemühte sich jedoch, wenig Gemütsregung zu zeigen. Was konnte er tun? Das Kind gehörte der Mutter – sie entschied, ob es leben oder sterben sollte. Chacha ließ ihn wissen, dass sie das Baby austragen wollte. Äußerlich ließ sich Chacha nichts anmerken, ging ihren gewohnten Beschäftigungen nach, ritt ihren schönen Schilfdrachen. Die weiten Hofgewänder verbargen ja ihren Zustand. Als sie schwerfälliger wurde, täuschte sie eine Krankheit vor. Der Winter kam ja, und Chacha, in ihre wattierten Gewänder gehüllt, zog sich in ihr eigenes Schloss zurück, ließ nur die Hebamme und die vertrautesten Dienerinnen ihren Zustand wissen. In starkem Schneegestöber verspürte Chacha die ersten Wehen. Sie schickte nach der Hebamme, die meinte, es würde schnell vorübergehen. Sie band ein Seidentuch um Chachas Leib und presste auf diese Weise das Kind aus ihrem Körper heraus: Es war ein kleiner Sohn, gesund und wohlgeformt. Chacha liebkoste das Baby, schickte jedoch nach einer Amme. Sie wollte ihr Kind nicht nähren, weil sie befürchtete, sich dadurch zu sehr an ihn gebunden zu fühlen. Wie groß ihr innerer Kampf auch sein mochte, sie musste praktisch denken. Ob sie den *Daimyo* ins Vertrauen zog? Wir wissen es nicht. Seine Zeit war mit Geschäften erfüllt, um sein Reich unter Kontrolle zu halten. Er herrschte mit eiserner Faust, war er doch von mächtigen Feinden umgeben. Das Kind seiner Lieblingsnichte hätte Anlass zu Erpressungen geben können.

Sie ließ den Baumeister kommen, der, reich belohnt, nach der Schneeschmelze die Heimreise antreten würde. Als der Baumeister vor ihr kniete, legte sie ihm das Kind in die Arme. Er sollte den Kleinen, dem sie den Namen Isaemon gegeben hatte, in seine Familie aufnehmen. Sie bat ihn, das Kind wie seinen Ziehsohn zu behandeln und ihn erst im Mannesalter, wenn er mit Waffen umzugehen wusste, über seine Herkunft aufzuklären. Mataemons Frau Taku war pflichtbewusst und gutherzig. Für ihr Verständnis und ihre Verschwiegenheit konnte sich der Baumeister verbürgen. Ein solches Vorgehen war durchaus nicht unüblich: Es geschah oft in jener Zeit, dass Kinder bei Ziehfamilien aufwuchsen, um nicht in die Hände mächtiger Feinde zu geraten. Für Isaemons Erziehung überreichte Chacha dem Baumeister eine hohe Summe aus eigener Schatulle. Darüber hinaus stattete sie ihren Sohn mit einem Vermögen an Reisfeldern von zwölf *Koku* aus (ein *Koku* ist ein Hohlmaß und stellt die Ernte eines Reisfeldes von tausend Quadratmetern dar). Somit war ausreichend für Isaemon gesorgt, und Chacha erteilte Mataemon die Aufgabe, alles nach ihrer Zufriedenheit zu regeln. Sie tat es umso vertrauensvoller, da er ja der leibliche Vater war. Mehr noch: Sie übergab Mataemon ihr eigenes Kurzschwert, ein kostbares Familienerbstück mit dem Wappen des Oda-Clans; ihr Sohn sollte es tragen, wenn er im Mannesalter war. Es bürgte für seine Abstammung und machte ihn zum Samurai.

›Das Wissen, wer er ist‹, sagte Chacha, ›wird ihm einen Rang verleihen, und wenn er erwachsen ist, kann er ihn beanspruchen. Kämpft er nicht für sein Erbe, und will er Handwerker bleiben – nun, er hat die Wahl.‹

Mataemon bewunderte ihre Umsicht, die gleichzeitig eine große Ehre für ihn war. Und sobald der Schnee schmolz, machte er sich für die Reise bereit. Da traf ihn ein furchtbarer Schlag: Der Bauplan, der sich, getreu der Tradition, in seinem Besitz befand, war verschwunden! Für Mataemon war es, als ob sich der Boden vor seinen Füßen auftat! Er gab sich die Schuld an dem Versagen. Es war ein Flecken auf seiner Ehre, der nur mit dem eigenen Blut abgewaschen werden konnte. Doch Mataemon gehörte nicht zur Kriegerkaste, es war ihm nicht erlaubt, ein Schwert zu tragen und es gegen sich selbst zu führen. Und so ließ er die Fürstin wissen, er könne mit dieser Schande nicht weiterleben und sei bereit, sich freiwillig dem Henker zu stellen. Chacha teilte sein Entsetzen. Doch sie wollte nicht den Vater ihres Kindes dem Verderben ausliefern und sagte: ›Warte, überlass das mir!‹ Ihre Spione nahmen sich der Sache an, und recht bald fiel der Verdacht auf einen Kammerdiener des *Daimyos,* der ein Christ war.

Chacha befahl, dass der Mann festgenommen und gefoltert wurde, bis er die Wahrheit gestand. Tatsächlich redete der Diener: Ein *Nanbanjin* habe ihn bestochen. Er nannte seinen Namen: Luis Frois. Chacha hatte gelernt, kühl und effizient im Voraus zu planen. Der *Daimyo* pflegte Handelsbeziehungen zu Spanien und Portugal und sah in dem Jesuiten einen Mittelsmann von unschätzbarem Wert. Chacha erwog das Für und das Wider und kam zu dem Schluss, dass der Diebstahl keine unmittelbare Gefahr mit sich brachte. Immerhin ließ sie den Jesuiten von ihren Spionen überwachen. Diese würden ihr unverzüglich melden, wenn er Kontakt zu Nobunagas Feinden suchte. In der Zwischenzeit verfügte sie über ein Druckmittel gegen ihn, das unter gegebenen Umständen nützlich sein konnte. Auf diese Weise behielt sie das Spiel in der Hand. Mit dem ehrlosen Diener machte Chacha nicht viele Umstände. Damals herrschte Sippenhaft. Sie ließ den Mann und seine Familie hinrichten und verbot bei Todesstrafe, dass Gerüchte in Umlauf kamen. Diese Leute, hieß es, seien an einer Krankheit gestorben.

Danach erstattete sie dem Baumeister Bericht. Die Maßstäbe, die Mataemon an seine Pflicht anlegte, waren hoch. Doch wie groß auch sein innerer Kampf sein mochte, eine noch größere Aufgabe erwartete ihn: Chacha hatte ihm ihren Sohn anvertraut, der den Namen Oda fortpflanzen und so das Fortleben der Nachkommen in der Zukunft sichern würde. Dieser Aufgabe konnte er sich nicht entziehen. Und so erhielt die Amme den Auftrag, das Baby für die Reise bereit zu machen und sich mit den Zimmerleuten und ihrer bewaffneten Eskorte auf den Weg zu machen. Die Amme war eine vertrauenswürdige Frau: Chacha gab ihr einen Dolch mit dem Befehl, ihn zu gebrauchen, wenn Feinde die Reisenden bedrohten und eine Gefangennahme unabwendbar schien. Chacha liebkoste das schlafende Baby ein letztes Mal, bevor sie es in die Arme seiner Amme legte. Sie sagte Mataemon Lebewohl und stieg auf den Schlossturm, um die Fortreitenden an diesem klaren Vorfrühlingstag so lange wie möglich im Auge zu behalten. Ob sie ihr Kind jemals wiedersehen würde, war ungewiss.

Die Reise nach Kanazawa verlief ohne Zwischenfall. Der kleine Isaemon wurde von Taku, Mataemons Frau, und den älteren Geschwistern liebevoll aufgenommen und gehörte fortan zur Familie. Unbeeindruckt von seinem nahezu fürstlichen Lohn führte Mataemon weiterhin ein bescheidenes Leben und war bis ins hohe Alter als Baumeister tätig. Wie aus alten Texten hervorgeht, widmete er sich dem Bau von Heiligtümern, die den Ruf von ausgesuchter Schönheit und Harmonie trugen.

So vergingen mehrere Jahreszeiten. Im Azuchi-Schloss war alles nur der Schönheit und dem Vergnügen gewidmet. Ein Bankett folgte dem anderen, die Räume waren voller Farben und Musik, voller Trinksprüche, sprudelnder Laune, eleganter oder derber Scherze. Nobunaga ließ sich durch einen schwarzen Sklaven bedienen, den er den Portugiesen abgekauft hatte. Er beteiligte sich an Gedicht- und Gesangwettbewerben, zeigte einen Tanz, den er vor jeder Schlacht aufführte, um sich einzustimmen. Wie ein Gaukler, flüsterten manche hinter vorgehaltener Hand. Auch *Nanbanjins* mit ihren Dolmetschern waren nicht selten zugegen. Die übliche Umgangssprache war Latein. Häufig war auch Luis Frois in Azuchi zu Gast. Chacha misstraute seinem leutseligen, humorvollen Wesen. Und solange der gegenwärtige Zustand nur Vorteile und keinen Schaden brachte, begnügte sich Chacha damit, den Jesuiten im Auge zu behalten. Ihre Spione erstatteten ihr regelmäßig und genauestens Bericht. Die Missionare kontrollierten den Waffenhandel, der *Daimyo* zahlte in Goldmünzen. In dieser Epoche, die als ›Zeit der streitenden Reiche‹ in die Geschichte eingehen würde, zeigten sich überall die Schatten von Intrigen. Ganz Japan war in Aufruhr. Auf den Schlachtfeldern flossen Ströme von Blut. Nobunagas Krieger, mit ausländischen Waffen ausgerüstet, brachten jedem feindlichen Reiterheer furchtbare Verluste bei. Nach wie vor folgten ihm seine Soldaten mit Begeisterung, wussten sie doch, dass sie nach jedem Sieg hohe Belohnungen und reiche Beute erwarten konnten. Nobunaga blieb lange Zeit unbesiegbar, doch allmählich geriet auch er in Bedrängnis. Auf seinen stärksten Verbündeten, Togugawa Ieyasu, konnte er nicht mehr zählen. Nobunaga hatte ihn abschätzig behandelt, weil seine Mutter von niederem Adel war. Der *Daimyo* war ein Mann, der sich nicht beherrschen konnte. Weil er spürte, dass das Glück ihn verließ, machte er sich immer verhasster. Die Finger von zwei Händen genügten kaum, um die Fürsten aufzuzählen, die er beleidigt hatte. Er verfeindete sich mit dem mächtigen Mori-Clan, belagerte dessen Burg Takamatsu. Doch der Mori-Clan hatte treue Verbündete. Unter dem Kommando von Mori Terumoto schlugen sich die Belagerten heldenhaft, trotz erheblicher Verluste. Sie drängten Nobunaga zurück, der Kampf kam zum Stillstand. Das war der Anfang vom Ende. Nobunaga schickte seinen General Hideyoshi, um Verstärkung zu holen. Einst gehörte Hideyoshi zum fürstlichen Haushalt, wo er als Sandalenmacher einen niederen Dienst verrichtete. Es lag in Nobunagas Natur, dass er ein gutes Auge für menschliche Fähigkeiten hatte; Hideyoshis Scharfsinn war ihm nicht entgangen. Nobunaga hatte ihn zunehmend als Informant benutzt und schließlich zum General gemacht in der Hoffnung, dass er auf diese Weise seine Fähigkeiten nutzen und ihn unter Kontrolle halten konnte. Der kometenhafte Aufstieg des einstigen Sandalenmachers hatte im Generalstab Unverständnis und Zorn erregt. Für den stolzen

Samurai Akechi Mitsuhide, Spross einer ehrwürdigen Adelsfamilie, war es eine Beleidigung zu viel. Mitsuhide stellte sich mit seinen Truppenverbänden auf die Seite des belagerten Mori-Clans und verriet dem Feind Nobunagas Aufenthalt im *Honno-ji*-Tempel in Kyoto. Diesen Winkelzug hatte Nobunaga nicht erwartet. Während frische Truppen als Verstärkung anrückten, hatte er nur seine Söhne, seinen Feldwebel Ranmaru, seine persönliche Leibwache und einige Diener bei sich. Und seine Nichte Chacha, die einzige vertraute Person, die er stets in seiner Nähe duldete. Der Überfall auf den Tempel geschah mitten in der Nacht, als alle im tiefen Schlaf lagen. Die Angreifer töteten die Mönche, während Nobunaga und sein Gefolge in das Innere des Tempels flüchteten. Schon stürmten die feindlichen Soldaten in die Vorhalle, und jene, die sich mit Haken an den Mauern hochgezogen hatten, kamen über die Treppen. Nobunaga kannte einen Geheimgang. Konnten sie ihn erreichen, waren sie gerettet. Der Tempel stand bereits in Brand. Schon rasten Flammen über die Binsenmatten, sprangen an den Säulen empor. Das Feuer brach durch die Gipswände, Balken stürzten ein, der heiße Qualm brannte in den Augen und nahm jede Sicht. Nobunagas Söhne kämpften, um den Rückzug ihres Vaters zu decken. Sie verloren ihr Leben dabei. Ranmaru, treu ergeben, blieb bis zum Schluss bei seinem Herrn, bevor er durch *Seppuku* seinem Leben ein Ende setzte. Man fand seine Leiche in den Trümmern, als der Tempel, von Flammen zerfressen, zusammengestürzt war. Hier jedoch liegt ein großes Geheimnis, denn Nobunaga selbst wurde niemals gefunden. Nur sein Schwert, mit dem er wahrscheinlich seinen jungen Feldwebel enthauptet hatte, um ihm das Ende zu erleichtern, schimmerte in der glühenden Asche. Um sein Verschwinden rankten sich viele Legenden. Und manche erzählten, dass sie in den Gebirgswäldern rund um Kyoto einen Mann gesehen hatten, mit weißem Haar und rötlich funkelnden Augen, der Fallen für Kleinwild legte und Eber mit einem Speer erlegte – ein alter Einsiedler, der jedem drohte, der in seine Nähe kam, aber niemals ein Wort sprach. Und es gab Leute, die in seinem zerfurchtem, von Narben schrecklich entstellten Gesicht die Züge Nobunagas zu erkennen glaubten. Ja, die Geschichte spricht mit verschiedenen Zungen, und vielleicht ist es wahr.

Doch meine Fantasie weiß eine andere Erklärung. Habe ich gesagt, dass Nobunaga, tief in seinem Herzen, ein Mann von Ehre war? Statt die Gefährten zu opfern und sich in Sicherheit zu bringen, kämpfte er an ihrer Seite bis zum Schluss. Doch Chacha rief er einen Befehl zu. Und Chacha sah den Augenblick gekommen, ihren Auftrag zu erfüllen. Der *Daimyo* hatte sie mit einem Eid gebunden und ihr diese Aufgabe übertragen, wohl wissend, dass seine Söhne jederzeit ihr Leben auf dem Schlachtfeld verlieren konnten. Die Zeit verändert sich nie, sie geht weiter, ohne zu eilen, ohne zu zögern. Und doch, in manchen Momenten scheint sich die Zeit zu beschleunigen. Chacha hatte nur einen Atemzug, um die Geheimtür zu erreichen. Die befand sich gleich hinter einer Schiebewand und war ebenfalls aus Gips. Chacha hob den Riegel auf, zwängte sich durch die schmale Öffnung – und war verschwunden.

Sie entkam also. Manche sagen, auf wunderbare Weise. Tatsächlich gelang es ihr, sich im Schutz der Dunkelheit zu den Pferden zu schleichen und ihren Schilfdrachen loszubinden. Da die Nacht mondlos war, konnte sie ungesehen davonreiten. Sie war so oft mit dem *Daimyo* geritten, dass sie verschiedene Wege kannte. Die genaue Ortskenntnis half ihr, sich in der Dunkelheit zu orientieren. Ihr Ritt nach Azuchi dauerte drei Nächte; tagsüber verbarg sie sich in den Wäldern, schlief, sammelte ihre Kräfte. Keiner weiß, welche Gedanken ihr damals durch den Kopf gingen. Am dritten Tag, zur Mittagsstunde, erreichte sie Azuchi. Sie fand die Schlossbewohner in Aufregung und Angst. Gerüchte waren bereits an ihr Ohr gedrungen. Chacha wusste, hinter ihr hatte sich ein Heer von mehreren Tausend Kriegern auf den Weg gemacht. Es gab eine Regel im Krieg: den Geschlagenen keine Zeit zu lassen, ihre Kräfte zu sammeln. Chacha bat Nobunagas Gattin und die beiden Nebenfrauen, sich mit ihren Kindern unverzüglich in Sicherheit zu bringen. Es gab Burgen in den Bergen und tief in den Wäldern, die zu erobern schwierig sein würde. Die Frauen weinten. Ob der *Daimyo* noch lebte? Chacha vermochte sie nicht aus ihrer bangen Ungewissheit zu erlösen. Sie erteilte den Frauen den Rat, nur ihre persönlichen Sachen mitzunehmen und auf Gegenstände zu verzichten, die ihre Flucht erschweren konnten. Schon liefen Dienerinnen, mit Bündeln beladen, über die Treppen. Die Frauen hatten ihre Gewänder geschürzt, um besser laufen und reiten zu können. Manche trugen kleine Kinder, die sich an ihren Hals klammerten. Chacha beachtete nicht das Chaos, das Seufzen, Schreien und Klagen. Sie begab sich in ihre Gemächer, nahm ein Bad, wusch ihr Haar und zog ihr weißes Totenhemd an. Darüber trug sie Männerkleider. Purpurne und lila Seidenstickereien verliehen ihrer mit Gold lackierten Galarüstung Farbe. Das Langschwert, das sie nach Kriegerart auf dem Rücken trug, ragte hoch über ihren schmalen Kopf. Wunderschön sah sie aus, gebieterisch. Als sie aus ihren Gemächern trat, waren nur noch die langjährigen treuen Dienstboten anwesend. Und auch noch die Krieger, die das ›Himmelsschloss‹ schützten, etwa hundert an der Zahl. Der *Daimyo* hatte diese Männer gut ausgewählt. Es waren kaltblütige Kämpfer, die nicht von ihrem Posten weichen würden. Chacha ließ ihren Hauptmann kommen. Dieser, ein stattlicher Mann, verneigte sich und kniete nieder, die rechte Hand am Boden. Ein Schimmer von Überraschung trat auf sein Gesicht, als die Fürstin ihm für seine Treue dankte und ihm den Befehl erteilte, mit seinen Kriegern die Burg zu verlassen. Die Soldaten sollten ihre Familien versammeln und sich in Sicherheit bringen. Es war ein Befehl, der einer Beleidigung gleichkam, doch dem Hauptmann kam es nicht in den Sinn zu widersprechen. Er verneigte sich ehrerbietig und zog sich mit seinen Kriegern zurück. Als das Prasseln der Pferdehufe auf der hölzernen Rampe verklungen war, gab Chacha den Dienstboten Anweisungen. Die Burg sollte wie zum Empfang geehrter Gäste voll erleuchtet, die seltensten Schmuckgegenstände auf die *Tokonomas* gestellt und die kostbarsten Rollbilder aufgehängt werden. Die Diener taten, wie ihnen geheißen. Sie jammerten und weinten, während Chachas Augen trocken blieben. Als alles vorbereitet war, wurde Stroh aus den Stallungen geschleppt und in jedem Stockwerk angehäuft. Zuletzt ließ sich Chacha eine Fackel bringen. Sie schickte die Diener hinaus mit dem Befehl, sich davonzumachen, und zündete selbst das Feuer an, welches das ›Himmelsschloss‹ zerstören würde. Weil die große Vorhalle bis zur Kuppel offen war, entstand sofort ein gewaltiger Luftzug, der die Flammen hochschlagen ließ. Chacha aber ging unbeirrt von einer Zimmerflucht in die nächste, hielt die lodernde Fackel hoch und steckte das Stroh in Brand. Die wehklagenden Diener erzählten später, wie ihre dunkle Gestalt, riesenhaft vergrößert, sich im Flackerlicht durch alle Räume bewegte und ein Kunstwerk nach dem anderen den Flammen übergab. Das Feuer lief vorbei wie ein Blitz, verbreitete Wolken von Qualm. Eine Welt der Schönheit starb. Chacha jedoch wanderte in dieser sterbenden Welt, ihre Ziele waren stets neue leuchtende Punkte. Es war, als sei sie selbst an diesen leuchtenden Punkten befestigt wie an einer Gruppe von schwindenden Sternen. Und es gibt Zeugen, die gesehen haben wollen, wie sie ohne Hast aus der brennenden Burg trat und nur ihre schwarze Katze in den Armen trug, ihr Langschwert auf dem Rücken, und sonst nichts. Noch war der Tag nicht angebrochen, aber die vielen Vögel im Wald sahen das rosa Lodern und erhoben ihre Stimmen, weil sie glaubten, die Morgenröte nahe. Und die in mächtiger Zahl anrückenden feindlichen Krieger sahen sich um ihre Beute betrogen, spornten ihre Reittiere zur höchsten Eile an, doch sie kamen zu spät. Der Brand wütete drei Tage und drei Nächte lang; von dem, was einst das Himmelsschloss gewesen war, eine der Prachtbauten dieser Erde, bestanden nur noch schwarz verkohlte Balken und Mauerreste; selbst das Gold war geschmolzen, hatte sich mit der Erde vermischt. Nichts blieb erhalten, außer Steinen, die im Lauf der Zeiten von Buschwerk überwuchert wurden.

Es erwies sich, dass Nobunaga seinen Schützling Hideyoshi nicht umsonst begünstigt hatte. Der einstige Sandalenmacher ruhte nicht, bevor er die Verschwörer gestellt und den *Daimyo* gerächt hatte. Das legitimierte ihn, sich selbst zu Nobunagas Nachfolger zu ernennen. Er, der alle Pläne und Strategien seines Herrn im Kopf hatte, führte sein Heer durch alle Gefahren, setzte die Aufgabe der Vereinigung Japans fort. Bis 1590 eroberte er alle Provinzen, machte alle Fürsten zu Vasallen. Er scheiterte allerdings, als er sogar Korea und von dort aus China zu erobern versuchte. Nun ja, auch er hatte einen Größenwahn. Aber Japan befand sich durchweg in einem Gärungsprozess, und trotz seiner übertriebenen Selbsteinschätzung herrschte Hideyoshi während drei Jahrzehnten mit Umsicht und Geschick. Er hatte bei Nobunaga feine Sitten erlernt, für ihn war nichts schön oder kostbar genug. Und stets waren Maler, Dichter und Musiker sowie Künstler aller Art bei ihm willkommen. Die Teezeremonie, wie wir sie heute kennen, erhielt ihre Form unter Hideyoshis Teemeister Sen no Rukyu. Und weil alle Edlen und Vornehmen ihn nachahmten und die Künstler schützten und gut bezahlten, erlebte Japan bis zu Hideyoshis Tod 1597 sein goldenes Zeitalter, eine unübertroffene Blütezeit. Aber das weiß heutzutage jedes Schulkind.

Doch es bleibt noch eine andere Geschichte zu erzählen – ein streng gehütetes Familiengeheimnis. Denn nach Nobunagas Tod sprach es sich schnell herum, dass Chacha eigenhändig das ›Himmelsschloss‹ vernichtet und die Sieger um eine beispiellose Beute gebracht hatte. Das brachte sie in große Gefahr, und sie suchte Hilfe bei Hideyoshi. Dieser gewährte ihr umso bereitwilliger Schutz, da er sie schon lange begehrte. Seine eigene Frau, Nene, die er in jungen Jahren geheiratet hatte, entsprach nicht seinem Rang und war zudem unfruchtbar. Er bat Chacha, seine Nebenfrau zu werden. Sie willigte ein und gebar ihm zwei Söhne, Tsurumatsu und Hideyori. Später, nach Nenes Tod, bekleidete sie deren Stellung. Einige Jahre lang widmete sie sich der Erziehung ihrer Söhne, bis diese größer wurden und solcher Lehrer bedurften, die sie für ihren künftigen Stand als Krieger erzogen. Die schrecklichen Ereignisse ihrer Jugend hatten Chachas Kräfte geschwächt. Der Freuden und Leiden war sie müde, selbst für die Liebe hatte sie kaum noch etwas übrig. Sie bat Hideyoshi um die Erlaubnis, sich in ein buddhistisches Kloster zurückzuziehen, um als stolze und mutige Erinnerung stets bei ihm zu bleiben. Hideyoshi bedauerte sehr, dass sie ihn verließ, erfüllte ihr jedoch diesen Wunsch. Im Kloster nahm Chacha ihren ursprünglichen Namen wieder an, wurde aber aufgrund ihrer Herkunft meist Dame Azai genannt. Sie widmete sich dem Studium der großen Bücher der Weisheit, ließ sich in den Reichtümern einer Geheimlehre unterweisen, die auf uralte Überlieferungen zurückging, eine Erkenntnis, die den Geist entfaltete und im Menschen ungeahnte Kräfte freisetzte. Und, ja, wieder vergingen viele Jahre …

Inzwischen wuchs Chachas erster Sohn, Isaemon, in der Familie seines Vaters zu einem kräftigen und klugen jungen Mann heran. Im geeigneten Alter erzählte ihm Mataemon, wer seine Mutter war, und übergab ihm deren eigenes Schwert mit dem Familienwappen, das ihn zum Fürsten machte. Doch Isaemon, ein begnadeter Handwerker von unfehlbarer Geschicklichkeit, lag wenig an seiner adligen Herkunft. Er wollte Baumeister werden, wie sein Vater. Er weigerte sich lange, seiner leiblichen Mutter zu begegnen. Die Fürstin entstammte der mächtigen Kriegerdynastie der Azai und war Hideyoshis Gemahlin. Isaemon befürchtete, sie würde keinen Gefallen an seiner Berufung finden und von ihm fordern, dass er in die Dienste des Herrschers trat. Indessen, Mataemon verlangte nichts von ihm, das seinem Herzen widersprochen hätte. Erst als die Fürstin ihrer Privilegien entsagt hatte und als Nonne lebte, wagte Isaemon, ihr im Kloster einen Besuch abzustatten. Diesem ersten Besuch folgten viele andere. Und es ist bekannt, dass die Beziehung zwischen Mutter und Sohn sehr innig und vertraut wurde. Isaemon heiratete die Tochter einer Priesterin, bekannte sich definitiv zum Koga-Clan und begründete eine neue Baumeisterdynastie. Man weiß, dass er an dem Bau verschiedener Heiligtümer beteiligt war und sogar seinen Vater an Berühmtheit übertraf. Doch sein Schwert machte Isaemon zum Samurai, auch wenn er seine Privilegien nicht beanspruchte und seinen Pflichten nicht nachkam. Und die Überlieferung erzählt, dass Dame Azai, ihrem Ende nahe, ihren Sohn ein letztes Mal kommen ließ. In den langen Jahren ihrer Abgeschiedenheit hatte sie ihr Wissen vertieft und war in den Besitz vieler Geheimnisse gekommen. Und sie sagte zu Isaemon: ›Ich bin mit den Dingen hier fertig, doch Leben und Tod sind eins, und ich gehe nicht sehr weit. Und weil du, mein Sohn, mir besonders teuer bist, will ich deine

Kinder und Kindeskinder schützen. Das Schlagen meines Herzens wird in ihrem Herzen sein. In den Augenblicken großer Gefahr werde ich ihnen in einer Traumvision begegnen. Auf diese Weise können sie sich rechtzeitig retten, bevor das Unglück sie trifft. Doch die Menschen ändern sich, es mag sein, dass sie mich in späteren Zeitaltern nicht mehr erkennen. Darum lehre deine Nachkommen, dass mein Bild die Magie der Zeit kennt und sie sich auf mich verlassen sollen.‹

Das waren ihre letzten Worte an ihren Sohn. Die Familienchronik weiß zu berichten, dass diese oder jene unserer Vorfahren die Fürstin im Traum gesehen hatten. Und jedes Mal ereignete sich bald nach ihrem Erscheinen etwas Folgenschweres oder Schreckliches.

Von Okabe Mataemon wird erzählt, dass er bis zum Ende seines Lebens den Verlust des Bauplans beklagte. Seine Schuldgefühle wurden zur Besessenheit. Er glaubte, dass Nobunaga noch am Leben war, dass das Himmelsschloss noch stand und der Bauplan in feindliche Hände gelangen könnte. Seine Tage und Nächte waren von dieser Angst erfüllt. Isaemon versuchte ihm vergeblich klarzumachen, dass der *Daimyo* tot war und vom Schloss nur noch verkohlte Ruinen übrig geblieben waren. Doch Mataemons Geist war verwirrt. Immer wieder ersuchte er seinen Sohn, das verlorene Dokument suchen zu lassen. Um ihn zu beruhigen, und obgleich er selbst kaum Hoffnung hatte, befahl Isaemon den Spionen des Koga-Clans, den Jesuiten zu stellen und ihn zur Herausgabe des Plans zu zwingen, wenn nötig mit Gewalt. Doch so weit kam es nicht mehr: Hideyoshi, der den missionierenden Jesuiten von Anfang an misstraute, hatte strenge Maßnahmen ergriffen und alle des Landes verwiesen. So kam es, dass Luis Frois bereits Japan verlassen hatte. Mataemon starb, bevor ihm Isaemons Spione diese Nachricht mitteilen konnten. Und so blieb der Bauplan mehrere Jahrhundert lang unauffindbar. Bis er plötzlich, vor neunzig Jahren, in Jan Letzels Besitz kam und ich unwissende Schülerin die wertvolle Schriftrolle in meinen Händen hielt.«

27. Kapitel

Die Stimme der alten Dame, die so lange gesprochen hatte, verklang. Weil es so heiß war in dem Besuchszimmer, war ihr monotoner Klang wie ein Vibrieren des Sonnenlichts, als ob in dieser Helle sonderbare Dinge geschahen, als ob die Stimme ihren Ursprung in den Wänden hatte. Doch als Tante Azai ihre Erzählung beendet hatte, sah ich voller Betroffenheit, wie müde sie dasaß – nicht mehr kerzengerade, sondern schief, und ihr eingeschrumpftes Gesicht schien wie mit einem Tuch überzogen, spinnwebenfein, sodass kein Schatten das Weiß zu berühren schien. Auf einmal stieß sie einen langen Seufzer aus, eine Art Röcheln, wie ein alter Mensch es beim Aufwachen manchmal tut.

»Oh, oh, oh!«, rief Mia erschrocken.

Sie goss frischen Tee aus der Thermosflasche in die Schale, kauerte sich neben der alten Dame nieder und hielt ihr das Gefäß an die Lippen. Tante Azai trank, schlürfend und schmatzend, leerte die Schale und ordnete mit tastenden Händen den Ausschnitt ihrer Yukata. Mia nickte mir bedeutungsvoll zu.

»Das war sehr anstrengend für sie.«

Die runzeligen Lider zuckten.

»Es musste ja mal erzählt werden«, krächzte die alte Dame.

Mia, die sich offenbar nur mit Mühe beherrschte, hielt es nicht mehr aus.

»Der Bauplan, Tante Azai. Was ist aus dem Bauplan geworden?«

»Der Bauplan, ach ja…« Die Tante verzog die Lippen, schwieg.

»Wenn es ihn überhaupt gibt«, setzte Mia unvorsichtig hinzu.

Aus Tante Azais Augen schoss ein dunkler, wütender Blitz.

»Ich hatte ihn doch in der Hand! Glaubst du, dass ich geträumt habe?«

Mia wurde etwas rot, kein Wunder, so heiß war es ja in dem Raum.

»Nein, nein, Tante Azai! Bestimmt nicht.«

Ich stellte zögernd eine Frage.

»Hat Letzel mit vielen Leuten darüber geredet?«

Sie ließ ihr übliches Knurren hören.

»Natürlich nicht! Das wäre ihm nie in den Sinn gekommen. Er war ein Gentleman. Er wusste, dass er etwas sehr Wertvolles besaß. Etwas, das ihm eigentlich gar nicht gehörte.«

Ich schluckte und hakte nach.

»Könnte es sich nicht… ähm… um eine Fälschung gehandelt haben?«

»Eine Fälschung? Ja, sind Sie von Sinnen?« Die Tante dehnte empört die Worte. Ich dachte, gleich kriegt sie einen Anfall, und schrumpfte zusammen.

»Ja, *gomennasai*… ich dachte nur…«

»Sie sind wirklich schlecht darin, die Dinge zu interpretieren. Was wollen Sie jetzt noch Dummes fragen?«

Zum Glück kam mir Mia zu Hilfe.

»Wer hat jetzt den Bauplan, Tante Azai? Jan Letzels Familie? Dann müsste ich ja wieder nach Prag und den Leuten klarmachen, dass die Schriftrolle ein Familienerbstück ist…«

»*Iie* – nein!«, sagte die alte Dame. Sie knurrte und fuhr fort: »Letzel gab sie meinem Vater, bevor er Japan verließ. Es war fraglich, ob er jemals zurückkommen würde. Und er wusste ja, dass das Dokument uns gehörte.«

Ich fragte vorsichtig: »Jan Letzel... kannte er diese Geschichte?

»Meine Mutter hatte ihm erzählt, was sie von mir erfahren hatte.«

»Ach so«, sagte ich. »Und wie dachte Letzel darüber?«

Sie sah mich erbost an.

»Er tat sich schwer, obwohl er ein kluger Mann war. Ausländer haben ein Problem mit Träumen.«

»Träume sind Schäume«, sagte ich, ungläubig und aus der Fassung geraten.

Sie parierte wie mit einem Samurai-Schwert.

»Im Ernst, glauben Sie das wirklich? Dann sind Sie aber schlecht dran!«

Ich krebste kleinlaut zurück, mit der stupiden Bemerkung: »Ich weiß eben nicht, was ich glauben soll.«

»Ob es Ihnen passt oder nicht: Ihnen wurde eine Rolle zugeteilt.«

Das hatte ich inzwischen auch kapiert. Allerdings fühlte ich mich wie der falsche Darsteller in einem Kabuki-Drama. Eine Fehlbesetzung, sozusagen. Ein Clown. Wieso sollte mir eine Samurai-Lady aus dem sechzehnten Jahrhundert im Traum erscheinen und mir mit einer Schriftrolle unter der Nase herumfuchteln? Ich hatte auch nichts mit Missionaren am Hut, die, statt artig Gottes Wort zu verkünden, mit Schusswaffen handelten, pfui doch, aber so war es halt eben gewesen. Kurzum, ich hatte nichts, aber auch gar nichts mit dieser Story zu tun. Auch wenn mein hiesiger Wohnsitz offenbar wildbewegte Zeiten gekannt hatte.

Ich sagte zu Mia: »Nein. Meine Vorfahren waren keine Fürsten, keine Baumeister und zum Glück auch keine Missionare. Sie waren nicht einmal Japaner, sondern Beamte aus Nordrhein-Westfalen, die sich später im Raum Hamburg etablierten.«

Mias Frage klang perplex.

»Du meinst, dass das absolut nicht stimmen kann?«

»Das ist doch klar und unumstößlich«, sagte ich.

»Knurr!«

Tante Azai reckte den Hals und blickte verärgert auf so viel Borniertheit.

»Sie wundern sich natürlich, das ist Ihr gutes Recht, aber versuchen Sie zu verstehen. Chacha – ich nenne sie Yodo-dono, das ist respektvoller – hat schon gemerkt, dass Sie sehr intelligent sind, viel kultivierter, als ich erwartet hatte. *Gomennasai*, das ist sehr direkt, aber ich bin aus dem Alter heraus, in dem man um die Dinge herumreden sollte. Was ich jetzt nicht sage, sage ich später nie mehr. Also, Mia hat ja nur Stress im Kopf, eine Kreativhemmung, das weiß sie ganz genau. Und Isaos Partner ist nett, schnupft aber Koks. Das ist nicht gut. Isao ist clean, aber psychisch nicht in Ordnung. Er macht sich Sorgen. Wenn er Masahiro nicht schleunigst in die Klinik schleppt, diagnostiziere ich für beide eine bald entstehende Depression.«

»Vielleicht meint ja Isao …«

»Nein. Isao sollte sich besser um Masahiro kümmern. Aber er hat irgendwie Scheuklappen. Yodo-dono weiß, dass sie im Augenblick nichts bei ihm ausrichten kann. Sie hat nichts gegen Masahiro selbst, in ihrer Zeit war das alles auch erlaubt, solange man es nicht an die große Glocke hängte. Rote Unterhosen? Dazu muss man effizient sein. Aber Masahiro braucht Hilfe, und neuerdings ist Isao beduselt. Man muss ihn wachrütteln.«

Mir fiel fast die Kinnlade herunter. Nie wäre mir in den Sinn gekommen, dass eine Frau, die hundertacht war, ihre Sache so unverblümt darstellen konnte. Und ich hatte das unbestimmte, fast metaphysische Gefühl, dass diese verrückte Sache ein Körnchen von Wahrheit enthielt.

Mia saß mit ihrer Schale da, ihre Hand zitterte leicht. Sie wirkte wie vor den Kopf gestoßen. Schließlich begann etwas in ihr zu denken. Sie schluckte krampfhaft und total eingeschüchtert.

»Habe ich richtig verstanden… *sumimasen*… dass Isao und ich nicht aufnahmefähig sind? Dass unsere Träume zu verworren sind, um richtig interpretiert zu werden?«

»Im Großen und Ganzen ja.«

Mia schüttelte den Kopf, schien nach einer Erwiderung zu suchen, die nicht kam. Tante Azai nahm auf ihre offenbar gepiesackte Empfindlichkeit keine Rücksicht, sah kühl an ihr vorbei.

»Sie sprechen ein schlechtes Japanisch«, sagte sie zu mir, »aber sie haben einen klaren Geist. Yodo-dono brauchte ein Medium.«

»Und das bin ich?«

»Das sind Sie. Ganz eindeutig, würde ich meinen.«

Das ging mir doch ein wenig an die Nieren.

»Erwarten Sie, das ich Ihnen das glaube?«

Sie antwortete gar nicht eingeschnappt.

»Tun Sie mir den Gefallen, versuchen Sie es.«

»Aber was hat das für einen Sinn?«

Sie nickte mir zu. Ihre Worte klangen völlig sachlich.

»Yodo-dono hat nach einer Notlösung gesucht. Man nimmt, was man hat. Unsere Vorfahren waren Menschen der Notwendigkeit. Mia und Isao sollte eine Botschaft übermittelt werden. Aber beide haben verstopfte Ohren. Und was mich betrifft, nun, Yodo-dono hat schon gemerkt, dass mit mir nicht mehr viel los ist…«

Die Knie begannen mir wehzutun. Ich suchte eine bequemere Haltung.

»Das würde ich nicht gerade sagen…«

Sie reagierte erstaunlich sanft.

»Nein. Ohne Rollator kann ich keine fünf Schritte mehr gehen. Mit Ihnen ist das etwas anderes.«

»Wieso ist das anders?«

»Sie sind jung. Sie können rennen.«

»Warum sollte ich rennen?«

»Man weiß nie. Die Umstände.«

»Na ja, wenn mir der Bus davon fährt…«

Sie sah mich an wie ein böser Kobold.

»*Gomennasai*«, murmelte ich zerknirscht.

Ich wollte es mir mit ihr nicht verderben.

Sie nickte mir huldvoll zu.

»Und was nun?«, fragte ich.

Die alte Dame antwortete nicht mir, sondern richtete ihre nächsten Worte an Mia.

»Ich hoffe, dass deine geistige Verfassung ausreicht, um meine Worte zu beachten. Ich meine – und das ist keine Vermutung –, dass sich etwas Verhängnisvolles ereignen wird. Yodo-dono will offenbar, dass du den Bauplan an dich nimmst. Ich kann mir sogar denken, warum. Mein Bruder ist über neunzig und seit einem Jahr Witwer. Alte Männer kommen schlecht alleine zurecht. Alte Frauen sind organisierter. Sie verschwenden ihre Zeit nicht mit Klagen.«

»Er hatte doch einen Sohn, Yukio«, sagte Mia. »Ist der nicht in Kanada?«

Sie schüttelte den Kopf.

»Er ist seit fünf Jahren tot. Ein Skiunfall. Man sollte besser auf die Lawinengefahr achten. Yukio war mit einer Kanadierin verheiratet, die zwei Kinder aus erster Ehe hatte. Ich kann sie nicht unbedingt zu den Nachkommen zählen. Außerdem leben sie in Montreal. Zu umständlich, das Ganze. Yododono musste sich etwas einfallen lassen.«

Pure Zweckmäßigkeit also. Ich begann so nach und nach der verschrobenen Handlung eine gewisse Logik zu unterstellen. An den Einbruch des Irrationalen in meine völlig rationale Welt musste ich mich zunächst gewöhnen. Ich wusste allerdings nicht, wie ich damit umzugehen hatte. Und Mia offenbar auch nicht. Doch sie kam allmählich wieder zu Verstand.

»Tante Azai, würdest du mir jetzt bitte sagen, was ich tun soll?«

»Ich weiß nicht, woran es liegt«, die alte Dame sprach mit einer gewissen Schwerfälligkeit, »aber ich habe das Gefühl, dass es dringend ist. Jedenfalls will ich, dass du Onkel Matsuo in Sendai aufsuchst. Und zwar unverzüglich! Sag ihm, dass du von mir kommst und er dir den Bauplan geben soll. Weißt du, wo er wohnt?«

»Ich finde seine Adresse schon im Internet«, sagte Mia.

»Ach ja, im Internet.« Tante Azai schürzte die Lippen. »Internet ist ja für solche Dinge ganz brauchbar. Und jetzt habe ich meine Stimme genug vergeudet. Ich brauche Ruhe.«

Sie nickte der Pflegerin zu, die in regelmäßigen Abständen vor der Glastür vorbeischlurfte und einen Blick in das Besuchszimmer warf. Nun kam sie herein, half der alten Dame, sich zu erheben, führte sie behutsam hinaus. Wie eine weißhaarige Puppe kam sie mir vor, wie ein Häufchen dünner Knochen, an Schnüren aufgehängt, die sich nur noch bewegten, weil sie mit kundiger Hand gestützt und gelenkt wurden. Du großer Gott, woher nahm sie nur ihre Energie? Mia und ich traten betroffen zur Seite, ließen die alte Dame gehen, ohne ein weiteres Wort oder auch nur noch einen Blick zu erwarten. Mit einer Hand stützte sie sich auf den Arm der Pflegerin, mit der anderen hielt sie die Tagebücher fest an sich gepresst. Die Sonne sank, das Licht stand schräg, und es roch nach Essen. Ich sah auf die Uhr. Tante Azai hatte über drei Stunden geredet. Es war, als habe die Stimme eines Herzens aus dem alten Japan zu uns herübergetönt. Im Klang dieser Stimme war ein Drama erwacht. Prunk und Freude, Krieg und Schmerz wogten aus der Tiefe der Geschichte auf, und in einem gewaltigen Strudel schien auch mich diese Geschichte zu umkreisen, mich in eine Lebensinsel zu entführen, die fern war und fremd, aber auch eigentümlich vertraut. Sie nahm meine Fantasie und meinen Geist gefangen, mit solcher Treffsicherheit, dass diese Geschichte mir wie ein Teil meiner selbst entgegentrat, als ein grandios gesteigertes Bewusstsein meiner eigenen Persönlichkeit.

28. Kapitel

Wir sprachen mit Isao. Es war allmählich dringend geworden. Mia, sehr in Unruhe, wollte ein klärendes Gespräch. Doch es erwies sich, dass diese Unterredung uns vor neue Rätsel stellte. Wir trafen uns in Mias Glastraum (oder -albtraum) im achtundzwanzigsten Stockwerk. Isao, elegant wie immer, sah etwas verwirrt aus. Sein weißes Haar war etwas strubbelig, was ihm eine Art Aura gab, sehr smart, das Ganze. Auch er steckte mitten in Bauprojekten, hatte den Kopf – wie er sich ausdrückte – voller Stahlbeton. Wir erzählten ihm, was sich zugetragen hatte. Isao fiel von seinem Hubschrauber auf den Erdboden zurück. Wie, Rainer hatte das Phantom seiner Ahnfrau gesehen? Was genau hatte Tante Azai erzählt? Wie alle, die sich mit Architektur befassten, hatte ihn das Rätsel von Azuchi von jeher fasziniert. Doch was übrig blieb … Diese Steine waren für ihn nicht viel anders als die Höhlenmalereien von Steinzeitmenschen gewesen, die kein Morgen mehr hatten, nur noch Vergangenheit. Die Geschichte mit dem Bauplan aber fiel auf ihn herab, sagte er, als ob sie von einem anderen Planeten käme, was – im symbolischen Sinne – gar nicht so falsch war. Dieser Bauplan, gab es ihn wirklich? Und gehörte er ihm? »Er gehört der Familie«, sagte Mia. Isao war sehr bewegt. Er trug Bilder in sich, vermischt und verschmolzen mit etlichen Geschichten, die in seinem Unbewussten immer noch flüsterten. Aber wir mussten von Dingen reden, die ihm vielleicht unangenehm waren. Tante Azai hatte es uns ja aufgetragen. Über solche Dinge zu reden war schwierig. Zunächst fragte Mia recht vorsichtig, wann er denn das letzte Mal bei der alten Dame gewesen war. Isao antwortete überrascht.

»An ihrem Geburtstag. Du warst doch auch dabei.«

»Und dann nicht mehr?«

Isao sah plötzlich betreten aus.

»Neulich waren Masahiro und ich in der Nähe, da haben wir mal kurz bei ihr hereingeschaut und Kuchen mitgebracht.«

»Wann war das?«

»Vor zehn Tagen oder so. Masahiro war nervös, weil sie ihm ständig mit persönlichen Fragen auf die Pelle rückte. Aber sie schien ihn zu mögen …«

»So so …«

Isaos Stimme klang verlegen. »Warum fragst du?«

Mia zögerte, und ich sah schon wieder ein neues Rätsel auf mich zukommen. Mir wuchs das Ganze ein wenig über den Kopf.

»Habt ihr Tante Azai erzählt, wie ihr zueinander steht?«

Isao errötete. Die Sache war ihm eindeutig peinlich.

»Nein, wie kommst du darauf? Über solche Dinge kann ich doch mit ihr nicht reden!«

Ich seufzte innerlich auf. Oh doch, das kannst du, mein lieber Isao! Und weil Mia offenbar nicht wusste, wie sie ihm die nächste Frage stellen sollte, mischte ich mich taktlos ein.

»Weiß sie … ähm … dass Masahiro Koks nimmt?«

Isao starrte mich fassungslos an.

»Masahiro soll Drogen nehmen?«

Er sprach das Wort Drogen aus, als ob dieser Begriff in seinem üblichen Wortschatz nicht vorkam. Mia und ich wechselten einen perplexen Blick. Wo lebte Isao eigentlich? In seinem Hubschrauber? Auf dem Mond? Und angenommen, er hatte wirklich keine Ahnung von der Sache – woher hätte es denn Tante Azai wissen sollen?

»Wer hat das behauptet?«, fragte Isao entnervt. »Das stimmt doch überhaupt nicht …«

»Bist du da ganz sicher?«, fragte Mia vorsichtig.

Denkschwäche konnten wir Isao nicht vorwerfen. Blindheit vielleicht? War er nicht willens oder in der Lage, die Realität zu sehen? Oder nahm er sie, wie Tante Azai andeutete, als etwas Irreales, entzog er sich auf diese Weise der unangenehmen Pflicht, sich den Tatsachen zu stellen? Vogel Strauß steckte den Kopf in den Sand. Mir kam dieses Verhalten sehr bekannt vor, ach ja, ach ja!

Ich sagte vorsichtig: »Tante Azai gab uns zu verstehen, dass Masahiro Probleme hat.«

»Oh, wirklich? Probleme?«, murmelte Isao.

Ich blickte ihn an und konnte in seinen Augen keinen Funken von Arglist erkennen. Er wirkte in seiner Verwunderung absolut glaubhaft, absolut ehrlich. Ich fand das unsinnig, aber ich kannte dieses Nicht-sehen-Wollen einer bestimmten Situation. Eskapismus nannte man das. Dass aber Tante Azai das herausgefunden hatte, war ebenso abstrus wie die ganze übrige Geschichte.

»Was weißt du von Masahiro?«, fragte Mia sehr behutsam. »Wie steht es mit seiner Familie?«

Er runzelte die Stirn, begann zögernd zu erzählen. Er hatte Masahiro in einem Host-Klub kennengelernt. Er servierte dort Drinks, wobei er ein buntes Gewand mit wehenden Ärmeln trug. In Japan war das nichts Ungewöhnliches, ließ ich mir von Isao erklären, solche Pagen in Mädchengewändern gab es bereits im Mittelalter. Doch Masahiros eigenartiges, bezauberndes Gesicht und seine rätselhaften Augen waren Isao aufgefallen. Das war kurz nach seiner Scheidung gewesen. Er war einsam und nicht im Gleichgewicht. Masahiro sprach mit leiser, trauriger Stimme, und er sprach gut. Isao verabredete sich ein paarmal mit ihm. Er begriff nicht richtig, was er für Masahiro empfand, jedenfalls gewann der junge Mann sein Herz. Was er von Masahiro wusste? Er kam aus einer intellektuellen Familie, brillant, sehr ehrgeizig. Sein älterer Bruder brachte hervorragende Schulnoten nach Hause, glänzte im Sportunterricht. Masahiro war schwach in der Schule, malte wunderschöne Blumenbilder. Das zählte in dieser Familie nicht. Masahiro war empfindsam, langsam im Denken. Weil er sich vernachlässigt fühlte, machte er auf Verweigerung. Er schwänzte die Schule, brach sein Studium ab, zog von zu Hause aus. Den Eltern machte das Kummer, sie waren beleidigt und schmollten. Der ältere Bruder mokierte sich über ihn. Er hatte für den Kleinen nichts als Geringschätzung übrig. Masahiro hatte sich durchgeschlagen und dabei davon profitiert, dass er smart und liebenswürdig war. Der Vater war inzwischen gestorben, der Bruder begann eine steile Karriere in der Telekommunikation. Masahiro wollte malen, nichts als malen, aber er brauchte Geld. Und der Host-Klub ließ ihm tagsüber viel Zeit. Die Mutter und der ältere Bruder straften ihn mit stillschweigender Verachtung. Nach einiger Zeit brach Masahiro jeden Kontakt mit ihnen ab.

Isao drückte es sehr bildhaft aus: Er hatte den Eindruck, dass Masahiro sein lächelndes Gesicht mit den Bruchstücken eines Spiegels verdeckte. Drogen? Ja, das konnte wohl sein. Isao sah betreten aus. Bevor wir ihn darauf angesprochen hatten, hatte er nicht darüber nachgedacht, nicht darüber nachdenken *wollen*. Isao fühlte sich auf einmal sehr schuldig.

Kommunikationsprobleme, dachte ich, Vertrauensdefizit. Ach Gott, ja, das gab es auch bei uns. Ich fragte vorsichtig: »Könnte es sein, dass Masahiro mit dir darüber reden wollte, sich aber nicht traute?«

Isao nickte vor sich hin.

»Ich war einfach gerne bei ihm, ohne Plan, aber jetzt werden wir die Sache in Ordnung bringen«, sagte er schlicht, und das war alles, was wir an diesem Abend noch sagten. Denn wir hatten schon zu viel geredet, er wollte nichts mehr hören, und er hatte sogar recht damit, denn niemand sollte sich auf diese Weise dem inneren Selbst eines Menschen nähern. Aber immerhin, der Stein war ins Rollen gekommen. Und das hatte Tante Azai bewirkt. Aber wie sie dahintergekommen war, wusste keiner. Jedenfalls machte es Mia sehr zu schaffen. Und als Isao gegangen war, starrte sie mich perplex an.

»Woher weiß sie übrigens, dass Isao rote Unterhosen trägt?«

Eine gewichtige Frage, in diesem Kontext ohnehin. Und eine Frage mehr, die wir nicht beantworten konnten. Unsere Wahrnehmung war ein wenig gestört.

Die folgenden Tage sollten mir auf merkwürdige Weise in Erinnerung bleiben, als eine Art Zwischenraum in einem kalten, eisblauen Winter, bevor diese trockene Phase abgelöst wurde von dem Eintreffen einer noch kälteren, grauen Wetterfront, die stürmische Winde und Schnee brachte. Das geschah praktisch von einem Tag zum anderen. Dramatische Wetterwechsel sind die Regel in Japan, nicht die Ausnahme, das hatte ich inzwischen gelernt. In dieser Stimmung verbrachten Mia und ich ein paar unruhige Tage. Mia hatte ein wichtiges Projekt am Hals, das während der Neujahrstage nicht weiter gekommen war; jetzt erwartete man ihre Präsenz auf dem Bauplatz. Ich büffelte inzwischen Japanisch, war nur mit halbem Herzen dabei und hatte fortwährend das Gefühl, dass ich unentwegt auf etwas zusteuerte, was mir großes Unbehagen bereitete.

Endlich hatte Mia die Sache hinter sich, und wir konnten

uns auf den Weg machen. Onkel Matsuos Adresse hatte Mia im Internet problemlos gefunden; auf Tante Azais Hausnummerngedächtnis wollte sie sich doch lieber nicht verlassen. Was sie beunruhigte, war, dass sie ihn nicht anrufen konnte. Sie kam nie durch. Offenbar war der Onkel nicht zu Hause, oder er ging nicht ans Telefon. Es läutete, aber niemand meldete sich. Das bereitete Mia Kummer. Sie wollte nicht unhöflich sein und unangemeldet bei Onkel Matsuo auftauchen.

»Alte Leute sind manchmal unordentlich, sie möchten doch etwas aufräumen, bevor Besuch kommt.«

»Vielleicht ist er schwerhörig«, meinte ich. »Wie alt ist er eigentlich?«

Sie rechnete nach.

»Ich glaube, fünfundneunzig. Er ist dreizehn Jahre jünger als seine Schwester.«

Mia hatte Onkel Matsuo nur als Kind getroffen, dreimal, jeweils bei familiären Anlässen.

»Ich habe überhaupt keine Ahnung mehr, was er sagte oder wie er aussah. Langweilig, vermutlich. Womöglich ist er längst gaga.«

»Fragst du ihn nach der Schriftrolle«, sagte ich, »wirst du sein Comeback erleben.«

»Ach, ich weiß nicht«, seufzte Mia. »Tante Azai verfällt in die Altersgewohnheit, historische Perioden in Dekaden zu ordnen …«

Mia und ich beschlossen, nach Sendai zu fahren und es darauf ankommen zu lassen.

29. Kapitel

An diesem Wochenende war es eiskalt. Der Himmel war von kristallklarem Blau, aber am Horizont hingen niedrige, sehr dunkle Wolken. Die Reise mit dem *Shinkansen* war kurz; nur zwei Stunden, und schon waren wir am Ziel. Sendai gefiel mir auf Anhieb. Die alten Bäume, die alle großen Boulevards säumten, hatten ihr den Namen »Stadt der Bäume« gegeben. Weil es noch Winter war, fehlte ihre üppige Schönheit, trotzdem war spürbar, wie sehr Sendai's kultivierte Nonchalance im Gegensatz zu der Hektik stand, die Tokio beherrschte. Auch ich hatte mir in der Hauptstadt einen schnellen Gang angewöhnt, weil alle Bewohner durch die Straßen hetzten. In Sendai nahm man sich Zeit; hier lebte man gelassen. Die Natur war immer da, nicht auf kleinsten Raum gepresst, wie in Tokio, sondern erhaben, nahezu wuchernd, auch wenn sie noch im Winterschlaf lag.

»Ich begreife deinen Onkel«, sagte ich zu Mia. »Wäre ich ein alter Mann, würde ich gerne hier wohnen.«

Doch ich war in mieser Stimmung. Wir stapften durch den Schneematsch; das Klima in Tohoku – im »Nordosten« – war hart. Ich fror eigentlich selten, nun ertappte ich mich dabei, dass ich mit den Zähnen klapperte. Dazu hatte ich Kopfschmerzen, die nicht besser wurden. Mia sah mich besorgt an.

»Ist dir nicht gut?«

»Kopfweh!«, stöhnte ich.

»Wenn du Kopfweh hast, musst du essen. Du wirst sehen,

danach geht es dir besser, das Gehirn wird stärker durchblutet.«

Das Dumme war, dass ich gar keinen Hunger hatte.

»Eigentlich möchte ich nur einen Kaffee.«

»Kaffee gibt es später.« Mia wurde energisch, wie es so ihre Art war.

»Also gut«, sagte ich matt. »Ein komisches Klima ist das hier …«

Als ob zwei Windströmungen aufeinanderprallten, die eine warm, die andere kalt, und beide sehr extrem.

»Wir sind sehr nahe am Meer«, sagte Mia, »da wechselt das Wetter schnell.«

Mir pochte der Schädel. Vielleicht war Sendai doch nicht der richtige Ort für alte Leute …

Wir verkrochen uns in ein *Tempura*-Restaurant, wo eine ganze Reihe von Köchen an der Arbeit war. Mia gab sachkundig die Bestellung auf. Man hielt uns die Zutaten zur Ansicht hin: perlgraue Garnelen, große rosa Krebse, einen Hummer, der noch schwach die Glieder bewegte, verschiedene Sorten Fischfleisch, das frisch und süß nach Frucht duftete. Pilze, Zwiebeln, Spinat wurden mit Weizenmehl bestreut, in Öl auf schwachem Feuer gebrutzelt. Auf unseren Tellern lag jeweils eine Papierserviette, auf der das Gebackene serviert wurde. Das Öl wurde dabei von dem Papier aufgesaugt. Zum Gemüse wurden in einer warmen Soße geraspelter Rettich und Ingwer verrührt. Dazu Reis, so viel wir wollten. Das Essen war einfach himmlisch, weil die Fischerdörfer nahe waren und die Leute dieser Gegend dafür bekannt waren, dass sie viel aßen und gerne tranken. Mia erklärte mir, dass der Name »*Tempura*« aus dem Portugiesischen stammte und sich auf die »*Temporada*« – die Fastenzeit – bezog. Da waren sie wieder, die fiesen Missionare! Ihretwegen waren wir ja schließlich hier, aber zunächst ließen wir es uns schmecken. Mia hatte wieder einmal recht gehabt. Nach dem Essen ging es mir besser. Die Kopfschmerzen waren nicht verflogen, saßen aber irgendwo im Hinterkopf, wo ich sie mehr oder weniger ignorieren konnte. Wir bestellten statt Kaffee einen Tee, der herb und lebendig schmeckte, ein »wilder Tee«, ganz anders als der zahme grüne Tee, der in Tokio jede Mahlzeit beendete.

»Oh, der Tee ist gut.« Mia leerte ihre Schale in kleinen Schlucken. »Ich bin ganz kribbelig, weißt du? Ich frage mich, ob wir die Schriftrolle wirklich bei Onkel Matsuo finden werden.«

»Du meinst, ob er damit herausrückt?«

Sie schüttelte den Kopf.

»Nein, ich meine, ob sie wirklich existiert. Oder ob Tante Azai das alles nur erfunden hat.«

»Du solltest sie nicht unterschätzen. Es sind wirklich merkwürdige Dinge passiert. Und wenn wir uns beeilen, sind wir vielleicht rechtzeitig am Bahnhof, um den Zug zu erwischen.«

Wir hatten Glück gehabt und kurzfristig Plätze für die Rückreise am gleichen Abend reservieren können. Am Wochenende waren alle Züge bumsvoll.

Ich wusste selbst nicht, weshalb ich hier so schnell wieder weg wollte. Das irritierte mich. Ich setzte mit deutscher Nüchternheit hinzu: »Ich glaube, dass ich mich erkältet habe.«

»Kein Wunder, bei dem eisigen Wetter«, meinte Mia.

Als Hamburger war ich in puncto Klima so einiges gewöhnt, aber irgendwas an dem Wind machte, dass ich bis in die Knochen fror. Ich fühlte mich auch sonst recht wackelig auf den Beinen und hatte nur einen Gedanken: schnell weg von hier!

Komisch, dass ich so dachte – war ich doch nicht der Typ,

der an Vorahnungen oder intuitive Warnungen jedweder Art glaubte. Erst viel später kam mir in den Sinn, dass ich etwas gehört oder gesehen haben musste. Ein Zeichen, so unbedeutend, dass ich mich nicht mehr daran erinnern konnte. Zuweilen erfassen die Sinne der Menschen vage Vorzeichen, die er nicht erkennt. Die Schwierigkeit, Intuitionen zu befolgen, besteht darin, dass wir sie nicht mehr erkennen können. Und mein Problem bestand darin, dass ich meinem Verstand vertraute aber meine Intuition in den Wind schlug. Und dass ich nicht besser auf das gehört hatte, was Tante Azai sagte. Denn die alte Dame war eine Tochter des Windes mit ausgeprägtem sechstem Sinn, die Gefahren kommen sah und nur zornig ihre eigene Hilflosigkeit akzeptierte. Weil keiner ihr dabei helfen konnte, am wenigsten ich, der tapsige *Gaijin*.

Wir machten uns also auf den Weg zum Onkel, zunächst mit einem Taxi. Nach japanischer Art musste Mia dem Fahrer selbst erklären, wo wir hinwollten, was sie auch tat, indem sie ihm bei jeder Verkehrsampel den Stadtplan unter die Nase hielt. Wir fuhren in Richtung des Hügels, auf dem einst die Burg *Aoba* gestanden hatte, die der Herr von Sendai, Date Masamune, einst errichtet hatte. Date Masamune, der große Krieger, war einäugig gewesen und hatte eine schwarze Binde getragen. Er hatte sich als Kind verletzt und litt starke Schmerzen. Die Legende sagt, dass er sich als Halbwüchsiger mit einem Messerstoß das kranke Auge entfernt hatte. Donnerwetter, dachte ich, das waren noch Kerle damals! Die Japaner konnten sich auf ihre Samurai etwas einbilden. Selbstherrlich, dominierend, tyrannisch. Aber Helden waren sie alle.

Von der Burg waren nur noch die Wehrmauern erhalten und ein Schrein, ein Museum und Souvenirläden, das Übliche. Wir gingen um den Hügel mit seinen Kiefern, auf denen der Neuschnee wie kleine Kristalle funkelte, und bogen in eine ruhige Wohnstraße ein. Hier fand ein Generationswechsel statt: Die Grundstücke hatten an Wert gewonnen, die Neubauten waren urban und schick, während die ursprünglichen Bewohner des Viertels offenbar ebenso alt waren wie ihre ländlichen Einfamilienhäuser. Die Fenster im Erdgeschoss hatten alle blinde Scheiben; hinter manchen dieser Scheiben brannte bereits Licht. Die gepflegten kleinen Gärten waren im Winterschlaf erstarrt, hier und da hingen Wäscheteile, steif vor Frost, an einer Leine.

Mia blieb vor einem dieser Häuser stehen, verglich die Adresse mit der Adresse, die sie aus dem Internet hatte.

»Hier muss es sein.«

»Da wohnt doch niemand mehr«, sagte ich.

Die Häuser rechts und links daneben waren noch bewohnt. Man sah Turnschuhe vor der Tür, an die Wand gelehnte Fahrräder, ein schwaches Licht hinter blinden Scheiben. Aber hier war nichts, das Haus war dunkel, irgendwie abweisend.

»Er ist umgezogen«, sagte Mia entmutigt und enttäuscht. »Oder vielleicht sogar gestorben. Tante Azai hatte ja schon jahrelang keinen Kontakt mehr zu ihm.«

Sie zog ihr Smartphone aus der Tasche, wählte eine Nummer, schüttelte den Kopf.

»Was sollen wir jetzt machen? Vielleicht bei der Einwohnerbehörde nachfragen, ob da eine Todesmeldung vorliegt?«

»Wäre er gestorben, hätte Tante Azai doch benachrichtigt werden müssen.«

Sie seufzte.

»Ach, vielleicht hat sie es längst vergessen ...«

Noch während wir ratlos dastanden, kam eine Radfahrerin den Weg hinauf und hielt vor einem der Nebenhäuser. Das Fahrrad war klein, wie für ein Kind gemacht, und hatte einen Lenkradkorb aus Draht, in dem eine gefüllte Einkaufstasche stand. Die Frau stellte ihr Fahrrad an die Wand und ging zurück, um das Tor zu schließen. Sie war eine robuste Fünfzigjährige, trug eine Windjacke und Gummistiefel, in die sie die Jeans gestopft hatte. Mia lief auf sie zu, entschuldigte sich. Ob sie Dr. Matsuo Koga gekannt hatte und ihr sagen konnte, warum er nicht mehr hier wohnte. Die Frau strich ihr dunkles Haar zurück, in dem Schneeflocken glitzerten, und antwortete freundlich. Koga-San sei fortgezogen. Das Grundstück war kürzlich verkauft worden, aber die neuen Besitzer mussten das alte Haus abreißen lassen und wollten auf den Frühling warten, bevor die Arbeiten begannen.

»Matsuo-San«, sagte die Nachbarin, »lebt jetzt auf der Insel Tashiro-Jima.«

Mia starrte die Frau verblüfft an.

»Warum ist er denn auf diese Insel gezogen?«

»Seine Frau war von dort. Sie hat noch eine jüngere Schwester, die auf Tashiro-Jima lebt. Koga-San sagte, dass er mit der Schwägerin gut auskommt. Und als pensionierter Arzt konnte er sich auf der Insel noch nützlich machen. Hier verändert sich ja alles. Die Leute, die er kannte, sind nicht mehr da. Auch wir werden nicht mehr lange bleiben ...«

»Ich verstehe«, sagte Mia.

»Sind Sie mit ihm verwandt?«, fragte die Frau, wobei sie sich höflich bemühte, mich nicht allzu neugierig in Augenschein zu nehmen.

»Ja, ich bin seine Nichte. Aber wir haben uns schon lange nicht mehr gesehen. Ich habe vergeblich versucht, ihn telefonisch zu erreichen.«

»Oh, wollen Sie seine Handynummer haben?«, fragte die Frau. »Er hat sie mir gegeben für den Fall, dass etwas mit dem Haus sein sollte.«

Mia bedankte sich, sichtlich erleichtert. Die Frau bat sie, einen Augenblick zu warten, lief zu ihrer Tür, wobei sie geschickt aus den Gummistiefeln stieg, und verschwand im Haus.

»Ich werde ihn sofort anrufen.«

Ich nickte. Schlotternd stand ich da, litt wieder unter Kopfschmerzen und dachte im Zeitlupentempo.

Schon kam die Frau zurück, stieg in ihre Gummistiefel, lief eilig den Weg auf uns zu, wobei ihr der Atem wie eine kleine weiße Wolke vor dem Gesicht stand. Die Frau gab Mia die aufgeschriebene Nummer. Beide verbeugten sich, Mia dankend, und die Frau gab uns Grüße an Matsuo-San mit. Sie ließ ihm ausrichten, dass mit dem Haus alles in Ordnung war. Die Frau ging wieder, und wir sahen, wie sie ihre Einkaufstaschen ins Haus schleppte. Inzwischen klaubte Mia ihr Handy aus der Tasche und gab die Nummer ein. Irgendwo, in weiter Ferne, erklang eine Stimme.

»*Moshi, moshi*?«

Ich ging ein paar Schritte auf die Seite, damit sie in Ruhe reden konnte. Am Himmelsrand waren die Wolken fast schwarz, aber sie kamen nicht höher, schienen irgendwie unten festgeklebt. Ich holte mit steifen Fingern meinen kleinen Japan-Guide aus der Tasche und studierte die Landkarte. Tashiro-Jima, wo zum Teufel befand sich das? In den hohen Bäumen krächzten die Krähen, flatterten wie große schwarze Tücher durch die eisige Luft. Sie gefielen mir irgendwie nicht. Krähen gab es in jedem japanischen Park, warum kamen mir ihre Schreie so misstönend vor? Es lag eine Dringlichkeit in ihrem Krächzen, als ob sie eine Warnung in die dunkle Luft schleuderten.

Inzwischen hatte Mia ihr Gespräch beendet und lief mir entgegen. Sie war so aufgeregt, dass sie kaum sprechen konnte.

»Du, das stimmt! Onkel Matsuo hat die Schriftrolle! Er sagt, dass er sie nie aus der Hand gegeben hat. Jetzt geht es ihm noch gut, aber in seinem Nachlass hat er sie dem Nationalmuseum für Japanische Geschichte in Sakura vermacht. Normalerweise, sagt er. Aber seine Schwester Azai sei auch mit hundertacht noch bei Verstand. Wenn sie mir also das Dokument geben will, soll ich es holen kommen. Es sei ja schließlich ein Familienstück. – Ich muss unbedingt zu ihm!«, setzte sie hinzu, »sonst schlafe ich die ganze Nacht nicht.«

»Wenn wir schon auf halbem Weg sind«, meinte ich. »Wie kommen wir zu dieser Insel?«

Ich war gar nicht erfreut, aber ich ließ es mir nicht anmerken. Selbst schuld, dachte ich matt.

»Eine Stunde mit dem Zug«, sagte Mia. »In Ishinomaki müssen wir dann die Fähre nehmen. Soweit ich das im Kopf habe, dauert die Überfahrt auch eine Stunde. Ungefähr. Warte, ich muss mich schlaumachen.«

Sie gab den Fahrplan ein. Ihre Brauen waren gerunzelt, ihr Gesicht in der Kälte fast weiß.

»Der nächste Zug geht in vierzig Minuten«, sagte sie. »Das schaffen wir, kein Problem. Aber die letzte Fähre erwischen wir nicht mehr. Wir könnten in Ishinomaki übernachten und morgen früh das Schiff nehmen.«

Ich erklärte mich einverstanden, hatte aber das Gefühl, dass wir unausweichlich Ereignissen entgegensteuerten, die mir nicht geheuer waren. Aber Mia hatte nur den Bauplan im Kopf, und eigentlich freute ich mich, sie so voller Begeisterung zu sehen. Die Sache wurde ja auch für mich immer spannender. Wir kehrten also zum Bahnhof zurück. Mia gelang es, ein Taxi zu ergattern, sodass wir Zeit hatten, die Fahrkarten zu lösen. Und auch Zeit genug, um die Reservierungen im *Shinkansen* zu stornieren und auf den nächsten Tag zu verbuchen. Japaner nahmen diese Formalitäten akribisch ernst, man konnte nicht einfach in einen Zug springen und auf einen Platz hoffen. Dazu war nur ein einziger Wagen vorgesehen – für jene, die zu spät kamen und im Drängeln und Quetschen geübt waren. Und im Allgemeinen galt: Ordnung muss sein!

Die Sonne sank bereits. Die winterliche Landschaft glich einer Collage aus vertrauten Bildern, die alle irgendwie mit Erinnerungen und heimatlichen Landschaften verbunden waren. Wäre nicht das Meer gewesen – eine kobaltblaue, weiß gesprenkelte Fläche –, hätte ich glauben können, durch den Schwarzwald zu reisen. Die Hügel, die fernen Berge, die Tannengruppen kamen mir ebenso bekannt vor wie die dunklen Wälder, von den letzten Sonnenstrahlen vergoldet, die schrägen Dächer der ländlichen Holzhäuser mit ihrer Schneelast. Außerhalb der Siedlungen kehrten Familien von ihren Ausflügen heim, die Eltern zogen Schlitten, auf denen die Kleinen saßen. Hunde sprangen herum. Langläufer waren auf dem Heimweg. Eine Winteridylle. Doch der Anblick deprimierte mich, statt mich heiter zu stimmen. Mein Kopfweh setzte wieder ein, ein schmerzhaftes Pochen innerhalb der Schädeldecke. Ich hatte selten derart starkes Kopfweh erlebt. Ich freute mich nur noch auf ein heißes Bad – und dann schlafen und den Schmerz vergessen.

In der kleinen Stadt Ishinomaki fanden wir einen *Ryokan*, eine japanische Herberge. Ich mochte solche Gasthäuser sehr; und es machte auch nichts, dass wir kein Gepäck dabeihatten. Der *Ryokan* stellte den Gästen alles zur Verfügung, was sie benötigten, von der Zahnbürste bis zum Nachtzeug. Das Haus war gut geführt und hatte eine ganz eigene, liebenswerte Atmosphäre, die noch den Hauch vergangener Jahre ahnen ließ. Es gab nur wenige Möbel, eine kleine Kommode und einen niedrigen Frisiertisch mit einem dreiteiligen Spiegel, das Ganze mehr wie eine Puppenstube gemacht, aber das edle Holz war so sorgfältig poliert, dass es wie Bernstein glänzte. In einer Ecke war die übliche Nische mit dem Rollbild, das der Jahreszeit entsprechend verschneite Pflaumenblüten zeigte. Aus einer schön geformten Schale ragte ein schlichter Kiefernzweig. Wir zogen uns aus, schlüpften in die bereit gelegten, frisch gebügelten Yukatas und suchten zunächst den *Onsen* auf, das zur Herberge gehörende Thermalbad. Wir wussten, dass wir bei der Rückkehr ins Zimmer die Futons ausgebreitet am Boden vorfinden würden und dass das Abendessen im Zimmer serviert wurde. Das Thermalbad war klein, aber herrlich gemütlich, und die meisten Gäste des *Ryokan* waren vor uns da gewesen. Nachdem wir uns – wie es Vorschrift war – in einem mit Holz verkleideten Vorraum gewaschen hatten, aalten wir uns im heißen Wasser, das sanft auf und ab sprudelte, aus irgendeiner unterirdischen Vulkanquelle gespeist. Nach einigen Augenblicken nahm man den Schwefelgeruch nicht mehr wahr, genoss nur die wunderbar entspannende Wirkung des Wassers. Mia lag neben mir, das Haar aufgesteckt, das helle Gesicht emporgehoben, die Augen wohlig geschlossen. Ich musste an eine treibende Seerose denken; das Verlangen regte sich stark in mir, und gleichzeitig überkam mich bei ihrem Anblick eine solche Rührung, dass ich nicht einmal wagte, das Wort an sie zu richten, geschweige denn, sie zu berühren. Später, dachte ich, später, wenn ich weniger Kopfschmerzen habe. Sie musste gespürt haben, dass ich sie anstarrte, denn nach einer Weile hob sie die Lider, blickte mich durch die Dunstschwaden an und lächelte. Ich lächelte zurück.

»Besser?«, fragte sie.

»Ja, danke«, seufzte ich. »Viel besser.«

Was nicht im Geringsten der Wahrheit entsprach.

Wir aalten uns noch eine Weile im wohltuend heißen Wasser. Dann, nach einer kalten Dusche, stapften wir müde und entspannt in unser Zimmer zurück. Und kaum waren wir da, hörten wir ein verhaltenes »Entschuldigen Sie, bitte«. Die Schiebetüren glitten auseinander, und ein freundliches Zimmermädchen trat in den Raum. In einem geschickten Bewegungsablauf, halb kniend, halb stehend, brachte sie uns *O Shibori*, heiße Gesichtstücher, und kühlen Tee. Und servierte danach so viele Speisen, dass der ganze niedrige Lacktisch voller bunter Köstlichkeiten war und ich mich trotz meiner miesen Verfassung – einmal mehr – im Märchenland glaubte. Alles war wundervoll angerichtet, jedes Gericht in verschieden geformten Gefäßen aus Steingut, Lack oder Porzellan ein kleines Kunstwerk. Ein auf den Rand der Schale oder auf das Tablett gelegtes Blatt oder eine Blüte symbolisierte die Jahreszeit. Die Anordnung der Gerichte stellte eine Naturerscheinung dar – Wellenspiel, Regenbogen oder einen besonders geformten Stein. Alle fünf Sinne wurden hier angesprochen, und mir ging durch den Kopf, dass man allein in Japan diesen hochstilisierten, ästhetischen Genuss erleben konnte, der gleichsam einen Zustand der Meditation und des Glücks schuf. Als wir nach dem Essen den körnigen grünen Tee tranken, legte ich den Kopf an Mias Schulter, ließ mich von dieser Atmosphäre der Beschaulichkeit und Stille umfangen. Und ich sagte, dass ich niemals mehr wegwollte. Nie mehr. Ich wollte in Japan bleiben, mein Leben lang, denn hier fühlte ich mich glücklicher als je zuvor. Das sagte ich Mia, und sie hörte zu, verständnisvoll und still vor sich hin lächelnd. Das Band zwischen uns hatte sich gefestigt. Es kam mir unvorstellbar wichtig vor, dass ich an diesem Abend noch sagte, was sie für mich bedeutete. Und so redete ich vor mich hin, ohne zu überlegen, so wie man im Traum redet. Mia hielt ihren Blick auf mich gerichtet; ihre Augen mit den goldenen Glanzlichtern waren schöner denn je. Nein, sagte ich, es käme nicht infrage, dass ich zurück nach Deutschland ging, wo ich meinem Übelbefinden freien Lauf lassen würde, wo ich wieder zum Nörgler werden würde, zum Miesepeter. Und ich fragte Mia, ob sie sich bei all ihrer Unabhängigkeit vorstellen könnte, mich zu heiraten. Da zuckte sie leicht zusammen.

»Würde dich das glücklich machen?«

»Ja, sehr. Wenn wir also hier rauskommen, heiratest du mich?«

Sie starrte mich an.

»Wenn wir hier rauskommen?«, wiederholte sie entgeistert. »Was willst du damit sagen?«

Ich rieb mir die Stirn, konnte vor Schmerzen kaum denken.

»Ich will natürlich sagen, wenn wir wieder in Tokio sind.«

Mia streichelte sanft meine Haare, zumindest die am Hinterkopf, die zum Glück noch dicht waren und es hoffentlich noch lange bleiben würden. Nach einer Weile sagte sie: »Eine solche Vorstellung machte mir bisher Angst. Darum habe ich lieber Häuser gebaut.«

»Und jetzt? Willst du plötzlich keine mehr bauen?«

Sie lachte, schüttelte den Kopf.

»Das meine ich nicht. Was würdest du denn machen, wenn ich Nein sagen würde?«

»Dann gehe ich wieder zurück nach Hamburg«, sagte ich. »Und, hopp, unter die U-Bahn! Ein Selbstmord mit Nostalgie.«

»Warum willst du Geld für einen Flugschein ausgeben? In Shinjuku fährt jede Minute ein Zug ein.«

»In der Tat. Ich könnte das gleich morgen erledigen.«

»O nein«, sagte sie. »Schluss mit dem Quatsch! Kein Selbstmord.«

Ich sah sie an, zunächst ohne ein Wort, ohne irgendeine Geste. Ich wollte nicht kitschig werden, à la Hollywood sozusagen. Die japanische Herberge, die schöne Frau, Liebe und Leid unter Pflaumenblüten (Kirschblüten kamen erst im April) und schamvoll zerdrückte Tränen.

»Wenn du so bleibst, wie du bist«, sagte sie, »dann glaube ich, dass ich dich wohl ertragen kann …«

Ich spürte einen Kloß in der Kehle.

»Vielleicht verändere ich mich eines Tages … und dann findest du mich abscheulich!«

Sie schüttelte den Kopf.

»Ach, ich glaube nicht daran, dass Menschen sich so sehr verändern. Meines Erachtens bleiben sie sich im Wesen gleich.«

Ich räusperte mich.

»Und findest du mein Wesen erträglich?«

Sie lachte leise auf, umschlang mich mit beiden Armen.

»Ich kenne dich inzwischen ganz gut, glaube ich.«

Ich rieb mein Kinn an ihrem glatten Hals.

»Mmm … und was bedeutet das für dich?«

»Dass ich jetzt weiß, dass du zuverlässig bist. Du bist ein guter Freund, Rainer.«

Ich schluckte. Immerhin hatte ich bisher keine Träne verdrückt. Aber das kam vielleicht noch.

»Ach, ist das alles?«

Bevor sie eine Antwort gab, lehnte sie sich über den Tisch, senkte den Kopf auf die angewinkelten Arme. Ihr Haar teilte sich beiderseits ihres Hinterkopfes. Ich streichelte ihren Nacken, glitt mit den Fingern nach unten bis zu ihren Brüsten. Mir fiel auf, dass ihre Haut etwas klamm war. Nach einer Weile hob sie den Kopf, sprach langsam weiter. Sie hatte plötzlich etwas Verlorenes an sich, etwas, das sie sehr jung machte.

»Ich habe nachgedacht. Das, was vorher war – die Scheidung, meine ich –, hat mir unendlich wehgetan. Als ich dich traf, war ich nicht im Gleichgewicht. Ich hatte mir geschworen, nie wieder. Dass du das nicht begreifst, wundert mich sehr.«

Ich kam überhaupt nicht mehr mit. Worüber redete sie jetzt?

»Dass ich was nicht begreife?«

»Dass Zuverlässigkeit wesentlich ist. Liebe kann man nur eine Zeit lang empfinden, Freundschaft ist mehr. Weil in der Freundschaft alle Wünsche, alle Gedanken, alle Erwartungen geteilt werden. In der Freundschaft brauchen wir um nichts zu bitten, weil jeder die Wünsche des anderen kennt. Ich möchte eine gute Freundin für dich sein, Rainer.«

Sie lächelte mich an, mit aller Zärtlichkeit, die sie hatte, und in diesem Augenblick erschien sie mir ganz unwirklich. Ich hatte das Gefühl, dass das alles nicht im wahren Leben geschah, sondern im Traum. Wenn man verliebt ist, will man mehr, immer mehr, es ist immer noch nicht genug. Man geht bis zum Äußersten, bis zur überseligen Bedrängnis. Das dauert eine Zeit lang, und plötzlich zerplatzt das ganze Pathos, man sieht nur die Aureole, ein Hauch von dem, was einst war. Aber Freundschaft ist etwas Beständiges. Ich holte tief Luft. Hoffentlich verstand ich sie nicht falsch.

»Mit anderen Worten, du würdest mich heiraten? Willst du das wirklich?«

Sie zwinkerte mir zu, mit beiden Augen gleichzeitig.

»Hast du mir nicht gerade einen Antrag gemacht?«

»Das habe ich.«

»Und ich habe Ja gesagt, hast du das nicht begriffen?«

Ich starrte sie an.

»Sehr klar war das nicht, was du gesagt hast.«

Sie kuschelte sich eng an mich.

»Es tut mir wirklich leid, dass ich mich so umständlich ausgedrückt habe. Ich bin etwas durcheinander, weißt du. Aber sofern du das Wesentliche davon verstanden hast …«

»Alles habe ich verstanden«, sagte ich, vollkommen unaufrichtig. »Jedes Wort.«

Tatsache war, dass alles, was sie sagte, mir zu Herzen ging. Auch die Art, wie sie den Kopf auf dem langen Hals bewegte, wie sie lächelte, ging mir zu Herzen. Sie war müde und schloss hin und wieder die Augen. Und weil ich sie so intensiv betrachtete, glaubte ich auf einmal, plötzlich in ihr noch etwas anderes zu sehen, was ich nicht benennen konnte, etwas Kostbares, Verletzliches. Unter ihrem Selbstbewusstsein kam bisweilen ein anderes Gesicht zum Vorschein, das noch irgendwie im Halbschlaf zu liegen schien und dessen Ausdruck, sobald sie sich bewegte, auf herzergreifende Art wechselte. Und plötzlich kam mir in den Sinn, dass es nichts anderes war als gut gehütete Einsamkeit, und die jetzt mit einem Mal, weil sie mir vertraute, von ihr abfiel, wie eine Last, die zu schwer war, um sie noch lange tragen zu können. Ich hatte ihr diese Last jetzt abgenommen, sie fühlte sich davon befreit, aber diese Leichtigkeit war für sie ungewohnt. Über ihrer ganzen Person lag Zurückhaltung, und doch war ihr Wesen schon erfüllt von den Verheißungen des Vertrauens, und dieser Zwiespalt übte einen unwiderstehlichen Reiz auf mich aus. Ich streckte mich auf dem Futon aus, umfasste sie mit beiden Armen, zog sie eng an mich. Ich begehrte sie sehr, ließ meine Finger durch ihr langes, federndes Haar gleiten, streichelte ihren nackten, warmen Körper unter der Yukata. Doch sie sagte mit leiser Kleinmädchenstimme: »Nicht heute Abend, Rainer… Bitte! Halte mich einfach nur fest…«

Auch das, dachte ich, gehört dazu. Und so hielt ich sie nur behutsam in den Armen, bis ihr Atem regelmäßig ging. Doch auch mir war seltsam zumute. Ich lag lange wach, hörte die verschiedenen Geräusche, die von draußen kamen. Im Nebenzimmer lagen zwei alte Leute – ich hatte sie sprechen gehört –, jetzt schnarchten beide. Vielleicht, dachte ich, werden Mia und ich in vierzig Jahren auch unisono schnarchen.

Aber das störte mich nicht; geteiltes Schnarchen ist kein Schnarchen mehr und zeugt obendrein von Vertrauen. Auch diese beiden alten Leute, dachte ich, haben erlebt, wie der Sex flauer wird. Sie sind Freunde geblieben und werden es sein, bis sie sterben, wobei jeder für sich hofft, nicht derjenige zu sein, der übrig bleibt. So war das Leben, brutal auf das Ende vorprogrammiert. Und ich konnte mir gut vorstellen, dass Mia, die so ruhig atmete, eines Tages neben mir schnarchen würde. Ja, aber warum konnte ich nicht schlafen? Der Futon war bequem, es war spät, und draußen fuhren kaum noch Autos vorbei. Bilder und Szenen tauchten auf, ich ließ sie vorbeiziehen. In den Nachtstunden tut das Gehirn, was es will. Ich hatte Gedanken, immer die gleichen, in endlosen Kreisen. Hinter meinen Augenlidern zogen seltsame Farben vorbei, manchmal blutrot, manchmal in dunklen Schichten. Dazu hörte ich ungewohnte Töne, als ob ein verrückt gewordener Cellist hektisch mit dem Bogen auf seinem Instrument kratzte. Trotz der Kopfschmerzen musste ich eingeduselt sein, denn plötzlich schreckte ich hoch und hörte, wie Hunde jaulten. Das erinnerte mich an Afrika, wo streunende Hunde jede Nacht heulten und bellten, aber es war eine Geräuschkulisse, die nicht nach Japan passte. Alle Tiere lebten hier wohlbehütet, hatten immer genug zu fressen, viel zu viel sogar, sodass sie fett wurden. Und doch schienen alle Hunde wach und benahmen sich wie toll. Vielleicht, weil der Frühling kommt, dachte ich. Allmählich kehrte wieder Stille ein. Ich schlief eine Zeit lang. Dann wurde ich abermals wach, der Tag brach an, und ich hörte Hähne krähen, alle gleichzeitig. Vögel kreischten wie verrückt – in der Nähe, in der Ferne, überall. Wo war ich hier eigentlich gelandet? In einem Zoo? Fehlte jetzt nur noch, dass Paviane schnatterten. Ich sah auf die Leuchtziffer meiner Uhr: halb sechs. Auf einmal hörte ich ein dumpfes Grollen, der Boden erzitterte, und die Fensterscheiben klirrten. Im Haus hörte ich Stimmen eben erwachter Menschen. Ein Erdbeben! Mia, neben mir, stöhnte leise, ihre Augen schimmerten unter den flatternden Lidern. Gerade wollte ich sie wachrütteln, als die Erde wieder zur Ruhe kam. Ich wartete ein paar Atemzüge lang, mein Herz schlug stürmisch, doch alles war wieder friedlich. Seitdem ich in Tokio war, hatte ich schon mehrere kleine Erdbeben erlebt. Mir wurde angst und bange dabei, die Japaner aber nahmen es gelassen. Fatalistisch wäre vielleicht das bessere Wort. Jedenfalls waren sie von einer Generation zur nächsten trainiert worden, einen kühlen Kopf zu bewahren. Was hätte es genutzt, wenn man sich die Haare raufte und schrie? Japaner lernten schon im Kindergarten, wie sie zu reagieren hatten: sofort unter die Tische kriechen oder in den Türrahmen stellen und sich irgendwo festhalten. Und jeden Heizkörper und jede Gasflamme ausschalten. Alle Mütter packten den Schulkindern eine Taschenlampe in den Rucksack, damit sie im Falle eines Stromausfalls gerüstet waren. Für draußen war empfohlen, sich in der Straßenmitte aufzuhalten, um nicht von herabstürzenden Ziegeln, Glasscherben oder anderen Gegenständen, die sich von den Hausfassaden lösen konnten, getroffen zu werden. Lauter Verhaltensregeln, die unter Umständen Leben retten konnten.

Mia war wieder eingeschlafen, doch ich war hellwach, und mir war innerlich kalt. Und die Kopfschmerzen wurden nicht besser. Grippe, dachte der Hypochonder in mir. Ich musste mir Aspirin besorgen, ein Fieberthermometer gleich dazu. Außerdem war mir die Angst aus dem Kopf auf die Blase geschlagen. Ich konnte einfach nicht mehr liegen bleiben, ließ Mia ruhen und machte mich auf den Weg zum Gemeinschaftsbad.

30. Kapitel

Das heiße Wasser und danach die kühle Dusche klärten meine Gedanken. Fieber? Nicht die Spur! Aspirin konnte ich mir wohl sparen. Ich dachte mit einem starken Glücksgefühl daran, dass ich Mia einen Heiratsantrag gemacht hatte und dass sie Ja gesagt hatte. Dabei hatten wir uns recht umständlich ausgedrückt, waren wir doch beide ziemlich aus der Übung. Als ich – frisch rasiert, das Handtuch in bewährter Filmstar-Attitüde um den Hals gelegt – zurückkam, hatte das Zimmermädchen schon die Futons eingerollt und servierte das Frühstück. Mia kniete in eleganter Haltung vor dem Puppenhaus-Frisiertisch und ordnete ihr Haar, wobei sie sich mit dem Zimmermädchen über das Erdbeben unterhielt. Sie hatte das Damen-Badezimmer aufgesucht, lächelte mich an, frisch und schön wie der junge Morgen.

»Hat dich das Erdbeben auch geweckt?«

»Ja, aber dich nicht. Du hast weitergeschlafen.«

»Wenn ich müde bin, schlafe ich wie ein Stein«, sagte Mia. »Angst gehabt?«, setzte sie zärtlich hinzu.

»Bei Erdbeben habe ich immer Angst. Aber jetzt ist die Sache ja vorbei. Warum heulen die Hunde eigentlich noch?«, fragte ich das Zimmermädchen.

Sie schüttelte den Kopf.

»Ach, sie müssen sich erst wieder beruhigen. Ich mag es nicht, wenn sie heulen. Das hört sich sehr unheimlich an, ne?«

Sie rutschte auf den Knien hinaus, verließ uns mit einer Verbeugung. Ein echt japanisches Frühstück ist durchaus gewöhnungsbedürftig, aber ich hatte mich schon daran gewöhnt, und es schmeckte mir gut. Die Fähre fuhr in vierzig Minuten. Kein Grund zur Hast also. Wir machten uns gemütlich auf den Weg zum Hafen. Draußen war alles wie sonst, die Fischerboote legten an, Marktfrauen, wegen der eisigen Kälte dick eingemummt, schleiften ihre Ware in die Markthalle. Die steigende Sonne war noch halb von den Bergen bedeckt, über der verschneiten Landschaft lagen lilafarbene Schatten. Große Vögel segelten am hellen Himmel über dem Meer, das dunkelblau funkelte. Die Fähre, die *Michinoku-Maru,* war schon bereit. Um diese Zeit – und weil es noch Winter war –, gab es nur wenige Passagiere. Die meisten waren Schiffs- und Werftarbeiter oder Leute, die mit der Fischfangindustrie zu tun hatten. Als die *Michinoku-Maru* aus dem Hafen auslief, blies uns der eisige Wind um die Ohren. Wir standen Schulter an Schulter an Deck, doch recht bald flüchteten wir vor der Kälte in den Aufenthaltsraum. Dort standen ein paar lange Tische und Stühle und eine kleine Bar, an der man Getränke bestellen konnte. Ich holte zwei Kaffee in einem Pappkarton. Wir setzten uns an einen der freien Tische und blickten durch die großen Scheiben nach draußen. Der Seegang war enorm. Mia erklärte mir, dass eine starke Strömung jedes Schiff erfasste, sobald es sich aus dem Schutz der Sanriku-Küste entfernte und an der Halbinsel vorbeikam. Tatsächlich waren die Wellen beachtlich. Der Boden schaukelte, und alle Scharniere knarrten und quietschten. Zum Glück wurde ich nicht seekrank. Der Motor tuckerte schnell und regelmäßig, es brummte in unseren Ohren. Der Rauch aus dem Schornstein wurde nach unten gedrückt, und es roch ziemlich stark nach Treibstoff. Backbord zog die Küste vorüber; wir fuhren an zahlreichen Fischerbooten vorbei, blickten auf den kleiner werdenden Hafen von Ishinomaki mit seinen zahlreichen Kränen und Bootswerften. Die Sonne stieg, jetzt leuchteten die Berge golden, und der Himmel über dem Meer war blau wie ein Saphir.

»Wer wohnt eigentlich auf der Insel?«, fragte ich Mia.

»Ach, die meisten sind Schiffsleute von der Genossenschaft oder Fischer. Austern und Abalone sind ihre wichtigsten Einnahmequellen. Die Inselbewohner gelten auch als gute Bootsbauer. Die Fischer haben – wie alle Fischer – für das Land nichts übrig. Irgendwann kamen Bauern, stellten fest, dass hier alles gut gedieh, und bestellten die Felder. Wichtig waren die Maulbeerhaine. In der Edo-Zeit wurden auf der Insel Seidenraupen gezüchtet. Die *Tashiro-Jima*-Seide war berühmt. Die Eltern von Onkel Matsuos verstorbener Frau Keiko beschäftigten über fünfzig Weber.«

»Und was gibt es sonst noch auf der Insel?«

»Nicht mehr viel. Ein Leuchtturm, eine Krankenstation, eine Poststelle, ein oder zwei Lebensmittelgeschäfte. Keine Schule. Die Grundschule befindet sich in Ishinomaki.«

»Zweimal vierzig Minuten jeden Tag«, meinte ich, »das ist auf die Dauer recht anstrengend.«

»Darum leben auch kaum junge Familien dort. Das ist eigentlich schade. Tashiro-Jima ist eine Insel für alte Leute geworden.«

»Mit wie vielen Bewohnern?«

»Ungefähr achtzig, denke ich. Wenn diese Alten sterben, fehlen sie natürlich, aber ich weiß nicht, ob Leute aus dem Festland sie ersetzen. Eines Tages wird die Insel nur den Katzen gehören.«

»Den Katzen?«

Ich starrte sie perplex an. Sie lachte hell auf.

»Hast du das nicht gewusst? Tashiro-Jima wird auch die ›Katzeninsel‹ genannt. Ich glaube, es gibt mehr Katzen auf der Insel als Bewohner. Die haben es gut! Sie werden von allen Leuten verhätschelt.«

»Was machen denn Katzen auf der Insel?«, fragte ich, meinte aber eigentlich: Wie sind sie überhaupt dorthin gekommen?

»Oh, die Katzen waren sehr nützlich, um die Mäuse zu fangen, die sich an den Seidenraupen vergriffen. Auch die Fischer und Landwirte waren dankbar, dass die Katzen die Mäuse fernhielten. Aber im Laufe der Zeit ging die Seidenproduktion zurück, und heute existiert sie gar nicht mehr.«

Ich musste an Mafalda denken, die nie eine Maus gefressen hatte. Ach, meine zärtliche Mafalda, die mich so schnöde im Stich gelassen hatte!

»Wie behandeln die Leute hier ihre Katzen?«, fragte ich.

In Südeuropa hatte ich oft verwahrloste Katzen gesehen, entzückende kleine Tiere manchmal, die ich am liebsten mitgenommen und aufgepäppelt hätte, mit Hühnerfleisch und Leberwurst, was praktisch ja nicht machbar war (waren die Katzen nicht gegen Würmer geimpft, wurden sie am Zoll festgehalten). Die Welt war eben brutal.

»Oh, die Bewohner von Tashiro-Jima lieben ihre Katzen sehr«, antwortete Mia zu meiner Erleichterung. »Sie gelten als Glücksbringer. Und im Sommer kommen viele Touristen, um die Katzen zu sehen und ihnen Leckereien mitzubringen. Den Katzen gefällt das natürlich. Die Touristen fotografieren auch die Katzenhäuser.«

»Wer kam auf den Gedanken«, fragte ich, »Häuser für die Katzen zu bauen?«

Ich meinte, dass Katzen unter Umständen das wohl zu schätzen wüssten. Ein ganzes Haus nur für sie. Doch Mia blinzelte vergnügt.

»Du hast mich falsch verstanden. Die Häuser sind für die Leute!«

»Wie bitte?«

»Nun, zwei oder drei Bewohner fanden es originell, auf dieser Insel in einem Haus in Katzenform zu wohnen: hoch und schmal, mit zwei Spitzen am Dach, die an Katzenohren erinnern. So!«

Sie hob zwei Finger an die Stirn und machte es mir vor.

»Passt doch perfekt in die Landschaft, oder? Die Touristen finden es jedenfalls entzückend.«

»Und ich stelle fest, dass die Japaner einen unverbesserlichen Hang zu Spielereien haben.«

»Wer garantiert dir«, fragte Mia mit gewichtigem Ernst, »dass ich nicht auch eines Tages ein schönes, großes Katzenhaus bauen werde?«

»Mitten in Tokio?«

»Warum nicht in Hamburg? Das wäre doch eine Sensation!«

Ich lachte sehr, aber der Seegang machte mir zu schaffen.

Ich fühlte mich leicht mulmig, spürte eine eigenartige Unrast in mir. Ich war froh, als Tashiro-Jima in Sicht kam, größer wurde. Die Insel war eher flach, auf der einen Seite befand sich der Leuchtturm, auf der anderen eine kleine, bewaldete Anhöhe. Vermutlich gab es eine wärmere Strömung aus dem offenen Meer, denn in der leicht wolkigen Morgenlandschaft war die Insel schneefrei. Am Strand, der schmal und lang war, versetzten Riffe unter der Wasseroberfläche die Wellen in schaumigen Aufruhr. Diese Riffe wurden durch Bojen gekennzeichnet. Früher musste es für die Schiffe schwierig gewesen sein, die Küste zu erreichen. Inzwischen war ein Deich gebaut worden, sodass das Wasser eine Art Kanal bildete, in dem das Schiff problemlos Kurs auf den Hafen nehmen konnte. Weil die Fähre jetzt langsam fuhr und es weniger kalt war, konnten wir es an Deck gut aushalten. Wir standen an der Reling, und ich bemerkte, dass das

Wasser im Kanal sehr durchsichtig war und auf eigentümliche Weise rötlich leuchtete.

»Seetang«, sagte Mia. »Er färbt sich rot, weil er im Frühling wächst.«

Das Fährschiff legte am Pier an, die Ketten rasselten, und die Schrauben quietschten. Die Passagiere schoben Fahrräder und Motorroller an Land. Am Hafen befanden sich die Liegeplätze der Fischerboote, ein paar Lagerhäuser, eine kleine Werft und ein Kühlhaus. Als alle Passagiere an Land waren, stiegen einige alte Leute mit Einkaufstaschen aufs Schiff sowie eine kleine Gruppe fröhlich schwatzender Schulkinder, alle erstaunlich modisch ausstaffiert, mit dicken bunten Windjacken und lustigen Mützen. Die Überfahrt zweimal am Tag gehörte zu ihrem Schulkinderleben; sie nahmen die Fähre wie andere den Zug.

Tashiro-Jima hatte, topografisch gesehen, ungefähr die Form einer Bohne. Die Küste war versandet und recht kahl, weil bei großen Stürmen das Wasser über sie hinwegfegte. Früher musste es dort einen großen Baumbestand gegeben haben, man sah noch alte Wurzeln, ausgebleicht wie Treibholz, dazu hohes braunes Gras und stellenweise kleine Sümpfe mit Schilf. Landeinwärts teilten sich zwei Dörfer, Oodomari und Nitoda, die Insel. Die niedrigen Häuser machten einen durchaus gepflegten Eindruck. Alles war geputzt und sauber, alle Wände waren gestrichen, manche in frischen Pastelltönen. Die Blechplatten der Dächer funkelten in der Morgensonne. Die engen Straßen zwischen den Gartenhecken waren asphaltiert, vor jedem Haus standen Blumentöpfe mit Pflanzen, die auf den Frühling warteten. Und überall waren Katzen. Ich hatte den Eindruck, dass mindestens zehn Katzen zu jedem Haus gehörten. Alle waren gut genährt, gut gebürstet, mit glänzendem Fell. Offenbar nahm man sich ihrer liebevoll an. Es gab große und kleine, sie liefen in der Morgensonne herum, mit einer Hektik allerdings, die mir seltsam vorkam, da Katzen doch eigentlich geruhsame Tiere sind. Eine Frau in den blauen Pluderhosen der Bäuerinnen hatte kleine Näpfe mit Nahrungsmitteln vor ihren Garteneingang gestellt, lockte die Katzen mit Koseworten an. Doch die Katzen schienen seltsam distanziert, beunruhigt. Manche maunzten laut und misstönend; wenn der Wind für einen Augenblick nachließ, hörte man das Maunzen sehr deutlich. Wir mussten ein verwundertes Gesicht gemacht haben, denn die Frau nickte uns besorgt zu.

»Sie wollen nicht fressen. Das kommt davon, weil heute Nacht das Erdbeben war.«

»Ja«, sagte Mia, »auf dem Festland haben die Hunde geheult.«

Die Frau lachte ein wenig.

»Oh! Hier auf der Insel sind Hunde verboten. Alles gehört unseren Katzen!«

Sie benutzte das Wort *Maneki-Neko*, das »Glückskatze« bedeutet. Dann wurde ihr Gesicht wieder ernst.

»Sie maunzen überall auf der Insel, hören Sie das? Es muss kleine Nachbeben geben, die wir nicht spüren. Das kommt manchmal vor.«

Einen Augenblick dachte ich darüber nach, was ich der Frau hätte sagen können. Aber mir fiel nichts dazu ein, und so nickte ich nur und musste dabei ein recht einfältiges Gesicht gemacht haben. Mia fragte bereits, wo wir Dr. Matsuo Koga finden konnten. Er sei ihr Onkel, erklärte sie. Die Frau kannte ihn natürlich. Er wohnte bei seiner Schwägerin, ganz in der Nähe. Wir bedankten uns und gingen in die Richtung, die sie uns zeigte. Überall, an jeder Straße und jedem Feldweg, liefen die Katzen unruhig herum, maunzten oder kratzten den Boden auf, wobei es schien, dass sie sich sogar vor den Menschen zurückzogen. Ihre Unruhe schuf eine seltsame, beunruhigende Stimmung, die nicht zu den Strahlen dieser Landschaft passte. Das alles verwirrte mich, vermittelte mir ein ungutes Gefühl. Aber ich hatte diesen Tag ja schon fast von Anfang an seltsam gefunden. Und was meine Kopfschmerzen betraf, würde ich Dr. Koga zunächst mal fragen, was er davon hielt, und gleich morgen einen Termin bei einem Arzt abmachen. Bei meiner Hysterie und dem ganzen Drum und Dran wäre ein MRT wahrscheinlich angemessen.

31. Kapitel

Das wohlgepflegte Haus lag am Ende eines kleinen Feldweges und schien zu den größten auf der Insel zu gehören. Es war von einer entlaubten Hecke umgeben, unter der wir – wenig überrascht – mehrere Katzen antrafen. Hinter dem Haus floss mit leisem Gurgeln ein kleiner, ruhiger Bach. Alles sah sehr idyllisch aus. Wir stießen ein niedriges Bambustor auf und gingen über einen schmalen steinernen Weg durch den Garten, in dem die Sträucher und Bäume noch ihre winterlichen Strohhüllen trugen. Man hatte uns kommen gehört. Die Tür ging auf, eine Frau kam uns lachend und sich verbeugend entgegen. Sie trug Jeans, dazu eine weiße Bluse und eine dicke Strickjacke mit Zopfmuster. Sie hatte ein faltenloses Gesicht und blitzende schwarze Augen. Ihr Haar war kurz geschnitten, zeigte nur wenige graue Strähnen und war mit zwei Spangen aus Schildpatt geschmückt. So seltsam es mir vorkam, sie hatte etwas an sich, das mich an Mia erinnerte, etwas Unbefangenes und Fröhliches. Ich dachte, dass Mia in dreißig Jahren ihr wohl ähnlich sein würde – eine Vorstellung, die mir sehr gefiel.

Sie begrüßte uns mit fröhlicher, klangvoller Stimme.

»Ich bin Hatsue Ando. Sagt ruhig Hatsue zu mir. Onkel Matsues Frau Keiko war ja meine ältere Schwester. Und woher kommen Sie, junger Mann?«

In meinem Alter hörte ich es gerne, wenn eine Frau, die selbst nicht mehr jung, aber doch noch recht anmutig war, mich als junger Mann bezeichnete. Hatsue gewann sofort mein Herz.

Mia stellte mich vor, und ich erklärte in – zugegeben – bemüht korrektem Japanisch, dass ich Deutscher war.

»Oh, aus welcher Stadt denn?«, fragte sie interessiert. Und als ich sagte, dass ich aus Hamburg kam, klatschte sie begeistert in die Hände. Doch, Hamburg kannte sie. Und Buxtehude und Mannheim, und Berlin natürlich auch.

»Als mein Mann noch lebte, sind wir mehrmals in Europa gewesen. Er ging immer gerne nach Deutschland, weil er Beethovens Musik so liebte. Die Pastorale, nicht wahr? Hörte er die Pastorale, dachte er immer an die Landschaften Deutschlands. Empfinden Sie das nicht auch so?«

Ich auch, ach ja, ach ja! Ich wurde sofort sentimental, brachte außer einem Kopfnicken kein vernünftiges Wort zustande und dachte, dass die Japaner mich wohl mein Leben lang in Erstaunen versetzen würden.

Hatsue führte uns ins Haus. Zunächst zogen wir im Eingang unsere Schuhe aus. Zwei schöne braune Katzen kauerten neben einem Blumentopf, blickten uns mit Augen an, so unergründlich grün wie das Eismeer. Ich wurde sofort von Melancholie befallen. Ach, Mafalda! Doch als wir die Katzen streicheln wollten, entzogen sie sich lautlos der Berührung. Sie legten die Ohren flach, duckten sich und bewegten langsam den Schwanz hin und her, was bei Katzen, Leoparden und Konsorten »Ich habe nicht nur Samtpfötchen, sondern auch Krallen« bedeuten kann.

»Sie sind drei Jahre alt. Geschwister«, erklärte Hatsue. »Für gewöhnlich sind sie sehr zutraulich und zärtlich. Ich glaube, das Erdbeben sitzt ihnen noch in den Knochen. Mein Mann spürte Erdbeben auch. Kam ein Erdbeben, hatte er Kopfweh.«

»Ich habe auch Kopfweh«, sagte ich.

Hatsue nahm schwungvoll zwei Paar altmodische Filzpantoffel aus einem Regal und stellte sie uns vor die Füße.

»Nun, dann werde ich Ihnen sofort einen starken Kaffee machen.«

»Wie heißen die Katzen?«, erkundigte sich Mia.

»Praline und Mokka!«, antwortete Hatsue, und wir lachten. In sentimentaler Anwandlung ignorierte ich die Aufforderung »Bitte nicht schmusen!« und versuchte noch einmal, die schönen Köpfe zu kraulen, doch beide Katzen zogen sich argwöhnisch zurück. Nichts zu machen. Wir sollten sie in Ruhe lassen.

»Vielleicht mögen sie keine Fremden«, meinte Mia.

Hatsue schüttelte den Kopf.

»Eigentlich sind sie neugierig und haben Besuch sehr gerne. Sie werden sich schon beruhigen.«

Wir ließen die Katzen schmollen und überreichten unserer Gastgeberin die kleinen Kuchen aus süßem Bohnenquark, die wir am Morgen, bevor wir zur Fähre gingen, für sie gekauft hatten. Man besucht nie ein japanisches Haus, ohne ein Geschenk mitzubringen. Hatsue stapfte in ihren weißen Wollsocken über die Matten und schlüpfte schnell in bereitstehende Pantoffeln, als sie die Türschwelle zur Küche überschritt. Sie brachte grünen Tee, einen Espresso für mich und servierte die Leckereien aus Bohnenquark. Während sie geschäftig bald hierhin, bald dahin lief, sahen wir uns um.

Das Haus war sorgfältig gepflegt. Die Tatamimatten hatten im Laufe der Zeit eine dunkle Färbung angenommen, sodass sie wie Gold schimmerten, und das Muster der Brokateinfassung war noch intakt. Die papiernen Lampenschirme, die polierten Möbel schufen eine altmodische, aber behagliche Atmosphäre. Wir saßen auf verblichenen Kissen vor einem niedrigen Tisch, der aus Sandelholz war. In der *Tokonoma* hing eine Schriftrolle mit einer Kalligrafie, und darunter befand sich eine ornamentale Schnitzerei, die eine Katze darstellte. Der Körper der Katze war aus der knorrigen Wurzel eines Baumes herausgeschnitzt und glänzte wie eingeölt. Auf einer Kommode stand ein Fernseher, und an die Wände waren Postkarten und alte Kalenderbilder geheftet. An der Decke hing, wie ein Flugzeugpropeller, ein riesiger Ventilator für den Sommer. Alles in diesem Haus war am Rande des Kitsches und doch nicht kitschig, sondern ganz einfach gemütlich.

Endlich setzte sich Hatsue, etwas atemlos, zu uns. Sie erzählte, dass sie bis vor Kurzem eine Art *Bed and Breakfast* nach englischem Vorbild in ihrem Haus eingerichtet hatte.

»Im ersten Stock hatte mein Mann früher zwei Büros eingerichtet. Seitdem er nicht mehr da ist, brauche ich keine Büroräume mehr. Da habe ich die Zimmer an Touristen vermietet. Hotels gibt es ja nicht auf der Insel. Manche Gäste sind sogar wiedergekommen; das hat mich immer sehr gefreut. Aber jetzt hat sich Matsuo bei mir eingemietet. Ich bin sehr froh, dass er hier ist. So sind wir beide nicht so alleine. Es ist schwierig, wenn man älter wird und kaum jemand von der eigenen Familie noch übrig ist. Wie geht es übrigens Azai? Sie muss doch steinalt sein, nicht wahr? Hat sie immer noch ihre lockere Zunge?«

Wir brachen in Lachen aus, und Mia antwortete: »Dass sie eine lockere Zunge hat, das kann man wohl sagen.«

Hatsue lachte auch, aber stoßweise und etwas verlegen.

»Früher, als Matsuo noch seine Praxis in Sendai führte, besuchte sie ihn dann und wann. Sie hatte immer etwas zu meckern – sie war ja auch Ärztin – und wusste alles besser. Matsuo wagte nicht zu widersprechen, sie war ja das Familienoberhaupt. Und Keiko, die hat sie geradezu tyrannisiert. Die arme Keiko … sie bekam Pickel, sobald Tante Azai auftauchte! Dann haben wir jahrelang nichts mehr von ihr gehört. Wir hätten nie gedacht, dass sie noch so klar bei Verstand ist. Gestern, als Mia anrief, war er ganz aufgeregt! Was für eine erstaunliche Geschichte! Aber die Koga sind eine sehr alte, sehr bedeutende Familie.«

»Wo ist Onkel Matsuo?«, fragte Mia.

»Er musste in die Krankenstation. Ein Notfall. Aber ich denke, er wird bald hier sein. Was haben bloß meine Katzen?«, setzte sie mit einem Anflug von Unruhe hinzu. »Sie machen mich ganz nervös! Vielleicht wollen sie nach draußen.«

Tatsächlich strichen Praline und Mokka in sehr schlechter Stimmung im Kreis herum. Sie maunzten und wimmerten. Ihr Fell war gesträubt, wie elektrisch geladen. Hatsue federte auf ihre Fersen zurück, stapfte zum Eingang.

»Wollt ihr raus?«

Sie machte die Tür weit auf. Beide Katzen hüpften argwöhnisch seitwärts.

»Nun geht schon!«, sagte Hatsue.

Die Katzen hielten die Augen auf sie gerichtet. Ihr Blick hatte etwas Hypnotisches an sich. Weil Hatsue sie nach draußen locken wollte, entfernten sie sich von der Tür, machten einen krummen Rücken und duckten sich neben den Blumentöpfen.

»Ja, dann eben nicht.« Hatsue schloss ungeduldig die Tür. »Was ist bloß mit ihnen los?« murmelte sie.

Während sich Hatsue mit den Katzen beschäftigte, fiel mir ein seltsames Geräusch auf, das ich zuvor nicht beachtet hatte. Es klang wie ein leises Rascheln, als ob Regen auf trockene Blätter niederfiel. Dabei war der Himmel draußen tiefblau im kalten Beginn des Vorfrühlings. Ich sah Hatsue perplex an.

»Was ist das für ein Geräusch?«

»Welches Geräusch?«

Ich hob fragend den Finger. Hatsue brach in Lachen aus.

»*Gomennasai*, ich selbst höre es überhaupt nicht mehr! Das sind meine Seidenraupen. Kommen Sie, ich zeige sie Ihnen!«

Sie führte uns durch einen Gang in ein kleines Nebengebäude. Wir traten in einen sonnenbeschienen Raum. Ein seltsamer, nicht unangenehmer Geruch hing in der Luft. Hier befanden sich Gestelle mit vielen Reihen von Bambusrahmen, von denen jeder ein kleines Netz, bedeckt mit durchscheinend weißen Seidenraupen, enthielt. Sie nagten pausenlos an den Blättern der Maulbeerbäume und ließen nur die Stängel zurück, die auf Strohmatten fielen und von der Hausherrin gesammelt wurden. Die Futterrückstande kamen in den Kompost, erklärte Hatsue, und wurden als Dünger verwendet. Sie zeigte uns eine Handvoll der weißen Kokons des vergangenen Jahres.

»Ich bin eine der wenigen, die noch Seidenraupen züchtet. Es ist eine Beschäftigung, die viel Sorgfalt verlangt. Genau das Richtige für eine alte Frau. Seidenraupen ertragen nicht ein Staubkörnchen. Man muss sich pausenlos mit ihnen beschäftigen. Als ich in meinem Haus noch Gäste empfing, fanden manche das Rascheln unerträglich. Andere sagten, dass sie noch nie so gut geschlafen hätten.«

»Und Onkel Matsuo?«, fragte Mia.

»Oh, der hat sich schnell an die Seidenraupen gewöhnt. Vielleicht kommt es daher, weil er auf dem linken Ohr etwas schwerhörig ist. Will er nachts die Geräusche nicht hören, legt er sich auf das rechte Ohr… und schläft wie ein Kleinkind! Ich glaube, da kommt er gerade…«, setzte sie lebhaft hinzu. Tatsächlich ging die Haustür auf, wir hörten ein Geräusch im Eingang, und eine Männerstimme rief: »*Tadaima* – ich bin zurück«.

Dr. Matsuo Koga war für einen alten Mann noch erstaunlich groß, fast so groß wie ich. Nur seine etwas krumme

Haltung und sein schlapper Gang auf breiten, knotigen Füßen zeigten, dass er über neunzig war. Sein schütteres Haar war vom Wind zerzaust, und er hatte sehr buschige Augenbrauen. Hinter einer randlosen Brille blinzelten die Augen mit dem etwas verschwommenen Glanz, die alten Pupillen eigen ist. Der Arzt trug eine ausgebeulte Hose und eine Daunenjacke, die schon bessere Tage gekannt hatte. Er entschuldigte sich, dass er nicht an die Fähre gekommen war, um uns zu empfangen.

»Ich wurde in die Krankenstation gerufen. Beim Erdbeben heute Nacht ist Emiko-San« – er nannte den Namen der Patientin – »vor Schreck die Treppe heruntergefallen. Sie hat sich dabei den Ellbogen gebrochen. Ein ziemlich komplizierter Bruch leider …«

Er stockte, den Blick auf die Katzen gerichtet.

»Was habt ihr denn nur?«

Er hatte sich gesetzt und war im Begriff, die Schnürbänder seiner Schuhe aufzuknoten. Doch die Katzen strichen um seine Beine, sprangen leicht an ihm hoch und krallten sich an seiner Hose fest, als ob sie ihm den Zugang ins Wohnzimmer verwehren wollten.

»Ja, würdet ihr mich bitte vorbeilassen?«

Beide Katzen hüpften nervös an ihm hoch, stupsten ihn mit der Stirn an.

»Ach, ihr wollt raus?«

Onkel machte die Tür weit auf. Die Katzen blickten ihn erwartungsvoll an, wichen dann zurück und verkrochen sich unter der Sitzbank.

»Sie wissen nicht, was sie wollen«, rief Hatsue, die den Tee brachte. »Wahrscheinlich ist es ihnen zu kalt.«

»Heute benehmen sich alle Katzen seltsam«, sagte Matsuo. »Sie haben ganz feine Sinne. Vielleicht spüren sie kleine Nachbeben.«

Er stellte die Schuhe in ein Regal, streifte seine Pantoffeln über. Die Katzen blickten die Schuhe an und maunzten und plapperten misstönend. Mir kam in den Sinn, dass Mafalda, wenn sie etwas nachdrücklich genug erreichen wollte, eine Strategie entwickelte. Katzen tun alles mit Absicht; dass wir in ihrem Verhalten oft keinen Sinn erkennen können, ändert nichts an ihrem Vorhaben. Und diese Katzen da – Mokka und Praline – wollten uns ganz nachdrücklich etwas mitteilen. Etwas, das wir noch nicht verstanden hatten.

Hatsue brachte Tee, den Matsuo genüsslich schlürfte. Er überreichte mir seine Visitenkarte, und ich wollte ihm meine geben, hatte aber die Brieftasche in meiner Daunenjacke gelassen, die im Eingang hing. Ich wollte aufstehen und sie holen, doch Matsuo sagte, es eile doch nicht. Er stellte mir zunächst höfliche Fragen zu meiner Person und zu meinem Beruf. Dass ich ein Buch über die erblichen Fähigkeiten des Gehirns schreiben wollte, interessierte ihn natürlich sehr. Ich erzählte ein wenig, und er nickte dann und wann. Er sprach ruhig und bedächtig, ohne jegliche Überheblichkeit. Er war vielseitig interessiert, neugierig auf die Erfahrungen der anderen. Er spürte die Richtung, in der ich mich vorwagte. Ich sprach über die Rolle der Gene, die ja nicht direkt verantwortlich waren für bestimmte Eigenarten unseres Verhaltens, sondern lediglich den ersten Schritt von vielen komplexen Entwicklungsstufen darstellten. Ich spürte, wie ich ins Dozieren kam; ich war ohnehin überdreht, während Mia, die nur den Bauplan im Kopf hatte, meinen Redefluss ungeduldig lächelnd ertrug und Hatsue sich in der Küche zu schaffen machte.

»Wenn Sie die Windmenschen als Beispiel nehmen wollen«, sagte Matsuo, als ich nach einiger Zeit wieder Luft holte, »haben Sie die richtigen Objekte gefunden. Für den Durchschnittsbürger haben wir auch heute noch einen mysteriösen Aspekt.«

Mysteriös? Bei dem Adjektiv rieb ich mir freudig die Hände. Ja, ja, es reizte mich ja gerade deswegen, mehr zu erfahren.

Matsuo zeigte ein kleines Lächeln.

»Nun, der Begriff ›folkloristisch‹ würde auch passen. Tatsache ist, dass unsere Vergangenheit ihre Spuren im Blut hinterlassen hat. Wir waren, wie Sie wissen, Spione, vermutlich die besten der Welt. Ein guter Spion wird, wer seine Arbeit präzise plant, genau ausführt und ständig überprüft. Spione wollen am Leben bleiben. Wer sein Metier nicht beherrschte, starb früh. Im Laufe unserer Entwicklung haben wir viel Flexibilität erworben, was uns heutzutage in manchen Bereichen, namentlich in der Wissenschaft, dazu bringt, immer wieder neue Lösungen auf neue Herausforderungen zu suchen. Manches Aufsehenerregende ist schon geschehen, selbst für den Nobelpreis ist schon einer von uns vorgeschlagen worden.«

Ich war ganz Ohr, dachte fast kaum noch an meine Kopfschmerzen. Es lohnte sich sehr für mich, da zuzuhören.

»Nehmen wir den Arztberuf«, sagte Matsuo. »Im Grunde waren wir Quacksalber. Aber wir hatten viel Wissen zusammengetragen, und wir waren gute Heiler. Das gab uns einen gewissen Einfluss. Wir kannten uns in allen möglichen Präparaten aus. Auch in Giften natürlich, sonst taugte ein Heiler nichts ...« Matsuos Augen blitzten vergnügt. »Und nicht selten wurde unser Wissen tatsächlich genutzt, um jemanden umzubringen!«

Matsuo erzählte, dass im achtzehnten Jahrhundert die Holländer nach Nagasaki gekommen waren. 1774 übersetzten zwei Mediziner ein Werk der Anatomie aus dem Holländischen ins Japanische. Von da an wurde – mit diskreter Unterstützung der Regierung – das Studium holländischer Medizinbücher erlaubt.

»Und danach«, sagte Matsuo, »dauerte es nicht lange, bis all das, was die Fremden über Medizin wussten, auch wir wussten. Wir waren eben sehr lernfähig.«

Der alte Mann genoss offenbar das Gespräch. Er war auf seine friedliche Weise ebenso redselig wie seine Schwester Azai. Mia jedoch, die dann und wann verstohlen auf die Uhr sah, lenkte ihn höflich auf den eigentlich Grund unseres Besuches.

»Wie alt warst du, Onkel Matsuo, als Jan Letzel zu dir in die Praxis kam?«

»Oh, er kam doch nicht zu mir«, sagte Matsuo. »Er kam zu meinem Vater. Ich war ein Kind und entsinne mich kaum an ihn. Aber Azai erinnert sich noch gut.«

Ich sah den Augenblick gekommen, ihm zu berichten, wie ich ihre Tagebücher gefunden hatte. Das interessierte ihn mächtig. Sogar Hatsue verließ die Küche und gesellte sich zu uns, mit einem fassungslosen Ausdruck auf dem Gesicht.

»Und sie hat Ihnen diese persönlichen Dinge erzählt? Das wundert mich aber.« Der alte Mann nickte vor sich hin. »Ja, das wundert mich außerordentlich.«

»Ja, sie erzählte uns all das fast wie in einem einzigen Atemzug«, sagte Mia. »Sie hatte uns allerdings verboten, sie zu unterbrechen.«

Der alte Mann ließ ein kleines heiseres Lachen hören.

»Sie ist das arroganteste Weibsstück, das ich je in meinem Leben gekannt habe. Schau mich nicht so an, Hatsue! Du weißt, dass es die Wahrheit ist. Vor ein paar Jahren erlitt sie einen kleinen Schlaganfall und konnte nicht mehr in ihrem Haus bleiben. Ich machte das Heim für sie ausfindig, in dem sie jetzt ist. Jede Familie hütet ihre Geheimnisse, und meine Eltern hatten mir, als ich Student war, erzählt, dass wir von hoher Abstammung seien. Doch wir sprachen nicht darüber. Es war nicht nutzbringend, dass es bekannt wurde. Wir hatten eine Tradition der Verschwiegenheit. Außerdem wäre es vermessen gewesen. Windmenschen waren keine Aristokraten, und in hohen Kreisen mischte man sein Blut nicht mit Untergebenen. Das brachte Unordnung in den Stammbaum. Weil man das in China vermeiden wollte, wurden alle kaiserlichen Beamten kastriert. Nun, Verstümmelungen wurden hierzulande nicht goutiert. Was Yodo-dono betraf – sie war, wie man weiß, ein Dickschädel. Und die Sache mit dem Bauplan … nun, die zeigt uns einfach eine zusätzliche Dimension der Wirklichkeit«

»Und Tante Azais Visionen?«, fragte ich. »Sind die echt? Ich meine, können wir ihr glauben, wenn sie solche Dinge erzählt?«

Die Runzeln auf Matsuos Stirn vertieften sich. Es war, als ob die buschigen Brauen fast die Pupillen verdeckten. Schließlich dehnte ein langer Atemzug seine Lungen.

»Nun, ich bin Wissenschaftler, aber ich weiß, dass es ein Anderes gibt, das wir nie werden erklären können, da es sich unserer Definition entzieht. Und wenn Azai etwas gesehen haben will, verlassen wir uns sicherheitshalber nicht allzu sehr auf ihre Worte. Aber bewundern wir zumindest ihre Vorstellungskraft!«

Die bewunderte ich durchaus. Aber mein Rätsel war dadurch nicht gelöst. Ich hatte mein ganz privates Phantom, das irgendwie in meine Traumkiste gerutscht war, wo es absolut nicht hingehörte, und sich recht dreist in mein Privatleben eingemischt hatte. Doch Matsuo fügte etwas hinzu, was mich daran erinnerte, dass man eben doch nicht alles klären konnte.

»Ob wir es wollen oder nicht, wir Menschen sind mit spinnwebenfeinen Fäden miteinander verbunden. Als ob eine Weberin irgendwo in einem ›Land dazwischen‹ die Fäden verknoten würde. Denken Sie also nicht zu viel darüber nach.«

Es klang zwar wie eine Floskel, hörte sich aber so richtig schön esoterisch an und war kein Hindernis für die Reflexion. Ich kam dem Mann nicht mit einem kritischen: »Ja, aber…« Was ich in Japan gelernt hatte, war, die verschiedenen Arten von Unmöglichkeiten vorherzusehen zu versuchen, auf die ich mich vernünftigerweise gefasst machen musste. Das Undenkbare konnte existieren, es konnte sogar unter unseren Augen geschehen. Und wenn es geschah, sollten wir uns nicht blind davon abwenden, sondern es zu begreifen versuchen. Vielleicht war es genau das, was Tante Azai gemacht hatte.

Hatsue war inzwischen wieder in die Küche gegangen, die eng und altmodisch war. Sie stand vor der Arbeitsplatte, zerstückelte und würfelte Gemüse. Die Messerklinge sauste in regelmäßigen Abständen auf das Hackbrett. Dabei hielt sie den Kopf leicht geneigt und hörte zu, was im Wohnzimmer gesprochen wurde. Zwischendurch warf sie immer wieder eine Handvoll klein geschnittenes Gemüse in einen großen Topf auf dem Herd.

»Du bist also gekommen, um den Bauplan zu holen?«, sagte Onkel Matsuo zu Mia. »Nun, du kannst ihn haben. Du und Isao, ihr seid meine Erben, und das Dokument gehört zu meinem Nachlass. Was ihr später damit macht, ist mir egal. Ich befürworte allerdings das Museum. Die Schriftrolle ist leider in schlechtem Zustand. Im Museum haben sie die geeigneten Spezialisten.«

Mia verneigte sich, graziös, und wie es sich gehörte. Sie war echt ergriffen.

»Ich danke dir von Herzen, Onkel Matsuo. Auch in Isaos Namen. Wir werden das Dokument immer in Ehren halten.«

»Nichts zu danken, Kind!« Onkel Matsuos Lächeln zeigte, dass er mächtig stolz auf sie war. Ich verstand ihn gut – mir ging es ja ebenso. Ich hatte mir nie eine bescheidene Frau in unauffälliger Kleidung gewünscht, auch nicht eine, die so knallhart in Prestige vernarrt war wie Tanja, sondern eine, die sanft und stolz und widerstandsfähig klug war, die einen loyalen Geist hatte und ein warmes, mitfühlendes Herz. Ich war glücklich, so glücklich, dass die Begriffe »real und irreal« plötzlich keine Bedeutung mehr für mich hatten.

»Doch zunächst«, sagte Onkel Matsuo, »wollen wir zu Mittag essen. Ihr habt sicher Hunger, und Hatsue ist ganz begierig, euch ihre Kochkünste vorzuführen.«

»Oh, damit muss es heute nicht so weit her sein!«

Hatsue verzog das Gesicht. »Ich habe den Miezen *Unagi* gegeben, aber sie wollen nicht fressen.«

»Dann tätest du gut daran, zum Katzenschrein zu pilgern«, meinte Matsuo scherzhaft.

»Gibt es hier denn einen Katzenschrein?«, fragte ich belustigt.

Die Antwort kam von Hatsue, die mit einem Tablett voller Schalen und Schüsseln aus der Küche schlurfte.

»Ja, auf dem Hügel. Da wohnt die Katzengöttin, die unsere Insel beschützt. Es gibt eine Legende: Vor langer Zeit besaß ein Fischer eine Katze, die er sehr liebte. Sie fuhr mit ihm zur See und saß immer neben ihm, wenn er auf dem Markt seinen Fang verkaufte. Doch eines Tages bebte die Erde, und die Katze wurde von einem Steinblock erschlagen. Der Besitzer beweinte seine Katze sehr und gab seine Ersparnisse hin, damit ein Schrein ihr zu Ehren gebaut wurde. Und im Laufe der Zeit, na ja, wie es so ist, erzählte man sich wundersame Dinge, nämlich dass die Katze in Gestalt einer schönen Frau den Hain bewohnte.«

»Tatsächlich«, sagte Matsuo, »übt der Ort eine große Anziehungskraft auf die Katzen aus. Sie ziehen sich gerne in den Wald zurück. Ich vermute«, setzte er augenzwinkernd hinzu, »weil es dort im Sommer schön schattig und ruhig ist. Ich halte ja auch meinen Mittagschlaf am liebsten draußen im Grünen.«

Inzwischen hatte Hatsue eine Menge dampfender Gerichte gebracht, die alle verlockend dufteten. Matsuo beugte sich vor und hob den Deckel einer Schüssel.

»*Kabayaki* – gegrillter Aal! Wir werden nicht jünger, aber wenn ich *Unagi* esse, fühle ich mich wieder wie zwanzig! Aal ist besonders kräftigend und gibt Appetit. Eigentlich isst man Aale im Sommer, aber in der Ortschaft Hamamatsu werden Aale gezüchtet, sodass man sie das ganze Jahr über genießen kann.«

Ich bat, die Toilette aufsuchen zu dürfen, und versäumte nicht, die Pantoffeln zu wechseln, bevor ich in den kleinen, wohlgepflegten Raum trat. In Japan müssen die Toiletten stets reinlich sein, weil in jeder Toilette eine Gottheit wohnt, die Schmutz verabscheut. Nun, dachte ich, das sollten sich andere Bewohner unserer bunten, vielfältigen Welt mal hinter die Ohren schreiben …

Ich wusch mir die Hände mit einer Seife, die nach Lilien duftete, und stieg aus den Toilettenslippern aus grünem Plastik wieder in die üblichen Hauspantoffeln. Als ich am Eingang vorbeiging, fiel mir die Visitenkarte ein, die ich Matsuo noch nicht überreicht hatte. Japaner sind Prinzipienreiter. Ich tastete nach meiner Brieftasche, fand sie nicht, suchte und wühlte mit zunehmendem Schrecken und vergeblich in sämtlichen Taschen. Verstört ging ich ins Wohnzimmer zurück.

»Meine Brieftasche ist weg! Und alles steckte drin, Ausweis, Pass, Versicherung, Bankkarte, einfach alles …«

Mia starrte mich erschrocken an.

»Aber du hattest sie ja noch auf dem Schiff!«

»Taschendiebe gibt es in dieser Gegend nicht«, sagte Matsuo mit Entschiedenheit. »Wann haben Sie die Brieftasche zum letzten Mal in der Hand gehabt? Auf dem Schiff?«

Ich wandte mich an Mia.

»Ich habe unsere Kaffees bezahlt, erinnerst du dich?«

»Ja, ja!«, rief sie. »Dann hast du die Brieftasche wahrscheinlich in der Bar liegen lassen.«

Matsuo griff zu seinem Handy, in dem er eine ganze Nummernliste gespeichert hatte. Binnen kürzester Zeit war er mit der *Michinoku-Maru* verbunden. Während er mit einem Mitglied der Besatzung sprach, sah er mich an und nickte mir mehrmals beruhigend zu. Ich verstand: Die Brieftasche war gefunden worden und wartete in sicheren Händen auf mich. Man wusste ja, dass ich die Insel mit der gleichen Fähre wieder verlassen würde. Wann das Schiff ankam, fragte Onkel Matsuo. Nun, die Fähre würde in genau fünf Minuten aus dem Hafen von Ishinomaki auslaufen und pünktlich vierzig Minuten später auf der Insel eintreffen. Ich atmete erleichtert auf und ließ dem Besatzungsmann ausrichten, dass ich schnell zum Pier kommen würde, um die Brieftasche zu holen.

Matsuo schaltete sein Handy aus und nickte mir zufrieden zu. »Ende gut, alles gut! Und lassen Sie sich den Aal schmecken!« Doch Hatsue war immer noch nicht beruhigt.

»Ich verstehe wirklich nicht, warum die Miezen nichts wollen. Dabei lieben sie *Unagi* über alles.«

Die Katzen liefen vor der Tür hin und her, maunzten und schlugen heftig mit dem Schwanz.

»So habe ich diese beiden noch nie gesehen«, murmelte Matsuo, bevor er sich seinem Essen zuwandte. Inzwischen erzählten Mia und ich, dass wir heiraten wollten. Es war ein gutes Gefühl, darüber zu reden. Die beiden alten Leute waren gerührt, wie alte Menschen es immer sind, wenn Jüngere von ihren Plänen erzählen.

»Obwohl wir alt sind«, sagte der Onkel »bewegen uns noch immer die Ideale der Jugend. Trotz der Dinge, die Himmel und Erde bewegen, ist die Jugend voller Zuversicht. Ich bin über neunzig und – nein – ich habe im Leben keinerlei Gesetzmäßigkeit entdeckt, außer Geburt und Wachstum, Verfall und Tod. Es ist schön, wenn man sich miteinander freut und die Gegenwart zu schätzen weiß. Die Zukunft kann unerwartet schnell da sein und die Menschen auf die Probe stellen. Nun, ich wünsche Euch viel Glück, weil ihr bisher nicht nur Sonnenschein, sondern auch Schatten gekannt habt. Was nun die Frage betrifft, wer ihr heute seid, im Unterschied zu gestern …«

Er zuckte mit den Schultern, ließ den Satz in der Schwebe, gewissermaßen als Aufforderung für uns, darüber nachzudenken. Er sprach geruhsam und absatzweise zwischen Zuhören und Essen (er kaute jeden Bissen sehr lange). Was er erzählte, ein wenig moralisierend, war genau richtig für mein sentimentales Gemüt, doch Mia sagte mir mit den Augen: »Er zerredet doch gleich immer alles!«

Als wir die Mahlzeit beendet hatten, bat Matsuo um die Erlaubnis, eine Zigarette zu rauchen.

»Ein kleines Laster muss man ja haben. Außerdem rauche ich nur eine ganz leichte Sorte. Hatsue protestiert, wenn das ganze Haus stinkt.«

Sie verneinte lachend und wedelte mit der Hand.

»Nein, nein, mir würde es nichts ausmachen! Es sind die Katzen, die den Tabakgeruch nicht mögen.«

Ich sah auf die Uhr. Bald kam die Fähre, und ich würde mich eindeutig wohler fühlen, wenn ich die Brieftasche wieder hatte. Ich machte eine »Entschuldigen-Sie-mich-Verbeugung«, platzierte meine Beine seitwärts und erhob mich.

»Ich bin gleich wieder da!«

Matsuo nickte mir zu.

»Ich rauche meine Zigarette zu Ende. Und sobald du zurück bist, gehen wir in mein Büro und sehen uns die Schriftrolle an. Mia kann es ja kaum abwarten!«

»Oh ja!«, rief Mia, »ich bin furchtbar gespannt.«

»Wir wissen, dass du keine Geduld hast«, sagte der alte Onkel bedächtig.

Mia lachte ein wenig verlegen. Sie griff nach ihrem Teebecher, stieß aber etwas ungeschickt dagegen, sodass der Becher umkippte. Der Rest Tee floss über das Tischtuch.

»Oh, oh, oh!«, jammerte Mia. Sie wollte aufspringen, doch Hatsue hielt sie lachend zurück.

»Warte, bleib sitzen! Ich mache das schon!« Sie lief in die Küche und kam mit einem Wischtuch zurück. Inzwischen stapelte Mia die kleinen Schalen und Schüsseln auf.

»Es tut mir ja so leid, dass ich so ungeschickt bin!« Onkel Matsuo schmunzelte nur und sagte ungerührt: »Das liegt in der Familie. Deine Mutter – meine Nichte – hat auch alles umgeworfen.«

Ich verbiss mir ein Grinsen, ging zum Eingang und band mir die Schuhe. Jetzt kamen auch die Katzen wieder hervor. Wieder regte sich in mir die Erinnerung an Mafalda. Ich streckte die Hand aus, und – oh Wunder! – sie ließen sich endlich streicheln. Doch sehr widerstrebend, wie mir schien, und ihr Maunzen dabei löste eine fast magnetische Empfindung in mir aus, die mich betroffen machte. Sie hatten weiches, schön gepflegtes Fell, und Augen, die gebieterisch schimmerten. Beide sprangen geschmeidig hoch, wie Katzen das tun, drückten mit dem Köpfchen gegen meine Handfläche. Der Druck war nicht subtil, sondern ausgesprochen fordernd.

»Oh, sie scheinen dich aber zu mögen!«, rief Hatsue freudig. Ob sie mich wirklich mochten? Mir fielen ihre extrem geweiteten Pupillen auf, als sie wie besessen an der Tür hochsprangen. Ich griff nach meiner Daunenjacke und machte die Tür auf. Ein kalter Luftzug erfasste mich. Ich ließ mit einer scherzhaften Verbeugung den Katzen den Vortritt.

»Dozo! Bitte schön!«

Die beiden Katzen traten erregt an die Schwelle, spitzten die Ohren und starrten nach vorne. Dann krümmten sie den Rücken und drehten sich mit gesträubtem Fell seitwärts. Ihre Augen kehrten erwartungsvoll zu den anderen zurück. Doch keiner – außer mir – kümmerte sich um die beiden. Onkel Matsuo unterhielt sich mit Mia, und Hatsue hatte frischen Tee aufgegossen. Die Katzen maunzten enttäuscht, fast böse, und krochen beleidigt wieder unter die Bank.

32. Kapitel

Ich streifte meine Wollhandschuhe über. Die Temperatur war wirklich stark gesunken. War das eine Kälte! Unwillkürlich schweifte mein Blick durch den Wohnraum, den ich im Begriff war zu verlassen. Das altmodische, gepflegte Zimmer, die Täfelung über den Türen, glatt und glänzend, die vergilbten Tatamimatten, die tiefen Bücherbretter mit den vielen zerlesenen Zeitschriften unter den Fenstern, und hinter den Scheiben, jenseits der Veranda, die Kirschbäume, die erst im April blühen würden. Ich sah die beiden alten Leute, ihre heiteren gebräunten Gesichter, und Mia – meine Frau – mit ihrem schönen kastanienbraunen Haar, das im Licht schimmerte, ich sah auch – weil ich sie gut kannte –, wie sie ihre Neugier und Vorfreude taktvoll zurückhielt, während Onkel Matsuo, die Zigarette zwischen zwei Fingern, sie mit einem seiner Monologe beehrte, die respektvoll angehört werden mussten. Und später würde ich mich daran erinnern, dass mich in diesem Augenblick eine ganz merkwürdige Stimmung befiel. Meine Haut prickelte. Mir war, als sähe ich ein Bild, das nur für eine Sekunde noch bestand und mit jedem Schlag meines Herzens zum Verblassen und Verschwinden verurteilt war. Aber noch während ich die Augen abwandte und ziemlich verwirrt aus dem Haus trat, nahm ein merkwürdiges Geräusch meine Aufmerksamkeit gefangen. Die Geräusche kamen mit dem Wind, sie hörten sich schrill und misstönend an. Ich hatte diese Geräusche schon früher gehört.

Aber wo nur, wo? In der Wirklichkeit oder im Traum? Es war wieder dieser wild gewordene Cellist, der wie verrückt über die Saiten kratzte. Und auf einmal wurde mir klar, dass es die Katzen waren, die so entsetzlich schrien und maunzten. Jede Katze stieß ihren Schrei auf ihre Weise aus, und doch vereinten sich diese verschiedenen Töne zu einer Schwingung, welche die ganze Insel zu erfassen schien. Plötzlich sah ich eine dieser Katzen – nur ein paar Schritte von mir entfernt – unter einer Hecke hervorbrechen, sie trug ihr Katzenkind mit den Lippen bei der Nackenhaut und lief, den Rücken schnurgerade, wie eilige Tiere das tun. Und an der Wegbiegung sah ich eine andere Katze, die ebenfalls ihr Kleines trug und in die gleiche Richtung lief. Andere Katzen huschten durch die Gärten, mir fiel auf, dass alle landeinwärts liefen, auf die waldige Anhöhe zu, wo – wie Hatsue erzählt hatte – der Katzenschrein stand. Die Inselbewohner schien das bizarre Verhalten ihrer aufgestörten Katzen offenbar sehr zu beunruhigen. Sie waren aus ihren Häusern getreten, standen in kleinen erregten Gruppen auf den Straßen oder in ihren Vorgärten. Ich entsann mich, wie sonderbar sich Mokka und Praline benommen hatten. Und plötzlich kam mir der erleuchtende Gedanke: Sie waren hin- und hergerissen, wollten ganz dringend ihre Haut retten, gleichzeitig aber auch die Menschen vor einer drohenden Gefahr warnen. Und sofort kam mir der Gedanke absurd vor. Katzen denken nicht wie wir und haben auch kein Verantwortungsgefühl. Oder sollte das doch nicht stimmen? Oft hatte mir Mafalda etwas klarmachen wollen, und ich hatte sie beim besten Willen nicht verstanden. Vielleicht war ich zu borniert? Die Inselbewohner jedenfalls schienen besorgt. Das Gehör der Katzen erreichte einen Frequenzbereich von über 500 Hertz. Es war, als ob sie unheimliche Geräuschwellen empfingen, die wir nicht spüren konnten. Ein Nachbeben, und sogar ein recht starkes, vermutete ich. Ja, was sollte ich tun? Ich sah wieder auf die Uhr. Gleich würde die Fähre anlegen. Japaner waren Erdbeben gewöhnt, ich nicht. Wenn schon etwas Schlimmes passierte, wollte ich meine Papiere wiederhaben, und sei es nur, damit Mutter später meine Leiche identifizieren konnte. Eine idiotische Überlegung, zweifellos, nicht einmal mehr lustig, aber die Stimmung war mir wirklich nicht geheuer. Also machte ich mich auf den Weg zum Hafen, wobei mir wieder einige Katzen begegneten, die ausnahmslos alle in entgegengesetzter Richtung liefen, als ob sie ihr Ziel genau kannten. Das war auf keinen Fall normal. Doch von der Wegbiegung aus konnte ich schon die kleine Hafenanlage und den Deich überblicken. Eine Anzahl Leute warteten auf die Fähre, die schon in Sicht war. Alles doch normal? Das Meer war ruhig, die Wellen schaukelten langsam und mächtig. Ich sah auf die Uhr. Die Fähre hatte etwas Verspätung, stellte ich fest. Es war seltsam windstill; der Himmel war von gespannter, gläserner Härte, nur in der Ferne türmte sich eine Wolkenbank auf. Und als ob das alles noch nicht genug war, erfüllten auf einmal gellende Schreie die Luft. Der wachsende Lärm bohrte sich in meinen Kopf wie Nadelstiche. Ich hob die Augen, sah in großer Höhe Vögel, eine Wolke von Vögeln, die alle landeinwärts flogen. Ihre Schreie klangen ohrenbetäubend. Die wartenden Leute blickten auch empor, manche neugierig, andere besorgt. Mein Kopf brummte, im Magen war mir flau. Hatsues Essen schien mir nicht bekommen zu sein. Und wahrscheinlich gab es kein Erdbeben, sondern ein Sturm kündigte sich an. Der allerdings musste ziemlich heftig werden, wenn er alle Tiere verrückt machte. Zum Glück gab es hier keine Hunde, sonst hätten die auch noch gejault. Ob die Fähre bei Sturmwetter aus dem Hafen auslief? Wahrscheinlich nicht. Es konnte sein, dass wir hier die Nacht verbringen mussten. Schlimm war das nicht, im Haus war genug Platz.

Aber die Wolken hatten eine komische Farbe, eine wirklich komische Farbe … Und da rumpelte der Boden unter meinen Füßen, sodass ich das Gleichgewicht verlor, ein paar Schritte zurücktaumelte und fassungslos auf die Spalte starrte, die sich dort auftat, wo ich einen Atemzug zuvor gestanden hatte. Sie war nicht sehr breit, aber ein großes Stück Asphalt war zersplittert. Ich hörte, dass die Menschen einander irgendwas zuriefen. Sie wussten offenbar nicht, was sie machen sollten, versuchten davonzulaufen oder Laufende aufzuhalten. Wieder rollte die Erde unter mir, hob sich und schwankte hin und her, als ob der Asphalt sich plötzlich verflüssigt hätte. Der Hafen stand mit einem Mal schief, obwohl das nicht sein konnte. Ich stürzte zu Boden, hockte auf Händen und Knien, krallte mich fest. Ein gewaltiges, dumpfes Getöse kam von allen Seiten, ein Donnergrollen wie bei einem Gewitter. Meine Finger klammerten sich an die Steine, die sich hin und her bewegten, wie etwas Lebendiges zuckten. Der Boden kam mit ächzendem Knarren hoch, das Donnergetöse war noch lauter als die Schreckensschreie, lauter als das Krachen einstürzender Wände und Dächer, während Blechplatten einfach eingerollt wurden wie Zwiebelschalen und Fischerboote, seitwärts hochgehoben, an der Hafenwand zerschellten. Scheiben knallten aus ihren Rahmen, das Glas explodierte, flog und splitterte. Der Beton der Hafengebäude begann in dicken Klumpen herunterzukrachen. Es dauerte endlos; irgendwer schrie und jammerte auf stupide Art. Das Jammern ging mir durch Mark und Bein: Es war mein eigenes. Dann beruhigte sich die Erde, doch nur für eine Sekunde oder zwei, bevor es erneut losging, entwurzelte Bäume sich wie im Zeitlupentempo freirissen und wieder auf den Boden krachten, während Steine und Trümmer um mich herum einen wilden Tanz aufführten. Es war, als habe die ganze Insel sich gehoben, die Schiffe an der Werft zersplittert und die Hafenanlage einfach in Brei verwandelt. Als sich das Dröhnen allmählich beruhigte, vernahm ich das Geschrei von Kindern, die vor Angst fast toll waren, von Menschen, die einander riefen oder um Hilfe schrien. Noch stürzten Planken ein, umgeworfene oder zerbrochene Gegenstände schepperten und polterten. Große Steinblöcke, die sich aus der Mole gelöst hatten, rumpelten auseinander. Später wurde uns gesagt, die Erde hätte fast fünf Minuten lang ununterbrochen gebebt. Mir war der Albtraum viel länger vorgekommen, der längste und schrecklichste Albtraum meines Lebens. Endlich konnte ich mich hochrappeln, ohne dass ich gleich wieder umfiel, kam mühsam auf die Beine. Meine Augen waren voller Sand und Staub. Ich war voller Prellungen, mein ganzer Körper schmerzte wie nach jenem Motorradunfall, bei dem ich als Neunzehnjähriger in einer Baustelle gelandet war. Benommen sah ich mich um. Der Hafen glich einem Trümmerfeld, auf das die Wracks der Fischerboote geschwemmt worden waren. Der Boden war bedeckt mit einem Wirrwarr von Mattenresten, umgekippten Mülltonnen, Benzinbehältern. Freigelegte Gasleitungen bildeten seltsame Spaghettiknäuel, und Kanalisationsrohre waren senkrecht aus dem Boden geschossen. Säulenartig standen sie da, wie skurrile Werke zeitgenössischer Kunst. Fast alle Gebäude waren eingestürzt, die Betonwände wurden nur von eingeknickten Eisenstäben gehalten. Der Geruch nach Fisch und Benzin verursachte mir Übelkeit. Mir kam das Essen hoch, ich lehnte mich an ein Mauerstück, das schief stand, und übergab mich. Ich würgte und spuckte, die Nässe tropfte mir aus Nase und Augen. Ich spürte den säuerlichen Geschmack des Erbrochenen im Mund, wühlte in meiner Jacke, brachte ein Taschentuch zum Vorschein, mit dem ich mir die Nase putzte und mir den bitteren Speichel von den Lippen wischte. Mein Kopf war jetzt wieder klar geworden, doch das Erdbeben hatte mich derart verstört, dass mir erst jetzt der Gedanke an sie, an Mia kam! Oh, Gott, war sie überhaupt noch am Leben? Ich begann wie ein Irrer zu laufen, aber wo noch kurz zuvor der Weg war, häuften sich jetzt nur noch Trümmer. Die ganze Insel war anders als noch Minuten zuvor, ich erkannte nichts wieder. Unter mir rumpelte und ächzte immer noch die Erde. Manchmal bebte sie stärker, sodass ich in den Schutt fiel, auf Händen und Knien weiterkroch, bevor ich taumelnd aufstand und wieder zu laufen anfing. Wo war ich jetzt? Hinter einer Kurve änderte der Weg seine Richtung zur See hin, und jetzt fegte mir mit voller Wucht der Wind entgegen. Blindlings tapste ich vorwärts. Ich hatte noch nie einen solchen Sturm erlebt. Ich taumelte hin und her, konnte mich kaum auf den Beinen halten. Ein schwarzer Gegenstand kam geflogen, ich spürte so etwas wie einen Peitschenschlag, hörte ein Krachen, ein dumpfer Schmerz durchzuckte meinen Kopf. Mit dem Gefühl, dass die Hälfte meiner Stirn schief hing, hob ich die Hand an die schmerzende Stelle, sah das Blut auf meine Jacke tropfen. Das rote, klebrige Zeug vor den Augen nahm mir die Sicht. Ich verlor die Orientierung, dachte jedoch, solange der Weg anstieg, musste die Richtung irgendwie stimmen. Ich sah die Welt wie durch einen roten Schleier, und mit der Landschaft tat sich Seltsames, alles schien vor meinen Augen zu schaukeln. Ich stolperte weiter, so eigensinnig, wie ich mein ganzes Leben lang in allen Dingen gewesen war, hatte unentwegt Mia im Kopf. Wahrscheinlich war hier die Ortschaft, aber ich sah nur Trümmerhaufen und einige Gestalten, die ebenso verstört wie ich durch das Chaos irrten. Endlich erreichte ich den Straßenteil, von dem aus man den Hafen überblicken konnte. Hier konnte ich die Entfernung abschätzen und endlich herausfinden, wo ich war. Ich wischte mir das Blut aus dem Gesicht, wandte mich um und erstarrte vor Schreck. Denn ich sah mit bloßen Augen, wie das Wasser sich zurückzog, den Meeresboden mit seinem Schlick, Tang und vermoderten Schiffstrümmern freigab. Es war, als verlasse das Meer, von einem gewaltigen Sog getrieben, die Küste. Um Himmels willen, ich wusste, was das bedeutete! Das Meer würde wiederkommen und alles überschwemmen. Und gleichzeitig entdeckte ich in weiter Entfernung die Fähre, die ja vor dem Erdbeben fast schon im Hafen gewesen war. Jetzt hatte die ungeheure Strömung sie erfasst, zerrte sie zurück zum Festland. Und viele andere Boote, größere und kleinere, auch. Die Besatzungen konnten nichts machen, hatten keine Gewalt mehr über die Schiffe, die einfach mitgezogen wurden. Im selben Augenblick gingen überall auf der Insel die Warnsirenen los. Eine Frauenstimme rief durch einen Lautsprecher, gab immer wieder die gleiche, dringende Warnung durch. Alle Menschen, die am Hafen auf die Fähre gewartet hatten, liefen jetzt fort, der Ortschaft entgegen. Sie stützten ältere Leute und Verletzte, zerrten Kinder mit sich oder trugen sie in den Armen. Der Anblick brachte mir auf einmal die Katzenmütter wieder in Erinnerung, die in dringender Eile ihre Jungen in Sicherheit gebracht hatten. Die Katzen hatten gewusst, was die Menschen nicht früh genug begriffen hatten. Meine Gedanken machten einen Sprung, und ich hörte ganz deutlich Hatsue von dem Katzenschrein erzählen. Der Katzenschrein, hatte sie gesagt, stand auf dem höchsten Punkt der Insel. Dorthin waren also die Katzen geflohen. Mit ihren hochempfindlichen Sinnen hatten sie gespürt, dass dort der einzige Ort war, wo sie in Sicherheit sein konnten. Ich rannte weiter, die Steigung hinauf, stolperte durch Trümmer, Schutt und Wasser, das durch den Schlamm sickerte. Ich erkannte das Haus, wo wir heute zu Gast gewesen waren: Das Haus stand schief, aber es stand. Ich stolperte durch das, was einst der Garten gewesen war, die Tür klaffte auf. Keine einzige Scheibe war mehr in den Fenstern.

»Mia!«, schrie ich. »Mia!«

Die Sirene gellte mir in den Ohren, ein nervenzerfetzendes, gellendes Auf und Ab. Und dazwischen immer wieder die Frauenstimme, die ihre Warnung in den Wind rief. Ich konnte meine eigenen Schreie nicht hören. Im Haus war niemand, alle Möbel waren umgestürzt, zerbrochenes Geschirr lag in Scherbenhaufen herum, die Tatamimatten hatten sich mit Wasser vollgesogen. Wieder erzitterte die Erde, Scherben zerbrachen unter meinen Füßen, aus der Wasserleitung lief ein dicker Strahl. Vor meinen Augen krachte die hintere Hauswand, die schief hing, berstend und splitternd zu Boden, ein Teil des Daches rutschte mit ab, Ziegel zerbrachen scheppernd beim Aufprall. Ich schrie unentwegt Mias Namen, fand aber keine Anzeichen dafür, dass jemand unter den Trümmern begraben sein könnte. Nichts Lebendes bewegte sich hier, nur das Wasser floss und Glas zerbrach unter meinen Füßen. Im Haus war alles zerstört, aber offenbar war es Mia und den beiden alten Leuten gelungen zu entkommen. Ich wankte wieder nach draußen, stolperte über Schuttberge durch den Garten. Das Kreischen der Sirene sank und stieg, sank tiefer, stieg höher. Das Getöse dröhnte durch meinen Schädel, mein Blut und meine Eingeweide und machte mich fast toll. Ich wusste überhaupt nicht mehr, was ich jetzt tun konnte; es war, als ob der Wind jede Wahrnehmung wegblies. Ich schwankte wie ein Betrunkener. Meine Beine bewegten sich ganz automatisch. Ich sah vor mir etwas Dunkles, das sich bewegte, hörte einen Schrei, der sich wie mein Name anhörte, aber das konnte nicht sein. Alles drehte sich vor meinen Augen, ich fiel vornüber. Arme stützten mich, Hände, die hart und sicher waren, hielten mich fest. Ich schnappte nach Luft, kämpfte gegen die Ohnmacht an, wollte wieder schreien, als sich meine Augen halbwegs klärten und ich ein Gesicht vor mir sah. Es war Mia, ihre Wangen waren verschrammt, und sie umklammerte meine Schultern.

»Endlich!«, schrie sie. »Komm, weg von hier, schnell, schnell!«

Ich kauerte halb blind und keuchend im Schutt. Ich konnte Mia nur verschwommen sehen. Sie zerrte mich hoch, hob meinen Arm um ihre Schulter, zwang mich, wieder auf die Beine zu kommen. Sie hatte Kräfte wie ein Mann. »Schnell, schnell!«, war das Einzige, was sie mir in die Ohren schrie, aber selbst das hörte ich nur undeutlich, denn die Sirene schrillte unentwegt. Ich spürte, dass wir eine Steigung erklommen; mir schien, ich hatte keine Kraft mehr, auch nur einen einzigen Schritt zu tun, doch Mia gönnte sich und mir keine Pause, zog mich unentwegt weiter. Ich stolperte gegen Steine, verfing mich in Wurzelgestrüpp. In einer bestimmten Richtung vor mir war etwas Dunkles, dort mussten wir offenbar hin. Das sind Bäume, kam mir in den Sinn, und wo Bäume sind, ist der höchste Punkt der Insel. Ich sah Gestalten, die sich bewegten, die näher kamen. Und plötzlich setzte das Getöse der Sirene aus. In der abrupt einsetzenden Stille hörte ich den Wind, das Krachen und Knirschen der Zweige, die sich im Luftzug bogen. Ich hörte auch vereinzelte Schreie, Mias keuchende Atemzüge und meinen eigenen Herzschlag. Mia war plötzlich stehen geblieben, hielt mich aber immer noch umfasst. Und weil ich nicht alleine laufen konnte, blieb ich auch stehen, blickte in die Richtung, in die Mia und alle anderen starrten. Zunächst konnte ich nichts erkennen. Erst als ich mir das Blut aus den Augen wischte, sah ich die anrollende Welle. Sie wuchs vom Horizont her, eine riesige Schaumwand, so weit das Auge reichte. In einem mächtigen, weiß blitzenden Sog rollte sie landeinwärts, und dahinter war eine baumhohe schwarze Wand, die wie Pechkohle glänzte. Mit rasender Geschwindigkeit kam die Welle näher und verdunkelte den Himmel. Sie schlug an die Insel, dass der Boden bebte, überspülte den Hafen, hob die Schiffe wie Spielzeuge. Von unserem Aussichtspunkt sahen wir die aufgewühlte Meeresfläche und einen schaumarmigen Strudel, der sich in ungeheuren Kreisen drehte. Und die Schiffe kreisten mit dem Wasser, wurden von den Wogen hin und her geworfen. Sie legten sich auf die Seite, unfähig, gegen die Kraft des Wassers anzukämpfen, gingen in den Wellentälern unter, kamen wieder hoch. Unterhalb des Hügels, wo wir Zuflucht gefunden hatten, strömte der Pazifische Ozean über Straßen, Häuser und Gärten. Das Wasser schaukelte ein wenig, schien zu zögern, als wollte es sich zurückziehen, kam aber wieder mit neuer Gewalt, türmte sich auf und rollte dann mit ungebrochener Kraft der Küste entgegen. Mein Schädel pochte und brummte, ich hatte ein kaltes, ekelhaftes Gefühl im Bauch, und mir wurde schwindlig. Das alles war nicht wahr, konnte einfach nicht wahr sein. Ich musste wohl träumen, gleich würde ich aufwachen, und alles war gut. Mia war ja da, hielt mich fest, und solange Mia bei mir war, konnte uns nichts Schlimmes passieren. Ich versuchte mich auf den Beinen zu halten, aber die Knie gaben unter mir nach. Ich wollte nichts, nur weiterschlafen, bis es Tag wurde und ich in einer Welt erwachte, die sonnig und ruhig und normal war. Mia versuchte mich zu halten, aber ich hing mit meinem ganzen Gewicht in ihren Armen, und sie schaffte es nicht mehr. Schließlich kippte ich schwerfällig seitwärts, und dann endlich war es vorbei. Ich ließ mich fallen und fiel in einen erlösenden, schmerzfreien Schlaf.

33. Kapitel

Ich hatte gedacht, dass ich geschlafen hätte, aber in Wirklichkeit war ich ohnmächtig geworden, vermutlich nicht für lange. Als ich erwachte, sah ich zwischen den schaukelnden Baumkronen, dass der Himmel fast schwarz war. Die eiskalte Luft, mit Schneeflocken vermischt, schien in wirbelnde Bewegung geraten. Mein erster bewusster Gedanke war: Was um Himmels willen mache ich hier draußen im Freien? Warum bin ich nicht in meinem Bett? Um mich herum gab es Geräusche, beunruhigende, schreckliche Geräusche, Schreie und Weinen von Kindern, das Rauschen von Wellen, die ganz nahe waren. Jemand tupfte mein Gesicht mit einem blutgetränkten Taschentuch ab. Mia. Ich richtete mich auf, so gut ich konnte, warf beide Arme um sie, zog mich an ihr hoch, wobei ich sie gleichzeitig umarmte. Sie zitterte am ganzen Körper, schluchzte leise, tränenlos.

»Tsunami«, hörte ich sie stammeln. Unglaubliche, schreckliche Bilder zogen vor meinem inneren Auge vorbei. Mein Kopf fühlte sich an wie in Watte gepackt, und auf dem rechten Ohr war ich fast taub. Ich schluckte schwer. Es gab ein furchtbares Knacken in meinem Trommelfell. Der Schmerz durchzuckte meinen Kopf wie ein Messerstich. Ich fiel wieder zurück. Alles drehte sich vor meinen Augen.

»Du siehst ziemlich furchtbar aus«, sagte Mia. »Bleib liegen!«

Die Leute, die in kleinen, erschreckten Gruppen unter den

Bäumen kauerten, hielten ihre Handys ans Ohr, riefen einander Nachrichten zu. Offenbar hatten längst nicht alle Empfang. Wirre, entsetzte Stimmen überschlugen sich. Ich hatte mal Japanisch gekonnt. Jetzt hatte ich das Gefühl, dass ich überhaupt nichts mehr verstand. Plötzlich vernahm ich dicht neben mir ein ersticktes Stöhnen. Ich drehte mich mühsam in die Richtung, aus der das Geräusch kam, und sah Hatsue. Sie lag ganz ruhig, Schweißtropfen auf der Stirn. Ihre Lider zuckten, als unsere Augen sich begegneten.

»Es geht schon …«, murmelte sie.

»Sie ist in eine Spalte gefallen«, sagte Mia. »Eine offene Fraktur. Schien- und Wadenbein scheinen gebrochen.«

Ich blickte an Hatsue herunter; man hatte ihr das Hosenbein aufgeschnitten, um die Wunde zu pflegen. Onkel Matsuo, nahm ich an. Er hatte mit zwei Stöcken das Bein provisorisch geschient, vom Oberschenkel bis zum Fuß. Die Fraktur war mit einem Schal und einem Sockenpaar notdürftig gepolstert und mit einem Hemd befestigt worden. Die Ärmel waren einfach um die Wunde gewickelt und geknotet. Aber das Blut hatte bereits den dünnen Verband getränkt, der zersplitterte Knochen zeichnete sich deutlich ab. Bei dem Anblick wurde mir erneut übel. Mia legte ihre Hand auf die der alten Frau. Hatsue antwortete mit leichtem Druck, bevor sie wieder die Augen schloss. Mia nickte mir zu.

»Einige Leute haben ihre Notfallapotheke dabei. Onkel Matsuo konnte ihr eine Schmerztablette geben. Mehr kann er nicht tun. Der Damm ist gebrochen, der untere Teil der Insel wurde überschwemmt. Keiner weiß, ob die Krankenstation noch steht.«

»Wo ist Onkel Matsuo?«, fragte ich.

Sie machte ein unbestimmtes Zeichen.

»Irgendwo. Er kümmert sich um die Verletzten.«

Mein Augenlid hing irgendwie schlaff. Ich tastete mit der

Hand über meine geschwollene Stirn, wo der Schmerz gleichmäßig pochte. Auf der Schwellung spürte ich die aufgeplatzte Haut. Ich versuchte, umherzublicken, obwohl ich alles nur verschwommen sah. Rote Pfosten leuchteten matt im Helldunkel der hereinbrechenden Nacht. Der Sturm zerrte wild an einer Schnur aus Reisstroh, an der einige weiße Papierfetzen hingen. Ich murmelte: »Der Katzenschrein.«

»Sie sind alle hier«, sagte Mia, »unter den Büschen versteckt, irgendwo. Sie wussten, dass der höchste Punkt der Insel verschont bleiben würde. Katzen wissen solche Dinge, ne?«

Möglicherweise, dachte ich, haben Katzen keine Vorahnungen. Aber ihre feinen Sinne spüren die Gefahr, und sie wissen, wohin sie fliehen müssen, um die eigene Haut zu retten.

»Als alle Katzen zum Schrein liefen und ihre Kleinen mitnahmen, haben die Leute gemerkt, dass Gefahr drohte. Ich glaube, die Katzen haben uns gerettet. Mokka und Praline gebärdeten sich wie toll. Hatsue hat Angst bekommen. Onkel Matsuo hatte vorher nie Katzen gehabt. Er sagte, das ist doch Unsinn. Aber dann haben wir vom Fenster aus gesehen, wie die Leute den Berg hinaufliefen. Und die Nachbarin, Oshiba-San, hat aufgeregt an die Tür geklopft. Alle Katzen, ausnahmslos, seien geflohen! Und als Hatsue mit der Nachbarin sprach, sind auch Mokka und Praline wie verrückt zum Katzenschrein gerannt. Hatsue hat die Haustür abgeschlossen, und wir sind auch gegangen. Aber ich habe gesagt, ich gehe zuerst zum Hafen und hole Rainer. Geht schon mal! Wir kommen dann nach. Und gerade als ich das sagte, bebte die Erde. Eine Spalte tat sich mitten auf der Straße auf, Hatsue stürzte, wir konnten sie nicht rechtzeitig halten. Sie war in der Spalte eingeklemmt. Ein Mann half uns dann, sie rauszuziehen, und half auch Onkel Matsuo, sie den Berg hinaufzutragen. Aber da ging schon das Wasser im Hafen zurück, und die Sirene gab Tsunami-Alarm. Aber das war mir egal«, stammelte Mia unter Tränen. »Ich bin zurückgerannt, weil ich dich finden musste!«

Ich schloss sie in die Arme, wir zitterten beide, wir sprachen und bewegten uns nicht, bis wir uns beruhigt hatten. Da legte sich eine Hand auf meine Schulter. Matsuo. Der alte Mann wirkte seltsam ruhig.

»Verletzt?«, fragte er.

Er beugte sich zu mir hinab und besah sich die Wunde. Es gab noch einen Schimmer von Tageslicht. Ich spürte seine empfindsamen Finger, die über die Verletzung strichen, nur ganz leicht, aber es tat höllisch weh. Ich zuckte zusammen, als er das geschwollene Lid hob, um mein Auge zu betrachten.

»Gehirnerschütterung«, sagte er. »Es hätte schlimmer sein können. Bleib ruhig liegen!«

Er entfernte sich, und ich ließ mich ächzend wieder zurückfallen. Kein Schädelbruch also, zum Glück.

»Was ist in Tokio passiert?«, murmelte ich. »Weißt du das?«

Sie klaubte ihr Smartphone aus der Tasche.

»Schlimm«, sagte sie. »Die Hochhäuser haben geschwankt. Es gibt keine Elektrizität mehr. Alle Züge stehen, der Verkehr ist zusammengebrochen.«

Mir ging durch den Kopf, dass Mias Glaspalast wahrscheinlich auch hin und her geschwankt hatte. Nur bei dem Gedanken wurde mir erneut übel.

Mia hielt mir ihr Smartphone hin. Ich sah auf dem Bildschirm, wie die Wolkenkratzer im Zeitlupentempo schwankten, tief nach rechts, tief nach links. Und sich dann wieder – wie durch ein unbegreifliches Wunder – aufrichteten.

»O Gott!«

So was hatte ich noch nie gesehen. Ich betrachtete die Szenen nur einige Sekunden lang, bevor ich mich abwandte. Mir wurde schwindelig.

»Nicht jetzt, Mia, bitte …«

»Ich mache mir Sorgen um Isao«, sagte sie. »Ich kann ihn nicht erreichen! Weder zu Hause noch im Büro …«

Sie gab erneut die Nummer ein, sah auf das kleine Display, schüttelte nervös den Kopf.

»Nichts! Ich kriege keine Verbindung …«

Eine ältere Frau stapfte zu uns, ließ sich schwerfällig neben Hatsue nieder. Hatsue nahm ihre Hand, tätschelte sie mütterlich.

»Nicht verletzt, Oshiba-San?«

»Von Wunden nicht.«

Die Frau strich sich ihr zerzaustes graues Haar aus den Augen. Ihre Stimme war ebenso ruhig wie die von Matsuo. »Ich habe schon Katastrophen gesehen … aber solche Wellen, nein, noch nie! Man sagt, dass die erste Welle vierzig Meter hoch war.«

Ich versuchte es mir vorzustellen. Es überstieg meine Fassungskraft.

»Die ganze Küste von Sanriku liegt unter Wasser«, fuhr Oshiba-San mit gleichmäßiger Stimme fort. »Ishinomaki und die umliegenden Dörfer wurden zerstört. Es ist wirklich schwierig, sich das vorzustellen. Aber man sieht ja den Rauch …«

Sie streckte die Hand aus. Ich folgte ihrem Blick. Durch die Lichtung sah ich das Meer, dieses unbekannte, grauenhafte Meer, übersät mit Trümmern, das sich schwarz und schäumend hob und senkte. Manchmal, durch die Wellentäler, sah ich Teile der Küste, und mir schien, dass das Land selbst sich verändert hatte. An vielen Stellen stieg dunkelgrauer Rauch auf. Mein Bauch zog sich vor Entsetzen zusammen. Da waren ganze Städte, die brannten.

Die Frau sprach weiter, ruhig, so ruhig. »Ich habe gehört, das Meer ist bis nach Sendai gekommen. Viele Stadtteile stehen unter Wasser, der Flughafen ist überschwemmt. Es soll Tausende von Toten geben.«

Atemnot hinderte die Frau daran weiterzusprechen. Mia schluckte schwer.

»Viele, viele Zerstörungen …«, murmelte die alte Frau, als ob sie zu sich selbst sprach. »Und in Fukushima wurde das Atomkraftwerk beschädigt …«

Fukushima? O Gott! Wir waren auf dem Weg nach Sendai an der Ortschaft vorbeigefahren. Das Atomkraftwerk war deutlich sichtbar gewesen. Wenn der Reaktor explodierte, würde ganz Tohoku radioaktiv verseucht werden. Ich wagte die Befürchtung nicht auszusprechen, doch Mia war Realistin.

»Der Niederschlag würde auch Tokio nicht verschonen. Neunzig Kilometer, das ist doch keine Entfernung …«

Tokio hatte dreizehn Millionen Einwohner. Was mit diesen Menschen geschehen konnte, war nicht auszudenken.

Meine Kehle war wie zugeschnürt. Eine Zeit lang war das Leben so leicht, so angenehm oberflächlich gewesen. Das Schicksal, dachte ich, geht ganz andere Wege als wir und bewegt sich auch Lichtjahre von unseren Wünschen entfernt. Durch Naturkatastrophen spricht das Unfassbare zu uns, es lässt sich wohl denken, dass es die Menschen verändert. Nachträglich kam es mir wie ein Wunder vor, dass wir überhaupt noch da waren. Doch im Augenblick nahmen wir nur auf, was wir mit Sicherheit sahen. Das Ausmaß der Tragödie konnten wir nur ahnen, als es völlig dunkel wurde. Die vertrauten Lichter der Küste, der vorbeiziehenden Schiffe, waren erloschen. So weit das Auge reichte, war nur Finsternis, übersät mit Bränden, als ob das Meer selbst in Flammen stand. Es mussten brennende Trümmer sein, die mit der Strömung auf und ab schaukelten. Ich entsann mich an die Küste von Sanriku mit ihren hübschen, liebevoll gestalteten Kleinstädten, an den bunten und geschäftigen Hafen, an die Herberge, in der Mia und ich die Nacht verbracht hatten. Die Hunde hatten gejault, die Hähne gekräht, uns aber hatte kein Signal erreicht, das wir hätten deuten können. Wir waren Menschen, und die Logik unserer Gedanken stand uns im Weg.

Was mir in dieser Waldlichtung auffiel, war die Stille, dieses dumpfe, ergebene Schweigen, die leise Geschäftigkeit. Man hörte fast nur die Geräusche der Natur: Wasser und Wind brausten, die Bäume bogen sich mit Rauschen und Knarren. Einige weinende Kleinkinder wurden getröstet, bis sie einschliefen. Fast alle, die hier waren, hatten ihre Häuser verloren; es gab aber auch jene, die ihre Angehörigen vermissten, von denen sie – in den meisten Fällen – ohne Nachrichten waren. Wenn einmal ein Handy klingelte, erklang irgendeine skurrile Melodie, die sich in dieser Situation nahezu surreal anhörte. Dann und wann gab es einen kurzen, erlösten Aufschrei. Erstickte Worte überschlugen sich. Kinder oder Angehörige meldeten, dass sie in Sicherheit waren. Doch einige warteten vergeblich auf ein Lebenszeichen, und manche, die schlechte Nachrichten erhalten hatten, weinten still vor sich hin. Bei manchen Handys war der Bildschirm schon dunkel. Erst bei Tageslicht konnten die Batterien wieder aufgeladen werden. Die Bewohner von Tashiro-Jima lebten nicht hinter dem Mond: In ihren stets bereiten Fluchtrucksäcken befanden sich Solarmodule zum Laden von Handys und iPods, und selbst alte Leute wussten mit ihnen umzugehen. Die Fischer in ihren altmodischen Kuttern stachen nie ohne ihre Ladegeräte in See. Wir hatten zwar Winter, das Wetter war düster, aber die Solarmodule nutzten jede Lichteinwirkung. Das hatte nicht nur Vorteile: Schlimm war es, wenn auf den Bildschirmen die Szenen der Katastrophe erschienen, wie sie per Satellitenfernsehen ausgestrahlt wurden. Dies war kein Kino, dies war brutalste Wirklichkeit. Der Weltuntergang.

Lichter aus kleinen Notvorrat-Taschenlampen hüpften unentwegt durch die Finsternis. Die Überlebenden rückten enger zusammen. Notvorräte wurden geteilt. Jeder gab, was er hatte: Thunfisch in Dosen, Chips, Energy-Food, Mineralwasser. Jene, die warme Kleider hatten, teilten sie mit anderen, die für die Nacht zu leicht angezogen waren. Im Schutz der Schreinpfosten, wo es windstill war, wurde eine Plastik-Schutzhülle auf dem Boden ausgebreitet. Hier waren die Verletzten ein wenig geschützt. Im Schein der Taschenlampen sah ich Onkel Matsuo ruhig und effizient von einem Verwundeten zum anderen gehen. Ein Mann hatte ein Feuerzeug bei sich und versuchte ein Feuer zu entfachen, doch das nasse Holz brannte schlecht, starker Rauch ließ uns husten. Am Ende gab der Mann es auf, obwohl es mit fortschreitender Nacht immer kälter wurde. Und da geschah etwas sehr Seltsames. Etwas, das ich zum ersten Mal miterlebte und das mir später, als ich darüber sprach, von vielen zunächst nicht geglaubt wurde. Denn als die Temperatur den Gefrierpunkt unterschritt, kamen die Katzen aus ihren Verstecken hervor. Sie suchten die Nähe der Menschen, die sie alle kannten, weil sie von allen gefüttert wurden, kuschelten sich an sie und wärmten sie mit ihren Körpern. Und es wunderte mich nicht, dass auch Mokka und Praline lautlos angeschlichen kamen, sich an Hatsues Flanken legten, sich so lang machten, wie es nur ging, um sie zu wärmen. Wie die meisten Inselkatzen waren auch Mokka und Praline große, wohlgenährte Tiere, die viel Wärme gaben. Ihre Gegenwart wirkte tröstlich, und nach einer Weile sahen Mia und ich, das Hatsue eingeschlafen war. Und so geschah es, dass Menschen und Tiere einen Kreis bildeten, sich gegenseitig wärmten und beruhigten. Was mich in Erstaunen versetzte, war die Disziplin, mit denen die Menschen ihr Schicksal trugen. Einzig jene, die Angehörige vermissten, weinten still. Es lag etwas unendlich Hilfloses, Resigniertes, in diesen Tränen. Die meisten Überlebenden schwiegen, in sich zusammengekauert. Sie schienen sich kaum bewegen zu wollen, als ob sie zunächst in sich selbst neue Kräfte finden mussten, bevor sie fähig waren, das Leben wieder aufzunehmen, ohne an ihrem Schmerz zu zerbrechen. Ihre Angst war so groß gewesen, eine unbeschreibliche, ohnmächtige Angst; wie sollten sie im Licht der Sonne einander ins Gesicht sehen? Wie sollten sie nach dieser Nacht ihr Leben wieder aufnehmen? Was für ein Leben sollte das sein? Warum hatten sie sich diese zwecklose Mühe gemacht, ein Dorf zu bauen, ihre Gärten zu pflegen? Würden sie weiterleben können bei den vielen Unglücken, deren Herannahen sie ahnten, deren Ausbleiben sie hofften, deren Eintreffen aber noch schlimmer sein würde, als ihre Vorstellungskraft es ihnen auszumalen ermöglichte? So verhielten sie sich still, bewegungslos wie Steine, in tiefster Erschöpfung. Das ganz große Elend würden sie erst später zu Gesicht bekommen. Kein einziges Mal brach Panik los, keiner schrie, keiner fragte: Ach, was soll nur aus uns werden? Es hätte ja nichts genutzt. Wichtig war, die Kräfte für die kommenden Tage zu schonen. Alle wussten, dass sie ihre Häuser bereits verloren hatten und dass die Gebäude, die noch standen, die schweren Nachbeben wahrscheinlich nicht überstehen würden. Denn unentwegt erschütterten leichte oder stärkere Stöße die Insel. Die Erde kam nicht zur Ruhe.

»Es wird wohl einige Tage so weitergehen«, murmelte Mia, die ich mit beiden Armen umfasst hielt.

So etwas war noch nie da gewesen. Mir wurde erneut schlecht. Wir hatten Stärke neun erlebt. Bei elf verschiebt sich die Erdachse, die Kontinente prallen aneinander, und –

adieu, unsere schöne Welt! Und bei zwölf – nahm ich an – würde unser Planet in Fetzen auseinanderfliegen. Das kosmische Fußballspiel war aus, die letzte Bierdose wurde zerknickt, alle Zuschauer verstreuten sich im Wind der Planeten. Es war natürlich Unfug, was ich mir da zusammenreimte, eine apokalyptische Vision, frei nach Johannes und dem Zeitalter entsprechend. Im Augenblick wurde von uns allen zu viel verlangt. Wir sind es gewohnt, uns Gegebenheiten anzupassen, die wir kennen, und nicht solchen, die wir nicht kennen. Im Grunde war es unbegreiflich, dass wir noch am Leben waren, und dass die meisten von uns ihre Rettung ihren Haustieren verdankten. Was für ein Wunder!, dachte ich. Oder vielleicht auch nicht. Wir hatten lediglich verlernt, die Natur zu beobachten. Was zum Glück noch funktionierte, war der Selbsterhaltungstrieb. Je näher man einer Katastrophe ist, desto mehr findet man sich mit ihr ab. Es geht ja nicht anders. Ich hielt Mia dicht an mich gepresst. Sie lebte, ich hatte sie nicht verloren, aber in meinem Kopf liefen die Gedanken rundherum im Kreis. Wir lebten in einer bequemen, keimfreien Welt, Katastrophen waren woanders. Von ihnen hatten wir Vorstellungen wie aus einem Hollywoodfilm. *Diese* Katastrophe aber war nicht den menschlichen Maßstäben angepasst, sondern ging weit darüber hinaus. Eine über vierzig Meter hohe Woge hatte alles mit sich gerissen, ins Landinnere gespült, an den Bergen zerschmettert. Was noch stand, sah ganz anders aus, leer, unbewohnt.

»Wenn das geschehen kann – hat es noch einen Sinn, übrig zu bleiben?«

Ich hatte es laut gesagt, und auf Deutsch. Mia bewegte sich, hob den Kopf.

»Was?«

Sie war halb eingeschlafen und hatte nicht zugehört. Ich

fuhr leicht zusammen, wiederholte es ganz instinktiv auf Japanisch. Die Antwort kam von Onkel Matsuo.

»Es hat immer einen Sinn zu leben.«

»Die Menschen hier … sie haben alles verloren.«

»Du darfst noch so denken, Rainer.« Matsuos Stimme klang müde, aber gefasst. »Wir sind entsetzt, ja. Aber es ist schon oft vorgekommen. Erdbeben gab es immer wieder. Flutwellen auch. Hierzulande sind die Menschen bereit. Sie werden ihre Toten beweinen und ihre Häuser wieder aufbauen.«

»Diesmal ist es anders«, sagte ich. »Der Atomreaktor ist beschädigt.«

Der alte Mann nickte.

»Ja, die Nachrichten sind nicht gut. Vielleicht solltest du Japan verlassen. Viele Ausländer werden abreisen. Sie fürchten sich vor dem Atomreaktor. Schmilzt der Kern, haben wir hier eine radioaktive Seuche.«

»Du malst kein schönes Bild, Onkel Matsuo«, sagte Mia leise.

»Ich male keine Bilder. Es ist vermutlich schon so weit.«

»Und was machen die Japaner?«, fragte ich.

»Da sie wahrscheinlich keine Möglichkeit haben, irgendetwas zu verändern, werden sie sich ins Unvermeidliche fügen.«

»Na gut«, sagte ich, »dann füge ich mich eben auch.«

»Vieles wird anders sein.«

»Ich kann die Konsequenzen sehen«, sagte ich. »Aber ich bin doch nicht verrückt und gehe zurück nach Hamburg. Wozu?«

Der alte Mann sah mich aus den Augenwinkeln an. In seinen müden Pupillen glomm ein Funke auf. Sein Gesicht veränderte sich in keiner Weise. Trotzdem war es eine Art Lächeln gewesen.

»Du hast, wie mir scheint, einen akkuraten Schlussstrich gezogen, Rainer.«

»*So desu*«, sagte ich, und dann sprachen wir nicht mehr und dösten vor uns hin.

Es war kurz nach zwei, als Mias Smartphone plötzlich klingelte. Wir fuhren auf. Mia tastete verstört in die Tasche ihrer Daunenjacke; das kleine Rechteck leuchtete gespenstisch grün auf.

»*Moshi, moshi*?«, stammelte Mia.

Irgendwo, weit weg, sprach eine Stimme, die sich überschlug.

»Isao! Wo bist du?«, rief Mia. Ihre verstörten Augen leuchteten in der Dunkelheit. Isaos Stimme, die mit großer Dringlichkeit sprach, klang aus weiter Ferne. Mia antwortete schnell und atemlos. Ihr hastiger Atem stand wie eine kleine weiße Wolke vor ihrem Gesicht. Das Gespräch wurde immer wieder unterbrochen, die Verbindung wurde schwächer, Isaos Stimme war kaum noch hörbar, bis sie abrupt erlosch und Mia verzweifelt auf den dunklen Bildschirm starrte.

»Ist Isao o.k.?«, fragte ich. »Was hat er gesagt? Warum hat er bisher nicht angerufen?«

»Er konnte nicht. Er saß fest.«

Mias Stimme schwankte zwischen Bestürzung, Erleichterung und einer Art nervösem Gelächter.

»Er saß fest? Wo denn?«, fragte ich.

»Im Lift. Draußen an der Hauswand.«

»O Gott!«, stöhnte ich.

Schaudernd erinnerte ich mich an die gläsernen Kästen, die uns nach oben brachten, während sich das Panorama Tokios spektakulär vor unseren Augen entfaltete. Ich wischte mir den kalten Schweiß von der Stirn, wobei ich mit den Zähnen klapperte. Was hast du auf dieser gottverdammten Insel zu suchen, Rainer?

Mia sprach weiter:

»Isao kam gerade mit Masahiro aus der Caféteria. Sie waren schon im Lift, als der erste Stoß kam. Sie versuchten, die Türen zu öffnen, aber es war schon zu spät. Der Lift blieb stecken. Sie spürten, wie das Gebäude sich bewegte, und sahen alle Hochhäuser schwanken.«

Davon werde ich träumen, dachte ich. Reden konnte ich nicht. Ich konnte nur den Kopf schütteln.

»Und dann ging der Strom aus, und sie saßen fest. Stundenlang. Das Handy konnten sie nicht gebrauchen. Erst jetzt gelang es den Technikern, die Türen zu öffnen und die Eingeschlossenen zu befreien. Isao sagt, dass in ganz Tokio und Umgebung Tausende in Aufzügen festsaßen. Es war ja kurz vor Büroschluss. In Tokio funktioniert ja gar nichts mehr, kein Strom, kein Licht. Keine U-Bahn verkehrt, manche stecken in einem Tunnel. Das ganze Schienennetz ist lahmgelegt. Isao ist vor Sorgen fast verrückt geworden. Ich habe ihm mitgeteilt, wo wir sind.«

»Und was hat Isao gesagt?«

»Dass er sich als Freiwilliger beim Rettungsdienst gemeldet hat. Er kommt, sobald er kann.«

»Mit dem Hubschrauber?«

»Ja, aber dazu braucht er eine Einsatzgenehmigung. Und das geht nicht so schnell. Die Behörden sind völlig durchgeknallt. Die verstehen verdammt viel von Vorschriften und verdammt wenig von Katastrophen. Es ist ein Skandal!«

Es blieb uns nichts anderes übrig, als zu warten. Als Nächstes stellte sich der Gedanke an meine Mutter ein und machte mir schwer zu schaffen. Wahrscheinlich starrte sie gerade auf schreckliche Fernsehbilder und sah mich als Leiche in der Brandung treiben. Gerade hatte ich ihr eine SMS geschickt, ihr mitgeteilt, dass ich wohlauf war, als die Erde sich erneut bewegte. Ein langsames Schaukeln, hin und her. Es fühlte sich an, als ob sich die Insel tief unten verflüssigte und mit Meer vermengte. Die Katzen fuhren hoch, wachsam, mit gesträubtem Fell.

»Ein Nachbeben«, sagte Mia, und krallte sich an mir fest.

Das Nachbeben dauerte zwei Minuten. Mindestens. Zwei Minuten können endlos lang sein. Ich biss die Zähne zusammen. Sei kein Waschlappen, Rainer. Besser, man macht sich in die Hose, als dass man seine Mitmenschen mit Geschrei in die Luft jagt. Geschrei nützt nichts und macht nur die Leute konfus. Wenn alle ruhig bleiben, geht alles besser. Wir warteten also, bis es vorüber war. Nachbeben gab es noch verschiedene, schwächere, bis es Tag wurde und das unbarmherzig helle Licht die Zerstörungen zeigte – und ich auf meinem iPod Mutters Antwort auf meine SMS vorfand.

»Komm sofort nach Hause!«

34. Kapitel

Die Ungewissheit über das Ausmaß der Zerstörungen hatte die Bewohner die ganze Nacht über gequält. Als es hell genug war, machten sich ein paar Leute auf den Weg ins Dorf. Auch Matsuo ging mit. Es fehlte an Medikamenten und Verbandszeug. Matsuo wollte wissen, was von der Krankenstation noch übrig war. Mia und ich begleiteten ihn. Wir gingen bergab wie durch einen makabren Traum. Raben und Möwen kreisten schreiend am dunstigen Himmel, während Männer und Frauen in den Trümmern ihrer Häuser Dinge suchten, die sie noch gebrauchen konnten. Manchmal klirrte ein Scherbenhaufen in der Ferne, oder ein Stück Mauer brach mit einem Knall, der weithin hörbar war. Ich fuhr jedes Mal zusammen, aber die Inselbewohner schätzten genau ein, wo Gefahr drohte und wo nicht. Sie waren Meister der Überlebensstrategie. Sie hatten ihre Fluchtrucksäcke dabei und wussten, dass sie in den Ruinen ihrer Häuser Vorräte finden konnten – Teigwaren, Reis, Honig, Nüsse, Dörrfrüchte. Auch Kleider und Decken, wenn sie Glück hatten. Sie nutzten jede Lichteinwirkung für ihre Solarmodule, ihre Akkus waren immer geladen. Jeder handelte geschickt und effizient, sie kannten sich alle und halfen sich gegenseitig, ohne viele Worte zu verlieren. Sie waren eingebunden in einen Kreislauf, nicht weit weg vom Menschlichen, sondern dem Menschlichen ganz nahe. Sie waren auf Chaos vorbereitet. Weisheit? Erfahrung? Atavismus? Wahrscheinlich eine Mischung aus alldem.

Die Küstenwache war um Hilfe gebeten worden, doch die Antwort der zuständigen Stellen hatte gelautet: »Bitte, haben Sie ein wenig Geduld!« Einheiten der Armee würden die Rettungsmannschaften unterstützen. Aber die Schäden seien enorm, man sei noch dabei, die Bedürfnisse zu protokollieren.

»Die Wahrheit ist, dass alle kopflos sind«, sagte Mia wütend. »Die Verwaltung sieht keine Chance, von ihrer eigenen Unfähigkeit abzulenken, indem sie auf andere zeigt, und ist komplett überfordert!«

An vielen Stellen war der Boden aufgeplatzt, die freigelegten, krumm und schief gebogenen Kabel und Rohre sahen fast organisch aus, als ob die Erde wie eine Leiche ihre Venen und Arterien zeigte. Es war gefährlich, sich in die eingestürzten Gebäude zu wagen. Jeden Augenblick konnte ein Nachbeben Mauern zerstückeln oder Ziegeldächer ins Rutschen bringen. Wir begleiteten Onkel Masao zur eingestürzten Krankenstation, wo er zum Glück noch einen intakten Schrank mit Verbandszeug und Medikamenten fand.

Matsuo stopfte das Ganze in einen Rucksack, den ich mir auf den Rücken schnallte. Das gab uns Mut, uns auf den Weg zu Hatsues Haus machen. Vielleicht fanden wir in den Trümmern noch Dinge, die wir gebrauchen konnten. Und zum ersten Mal fiel mir wieder die Schriftrolle ein. Ihretwegen waren wir ja hier. Ob wir sie je zu Gesicht bekommen würden? Ich verlor nur einen flüchtigen Gedanken an diese Sache, die mir auf einmal völlig nebensächlich und unwichtig vorkam. Wir stapften über verschlammte Wege, zwischen zerstörten Gärten voller Abfall hindurch. Dass wir Tote sehen würden, war mir nicht in den Sinn gekommen. Der Anblick versetzte mir einen Schock. Die meisten Leichen lagen am Strand, in der Nähe der Werft und der Lagertanks, wo das Meer sie angespült hatte. Matsuo gesellte sich zu zwei älteren

Männern, die wir auf dem Weg trafen. Sie waren dabei, die Leichen zu bergen. Matsuo blickte uns – die Jüngeren – aus klaren ruhigen Augen an.

»Bleibt den Toten lieber fern. Wir machen das schon.«

Doch Mia und ich wollten helfen. Matsuo sagte nichts mehr, und wir befreiten mit großer Mühe die Leichen, die sich an den Sträuchern verfangen hatten und schon steif waren. Weil wir keine Decken hatten, schnitten wir Müllsäcke auf und breiteten sie über die verfärbten Gesichter. Wir legten alle Toten in eine Reihe, hüllten sie in Plastik und versahen sie mit einem kleinen Schild. Schlimm, wenn es sich um junge Frauen oder Männer handelte, mitten aus dem Leben gerissen, grauenhaft verstümmelt. Und am schlimmsten war es, wenn wir Kinder fanden. Ich glaube nicht, dass wir Vorbildliches leisteten. Und es tut mir leid – aber ich spielte nicht die glorreichste Rolle. Da war zum Beispiel dieser große blaue Sack, den ich an einem Busch hängen sah. Er hatte eine komische Form. Ich dachte, jemand hatte seinen Rucksack verloren und vielleicht war etwas drin, das wir brauchen können. Als ich knapp vor dem blauen Sack stand, sah ich, dass es ein menschlicher Oberkörper war, der Unterleib fehlte – und was da heraushing, wollte ich mir nicht näher ansehen. Ich schluckte panisch. Meine Knie wurden weich wie Pudding, ich taumelte ungeschickt ein paar Schritte zurück. Ich zitterte unkontrolliert und brauchte eine ganze Weile, bis ich mich wieder gefasst hatte. Matsuo und Mia halfen mir dann, und wir brachten die Sache hinter uns.

Und das alles frierend und klamm geschwitzt, ohne Kaffee, ohne Frühstück, ohne Kraft. Mia sah entsetzlich aus, wachsbleich, mit aufgesprungenen Lippen und blauen Ringen unter den Augen. Mein Kopf war heiß und pochte, wahrscheinlich hatte ich Fieber. Was waren wir? Neunmalkluge Leute, die für eine solche Situation nicht die geringste Erfahrung mitbrachten. Wir waren verwöhnte Kinder des Wohlstands. Die alten Menschen hier, die waren Realisten, die packten die Sache an. Es schien, als ob sie etwas verstanden, das uns entging. Wir durften ihnen nicht im Weg stehen. Und war uns zum Kotzen dabei, aber das war unsere Sache. Wir durften ihnen nicht mit Selbstmitleid kommen. Eiskalt fuhr der salzige Wind über unsere klammen Gesichter. Dann und wann fielen Schneeflocken. Wir öffneten die Lippen, leckten sie gierig und arbeiteten weiter.

Dann und wann entdeckten wir schwer Verletzte. Sie waren in Trümmern eingeklemmt, hatten die Nacht in ihren eingestürzten Häusern verbracht. Onkel Matsuo gab ihnen eine Spritze, damit sie die Schmerzen nicht spürten, während wir sie aus dem Schutt befreiten. Diese Leute hätten sofort ins Krankenhaus gemusst. Aber alles, was wir tun konnten, war, sie der notdürftigen Pflege ihrer Angehörigen anzuvertrauen.

Wir schleppten Kartons mit Proviant und Kerzen, Decken und Matratzen zu unserem Lager. Wir wussten nicht, was noch kommen würde, und die Nachbeben machten es unmöglich, in den Häusern zu schlafen. Immer wieder rumpelte die Erde. Wir machten uns bereit, auch eine zweite Nacht in unserem Lager zu verbringen, unter Zeltplanen, zum Schutz vor der Kälte. Wir kehrten also zu den Anfängen zurück: Camping. Zweige für das Feuer ließen sich leicht herausbrechen, aber das abgestorbene Holz war nass. Die Luft roch schwer nach Salz und verfaulter Rinde. Es brauchte viele Versuche, bis die Streichhölzer brannten; die meisten zischten auf, flackerten und erloschen. Als das Feuer mit viel Rauch endlich brannte, brachten Frauen und Männer das Kochgeschirr, das sie aus ihren Häusern geholt hatten. Zunächst wurde Trinkwasser abgekocht und in Thermosflaschen gefüllt. Mineralwasser gab es nicht mehr. Dann wurden Spaghetti und Reis gekocht. Der Reis ohne alles, die Spaghetti mit einer wässrigen Tomatensoße. Immerhin hatten wir etwas im Magen. Man konnte davon leben. Und für morgen früh war Pulverkaffee angesagt. Wir lechzten regelrecht danach. Doch mit unseren wenigen Vorräten mussten wir sparsam umgehen, keiner wusste, wie lange wir damit würden auskommen müssen. Zum Glück gab es Dosen. Dosen mit grünen Bohnen, mit Ananas, Pfirsichen in Sirup, dem typischen amerikanischen Früchtecocktail mit den falschen Kirschen. Und auch die Katzen kamen hervor, erhielten einen kleinen Anteil. Sie waren Selbstversorger, aber die Bewohner waren dankbar, dass sie da waren und sich nachts zu ihnen legten, um sie zu wärmen. Die Fischer sagten, dass sie wieder angeln gehen würden, aber noch wagte sich keiner an den Strand, der mit vermodertem Unrat und allem möglichen schauderhaften Zeug – auch menschliche Überreste – übersät war. Ein Mann hatte in seinem Gartenschuppen eine Petroleumlampe mit Brennstoff gefunden. Unter Beifall zündete er die Lampe an. Genauso undeutlich wie alle anderen Formen tauchten Gesichter aus der Dunkelheit auf, gute, harte Gesichter. Die Menschen hatten sich mit ihrer Lage bereits abgefunden. Sie waren bereit. Ich dachte, dass auch ich bereit sein musste. Ich wollte ihnen nicht zur Last fallen. Was war von den Erzeugnissen unserer Zivilisation noch da? Nicht viel. Gas- und Mikrowellenherde? Wozu? Computer, Faxgeräte, Fernseher – nichts funktionierte ohne Strom. So war es eben, wenn ein Erdbeben unser ausgeklügeltes elektronisches Universum durcheinanderrüttelte. Zum Glück blieben uns noch Laptops und iPods, und auf diese Weise erfuhren wir, dass die Präfektur Tohoku im Umkreis von sechshundert Kilometern verwüstet war, dass ganze Dörfer von der Karte gelöscht waren, dass die Flutwelle Tausende von Autos und Lastwagen fortgespült hatte. Ehe die Dämme brachen, war die Gegend ein Fest der Fruchtbarkeit, der blühenden Gärten gewesen. Jetzt war alles dem Erdboden gleichgemacht. Wie viele Tote und Vermisste es gab, war nicht zu ermessen. Man sprach von vielen Tausenden.

Und was in Fukushima mit dem Atomreaktor geschah, was so lebenswichtig und drohend war, darüber hieß es nur, dass die Verantwortlichen die Sache unter Kontrolle hatten.

»Zensur«, sagte Mia bitter. »Sie wollen Panik vermeiden. Verständlich, aber politisch vernichtend. Die ganze Welt schreit Alarm. Bei uns heißt es: ›Alles unter Kontrolle.‹«

Dass die Anwohner in einem Umkreis von dreißig Kilometern ihre Häuser, die noch standen, verlassen mussten, entlockte uns ein verständnisloses Schulterzucken.

»Ob wohl erwartet wird«, sagte Mia mit bitterem Sarkasmus, »dass sich die Radioaktivität an die Grenze hält?«

Schönwetterkapitäne waren einer solchen Katastrophe nicht gewachsen. Jetzt, da alles durcheinander- (oder auseinander-) fiel, wurden coole Leute gebraucht. Leute, die auf Draht waren, tatkräftig, zu schnellen Entschlüssen fähig. Die verstörten Menschen suchten Vorbilder, keine Technokraten, die das Erdbeben aus ihrer vertrauten Routine schüttelte. Es nahm kein Ende mit ihren düsteren Bildern. Ein Horrorfilm. Und wir mittendrin. Schmolz der Kernreaktor, würde der Niederschlag Alaska erreichen.

35. Kapitel

Wir verbrachten eine zweite Nacht in einem Zustand der totalen Erschöpfung. Wir stanken nach allem Möglichen, aber wir konnten uns nicht waschen, außer im Schlammwasser oder im Meer. Meine Wangen kratzten, weil ich nicht rasiert war. Und wie unsere Unterwäsche aussah, wollten weder Mia noch ich wissen. Hatsue dämmerte im Halbschlaf. Ihr Gesicht war gerötet und trocken. Ihre tastenden Hände suchten an ihrer Seite die Spur der warmen, weichen Körper ihrer Katzen, die sich an sie kuschelten. Ich döste vor mich hin, als ich sie plötzlich etwas murmeln hörte. Ich schreckte hoch.

»Wie?«

Sie wiederholte die Frage.

»Regnet es?«

Die Antwort kam von Mia.

»Nein, es schneit. Das fehlte auch noch!«

Tatsächlich, jetzt hörte ich es auch, das langsame Rieseln. Die Temperatur hatte den Nullpunkt unterschritten. In Tohoku waren die Winter unbarmherzig und lang. Wir griffen nach dem Plastiktuch, befestigten es mit Knoten an den niedrigen Ästen und beschwerten es an den Ecken mit Steinen mittlerer Größe. Auf diese Weise bildete das Plastiktuch eine Art Zelt. Das war das Einzige, was wir in dieser Situation machen konnten. Vorsichtig gingen wir in die Hocke, krochen wieder ins Innere, zu Hatsue. Sie atmete zunächst in unregelmäßigen Stößen, dann ging ihr Atem ruhig; es waren die Katzen, die sie mit ihrem leisen, friedvollen Schnurren einschlummern ließen. Was waren das doch für außergewöhnliche Wesen, von einer fast menschlichen Klugheit, aber einer Klugheit, die tiefer wurzelte als der Verstand. Die größten Erkenntnisse, dachte ich, fallen uns wie Saatkörner zu, und wir beachten sie nicht. Diese Tiere jedoch ließen sie keimen und wachsen, höher, als wir es wahrhaben konnten. Sie wussten es, wenn sich bald ein Abgrund öffnen und die Flucht dringlich wurde, aber auch, wenn das Unheil vorbei war und man den Blick von ihm abwenden konnte auf Kommendes hin. Deswegen schliefen die Katzen so friedlich. Und schenkten uns Ruhe. Schwer und beklemmend drückte die eiskalte Luft auf die Atemwege. Zerschlagen vor Müdigkeit hörten wir den Wind, der die Flocken wie kleine Federn forttrug. Das Leben war immer zu gut zu uns gewesen. Jetzt präsentierte es uns die Rechnung, und zwar einschließlich der Zinsen. Wir hatten eine Schuld zu bezahlen: die Schuld, dass es uns immer zu gut gegangen war.

Wir schwitzten und froren gleichzeitig, die beste Voraussetzung für eine Lungenentzündung. Langsam, dann immer schneller, fielen die Flocken. Es roch aufdringlich nach vermoderten Wurzeln, nach faulem Holz, nach kalter Asche. Das Meer rauschte. Ich hasste das Meer, würde nie wieder Badeferien machen und fühlte mich doch ganz eingelullt von dem gleichmäßigen, übermächtigen Rauschen.

Und immer wieder Stöße, ein unterirdisches Schwanken und Schaukeln. Total ekelhaft. Wir erstarrten jedes Mal mit Herzklopfen in der Furcht, dass die Erde unter uns aufklaffen und uns in tödliche Finsternis reißen würde. Doch die Katzen bewegten nur die sensiblen Ohren und seufzten im Schlaf. Sie wussten ja, dass das Schlimmste überstanden war und die Erde ganz langsam zu Ruhe kam.

Hatsue ging es nicht gut. Sie hatte hohes Fieber. Als es hell wurde, lag sie noch in tiefer Abwesenheit. Matsuo setzte sich zu ihr. Er machte sich Sorgen. Die offene Wunde war mit Schlamm in Berührung gekommen. Matsuo fürchtete eine Blutvergiftung. Er hatte die Wunde mit abgekochtem Wasser gewaschen, aber das Verbandszeug war schmutzig, und er hatte kaum Ersatz. Er hatte Antibiotika für sie aufgehoben und ihr eine schmerzlindernde Tablette gegeben. Mehr konnte er nicht tun. Und es gab viele andere Verletzte, die auch Medikamente nötig hatten.

»Hatsue«, sagte er.

Sie antwortete nicht. Er musste sie mehrmals rufen, bevor sie die flatternden Lider hob und ein Schimmer von Bewusstsein über ihr Gesicht huschte.

»Es scheint dir Spaß zu machen, meinen Namen zu wiederholen.«

»Durst?«, fragte er.

Sie nickte. Matsuo gab Mia ein Zeichen. Sie hob behutsam Hatsues Kopf, hielt ihr ein Gefäß mit abgekochtem Wasser an die Lippen. Hatsue trank gierig ein paar Schlucke. Inzwischen schob Matsuo die Decke auf die Seite und begann ihre Bandagen aufzurollen. Irgendwann in der Nacht hatte der Schneefall nachgelassen, aber der anbrechende Tag war grau und eiskalt, und der Schatten der Bäume machte das spärliche Licht noch düsterer. Ich hielt die Taschenlampe, die unstet flackerte, über die Verletzung, sodass Matsuo sie untersuchen konnte. Seine knochigen Finger bewegten sich sanft und geschickt. Mia und ich blickten erschrocken auf die Fraktur. Das Fleisch ringsherum schien entzündet, und das aufgerissene Gewebe war von einem tiefen, bösen Purpurrot.

»Du hast Schmerzen«, murmelte Matsuo.

Es war eine Feststellung, keine Frage. Doch sie schüttelte leicht den Kopf.

»Ich spüre nicht viel. Als ob mein Bein jemand anderem gehörte. Ist das nicht komisch?« Hatsue versuchte zu lächeln. Sie war immer noch beduselt.

Matsuo antwortete mit einem Grunzen.

»Aber sonst geht es mir gut«, sagte sie.

Matsuo legte ihr die Hand auf die Stirn.

»Du hast Fieber.«

»Mir ist ein bisschen heiß.«

»Ich gebe dir noch eine Injektion. Ich brauche eine Vene.«

Sie hob gehorsam den Arm. Er machte die Nadel bereit, gab Mia die Taschenlampe. Sie leuchtete für ihn, während er die Vene bereit machte und sich konzentrierte, um mit der Spritze gleich richtig zu treffen. Hatsues Muskeln waren verkrampft, und er musste zweimal stechen. Sie verzog nur leicht das Gesicht.

»Fertig?«

»Fertig.«

Matsuo klebte ein Stückchen Heftpflaster auf die Einstiche und zog den Ärmel ihres Pullovers herunter.

»Du wirst jetzt schlafen. Ich kann dir erst morgen die Verbände wechseln. Ich habe keine mehr.«

»Ach, ich glaube, es ist ganz gut so.« Hatsues Augen schweiften umher. »Wo sind meine Katzen?«

»Irgendwo«, sagte Mia. »Sie kommen schon zurecht.«

Hatsue verzog die Lippen zu einer Art Lächeln.

»Wenn ich traurig bin, muss ich an die Katzen denken. Nicht dass ich mich um sie sorge, das nicht. Katzen sind sehr selbstständig, ne? Es ist nur, weil sie so viel wissen. Und wir noch eine Menge von ihnen lernen müssen.«

36. Kapitel

Nachdem sich definitiv herausgestellt hatte, dass ich kein Held war, zeigte mir Onkel Matsuo keine Missbilligung. Er hatte viel Verständnis für Stadtneurotiker. Was ihn beschäftigte, war Hatsues Verletzung. Alles Verbandszeug, das er in der Krankenstation hatte retten können, war bereits verbraucht. Es gab viele Leute, die sich durch Glassplitter verletzt hatten. Diese Wunden bluteten stark, waren aber nicht weiter schlimm. Was dem alten Arzt am meisten Sorge bereitete, war Hatsues komplizierter Knochenbruch. Noch arbeitete die Landwirtschaft hier mit Pestiziden – das Umdenken brauchte viel Zeit –, die Erde hatte das ganze Zeug aufgesaugt. Und jetzt hatte sich Hatsues Wunde infiziert, das Knie war fast zur doppelten Größe angeschwollen, und auf Hatsues verhärtetem Schenkel bildete sich bereits ein feuerroter Streifen.

Der Neunzigjährige hatte bisher so viel zu tun gehabt, seine Gedanken waren von so vielen Einzelheiten in Anspruch genommen worden. Erst jetzt kam ihm in den Sinn, dass er in seinem Büro eine Hausapotheke mit Notfallmedikamenten, darunter ein paar Penizillinampullen, aufbewahrt hatte. Nun hoffte er, dass er sie vielleicht in den Trümmern finden konnte. Mia und ich machten uns mit ihm auf den Weg. Der Morgen war ein eisgrauer, trostloser Albtraum. Asche von den fernen Bränden, die noch am Glimmen waren, vermischte sich mit den Wolken, verdunkelte die ferne

Sonne und tönte das Meer in rötlich trübes Licht. Am Himmel sahen wir eine ziemlich große Zahl von Hubschraubern und Militärflugzeugen vorbeiziehen. Doch nur wenige Schiffe bewegten sich längs der Küste; alle Häfen waren zerstört, die großen Frachter zerschmettert und die Strömung noch so gewaltig, dass sich kaum Rettungsmannschaften auf See wagen konnten. Kein Wunder, dachte ich, dass Hilfskräfte nur so spärlich eingesetzt werden können. Es fehlte ja an allem, auch an Treibstoff. Im Flughafen von Sendai hatten die Wassermassen Flugzeuge wie Spielzeug herumgeschleudert, die Rollbahnen waren eine einzige Wasserfläche, und die abgerissenen Stücke der Autobahn lagen kreuz und quer auf den Feldern, vermischt mit den Trümmern von Lagerhäusern, Tankstellen und zerstörten Wagen. Und wahrscheinlich gab es Tausende von Menschen, von denen man niemals erfahren würde, was aus ihnen geworden war. Ein ganzer Zug ging bei dem Unglück verloren. Ein Hochgeschwindigkeitszug mit allem Schnickschnack. Nur ein paar Stunden zuvor waren wir mit diesem Zug gefahren. Und dann geriet dieser Zug in eine völlig undenkbare Katastrophe. Gehemmt durch das Beben, sanken die Räder bis zur Achse ein, und dann kam die Riesenwelle, der Zug kippte um, wurde gegen die Betonwand eines Bahnhofs geschleudert. Man hat ihn erst viel später entdeckt; er lag, mit den Leichen von mehreren Hundert Reisenden, eingedrückt unter sechs Metern Schlamm begraben. Der Blick in solche Abgründe erschüttert, denn dieses Grauenhafte ist erschreckender als die Finsternis in uns selbst. Ich sperrte mich gegen diese Gedanken. Was uns hier umgab, war schon schrecklich genug. Ich hatte zu viel Einbildungskraft.

Matsuo war langsam gegangen, blieb oft stehen. Schwäche war es nicht. Sein Blick ging in die Ferne. Ich spürte, tausend Erinnerungen waren lebendig in ihm. Er betrachtete die Insel, die vertraute Landschaft, die nicht mehr vertraut war, machte sich ein Bild von den Verwüstungen. Doch er ging weiter, er war ein Mensch der Tat, ebenso wie die anderen Inselbewohner, deren Silhouetten wir in der Ferne sahen. Sie versuchten zu retten, was noch zu retten war. Aber das Einzige, was ihnen blieb, waren die Kleider, die sie am Leib trugen. Und für einige von ihnen die Gewissheit, dass ihre Angehörigen in Sicherheit waren, und als Hoffnung auf die Zukunft das Gefühl, ein Gestern gehabt zu haben.

Inzwischen ging Onkel Matsuo in missbilligendem Schweigen weiter. Wir stapften kleinlaut hinter ihm her. Er ging einfach querfeldein auf das Haus zu, das jetzt nur noch ein Haufen von Trümmern war. Es sah aus, als ob ein gewaltiger Hammerschlag das Dach seitwärts nach unten gepresst hatte. Als ich das Haus nach der ersten starken Erschütterung gesehen hatte, hatte es bereits keine Fenster und Türen mehr gehabt, die Ziegel waren eingebrochen gewesen, aber immerhin, es stand! Jetzt lag es da. Die Nachbeben hatten die Wände, die schon aus dem Gleichgewicht geraten waren, endgültig zerdrückt. Der Bach, der bei unserer Ankunft friedlich geplätschert hatte, war mit einem Wall aus Steinen, Ziegeln, Möbeln- und Mattenresten, aufgeweichten Schachteln und zerbrochenem Geschirr und allem Möglichen sonst noch verstopft und hatte sich in viele kleine Rinnsale geteilt, die sich zu schlammigen Pfützen ansammelten. Dann und wann ließ das Wasser ein dumpfes, unheimliches Glucksen hören, die eingestürzten Balken quietschten unter der Last des eingedrückten Vordaches. Der Boden selbst, auf dem wir standen, war zerschmettert, jede Spalte mit schmutzigem Wasser gefüllt, lauter Trümmer trieben umher wie in einem Meer der Verzweiflung. Der faulige Geruch nach verschmutzter Erde, nach Schutt und Aschenregen legte sich wie ein klebriger Film auf unsere Haut.

Matsuo betrachte reglos das Chaos. Er machte den Eindruck, als ob er im Stehen schlief. Sein Gesicht war aschfahl geworden. Vorsichtig machte Mia einen Schritt auf ihn zu.

»Onkel Matsuo? Fühlst du dich nicht wohl?«

Er gab keine Antwort, rührte sich nicht von der Stelle. Vorsichtig trat ich neben ihn.

»Onkel Matsuo? Willst du dich nicht einen Augenblick setzen?«

Er stand leicht vornübergebeugt, als sei er in Gedanken versunken. Endlich bewegte sich der alte Mann, griff sich mit beiden Händen an den Kopf.

»Da war mein Büro«, sagte er.

Er schwankte ein wenig. Ich hielt ihn am Ellbogen fest.

»Alles ist weg«, fuhr er fort. »Die Papiere, die Fotos von früher. Die Notfallapotheke auch. Und die Schriftrolle, die ich euch hatte geben wollen …«

Mia machte ein Gesicht, als ob sie erst jetzt in die Wirklichkeit zurückfand.

»Ach ja, der Bauplan … War er auch in deinem Büro?«

Der alte Mann nickte kummervoll.

»Der Plan steckte in einer Schachtel aus Birkenholz. Er ist weg … irgendwo unter den Schuttbergen, im schmutzigen Wasser. Mit allen anderen Sachen, die wichtig waren … Da liegen sie nun, verfaulen und lösen sich auf. Auch die Sachen, die unsere Familie betreffen. Sie sind alle verloren, tut mir leid.«

Mia und er sahen einander an, mit dem Ausdruck von Qual in den Augen. Schließlich seufzte Mia tief auf.

»Diese Sachen … sind jetzt nicht mehr so wichtig, ne?«

Er legte ihr flüchtig die Hand auf die Schulter.

»Nein, Mia-chan … Ich glaube, jetzt nicht mehr. Unsere Vorfahren werden es mir verzeihen. Wenn auch ich selbst es nicht kann.«

»Ach, Onkel Matsuo«, sagte Mia tonlos, »das sind alte Geschichten, ne?«

»Ja, alte Geschichten.«

Mias Lippen zitterten.

»Sei nicht traurig deswegen. Wir sind ja am Leben. Und wir werden ganz neu anfangen.«

Onkel Matsuo nickte langsam vor sich hin.

»Ich bewundere die Tatkraft der Jugend. Sie gibt auch mir Kraft. Siehst du, es ist passiert. Und es wird noch einmal passieren. Und noch einmal. Da weinen wir nicht mehr. Die Tränen kommen uns nicht. Wir begreifen es nicht immer, warum es so ist, dass alles immer wieder vernichtet wird. Dass wir uns nur noch erinnern können. Aber es ist nicht sinnlos, Mia-chan. Es gibt einen Sinn. Wir müssen ihn nur finden. Und, siehst du, es schmerzt mich sehr, dass ich Hatsue nicht so helfen kann, wie ich es will. Ich werde sie amputieren müssen.«

Wir starrten ihn an. Er sprach sachlich, mit ruhigem Gesicht.

Ich befeuchtete meine trockenen Lippen.

»Ist es wirklich so schlimm, Onkel Matsuo?«

Er nickte.

»Ihr Leben ist in Gefahr.«

»Aber Isao wird doch gleich mit dem Hubschrauber da sein!«

Der alte Mann sah mich scharf an.

»Wann? Kannst du mir das sagen?«

Im Sekundenbruchteil fühlte ich mich in die Haut des schlechten Schülers versetzt. Ich schrumpfte regelrecht zusammen.

»Ja, aber … sobald er die Genehmigung hat!«

Der alte Arzt zuckte mit der Schulter.

»Kann ich mich darauf verlassen? Die Behörden haben

eine lange Leitung. Und wenn es um Leben und Tod geht, entscheide ich.«

»Ohne Betäubungsmittel, Onkel Matsuo?«, sagte Mia mit leiser Stimme. »Das geht doch nicht!«

Er hatte uns beide gehörig satt und antwortete ziemlich barsch.

»Ich hoffe nach wie vor, dass es nicht dazu kommen wird. Im Augenblick sieht es allerdings nicht so gut aus.«

Scheiße, scheiße, scheiße, dachte ich, am Rande der Panik.

»Aber könntest du … wenn es sein müsste … ich meine … brächtest du das fertig?«

Seine ruhigen Augen hielten meinem Blick stand.

»Warst du eigentlich mal im Krieg, junger Mann?«

Ich schüttelte den Kopf.

»Meine Generation …«

»Nun ja«, brummte Matsuo, »da kannst du wohl von Glück sagen.«

Taktvoll, wie er war, hatte er nicht gesagt: »Deine Generation taugt nicht viel.« Aber genau das war es, was er offenbar dachte.

Ich hatte einen metallenen Geschmack auf der Zunge.

»Wann, Onkel Matsuo?«

»Bald«, sagte der alte Mann. »Noch heute.«

Er wandte sich ab.

»Gehen wir.«

»Onkel Matsuo, warte!«

Mia stand vor ihm, mit blassen, aber entschlossenen Gesichtszügen.

»Wenn es so weit kommen sollte … werde ich dir helfen.«

Er sah sie ruhig an.

»Ich habe auch nichts anderes von dir erwartet.«

Er ging weiter, uns voraus, als habe er in seinem Leben nie etwas anderes getan, als diesen Berg hinaufzustapfen. Ich dachte, dieser Mann ist ungebeugt, unbeugsam, unzerstörbar. So wird es wohl sein, überlegte ich, wenn man eine innere Ordnung erlangt hat und fest in sich selbst ruht. Erst dann kann man das Chaos überblicken, einen Sinn darin erkennen.

Aber welchen, verdammt noch mal? Das sollte mir mal einer sagen. Er – Matsuo – redete ja nicht davon.

Seltsam war allerdings, dass Mia und ich den Verlust der Schriftrolle zwar bedauerten, dass das Bedauern jedoch vordergründig blieb. Im Grunde machte es uns nicht mehr viel aus, dass wir, so nahe am Ziel, das Dokument am Ende nie zu sehen bekommen würden. Es schien uns nicht mehr von Bedeutung. Ja, es ist wohl gewiss, dass es den Menschen verändert, wenn er sich Derartigem ausgesetzt sieht. Angesichts der Zerstörungen war uns das plötzlich bewusst geworden. Einer Vernichtungsgewalt dieser Art konnten wir nicht begegnen, indem wir der Vergangenheit nachspürten, sondern nur, indem wir unser Lebendigsein umso stärker empfanden. Die Macht dieses Unglücks konnte nur gebrochen werden, wenn wir das Unglück verinnerlichten. Die kleinen Displays, diese unermüdlichen, seelenlosen Zeugen, zeigten uns, was aus dieser liebevoll bebauten, fruchtbaren, harmonischen Landschaft geworden war. Es waren meistens Aufnahmen aus der Luft. Wir sahen mit Schrecken, was ganz und was halb zerstört war, registrierten in unserem Bewusstsein nur, was wir mit Sicherheit sahen. Die riesige verwüstete Fläche war – am dritten Tag – noch immer nicht ganz erschlossen. Immer wieder gab es neue Bilder, neue Angaben, neue Zahlen. Die Verluste und die Zerstörungen konnten durchaus noch furchtbarer sein. Es gingen Nachrichten und Bilder durch die Tagesberichte dieser Welt, alle fürchteten sich vor der Kettenreaktion, die im Kernkraftwerk von Fukushima vor sich ging und offenbar nicht zu stoppen war.

Die Schutzmauer um das Kraftwerk war knappe sechs Meter hoch gewesen, die Wellen zwei- bis dreimal so hoch. Die Keller mit den Dieselgeneratoren standen unter Wasser. Die Vertriebsfirma war nicht auf einen solchen Unfall vorbereitet gewesen. Die gewaltigen Mengen Radioaktivität, die aus dem beschädigten Kraftwerk entwichen, setzten über hundertsechzigmal mehr Cäsium frei, als es bei dem Abwurf der Atombombe über Hiroshima geschehen war. Die ganze Welt hielt die Augen auf das Kraftwerk gerichtet: Man rühmte das heldenhafte Verhalten der Arbeiter und Ingenieure, die im erwachten Monstrum durch verseuchtes Wasser wateten, die Schäden an den siedend heißen Rohrleitungen zu begrenzen suchten. Aber nach wie vor versagte die Verwaltung. Ein Verantwortlicher, von wütenden und erschrockenen Fragen bestürmt, fiel vor laufenden Kameras in Ohnmacht. Liveshow. Es hagelte Schmähungen und Kritik. Aber politische und wirtschaftliche Interessen forderten, dass die Gefahr heruntergespielt wurde. Die Japaner nahmen es erschöpft zur Kenntnis. Die Unfähigkeit ihrer Technokraten wurde kaum noch thematisiert. Sie erlebten das Versagen ihrer Behörden wie eine Sache, die ihnen entglitt; es war nicht zu verhindern.

Turmhohe Wellen, zerbrochene Deiche, überschwemmte Küsten, vernichtete Ortschaften. Und andere Orte intakt, aber von ihren Bewohnern in aller Eile geräumt, dem Wind überlassen. Kleinstädte, von Cäsium verseucht, nur von Hunden bevölkert, die keine Besitzer mehr hatten und zur Wildheit zurückkehrten. Und inzwischen flohen die Touristen in Scharen. Gastspiele wurden abgesagt, Kongresse vertagt. Ortsansässige Ausländer lösten ihre Haushalte auf. Alle Flugzeuge waren voll besetzt. Wer konnte, wollte weg aus Japan. Die Ratten verließen das sinkende Schiff.

Aber Japan würde nicht sinken. Noch nicht.

Sobald die Nachbeben sich beruhigten, würden die Bewohner die Trümmer räumen, ihre Boote instand setzen. Sie würden an Wiederaufbau denken. Ich glaube, dass wir Erdbeben als besonders schrecklich empfinden, weil sie Dinge zerstören, ungeachtet unseres Willens, unserer Schuld oder Verantwortung. Erdbeben zeigen uns, dass wir Menschen einer Willkür ausgeliefert sind, die wir nicht im Griff haben. Das macht uns Angst. Dass die Japaner gefasster damit umgingen als andere, hatte mit ihrer Geschichte zu tun, mit dem Fehlen materieller Erinnerungen. Ihre Erinnerungen waren geistiger Natur. Städte mögen untergehen, Kunstwerke vernichtet werden. Kultur aus Stein, Gold und Holz kann untergehen. Die Bindung zum Imaginären nicht. Wir haben, dachte ich, das dringende Bedürfnis nach geistigen Werten. Wer sie einzig in der Religion sucht, macht sich das Leben leicht. Kulturelle Werte müssen lebendig bleiben, die kleinen Kinder sie mit der Muttermilch aufsaugen. Es gibt eine dringende Notwendigkeit, nicht zu vergessen. Wir müssen immer bereit sein: Das Schicksal kann ja noch einmal zuschlagen, auf schlimmere Art. Zu Zeiten also, wenn es passiert, dass man auf das Furchtbare nur so obendrauf noch Schlimmeres erleben muss, darf keiner innerlich versagen. Diese Vorstellung, dass jede Katastrophe uns lehrt, später noch eine schlimmere gefasst zu ertragen, ist etwas außerordentlich Edles. Wir sind, sagte der große französische Dichter Paul Valéry, »nur Schaum auf den Wellen der Dinge«. Ein japanischer Dichter würde es nicht anders formulieren.

Während ich mit allen Kräften gegen meine eigene Nutzlosigkeit ankämpfte, organisierten sich die Flüchtlinge. Sie hielten Ordnung in der Unordnung, Disziplin in tiefster Not. Ich war Zeuge der unendlichen Geduld, der Nächstenliebe, der Sanftheit, mit der jene, die das Chaos überlebten, ihr Los trugen. Ein Los, das derart ungerecht war, dass die Einbildungskraft sich vor ihr verschloss. Und ich spürte, wie zähe, starke Freundschaftsfäden mich mit diesen leidgeprüften Menschen verbanden. Fäden jener Art, die niemals reißen würden.

»Komm sofort nach Hause!«, hatte Mutter gefordert.

Nach Hamburg zurückkehren? Und Mia? Würde sie mitkommen? Nein, würde sie nicht. Auf keinen Fall. Mia war kein Feigling. Ich schickte Mutter die Antwort:

»Kommt nicht infrage. Ich bleibe hier.«

37. Kapitel

Man kann sich an einen Katastrophenzustand gewöhnen, aber nicht an alle Situationen. Schlimm stand es mit den Verletzten, die nicht behandelt werden konnten. Schlimm stand es mit einer jungen Frau, die schwanger war und um ihr Ungeborenes fürchtete. Und die ohne Nachricht von ihrem Mann war, der in einer Werft in Ishinomaki arbeitete. Und schlimm stand es mit Hatsue. Es war der vierte Morgen nach der Katastrophe. Hatsue lag sehr still da, klagte nicht, obwohl die Schmerzmittel kaum noch wirkten. Mia wusch sie, kämmte ihr wirres, nass geschwitztes Haar. Sie glühte vor Fieber. Ihre beiden Katzen wichen nicht von ihrer Seite. Oshiba-San, die Nachbarin, stützte sie, wenn sie unter Anstrengung abseits humpelte, um ihre Notdurft zu verrichten. Andere Nachbarn brachten das wenige, was sie hatten, eine Reiskugel, etwas Trockenobst. Wir sahen in Matsuos Augen, dass er kaum noch Zuversicht hatte. Die Entscheidung, die er zu treffen hatte, war schrecklich. Ich wollte nicht in seiner Haut stecken. Matsuo musste handeln, solange es noch hell war. Er saß neben Hatsue, rauchte eine Zigarette, die letzte, die ihm noch geblieben war. Der Wind hatte die Wolken verstreut; ein Stück blauer Himmel zeigte sich, wie ein Stück Hoffnung. Doch für Hatsue gab es kaum noch Hoffnung. Sie dämmerte im Fieber dahin, aber irgendwann kam sie zu Bewusstsein.

»Matsuo?«, flüsterte sie.

Er hatte seine Zigarette zu Ende geraucht und drückte sie aus.

»Ja?«, grunzte er.

»Untersuche mein Bein …«, sagte sie rau.

»Ich hab es schon gesehen«, antwortete der alte Mann.

»Und?«, fragte Hatsue.

Er antwortete ruhig.

»Wenn du morgen noch am Leben sein willst, musst du dich noch heute von deinem Bein trennen.«

»Kannst du das tun?«, fragte Hatsue.

»Ich werde dir geben, was ich noch habe«, sagte er. »Du wirst schlafen. Aber beim Aufwachen wirst du große Schmerzen haben.«

»Deswegen zögerst du?«

Er nickte wortlos.

Hatsue ließ einen Augenblick verstreichen.

»Wie lange noch?«, fragte sie.

»Nicht mehr sehr lange«, sagte er.

Hatsues Kopf, den sie mit Anstrengung gehoben hatte, fiel zurück. Tränen flossen ihr langsam aus den Augen.

»*Gomennasai*«, grunzte Matsuo.

Sie antwortete nicht. Mia beugte sich vor, tupfte ihr behutsam das nasse Gesicht ab. Minutenlang sprach keiner von uns. Das Schweigen war bedrückend. Eine bittere Kälte zog sich durch die ganze Länge meines Körpers. Das Meer rauschte stark, fast schien es, als ob das Rauschen mich ganz erfüllte. Um uns herum brodelte eine Substanz von Gemurmel, Echos, Knirschen und Wellenschlagen, ein Strudel von tausend Geräuschen, mit denen ich gelernt hatte, zu leben und zu schlafen.

Ich sagte zu Mia: »Eine schöne Schweinerei!«

Sie nickte.

»So ist's für mich nie gewesen.«

Auf einmal ertönte, ganz nahe, eine höchst unpassende elektronische Melodie. Mias Smartphone meldete sich. Sie zog es im Gehen hastig aus der Tasche. Auf dem kleinen Bildschirm zeigte sich, flackernd, eine SMS.

»Isao!« Mias Stimme zitterte vor Aufregung. »Er ist auf dem Weg! Er holt die Verletzten und bringt sie nach Sendai ins Krankenhaus!«

Die Erschütterung trieb ihr die Tränen in die Augen. Sie suchte krampfhaft ein Taschentuch, das sie nicht hatte, und wischte sich, weil ich auch keins fand, die Nase mit ihrem Ärmel ab.

»Siehst du, Onkel Matsuo?«, sagte ich. »Am Ende wird doch alles gut.«

Der Arzt nickte nur vor sich hin. Fiel ihm ein gewaltiger Stein vom Herzen, ließ er sich nicht viel davon anmerken. Er war ein vorsichtiger Mann, der im Laufe seines langen Lebens gelernt hatte, sich vor falschen Hoffnungen zu hüten.

»Wir haben keine Landefläche«, gab er zu bedenken. »Isao wird mit Rettungsgeschirr arbeiten müssen. Ob wir Hatsue die Strapaze noch zumuten können?«

Ich bekam ein hohles Gefühl in der Magengrube. Doch Mia schüttelte heftig den Kopf.

»Hatsue ist stärker, als wir glauben!«

»Das denke ich eigentlich auch«, erwiderte der alte Mann. Er stapfte davon und teilte den Verletzten mit, dass sie sich für eine Evakuierung bereit machen sollten. Als er gegangen war, sah Mia mich mit einem gequälten Blick an.

»Um ganz ehrlich zu sein, Rainer, ich mache mir auch Sorgen. Hatsue ist so schlecht dran!«

Wir tauschten einen langen Blick. Ich atmete tief durch. Mir war klar, dass Hatsues Rettung nicht allein von ihrer physischen, sondern auch von ihrer moralischen Durchhaltekraft abhing. Und da traute ich ihr so einiges zu. Ich sagte zu Mia: »Ich denke, dass sie es schaffen wird. Wenn jemand von der Leiter fallen muss, dann ich.«

Sie furchte die Stirn.

»Ach, warum ausgerechnet du?«

»Weil ich nicht schwindelfrei bin«, sagte ich, worauf zum ersten Mal ein schwacher Funke von Humor in ihren Augen aufblitzte.

»Dann könntest du kein guter Bergsteiger sein!«

»Nein. Zum Glück gibt es Gondelbahnen!«

»Du musst immer nach oben schauen und kein einziges Mal nach unten«, erwiderte sie.

Ich sagte leichthin, dass ich mir den Ratschlag merken würde. Ein wenig Geplänkel tat uns wohl. Und inzwischen warteten wir, mit zugeschnürter Kehle und klopfendem Herzen. Immerhin fühlten wir uns etwas erleichtert. Diese Situation bildete eine so erstaunliche Abweichung von unseren Lebensgewohnheiten, dass wir nichts als belanglose Worte fanden, bei denen jedoch ein schüchterner Unterton mitschwang, der unsere Seelenzustände andeutete: Angst, Fassungslosigkeit, Hoffnung, dass Gefühl, dass wir nicht versagen durften. Tausende gab es um uns herum, die nicht versagten, die nicht versagen durften.

Immer höher hoben sich die Wolken; es wurde in jeder Sekunde heller, das Meer leuchtete blau, aber vom Festland aus, wo die Brände schwelten, stiegen immer noch Rauchsäulen hoch, die in der diesigen Luft vergingen. Alle vertrauten Merkzeichen waren dort verschoben, zu unbestimmten Schatten geworden, die sich auf jedem Computerbild als Ruinen zeigten. SOS!, der Hilferuf war auf Flachdächern und leer gefegten Straßenkreuzungen angebracht, nur aus der Luft sichtbar. Überlebende, Verletzte und Tote trieben gemeinsam in einem No Man's Land, in ein und demselben Moment und in allen Teilen der Präfektur Tohoku.

Mias Smartphone klingelte in ihrer Jackentasche. Sie zog es mit steifen Fingern hervor, ließ es vor Aufregung fast fallen, drückte es ungeschickt an ihr Ohr.

»*Moshi, moshi*!«, stammelte sie.

»Mia?« rief Isao. »Hörst du mich?«

»Nicht gut!«, schrie Mia zurück. »Wann kommst du?«

»Schätze, in sieben Minuten. Tut mir leid, dass ich so spät bin. Die Flugerlaubnis und der ganze Kram. Und nicht genug Treibstoff. Wo, bitte, geht es bei uns noch normal zu? Jetzt fliegen wir Sondereinsatz. Du müsstest uns eigentlich schon sehen. Wir kommen aus westlicher Richtung.«

Mia drehte den Kopf himmelwärts. Ich ahmte ihre Bewegung nach und glaubte in einem Wolkenloch einen schwarzen Punkt zu sehen, der sich näherte. Mia stieß zischend die Luft aus.

»Der Hubschrauber, da oben?«

»Wir bringen Medikamente, Trinkwasser, Decken. Und nehmen dich und Rainer wieder mit.«

»Nein.«

»Wieso nicht?«

»Zuerst Tante Hatsue!«

»Was ist mit ihr?«

»Ein schlimmes Bein. Sie muss ins Krankenhaus. Sofort. Und wir haben noch andere Verletzte. Und eine Frau, die ein Baby erwartet.«

»In Ordnung. Wir haben Platz für vier Leute. Wir bringen euch nach Sendai und holen dann die anderen.«

Wir sahen den Helikopter jetzt ganz deutlich. Er schwebte heran, wie ein Rieseninsekt. Alle, auch Onkel Matsuo, starrten jetzt in den Himmel, den das pulsierende Brummen des Hubschraubers erfüllte. Der Helikopter kam näher, der Boden begann zu vibrieren, und alle Katzen, die sich in der Umgebung des kleinen Schreins aufhielten, stoben davon. Die

Bäume bogen sich wie unter einen Sturm, der durch den Wald fegte, als der Helikopter sich senkte, seine blitzende Unterseite zeigte. Die Frauen und Männer standen alle mit erhobenem Gesicht, während der Wind der Rotoren an ihren Haaren, an ihren Kleidern zerrte. In der Nähe gab es eine Lichtung, die Isao, obwohl er nicht landen konnte, bereits als Ziel erspäht hatte. Er ging so tief herunter, wie er konnte. Die Tür des Hubschraubers öffnete sich, eine Gestalt in der Uniform der Rettungsmannschaften erschien, gab Zeichen, dass wir zurücktreten sollten. Kisten, Harasse, Rettungsgeschirr fielen herunter. Matsuo und ich hatten inzwischen Hatsue hochgehoben, sie in ihrer Windjacke eingepackt. Wir liefen durch das Unterholz auf die Lichtung zu, wo das Rettungsgeschirr baumelte. Während Matsuo und ich Hatsue hielten, erwischte Mia das Rettungsgeschirr, zog es über den Kopf und unter die Arme der Verletzten. Hatsue sah aus wie in Trance. Schwer atmend und hilflos hing sie, sich im Winde drehend, in der Luft, während der Sanitäter das Seil hochzog. Sie wehrte sich nicht, schien auch nicht ganz zu wissen, was mit ihr geschah, überließ sich ganz dem Rettungsgeschirr. Kräftige Arme packten endlich die Verwundete, zerrten sie in die Hubschrauberkabine. Nur ein kurzer Augenblick, dann fiel das Rettungsgeschirr wieder herunter.

Onkel Matsuo wandte sich uns zu.

»Los, hinauf!«

Mia und ich starrten ihn an.

»Aber wir lassen dich nicht hier!«, schrie Mia.

»Wie, glaubst du, bin ich ohne euch ausgekommen?«, schrie Onkel Matsuo zurück. »Weg mit euch! Kümmert euch um Hatsue!«

Mia ging als Erste. Ich sah mit Herzklopfen, wie sie langsam hochschwebte, in die Hubschrauberkabine zu Hatsue gezogen wurde. Danach gab Matsuo mir ein Zeichen.

»Los!«

Der Wind der Rotoren ließ mich taumeln. Ich verneigte mich vor Onkel Matsuo, kippte vornüber und riss ihn dabei fast zu Boden. Matsuo stützte mich, hielt mich auf Armeslänge von sich, bis ich wieder mein Gleichgewicht hatte.

»Ich bin euch zur Last gefallen«, keuchte ich. »*Gomennasai!*«

Der alte Mann erwiderte knapp die Verbeugung. Er stand ganz ruhig da, beide Füße am Boden fest verankert.

»Nein. Los jetzt!«

Das Rettungsgeschirr plumpste neben mir auf Bodenhöhe. Ich packte das Seil und schrie, an Matsuo gewandt: »Pass auf Hatsues Katzen auf!«

Er hob nur die Hand. Ein unmerkliches Lächeln zuckte um seine blassen Mundwinkel, während ich mir das Rettungsgeschirr über den Kopf zog. Es schien mir eine Ewigkeit zu dauern, während ich ungeschickt über die Baumkronen segelte, mich im Wind drehend wie an einem Fallschirm. Verrückt. Ich sah unter mir die Menschen, deren Schicksal ich für ein paar Tage geteilt hatte, immer kleiner und kleiner werden, sah auch die Verwüstungen, die Reste des zerbrochenen Deichs, die Schiffstrümmer, die langen Reihen der Toten in ihren Hüllen aus gelbem Plastik und wusste bereits, dass ich solche Bilder mein Leben lang nicht vergessen würde. Dabei hatte ich kaum das Gefühl, an Höhe zu gewinnen, und nur der plötzlich bohrende Schmerz in meinen Schultern ermöglichte es meinem verwirrten Gehirn, endlich einen Bezugspunkt zu finden. Da packten mich bereits hilfreiche Hände, zogen mich hoch, ich plumpste schwer auf den Kabinenboden neben Hatsue, und Mia rutschte im Sitzen zu mir, schloss mich in die Arme. Isao, der in seiner weißen Uniform der Sanitäter die Bordinstrumente betätigte, grinste mir zu und machte das V-Zeichen, während zum

Schluss noch die Schwangere hochgezogen wurde. Es ging ihr nicht gut, und ob sie ihr Baby behalten konnte und ihren Mann je wiedersehen würde, war fraglich. Das Rettungsgeschirr war inzwischen wieder im Hubschrauber. Wir schwebten noch einen Moment über dem Einsatzort. Und dann gewann der Hubschrauber an Höhe, es rumpelte und polterte und dröhnte. Wolken zogen vorbei, der Schatten der Maschine glitt über sie hinweg. Der Helikopter legte sich schräg, drehte sich um eine unsichtbare Achse. Die Erschütterungen nahmen ab, die Maschine gewann an Geschwindigkeit. Es stank entsetzlich nach Treibstoff, aber für mich und alle anderen duftete es paradiesisch nach Rettung. Der Sanitäter untersuchte Hatsues Bein und sah sofort, dass sie furchtbare Schmerzen litt. Die Schienen waren ganz verrutscht. Er gab ihr eine Injektion, bevor er das Bein ruhig stellte. Dann kümmerte er sich um die junge Schwangere, gab auch ihr ein Medikament, das ihrem Zustand angepasst war. Und endlich erhielten wir aus einer Thermosflasche unseren ersten Kaffee seit vier Tagen, und dazu ein frisches Brötchen. Einfach unbeschreiblich gut! Inzwischen saß Isao mit seinen Kopfhörern am Steuer und drehte uns dann und wann das Profil zu, mit einer komischen kleinen Grimasse, als wollte er sagen: »Es gibt zwar Probleme, aber wir kriegen das schon hin!«

Der Motor dröhnte kräftig und zuverlässig. Wir fühlten uns wie auf Engelsflügeln getragen, während die Maschine in einem Wolkenmeer der Küste entgegenflog.

Endlich gab es wieder Strom. Der Computer funktionierte, und ich nahm mir die Zeit, um Mutter einen Brief zu mailen.

Jetzt rege dich bitte nicht auf, und bombardiere mich nicht Tag und Nacht mit SMS. Ich habe dich doch wissen lassen, dass ich wohlauf bin. Okay, ich hatte eine Gehirner-

schütterung, ein blaues Auge und führe jetzt eine Narbe an der Stirn spazieren, die mir – wie Mia sagt – ein verwegenes Aussehen gibt. Wie ein Pirat, sagt sie. Ist doch schmeichelhaft, oder? Dazu bin ich radioaktiv verseucht. Aber ich bin hier nicht der Einzige. Ganz Tokio ist vermutlich verseucht. Dreizehn Millionen Leute haben Cäsium, Strontium, Plutonium und wie das Zeug noch heißen mag, in den Knochen. Damit müssen wir leben. Es gibt in dieser Zeit so eine unglaubliche, fast surreale Mischung von Tragik und Komik. Die Welt ist ein Theater, wir sind alle nur Schauspieler auf der Bühne des Lebens. Mia und ich wohnen jetzt in meinem Geisterhaus. Mia ist zu mir gezogen. Ihre Wohnung im achtundzwanzigsten Stock hat keinen Balkon mehr – das Glas ist weg – und auch keine Scheiben. Drinnen ist alles ein Chaos, dem Wind ausgeliefert. Die Raben waren auch schon da, haben sich auf den Sofakissen verewigt. Klar doch, das Haus steht, wie alle anderen in diesem eleganten Viertel Chiba. Aber will man in die smarten Apartments, muss man über Bretter balancieren. Das Trottoir hat sich aufgetan, ein Graben zieht sich die Straße entlang, alle Kanalisationen sind geplatzt, Rohre und Kabel wuchern wild durcheinander. In Chiba gibt es kein Wasser, keinen Strom. Der Lift steckt irgendwo zwischen zwei Stockwerken, die Leute schleppen ihre Einkaufstaschen dreißig Etagen hoch. Vor den Häusern wurden in aller Eile Toiletten aufgebaut. Eine ganze Reihe steht da, so lang wie die Straße. Zu jeder Tageszeit stehen die Leute dort Schlange, viele mit Nachttöpfen, die ja irgendwo geleert werden müssen. Auch Mias Bruder Isao hat sein Designerapartment verlassen und lebt jetzt bei seinem Freund. Das muss ich auch noch sagen: Er kümmert sich sehr um diesen jungen Mann, ein Opfer der Wohlstandsverwahrlosung, einen gutherzigen und sensiblen Menschen,

der Gefahr lief, hinter Mülltonnen zu landen. Mir kommt das sehr bekannt vor. Dir vielleicht auch. Aus mir ist nicht viel geworden, tut mir leid. Ich habe – Entschuldigung, wenn ich kein Blatt vor den Mund nehme – jede Menge Scheiße gebaut! Aber Masahiro hatte Glück. Er hat in Isao einen einfühlsamen Mentor gefunden und malt jetzt wunderschöne Bilder, voller extravaganter Farben und Licht. Ich hatte keinen Mentor, als ich dringend einen brauchte. Sorry, das soll kein Vorwurf sein! Vielleicht wird Masahiro mal ein bedeutender Künstler werden. Ich bin nur ein Lebenskünstler, aber vielleicht ist das schon genug. Jeder macht, wozu er sich am besten eignet. Ich denke über mein Buch nach und Mia über die Wohnungen, die sie gebaut hat und die jetzt stark an Wert verlieren werden. Ihr Ego ist ein bisschen tangiert, aber man kann nicht immer alles im Voraus planen. Keiner will mehr so nahe am Meer wohnen! Kein Wunder, dass ich in Mias luxuriösem Glaspalast immer ein schlechtes Gefühl hatte. Ich fühlte mich da oben nie in Sicherheit. Die Geschichte der Architektur, heißt es, ist die Geschichte des technischen Fortschritts. Schön. Mia und Isao bewohnten zuversichtlich ein sogenanntes »intelligentes« Gebäude. Alle Funktionen waren durch das Computersystem zu einem einzigen Netzwerk verknüpft. Alles funktionierte bestens, solange nicht eine unvermutete Katastrophe das System außer Kraft setzte. Dann funktionierte gar nichts mehr. Und immer wieder gibt es Nachbeben. Wann sie aufhören werden, weiß kein Mensch.
Es rumpelt und poltert, es hopst und kracht. Man kann sich – schlecht – daran gewöhnen. Ja, und stell dir vor, unser Geisterhaus haben wir unversehrt vorgefunden. Nur eine Scheibe war herausgefallen, etwas Geschirr zerschlagen, und die Kühlschranktür stand offen, sodass alles Tiefgefrorene ungenießbar war. Aber Lebensmittel findet man

wieder in Tokio, nachdem eine Zeit lang alle Geschäfte leer standen, weil sich die Leute mit Vorräten eingedeckt hatten. Was ich eigentlich noch sagen will: Irgendwo – ich glaube, in der Bibel – steht geschrieben: »Seid immer bereit, denn ihr kennt weder die Zeit noch die Stunde.« Die Japaner sind immer bereit, obwohl sie eigentlich nie daran denken. Es ist wie ein sechster Sinn, den sie in sich tragen. Und so leben sie in den Tag hinein, glücklich, wie man nur sein kann, wenn man weiß, dass jeder Tag der letzte sein kann. Und so werde ich fortan auch leben. Jetzt stimme ich auch Isaos Leichtfertigkeit zu. Sein Zustand sagte über sein wirkliches Wesen wenig aus. Er war zehn Tage lang im Rettungsdienst im Einsatz. Er ist Helikopterpilot, hast du das gewusst? Er ist der selbstloseste Mensch, den ich kenne. Ich fand ihn immer übertrieben modisch. Ein Dandy. Das war eben seine Art: ein extremer Individualismus. Unter den vielen Dingen des Lebens hatte er eine Auswahl getroffen, die für ihn wichtig war. Vielleicht sollte ich ihn mir zum Vorbild nehmen? Mutter, du willst, dass ich zurückkomme? Ich will dir jetzt etwas erzählen. Vor ein paar Tagen war ich bei der Botschaft. Meine Brieftasche mit Pass und Kreditkarten verfaulen ja mit der zerschellten Fähre auf dem Meeresgrund. Die Menschen, die dabei umgekommen sind, raubten mir lange den Schlaf. Ich musste an die Schulkinder mit ihren Handys und iPods denken, die so gesund und glücklich ihren letzten Tag auf dieser Erde erlebten. Ich denke noch fast täglich an sie und habe, wie fast alle hier, ein Trauma. Nachdem also die Botschaftssekretärin alles in die Wege geleitet hatte, fragte sie mich, ob sie auch einen Rückflug für mich buchen sollte. Da muss ich sie ganz entgeistert angestarrt haben. Ein Rückflug kommt für mich überhaupt nicht in Frage. In Japan habe ich neue, zähe Wurzeln geschlagen. Ich werde hier an meinem Buch weiterschreiben. Und sobald ich besser Japanisch beherrsche, sehe ich mich nach einem Job um. Die Universitäten suchen ständig Übersetzer, das wäre genau das Richtige für mich. Und was soll ich in Hamburg, Mutter? Ich fühle mich in Japan daheim, in diesem Land der Katastrophen, der Verhängnisse und Verheerungen. Du verstehst das nicht? Es ist auch schwierig zu erklären, weil alles so paradox ist, ich gebe es zu. Die Vergänglichkeit aller Schönheit hier macht mich traurig, das Meer ist ein gefährliches Rätsel, aber der Himmel darüber ein Versprechen der Ewigkeit. Ein Mensch ist alles, ein Mensch ist nichts. Ich will nicht mehr umhertreiben wie Abfall im Wind. Und wie viel Plutonium ich mir bei jedem Sushi einverleibe, ist mir – am Ende – egal. Alles ist in Auflösung begriffen, mit diesem Gedanken leben wir. Die Stimmung hier ist endzeitlich. Mir gefällt diese Mischung aus Verspieltheit und Trauer, immer in Kontakt mit dem Mythos, unter dem Druck einer lauernden Urgewalt, die sich einen Dreck darum schert, ob wir beten oder schreien. Folglich: Carpe diem!

Der Frühling kommt, die ersten Pflaumenblüten zeigen ihre weiße Pracht. Hatsue, von der ich dir berichtet habe, geht es besser. Als wir sie nach Sendai brachten, war das Krankenhaus überfüllt. Zum Glück hat eine Ärztin, die mit Onkel Matsuo gearbeitet hatte, sich ihrer angenommen. Hatsue war derart mit Medikamenten vollgepumpt, dass sie tagelang nur noch geschlafen hat. Doch der Schlaf hatte eine wohltuende Wirkung. Die Infektion bildet sich zurück, die Ärztin ist zuversichtlich. Der Knochenbruch ist kompliziert, sie wird vielleicht ein steifes Bein behalten, aber es ist noch zu früh, um eine Diagnose zu stellen. Vielleicht hilft eine Therapie, dass sie später wieder ohne Krücke gehen kann. Die arme, liebe Hatsue! Als sie aufwachte, galt ihr erster Gedanke Onkel Matsuo und ihren beiden Katzen, die ihr sehr fehlen. Sobald sie entlassen wird, werden wir sie zu uns nehmen. In unserem Geisterhaus ist Platz genug. Sie kann bei uns wohnen, bis das Haus auf Tashiro-Jima wieder steht. Onkel Matsuo kümmert sich darum. Die junge Frau, die wir mit Hatsue ins Krankenhaus brachten, verlor leider ihr Baby. Aber sie hat Nachricht von ihrem Mann, der verletzt ist, aber am Leben. Das Schicksal teilt seine Schläge aus, verschont den einen, trifft den anderen. Und es stimmt nicht, was immer wieder behauptet wird. Weder Individuen noch ganze Völker kehren unter dem Druck der Angst zur primitiveren Art zurück. Der egoistische Reflex läuft nur auf vollen Touren, wenn die individuelle oder kollektive Seele primitiv ist. Ist jedoch die Seele edel, wachsen Menschen und Völker über sich selbst hinaus. Und es ist gut, wenn wir erfahren können, dass wir – als Menschen – nicht völlig, nicht überall versagen.

Und noch etwas: Mia und ich werden heiraten, sobald sich hier die Lage beruhigt hat. Und dann – ja – dann besuchen wir dich! Du kannst es als Hochzeitsreise ansehen. Ich werde meine Wohnung auflösen, alles Administrative nach Tokio verlegen. Du wirst deine Schwiegertochter mögen: Sie hat eine scharfe Zunge, wie du. Sie wird gerne essen, was du kochst, ja, sogar Himmel und Erde!

Weißt du, Mutter, auch die Brüchigkeit unseres Lebens kann anregend sein. Vielleicht wachen wir jetzt morgens auf mit einem starken, glücklichen Gefühl. Ganz einfach, weil wir noch am Leben sind. Ein Neubeginn auch für mich, ja, aber ohne Illusionen. Und wenn du mich jetzt fragst, wo hier der rote Faden ist, so muss ich dir antworten: Es gibt keinen roten Faden! Es gibt einfach nur die Geschichte eines Mannes – meine Geschichte –, die sich für kurze Zeit mit einer größeren Geschichte vermischte. Die Geschichte einer Landschaft, die schon viele Katas-

trophen erlebt hat und noch mehr erleben wird. Onkel Matsuo sieht das schon richtig: dass der alte Bauplan endgültig vernichtet wurde, hat auch einen Sinn. Es war keine Suche mit spektakulärem Ergebnis, wie in einem amerikanischen Film. Indiana Jones hat den Hut an den Nagel gehängt. Im Grunde hat er den Hut nie getragen. Denn das Leben ist ganz anders. Manche Dinge gehen verloren und tauchen wieder auf, bevor sie, wie Träume, der Vergangenheit überlassen werden. Die Suche, auf die es ankam, war eine innerliche Suche. Und da kann ich sagen, dass ich mich endlich gefunden habe. Vielleicht verstehst du mich wieder nicht, vielleicht fragst du dich, ja, braucht es denn zur Selbsterkenntnis ein Erdbeben der Stärke neun auf der Richterskala? Ich liefere dir eine Antwort, Mutter, die du vielleicht als zynisch empfindest, die es aber in Wirklichkeit nicht ist: Was mein ganz persönliches Ich betrifft, mir hat die Erfahrung nicht geschadet. Sie hat mich, glaube ich, zu einem besseren Menschen gemacht.

38. Kapitel

Eine meiner schönsten Erinnerungen«, sagte Mia vor dem Einschlafen zu mir, »ist der Augenblick, an dem du mir gesagt hast, dass du mich liebst.«

»Wann habe ich das gesagt?«

»In diesem *Ryokan*, schon vergessen?«

»Ich hatte Kopfschmerzen. Ich wollte weg. Aber du wolltest bleiben.«

»Ich spürte nichts. Ich bin eine lausige Windfrau.«

»Windfrauen denken, das ist ihre Spezialität.«

»Ja.« Mia seufzte. »Wir sind zu viel Objektivität fähig, ein Charakterzug, der nicht dazu angetan ist, uns mit einer Legende zu umgeben. Du, Rainer, bist eindeutig romantisch. Ich mag das sehr.«

Weil kein Mann es jemals zugibt, wie gerne er das hört, lächelte ich selbstgefällig.

»Den Eindruck habe ich nicht. Aber ich bin sehr anpassungsfähig. Und womöglich kann ich mich in das verwandeln, was der andere wünscht. Und so kann es tatsächlich sein, dass ich mal zu dem werde, was du aus mir machen willst.«

Mia lachte sehr.

»Mir genügt, dass du mir gefallen willst. Warum drückst du dich so geschraubt aus?«

»Weil es dem Gesetz der Wahrscheinlichkeit widerspricht, dass ich noch einmal einen Menschen finde, der mich besser versteht als du.«

»Ach, wie kommt das nur?«

Wir lagen auf dem Futon, alles war ruhig. Wir hatten gebadet und gegessen, wir waren ganz eingehüllt in wohltuende Ermattung.

»Weil ich mich zehn Jahre älter fühle als vor einem Monat. Ein riesiger Zeitsprung. Wir haben diese Sache mitgemacht. Wir können nicht mehr so leben, als ob nichts passiert wäre. Keiner kann das.«

»Dass wir den Bauplan nie sehen werden, geht mir schrecklich gegen den Strich«, sagte meine nüchterne Windfrau.

Worauf ich entgegnete, dass Onkel Matsuo sich deswegen nicht übermäßig aufzuregen schien.

»Und was sagen wir Tante Azai?«

»Wir werden ihr natürlich einen Besuch abstatten.«

»Sie wird uns ins Gesicht springen!«

Wir starrten uns an und brachen in Gelächter aus, bevor mein Lachen erlosch und ich den Kopf schüttelte.

»Nein. Sie weiß längst Bescheid. Wetten?«

Mia machte ein verwundertes Gesicht.

»Woher soll sie das wissen?«

»Von Yodo-dono natürlich. Die beiden sind ja dauernd in Verbindung.«

Mia bewegte skeptisch den Kopf hin und her.

»Also ... wenn du das glaubst ...«

»Klar doch«, sagte ich. »Tante Azai ist ja schon fast selbst ein Phantom.«

Und wir lachten beide, bevor wir wieder ernst wurden und Mia, dicht an mich gekuschelt, wieder zu sprechen begann: »Irgendwie müssen wir sie dazu bringen, dass sie das Haus nicht verkauft. Nicht jetzt. Nicht solange wir darin wohnen.«

»Vielleicht, wenn du sie darum bittest.«

»Nein. Du musst sie darum bitten!«

»Ich? Warum ich?«

»Weil sie dich liebt, Rainer. Das weißt du doch.«

Ich hörte ihre Worte, aber die Andeutung, die darin lag, drang nur langsam in meine Gedanken ein. In der Welt, die ich vorher gekannt hatte, waren solche Worte nichtssagend. Jetzt aber verstand ich sie.

»Ach so«, sagte ich.

»Und vielleicht kannst du es einrichten, dass du wieder vom Stuhl fällst. Sei so gut, tu ihr den Gefallen!«

»Wie bitte?«

»Doch. Das würde ihr die größte Freude machen.«

Ich versprach, ihr diesen Wunsch zu erfüllen. Da, wo sie war, gab es womöglich nicht mehr so viel, worüber sie lachen konnte. Und seitlich vom Stuhl zu kippen, war relativ einfach, man holte sich nur einen blauen Flecken am Hüftgelenk. Inzwischen redete Mia weiter, ganz entspannt, als ob sie laut dachte.

»Kümmere dich um diese Sachen, Rainer. Nein, ehrlich, das kannst du viel besser als ich! Außerdem werde ich jetzt viel Arbeit haben. Alles muss neu aufgebaut werden. Und, siehst du?, jede Zeit hat ihre Architekten. Ich habe darüber dachgedacht. Intelligente Gebäude sind eine feine Sache. Solange Heizöl da ist, können die Computer weitermachen. Aber was, wenn kein Heizöl mehr da ist? Wenn die Supercomputer unter Wasser liegen?«

»Ja, was dann?«, fragte ich einfältig.

»Dann muss man über eine andere Struktur nachdenken. Die Gebäude müssen neu angepasst werden. An eine Unterbrechung der Stromversorgung zum Beispiel. Sie müssten über Notstromaggregate mit Gasturbinen verfügen. Und dann macht es keinen Unterschied, wenn mal die Stromversorgung aussetzt. Die Gebäude sollen eine schützende Umgebung für die Leute sein und keine Falle, verstehst du?«

Ich streichelte ihre nackte Schulter.

»Keine Falle! Das verstehe ich allerdings. Alles andere nicht, tut mir leid.«

Sie lächelte nachsichtig.

»Ist ja auch egal, das ist mein Job. Dazu gehört, dass ich mir Gedanken mache, wie besser und effizienter gebaut werden kann. Und nicht mehr so nahe am Meer, sondern auf Hügeln. Gebäude, die elastisch sind, die man schnell wieder aufbauen kann. Früher hatten wir solche Gebäude, Rainer. Keine Gebäude, die ungezügelt in die Höhe wucherten, wie jetzt. Und eigentlich sollten wir wie früher bauen. Keine Unsummen für Glas und Stahl mehr ausgeben. Ich bin auf der Suche nach neuen Ideen. Nach Ideen, die im Grunde überhaupt nicht neu sind. Mir schwebt eine andere Architektur vor. Eine Architektur, die sich organisch in die Landschaft einfügt, frei von verlogenen Figurationen.«

»Da hast du aber viel vor«, sagte ich lächelnd.

Sie sah mich an, mit großen, blanken Augen.

»Ich habe noch viel Zeit, um mir Gedanken darüber zu machen.«

»Im Grunde, ja«, erwiderte ich. »Dein Leben lang.«

»Tante Azai wurde hundertacht«, sagte sie. »Und ihr Hirn funktioniert noch. Vielleicht, mit etwas Glück …«

»Ich habe doch immer gespürt«, sagte ich, »dass ihr euch ähnlich seid!«

»Oh, oh, oh!«, kicherte Mia ein wenig verlegen. »Ich will aber nicht wie ein Krokodil werden!«

Ich streichelte zärtlich ihr Gesicht, ihre kleine Nase, ihre fein geschnittenen Züge.

»Ich will auch nicht über Krokodile schreiben, sondern über die Denkmaschine in deinem hübschen Kopf. Und über deinen Enthusiasmus, deine unbändige Lebenslust.«

»Und wovon wirst du sonst noch schreiben in deinem Buch?«

»Von Isao. Von Onkel Matsuo und Hatsue. Von Tante Azai und von Yodo-dono, die mich warnte und nicht dich, worauf ich Kopfschmerzen bekam und überhaupt nichts mehr verstand. Und zwangsläufig wird es ein Buch über die Windmenschen werden.«

»Und worüber noch?«

»Über Jan Letzel natürlich. Über Oda Nobunaga und Mataemon Okabe. Und vielleicht auch über Michelangelo, Raphael und Leonardo da Vinci. Die gehören alle dazu.«

»Das ist mir schon klar«, sagte Mia. »Aber wirst du auch ein wenig über die Liebe schreiben?«

»Wie kann ich über etwas anderes schreiben?«

»Wenn du darüber schreiben willst«, sagte Mia, »hast du keine Zeit zu verlieren. Mach schnell, bevor die Welt untergeht.«

Ich betrachtete ihren halb nackten Körper, mit der unwahrscheinlich zarten Haut, schimmernd wie rosa Seide. Ich ließ meine Hand über diese geschmeidige Glätte wandern und dachte: Diese Frau ist so köstlich, sie kann sich nicht verändern oder altern. Nein, sie wird nie wie Tante Azai werden! Sie wird auch nie sterben, sie ist so vollkommen. Sie wird ewig weiterleben.

Mia zog leicht die Nase kraus.

»Was gibt es an mir? Was siehst du denn?«

Ich wagte nicht, Mia von ihrer Unsterblichkeit zu sprechen, sondern fragte mit einem Seufzer: »Wann wird die Welt untergehen?«

Sie nahm meine Hand, bettete ihre Wange hinein.

»Vielleicht schon in fünf Minuten. Das, was wir erlebt haben, war ja nur die Generalprobe.«

Und später in dieser Nacht, so gegen vier Uhr, träumte ich von Yodo-dono, die vor meinen Augen mühelos aus dem Brunnenloch stieg. Sie trat in das Zimmer, in ihrem weißen

Gewand, und ich begrüßte sie respektvoll, wie es sich gehörte.

»Guten Abend, Dame Azai!«

Ich hatte Deutsch gesprochen, wohl wissend, dass in ihrer Welt alles in einer geschlossenen Schöpfung vereint war und sie jede Sprache verstand. Sie kam lautlos näher, blickte auf Mia und mich, die auf dem Futon lagen, hinab. Da sah ich, dass sie zwei kleine, schwarze Kätzchen im Arm trug. Sie hob beide Tiere an ihr Gesicht, streichelte sie mit ihren Wangen. Ihr Ausdruck dabei war recht freundlich, nicht im Geringsten verkniffen. Sie kündete keine Katastrophe an – diesmal nicht. Sie wollte mir etwas mitteilen. Oder war es ein Befehl? Bei ihr war das nicht so leicht ersichtlich. Jedenfalls verstand ich genau, was sie meinte, und sagte es ihr auch.

»Vielen Dank, Dame Azai! Ja, das ist eine gute Idee!«

Sie hielt die Kätzchen an ihr Gesicht. Ich sah das Aufblitzen ihrer schwarzen Zähne durch den leichten Katzenflaum, das Leuchten ihrer roten Lippen. Sie gab uns sozusagen ihren Astralsegen.

Und da erwachte ich, und der Tag brach an, die Sonne schimmerte rötlich hinter den Fensterläden. Im nahen Schreingarten riefen sich die Raben ihre Botschaften zu, wie sie es jeden Morgen taten. Ihre vertrauten Stimmen waren ohne Angst. Sie schrien keine Warnung in den Wind. Noch ganz unter dem Eindruck meines Traumes setzte ich mich hoch, berührte Mias Schulter. Sie rekelte sich wohlig unter der warmen Daunendecke, schlug die Augen auf.

»Wie spät ist es?«

»Mia, hör zu«, sagte ich, halb aufgeregt, halb lachend. »Yodo-dono war wieder hier!«

Mia stützte sich auf ihren Ellbogen. Eine Spur von Erschrecken huschte über ihren Mund.

»Hat sie dich wieder gewarnt?«

Ich streichelte ihre warme Brust, die zierlich war wie die eines ganz jungen Mädchens. Eine kaum angedeutete, zarte Rundung.

»Nein, sie hat mir nur mitgeteilt, wer uns beim nächsten Mal warnen wird.«

Sie warf ihr wirres Haar aus der Stirn.

»Ja, wer denn?«

»Unsere Katzen«, sagte ich.

»Wir haben doch keine …«

Sie stockte und starrte mich an.

»Jetzt sag bloß, Yodo-dono will, dass wir uns eine Katze anschaffen?«

Ich umschlang sie, küsste ihre Lippen, die etwas trocken waren, noch mit einem Hauch von Schlaf. Ich hatte eine Erektion, war aber ein wenig befangen. Yodo-dono war ja immer noch da und sah interessiert zu. Ich fand das eigentlich indiskret von einer so noblen Dame.

»Zwei«, sagte ich. »Es sollten zwei sein. Schwarz und mit goldenen Augen.«

»Meinst du das ernst?«

»Ich meine es ernst. Katzen spüren Gefahren. Und wir werden auf sie hören. Das habe ich Yodo-dono fest versprochen. Da bist du doch wohl einverstanden?«

»Aber natürlich!« Mia war entzückt. »Zwei Katzen! Nichts eignet sich besser.«

Ich sagte: »Du, ich freue mich jetzt schon auf sie! Ich kann es kaum abwarten, bis sie bei uns sind.«

Mia blinzelte schelmisch.

»Denkst du auch noch ein bisschen an mich?«

»Die ganze Zeit nur«, erwiderte ich, wobei es die volle, die grundlegende Wahrheit war. Sie rekelte sich leicht, schloss halb die Augen. Ihre Lider lagen glatt und kühl über den Augäpfeln, ihre Wimpern glänzten wie Holzkohle. Sie war schon frühmorgens wunderschön. Wie brachte sie das nur fertig? Ich legte mich auf sie, betrachtete ihr lächelndes Gesicht unter mir. Und während wir uns im steigenden Sonnenlicht liebten, bemerkte ich aus den Augenwinkeln, wie Yodo-dono uns taktvoll verließ. Sie hatte ja ihr Ziel erreicht und wusste, dass ihre Anwesenheit im Moment nicht mehr erwünscht war. Und so drückte sie die Kätzchen enger an sich und drehte sich leicht seitwärts. Es war, als überließe sie sich einem Windstoß, den sie allein spürte, bis sie nicht mehr war als ein Schleier von schattenlosem Weiß, um den sich die dunklen Haare wie Flügel hoben. Und schließlich erbleichte auch das Weiß und wurde zum Nebel, und dann war sie endgültig verschwunden.

Aber sie würde immer da sein, ganz nahe, und uns beschützen. Das wusste ich so sicher wie sonst nichts.